何锡寿◎著

中国民主法制出版社
2017年 · 北京

图书在版编目(CIP)数据

佤山 1934/何锡寿著．—北京：中国民主法制出版社，
2016.10

ISBN 978-7-5162-1307-0

Ⅰ.①佤…　Ⅱ.①何…　Ⅲ.①长篇小说—中国—当代
Ⅳ.①I247.5

中国版本图书馆 CIP 数据核字(2016)第 228750 号

图书出品人：刘海涛
出 版 统 筹：赵卜慧
责 任 编 辑：胡孝文　陈棣芳

书名/ 佤山 1934
作者/ 何锡寿　著

出版·发行/ 中国民主法制出版社
地址/ 北京市丰台区玉林里 7 号(100069)
电话/ (010) 63292534　63057714(发行部)　63055259(总编室)
传真/ (010) 63056975　63055378
http:// www.npcpub.com
E-mail:mzfz@npcpub.com
经销/ 新华书店
开本/ 16 开　710 毫米×1000 毫米
印张/ 21.25　**字数**/ 383 千字
版本/ 2023 年 3 月第 1 版 第 2 次印刷
印刷/ 涿州市荣升新创印刷有限公司

书号/ ISBN 978-7-5162-1307-0
定价/ 85.00 元

谨以本书敬献给英勇抗击英帝国主义入侵中国云南阿佤山地区的英雄佤族和各族人民！

作者写在开篇前的话

《佤山1934》是一部以1934年云南西南边疆班洪、班老地区佤族英雄儿女和边疆各族人民共同抗击英帝国主义侵略，卫边护矿的“班洪事件”作为背景的小说。“班洪事件”是在日本帝国主义悍然发动九一八事变侵占我国东北，蒋介石国民党又奉行“攘外必先安内”政策，消极对待日本帝国主义侵略，大规模“围剿”苏区革命根据地的情况下，英国殖民主义者蓄谋已久，趁火打劫，悍然出兵侵入云南阿佤山地区，占地开矿，杀人放火而引发了以佤族为主的云南各族人民不畏强暴，敢于反抗、敢于牺牲，以原始武器抗击现代化武装的英帝侵略军的重大事件震撼了全国同胞，也引起了全世界爱国侨胞和国际人士的高度重视。“班洪事件”不仅是沧源阿佤山人民的爱国行动，也是西南边境各族人民的爱国行动。“班洪事件”浓墨重彩地留在了中国人民反抗帝国主义侵略的光辉史册中。

《佤山1934》力图通过集中、概括的人物形象来表现对佤族这个英雄民族的热爱之情。这是一部文学作品，而不是直接记述历史事件的纪实作品，所以，在内容上是以文学人物为中心来描写的。“班洪事件”为故事背景，故对历史事件的剪裁取舍也就服务于人物形象的塑造。

再者，在对佤族英雄人物进行描写时，不可能做到面面俱到。只能以当年“班洪事件”中的参与者为基础，集中地塑造他们中的一些代表人物，并由对他们的歌颂而实现对整个热爱祖国、热爱家园、朴实无华、勤劳吃苦、敢于斗争的佤族人民的歌颂。这是必须强调的。

以上这些话写在2012年10月。为纪念班洪抗英斗争80周年，我怀着敬意、满腔热情地写好这部电视连续剧剧本。尔后一年，我考虑进一步完善自己的作品，用了近四个月时间，在原来的基础上，将其修改补充，成了现在这个样子，让它具有了小说的形态。我更希望这部描写佤山地区抗英斗争的长篇小说能得到读者的认可。

这里，我将高高耸立的班洪抗英纪念碑的碑文录于下面，作为本书的背景资料：

1934年，震惊中外的"班洪事件"是中国民主革命时期，班洪、班老地区佤族人民爱国抗英斗争的历史大事件，是祖国南疆边陲各族人民团结御侮，维护国家统一、领土完整的光辉壮举。

1885年，英帝国主义占领缅甸以后，便将侵略魔爪伸向我阿佤山区，妄图沟通和扩大其在华长江流域一带的利益。

1900年，中英会勘滇缅界务时，英方蛮横无理地不承认班洪为中国领土的事实，将佤族人民自古以来繁衍生息的"葫芦王"地置于滇缅边界南段未定界范围，旋即传教，搞文化侵略，培植亲英势力，派密探深入阿佤山腹地，测绘地形，勘探地质矿产，窃取矿石标本，乃至派出军队，枪杀我佤胞，烧毁我边民村寨；继之，即明火执仗地肢解、强占我国边疆，掠夺我丰富的矿产资源。英帝的侵略行径遭到佤族人民武装伏击，不让过路，聚众数千人示威进行反抗。

1933年，英帝侵略者做了武装侵占班老、班洪的充分准备，并以武力恐吓和金钱收买兼用手段买通了邻近部落的少数败类，背着班洪、班老两个部落首领，与英工程师伍波郎、测量员巴尔阔签订密约，开办班洪、班老受清光绪朝廷指令共辖的茂隆银厂。是年10月，英帝出兵五百余人向阿佤山北部侵犯，占领了茂隆厂炉房等地，随即向其收买的蛮相属官等人"送礼"，扬言不受"礼"就要见诸武力，以战逼降，企图掠夺更多的资源和捞取政治外交上的主动权。

班洪、班老爱国上层，不受欺骗，不畏强权，义正辞严地声明："佤族汉族是一家，九老九代不丢伴。为保卫中国领土和矿藏，宁死也不投降！"

二〇一六年三月

主要人物表

班洪王——官名:昆钟,佤名:甲奔,汉名:胡玉山。葫芦王地班洪部落第三代世袭王。先父被清朝封为“班洪土都司”。1934 年甲奔被云南省政府封为“班洪总管”。

班老老王——蜂筑部落第六世王。佤名:锡龙散勐,官名:昆鄂。班老老王。

班老王——昆鄂之大儿子。佤名:艾西瓦,官名:昆刚,汉名:保卫国。班老蜂筑部落第七世王,抗英卫国的主要前线人物之一。

娅　楠——班老老王之妻。艾西瓦、尼西文、沙姆之母。

岩　嘎——二十五岁,班洪王府卫队长,智勇双全的佤族青年,汉名:高跃星。被班洪王招为女婿。

叶　娜——班洪王女儿。二十岁,勤奋好学、敢作敢为的佤族花季姑娘。

依　品——班老老王昆鄂的孙女。十七岁,善良、美丽、勤劳,善于思索,寡于言辞。

杨　叔——四十多岁,班洪王的总管家,佤名:贾朗西,汉名:杨国光,班洪王的得力助手。

刘拥国——五十来岁,班洪王的师爷、参谋长、傣族,支持班洪王抗英斗争的主要人物。

连　达——四十多岁的阿佤汉子,与吴尚贤有血缘关系。

甘木浩——连达之子。机智勇敢,敢于斗争,不怕牺牲。“甘木浩”佤语意为汉人之子。

宋忠良——二十二岁热血青年,在曼德勒读书,足智多谋,毅然投身抗英斗争。

马青青——马成君的孙女，十八九岁，在曼德勒读书。是非分明，勇敢地投入阿佤山的抗英斗争。

尹 涛——在缅华侨联合会负责人之一，侨胞慰问团团长。他是广州起义后从港到缅，准备回滇进行革命活动的共产党员，后奉南方局指示，留缅进行侨联工作。

普达岩——班老寨子头人。

江 宗——班洪王的大儿子。

黎希明——景谷县大商贾，发起组织"西南边防民众义勇军"开赴班洪与佤族民众对英军作战。

李秉厚——义勇军参谋长，毕业于云南讲武堂，退役军人。

罗正明——黎希明手下一大队的一个中队长。

杨益谦——缅宁思普殖边督办专员，对班洪抗英斗争给予支持，后被解职。

施县长——对班洪抗英斗争给予支持的县长，后被解职。

帕温张——佛寺的年轻和尚，佛寺被英国兵烧毁，长老被烧死后，他参加抗英斗争，成为小分队的骨干。

扎 朵——原是马王府仆人，后参加小分队。

布 训——小分队成员，后英勇牺牲。

木 南——小分队成员。

坎 布——小分队成员。

阿 邦——小分队成员。

嘎 甲——小分队成员。

劳 布——小分队成员。

周至贤——英属缅甸军的团长。南达城防司令官，李定国手下将领的后人，被英军杀害。

莲 娜——吴尚贤的后人，甘木浩的姑姑。

约翰·乌波朗——英驻缅总督属下的高级官员，他以爵士的贵族头衔凌驾于驻缅英官员之上，又以英缅公司总工程师身份策划、组织和指挥"东进计划"入侵中国边境。

卓温·朗纳——英军驻缅东北方面司令官，上校。

依毕珂——英驻缅总督助理。

马克少校——英军驻户班军营指挥官。

夏洛克少校——英军驻班弄军营指挥官。

勃兰克少校——英军驻垭口军营指挥官。

杰克少校——英军驻龙头山军营指挥官。

尼奥中尉——英军军营后勤官,是英军指挥官卓温·朗纳的儿子。

马成君——班弄王,回族,老奸巨猾,投靠英国人。

宋忠福——户班王,与马成君为盟友,投靠英国人。

麻哈王——佤名沙姆,昆鄂的三儿子,人称三王子,后来被招为永班王的女婿并继承了永班王位称为麻哈王,他死心塌地投靠英国人。

段文光——马成君马帮的马锅头。

玉　波——乌波朗的翻译。她原是班老寨的人,是艾西瓦的未婚妻,被沙姆奸污后生一女,后流落到缅甸。

吴　坎——乌波朗的翻译。

扎　登——麻哈王手下的头人。

扎　尼——麻哈王手下的头人。

荣汉斯——以神父传教为名在中缅边境进行文化侵略活动多年。

荣尼生——荣汉斯之子,与其父在各少数民族中传教。

目　录

Contents

第一章

班洪公主勇救英国人
神秘马帮盗矿杀船夫

在炉房矿山

矮胖个子的乌波朗，穿了一身傣族男装，拿着一把锤子。马锅头老段手里拿把铲子，一个伙计背个大背包跟着他们。乌波朗用锤子东敲敲、西敲敲，并用锤子指着敲过的地方，让马锅头老段从伙计的背包里取出些白色小布袋，铲上一点矿样，装进白色小布袋里，写上号码，再放回背包里。

乌波朗在一张厚厚的白纸上，画着附近的山崖坡地、河川树林的简要地图，并将采了矿样的地方按序号标在地图上。

乌波朗在一山地高处，用望远镜观看四周，并在简要地图上标记着符号。

马锅头看看天，对他说："爵士大人，我们往回走吧，大雨很快要来了，走慢了，连躲雨的地方都找不到啊！"

乌波朗看了看他说："测量绘图的工程师有消息吗？"

马锅头看了看远处的群山，对乌波朗说："大人，他们两三天怕是回不来的。"

乌波朗也看着群山说："好吧，让你的人装好矿石后就赶快离开这里，我们不等测绘师了。"

"是！"马锅头应了一声。

远处，马锅头老段的马帮伙计正紧张地装着矿石，有的在捆着马驮子。

天空，乌云密布，一场大雨即将来临。

乌波朗拿着一块矿渣说："段，你的不懂。你看看，这块矿渣是一百多年前中国人在这里炼银子时的矿渣，可是它含有的银比邦海那边开采的矿石里的还要高两三倍。"

马锅头老段似懂非懂地问："乌大人，这个石头里真有银子？"

乌波朗："唉！你们中国人真愚蠢，这么丰富的矿山都不要了！"

乌波朗又说："我要把这几十驮矿石运到邦海，把采集到的这些矿样从那里运送到腊戍，再从腊戍用车运到曼德勒，送到东印度公司去化验，就会有好消息的。"

在大森林中行进的一队人马

两个白人和两个当地赶马人，他们牵着四匹马。两匹马驮着测量工具和野外旅行用品，另两匹马显然是两个白人的坐骑，马鞍上挂着猎枪、食品及个人用品。

在一个三岔路口的一棵大树下，年轻的白人停下来，从头上取下盔式帽，从背壶带上取下毛巾擦着汗，对年长的白人说："勃兰克先生，离开乌波朗先生已经四天了，这里的绘图和照相都完成了。今天走了大半天，怎么还没走出大森林，什么时候才能爬到那云雾缭绕的山顶呀？"

勃兰克说："尼奥，按计划，我们应该很快走出森林了，加把劲！我严肃地提醒你一点：在这里的野蛮人面前，我们绝对不能提我们的任务，我们只是游山玩水的旅游者！"

尼奥看看前后，小心地应了一声："是！"

勃兰克也看看前后，确定了两个赶马汉子不易听到他和尼奥的谈话后，和尼奥并肩走在一起，轻声地对尼奥说："我的小兄弟，我们这次来侦察地形还算是顺利的，明天就可以回到安全的地方了。不久我们俩走过的地方，都将成为大英帝国军队的新占领地，能为女王陛下政府打先锋，我俩是很荣耀的！"

"什么？我们的军队将会占领这一片土地？这里不是中国的领土吗？"尼奥的疑问让勃兰克不好简单回答，于是他反问："尼奥，难道你父亲没有向你说过什么吗？"

"我父亲？我父亲没有对我说过什么。他只说让我跟你出来走走、玩玩，照相、画画。他说，只要我跟着你，听你的话就行。"尼奥坦诚以告。

勃兰克："明天我们就结束这次旅行了，我把实情告诉你，要求是你必须以军人的名誉保证：绝对保密！不能向任何人透露我对你讲过的话，即使死亡在眼前，也绝对不对人讲！"

尼奥看到勃兰克的严肃面孔，心中一怔。他郑重地说："我以军人的名誉保证！"

勃兰克神秘地对尼奥说："你父亲，我们缅北英军的司令官阁下，就是即将带领军队占领这几千平方公里土地的执行者。你刚从英国的军校毕业来到缅甸不知情，所以他让你陪我来旅游。我们画的画、照的相都是十分重要的山口、关隘、道路，并非完全的风景欣赏。"

尼奥恼怒了："他为什么欺骗我？"

勃兰克温和地说："这不是欺骗，这是军事行动的需要。可以说，这一百多年来，大英帝国不仅紧盯着中国长江口、东南部，一刻也没有放松过对中国西南的重视。女王陛下政府殖民部需要从我们立稳了脚的印度、缅甸向东发展，大英帝国需要新的势力控制区域。"

尼奥颓丧地对勃兰克说："我真一点也没有想到，事情背后是那么复杂！"

两个赶马汉子，各牵着两匹马走在前边，一个嘴里哼哼唧唧地唱着，慢腾腾地牵着马向前走着；后边的一个回过头来对两个白人用生硬的英语说："先生们，还不到歇脚点，赶快走出这可怕的黑森林，才能歇息的。这些地方停不得的呀！"

他的话音刚落，周围树林中似乎有些响动。

突然，近处传来一声接一声牛角号“呜——呜——”低沉而恐怖的声音。

大树下的两个白人对视了一眼，很快两人背靠背地站到一起，而且麻利地从腰间拔出了手枪。

“呜——”

“这是怎么回事？”勃兰克大声地问赶马的汉子。

赶马汉子作了个跑的姿势，喊着：“快跑，快跑啊！”

不等两个白人弄明白他喊什么，头顶的大树上“哗啦”一声巨响，黑糊糊的一片天似的东西飞快地落下来，把两个白人打翻在地，手枪也不知被打落到什么地方去了。只听一阵“哎哟”声和呼救声，两个白人就被罩在一张大网里。

两个赶马人撒腿就跑。

周围的树林里，骤然响起一片吆喝声：

“嗷、嗷……”

“呕、呕……”

几十个手持标枪，握着长刀，持着弓弩的黑大汉猛地从树林中、草丛中冒了出来，飞奔而来。

一伙人奔到罩网前，按手按脚，很快就把两个白人从网下捉出来，捆了起来。两个赶马人也没跑出多远，被这伙袭击者绑扎得结结实实地丢在地上，“吭哧、吭哧”地喘着粗气。

这时候，勃兰克才看清了紧紧包围着他们的人群：这是被称为野佧佤的山民，他们一个个几乎是裸体的，全身黑又亮，只在腰间扎了一圈布条或是一块兽皮。此时，看着这些俘获物，他们一个个都兴奋不已地吼叫着、跳跃着。

勃兰克气愤地叫喊起来：“你们是什么人？你们没有权力可以抓捕大英帝国公民！”

尼奥在一阵惊恐之后，对身旁的勃兰克说：“勃兰克先生，这是一群原始的野人呀，他们怎么听得懂你的问话呢？”

两个赶马人也被拉到白人身旁，一个赶马人懊丧地对白人说：“两位洋大人，我们落入了佧佤山最不开化的野佧佤人手里了，他们不仅抢我们，还要用我们的头去祭谷子呢！”说着竟然“呜呜呜”地哭起来了。

这时，一个显然是头人模样的佧佤人走过来，用他的长刀拍拍哭着喊“饶命”的赶马人的脸说：“你们是些什么人？两个洋嘎拉[①]是干什么的？快说！”

哭着的赶马人看着闪闪发光的长刀，吓得噎住了，说不出话来。另一个赶马人慌忙说：“大头人，我们是马王府的马帮，这两位洋大人是来佧佤山游玩看风景的英国人，他们顺便画画图，照照相；马大人派我们俩给他们带带路，牵牵马。我

① 洋嘎拉：佤族对外国人的称呼，意为“洋鬼子”。

们没干什么坏事，你就饶了我们吧！求求你饶了我们！”

头人高兴了：“哈哈，想网黑熊，偏网到了两个洋嘎拉，这是山神爷照顾我们呀！今年祭谷子的人头有着落了！”

勃兰克大声喊：“我们是大英帝国的臣民，我们有正规的护照，有你们官厅发的通行证！”头人显然听不懂他说什么，不理会他。

两个赶马人不停地磕头，喊着饶命。

头人吆喝着手下众人：“把四个人和马都带回寨子，让魔巴①念经卜卦，选择吉日，砍头祭谷神。”

众人“勐、勐、勐”②地叫喊着向大山深处的村寨走去。

大森林边缘处

有一小队穿着班洪王府号衣的打猎人碰上了捕获英国人的勐尼寨头人的队伍。

背弓弩、持长矛、挎长刀的领队走上前去挡住队伍盘问：“你们是哪个寨子的？抓的是什么人？”

勐尼寨头人气汹汹地喊叫着走上前来：“是哪点的小杂种来管老子的事？走一边去！”

佤兵队长坚持问话：“你们是哪个村寨的？抓的是什么人？”

看看问话人身上穿的是佤王府的号衣，头人消了点火气，说：“老子是勐尼寨的，出来打猎顺手捡了点便宜，网到两个洋嘎拉，拉回去砍头祭谷子。”

佤王府号衣队里冲出来一个身材瘦瘦的佤兵冲着头人就问：“班洪王昆钟早已明令禁止砍人头祭谷，你们寨子不知道吗？”

“昆钟管不着我们勐尼寨！”头人斜眼看看这个佤兵，命令手下人说，“我们走！”

“不准走！我要你们把抓的人交给我！”瘦佤兵用一种凛然不可违抗的口气对头人说。

头人发火了：“你是什么人？敢阻挡我，还要我放人给你，你找死啊！”

瘦佤兵一步不让地说：“凡属阿佤山十七葫芦王地的大小部落和村寨，都归班洪王管辖，班洪王是几百年来中国朝廷和政府任命的地区长官，你不知道？现今班洪王早就明令禁止砍杀活人祭谷的恶习，你敢违抗吗？”

另一个更瘦小的佤兵也站出来说：“佤王一再宣布：不准猎人头祭谷，明令几年了！”

---

① 魔巴：佤族山寨中诵经咒鬼举行各种典礼、宗教仪式的主持人，相当于巫师；同时，也是寨子里给头人出主意、想办法的重要人物。

② 勐：佤语“好”的意思。

勐尼头人不屑地说:“我没有杀阿佤人,我要杀的是洋嘎拉,谁也管不着!”

佤兵队长走近头人对他说:“头人,外国人做了什么坏事?人家来中国做什么你都不知道就抓起来砍头祭谷子,你不怕引起中国和外国的纠纷?头人,你可千万不能不明不白地杀这两个外国人啊!”

头人被问急了,瞪着眼说:“洋嘎拉跑到阿佤山地界来,不是来干坏事,还会干什么?他们又带枪又带刀的,你不杀他们,他们就会杀你。”

两个瘦佤兵走到两个外国人面前,看看年轻的,又看看年长的;两个洋嘎拉叽里呱啦地说了一大堆,瘦佤兵听不懂,问两个赶马汉子:“这两个洋嘎拉是做什么的?”

赶马人争着说:“兄弟,我们是马成君马王爷家的马帮,马王爷要我们带这两个英国人到阿佤山来看风景,他们就是哪里好玩就到哪里,画画、照相,其他什么也没干。兄弟呀,求你给头人讲讲好话,放了我们吧!”

哭丧着脸的赶马人也求饶说:“兄弟呀,我们也是庄稼人,闲时给马王爷赶马帮,家中一大帮老人、孩子,求头人别杀我们呀!你救救我们吧!”

勐尼头人不耐烦了:“你们几个佤王府的兄弟,别碍我的事,不然我不客气了!”一把推开佤兵,叫他的人马赶紧走。

这时,大点的瘦佤兵一步站到头人面前厉声说:“不许走!你要走就得把洋嘎拉送到班洪王府去处理!”

小的瘦佤兵也和大的瘦佤兵站到一起,两个人挡住了头人的路。他们身后一队佤兵排开队伍站在路中间。

头人退后两步,作出要厮杀的姿势说:“你们找死吗?给老子滚一边去!”

佤兵队长急忙挡到瘦佤兵面前,对头人说:“勐尼头人,不得无礼!这是班洪王的大公主叶娜和王府小姐依品。我是班洪王府卫队队长岩嘎。”

头人吃惊地看看两个瘦佤兵,看看佤兵队长岩嘎,又看看到手的四个人和四匹马,他想了一下,说:“你们是班洪王府的人,我不敢跟你们斗,你们也别管我的事,好吗?各走各的路,我们赶路回寨,快让开!”

叶娜一步不让地说:“不行,你只能把洋嘎拉送到班洪去!这不是你一个寨子的事,是全班洪的事。”

头人横蛮地说:“我不管那么多,回勐尼寨!班洪王要管事,叫他到勐尼寨来管!”

叶娜气得咬牙:“你……你是说班洪王管不了你那个几十户人家的小寨子?”

“要管他来我勐尼寨管!”头人白着眼说。

岩嘎把叶娜叫到一边嘀咕了几句后,对头人说:“勐尼头人,我们阿佤山葫芦十七王地是有规矩的。你既然说了要班洪王到你勐尼寨理事,我去请!就有一条,你不要鲁莽行事,你要抢点财物,我无法阻挡你,你要不明不白地杀了外国人,把事情闹开了,你要想想后果是什么!”

叶娜把刀收起，威严地对头人说："我现在陪你回勐尼寨去，你把我当客人也行，把我杀了也行。你要想明白，生命、财产都握在你手里，你要走错一步，勐尼寨就会从此不存在。"

叶娜又对岩嘎说："你快马赶回班洪，请我阿爹一定连夜赶路，明早赶到勐尼寨。救人如救火，你赶快走！"

岩嘎向勐尼头人说："公主要到你们寨子做客，请你好自为之，要尊重公主，若有半点差错，你交代不了！"他又向佤兵小队说："你们随叶娜公主去，一定要保护好公主！"

众佤兵高声回答："是！我们一定保护好叶娜公主！"

岩嘎骑马飞奔而去。

勐尼头人这时感到了事情不妙。他仍装面子对众人说："走吧，把洋嘎拉带回去再说。"

叶娜带着佤兵小队紧紧跟在被捆住的英国人身旁。他们随着勐尼头人的队伍一同走去。

勐尼寨

勐尼寨是一个深藏在大山中的寨子，百来座竹木草屋依山向阳蜿蜒开来，从山里流出的一股泉水潺潺向山脚流去，形成一条小河，寨子就是围绕着小河建盖起来的。勐尼寨的先民们，智慧地运用这股山中流淌而来的泉水，不仅让它从寨子中间穿过，还在寨子四周挖了丈把宽的河沟，形成了护寨河，人畜野兽都跨不过去，进寨子要经过寨门前的吊桥。

在勐尼寨子前，头人不得不以主人的身份对叶娜说："到勐尼寨了，公主请进吧！"

叶娜望着勐尼寨的天然屏障对勐尼头人说："你骄横、目中无人，原来是有本钱啊！"

勐尼头人不好发作，只得恨恨地说："公主，我们部落弱小，不得不想方设法保护自己。让你见笑了。"

叶娜认真地说："头人，你经营勐尼寨辛苦啦，我希望你处理今天的事要慎重些，顾全阿佤山的大局。"

"公主，我让人给你准备了住屋，你带着你的人去歇息吧。遵照你慎重处理的吩咐，我会召集寨中长老和魔巴一起打鸡卦，商议处理的。"头人不敢小看这个班洪公主了。

"谢谢你的好意，你抓的人住在哪里，我和我的人就住在哪里。我帮你们看管，好不好？直至班洪王赶来，我们听从他的处理。"叶娜带着自己的一小队佤兵紧紧地跟着那四个被抓的人。

头人吩咐，把洋嘎拉和赶马人关在木鼓房，叶娜带着佤兵也住进木鼓房，她对佤兵说："我们几人在这里住下，轮流守在这四个人身边，千万不能让勐尼头人偷偷地把英国人杀了。这是很重要的大事，大家辛苦点。一有动静就叫我。"

勐尼头人让人送来饭菜，叶娜问："怎么没有他们四个人的饭？"

来人说："头人请公主过去吃饭；那四个人是要砍头的，不必再给他们吃饭了。"

叶娜一听就跳起来，她真想不到勐尼头人会这样不讲信义。她叫人解开英国人和赶马人，把拿来的饭菜送过去给他们吃。

两个赶马人赶忙过来跪下给叶娜磕头，英国人揉着被捆得麻木的手臂，呱啦呱啦地对叶娜讲开了。通英语的那个矮个子赶马人把英国人的话翻译给叶娜听："谢谢你，公主！你今天的所作所为和讲的话，虽然我们听不懂，但是我们心领神会了，我们知道你是在不顾自己的安危救我们，我们非常感谢你！"

尼奥："你是佤王的公主，你的言行，我记在心里了，除了万分的感激外，我想问你这是为了什么？"

听了赶马人的翻译后，叶娜说："我的父亲是佤王，他一再说各民族是兄弟，我们佤族是落后的小弟弟，要欢迎汉族和各民族兄弟对我们多帮助。你们是外国人，是我们的朋友，朋友来了要热情欢迎。如果你们是坏人来干坏事，来欺负我们，我们就会不客气的。你们说对吗？"

两个英国人不停地点头，表示理解了公主的讲话。

勐尼头人听了守卫寨兵的报告，气得跳起来，叫喊着说："这个什么公主太大胆了，竟然不把我放在眼里，这里是我当家还是她当家？走！叫起全寨的男人去教训她一下！"

这时，寨里的魔巴举着他打的鸡卦站起来，向在场的几位议事长老行礼后，满脸愁云地叫住了头人："头人，鸡卦不吉，无孔无节，两天内不能见血。"

头人吼道："什么？两天内不能见血，我今晚就要砍人头，哪个敢挡我！"

魔巴壮着胆子说："头人，这是梅依吉[①]的旨意，人意可违，天意、神意违不得呀！全寨老少几百口的命运都掌握在梅依吉手里，你要冷静思量。"

众长老齐声说："梅依吉的神意违背不得呀！"头人虽凶，可一听是梅依吉的旨意，无奈地跪下，朝天祈祷："梅依吉呀，我们寨子太穷了！你在天上睁开眼睛看看我们勐尼寨，缺吃少穿，灾祸病痛，庄稼长不好，猎物打不着，我这个头人难当呀！"众长老和魔巴都跪下，齐声祈祷："梅依吉啊，给我们勐尼寨降点福吧！"

木鼓房的夜间

勐尼寨的寨兵在木鼓房周围严密地把守着。

① 梅依吉：佤族信奉的最高神灵，他无处不在，无处不到，时时刻刻护佑着佤族民众。

木鼓房里，燃起了一堆篝火。叶娜带着她的佤兵团团围坐在篝火旁。四个俘虏坐在叶娜和依品身旁，懂点英语的赶马人连说带比划地替他们翻译。

叶娜和依品已经解掉了包头巾，她们的长发披到腰际，配着她们修长的身材，显出了婀娜的形象，火光中她们红光满面，那闪闪的眸子透出了灵慧的目光。

两个英国人似乎完全忘记了他们此时的身份和处境。西方人自由奔放的性格，让他们不停地说述着、发问着。

勃兰克："尊敬的公主，阿佤山真是一个神秘的地方，外面的世界对它的了解太少了，我们希望这趟旅行能给我们一个了解神奇美丽阿佤山和佧佤人的机会，我们短短几天的旅行才刚开始。相信你能说服这位头人，让我们继续旅行。"

依品用木棍拨动着火炭到铁三脚架下，三脚架上一把熏得黑亮的壶在烧着水，三脚架周围烧烤着苞谷。叶娜一边烧烤苞谷，一边对英国人说："我们佧佤人是好客的，我们喜欢自己的阿佤山，但是，我们佧佤人太穷苦了。我们的老百姓大多数还是缺衣少食，他们用大刀砍地，用长矛戳洞播种，种旱谷、小红米、苞谷，收成也不好。我阿爹说，是因为我们没有种庄稼的好本事。"叶娜叹了一口气，停住了，她似乎在想着什么。

尼奥，二十二三岁，他一直说话不多。他有着深蓝色的眼睛和浅黄色的头发，火光在他白色的脸庞上跃动着，他知道叶娜公主一直很注意他，而他也是一直偷偷地、不停地朝叶娜和依品望去。

尼奥不解地问："请问公主，你的民族为什么要砍人的头去祭祀呢？这不是很残酷吗？在我们那里杀人祭祀已经是几百年以前的事了。"

叶娜平时就是无拘无束的性格，听完赶马人的翻译后回答说："是的，杀人砍头祭谷是阿佤山过去的习俗，是很残忍的，以前各部落间不停仇杀争斗，也是因为互相抓对方的人去砍头祭谷。阿佤山十七葫芦王地自从一百多年前吴尚贤太阿公来班洪、班老地区开矿以来，已经在逐渐革除这个坏习俗。近些年，班洪王一再发布明令，不允许杀人砍头祭谷了，要用别的动物去祭祀。"

她望望英国人，说得很慢，好让赶马人把她讲的话翻译出来。

"我们的谷子种不好，不是没有杀人祭谷神；人家汉族人种的苞谷、水稻、旱谷比我们的多收十倍、几十倍粮食，人家就没有杀人砍头祭谷神嘛！我阿爹说汉人用锄头挖地，用牛耕地，还施肥除草，还有人家用水浇灌田地。总之，我阿爹他们去汉族地区看过，回来讲了三天三夜都讲不完。"

尼奥被公主的真诚打动了，他坦率地对叶娜说："公主，你应该到外面的世界去看看！"

勃兰克不失时机地说："公主，过去的缅甸也是和你们一样贫穷落后。自从你们的清朝皇帝把缅甸让给我们大英帝国后，我们英国人就让缅甸发生了大的变化，现在缅甸很多地方都开化了，富裕了。我们到阿佤山来旅行，看到这里的贫困，十分吃惊，我们也真想能帮助你们，为你们做些什么。"

叶娜奇怪了:“你们英国人帮助我们佧佤人?你们凭什么帮我们?没有好处你们也会帮助我们吗?”

勃兰克小心地说:“会帮助的。我们愿意成为你们的朋友,朋友帮朋友,应该的嘛!就像你为什么要不顾自身的危险救我们一样,你为了什么?”

“我为什么要救你们?”这一问,勃兰克把叶娜问住了。

“不对的事我们就要管嘛!”一直不吭声的依品见叶娜被问住了,她滑出一句话来替叶娜回答。

勃兰克笑笑,继续他的话题:“我们可以帮你们想办法发展生产,修路通到大山外边,还可以开矿,让你们有钱;有钱了,你们就可以买很多过好日子的东西。是啊,一百多年前你们这里不是由汉人来开矿,炼出了很多银子,那时候你们佧佤人不是也进步了很多?可是,你们的皇帝怕你们有钱,更怕汉人和你们联合起来反对他,他不让你们开矿了。现在只要你们愿意,我们就可以帮助你们,帮助你们赚大钱,过好日子。”

听了英国人的话,叶娜很高兴;同时,她心里也产生了一个问题:他们到底是来干什么的?

勃兰克看叶娜不吭声了,以为他的话让叶娜听进去了,他又说:“公主,我们的行李被他们收去了,能帮我们要回来吗?我们有一些东西可以送给你,你也一定会喜欢的……”

叶娜看看夜色已很晚了,打断了他的话说:“现在还要什么行李?先保住你们的命才是最重要的。好了,你们歇息吧。”随后,叶娜安排佤兵轮流睡觉,她说:“千万不能让头人趁你们睡着的时候把外国人抢走,一有动静你们就来喊我。”

勐尼头人一再派人来请公主到屋里去歇息,叶娜怕头人使什么花招,她不去。勐尼头人只好派人拿来两床线毯。叶娜递了一床线毯给两个英国人,勃兰克连声说“谢谢”!尼奥深情地望望叶娜说:“你真好!”

叶娜和依品盖了一床线毯,在干草堆里躺下。

叶娜躺着老睡不着,她一直在想:“他们是干什么的?”

山路上

一支打着火把的队伍在崎岖的山路上连夜行进着,马蹄声“的的、嗒嗒”地在夜空中响着。这是个晴朗的月夜,银色的月光为夜行的人们助行,让这群夜行人能够不停地前进。

勐尼头人家的火塘旁

围着火塘坐着的部落里年龄最大的九位长者,他们个个“吧嗒、吧嗒、吧嗒”地吸着自己的烟杆嘴,谁也不先说话。

头人望着他们说："阿爷、阿叔、阿哥们，大家说了这半天了，水酒也喝了几筒筒了，鸡肉烂饭也吃饱肚子了，现在请你们拿拿主意，今天这事该咋办？"

照例年龄最大的阿公先开了腔："人是杀不得了。杀了人，班洪王那里是不好交代，班洪王也无法向政府说清为什么要杀英国人，英国人又向政府要人，最后还不是追到勐尼寨来。那时候，寨子里被抓被杀的就不只是你头人一个人啦！"

阿三哥接过话来说："放也放不得呀！我们勐尼寨不是软柿花，哪个都可以捏。公主不准杀，我们就不敢杀，那么我们部落的脸往哪搁？"

"让他们拿钱、拿粮、拿刀枪来赎英国人；两个赶马人杀了，祭谷神。"大阿叔出了个主意。

"勐！勐！勐！这个主意好。"几个长者附和着赞同。

"不好，不好！"阿爷用烟锅头敲着火塘说，"赶马人是马成君的人，杀了他的人，他哪里肯罢休，那个回回马成君可是个横杀直砍的魔头哩！"

大阿叔说："马成君现在投靠英国，帮英国人做生意，赚了大钱，我们可以叫他出钱来赎人的。"

阿爷接着说："班洪王来了要满足我们提出的条件才放人给他，就说英国人妨碍我们打猎，坏了规矩，所以要杀他们祭谷。要不杀英国人祭谷就得他们出钱，我们去买人头来祭。这是一寨子几百人的要求。"

"赎一个人要一百块银元，两头牛，两缸酒。"几个阿叔开了价。

头人看到长者们意见一致了，说："我们先定下两条，一条是不砍头可以，拿钱粮来赎；二条是赎金每人至少大洋一百块，牛两头，不然不交人。天一亮先将人从公主那里抢出来，藏起来，不然不好讲价钱。"

阿三哥问："公主不放人要动武怎么办？"

头人发狠地说："一个女子动什么武？我们几十个人一哄上去，把他们按翻，再让十几个人把英国人和赶马人藏到后山山洞里去。老三哥你来做这件事，我不出面。"

长老们起身回家，头人又叮咛老三哥："阿哥千万别弄伤班洪公主，你要特别注意啊！"

木鼓房，天刚亮

一阵阵呐喊声在寨子里四处响起来，吼叫得越来越凶。

叶娜推了一把依品，就"蹭"的一下跳起来，十个佤兵急忙站到门口，两个英国人也紧张地向外张望着。

叶娜让会英语的赶马人告诉英国人："你们不要怕，班洪王上午会赶到的。"这时，叶娜发现那个一直不说话的赶马人不见了。她问会英语的赶马人："你的那个伙伴呢？"

"啊！"这个赶马人恐慌了，"半夜他说拉肚子就由值班的兄弟带他出去了。"

叶娜说声:“不好！是谁昨夜里带他出去的?”

一个佤兵回答:“是我。我带他出去后交给守在外面的寨兵了。我回来后就换岗了。”

“出去的赶马人回来没有?”叶娜追问。佤兵们低头不吭声了。

“这下真坏事了!”叶娜着急了,她让会英语的赶马人告诉英国人:“跟你们的那个赶马人可能出事了。你们不用害怕,有我在,他们还不会把你们怎样的。”

突然间,来回跑动、拿着长矛大刀的人多了起来,在木鼓房周围形成了一道包围圈。

依品把火堆的火拨旺,从铁三脚架上拿了烧水壶出去打水,寨兵不让出去了,她左说右说,才有人拿壶出去打了壶水给她。

面对这种不祥的情况,叶娜真感到有点紧张了。她要见头人,寨兵告诉她头人不在。问发生了什么事,寨兵回答她:“不知道。”

太阳升得老高了,围聚着的人群仍然没有散去。

一阵喧哗,一阵呐喊。

老三哥领着一队强壮的寨兵来了,把木鼓房前的小广场围了起来。

“来了,来了。”随着一声声喊,一队寨兵直奔木鼓房而来。木鼓房门口的佤王府卫队佤兵站成一排,护卫着。

“闪开！闪开!”寨兵在木鼓房前也一字排开,站定了。两个寨兵提个竹笼子走到老三哥面前,高声报告说:“人捉回来了!”说着打开竹笼,从里面提出一个血淋淋的人头。

“你们杀了他!”叶娜公主一步从木鼓房冲出来,她喊叫着,“你们杀了他！为什么?”

这正是那个夜里失踪了的赶马人的头。

老三哥走向叶娜说:“公主,这个人夜里出来拉屎,一不注意,他打昏寨兵就逃跑,我们天亮时发现就赶忙去追。找到他时,他已经从山崖上滚下去跌死了,追的寨兵就砍了他的头回来报告。”

叶娜眼泪汪汪地指着他喊叫着:“是你们故意杀了他的!”

老三哥吓的一下子跪倒在地:“公主,我们的人发现时,他确实已经跌崖死了,你要不信,可以和我们去那里察看。”

依品双手捂住脸,哭着说:“梅依吉啊,梅依吉,您在天上看到了吧？他们太残忍了!”

木鼓屋里的英国人战战兢兢地看着那颗还滴着血的人头,无望地叹着气。

老三哥站起来对叶娜说:“公主,我们对这三个人要严加看管,以免他们又出意外。”

叶娜问:“怎么严加看管?”

老三哥说:“把他们捆到那几根剽牛桩上,周围用寨兵围住。他们就跑不脱了。”

叶娜生气地说:“这三个人由我来看管,用不着你来多事。班洪王来了就交他处理。”

老三哥看软的不行就想硬抢,他一挥手,周围的寨兵“哗”地一下拥上前来。班洪兵也站一排挡在屋前不让寨兵靠近,双方紧张地对峙着。寨兵加上村民,人越来越多,眼看一场拼杀将要发生。

叶娜“唰”地抽出刀来,站到佤兵们前面,用刀指着老三哥厉声说:“谁敢往前再走一步,我就杀谁!”

几个寨兵不知好歹,硬冲到前面来,叶娜毫不手软“刷刷刷”手起刀落把他们的长矛头砍断,寨兵们吓得回头就跑。

老三哥脸都吓白了,真怕混战中伤了公主,自己吃罪不起。他挥手让寨兵们往后退:“退下去!退下去!”

勐尼头人来了,慌慌张张地跑到叶娜面前连连摇手打恭说:“公主,公主有话好说,莫动刀!莫动刀!”

单纯的叶娜没有看出来这本来就是头人指挥的行动,她质问头人:“你手下的人不知道我们在等班洪王来处理事吗?他们还放肆地要抢走人呢?”

头人忙顺口应道:“是,是,他们是不知道。”

叶娜看看眼前的阵势:“请头人把从早上就围在这里的人都撤走,这三个人我负责看管他们,我保证他们不会逃跑。”

“这……”头人还想说什么,看着班洪公主真动怒的样子,只好挥挥手,对老三哥说:“撤!”

寨兵们迅速往后退去。

一个寨兵飞快地跑来,禀告说:“头人,班洪王带着一队人马来了!”

他话音刚落,班洪王就已经来到了面前。班洪王:“勐尼头人不欢迎我们吗?”

“啊!”头人怔了一下,赶忙说:“快请,快请!昆钟[①],有失远迎了,请您原谅。”班洪王:“你不是说要我到你寨子来处理事吗?我来了,你不高兴吗?”

头人:“岂敢,岂敢,班洪王亲临小寨,是小寨的荣幸啊!欢迎,十分欢迎!”

叶娜一看阿爹赶来了,高兴得扶着依品流泪了。

班洪王昆钟在头人的引领下来到木鼓房,叶娜不等班洪王走过来,跑上前去抱着他哭了起来:“阿爹……”

班洪王拍着叶娜的肩说:“我女儿是个很勇敢的人,怎么哭了?抬起头来,像个阿佤勇士的样子!你这次做了件大好事,为国家,也是为阿佤山十七部落做了件大好事!”

看着女儿迷茫的神情,班洪王继续说:“杀了洋嘎拉,阿佤就闯下大祸,灭族大

---

① 昆钟:阿佤人对班洪王的尊称,意为大总管。

祸！英国和中国官家都会趁机灭我阿佤的呀！”

接着他对勐尼头人说：“走，进去看看两个洋嘎拉。”

屋里，两个英国人诚惶诚恐地看着走进来的一群人，紧张的气氛使他们发抖。

班洪王转身向师爷刘拥国说：“请你问问他们的情况。”

师爷刘拥国用发音不标准，但让英国人听得懂的英语问两个英国人：“两位先生，你们为什么闯到中国境内来了，你们想干什么？”

勃兰克镇定了一下，很老练地回答：“尊敬的班洪王，我们是英国公民，到缅甸来旅游探险，朋友们告诉我们，你们的阿佤山十分神秘，是值得来看看的地方，于是好奇的我们就走过来了。中缅边界这一片地区人们来来往往，没有什么明显的标志，我们画画风景，照照原始森林和大山，不知不觉地就……”

尼奥低着头不吱声。

班洪王认真地听完勃兰克的话后，严肃地对他说：“先生，你们越过边界在中国境内停留了三四天，你们没有合法、有效的证件，你们这是非法越境行为。”

“尊敬的大王，我们只是想旅游、探险，到处走走看看，我们没有做什么违反中国法律的事情。至于越过边境，这是我们无意识的过错，我请求您原谅。”勃兰克作出了鞠躬认错的样子，他知道不能把事态弄大以影响到大事。

班洪王深知，在没有其他违法事实的情况下，处理这类事情，没有必要惊动各方。他对勃兰克说：“先生，我相信你们仅仅是进行旅游，你们写一份违法越境的认错书，我们放你们回去。”

听完师爷刘拥国的翻译后，勃兰克惊奇了，他简直不敢相信这位赤着脚、穿着土布衣裳的大王会如此果断、快速地处理这件事情：“真的放我们？”

“真的放你们！”刘拥国肯定地回答并告诉他，“吃过饭后就送你们走，你们的行李也会还给你们的。”

勃兰克听了喜色于形，不停地躬身说：“谢谢！谢谢！”

当勐尼头人听明白班洪王的决定后，不高兴地说：“昆钟，你怎么就这样轻易地把我们截住的人放了，我们可是忙乎了好大一阵子呢！”

班洪王一听，一脸严肃地说：“勐尼头人，你们把我的话放在脑袋里了吗？砍人头祭谷可是违背民国政府的法律的，那是犯杀人罪，谁那么做都要抓起来蹲大狱、杀人偿命的！”

勐尼头人仍不服地说：“我们阿佤人，祖祖辈辈都是那么做的，那是先祖传下来的规矩。”

班洪王生气了：“规矩？就是可以随意地砍下一个无辜人的头？佤王府三令五申要废除这种陈旧的恶习，你不是也参加开过会的吗？”

刘师爷对他说：“昆钟多次说过，汉家、傣家种庄稼比我们好十倍、几十倍，他们也砍人头祭谷吗？头人，今后阿佤人不兴再搞砍人头祭谷神了，我们还是多琢磨琢磨学人家种庄稼的好办法吧！”

勐尼头人不讲道理了："人不能放，要用钱粮来赎！"

班洪王一跺脚说："咳，这是什么话？你们把人家半道上截来，要杀人砍头，差点儿就惹下天大的祸，反倒要人家拿钱粮来赎人，那我们阿佤山寨成了什么地方啦！"

勐尼头人诉苦说："昆钟，我们寨子在深山里，不少人穷得连块遮羞布都没有，多数人家都是吃野菜过日子。这次天神给我们机会，劫点钱财，我们要他们用钱粮来赎，不然说什么也不放人！"

勃兰克一直让赶马人把他们对话翻译给他听，他在暗地里盘算着。他对班洪王说："尊敬的班洪王，我们很同情他们的处境，愿意留给他们两匹马和一些钱。"

勐尼头人："不行，每个人要交一百块银元，还要全部四匹马。"

班洪王对勐尼头人说："你把人家劫来，本来就是违法的事，人家不计较了，还留下两匹马和一些钱，可以了！"

勐尼头人："按规矩他们要交赎身费的。"

师爷刘拥国："好哇，让英国人来交每人一百块银元的赎身费，让政府官家因你无理扣押外国人，企图杀人勒索，把你治罪押进大牢，两件事都同时办，你看怎么办？"

"我进大牢？那我这个头人当不成了！"勐尼头人向班洪王问。

班洪王又好气又好笑："哈哈，你也怕进官家大牢？算了，这事就按先前说的办。我再对你说一遍，今后绝不允许砍人头祭谷神了！你多去学学种庄稼的本事吧！"

班洪王没让勐尼头人说话，他又语重意长地说："一百多年来，洋嘎拉没少找中国的麻烦。就是云南这个偏僻的地方，他们始终都没有放过呀！老辈人常常给我们提起过几十年前的马嘉理事件，我们不能忘记那次悲惨的事件啊！刘师爷你给大家讲讲。"

刘拥国接着班洪王的话题说："六十八年前，在不知会中国地方官的情况下，英国官员马嘉理带领英国军队进入中国盈江地区的蛮允、雪列等地，受到当地景颇、傣、汉等各族群众阻挡，马嘉理竟悍然开枪打死中国边民，激起中国各族边民的愤怒，将马嘉理等入侵者打死。英国人由此派兵舰、出军队对清政府大施压力，以马嘉理事件迫使清政府同意用数百万巨额赔款、签订新的不平等条约来了结案子。最气人的是清政府同意英国政府的要求，把三十二名景颇族壮士用囚笼车押送到昆明砍头示众。我们中国边民用铜炮枪、大刀长矛把闯入家园伤害亲人的野兽杀死，他们勇敢得很！可是英国人硬是逼着腐败的清政府除了签订辱国丧权的条约外，还把几十个同胞的脑袋砍下来，英国军队从此在我们西南的西藏、四川、云南等省的边境，不断横行，进进出出，中国的领土成了他们的家园了。

这个马嘉理事件，以后我有机会给大家详细讲。就今天的这件事，班洪王处理是对的，明知洋嘎拉不安好心，我们还是先放他们走，让他们找不到碴儿。"

勐尼头人不停地点头说："班洪王，我记住教训，听您的。"

勃兰克从行李里拿出五十块银元交给勐尼头人。他又把两支英国猎枪取来，对班洪王说："尊敬的大王，我们深深地感激您的宽宏大量、救命之恩，我们这两支猎枪送给您和头人做个纪念吧！"

班洪王笑着对勐尼头人说："这两支猎枪都归你，子弹打完了就没地方买了，你省着子弹用吧。"

班洪王转身对勃兰克说："先生，我们阿佤人是热情好友的，你们真心待我们，我们也会坦诚欢迎的，自古阿佤人就是朋友来了有好酒，豺狼来了有矛箭。最近有些不愉快的事发生在边界，我们希望你们回去多讲讲我们阿佤人的真实情况，我们欢迎朋友们来帮助我们，这点，你能懂吗？"

勃兰克似有感悟地说："懂，我懂！"

一直不吭声说话的尼奥，这时取出照相机和一柄精致的镶银鞘短剑，对班洪王说："我们特别感激不顾危险搭救我们的公主，这把短剑是我父亲给我的生日礼物，我把它送给公主，表达我的深切感激！"

勃兰克："还有那些糖果也要送给公主。"

叶娜反倒不好意思接受这个英俊外国青年送的礼物了，班洪王笑着点头说："收下吧，孩子，这是他的一点儿心意。"

尼奥向班洪王和叶娜公主深深地鞠躬，说："我想为你们照相，为这里的人们和村寨照相，行吗？"

"好哇，好哇，只要你不把我们的魂装在你的魔盒里带走，那我们大家都来照。"班洪王说得大家都乐了，"你照了相，带回英国介绍我们佧佤人，介绍我们阿佤山，这是好事啊！"

尼奥为班洪王父女拍了照，又专门请叶娜和依品给他照相，又为其他人照了相。而且他告诉说一定会把他照的相片洗印后设法送回来。

班洪王安排："刘师爷和岩嘎，饭后立即动身，一直要把两个英国人和赶马人护送过渡口。赶忙回来后，岩嘎和杨叔再送叶娜、依品到班老去。"

勐尼寨

班洪王带着叶娜和依品，在勐尼头人的陪同下，在勐尼寨里各处巡看着。

班洪王对勐尼头人说："你们寨子这股水就是种好庄稼的最好条件，你还是多关心种粮食、种棉花的事，这才是让村民吃上饭、穿上衣的根本办法，少一天到晚地去打猎，荒废了土地。"

勐尼头人喏喏地应着声。

南依河渡口

黄昏时分，雨下得小了。远山、近岭在一片雨雾笼罩中，更显得朦朦胧胧，天地间犹如一幅水墨画。

一天的大雨聚集的山水从各个山口哗哗地向低处流淌。南依河渡口本来就是一个低凹的地方，山里涌出的洪水，轰轰隆隆的咆哮声震得山林发颤。南依河渡口河面已失去了平日缓缓流淌的常态，在四面八方汇聚的山洪冲击下，河面掀起了阵阵波涛，河水汹涌地奔腾向前流去。

两只渡船早已被船夫们拉到岸上，用粗粗的藤蔓绳牢牢地拴在岸边的大树上。山雨欲来风劲吹。船夫连达，一个近四十岁的佧佤汉子，头上缠着红头巾，上身穿一领黑色无袖短褂，下身是灰布宽腰裤。周身古铜色，皮肤赤铜般发亮，这是长期在阳光下劳作的阿佤汉子的特色。两天前连达指挥着船夫勒块和阿邦，三个人把渡船推到了岸上大青树边。

连达："把绳子捆结实了，这里两岸几十个寨子往来就靠这两只船了，不要有什么闪失啊！我估摸这是场大暴雨，会让河水暴涨，过两天才会平息下来，你们都回寨子去休息两天，这里我守着。"

勒块看看天说："连达大哥，这场雨怕是会发山洪的，我留下来陪你吧！"

连达边检查着捆绑船的绳子，边对勒块说："你回去吧！勒块，你家那间茅屋今年是该换屋顶了，等一久，我们就约人去帮你把房子整好。"

送走了勒块和阿邦，连达在大磨石上"唰、唰、唰"地磨着他的长刀。

下了两天的雨

两天来，河边渡口的几间小茅屋只剩下连达一个人守着船。

天黑前，连达照例走出茅屋到渡口转悠了一下。突然，一阵阵由远而近急促而快速的脚步声从班老寨方向的森林间土路上传过来，猎人出身的连达很快就辨出了这是儿子的脚步声。这些年来，他带着儿子打猎跑遍了周围的密林山岭沟壑，儿子的脚步声他是熟悉的，他提着长刀迎了上去。

走来的是连达的儿子甘木浩，一个十七八岁的英俊少年，他远远地见到阿爸，高兴得连跑带跳赶过来，一双粗壮的赤脚踏得地上积起的泥水"啪啦、啪啦"地飞溅："阿爸！我来啦！"

"走，进屋歇，这十里山林路跑累了吧？"

"不累，阿妈让我给你送点吃的来，阿公还让我告诉你这几天……"甘木浩急着说话，被连达推进了茅屋里。连达顺手把自己和儿子的两件蓑衣挂在门旁的竹竿上。

茅屋里

狭小的屋子中央，有一方火塘，手臂粗的柴块在燃烧；火塘的火焰，突突地舔着铁三脚架上的铜锣锅底，锅里烧的水"噗噗"地烧开了。连达蹲下来把弄着柴火，把火添大，屋里明亮起来了。

甘木浩把背篓放在地上。脱下湿透了的褂子，拧干水后，用手拉着在火边烤。“阿爸，前些天放牛的、打猎的陆续有人报告昆鄂[①]阿公，说近些日子又有马帮出进炉房那边了，阿公让你多留神点。”

“是喽!”连达应声道，“不过，这两天下雨，路太难走了，怕不会有人敢闯过去的。”

“狗日的班弄王马成君招来了洋嘎拉，已经三番五次地派他儿子带领马帮从炉房偷运矿石卖给洋嘎拉，发了财，他会不顾一切地干下去的。”

“我晓得，你阿公不让我打猎，让我来守渡口就是为了保护好我们祖先开创的基业。”连达和儿子喝着热水，吃着甘木浩背来的苞谷粑粑。

连达突然站到门口，仔细地听起来，不一会他紧张地说：“甘木浩，有马帮从炉房方向的大山箐走出来，离我们很近了……马蹄声杂乱，越来越近了。”他想了一下对儿子说：“你从草铺旁那个洞爬到隔壁那间屋里，一会来了马帮你不要出来；如果听到我拍巴掌说要去开隔壁茅屋的门，你就赶紧从草盖着的竹篱笆洞钻出去，赶快到班老寨报信。如果听我说儿子住在隔壁并且叫你的名字，就是没有事。”

甘木浩握住长刀钻过去后，连达用柴草把篱笆洞塞住了。

茅屋门口

连达打开门，雨早停了，风还紧一阵慢一阵地刮着，四周黑漆漆。从山里到渡口的路上，星星点点的火把向渡口走来，手擎火把的马帮，陆陆续续来到了渡口场子上的茅屋旁。马锅头由两个高举火把的伙计拥着来到连达面前。

“连达大哥，我们又见面了，你还认识我吗?”马锅头大声说着，“今晚要麻烦你送我们过河去!”

“过河? 哟，段老板，你看看这凶猛的河水咋过得去呢! 起码也得等到明天，让洪水泄过去，河水平静下来再说。”连达回答说。他已经认出来这就是曾经几次来炉房偷矿石的保山人段子光，早就听说这个人很坏，专门为洋嘎拉出歪主意，很受腊戍邦海银矿的英国人重用。今天他带马帮到这里，连达警觉起来。

“不行? 你……”马锅头老段口气不小，刚要发作，一个伙计急匆匆跑过来在他耳边嘀咕了几句，他顿时噎住了，转身向马帮走去。

渡口前的场坝上

连达这时隐约地看到，马帮一大溜有三四十匹马，举火把的人不下十个。他心里在猜测：他们是干什么的? 驮什么货物，为什么要急着过河……

---

① 昆鄂：阿佤人对班老王的尊称，意为寨主、村长。

马锅头老段又过来了，他身后有一个人被两个伙计小心搀扶着慢慢地走过来。“连达大哥，刚才我有点冒失，对不起啦！我有一个伙计，路上染上风寒，今晚借你茅屋歇息一阵，我会谢你的。”不等连达答应，两个伙计扶着生病的人硬挤进茅屋里。

茅屋内

马锅头老段和两个伙计，小心翼翼地把“病人”安放在草铺上躺下，这个“病人”身上紧紧地裹着毛毯，一块方格头巾把头严严实实地包起来，只露出一双神情疲惫泛着蓝光的眼睛。马锅头老段见火塘上罗锅里有热水，忙从自己的挎包里掏出个口缸来倒了热水送过去，和“病人”低声说了些话。马锅头老段过来对手握长刀一直在旁注视着的连达说：“连达大哥，我们是往来的朋友啊，朋友有难，阿佤人向来都是帮助的。我这个伙计路上劳累，又淋了一天的雨，风寒不轻，你这里还有没有上次帮我治风寒的草药，给我这个伙计弄点。”

连达这时心存戒备地走过去说：“段大哥，草药有，可不能乱吃，让我看看他的病情再说吧！”

“不必了，像我那回一样，发冷发热，浑身没劲，动都动不得……”看到那个“病人”挥挥手，马锅头不敢说下去了，忙俯下身子和病人说话后，对连达说：“连达大哥你过来看吧。”

连达添加柴把火塘的火拨旺了，屋子里顿时亮了许多，从风雨中走进这茅屋的人，感到温暖起来。连达坐在火塘边转身看着病人，裹在毡毯里的“病人”身上穿一身傣家男子衣服，宽大的头巾把头脸捂得严严实实的。连达先摸摸他的手，抬着手掌看了一阵，用傣语对他说：“这位兄弟，把包头布打开，我看看你的脸和舌头。”病人似乎听不懂，连达又用佤语说了一遍，病人也无反应，连达只好用手比划着去解他的头巾，那人犹豫了一下，浑身发起抖来，手腿抽搐挣扎着，痛苦地呻吟；他吃力地用手指指马锅头老段，手指动了几下，意思是让马锅头老段帮他打开包头布。

马锅头老段坐到病人背后，轻轻地为他解开头巾，一下子，出现在连达面前的竟然是一个肥头大耳面皮白净、一头黄白头发、碧眼蓝睛的洋嘎拉！

连达禁不住失声：“洋嘎拉！”

马锅头老段慌忙说：“连达大哥，不瞒你说，这位是跟着马帮出来游玩的英国洋大人，这几天赶路又累又淋雨，病得不轻，你可得帮帮忙啊！”说着递给连达两个银缅币。连达心里有数了，他大声地说起话来，好让躲在隔壁的儿子听见：“老段大哥呀，这洋大人病得不轻呀，你可不能大意呀。”

“哎，他就是在山里多玩耍了两天，不然赶在大雨前过了河，今天可就到班弄了。”这时病得有气无力的洋嘎拉“咳”地哼了一声，马锅头老段不敢吭声了。

连达想了想说：“我可以给他治病，你给他说，不要怕疼。”

马锅头老段低声给洋嘎拉说了几句话，洋嘎拉点点头。

连达在屋里找出一个小土罐，加几块柴把火塘的火加旺，把几种干草叶叶根根之类的在手掌里捏碎放进土罐，把罗锅里的水倒进土罐，放在火塘上煨着。他抓起洋嘎拉的一只手搓搓捏捏，又换一只手搓搓捏捏，他看了看洋嘎拉的眼睛，这双眼睛黯然无光。连达用细细的麻线勒紧了洋嘎拉的大拇指，比了个戳的动作，洋嘎拉未作反应，连达用一根短而尖锐的老虎刺，很快地刺了一下指头，洋嘎拉“啊”地叫了一声，指头上流出了黑糊糊的血。连达挤掉拇指上的黑血，解开细麻线，又勒紧中指头刺破，挤掉几滴黑血。尔后，一个指头一个指头勒紧，戳破放出黑血。连达把马锅头老段装水给洋嘎拉喝的缸子拿过来，把小土罐里煨着的草药水倒进去喂给洋嘎拉喝了下去。

洋嘎拉把这草药喝了下去，草药汁的苦味使他眉头皱得紧紧的。

马锅头老段跟洋嘎拉叽里咕噜低声讲了一阵，就向连达说：“连达大哥，谢谢你给洋大人治病。今晚我们过不了河，想再借你们几间茅屋给其他伙计歇歇脚，我们会谢你的。”说着又掏了一个银缅币放到连达手掌里。

连达拍拍巴掌，说：“出门在外，互相帮助是我们阿佤山的好规矩。旁边两屋的兄弟刚好回寨子去了，你们就进去烧烧火塘，烤烤湿衣服，歇息歇息。”

藏在隔壁的甘木浩听懂了阿爹话里的意思，轻轻拉开竹篱笆洞摸出去，悄悄地藏到树林里。

茅屋前场坝上

马锅头老段走出去叫叫嚷嚷地指挥着马帮，下驮围货的，拴马喂马的，进屋烧火塘的，站岗守夜的……很是忙乱了一阵子。马帮按夜宿的习惯，把马驮子围成一个大圆圈，马匹围在当中，缰绳拴在马驮子上，再用皮条绳子把马驮子顺序地串起来，这样就形成了一个保护马匹的大圆圈了，每匹马面前都放了一个草料袋，便于马匹吃草。马锅头老段一再嘱咐小伙计，要守好货物，不许有半点差错，说了一遍又一遍，他才进屋去。

茅屋内

马锅头老段从一个马驮子上拿了一大包东西，都是洋人人的面包、葡萄酒之类，连达在火塘边烧着热水侍候着洋大人和屋里的几个人。

场坝上

屋外守夜的三个马帮伙计跑了一天山路，又湿又冷，累得站都站不住了，还站什么岗？啃了几块干粑粑后，他们东倒西歪地抱着枪围着火堆瞌睡起来。

等到几间茅屋里无声息了，甘木浩偷偷地爬到马驮子拴在一起、围成圈圈的地方，躲在一排马驮子后边，轻轻地摸着马驮子上的口袋。好家伙，完全是用洋帆布做的口袋，像牛皮一样结实，口子扎得结结实实，怎么解都解不开。甘木浩静静地靠着马驮子，手摸着马驮子上的一个个口袋，心里着急。他想知道口袋里装的是什么东西，动作又不能大，稍有一点响动就会惊动马匹。

忽然，茅屋门开了，马锅头老段提盏小马灯，手里握着支手枪走到火堆旁，用力踢醒了睡着的守夜伙计，高声骂道："你们这三个杂种不要命了？货是洋大人亲自点验过的，丢一袋都要你们的命！还有那几匹洋骡马，闪失不得呀，快滚去看看！"

他见伙计懒洋洋的样子，就用手枪戳着他们说："给洋人干活要勤快点，虽然这一带没有人敢惹马王爷，也没有人敢动洋人的东西，你们还是小心点，出了差错是担当不起的！快滚去查查，不准坐下睡觉！不然老子的枪子就不认人了！"

三个伙计睡意蒙眬地提着长枪磨磨蹭蹭地走过去，还未走到马驮子跟前，见马锅头老段提着马灯进茅屋里去了，他们低声骂着："凶个鸡巴！还不是洋嘎拉面前的一条狗。"一个说："老子累了一天了，站着都会睡着了。不歇会，明天咋赶路？"三个人敷衍地站了几分钟，又折回火堆旁坐下打瞌睡了。

马帮马驮子堆

甘木浩等守夜的马帮伙计安静下来后，摸着一个口袋的封口绳结，用匕首轻轻割开，手伸进口袋摸索着。这一把抓去，仿佛是些砂土石头，赶紧抓出来两坨拳头大的石头，装进自己的麻线挎包里，他心里有数了：这个狗日姓段的，肯定是伙着洋嘎拉来炉房偷矿石。甘木浩小心地把口袋扎起来，他知道明早即使马帮伙计发觉口袋结被割开过，只会重新扎紧了事，他们不会嚷开了让马锅头老段知道而责罚他们的。

这下子，甘木浩心里有了底，他摸到树林边一只废弃的渡船里，轻手轻脚地躺下。几个时辰过去了，天边刚露出一线灰色的光芒，警觉的甘木浩就像麂子一样，机敏地从林中小路跑回班老大寨报信去了。

天蒙蒙亮，一抹霞光从南依河流去方向的远山处慢慢扩散开来，沉寂了一夜的大地随着光芒的到来清醒过来了，树林里各种鸟的叫声催促着还藏在山那边的太阳赶快露脸。

马锅头老段像被打得发狂的狗一样，从茅屋里蹦出来就连声赶声地吼叫起来："快起来！快起来！天都大亮了，你们这些懒家伙，还像猪一样地趴着！快起来，马上就要渡河了，要过河了！"马帮伙计们从旁边茅屋里跑出来，边走边穿衣的，扎腰带的，都忙着手脚不停，牵马，喂马，整理马驮子，这些常年跑马帮的伙计，各人都有自己的责任，每天什么时候干什么都养成了一套赶马帮的规矩和习惯，各人都忙着做自己的事。

马锅头边走边对连达说："连达大哥，你看看水势，能不能现在就摆渡过河？"

连达看着这队昨晚没有看清楚的马帮队伍，马队中还有十来匹洋骡子，马驮子上是清一色的帆布口袋，装的东西从外面看不出是什么，赶马伙计一半都是背长枪的，剩下挎长刀的多是佧佤汉子，他们下身穿条破短裤，上身穿件破褂子，腰间挎着把明晃晃的长刀，脖子上和耳朵上都挂着银的或藤的项圈。一个个显得彪悍、粗实。

有人喊了声："段老大，是不是煮点饭吃了再走？"马锅头老段厉声骂起来："吃个球！别磨蹭了，等过了河，到河那边再煮饭吃！"伙计们不敢再吭声了。

连达心里盘算了一下，让他们煮饭吃了再走，光马驮子和人渡过河起码要到晌午。连达不想在班老昆鄂老王派人盘查前就把马帮渡到对岸去，他得想办法拖住这伙人。

渡口

连达对马锅头老段说："段老大，拉船下河还得一段时间，兄弟们昨天淋了一天雨，你让他们煮顿饭吃，耽误不了时间的。"

河水平静了很多，住在附近寨子的船夫勒块这时候也从山寨回到了渡口，连达忙喊他："勒块，快准备一下，把船拖进水里，老段大哥的人马要急着过河哩！"

马锅头老段从洋嘎拉住的屋子里出出进进地跑着、叫喊着、指挥着。他见连达和勒块两个人在慢腾腾地解捆船的绳子，就吼叫起来："伙计们一起过去帮他们拉船下河，抓紧时间哟。要快！要快！"在马帮伙计的帮助下，连达、勒块花了好一阵时间才将两只渡船推进了河里。

每只渡船上，马锅头指挥着装上了四个马驮子，两个马帮伙计。还要往上抬驮子时，连达叫起来了："莫抬上来啦！河水还没有完全退，你们驮子太重，怕船吃不住，出了麻烦我可赔不起！"马锅头老段挥挥手，让手下放下马驮子。

两只船向对岸缓缓摇过去，船确实颠簸得厉害，不到百米的河面，花了很大的劲船才靠了对岸。

几个往返来回，驮子运送还不到一小半。洋嘎拉从屋里出来又返回去。连达给他治了病，又在火塘边好好地睡了一夜，肚子也填饱了，他精神上来了。他指着马锅头老段大骂："这么磨磨蹭蹭，到天黑也过不了河，你给我想办法，赶快，赶快！"

渡船上

马锅头老段不在渡船上，连达从马帮伙计们的嘴里知道了这个洋嘎拉真是不简单，他就是英缅公司的总工程师，英国人在缅甸说了算数的大人物约翰·乌波朗。

在洋嘎拉的催促下，马锅头老段找出了前次来偷矿时跟随的伙计。他对他们说："以前我们从这个渡口过，马是人牵着过河的，你们快找找可以牵马过河的地方，驮子用船运过去，人牵马涉水过去。"几个伙计看着河水湍急，深浅不知，硬着头皮下水，不一会儿就被河水冲得连爬带跑地回到岸上，直喘粗气。

这时，太阳已升起老高了，渡口附近有了当地人往来。马锅头老段被茅屋里的洋嘎拉骂急了，跑出屋对手下的人发脾气："你们这些笨猪，赶紧给我下去探试，一定要找到人马可以涉水过河的地点！快去找，快去找！"

田野里

不远处，几个佧佤老乡在地里做活。马锅头老段赶忙走过去，对一个黑粗佧佤汉子说："大哥，下雨耽搁了我们的行程，今天我们是要赶往班弄的，否则我们的生意就黄了。请你帮帮忙，指给我们马可以涉水过河的地方。"说着他抓了两个缅币，两盒缅烟递给这个佧佤汉子。

这个不明真相的黑佧佤汉子，看着他的三四十匹马还要等小船渡河，又看他着急的苦瓜脸，看看他送的烟卷、缅币心动了。黑汉子领着他走到渡口下游约百米的地方说："这里可以牵马过去，今天水有点急，马驮过不了，人牵马倒可以试试。"

马锅头老段急忙挑了两个会水的伙计，各牵一匹马，一步一试探地走进河里，到河中心时，水淹到了人的胸膛，两个伙计紧紧抓住马缰绳，终于走到河对岸了。马锅头高兴得直搓手，他又从口袋里掏了两盒火柴塞在黑汉子手里，连声说："真谢谢你啊！好兄弟，你帮了我们大忙了！"

马锅头老段指挥几个稳当的伙计，开始一批一批地牵马涉水渡河。

渡船上

渡船上的连达，摇船累得满身大汗，他那黑黑透红的肌肤完全像被水浸透似的。他心里想着甘木浩是否给班老王报信了？班老王带人赶来的话一定能拿个人赃俱获，让洋嘎拉、马成君和马锅头老段这伙不断来偷我们中国矿石的家伙原形毕露，无话可说。可是快晌午了，班老王的人马连个影子都没有。而马锅头老段又让人牵马过河了。他纳闷了：马锅头老段咋会晓得这个马过得去的浅滩地？

连达光着上身摇船，把他的长刀插在马驮架子中间，这是他想好的计策，临靠岸时，他猛力把船冲向岸去，趁马驮子摇晃时，他用力去抽刀，把刀锋顺势往货袋子上一抹，"哗啦"一声帆布口袋划开了长长的口子，里面的矿石掉出来了，连达装出一副憨样子说："这段老板说买的是紫胶咋个被人换成了石头？"吓慌了的伙计不知说什么好，吞吞吐吐地说："这是洋嘎拉要的石头。"连达说："莫慌，莫慌，赶紧另找条口袋重新装起来。"洋嘎拉的底细连达完全明白了。

马帮完全渡过河后

洋嘎拉和马锅头老段嘀咕了一阵，在几个护兵的簇拥下，骑上马走了。马锅头老段让另一只船先划回对岸，他留下连达，马锅头老段对连达说："连达大哥，辛苦你俩一上午了，我们要给你算清渡船费，一定会加倍算给你的。洋大人也要另外给你赏钱，你跟我赶上前去，我找到装钱的驮子好拿钱给你。”

森林中一块空地

连达跟随马锅头老段往前赶了三四里地，快走出河这边的森林地转进山路了，突然路边四五个彪形大汉冲出来拿枪对着连达：“放下手中的刀，跟我们去见洋大人！”连达忙问马锅头老段：“这是咋啦？”马锅头老段嘿嘿笑了两声，眼露凶光地说：“跟他们去吧，怕是洋大人要奖赏你哩！你的刀我替你拿着。”看着这个架势，连达只得照他们的话去做。

林中一小块空地上，洋嘎拉等连达走过来，挥了一下手，他身边背着长枪的七八个随从便一拥而上，不等连达回过神来，已被这些人牢牢地捆在一棵大树上了。这时的洋嘎拉完全变了一个人，不像昨夜那个病得气息奄奄的怂样子，他精神上来了，满脸通红，高声说：“你好啊，你这个会治病的野蛮人，谢谢你治了我的病。”马锅头老段凑上来，一副奴才在主子面前讨好的口气说：“连达大哥，这位就是在全缅甸最有权势的大英帝国的乌波朗爵士，只要你答应为他办事，他就会让你仍然在渡口干活，并且会给你很多钱。”

连达原来是心有戒备的，但这突然的袭击来得太快了，他叫起来：“老段，你们把我捆起来要干什么？谢我是这么个谢法吗？”

洋嘎拉哈哈大笑起来：“野蛮人，希望你跟我们合作，今后我们的马帮都走渡口这条路；我们会给你很多钱和你要的东西的！”

连达听明白了，这个家伙想拉自己加入他们一伙，为他们不断偷盗中国的矿石出力。连达挣扎着说：“放开我！我不是你要找的人，我不会成你们英国洋嘎拉的狗！你们这些蟊贼，跑到我们中国阿佤山来偷矿石，是贼就不会有好下场的！”

洋嘎拉恼羞成怒，对连达骂道：“你这个野蛮人真该死！划开矿石口袋是你有意的，是吧？”

连达笑了：“哈哈，洋嘎拉，你害怕了！你偷中国宝藏的丑行暴露了，你做贼的面目暴露了，你等着，我们会找你算账的！”

洋嘎拉颤抖的手指着连达，眼睛里露出一股凶光，他对马锅头老段说：“这个野蛮人该死！他认出了我，他知道了我们的事；我绝对不容许这个看清了我的脸的野蛮人活着。”他用手杖敲着马锅头老段的肩头说：“你尽快把他处理掉，越快越好！”说完在长枪手的护卫下，快步离开了。

马锅头老段凶狠地对连达说：“连达啊，你看到的太多，知道的太多，又不愿意与我们合作，那就怪不得我心狠手辣了！”

他不管连达如何叫嚷吼骂，对自己身后的一个跟随说：“纳巴，你们寨子今年不是还没有祭谷神的人头吗？这个给你了！”纳巴背起长枪，接过马锅头老段手里的连达的长刀。

连达喊起来："布绕克[1]饶不了你们这帮走狗！梅依吉会惩罚……"纳巴挥起一刀就把连达的头砍了下来，一股热血喷泉般地向上喷出，连达的头"咕"的一声掉到了地上，他的嘴张开着，眼睛瞪着；凶手纳巴把长刀在他的血污了的短褂上擦了两下，一把抓起连达的头塞进麻线挎包，接过马锅头老段递给他的几个银币，说了句"我先回寨子了"，提着长刀走开了。

① 布绕克：阿佤人的自称。

第二章

古森林黑衣人袭击公主
竹楼火塘谈誓守中国地

往班老路途中

山路曲曲弯弯地在原始森林中延伸着，时而上坡，时而下深箐，然而林中山路总是离不开一条奔流不息的山泉与它作伴。

小路两旁的树木，密密麻麻，一棵棵古老的大树，竞争似地把自己的枝头伸向云霄。顽强的太阳光，从树枝叶的空隙中直射下去，落在树下的一片枝叶上，斑斑驳驳。

林中小路上走着四个人和两匹马。平时人们走这条幽深的密林山路，总是结伴而行，很少有单个人闯入这蛮荒的原始大森林。

两个佧佤汉子，身着班洪葫芦王地民团自卫队佤兵号衣，无领无袖短褂，胸前图像是佧佤图腾的水牛头图；下身是裤管宽得可以套进娃娃的兰布裤，红、绿、白三色手工纺织麻线布挎包斜挎在左肩上。短发的年龄稍大点，四十岁左右，背了个背篓，里面装满了大包小包的东西，脚上草鞋是新换的。年轻的二十四五岁，一头佧佤年轻人喜欢的长发披到肩，四方脸上浓眉大眼，眼神机智而沉着，他牵着匹栗色马，手握长刀，背上背着佧佤汉子常用的弩和箭袋。他一双赤脚走在前边脚步轻巧无声，边走边警觉地向四周张望着、聆听着，还时不时地回过头来招呼跟在栗色马后边的两个女子。

这两个女子都是一身佧佤年轻姑娘打扮：米白色的手纺麻布胸衣上镶着土红色斜十字宽布条，外面罩着黑色的绣花背心，下装是红黑色相间点缀波形山水花纹的筒裙，长发披到腰际，脖子上挂着制作精美的银项圈，手腕上和脚腕上都戴着银箍。从衣着上的纹饰看与普通佧佤姑娘相比就显出了装束的华贵。她们两人黑里透红的脸庞上水汪汪的大眼睛特别迷人，笑时一张嘴露出两排初嚼槟榔而有点泛红色的白亮牙齿，谁见了都会说这是一对亲姐妹。

这对亲姐妹似的阿佤姑娘就是叶娜和依品。叶娜是班洪王的大女儿，从小无拘无束地长大，养成了活泼大胆、泼辣、好学上进、敢作敢为的性格；她身边的是依品姑娘，身体清瘦，沉静好动脑筋，总喜欢抿着嘴，大眼睛忽闪闪地眨着。

人们常说这两个女孩是班洪王的一对宝贝、掌上明珠，班洪王在公事之余，第一件事就是问："叶娜和依品在哪里？在做什么？"人们也发现班洪王对两个女孩的那种父爱，超过了男孩。他常说："男孩子是要用鞭子抽着的，女孩子则是要样样依着她的。"而对依品，班洪王的侄孙女，他更是关怀有加。年龄相差两岁的这对宝贝女孩，也养成了相亲相爱、胜过亲生姐妹的感情，她俩几乎形影相随，没有分开过。

今年取火节，班洪王同意了叶娜去班老大寨班老老王昆鄂家，还叫依品也一同去，让女儿和侄孙女代他去问候他的伯父班老王昆鄂一家。

这时的叶娜公主和勐尼寨人见到的那个像小伙子一样强悍的叶娜完全不同了。她和依品两个年轻姑娘一路好玩，蹦蹦跳跳地走着，路边采把花，顺手折条树枝，嘴里不停地"呵呵"地乐着，或者是学着跳跃的松鼠"吱吱"地叫几声。

跟在她后面的年长的佧佤汉子催促着她："叶娜公主，抓紧时间赶路呀！到班老还远着呢，照这样走下去，明天都到不了班老。"

"是喽，杨叔。"叶娜回头看看他，一边加紧了脚步，一边问："杨叔，你讲点故事吧，闷着头走路多难受。"

杨叔："你阿爸是叫你们到寨子去学本领，去学习的，不是让你们去玩的。"叶娜顺从地对他说："杨叔，我一定好好地学种庄稼，学纺线织布。现在你得先讲点故事给我们听。"

杨叔："讲什么呢，你爱听哪样的故事？"叶娜见杨叔答允了，便停下走在杨叔身边，对他说："杨叔，你的传奇故事多，就讲讲你的故事。"

"我有什么好讲的。"杨叔笑了。

"就讲你，就讲你的故事！"叶娜撒娇了。

"好，讲我。"杨叔是看着这个班洪王昆钟的女儿从出生到长成十八岁大姑娘的，平时总是娇惯着。叶娜也把他当成自己的亲叔伯，饿了不是上自己家找吃的，而是到杨叔家去找吃的。

"我哩，叫杨叔，在班洪王府当差快二十年了，本来想去好好种一片地，平静地过日子，伺候老娘；可是班洪王一直不放我走，连他家的小姑娘都要紧紧地跟着我，不让我走开。"

"你有一双脚，谁不让你走呀？"叶娜故意问道。

"是呀，脚长在我身上，可是听别人指挥。一会儿班洪王叫我：'杨叔，我那一对宝贝姑娘在哪里，你快去瞧瞧。'一会儿公主又叫：'杨叔，我饿了，想吃点东西。'于是，我的这两条脚呀，东跑一趟，西跑一阵。你说谁不让我走开的呀！"杨叔学着别人的语气回答她。

杨叔是一个风趣、随和的人，他的开场白惹得叶娜哈哈大笑，拿着一把树枝叶朝他摇晃着："你坏，你坏，莫说我，说你的故事。"

"我是七八岁时跟着阿爹离开班洪，我阿爹是个很有抱负的人，跟你阿爹是打小的好朋友。阿爹带着我走了一个月，经过大理，走到了昆明；他在昆明把我托给朋友家抚养，送我进了昆华小学校读书，他自己也考进了云南讲武堂当兵读书，还去打仗，总之他是那种要为天下百姓做事的人。我在昆明读了小学，认识了好多同学，他们都喜欢和我这个蛮子娃娃做朋友，我们摔跤、打架、爬昆明的西山，在滇池边的大观楼游泳。我的汉名杨国光就是老师给我取的。回来这些年，大家喊不惯我的汉名，就干脆叫我杨叔了。嘿，那个时候日子过得真痛快，学了不少东西，懂了不少道理。可是，我阿爹跟他的讲武堂朋友说是要去外面更大的世界闯荡，要去漂洋过海，可他又割舍不下老家的爷爷奶奶，就让我和我妈回到阿佤山照顾老父母，他和战友们走出云南，一去二十多年没有一点音讯。”

“现在都没有一点消息吗？”和叶娜并排、手牵手走着的依品轻声问道，显然她在认真地听杨叔讲故事。

“没有，一去杳无音讯。我爷爷喊着我阿爹的名字去世了，我奶奶盼儿子归来，眼睛都快哭瞎了。

我的佤名叫贾朗西，是我爹希望我长大成为贾家的龙，望子成龙！哈，我实际是贾朗波衣，贾家的牛，阿佤布劳，阿佤的牛。我这一辈子，走不出阿佤山了，实实在在地为家乡做点事就满足了。”

叶娜一向很崇敬杨叔，听他讲了自己的身世，很激动地说：“杨叔，你见多识广，有勇有谋，我阿爹常说，要是能像杨叔就好了，能到汉族地区去学一段时间，而且还要带一些年轻人去。”

“是喽，是喽，你们年轻人要是能去汉族地区学上几年，那真是好喽！”杨叔也高兴地说。

依品问道：“杨叔，昆明比阿佤山还大吗？”

“大！昆明的房子多、人多，又平坦，在昆明城里你转半天一天都转不完，光卖铁机器织的花布和卖衣服的几十家铺子，你逛半天出不来的。砖瓦房的大院子，又宽敞又明亮。唉，我说不好，说不好。你们要自己去看看才知道外面的中国骑马走十天半月都走不完哩！”

牵着马的岩嘎回过头来站定，对叶娜说：“公主，你骑上马吧，我牵着它走得稳呢！”叶娜不高兴：“岩嘎，你骑上马走吧，我就是要走着才好玩，听杨叔讲多有意思啊。”岩嘎无奈，牵着马在前边加快了步子，依品依然笑眯眯地跟在叶娜身边。

三岔路口

从山上老林走下山，前面就是三岔路口。这是一块不大的平缓坡地，走下坡百多米转个弯再爬上坡，就是班老地界，再翻过两座山就看得到班老寨子了；若右拐爬上山嘴一直走，一个时辰就看得到南依河和渡口了。通过渡口背后的一片林子上山就到炉房了。南依河渡口对面就是有争议的中缅边界地区。

岩嘎这时特别警惕，自己平时经过这段三岔路口，倒没有什么担心的，小心注意周围的动静就是了，可今天受班洪王委派送公主叶娜和依品到班老去。他可是担了十分、百分的心。

岩嘎左顾右盼地边走边说：“杨叔，你是知道的，过去人们经过这段三岔路口，总是提心吊胆，我们也要小心点。”

杨叔回答他，同时也是对叶娜和依品说：“是喽，从前我们腊家[1]盛行砍头祭谷神的习惯，不少部落的砍头英雄都喜欢埋伏在三岔路口的树林里或是山岩后，看到单独行走的人，不管是男是女，是老是少，他们用弩箭把人射翻或是用长矛把人剽翻，要不就是直接猛地跳到人面前，突然袭击，挥刀砍下人头，装进麻线挎包，飞快地跑开隐没在树林深处。”

叶娜经历了勐尼寨那场事件后，对砍头祭谷的古老习俗已经有所体验，她对杨叔说：“杨叔，阿佤山一定要把这种残酷的恶习废掉，不然还会有不少人被无辜杀掉的。”

杨叔靠近她说：“你莫怕，在我们班洪各部落砍人头祭谷神的事，早就不兴了。特别是你阿爹继承了班洪王位后，十分强调不准再有砍人头祭谷神的陋习，还追查过几起砍人头祭谷神的事，但是还有些老深山里的少数部落，不时地还兴这个。不过你阿爹对追查这个事严格着呢。我们班洪、班老的布绕克，从吴尚贤大爷来开茂隆银矿后，几万汉族矿工进来，把汉族的农业技术和农具也带进来了，教我们种谷子和苞谷比其他部落粮食丰收得多了，阿佤山的佧佤人就逐渐不信用人头祭谷神这种野蛮事了。”

听了杨叔的话，叶娜虽然不怕，但她知道人们对杀人砍头这种事心存畏惧的。

岩嘎见已进入三岔路口，十分警觉地四处张望，杨叔也把二十响的盒子枪盖子打开了。只有叶娜公主仍是东张西望，觉得快出林子了，这里有一片平地，想跑出去活跃蹦跳一番。依品没像她那样活泼又说又笑，总是跟在她后边，紧随着她。

岩嘎突然转身把她往后一推，大叫一声：“快躲开！”说话时“嗖”的一声，一支弩箭飞来，从刚才叶娜的位置射落到马鞍；叶娜惊叫一声，跌倒在地，岩嘎握紧大刀注视着前方，杨叔则“唰”一下掏出二十响盒子枪，朝弩箭射来的方向“哨，哨，哨”三枪打了出去，并且抢前一步，护到叶娜和依品身旁。

枪声响过后，前边大树后“哎哟”一声，一个人影扑倒在地。

三个彪形大汉，一袭黑衣装束，脸都是黑布巾罩着，布罩上只留两个圆洞，露出闪着凶光的眼睛，猛然跳出。岩嘎不等他们站稳，举刀就向先过来的高个子劈去，“唰、唰、唰”，一刀接一刀，逼得高个黑衣人急忙倒退，后边一个矮个头黑衣人冲过来，收不住脚，撞到后退的高个子身上，再后边的黑衣人忙往旁边一闪，举刀朝岩嘎侧面直刺。杨叔这时一手握枪一手把长刀举在胸前，护卫着叶娜和依品；他见岩嘎要吃第三个杀手的亏，忙举枪射击，“哨”的一声，第三个黑衣人被击中肩头，踉跄一步，用长刀戳地立住了；岩嘎挥刀与两个黑衣人奋力打斗，越杀越勇；刚才被岩嘎推倒在地的叶娜这时也回过神来，从她的彩色麻线挎包里掏出左轮手枪，果断地朝着黑衣人“啪、啪”就是两枪，这下把三个黑衣人都吓住了，稍后边的

① 腊家：阿佤人的自称。

那个受伤的黑衣人叫声:“不好,快走!”三个黑衣人飞快转身,一阵风似的朝大森林跑去了。岩嘎追出去;杨叔大叫:“岩嘎,回来!不要追!”

他快步走到被射倒的黑衣人面前扯开黑布头罩一看,是个年轻佧佤人。此人前胸中两枪,气息奄奄。

杨叔说:“他的弩是南依河对岸班弄班况佤兵常用的那种武器。”

岩嘎:“他身上再也找不到任何可以说明身份的东西了。”杨叔把黑衣人靠在大树边,依品拿出背篓里的水葫芦给他灌水。黑衣人睁开眼睛,无力地念叨着:“梅依吉,梅依吉……”

杨叔问:“你是哪个寨子的?为什么要害我们?”那人嘴动了动,声音极微;杨叔又给他灌了口水。

他声音微弱:“……永邦……麻哈王要……截……杀公主……抢走……依品。”黑衣人头一偏,死了。

杨叔看看叶娜和依品、岩嘎都没有受伤,就叫岩嘎快把马牵来,把所带的东西都集中给马驮上。

“快走,快走,快离开这个恐怖之地。”四个人警惕地看着四周,加快了前行的步子。

杨叔问叶娜:“公主,你刚才用的那支左轮枪,是班洪王最心爱的随身物品,怎么会在你手里?”

“来之前我爹叫我带上,用它防身。谁知还真用上啰。”叶娜很得意地说,“平时,我爹教我,我会用好几种枪;岩嘎大哥还教我用长刀哩!”岩嘎回头看了她一眼,脸红了。

杨叔说道:“你这个姑娘与其他佧佤女孩就是不同,喜欢舞刀弄枪,像个小伙子一样。今天这个阵状,要是其他女孩吓都吓瘫了,而你却勇敢地开了枪,胆子真大。你平时常常混在班洪佤兵中跟着刀刀枪枪地练习,练得跟男子汉一样了。好!你弟弟太年幼,你阿爹就宠着你这个宝贝女儿。”

岩嘎也说:“公主平时完全像个男兵,只在走亲戚、见宾客时,才穿得跟其他佧佤姑娘一样,看来公主是要成男子汉了。”

依品则随时跟着叶娜,不论叶娜干什么,她都是笑着看着。

岩嘎边走边问:“杨叔,刚才那个死鬼说什么永邦麻哈王要截杀公主,抢走依品,那是怎么回事呀?”

杨叔看看叶娜和依品,轻声地对岩嘎说:“莫问了,不能让两个姑娘知道这件事。以后有机会问问班老老王昆鄂就清楚了。”

班老寨

甘木浩大清早一路狂奔赶到班老寨,直奔班老王家,还没有上竹楼他就高声喊起来:“艾西瓦叔叔!艾西瓦叔叔!……”

班老老王昆鄂披着衣服走出门来问:“是谁呀,这么风急火燎地叫喊?”

“爷爷,马成君的马锅头老段,伙同洋嘎拉昨晚偷了几十驮矿石,歇在渡口,我爹叫我赶来报信,赶快去抓他们!”

“是吗?这是个大事!”班老老王听甘木浩说是洋嘎拉又来偷矿,急了,“哎呀,艾西瓦刚出寨,他带人打猎去了,他想猎头野猪或者黑熊,让全寨子取火节美美地吃一顿呢!”

“咋办?别耽误时间了,快找人呀!”甘木浩着急了。

老王转身拿了个牛角号吹起来,“呜——”牛角号只发出了一点声,像小娃娃的声音,老王已经喘不上气来了,毕竟快七十的人了:“甘木浩,你来吹,要吹得响亮、短促。”

甘木浩接过牛角号,站在竹阳台上鼓足劲吹起牛角号来:

“呜——呜——呜——呜——”

顿时,短促的牛角号声传开来了。

这一招真灵,不大一会儿,寨子里在家的男人们个个提着长刀,扛着长矛赶过来了。艾西瓦一行十多人走出寨子没多远,一听到这紧急召唤的牛角号声也跑着转回来了。

“什么事?怎么发出紧急号声?”人们互相问着。

老王昆鄂站在阳台上大声说:“乡亲们,洋嘎拉又来偷我们的矿石了,昨晚住在渡口;连达让甘木浩来报信,这个事,大家说管不管?”

“班老寨管辖的矿山,咋个不管?贼都进家来偷东西,我们不能眼睁睁地让贼把自己的宝藏偷走呀!”有几个人同时喊起来。

“马成君这伙败类不停地偷运我们的矿石卖给洋嘎拉发了大财,这回连洋嘎拉都亲自来偷了,走啊,我们去抓贼!”艾西瓦高声呼喊着,带领男人们走了。

“爷爷,我走了!”甘木浩说完就跑去和艾西瓦带领男人们奔跑出寨子。

路遇

叶娜四人转过山坳向山上爬去,翻过一座山就一路直通班老寨了。这时,叫叫嚷嚷的一队人马走过来,与杨叔一行人相遇了。

远远地艾西瓦就认出了杨叔;杨叔赶上前去拉着他的手说:“班老王,您好啊!班洪王让我带来问候,并送公主叶娜和依品来见见她姑爹姑妈,在班老过取火节。”杨叔对叶娜说:“这就是你堂哥艾西瓦,现在继任班老部落王了。”

不等叶娜开口,艾西瓦就走前一步,热情地说:“你好啊表妹!我们多年未见面了,班洪王和姑妈,好吗?我爹娘挂记着你们哩;要不是眼下多事,早就和我娘去班洪看望你们啦!”

艾西瓦多看了几眼依品,似乎有话要说而又不便说出,只是笑着对依品说:“孩子,你好!”

叶娜没有一般姑娘的那种羞赧，她热情地大大方方地说："表哥你好！你要早些时候来，可以帮我们抓住蟊贼啦！"

艾西瓦急忙问是否有事。杨叔把发生在三岔路口的事讲述了一遍。

依品则静静地在旁边看着，而她的眼睛却总是在甘木浩身上，从眼神上看，依品和甘木浩似乎认识似的。

艾西瓦对他们安慰说："危险过去了，事情会弄明白的。你们先去班老寨，这里离班老寨只有十来里地了，翻过山坡就看见寨子了。我们要赶去渡口截住洋嘎拉的马帮。"

"洋嘎拉的马帮？"叶娜一听就叫起来了，"我要跟你们去渡口，这么大的事一定很有意思，我要去。杨叔你先去寨子，我和表哥在一起，不会有事的。"她吵着要去。

三岔路口

甘木浩想着阿爹那边的事，心里很着急："你这个小姑娘，我们有急事要赶到渡口去，晚了洋嘎拉就跑了！你先去寨子，有话等我们回来后，你再跟艾西瓦说。"

叶娜一听，有人阻止她，还说她是"小姑娘"，生气地说："我就是要去！"艾西瓦急着赶路，让杨叔带叶娜先去寨子。

"这段时间来，不断听到班洪关于马帮偷矿的事，班洪王也叫我了解些真实情况。"杨叔对艾西瓦说："班老王，我们也一起去看看情况，人多势众嘛！"

"好，那就快走吧！哦，忘了介绍一下，这是甘木浩，连达的儿子；甘木浩，她不是小姑娘，是你姑姑呢！"

"姑姑？"甘木浩不解地问。杨叔告诉他："叶娜公主是你爹连达的表妹呀！"

叶娜能一同去渡口，又认识了个"大侄子"，高兴得很，她开心地笑起来："哈哈，我还有个大侄子！"甘木浩不好意思了，扭头就大步往前走去。叶娜追上前去要和他说话。

南依河渡口

艾西瓦带着人赶到渡口时，晌午都过去了。

早上送马帮渡河的船夫勒块，着急地眺望对岸。河对岸不见连达的身影，连达的船也还在对岸停着。一见班老王艾西瓦带着人来到，他赶忙禀告："昆刚，早上马帮渡河后连达被段马锅头带去见洋嘎拉到现在还未回来。"

勒块又对艾西瓦说："连达大哥和我都没有想到马锅头老段这个狡猾的家伙，找到了牵马过河的地方，一下子就把马牵过河去了；本来连达大哥叫我慢慢挨，好让你们赶到抓住这伙蟊贼；谁知道渡过河后，洋嘎拉就叫人抓住了连达大哥，说是去拿渡船钱，这一去有两个时辰了，还不见连达大哥回来，真怕有什么意外。”

艾西瓦也觉得事情不妙。

他说：“河对面虽说是阿佤山葫芦王地的范围，因为处于中国与缅甸的未划界边界地区，永邦、班弄、班况一带的几个部落王长期与南依河那边葫芦王地的各部落头领不和，这些年一些未划界区域的部落王又投靠了英国人，依仗英国人的势力不断制造摩擦，攻打河这边的寨子，派人过来杀人放火抢牛羊。今天把连达带走凶多吉少。”

杨叔也觉得情况不妙，说：“洋嘎拉到底是狡猾的恶狼，连达在他们手里是危险的，我们快追，一定要找到连达。”

南依河西岸

勒块把班老寨的一船人送到河对岸，远远看到连达的船停在岸边，船上没有人。

甘木浩大声喊起来：“阿爹！你在哪里？”

众人也叫着：“连达大哥，连达大哥……”

艾西瓦决定由勒块渡人过来，他带甘木浩、杨叔、岩嘎、叶娜、依品七八个人顺路先行，后边渡过来的人跟着追来接应。

循着小路进入林中，艾西瓦要大家警觉些，小心翼翼地带着大家向前走，越往前走林子越密，杨叔让大家放慢脚步，等着后边的人赶上来，他怕中了埋伏人少势弱；况且在别人的地盘上，总得小心谨慎为是。

林中空地上

艾西瓦等后边又赶来七八个人，才让大家加快速度前行。走了三四里地，一小块空地上站着一个人。艾西瓦带着大家走近了一看，这是一具上身赤裸，被捆在树上，被砍掉头的尸身！

杨叔要大家警惕地注意四周树林，并吩咐：“岩嘎，你带四个人继续追出去看看。”

甘木浩走过来，愣了一下，突然大叫着哭起来：“阿爹！阿爹！你咋个是这样了！”艾西瓦问甘木浩：“是你爹吗？”“是！我昨晚见他时他穿的就是这条灰布裤子，还有胸前这条被老熊抓伤的疤。”甘木浩说着又“阿爹，阿爹”地放声号哭起来。

这突然出现的情况，让在场的人都惊呆了。大家真不知道该说什么，有人哭着把头扭在一边不忍多看。

叶娜和依品见到这无头的尸身时就吃惊了，听甘木浩说这就是他阿爹连达，她俩被吓着了。叶娜一把抓住杨叔问：“这是咋回事呀？这么残忍！”依品紧紧地拉着叶娜的手，眼泪止不住地淌。

“这是杀人灭口！”杨叔和艾西瓦不约而同地说。大家劝着拉开甘木浩。几个人把无头尸身从树上解开放到地上。尸身流出的血也已干了，估计被杀两个时辰了。

岩嘎带着追出去的人返回来了，岩嘎说：“马帮过去的时间长了，前边二里地的山口有永邦佤兵把守。”艾西瓦和杨叔低声商量了几句。艾西瓦指挥人抬着连达的尸身先走了，杨叔拉着甘木浩气愤地说：“孩子，记住，这就是仇！你是个汉子了，要记住报这个仇，我们一定要找到洋嘎拉报仇！”

“我爹他肯定是被那个洋嘎拉杀的！”甘木浩咬牙切齿地说，“我一定要找到这个段马锅头，找到这个洋嘎拉，我一定要找他们报仇！”

寨子外

连达的葬礼，全寨子的男女老少几乎都来了。两个佧佤妇女扶着痛不欲生的甘木浩的妈妈。

连达的尸身按规矩不能抬进寨子，在魔巴的指引下，在班老大寨对面的山腰埋葬了。班老部落的老王昆鄂和班老王艾西瓦带领部落老老少少都来为连达送行。魔巴带领大家唱起了传统的招魂歌：

啊……
连达大哥呀！
我们用茂隆矿请你，
我们用班老矿请你，
我们用老李（李定国）的银请你，
我们用老吴（吴尚贤）的金请你，
茂隆矿的威力大，
么老李西老吴的威力强，
连达的魂呀，回来吧！
回来守护家园，回来守护亲人。
连达的魂呀，回来吧！
英雄的魂呀，和同胞在一起，
英雄的精神呀，在同胞的心里！

魔巴领头唱一句，众人就跟着重复一句；魔巴唱完一遍，众人就连声地唱：“连达呀，回来啰！”

山谷里，回荡着一阵阵的回声：“连达呀，回来啰！……”

甘木浩家里

甘木浩家是一座普通的佧佤草顶竹楼。上楼的竹梯子旁有一堆劈柴堆码放得整整齐齐,竹楼的底层拴着两只羊,猪圈里,一只半大的小猪哼哼地叫着。

周围的一块菜地上,种着山里常见的大青菜。

甘木浩的妈妈被这突来的噩耗击垮了,她承受不了这个事实,昏倒后一直不省人事,口中念念叨叨地叫着:"连达呀,你在哪里,你在哪里?"

守在她身边的女人们轻声地安慰她,轻声地祈祷着:"梅依吉啊,我们的神,请您惩罚恶人吧!"

叶娜抱着甘木浩的小妹妹莎巴,一遍又一遍地轻轻抚摸着莎巴的头,她轻声说:"真没有想到,这次来班老会碰上这么伤心的事。前些日子我看到了血淋淋的人头,现在又看到了血淋淋的尸身,真残酷呀!我们佧佤人的命太悲惨、太多苦难了!依品,我这一生就是要帮我阿爹做事,让我们阿佤人不再受欺负,不再穷苦下去。"

泪眼汪汪的依品点点头。依品想到自己就是从小没有爹娘的人,莎巴以后没有阿爹了,说:"叶娜,莎巴以后没有阿爹了,多可怜啊!"

叶娜抱紧了莎巴说:"不,我们大家都会关心莎巴,我回班洪会告诉阿爹,把莎巴接过去和我们住一起。"

莎巴小声说:"姑姑,我不去,哪里我都不去,我要和妈妈在一起。"

依品静静地忙活着,她不声不响地把甘木浩家的家务事都做了。

马成君的班弄王府

在王府的小洋楼上。这是一间布置得很讲究、颇有现代气息的房间。

乌波朗:"谢谢你班弄王,你专门为我设置这样的房间,我很高兴,以后到这边来,我都住你这儿。"

马成君,这是一个近六十岁的老头,身板还算结实,高高的个头却在英国人面前一直躬身赔笑。他那年轻漂亮的傣族小老婆也站在身边,陪着他。

马成君:"我这里随时为您准备好一切,希望您能在这里过得高兴。"

乌波朗从行李箱里拿出了几封红纸封裹好的银元放在桌子上,对马成君说:"马大王,这趟辛苦你的人了,替我好好谢谢他们。我们的合作希望一直很好地维持下去。等马锅头从邦海回来,你继续组织马帮去炉房拉矿石,越多越好,你拉多少我要多少!钱,你会越来越多的。哈哈……"

马成君望着乌波朗,手伸到桌上抓牢了钱。他讨好地说:"爵士,一定照您吩咐的去做。您劳累了,早点休息吧!"马成君转过脸对傣女老婆说:"快叫人来伺候爵士早点休息!"

小老婆对门外喊了一声，一个身着傣装年轻漂亮的女人走进来，傣女小老婆对她说："好好伺候乌大人休息好，我会赏你的。"

"是！"傣女一边答应，一边过去抱住乌波朗。

马成君和傣女小老婆退出房间。

班老王家里火塘边

埋葬连达后，部落里的大小头人都集中在班老王家里，艾西瓦把南依河渡口发生的事情，洋嘎拉偷矿、连达被杀的前后经过给大家讲了。

他说："这件事明摆着就是英国洋嘎拉过来偷我们的宝藏，又杀我们的人，欺负到我们头上了，我们布绕克是不会忍气吞声的，我们一定要打这些蟊贼，一定要报这个仇。"

杨叔告诉班老头人们："班洪王已经接到多起报告，英国人这些年来一直惦记着我们阿佤山这块土地，惦记着阿佤山的矿藏，英国人利用我们民族的叛徒败类，帮助他们不断绘地图，偷矿石，制造仇杀和混乱。我们的部落，我们的村寨要看得清，扛得住。我们现在守的是祖宗传下来的土地，守的是祖宗开发出来的矿藏，我们的土地是中国的土地，谁都不要来打我们的主意，守土卫边是我们阿佤山每个民族、每个部落应尽的责任。"

部落各村寨的头人七嘴八舌地讲述这些年英国洋嘎拉不停地耍手段，就是要吞掉阿佤山十七葫芦王地的村村寨寨，要阿佤民众成为他们的奴隶，最终把这块土地从中国分裂出去。

说到英国人的不择手段，班老老王昆鄂气愤地说："英国人收买了马成君和我那个不争气的小儿子沙姆，叫他们一次又一次地来给我送礼，黄鼠狼给鸡拜年，没安好心。英国人看中的是要我跟他们合作开银厂，那个洋嘎拉乌波朗说，只要答应此事，我要什么他们给什么。"

杨叔问："老叔，你咋个答复他们的？"

"呸！英国人找对人了，可是碰到钉子上了！"老王说得很激昂，"我告诉他们，茂隆银厂是中国之地，中国人所开，干他英国人屁事！矿是中国的宝藏，送多少钱，送多少礼我都不收，只要拿来吴尚贤老爷留下的木刻证据，我们就帮他开，没有就叫他滚蛋，少打主意！"

"老叔，吴老爷的木刻还在吗？"

"当然在，你看。"老王家的祭台上，一个手肘长的紫檀木盒子供在那里。"班老世代为中国保护银矿，英国人无论拿什么来换，中国人的矿山都不能给他！腊家和汉家是一家，九老九伴我们都不丢伴。跟英国人走是丢了祖宗，丢了阿佤的本性。"

班老各部落的头人都表态说："昆鄂老王，我们听你的！"

昆鄂接着说："我已经快七十岁了，只要我活一天，就要保一天的中国地。今后，就要靠你们了，要靠班洪王率领大家齐心协力地跟英国人斗了。”

众部落头领：“我们要对得起祖宗，团结一致，保疆卫国，保家园；英国洋嘎拉想什么鬼点子我们都要跟他斗！”

杨叔告诉大家：“我这次是受班洪王委派来看望大家，和各位部落头领谈谈心里话，阿佤山各部落要团结一致，不要上英国人的当，不要被欺骗、被收买，更不要投降英国人，去为英国洋嘎拉卖命。”

众头人：“我们班老各部落都听从班洪王的指挥。”

等各寨头人走后，杨叔对班老老王昆鄂说：“你刚才说沙姆被英国人收买来给你送礼，你拒绝了；英国人也多次给班洪王昆钟送礼物，每次都被昆钟斥退了。今后他们还会耍花招的。”

岩嘎看看杨叔试探地问：“昆鄂，永邦麻哈王是你的小儿子沙姆，这我们听说过，可是这次碰巧他派人来截杀叶娜公主，想抢走依品又是怎么回事呀？”

昆鄂猛吸了一口烟筒，喷出一大团白烟气，叹着气说：“唉，都是我那叛逆的沙姆惹出的祸。对你们说说也好！当年老三，就是沙姆，人们都叫他三王子，他从小不学好，好吃懒做，骄横霸道，欺男霸女，偷鸡摸狗，在寨子里让人们恨死了。我对他左训右训，他就是改不了，把他吊起来打了几回，打过后他作恶更凶。不怕你们笑话，他这个逆子什么事都干得出来。他的大哥艾西瓦未办婚事的女人都被他偷着去睡了，把姑娘的肚子搞大后，他又甩掉人家跑了。几年后，听说他在永邦立住了脚，还把永邦公主也搞到手。他在那里为所欲为，打打杀杀拼了些年，三年前永邦王让他继承了王位，他就成了麻哈王。可是他贼性不改，一面做着打家劫舍的盗贼事，他砍杀了几个班老的寨子，欠下了班老乡亲的血债；一面投靠英国人，做洋嘎拉的走狗。这个儿子我早就不认了！”

老王昆鄂吸了口烟又说：“逆子作孽呀，他早晚会遭报应的！”

岩嘎不解地问：“昆鄂老王，这次在大森林三岔口，他为什么派人截杀公主呢？”

昆鄂摇着头说：“这得怪我们了！前不久，这个逆子派人送礼来，说要见见他十六七年前的女儿，被我和艾西瓦轰走了。他妈心肠软，悄悄告诉来人说取火节叶娜公主和依品要来班老。这个逆子这不就动了截杀抢人的念头了！”

杨叔点头说：“他这就派人在三岔口对我们下手。叶娜和依品在这里，我们得随时警觉着，我想他是不会罢休的。”

岩嘎同意杨叔的话，说：“是啰，麻哈王还是会打什么鬼主意的，我们白天夜晚都得十分留意着。”

老王昆鄂对他俩严肃地说：“叶娜和依品在班老，那个畜生会知道的，我们是得保她们的平安。今天给你们说了这些话，你们已经知道依品就是当年被沙姆玩弄的女人生下的孩子了吧？班洪王是知道的。我请你们千万不要对叶娜和依品讲，不要对其他人讲，行不行？”

看着昆鄂老王希望的眼神，杨叔、岩嘎同声说：“老王放心，我们绝不会讲出一个字的。她们的安全我们也会负责的。”

昆鄂老王满意地说：“我放心，你们可就要操心了！”

墓地

甘木浩久久跪在父亲连达的坟前，他拳头紧攥，两眼喷火，他发誓要报仇。

叶娜和依品一直站在甘木浩身后，她们说不出什么话语来安慰甘木浩，只有久久地陪着他，不停地流着泪。

岩嘎一直在他们身旁警觉地注视着四周。

杨叔在班老待了一天，他要急速赶回班洪，把这里发生的情况禀告给班洪王。行前杨叔向艾西瓦建议：“加强对寨子的防卫，组织训练男丁；同时加强对渡口和各个路口的巡查。”

艾西瓦派了四名弩箭手护送杨叔回班洪，岩嘎留下陪叶娜公主姐妹在班老过完取火节后再回班洪。

艾西瓦还暗地派了两名机灵的探子，让他们悄悄地去永邦、芒相一带打探消息，特别叮嘱他们要打探出杀连达的凶手下落。

艾西瓦问昆鄂：“爹，发生了这么多的事，取火节还过不过？”

“过！布绕克的风俗不能变，英国洋嘎拉和坏人再捣乱，我们的日子还要过，并且要过得更有声有色，更红火！我们过得更好了，才是对逝去的人更好的怀念。”

班老老王坚定不移的口气使艾西瓦放心地去安排取火节的事。

第三章

盖新屋班老寨欢度取火节
未雨绸缪岩嘎抓组织练兵

班老大寨

班老大寨内，依山沿坡，佤家杆栏式的竹楼、茅屋，远远望去就像一片广袤的山麓顺坡而下生长着的巨大菌子；茅草房子相邻很近，一家望得见另一家，相邻人家的园子竹篱笆连着竹篱笆。

叶娜和依品的到来使班老王家的竹楼格外热闹，人来人往，欢笑声阵阵。特别是年轻的姑娘和小伙子，都想来看看传说长得像天仙一样的班洪公主姐妹俩。叶娜和依品也大大方方地和年轻人交往，特别是姑娘们来了一拨又一拨，不仅仅见面打个招呼，还约好了一起去种地，一起织布，一起参加篝火跳舞；小伙子们则是远远地看着，饱饱眼福。叶娜则主动地与小伙子们打招呼，反把一些脸皮薄的小伙子羞跑了。

叶娜和依品格外高兴，她们在姨妈班老老王妻子娅娴那里唠家常，听她讲班洪王和班老王早年是一家的故事，学娅娴织棉麻布的技术；又到表嫂依香那里去学做泡水酒。叶娜是个喜动不喜静的女孩子，总想看些新鲜的东西，学些新鲜的手艺。

大清早，艾西瓦就吆喝着青年男人们上山进密林。

他们整天在外追逐猎物，想猎获黑熊、野猪使今年的取火节过得更热闹些，给寨子提供更多的肉吃。

班老老王昆鄂领着寨子的魔巴和几位年长者，东忙西跑，一阵子在大青树场子上栽牢拴牛桩，要在这里举行砍牛尾巴仪式；一阵子又要去查看几家今年准备盖新竹楼、茅屋的地方，让魔巴卜卦、驱鬼。

站在竹楼阳台上的叶娜对着要出发的艾西瓦喊叫起来："表哥，你们要到哪里去？带我和依品去好吗？"

艾西瓦："取火节要到了，我们去猎野猪，打黑熊，为全寨子打猎，好让大家过节美美地吃上顿肉。你们不能去，去了会得罪山神的。"

叶娜失望地对依品说："我太想去和他们狂跑着追逐野猪，那多有劲呀！"

依品劝她说："算了，我们要做的事还忙不过来呢。今天我们去找依香学做泡水酒，明天……"

叶娜赶忙说:“明天找娅嫡姨妈学织布,还听她讲故事。我最想听她讲班老、班洪老一辈是一家的故事。”

依品:“织布怕要学十天半月才学得会。”

叶娜:“学多长时间都可以,我一定要把织布的本事学到手。你敢和我比赛吗?”

依品:“比就比,我们比谁先学会,比谁织的布好。”

叶娜:“我还要学会做彩云挂包,学会缝衣服,学……”

依品打住她:“我们要学的东西太多了,还是先从泡水酒、织布开始吧!”

大森林

茫茫的大森林里,树密草深。一阵阵震撼山林的呼叫呐喊。

“哦,哦……”,

“喔,喔……”

接着是轰鸣的铜炮枪声,刺耳的火药枪声;这边喊“打着了!打着了!……”

一只受伤的黑熊在林子里惊恐地飞奔狂逃。

那边又传来:“堵住!莫让它跑掉……”

随着不停的叫喊声,人们从四面八方围拢过来。猎人们小心翼翼地提防着黑熊的突然袭击;执弩的人箭在弦上,随时可以射发;持矛的人紧握长矛弓着身子,准备一跃而起;握长刀的人双手把持着长刀步步进逼……

身材高大的艾西瓦持着一支铜炮枪走在最前边,他吆喝着,仔细地观察着可能是黑熊藏身之地的密密麻麻的深草丛;猎枪举在胸前,跟紧旁边的岩嘎,距他十步远,握着长刀与他形成两翼,轰然而起的喊叫声又从对面响起。

兀地,一只人一般高的黑熊“哗”地一下子在艾西瓦面前的草丛中跃起,愤怒地咆哮着,身上插着几支弩箭,挥舞着双臂直奔艾西瓦扑打过来;“嗷”的一声号叫,艾西瓦先是一惊,怔了一下,急忙朝黑熊扣动了扳机,这一枪没有打中黑熊的要害,黑熊更愤怒地“嗷、嗷”直叫,整个身子扑过来。艾西瓦既来不及装铜炮子,又来不及弃枪拔出长刀,黑熊高举有力的双臂朝他打下来,他只有攥紧手中的铜炮枪朝黑熊狠狠地直刺过去。受伤的黑熊狂怒,抓住枪杆毫不费力地就把枪折断了。握着半截枪身的艾西瓦身子站立不稳,一个踉跄,几乎倒在黑熊脚下。

“呀”的一声长啸,岩嘎几步奔过来,一刀直刺黑熊胸部;甘木浩也不知从哪里猛冲过来,举着长矛从背后刺中黑熊,黑熊痛苦的叫声响彻大森林;赶过来的几个猎人也把长矛刺进了黑熊的身子。

黑熊倒下了。

一群光着上身,汗水淋淋的猎人欢叫起来。今天的打猎收获很大,寨子的另一伙猎人也用前不久布下的陷阱捕杀了一头肥壮的野猪。

夕阳中归来的猎人们,抬着黑熊、野猪,还有一大堆野兔等小猎物,个个满脸欢笑。

一个粗犷的声音唱起来，其他男子汉又唱又吼地回应着：

夕阳西下呦，
遍地金光照，
金光照。
猎人欢笑归来喽，
打猎满载归，
满载归。
山神赐礼物啦，
布绕克拜谢，
拜谢拜谢！

寨子内

欢笑声塞满了整个寨子。

清晨，阳光明媚。寨子内的杆栏式茅屋在寨子里的平地延伸到两面的坡地，一排排、上下重叠相连的茅屋，炊烟袅袅升起。

一块空地上，已经堆放着竹子、草排等建房的材料。

艾西瓦早早就来到这里。他看看地面，地面平平整整；他用脚跺了跺，拿起编扎好的草排看看，草排编扎得厚厚实实、稳稳牢牢的，成堆的草排码放了几大堆；几十棵粗壮的大筒竹整整齐齐地堆着。他很高兴。

今天是给布训家盖房。爹妈和布训兄弟妹五个孩子，房子不够住了，加上布训又刚娶了媳妇，一大家子七八口，房子更不够住了。全寨先给布训家盖一座大点的竹楼，布训一家高兴极了。布训看见艾西瓦来到，赶忙从旁边爹妈的树杈式窝棚里过来问候，他憨憨地笑着说："谢谢您和老王，您为我家盖新屋筹划辛苦了！谢谢全寨父老乡亲！"

"布训，娶了老婆，又盖新屋，高兴了吧！你的爹妈年岁大了，弟妹又还小，你还得和他们一道种好地，过好日子啊！有哪样难事，你要找我，你要开口，一寨子的人都会帮你的。"

布训笑着回答："是喽，是喽！"

帮忙的人们从各个窝棚和高脚楼里出来，男的带着工具——锯子、斧子、凿子，挎着长刀来了，有的又扛来些粗竹子；妇女们有的抱着一竹筒水酒，有的抱着一竹筒米，有的拿来大把的烟叶。寨子的规矩，不管哪家盖新屋或是有其他重大事情，家家都要来帮忙。来帮忙的人，还要尽其所能带来米和水酒、烟叶、盐巴之类的物品。布训的爹妈和弟妹，把已经煮好的两大锅鸡肉烂饭抬来，把大片的芭蕉叶和几木碗盐巴、辣子摆好。

来帮忙的乡亲们，各人撕片芭蕉叶从锅里抓出鸡肉烂饭放在叶子上，大口大口吃得高兴。

班洪老王昆鄂带着魔巴来了，布训和爹妈赶忙迎上去行礼，艾西瓦也迎上去问候。

布训爹把芭蕉叶上的饭团给昆鄂和魔巴送上来，昆鄂边和魔巴大口大口地吃着用芭蕉叶包着的鸡肉烂饭，边说：“你家盖新房的材料都准备齐了，寨子里帮忙的人也来了，就早点动工，开始吧！”。

布训和父亲、弟妹，把一头祭鬼的肥猪拉到魔巴面前，魔巴叽叽咕咕地念叨了一阵子，看准猪的要害，一铁镖下去，猪哼叫着流着血倒下了，魔巴用小刀飞快地从猪身上取了猪胆，仔细地看着猪胆上的纹路显示的卦象。

“昆鄂，卦象吉利：猪胆上的纹路上下成行，猪胆饱满，胆内汁水多；猪也倒在吉方；从卦象上看，盖这房子是好兆、吉利！”魔巴指着猪胆向班老老王报告。围观的人群，大声欢呼起来。

“勐！勐！勐！”

“好了，寨子盖新房卦象吉利，也是寨子兴旺的好兆头！还有三四家打算盖新房的，你们赶快准备好东西，等过两天拉完木鼓，全寨乡亲会帮助你们的。你们的水酒可别少泡啊，哈哈……”昆鄂也很高兴，“魔巴，你和艾西瓦带人赶快上山去祭树，明天大家去拉木鼓！”

“是。”魔巴和艾西瓦领着三四个人上山去了。

盖新房在老王的指挥下，一下子就开工了。

叶娜公主和依品这时从忙乱的女人群中走出来，叶娜向昆鄂行礼问好，昆鄂笑了：“叶娜，依品，班洪那边盖新房也是这样热闹吗？”

“热闹着呢！这几年，班洪那边的村寨年年都有寨子三家五家盖新房，都是全寨帮忙，又唱又跳，半夜才散的。”叶娜恭敬地回答着叔父。

依品则恭恭敬敬地给爷爷点上烟锅头，笑着看着爷爷不说话。

“我们佧佤人的茅草房子都是一天就盖完。叶娜呀，你知道这种房子的来历吗？我讲给你们听。”昆鄂一边教叶娜、依品用篾条捆扎草排，一边讲起了故事：

“我们佧佤人从‘司岗’（洞穴）里出来，过着群居采集的日子，不会盖房子，没有固定的挡风遮雨的地方，常遭受凶猛野兽的侵袭伤害，遭受各种各样的困扰和灾害。后来，学会了用芭蕉叶和树枝搭小窝棚，才有了栖身的地方。再后来，我们的祖先与汉人交往了，知道汉人用木头、砖瓦盖房子，又结实又宽敞，可是我们布绕克人还做不到他们那样。我们的祖先，是个聪明的长者，他去向孔明阿公诉说，阿佤先民吃的是山果野菜，穿的是树叶兽皮，住在岩洞和树荫下，生活过得苦极了，请足智多谋的孔明阿公帮助阿佤人脱离这种无衣无食无住的境况。谁知孔明听他说话时抬头看看天，又低头看看地，沉思了一阵，什么也没说，只把自己的帽子摘下来，放到桌子前边，自己摇着羽毛扇又埋头办理公案了。我们的这个祖先抱着很大的希望翻山越岭赶来见孔明阿公,他却一声不响,就很着急地又诉说了一遍阿佤人之苦。孔明阿公这才抬头站起身来左挥右摆着他的羽毛扇指着自己的衣服,并叫手下将军送给先祖一斗军谷,并说:‘如此可也!’

将军出去将一斗谷子倒进先祖的竹筒时,竹筒装不了,将军就将剩下的谷子撒在山坡地上,看到大把大把的谷子撒在地上,先祖伤心了,对将军说:‘汉人都说诸葛孔明大智大慧,可我没听他说什么呀!’将军笑了,他双手左右挥舞,说:‘阿佤兄弟,这就是衣服;至于房子,你想想帽子;再就是明年这个时候,你到这里来就明白一切了。’”

依品闪着大眼睛说:“我明白了阿爷,第二年那里长出了大片的旱谷。”

叶娜也抢着说:“我们佤族人的衣服和裙子就是仿照孔明阿公的宽衣大袍的袖子式样缝制而成的,对吧,阿叔?”

“真聪明,真聪明!”昆鄂高兴地笑起来,他接着说:“那位祖先回来后就按孔明阿公的瓦板式帽子的样子,用竹子和茅草建盖房屋,阿佤山有的是粗大结实的甜竹苦竹,遍山的茅草又长又结实,就地取材。布绕克人就开始住进能遮风避雨的茅草屋。一百多年前吴尚贤大爷来到我们阿佤山,与葫芦王签订了条约,就领着我们佤山人开矿炼银子,前前后后有好几万汉族人也投奔来开矿。吴尚贤阿公教会佤族人用铁三脚架煮饭,教会佤族人用铁锄头种地;几万汉族人把汉族地方种庄稼、养牛羊的本事教给我们佧佤人,这样我们阿佤山班老、班洪、葫芦十七王地区这一百多年来有了很大的变化。佧佤人的牛头式竹片茅草房,变成了孔明阿公帽子形的瓦板式的草顶竹楼房。布绕克有了生活的经验,又在吴尚贤阿公和汉族人帮助下学习了傣家人的竹楼形式,佧佤人把单层茅草房修建成两层的杆栏式的竹楼草房,而且还在房前搭建起了竹阳台,在房子周围用竹木桩围成栏栅。这样,我们的房子把牛、猪牲畜养在下面,人住上面,又方便又防凶猛野兽的侵害。

“孩子们啊,班老布绕克现在的日子逐渐安定了,地也种得多了,一年比一年好过起来,布绕克勤奋、勇敢、吃苦、团结,人心一致,我们会赶上班洪的。”

“阿叔,你们一定会更好的!”叶娜听了昆鄂讲的故事,很感兴趣,“我在班洪阿爹不准我随便乱跑,见的、听的太少了。”

昆鄂问她:“我们竹楼你还住得惯吗?”

“住得惯。我从小时候就住在竹楼了。最近这些年班洪王府才陆续建盖了一些砖墙、木架、瓦顶的房子。”

依品问昆鄂:“爷爷,你以后会给我盖竹楼吗?”

昆鄂抚摸着依品的头发,点头说:“会!爷爷以后要给你一座又高又宽的大竹楼,不过要等你嫁人的时候!”

依品撒娇地说:“爷爷……”

几个年轻人嬉皮笑脸地凑过来说:“爷爷,我做你家的孙女婿好吗?”

昆鄂:“好,好!满寨子姑娘随你找;我家依品呢,由她自己挑!”

依品害羞地躲到爷爷背后去了。

大家听了都欢喜地大笑起来。

给布训家盖房的人们，先挖坑洞埋牢了十六根粗壮大竹，离地一人多高铺上一层竹子做楼板，又用竹子做椽子，一排排茅草排用竹片藤条牢牢捆在竹椽子上。还在竹子地板上架了竹掌子成为阳台。竹片编的篱笆也安装在竹楼板上，由竹篱笆隔成的房间也在一间一间地初具规模。

太阳快偏西了，在叶娜眼前，一座杆栏式茅草竹楼的雏形出现了。叶娜这回见识了建盖茅草竹楼房的全过程，她兴奋地拉着依品跑来跑去，前前后后，上上下下地观看着一天就盖起来的新房子。

大森林

艾西瓦和魔巴带着三四个人进入大森林，朝着平日打猎时就瞄好的红木树方向走去。

魔巴对艾西瓦说："鸡卦说要在砍地种苞谷前找到木鼓树，树要长在山梁上，没有伤痕，没有虫害，枝叶要齐全茂盛。'克牢'（木鼓）是布绕克的通天神器，有着圣母玛奴姆的英灵。"

"是，是。"艾西瓦连声应着，领着魔巴翻了两架山，来到平日他看好的一棵大红木树前，这棵红木树粗壮高大，有合抱粗，是棵做"克牢"的好料子。

魔巴绕着树看了又看，用手摸了又摸："好！ 就是这棵树了。"他跪下去，给树磕了头，把耳朵贴在树身上，闭起双眼，仔细地听了一阵，然后对艾西瓦点头示意，艾西瓦和两个青年人，举起手中的火药枪朝树上接连开枪，"叭、叭、叭"的轰鸣声响彻森林。

"好了，好了，树鬼被撵跑了！"魔巴开始念咒语，并向树根连砍三斧子。艾西瓦指挥年轻人开始砍树。

树砍倒了，魔巴画出最好的两段树干砍断，凿上栓藤条的眼子，说："本来要守一夜，怕树鬼重新回来。刚才我已经念了咒语，树鬼回不来了，大伙可以回去。明早，天麻麻亮时就要回来拖树。"

艾西瓦指挥着："好喽，大家回去。明早天边一露白光就到寨门口聚齐出发。"

新房子前的场子上

艾西瓦回到寨子时，太阳已经快落山了，太阳的余晖，红灿灿地把整个寨子罩在霞光中。寨子里一座新的竹楼建成了，满寨子的人都到新房子去欢庆。欢庆的人都尽自己所能地带来了大米、水酒，硬要布训家收下。

班老老王带着叶娜公主、依品和艾西瓦来到后，魔巴念咒驱鬼，然后大锅大锅的饭就分给大家吃起来。

新房子前空地上，栽起了一根大粗竹竿，竹竿顶上钉成十字形，这是梅依吉神和阿依俄神的神位。大竹竿周围栽起了好多根小竹竿，小竹竿的上端扎在大竹竿上，形成了一把大伞，象征着跳舞的房子，魔巴念一阵祝词后，梅依吉神和阿依俄神就算上座了。这时鬼塘火已经熊熊燃烧起来，把场子照得亮晃晃的。魔巴领着几个小魔巴和寨子里的老人们，开始围着火塘跳起来。

人们边跳边唱：

今天是个好日子，
大家来唱新房子；
热喜拉嘿热喜啦，
新房子盖得真漂亮，
祝贺主人住新房。
热喜拉嘿热喜啦，
新房子盖得结实又宽敞，
我们寨子团结齐心抱成团，
一天哟，就盖好一座房。
热喜拉嘿热喜啦，
竹桩篱笆茅草排，
又扎又捆建新房。
遮风挡雨房子牢，
火塘竹床多温暖。
我们高兴，我们欢唱！
热喜拉嘿热喜啦！

男男女女，老老少少，人们都加入进来，跳舞的人越来越多，歌声越来越响亮：

跳歌要跳跺脚歌，
人多歌响多欢乐。
你抬脚来我抬脚，
跺得黄灰做得药。

跳舞的圈子由一个变成了几个，歌声也随着圈子在变化：

我们还要剽最好的牛，
我们还要泡最香的水酒。

我们给新房唱最好听的歌，
我们给新房跳最攒劲的跺脚舞。
祝贺主人有房有福好生活，
祝贺寨子平安吉利更兴旺。

布训一家人抬着装米酒的竹筒，拿着竹杯，跑来跑去给村里年长的老人们倒水酒，给跳舞跳累了的人们倒水酒，水酒倒了一筒又一筒，喷香的水酒吸引人。叶娜跳舞跳得喘不上气来，跑到旁边来喝水酒，昆鄂老王问她："你快乐吗？"

"快乐死了！"叶娜想都不想就随口说出来，昆鄂嗔了她一句："不许胡说！只许说吉利的话，不然梅依吉和阿依俄会生气的。"

"阿叔，神真的在那里看着我们欢乐吗？"叶娜装作调皮地问。

"是的。梅依吉是造天造地造人的神，是我们阿佤最大的神；阿依俄是家里的神，保佑着各家各户哩。他们随时随地都和我们每个人在一起，我们时时刻刻都要祈祷神。"

叶娜朝神位低头祈祷，把竹杯水酒倒进火塘。昆鄂问："你祈祷什么？"

叶娜笑眯眯地说："我祈求梅依吉神和阿依俄神给我幸福！给我快乐！祈祷神保佑我阿爹和阿叔事事顺利！身体健康！"

昆鄂笑了："孩子，也祈求神早点给你个如意郎君吧！哈哈……"

"谢谢阿叔的吉言！"叶娜笑着跑进跳舞的人群里去了。

依品跳了一会就走出圈子，坐到昆鄂旁边，她倒满一竹杯水酒，双手捧着献给昆鄂："阿爷，你喝水酒嘛！"

望着这个如花似玉的少女，昆鄂老人接过竹杯，他有些激动了，突然问依品："孩子，你喊我什么？"

"阿爷。"依品闪着那星星般的眼睛，又热情又亲昵地叫了一声。

"对，你应该叫我爷爷！"昆鄂激动得用手抚摸着依品的头发，又重复了一句："应该叫爷爷。"

依品不解地望着他那苍老、疲惫的面庞。

昆鄂控制不住自己了："我是你爷爷！"

依品茫然了："我叫你爷爷，那么叶娜也要叫你爷爷，是吧？"

这一问，让昆鄂一惊，他清醒似的向天真无邪的依品说："啊……，叫什么不重要，重要的是你和叶娜要像两只孔雀一样，永远漂亮，永远幸福。"

昆鄂把水酒递给依品，对她说："孩子，我衷心地祝福你啊！……去吧，去像孔雀一样跳舞去吧！"

依品接过竹杯一饮而尽，她说："阿爷，不，爷爷，我怎么没有见到甘木浩，他到哪里去了？"

昆鄂也看了一遍跳舞的人群，确实没有甘木浩。他难过地说："甘木浩这孩子，实在太难过了。他不会在这种场合露面的。”

“我想去找他，告诉他我们都和他一样心里难过，我们都十分同情他。”依品真诚地说。

昆鄂留意地看了她一眼，轻声说：“唉，不幸的孩子心灵是相通的啊！”他对依品说：“这时候，他会躲得远远的，你找不到他。”

依品有些伤感。

昆鄂对她说：“孩子，去和大家一起跳舞吧！”

“我想唱歌。”依品望着欢乐舞蹈的人群说。

“唱吧，唱吧！”昆鄂鼓励她。

依品站起来，走到篝火旁，放声唱了起来：

哦……热喜啦嘿啦，
高高兴兴贺新房，
住进新房喜洋洋。
阿佤年年盖新房，
寨子年年都兴旺，
牛羊成群猪厩满，
来年丰收谷满仓。

木柴丢进篝火塘，篝火越烧越旺。跳舞的人们舞圈越转越快，人们跺脚的舞步越来越响，地下跺起了一阵阵尘土。

此起彼落的歌声越唱越热烈，男女老少，一个接一个地唱了一首又一首。

依品大方地走进跳舞的圈子，大声地唱起来，高亢的歌声响起来，压过了所有歌声。

阿爷阿婶们哟，
阿哥阿姐们，
佤山的亲人，
佤寨的家。
让我们像大青树般的成长，
让我们像山岩般的坚强。
我们爱我们的寨子，
我们爱我们的家。
我们爱劳动，
要辛勤地种好庄稼。
我们爱亲人，

要用命来保护他们，

……

在大家庆贺新房落成时，有个人没有参加，他就是岩嘎。班老老王说他是客人，要他参加吃水酒、跳舞：“你们年轻人就是要欢欢乐乐，又唱又跳。”

“昆鄂老王，你们的好意我领了。为你们站站岗、放放哨，是我的责任。”岩嘎真诚地对班老老王说，“我带着甘木浩在寨子外面到处走走，也和他好好聊聊。”

“谢谢你！你多多开导我这个曾外孙，他这段时间伤心透了，怪可怜的。”老昆鄂望着岩嘎的背影，心里赞许，“这是个难得的实在好小伙呀！”

寨门外

在寨门外大青树上，艾西瓦警觉地躲在大树桠上，注视着四面动静。

岩嘎和甘木浩边走边说着话向寨子外走去。岩嘎领着甘木浩专走大路边的小路，艾西瓦没有惊动他俩，他暗自想：单凭这点就可以看出岩嘎是个很有心计的人。

转悠了一个时辰，岩嘎和甘木浩折回来了。他俩刚走近大青树，岩嘎就警惕地拔出长刀，厉声说：“甘木浩，小心！我闻到树周围有烟叶味。”

“哈哈……”艾西瓦笑着从树上跳下来。

吃了一惊的岩嘎和甘木浩，认出了是班老王艾西瓦。“你们俩走出去时我没有惊动你们……”

“我们出去时，也感觉到有人在树上放哨。”岩嘎接过艾西瓦递过来的小烟锅吸了两口，他故意在吸烟时用另一只手罩住烟锅头。艾西瓦和岩嘎会意地笑开了。甘木浩摸不着头脑，他们笑什么？

岩嘎说：“班老王，在寨子里叨扰好多天了，谢谢款待！这些天让我想到几件事想跟你说说。”不等艾西瓦回应，岩嘎紧接着说：

“第一件事，班老大寨和周围的村寨，能拿起大刀、长矛、枪、弩箭的男子有好几百人，我们要找时间训练他们；使长刀的，耍长矛的，射弩箭的，还有用火药枪和铜炮枪的，要让每个男子汉都学会使用几样。班洪工那边除了佤兵外，男丁都要组织起来训练了。经过训练的男人在有情况时才发挥得了作用。”

艾西瓦迫不及待地插话：

“这正是我最想做的一件事！不把汉子们组织起来训练，形成队伍，形成力量，就不能保护家园，保卫佤山。”

岩嘎接着说：“第二件事，我们要了解河那边的情况，洋嘎拉、永邦、芒相、班弄以及腊戍，那边的消息对我们很重要，胸中有数，知己知彼，这是孔明阿公传下来的。再说，连达被害，叶娜公主遭袭，我们也要弄个清楚。”

甘木浩虽然不太明白他俩讲的那些大事，但要报杀父之仇的烈火时时在胸中燃烧，他很感激岩嘎能想到他阿爹的事，他下决心要为阿爹找洋嘎拉和段马锅头报仇："不管到什么地方，不管到哪天，我都要找到那些杀我爹的凶手！"

艾西瓦拉着岩嘎的手，说："兄弟，你想的两件事太重要了。对付豺狼就得有本事，就得知道豺狼藏身的地方和它的特性。太谢谢你啦！"

岩嘎说："莫谢我，这实际是班洪王的意思。杨叔和我来班老，就是班洪王让我们来了解班老的情况，并适时地向班老王提出这两项建议。"

艾西瓦答应下来："明天拉完木鼓后，我们就去找阿爹商量。"

寨子里欢乐声停了，三个人才慢慢折回寨子去。

寨子内

岩嘎、艾西瓦和甘木浩悄声在寨子里巡视的时候，岩嘎远远地看见有黑影在叶娜、依品的竹楼附近晃动。岩嘎轻声对艾西瓦说："不好，有事啦！你们两个人从后边，我从前边，绕到叶娜她们屋子去看看。"

"我也隐隐约约看见有几个影子在那边晃动。"艾西瓦握紧了长刀，轻轻拍了一下甘木浩的肩："紧跟着我！"

他们分两路来到叶娜、依品住的竹楼，竹梯边有一个黑衣人握长刀在守着。

"你去捉住那守梯子的人，我和甘木浩上去瞧！"岩嘎知道事情不好办，他悄悄地对艾西瓦耳语道。

"好！"艾西瓦应了一声后，猫着腰，无声无息地摸到守竹楼口那个人身后，猛地一下勒住他的脖子，另一只手狠狠地抓住了他握刀的手，这家伙被勒得哼不出声来，嘴就被岩嘎用东西堵住了，刀也被岩嘎夺了过来。黑衣人完全吓呆了，被甘木浩用备好的绳子三下五除二捆绑了丢在地上。

岩嘎和艾西瓦轻轻地摸上了楼，屋里叶娜在高声质问："你是什么人？你摸到我们房里做什么？再不说话我就要开枪了！"

一个沙哑的声音急急地回答："姑娘，别开枪，千万别开枪！我不是外人，我只想看看你们，只想看看依品！"

叶娜毫不畏惧的声音："你不要动！你要看我们为什么蒙住脸？你说你是什么人？"

岩嘎、艾西瓦一下冲进屋里，一个黑衣蒙面人面对着叶娜和依品，叶娜用她的小手枪对着黑衣蒙面人，依品紧紧握一把小匕首；那个黑衣蒙面人长刀挎在腰间，没有动武的样子。冲进来的岩嘎和艾西瓦两把长刀把黑衣蒙面人逼住了。

黑衣蒙面人却不慌不忙地解开了蒙脸巾。艾西瓦喊了一声："沙姆！"黑衣蒙面人也喊了声"大哥！"

艾西瓦气愤地用左手指着他说："我不是你哥！你这个不要脸的东西，又想干什么坏事？快说，不然我今天非宰了你不可！"

黑衣人，身材没有艾西瓦高，那张露出来的脸，很丑陋，有点像恶魔的样子，他在艾西瓦的威严下没有慌乱,说:“大哥,我没有恶意,就是想看看自己的女儿!我冒了掉脑袋的危险,偷偷地摸过来就是想看看自己的亲生女儿!我没有恶意,完全没有恶意!”

艾西瓦仍是没好气地说:“你没有什么女儿!当年你把怀了你孩子的玉波推下了河,淹死了。现在你派人在大森林三岔路口截杀叶娜也是没有恶意吗?”

听了这些话,岩嘎完全明白了:眼前这个人就是麻哈王!

叶娜听艾西瓦说是这个人派人半路截杀她们,气得握紧手枪上前仔细看了看这个丑陋的家伙。

麻哈王说:“对不起了,公主!我没想杀你们,我只想见到我的女儿。现在见到了,依品,我就是你的阿爸!”

依品在这紧张的气氛中,还没弄明白是怎么回事,听这个人自称是她亲生阿爸,她害怕地叫起来:“不,不!”

沙姆似乎要掉泪了,他说:“依品,今晚我混在人群里,看到了你,听到了你唱的歌,在临走前又来看了你,我满足了!”

艾西瓦气极了:“不许你胡说!依品不是你女儿!沙姆,你赶紧带着你的人滚吧!”

岩嘎冷静而威严地说:“沙姆,你不要胡说,趁班老王还没有改变主意前,你赶紧带着你的人滚吧!”

叶娜听了他们的话,似懂非懂,但她知道这个人肯定不是个好家伙,事情也不会是简单的事。她咬着牙说:“你这个家伙,少在这里胡说,赶紧滚!不然我可是真的要开枪了!”说着,她真的拉动枪膛。

沙姆看着依品,不舍地说:“依品,我的女儿!”急转身朝竹楼走下去。

沙姆下楼把被捆绑的随从解开,向寨外奔去。艾西瓦一直追在他们身后,见他们走远了,才返回来。

岩嘎见艾西瓦回来,就说:“叶娜和依品被吓着了。我在这外边竹台上守着,你和甘木浩回去吧!”

甘木浩不走,说:“我要和岩嘎守在这里。”

艾西瓦走了。

依品出来,把两条线毯子放在他们身边。

班弄

马成君王府的议事厅。马成君眯着眼听段子光讲述这趟马帮为乌波朗驮矿的经过,当说到他们按乌波朗的意思把班老的船夫连达杀了时,马成君一下从虎皮太师椅上站起来,用手指着段子光说:“你,你……你知道闯下大祸了吗?你这个不用脑子的蠢货!我们想法赚钱是可以的,但是不能随便杀人!何况杀的还是十七王地的班老的人,他还是班洪王的亲戚,你闯下大祸了!”

段子光辩解说:“那是乌波朗爵士叫杀的呀!”

马成君见段子光还不明白这件事的严重性,骂道:“你蠢到家了!英国人说句话,你就动手杀人?班洪、班老那边我们是惹不起的,人家只认是我们班弄无缘无故杀了人家的人,这个账早晚是要算的!”

段子光:“马爷,那你看怎么办呢?”

“怎么办?滚,滚!”马成君咬咬牙,恶狠狠地说:“你给我滚得远远的,滚到腊戍、班海那边英国人那里去!你不要回班弄来,你回到这边,班洪、班老的人总有一天会剥了你的皮!”

段子光哀求说:“马爷,我跟你这些年……”

“不用再说了,你今天就走;走出去是活,走回来是死!你立马就走。”马成君善于权衡利弊,他是决心不留段子光了。

段子光恨恨地走了出去。

马成君的傣女小老婆走进来,走到马成君的身旁,伸手去轻轻按摩马成君的双肩。马成君稍平静了一点,他对这个日夜在他身边的女人说:“这个没心眼的狗东西,他不想想,杀一个船夫很容易,而丢掉的是金子都买不到的民心;再说,跟英国人打交道,就要留个心眼,他英国人是水,老百姓是石头,水过石头在的道理都不懂;再说他是我马王府的人,他按英国人的指挥杀了人,这个账人家不会算在英国人头上,只会算在我马成君头上。所以我要看远点,想周全点,把这个祸害赶到英国人那边去,不然我是一辈子都不得安宁的!”

马成君的一番话,让傣女小老婆佩服,她娇嗔地说:“老爷,你想得周到,看得远,真是名副其实的老狐狸!”

马成君笑了,转身就把傣女小老婆紧紧地抱在怀里,一边狠狠地亲,一边说:“你才是狐狸精呀!”

第四章

马成君篡位称王投英叛国作奴
英军入侵霸地烧佛寺长老殉教

南依河以西

渡过南依河后，艾西瓦领着岩嘎、甘木浩和布训在永邦、户板和班弄之间的山路行走了一天。他选择的是和连达曾经来这片地区打猎走过的山林小路。

"甘木浩，有一年我和你爹还有几个伙伴过河来这边打猎，碰巧遇上了一只虎，我们用弩射了它几箭。带着毒箭，老虎拼命逃跑，我们从一架山追到另一架山，追过一道箐又一道箐，直追了一天一夜。老虎原本凶猛的劲头都被追得凶猛不起来了，老虎累得趴下了，我们几个人也挪不动步子了，好在我们那时年轻，二十来岁。一看到老虎那个怂样子，我们硬是咬紧牙围了过去，老虎临死还大吼了最后一声，纵身向我们扑来，可惜它纵了一下，就趴在地上起不来了；地上被它翻腾了一个大坑，它再也无力量挪动了，只有尾巴还在那里晃动。嘿，老虎呀，实在是山神的儿子，死了那股威风，那阵神气，让我们几个都不约而同地跪下磕头了！为它祈祷。"

"那它不跳起来咬死你们?"甘木浩好奇地问。

"没有，它已经是完全动弹不了，只有哼出来的气息，没有吸进去的气了，就这么瞪着虎眼死了。为了不损坏那张虎皮，我们的长刀和矛都是从虎肚子下和屁股刺进去的。它虽然死了，虎头仍雄赳赳地高昂着，眼睛已经无光了，可还是瞪着我们。我们从未见过这个样子。"

艾西瓦回忆着当年打虎的情景，说："我后来想，我们人就是要像老虎那样，死了都是雄赳赳的。"

眼望着前方，艾西瓦几个人又走进了大路弯旁密林的一条毛毛路。岩嘎说："要不注意看，还真看不出这条小毛路。甘木浩、布训，猎人是很留意自己走过的路上的各种标记的。"

艾西瓦也说："我们走过的这些路，除猎人外，几乎没有人敢走。我们一定是要记住的。"

甘木浩、布训："我们记下了。"

艾西瓦却恨恨地说："那次把我们累坏了，更是气坏了！我们把虎皮剥下，背着老虎肉往回走，在去渡口的路上，碰上了马成君和他的人马，他们把我们围起来，说我们越界跑到他的领地里来打猎，犯禁了，威胁说要严办，要砍我们的头。那时，他们人多，我们只有四个人，又累又乏，疲惫得没有力气和他们拼。马成君看到我背着的虎皮，叫人拿过去打开一看，喜欢得笑了，眯起小眼睛说：“看在这张虎皮的分上，饶你们不死，快滚吧！”其实，他当时力量还小，也怕惹翻班洪、班老部落！

甘木浩有趣地问：“那后来呢？”

“后来？后来就回来了嘛！”艾西瓦余怒未消，“后来，马成君把那张虎皮拿回去做了把虎皮太师椅，放在他家堂屋里，逢人就吹嘘他打这只虎如何如何不容易呀。听说连英国人要那张虎皮，他都不给，另外找了张虎皮拿去搪塞英国人。”

“这个狗家伙，我碰上他，一定要宰掉他！”甘木浩想到了父亲的死。

一路走来，岩嘎话不多，可他很留心走过的路，留心周围的环境地形，留心每一个路口的标志。走到一个山口，他指着山下那一片坝子，问道：“昆刚，下边坝子是班弄吗？”

“对，我们走到班弄了，这是马成君的老巢。”艾西瓦回答，“我们要小心点，他在这里经营了三十多年，很有势力。”

利用整理行装的小憩机会，艾西瓦向岩嘎、甘木浩和布训介绍了班弄的历史：“班弄现在有近四百户人家，主要是回族，其他是佤族、傣族、汉族，管辖属地有佤族和其他族的村寨二十来座，不到三千户。马成君的祖上是腾越州人，参加杜文秀回民起事，后来失败了；马、丁两家的人就跑到阿佤山这一带避祸。班况王收留了他们，让马、丁两家在班弄一带垦田聚居。马家善于做生意，又跑起了马帮，两三代人就发达起来了。马成君有个叔叔，来回跑马帮给英国人做事，为英国军队提供情报，被班况王发觉后捉去后砍了头。马家从此就与阿佤结下了仇。而马成君很聪明，明里他不动声色，更加服从班况王。当时班况王把同宗的兄弟委派去治理公别山一带。公别王得了马家不少好处，很替马家说话，特别是公别王年迈无子，看到马成君聪明能干，又常得到马成君从缅甸曼德勒、仰光带回来的精美礼品，很是高兴，就派马成君做了回族聚居的班弄头人。”艾西瓦看他们听得入神，就接着讲下去：“以后，公别王就把女儿嫁给了马成君，马成君初为‘陶猛’（听差），后来做了‘布幸’（头目）；他以回族力量为核心，扩充武装，整顿村寨组织，还督促种田地，屯粮食，跑马帮，做生意，不断扩大自己的势力范围。不久公别王去世，公别王妻雅主丽代替年幼的儿子主持王政。马成君看到机会来了，就利用与妻子奔丧的机会带着武装人马在公别王府住下，并且毫不掩饰地指手画脚参与雅主丽主持公别政事。这下惹怒了公别王的兄弟至亲，他们接受不了这个外族女婿，不动声色就把公别王权掌握起来了。于是，公别王族商量着要把这个不知天高地厚的马成君杀掉。马成君命大福大，在妻子的帮助下得到消息后飞马逃奔回班弄，整顿他多年经营的以回族为主的队伍，火速出兵攻打公别。公别王的队伍人数远远超过马成君的回回兵队伍，可是没有训练，木鼓一响，临时才召集起来的人马。马成君带领的是由杜文秀起事时能征善战的兵将后人组织起来的队伍，又经过他多年训练，还配备新式枪械，一打起来，佤兵就溃败逃散了。这时，班况、怕令、诺猛一带的公别王族联合起来出兵围打马成君，可是马成君熟知佤兵的优劣，发挥他善用计谋的特点，联络了宋忠福的队伍，分别出击，没几天就打败了公别家族联合的队伍。马成君的队伍越战越勇，而且他派人去分别收买各个部落王，又打又拉，马成君取胜了，各个部落王怕伤了自己的元气就与马成君议和。马成君为了更大的发展，以公别家族委任他为班弄波浪贺猛（班弄地区统领）为条件停战了。此后，雅主丽和班况、怕令等部落王对马成君无可奈何了。马成君成了河西以班弄为中心的这片地区的霸主，势力越来越大，越发得意起来。”

在艾西瓦的这段叙述时，插入镜头：

镜头（一）

马成君在训练他的“回回兵大队”：一队队身着“马”字号衣的兵丁，在操练场上演练，这边一队在练刀法，那边一队在练使用梭镖，远处一队在练习射弩。年轻的马成君一身戎装，在给练刀功的兵丁作示范。

演练场上，马成君召集兵丁们听他讲话：“兄弟们，我们回回之所以能在滇西这片土地上站得住脚，而且繁衍了三四代人，回回营不断扩大，寨子也越来越多，人丁昌盛，六畜兴旺；做生意，生意成；种庄稼，五谷丰登。全靠我们回族祖先打下的基础和真主的荫庇护佑，更靠我们这支越来越壮大、有实力的回回大队。跟着我，我们要在滇西中缅边境把‘马’字旗展开，让人听到马家军就害怕。”

镜头（二）

山野道上，一队马帮行进着。马帮头马脖子下挂着的铃铛，“叮咚、叮咚”的响声在山野很响亮。

突然一队人马挡在了马帮前行的路上。挡路者高呼：“我们只要财，不要命！”马帮停住了。铃声不响了。

从马帮里，马成君威风凛凛地走到前面，面对挡路者喊了声：“老大，都是在风雨里滚爬的人，网开一面吧！”

“哈哈哈，吃的就是马帮！你没看见咱的大旗吗？”为首的挡路者，高举一把鬼头大刀，指着一个拦路队中的一面大旗，旗上赫然写几个大字：“留下买路钱”。

马成君抬头望望大旗，也“哈哈哈”地笑起来了，不等拦路者发问，他迅速掏出枪，举手一枪就把那面旗的旗杆打断了，同时，马家马帮里“哗啦”一下子七八个伙计跑到拦路队的面前，黑蓝光闪闪一式的盒子枪“二十响”指着这十来个拿大刀长矛的拦路劫匪高声喊：“放下刀枪，举起手！”

短短的三分钟，马成君就收编了一支专抢马帮的劫匪。

从此，每支马家马帮的领头马前，多了一面高举的“马”字大旗。

镜头（三）

马成君的马家军与班况、帕令、诺猛的公别家族的队伍在战斗。穿着“回”字号衣，打着“马”字大旗的几十个人的队伍已经被穿着各色号衣的上千部落兵围在一个山头上，凭着几支快枪让部落兵不敢贸然冲上前去送死。几个部落头人在喊话：“投降吧，马成君你已经无路可退了！”

一群一群手持长矛、大刀、弓弩的部落进攻者，喊声一阵比一阵高：“投降吧！回回兵，快投降免死！”

正在部落头人们高兴胜利在望时，他们的背后，四五支高举马家大旗的回回兵冲了上来，每支队伍都有几支快枪冲在前面，枪响处部落兵就倒下一排，回回兵的大刀队紧跟着冲上前，喊杀声严厉可怕，跟前的部落兵碰上就倒下。马成君一手握枪射击，一手挥舞大刀，带领一支队伍直扑部落头人。霎时间，整个战斗格局彻底改变；成千的部落兵四散奔逃，马字旗在四处山头上摇曳，马家回回兵抓了一堆一堆的部落兵，山野里哀号声遍起，流血的尸体到处可见。

镜头（四）

公别山家族的大、小头人坐成一排，个个低头不语，垂头丧气。

马成君趾高气扬地坐在中间。

马家回回兵，一排梭镖队，一排大刀队；八名雄赳赳的护兵，背背大刀，腰挎盒子枪站在马成君背后。

一个师爷正在宣读刚签字画押的协议：“……至此，公别家族及其以上部落，共同承认马成君大人为班弄波浪贺猛，统领班弄地区；承认马成君大人接替公别班弄王位……”

“啊哟哟，表叔你咋知道这么多事呀！你真了不起！”甘木浩从未听艾西瓦讲过这么精彩的故事。

艾西瓦拍拍自己的头说：“这里面的都是听我阿爹和班洪王讲的；班洪王一次一次地来班老，和我爹聊的东西我都装进脑子里面了。岩嘎，你是班洪王面前的人，你也听到不少消息吧？”

岩嘎谦逊地笑了：“昆刚，我知道的不如你多。这个马成君占据班弄地区以后，进一步扩大生意，靠马帮贩运鸦片发了大财，他在曼德勒、仰光都有房产、地产，都有他的店铺。他怕地位不稳固，表面上服从班况王，几次来拉拢收买班洪王，都被班洪王拒绝了。

“英国人霸占缅甸后，他不仅生意上和英国人打得火热，还把英国人作为主子伺候，成了英国人的奴才了！他给英国人绘制阿佤山十七王地的地图，出卖中国这边的情报，带着英国人一次一次偷偷摸摸进中国的领土来测绘，搞情报。近两年，他的马帮又跑过河偷窃炉房的银矿石，卖给英国人。这个马成君是个十足的卖国贼！”

“这回我们去班弄摸情况，一定要格外小心，既要了解到情况，又不能被马成君察觉。”岩嘎感到责任重大，要想法子完成。

他们几个人约定摸进班弄后分头行动。

艾西瓦化装成收山货的商人，肩上挎个褡裢。岩嘎和布训扮成卖猎物的猎人，背着弓弩，扛着的长矛上挂着一串兔子、野鸡，手里还拎着一只火红毛色的狐狸。甘木浩装扮得脏兮兮的像个流浪讨饭的野孩子。

天黑下来了，寨子东边大青树旁边的一片茅草房，佤族莫贡老爹的远离其他人家的茅屋里，艾西瓦、岩嘎、甘木浩、布训吃着莫贡老爹为他们熬的苞谷稀饭，啃着烧苞谷，悄声地讲着话。

集市上

一天后。

这天是一个赶集的日子。班弄在这片地区是个大集镇，碰到赶集的日子，四面八方，周围几十个村寨都会有人来赶集。集市很热闹，人群拥挤，阿佤人、傣家人、拉祜人、傈僳人、汉人，甚至还有禅邦人和克钦人在内的缅甸人，各族人穿着自己的民族服饰，五彩缤纷，把集市渲染得像民族展览会。一队穿着班弄号衣的王府兵在集市上巡逻着，马成君常自称是“班弄政府主席”，所以他把私人武装搞得像个样子。快到晌午了，突然远处一队英国骑兵奔驰而来，瞬间就到了班弄集市。

拥挤的街子上人们忙着给骑兵让路，马队没有放慢速度，一路横冲直撞，如入无人之地，英国骑兵趾高气扬，让路慢了的人被几鞭子打得东躲西让，骑兵朝班弄佛寺飞驰而去了。一会儿一队步兵也来了。赶集的人们惊讶了，这些洋嘎拉来干什么？

一队押着驮马的英国军队过来了，疲惫的士兵一个个走得满脸汗水。骑在马上的军官看看四周，对士兵发出了就地休息的命令：“士兵们，你们就地休息待命，每匹驮马必须有一个人守卫，其他人可以买些你们喜欢的水果解渴。不过注意，我们是在野蛮人地区，不要引起什么不愉快的事情。勤务兵跟我到班弄王府去。”

军官和勤务兵下马经过一个卖甜橙的老年妇女时，勤务兵顺手抓了两只甜橙，军官剥开吃了起来，连声说：“OK，OK！”

面对吃了甜橙的洋嘎拉，老年妇女战战兢兢，还没反应过来是怎么回事，十几个洋嘎拉一拥而上，把她的一箩甜橙抢个精光。几分钟后，地上只有一片橙子皮了。紧接着旁边其他水果摊子，英国士兵都大摇大摆地闯过去，抓起来就吃。

一时间，傣语、佤语、傈僳语、汉语的喊叫声响起来：“洋嘎拉给钱！”“给钱！”……

几个胆大的男子拉住英国兵，要他们给钱，而英国兵噼里啪啦地拉开枪栓就朝天开枪，吓得满街赶集的人抱头四处奔逃。

英国士兵们高兴了："哈哈哈，野蛮人，这就是给你们的钱！"

佛寺里

在集市大路的尽头，面对大路的班弄佛寺，一座大的竹楼，两旁是四五间茅草屋。一位长老带着两个和尚和两个小沙弥，主持着佛寺。

这时候，佛寺里正在进行儿童入寺当小沙弥的典礼。五个剃光头的六七岁儿童，合掌跪在佛桌前，大和尚带领诵经。家属及敬佛信徒六七十人，齐刷刷地席地而坐，庄严肃穆，众人皆合掌于胸前，以示对佛的崇敬。

五个小童诵经毕，被带到长老面前跪下，一个和尚领诵经，殿楼上的人群也齐声朗朗诵经。入寺做沙弥的儿童家长向长老敬献鲜花、贡品，并将备办的儿童袈裟等物奉至席前。

和尚领儿童再三跪拜、朗诵经文。尔后，和尚领五个儿童进另室更换袈裟出来，于长老和尚面前跪成一排；殿上众人则随和尚高声诵经祝福；诵经毕，长老对五个儿童逐个抚摩头顶，轻声叮嘱。另两个和尚和两个小沙弥则准备锣鼓、筒号、经幡等物，只待顶礼完后带领新入寺儿童及家属众人到街市上游行宣示一圈，再返回佛寺里，沙弥入寺典礼就算完成了（在云南等西南民族地区，佛寺还起着学校教育的功用，儿童入寺做小沙弥，学习佛经，识字学文化，一般三五年就可以还俗）。

正在长老给第四个儿童摸顶时，外面突然骚乱起来，紧接着，伴着马靴声一个英国军官带领四个士兵闯进佛堂大殿，边走边叽里呱啦高声叫喊着，手中的马鞭四面挥舞，四个士兵用枪托噼里啪啦地敲打着竹楼板，大和尚慌忙放下手中法器，迎上前去问军官：

"长官何事？请勿扰我佛教圣地！"

英国军官的马鞭便"啪啦"地挥打在大和尚脸上，捂着伤痛的和尚急声追问：

"你们为什么随便打人？不讲道理！这里是佛家殿堂，是佛家圣洁的地方……"

佛堂里的人们簇拥了过来，谁见过外国洋嘎拉这种蛮横无理之举？众人把军官和兵士团团围住，吼叫、责骂、愤怒声顿时响起来。

"洋嘎拉凭什么闯进佛堂！……"

"洋嘎拉不讲道理……"

"破坏佛寺盛典……"

五个洋嘎拉被众人围住，推来搡去，佛堂里一片混乱。五个入寺儿童的家长急忙把孩子拉在身边。

长老站了起来，高声呼喊："诸位安静，安静！……"

众人停下和英国洋嘎拉的争吵。谁知，不等长老再说下去，趁这当儿，英国军官缓过手来，拔出手枪，朝天开枪。他大声叫嚷着，这时从竹楼下哗啦啦又跑上来十多个英国士兵，个个如临大敌，凶神恶煞的样子，佛堂内众人一下子被镇住了，孩子们吓得往大人怀里钻。

英国军官又是一通喊叫，谁也不懂他鬼喊鬼叫些什么！

这时，两个人走进了佛堂，一个是班弄王马成君，一个是洋嘎拉传教士荣汉斯。

“长老！诸位！我来迟一步，没想到事情弄到了这个地步！真对不起啊！对不起！”马成君连声歉意，“诸位，英国军方根据驻缅军最高长官的命令，要为我们班弄地方各族老百姓做件好事，他们要把公路修到我们这里来，帮助我们进入文明社会啊！……”

“修路为什么要擅闯佛寺，殴打和尚，扰乱佛家盛典？”刚才挨打的大和尚不等马成君讲下去便厉声质问。

“哈哈……误会，误会呀！”马成君回答，并叫跟随的班弄兵把佛堂中的众百姓赶了出去：“各位散了吧！我们有紧要事情和长老商谈，不是佛寺的人都赶快离开吧！”

佛堂里的信徒谁都没有走开。班弄兵赶也赶不动。

“尊敬的长老，我以上帝的名义向您深表歉意！”荣汉斯传教士满脸堆笑，两手一摊，做出了个姿势，“我要向您说的是，我们的驻缅英军司令部很早就决定了要把公路修到班弄来，还要修到南依河边。这个事，早就向班弄王马成君先生讲过，征得了马先生的同意。遗憾的是，马先生把这件事忘了。因为公路要通过这里，您的佛寺正好在公路线上，我们希望把佛寺挪个地方。马先生也已经准备好了佛寺迁移的地方，因为没有及时通知您，冒犯您了，请您多原谅！”

“是，是，这是我的错，我没有及时通知您，请您海涵，”马成君连声认错，并说，“事已至此，还望长老服从英军安排。佛寺要拆掉，我给你们另外选个地方重新修建一所更大的佛寺，您看怎么样？”

“不！我们哪儿也不搬。这件事，你马贺猛没有征得我们同意，就要我们搬迁佛寺，这不太妥当吧？”长老斩钉截铁地回答。他喊马成君在班况王手下的官名“贺猛”，以示这件事他马成君做不了主，同时，他又问：“贺猛，英国人要在中国土地上修公路，怎么没有中国政府的通牒文书呀？”

马成君无言以对。荣汉斯似乎听出了意思，他回答长老：“我们修公路是为了更好地帮助你们。你不要考虑其他问题，你的佛寺重建由我们出钱。我们多给钱，你可以修建得更大更好嘛！”

长老明白了，一直传说英国人要霸占这片中国领土的事，现在摆在眼前了。他毫不退让地说：“你们英国人要在这里修路必须要和中国政府谈好。我的佛寺在没有接到中国方面通知，是不会搬走的。”

“不搬！你们英国洋嘎拉管不了我们中国的事！”大和尚在旁边气呼呼地说。

长老向荣汉斯问道：“神父，你不是一直宣传宗教信仰自由吗？为什么要强迫我们放弃自己的宗教去信仰你们的宗教？”

荣汉斯讷讷不语。

马成君见软的不行，便来硬的：“不是你们说了算数，你们非搬不可！我告诉你们，这里迟早要归英国人管的。”

长老理直气壮地问马成君：“你还是不是中国人？”

竹楼下，百姓们一片喊叫声：“英国洋嘎拉不要在中国土地上耍威风！”“我们不要洋嘎拉！”“滚！滚！……”

荣汉斯走到门口，对不满的百姓，用他生硬的佤语、傣语交替着说：“老百姓们，我们要在这里传布上帝的福音，上帝派我来引导你们走出苦海。你们要信上帝才会走向文明社会，英国军队是上帝派来帮助你们的。上帝是万能的，你们要信上帝才会摆脱贫困和罪恶。我将在班弄建立教堂，你们加入我们的教会吧，信上帝是走向文明、幸福的开始……”

不等荣汉斯喊叫完，马成君忙拉着他走下竹楼，在卫队的保护下，骑上马急急地走开了。

英国军人把长老从竹楼上拖下来，逼着他和和尚们离开这里，指挥官吼叫着，挥着拳头宣布：马上拆除佛寺，测绘队很快要开始测量工作。

长老和和尚们向英国兵抗议，遭到枪托的推打。英国军官和士兵们很快把佛堂的设施物品，和尚们住宿房里的行李、衣物都抛到了空场子上。和尚和小沙弥们上前和英国兵扭打起来，围观的人们愤怒地冲过来帮助和尚们。

长老蔑视地看着英国军官，他站到一个土坎上，向人群大声宣示：“这里是中国的地方。我们是中国人，我们信奉的是佛主叭召，不信洋人的耶稣。英国军队侵入中国的地方，是非法的！我们抗议！我们抗议！”英国军官气急败坏，挥舞手枪，警告着愤怒的人群，他大声指挥兵士们朝天开枪，把人群逼出佛寺。

长老不停地喊：“乡亲们，洋嘎拉跑到别人家里来耍威风，他们这是强盗、土匪！神灵会诅咒他们，让他们下地狱的！”

长老和和尚们在土坎上围成一圈打坐，合掌闭目，诵读佛经，以示抗议。

英国军官暴跳着，咆哮着，无计可施。一个年轻的传教士骑着马跑来，他先用英语和军官交谈，然后转向围圈打坐的和尚们，用傣语说：“和尚们，你们快离开这里，经过你们班弄王的同意，这里也被划为军事地区了。你们赶快到你们的班弄王那里，快走吧！”他见和尚们完全不理睬他，用佤语又说了一遍。他就是荣汉斯的儿子荣永生，他们父子俩在中缅边境阿佤山一带披着宗教外衣，无孔不入地进行各种侵略活动。荣永生又说：“长老，马成君先生已经和英国军队签订了协议，佛寺这块地方已经卖给英国军队了。你不要再固执了，马先生等着你去和他商量建新佛寺的事呢！”长老鄙视地看了他一眼，又闭目诵经了。

艾西瓦、岩嘎、甘木浩也挤在围观的群众中。甘木浩几次要冲上去都被岩嘎拉住了。艾西瓦也用责备的眼神示意他。

荣永生对长老说:“长老,我们已经是耐心地帮助你们了,你们的班弄王是不会改变协议的。”

“帮助?谁请你们来帮助我们?这里是中国的土地。你们无理闯入,你们这是侵略!是霸占!我们中国土地上的事情,我们中国人会办;我们没有请你们的军队来中国的土地上。你们不讲道理,硬抢硬夺我们中国的土地,这是强盗行径!”大和尚气愤地厉声斥责。

“你们僵持下去是会吃亏的,我奉劝你们还是去找马先生商量建盖新佛寺的事吧!”荣永生还在劝说。

“你们的上帝允许你们像强盗一样去霸占别的国家和欺凌别的民族吗?你这个披着宗教外衣的强盗快滚开吧!”长老紧闭双目,挥手让这个家伙滚开。

和尚们也异口同声地赶他:“滚蛋,滚蛋吧!”

“你们这样反抗,我们也无能为力了。愿上帝保佑你们!”荣永生无可奈何,骑马挥鞭跑开了。

英国士兵在军官的指挥下,动手拖拉和尚了;同时,几个士兵举着火把去点燃佛堂竹楼。和尚们怒不可遏,大骂“畜生!强盗!”可是英国人的刺刀逼住了他们,使他们一步步地后退着。刹那间,茅草竹楼轰然完全燃烧起来。

令人意想不到的一幕发生了:年迈瘦弱的长老猛力推开面前的英国兵,大声喊着:“我佛慈悲!恶有恶报,善有善报。英国人要遭报应的!神灵会让他们下地狱的!”喊叫着的长老变成了一头狮子,朝燃烧着的佛堂竹楼冲过去,三步两步就跃上了竹楼。英国士兵惊愕了,吓呆了。

和尚们声嘶力竭地喊叫起来:“师父!师父!师父!师父啊!……”

围观的百姓们冲动了,“长老!长老!”喊叫声、哭泣声响成一片,愤怒的人群不顾英国兵的刺刀阻挡,冲开英国兵的防线,向长老冲去。

就在此时,“哗啦”一声巨响,整座竹楼坍塌了,熊熊烈火吞噬了佛寺,吞噬了长老。

“啊……”人们惊愕地停住了脚步。

“跟这些畜生拼了!”和尚、沙弥们和英国兵扭打起来。英国军官挥枪射向一个大和尚,胸口里涌出的鲜血把大和尚灰色的衣服染红了;人们哭喊着,推挤着,奋力地和英国兵搏斗着,英国军官指挥着,一排又一排的子弹射向人群,一个又一个的人倒下了,人们只得后退了。

一个满身是血的年轻和尚冲向英国军官,将这个刽子手扑倒在地,紧紧抱住,用牙咬,用手抓,他气愤极了,两只眼睛喷出了复仇的怒火。士兵们从地上拖起这个年轻和尚,把他捆到一棵大树上。

甘木浩按捺不住了,想冲过去救这个和尚,可是被英国兵挡住了。

经历了这场事件，岩嘎感慨地说：“若不是亲眼所见，真不知道英国洋嘎拉会是这样的凶残；英国人要不择手段地霸占中国的边界地了。”

马成君王府

坐在虎皮椅子上的马成君半闭着眼，像在沉思着什么。荣汉斯、荣永生父子似乎还在想着刚才被老百姓痛斥唾骂，还没有回过神来，呆呆地坐在椅子上。

“先生们，你们不是保证过用这块地没有问题吗？现在闹成这种局面，你们看该怎么办？”英国军官夏洛克少校扶住腰间的指挥刀，来来回回地踱着步，他很着急地说：“我的军队一百多号人，今天的食宿还没有定下来，处在这样险恶、陌生的环境中，军队的安全也没个底，我能不着急吗？”

马成君赶忙满脸堆笑地对夏洛克少校说：“军官先生，您的士兵今晚就在我这里住一夜，前边一排竹楼已经腾空了，晚餐也正在做。您看这样安排行吗？”

荣汉斯父子也凑上来说：“夏洛克少校，马先生盛情款待，今晚就住马王府吧。”

“安全吗？这里四面都是野蛮人，很危险的。”夏洛克少校不放心地问。

马成君讨好地说：“安全。我的卫队今晚通宵站岗放哨，你们可以好好休息。”

马成君把总管叫来，让他去安排英国军队的住宿和晚餐。夏洛克跟着总管出去安排士兵的住宿。

这时，马成君的小老婆走进来，对马成君说：“马爷，英国人把佛寺给烧了，连长老都烧死了。这不得了的，会得罪神灵的！”

“你别管这件事，我早为他们想好了。另修一座大的佛寺，他们就是不听。”

马成君看看荣氏父子说：“人家英国人答应在我们这里修建一座新佛寺，还给我们新建清真寺，他们也建一座教堂。今后，这里热闹着呢。”

“是的，夫人，今后这里会十分繁华的。”荣汉斯盯着马成君的小老婆说。

马成君会意地对小老婆说：“你去安排人把后面小洋楼好好收拾一下，给荣大人父子和军官各住一间；你去找三个像样点的女人，让她们今晚陪这三位贵客。”

马成君的小老婆望望荣氏父子，笑笑，走出去了。

班弄莫贡的草棚

夜深了，凉风阵阵。尽管这一带的人们习惯白天黑夜上身都穿一件无袖褂子，可是夜晚凉风袭来还是有些凉意的。

躺在干草堆上的甘木浩怎么也睡不着了。他想着白天发生的事情，对洋嘎拉的仇恨更深了。英国洋嘎拉不仅杀了阿爹，还杀了更多中国人。他们为了霸占中国领土是不需要任何理由，不择手段的。

林中空地上，阿爹被捆在大树上无头尸身的血淋淋形象又涌现在他眼前……

佛寺里英国人开枪射击群众，人一排排倒下去的场景；长老大义凛然跳入火海的悲壮画面……涌现在他的眼前。

他悄悄爬起来，草棚里里外外不见了艾西瓦和岩嘎。甘木浩生气了："他们怎么能这样呀？叫我睡觉，自己却出去了！"他想一会儿也悄悄地摸出草棚，径直向佛寺方向摸过去。

凭着跟父亲及猎人们夜间打猎走夜路的锻炼，甘木浩在夜间也会辨认方向。他一会儿就来到白天被烧毁的佛寺，正如他猜想的一样：英国兵已经撤到别的地方去了。这里还留有人，他们在被烧毁的竹楼旁搭了一个帐篷，帐篷外面燃着一堆火，马成君的两个班弄兵抱着枪在火堆旁睡着了。

甘木浩仔细观看。白天拼命冲上去与英国兵搏斗的那个少年和尚还被捆在树上，头耷拉着，浑身血迹斑斑的身体被横七竖八的绳子紧紧地和树捆绑在一起。借着火光，甘木浩像花豹子一样无声无息地爬到少年和尚脚下，他伸手捏捏少年和尚的赤脚，脚是热的，没死；甘木浩高兴了，他顺着树身站了起来，靠在树身上，悄声在少年和尚耳旁说："喂，和尚师父，你没死吧？你还能动动吗？"

少年和尚忽地听到黑暗中有人在跟自己说话，睁开眼睛不见人，可分明有个声音在喊自己呀！和尚定了定神，睁大了眼睛，那个声音又在耳边响起："你别动，我会救你。"

"你是谁？"和尚偏头看到了有个人就在自己身旁，说，"我手脚没受伤，还能动。"

"好，你贴紧了树身，先别动。"甘木浩这个时候变的很老练了，他丢了一个土块过去，两个班弄兵没一点儿动静，他又故意轻轻弄响树枝，两个班弄兵和帐篷里仍然没有动静。

甘木浩掏出小刀，摸着绳子，"咔、咔、咔"很快就把少年和尚身上捆绑的绳索割断了，他告诉少年和尚："身子不要急于动，你慢慢地动动手脚，轻点，动作不要太大……好了，慢慢转身，顺着树身转过来，好，我们走！"甘木浩伸手扶住了和尚，快步走开。没走多远，和尚受到鞭打又整天没吃一点食物，身子踉踉跄跄地靠在甘木浩的身上，他俩艰难地迈着步子。

忽地一只大手从另一边也架住了和尚，甘木浩吃了一惊，忙伸手去拔刀，"别动！是我，扶住人快走！"原来是岩嘎，甘木浩紧张得出了一身冷汗。这时甘木浩才看清艾西瓦提着刀顺着他们才走过的路倒退着走过来。布训弯腰背起和尚快步往前走去。

在草棚里，艾西瓦给和尚敷了草药。"没关系，都是皮肉伤，流了点血。吃呀！"艾西瓦边说边从火塘里拿出烧熟的苞谷棒子给少年和尚吃。救出了人大家都高兴。

艾西瓦还是教训了甘木浩几句："你去救人没错，可怎么也得先和我们商量一下呀，我俩去马成君那边查看情况，本想回来的道上转过来，我们也想到救人的。

要不是那帮家伙睡过去了,你一个人怎么救人?”

甘木浩嘟哝着说:“你们丢下我出去……”

“不说了!现在大家吃点东西,喝足水,马上连夜走!”艾西瓦打断甘木浩,作出了决定,“和尚小师父,你叫什么?你打算怎么办?”

恢复了一些精神的和尚回答说:“谢谢你们几位救了我!我叫帕温张,你们叫我帕温好了。我想留下来安葬长老……”

岩嘎劝他:“长老的事,会有人处理的。英国人明天要杀你,你还凑过去?还是走吧,先跟我们走出这里再说吧!”

“你必须走!”艾西瓦命令道,“跟我们走安全些。找洋嘎拉和马成君报仇会有时间和机会的。此地不能久留,我们立马就走。莫贡老爹,这次多亏你给我们帮了大忙,谢谢你了!你要小心些,多保重,待不下去就赶到班老来。”说着把两块银元硬塞进莫贡老爹的衣袋里。

岩嘎先钻出去四面看看、听听,然后敲了几下竹柱子。莫贡用一个麻线挎包装了些苞谷棒子,挂在甘木浩身上。几个人从草棚里钻了出来,一个跟着一个消失在黑夜中。

第五章

乌波朗宴宾妄谈实施"东进计划"
阿佤人不畏强暴决心捍卫家园

缅甸边城腊戍

在腊戍城西边一处周围都是森林的山脚，一座黄白色的庄园式别墅，是乌波朗在缅甸的本部。他在这里经营着英缅公司以及邦海银厂的业务，在这里策划和实施着他的各种阴谋活动，这里也成了他组织和实施占领中国领土阿佤山的大本营。

乌波朗举办家宴招待驻缅英军曼德勒地区的军事长官和英缅公司头面人物及英在缅东北区域有影响的人士。

乌波朗穿着非常考究的英国绅士礼服，迎接客人入座。

宴会的长条桌旁坐了十来个人，主席座旁的首座还空着。

一个军官朝他大踏步走来，向乌波朗行了个军礼："您好，尊敬的爵士，奉女王陛下、首相阁下和殖民大臣阁下的指示，奉驻缅英军司令官阁下的命令，我和我的全部军队，协助您完成任务。"

乌波朗握着军官的手，满意地笑着说："卓温·朗纳上校，欢迎您的到来！也万分感激您对女王陛下和帝国的忠诚和效力！"他让上校坐在了主席座旁的首座。

乌波朗意气风发，他站起来，高举酒杯向来宾们说：

"尊贵的各位客人，在缅东北这个贫瘠的地区，在周围都是落后社会以及野蛮人的环境中，我们在这个充满大不列颠帝国气氛的美丽庄园里，又一次举办英国情调的宴会，请各位尊贵的朋友共享周末的快乐时光，请！"客人们都站起来碰杯，齐声"干"！坐下，侍者给客人斟满美酒。

乌波朗站着继续说："各位，你们和我是决定这片地区命运的主宰者，是在这里维护大英帝国利益的斗士。来吧，为我们是这片土地的实际主人干杯！"

来宾们再次起立，碰杯，干杯。

"尊敬的爵士，你一定有很重要的事找我们，快说吧，这一桌丰盛的伦敦大餐，已经让我们垂涎了！"一个满头银发的绅士提出。宾客们都哈哈大笑起来："是呀！是呀！"

"亲爱的朋友们，我才从仰光回来，带来了几个好消息：首先，首相和殖民大臣批准了我们加快实施东进计划的方案，这是大英帝国对整个中国策略的重要部分。”

不等乌波朗讲下去，银发绅士站起来，接上话题说：“诸位，法国人抢走了安南（越南），我们不示弱，也把缅甸夺到手里，利益均沾嘛，哈哈……可是法兰西技高一筹，他们修筑了滇越铁路，掌控了云南的内外交通，扼制了云南内外出口营业，垄断了云南的经济利益，垄断了云南的大锡，这是大英帝国最不能容忍的！我们在中国西南的利益受到了伤害。”银发绅士摊开双手，环顾在座的宾客，他等待有谁能响应他的话。

果然，一位山羊胡子的瘦个子绅士，站起来面对乌波朗尖声说：“我们没有旁观呀！爵士，你看我们在云南的西北占了片马、江心坡，就是告诉法国人，不列颠大英帝国在紧追着哩！中国的门户首先是英国的军舰打开的，英国在中国的利益必须从各个方面都要得到保证，盎格鲁-撒克逊人的旗帜必须永远飘扬在世界的每一个地方。”说完他举起酒杯，喊着“干杯”，自己先把一杯酒灌进了嘴里。

乌波朗趁机赶快接上话题：“先生们，在中国的势力平衡谁也不能打破！日本人野心勃勃地想后来居上，他们抢占了中国东北三省，这是趁火打劫，英美诸国极难安枕，不甘心日本独自鱼肉中国。除使用国际调停手段外，大英帝国不能听任日本胡乱作为。这就是我们力图在中国西南积极发展的基础。”宾客们都一一点头，交头接耳议论开了。

“诸位安静，听我说，大英帝国的精英们画了一个大圈，把印、缅、藏、滇、川概括进来了：长江流域牵引着大英帝国在中国的最大利益，我们必须确保这个地区牢牢掌握在手里。所以，打通印、缅，滇、川交通，掌握长江流域，往南连接香港、新加坡及南洋地区。这个大圈就是扼守大英帝国利益的大策略！”乌波朗比手画脚地舞动着双手，似乎抓住了什么，越说越兴奋。

“好！”人们都鼓起掌来。

银发绅士环顾四座，举起酒杯：“各位女王陛下忠实的奴仆们，为我们的女王，为我们的大英帝国，也为我们的大策略，干杯！”

乌波朗一口吞下酒后，继续说：“眼下我们东进计划的实施，就是以缅中未划定的边界为出发点，到班洪、阿佤山地区站住脚，并为下一步发展打下基础，让眼前几千平方公里的地区，先插上大英帝国的旗帜。你们知道，这片地区虽为蛮荒原始区域，其实矿产资源极为富有。眼下，邦海银厂矿源即将枯竭，而河的对面正是最充足最长久的补充基地。这个计划英国政府批准了，殖民大臣丘吉尔先生电话通知我，在缅的英国军队都将全力投入这个计划的实施。这就是我要向诸位报告的第一个好消息。”

山羊胡子绅士鼓掌说：“好啊，乌波朗爵士，我们这一大帮人可以发挥更大的威力，获得更多利益啦。我提议：为我们的计划，为我们的利益，为乌波朗爵士干杯！”

“谢谢！我将要说第二个好消息，它更直接地与在座各位利益相关，”乌波朗说了半句，端着酒杯向在座的一双双急切的眼睛卖了个关子，“请大家高兴地多喝、多吃，来，干杯！”

银发绅士、山羊胡子和几个绅士站起来，他们着急地催促着乌波朗：“快讲，快讲。”

“你们都是邦海银厂和英缅公司的大股东，这个消息，会让你们睡不着觉的！”乌波朗望着一双双圆睁的、喝酒过量了的红眼睛，吊着胃口，“经过我这次从仰光到新德里之行，几经化验我亲自到班洪炉房、金厂等地掘取的矿样，证实了一点：这片地方不仅矿藏资源藏量丰富而且品质很高！那里堆积如山的早年炼过银子的矿渣，品位都比邦海现在冶炼的矿石高出三倍多！诸位，这意味着什么？啊，那将是白花花的银子在流淌呀！”乌波朗激动了：“我受尽辛苦化装过去，偷矿没有白跑啊！”

绅士们坐不住了，都站起来拥向乌波朗，“干杯！”的声音一声比一声高，酒杯一个个空了，似乎白花花的银子已经在他们眼前漂浮、流动着……

已经微醉的乌波朗高声喊着：“诸位先生，你们安静下来，我还要宣布第三个好消息：卓温·朗纳上校的部队集结了两千多英勇的官兵，现在已经在开往班弄、永班和户班的路上了。我们公路修建、桥梁架设都将按计划进行，我们的力量将很快渡过南依河。先生们，为卓温·朗纳上校，为上校铁流般的军队干杯吧！”人们一起挤到上校身边高喊：“为上校，为军队干杯！”

桌旁，一个人掉泪了，他就是荣汉斯神父。他拉着乌波朗的手激动地说：“尊敬的爵士，太感谢您啦！我几十年的梦想就要实现了！”

乌波朗拉着荣汉斯，向绅士们大声说：“先生们，我要代表大家向荣汉斯、荣文生两位神父致敬！他们父子俩闯进这一片野蛮人的地区，传布上帝的福音，经过了二十多年难以想象的艰难困苦，站住了脚，建起了十几座教堂，发展了几万之众的教徒。他们是大英帝国的功臣，特别是他们父子为我们提供的地图和情报，是我们向前迈进的最宝贵、最不可少的资料。为了表彰他们父子，伦敦特地给他们颁发了女王勋章，还给他们带来了十箱最醇正的英格兰美酒！”

荣汉斯双手掩住脸，泪水横流：“感谢上帝啊！感谢女王陛下！”

这一伙英国绅士们沉醉了。乌波朗的三大好消息让他们看到了掠夺、侵占不是梦想，即将成为现实；而他们又把现实作为更大的梦想注在酒杯里，一杯杯地灌下去。

次日

在乌波朗书房里。乌波朗和荣汉斯隔着宽大的茶几对面而坐。六十来岁的荣汉斯精神似乎比还不到五十岁的乌波朗还好。

乌波朗：“神父，你昨天没多喝酒呀，今天是个好日子，我们再来一杯。”

荣汉斯没有直接回答乌波朗的话，而是单刀直入进入了主题：“爵士，我是上帝的奴仆，我不能放纵自己。今天的确是个好日子，我将把我最心爱的女人送给你，让她为完成你的宏大计划助你一臂之力。”

“什么？”乌波朗“蹭”地一下站了起来，“你最心爱的女人送给我？你是不是喝糊涂了？”

“爵士，我清醒着呢。以前给你讲过我有个义女，经过我十几年的精心培养，使她由流浪少女变成了一个精通英语的行家，对中缅这一片地区的民族语言她都懂，她对我们的忠诚也是完全可靠的。爵士，她是我的掌上明珠，我的很多事情都是由她经办。她对我比我的儿子更重要。”

乌波朗倒了两杯红葡萄酒，递了一杯给荣汉斯：“神父，这是怎么回事呀？把你的掌上明珠送给我？”

接过乌波朗递过来的酒杯，荣汉斯喝了一口酒后，说：“尊敬的爵士，为了大英帝国的殖民事业，为了女王陛下的利益，我什么都舍去了，在这一片野蛮人地区，我坚持了几十年只有一个愿望，让大英‘米’字旗插遍全世界。你即将开始执行的一项宏伟计划，正是我的愿望。我考虑了一夜，决定要全力支持你。但是，我是上帝的奴仆，不宜在你身边协助你进军中国边境，决定把我的义女送到你身边，让她代替我为你效劳。”

乌波朗隐隐感觉到了荣汉斯的真实用意，他内心情不自禁地高兴起来，但表面还是很有礼貌地说：“尊敬的神父，君子不夺人所爱，我怎么能夺走你的掌上明珠呢？”

“喏，喏。”荣汉斯向来是个用心做事的人，他毫不含糊地对乌波朗说：“为了大英帝国的利益，我个人应该牺牲一切的。”

荣汉斯说着走到门口：“来吧，我的孩子！”

这时，一位艳妆女子风度翩翩地缓缓走进来。

乌波朗眼前一亮：“天啊！这是哪路仙女下凡啦！”乌波朗完全怔住了。

“孩子，这是乌波朗爵士。”荣汉斯牵起美女的手走到乌波朗面前。美女矜持地笑笑向爵士点了一下头，接着伸手拉住长裙一角，半蹲下去给乌波朗行了个屈膝礼，抬眼望着乌波朗，用很纯正的英语说：“您好，爵士，能为您效劳十分荣幸！”

乌波朗第一次听到东方女人用这么标准而且亲切的音调跟他说话，感到很意外：“小姐，您的英语说得太棒了！”

美女笑着温柔地答道：“谢谢。我的英语是义父十几年来一句一字地教会的。希望今后爵士能继续教我学习英语，我会成为您的一个好学生的。”

听着这么温柔顺耳的话语，乌波朗不知如何回答了：“啊，啊……”

荣汉斯忙接过话：“爵士，我义女在语言方面很有天赋，除了英语外，这一片地区的佤、傣、景颇、傈僳各种民族语言，她都能听会说。跟在缅华侨讲起汉语，谁都不会怀疑她是个地道的中国姑娘。我希望她能成为您的随身翻译、您的侍从，为您效劳。”

乌波朗兴奋地说：“好，好，今后就做我的首席翻译，我一定随时把她带在身边，照顾好她。”

荣汉斯感到火候够了，他装作惋惜地说：“玉波十七岁起在我身边生活，跟着我颠沛流离到处传教，也有十七年了，现在让她跟着爵士做一番大事业，我也算放下一颗心了。”

荣汉斯娓娓讲述时，玉波的脸上迅速掠过一片阴云。荣汉斯看着乌波朗那副猴急的神情，知趣地说：“爵士，我把义女交给你了，今后不管什么情况，希望你要好好待她。现在我走了，准备出发去做上帝交给我的事了。”说着起身告辞。

乌波朗充满感激地说：“神父，非常感谢您，我会向大英政府呈报您的功绩的！我个人也一定会报答您的！”

神父大步走了出去。

乌波朗刚要和玉波说话，一个声音在门外响起：“爵士，邦海银矿要向您报告情况。”

“让他们过几天再来，我现在完全没有时间考虑他们的问题。”乌波朗大声命令，“今天，任何人我都没有时间见，任何人都不见！”

说完他转过身来倒了名贵的葡萄酒，递了一杯给玉波。这时，他仔细地端详起眼前这位娇艳欲滴的美女来：“你叫玉波，三十多岁，顶多三十五岁，是吧？有一副很匀称的身材，没有城市女人成熟的发胖形象，也不属于农村女人因劳累形成的瘦弱体格，你就像画家精心按比例描绘的让人看去很自然、舒服的那种身材。头颈、胸肩、腰、手、足呈现出匀称的美丽线条，鹅蛋形的脸上，一对修饰过的乌黑蛾眉下，明亮、有神的大眼睛，让人们不敢和你对视：那对光彩夺目的黑眼珠像星星，发出的魅力完全让人像被闪电击中般眩晕。多看你两眼，魂就会被摄走了。啊，我说的对吧，义女？”

“爵士，我叫玉波，不叫义女。出生在深山里，实际上我是……”

乌波朗急忙制止：“别，别说。让我好好看着你，欣赏你！”玉波笑了，她那殷红的嘴唇一抿，然后张开口，露出了两排整齐雪白的牙齿，喝了一小口酒，直视着乌波朗说：“爵士，我值得您欣赏吗？其实我是山里的一个长得很丑的姑娘。”

“不，不，不！你美极了，你身上有着东方女性的含蓄美、典雅美，又有西方贵族女性的妩媚、开朗、尊贵的美。天哪，神父是如何把你修饰成这样一个极品女人的？神父艳福不浅呀！”

玉波没有一般女人在陌生男性面前的那种腼腆、扭捏、装腔作势，她微笑着对乌波朗说：“谢谢您的夸奖。我在神父身边十七年，完全是按照整套英国方式生活和思考的，神父还特地让我去仰光英国医院学习了一年护理，并且接受了一些整容修饰，实际上我还是自然的我。”

“是的，玉波，你美极了。你身上自然流露出来的华丽气质不是可以修饰出来的。”乌波朗心里承认，嘴里就流露出来：“这是我到东方这么多年，第一次遇到这样的人，让我激动，心跳加快，面红耳赤，话都不知道如何说了。”

玉波轻盈、优雅地走到椅子边，把身上的镶着红色宽花边的黑色兰绒长袍脱去，放在椅子背上，用火辣辣的眼睛扫了乌波朗一眼。乌波朗眼前的玉波，穿着宽大的上乘英国白府绸长裙，上身着粉红色石榴状高领丝绸上衣，一件黑色镶金色花边的小马甲紧紧地绷在胸部。她的胸部特别隆起，成熟女性，而且表明生育过的丰满双乳高高耸起。乌波朗已经不能自持了。他快步走到玉波面前，双手紧紧地抱住玉波，喘着粗气说："亲爱的，你就是我的天使啊！"玉波顺从地把双唇贴了过去。乌波朗边狂吻她，边把她抱到了宽大的长沙发上。

马成君王府

马成君的王府由高处、远处看，恰似一个"回"字：一座座杆栏式竹楼相连接，对称的竹楼形成一个"口"字形，原来班弄王的遗族一家人和马美廷的卫队佤兵就住在这四周的竹楼中；"口"字中间一座高于四周竹楼的宫殿式竹楼耸立在"口"字中央。这座高大竹楼就是议事厅和宾客接待室，在议事厅的中央位置，显眼地摆了一把铺着完整虎皮的太师椅。自从和英国人打交道以来，马成君在曼德勒、仰光都陆续置买了房产作为货栈并作为他庞大的马帮往来的落脚点，还开了铺子经营山里的特产，特别是鸦片和玉石，赚了大钱。他看中了曼德勒英国人别墅式小洋楼，于是请来英国工程师和工匠，从曼德勒驮运来建筑材料，设计和建造了一栋英国别墅式小洋楼。这座小洋楼四层加了顶部观察哨楼，高高地耸立在班弄坝的北边，站在楼顶，整个班弄坝子一览无余，尽在眼中。马成君常常站在小洋楼顶很得意地向四野眺望，还不成调地哼哼："我站在城楼观山月……"

小洋楼建造好，马成君和两个儿子、女儿住了进来。还专门留了一层给往来的英国人住宿。乌波朗决定英国兵东进，马成君让两个儿子搬走，把小洋楼腾出来交给乌波朗使用。

乌波朗决定在马成君的王府召开班弄、永班和户班各路部落王会议。会议通知是乌波朗在腊戍时令人送出来的。

卓温上校带着一支五百人的英军队伍来到班弄，乌波朗带着他的女秘书兼翻译玉波来了。马成君费尽心思把小洋楼布置一新，让乌波朗和他的女秘书兼翻译住了进去。乌波朗让卓温上校从英军中重派了卫兵，替换了马成君的佤兵。

卓温上校带领军队在原来佛寺的位置上搭起帐篷扎下营，并陆续修建了一排排铁皮顶木板房。班弄成了英国军队的重要驻地。

军营四周拉起了带刺的铁丝网，军营大门两侧挖了战壕，两边垒起了沙袋；哨兵端着上了刺刀的枪，来来回回地巡逻。

帕温张在班老住了一段时间，身体也恢复了。他总放心不下长老和尚的后事，关心师兄弟的下落，更期待找机会要重建佛寺。他认为他不能无所作为地待下去，也不能总在别人的庇护下过日子。于是，他不辞而别了。

班老寨

从班弄回来后，艾西瓦在老王昆鄂的指导下，把班老各村寨的青壮年都集中到班老大寨，每天训练半天时间，岩嘎就成了教练。一支一百多人的骨干队伍组织起来了，这些人回到村寨再组织本寨本村的青壮男人，学习使用长矛、大刀、弓弩。不到两个月时间，班老部落能够使用大刀、长矛、弩箭以及铜炮枪、火药枪参加作战的人已不下五百人。

太阳刚刚升起，一个佤兵迎着太阳吹响了牛角号：呜——

在场子上，一队人在练刀法，左劈、右劈、迎面劈，喊声威武。

一队人在练长矛，正面刺、反身刺、侧身刺，“嗨！嗨！”吼叫震天。

还有一队，在靶场上练习弩箭，抬手，上箭，拉弦，瞄准，放，“嗖！嗖！”声响，箭中靶心……

艾西瓦很高兴地对岩嘎说：“班老部落各村寨现在参加训练的，绝大多数人都掌握至少一样武器，不再像以前那样，打猎去跟着‘哦！哦’地吼叫着轰轰野兽了。一支八十人的护乡自卫队白天夜晚在各村寨来回巡逻。多亏了你的帮助啊！”

岩嘎谦逊地说：“班老王啊，我只是领着练练使用刀箭而已，真正的组织者是你们班老王父子。我回去向班洪王报告情况，你们要坚持练下去，提高警惕，注意河那边的动静。”

岩嘎还建议说：“班老王，寨子的防御工事也要修整，要把寨子的进出路口修整得既方便乡亲们进出，又要便于观察，便于守卫。寨子前后要加修沟壕，搞成能坚持防守又能迅速出击的坚固工事。”

艾西瓦十分激动地说：“行！进可攻，退可守，保护寨子，保护乡亲们。今晚商量一下，想出个道道来，近两天就动手。”

上、下班老两个大寨里的铁匠铺，人手增加，炉子整天烧着，打铁声不分昼夜地“叮当，叮当”响不断；妇女和儿童把从各家收集到的断犁头、坏锄头、烂铁锅，能找到的废旧铁器，都搬来了，铁匠铺门口堆起了一大堆。铁匠们不仅打造长刀、铁矛头，还制造火药枪用的铁砂。

叶娜和依品在铁匠师傅的指导下，在排选各种用途的废钢铁。叶娜叹息地说：“我们阿佤人使用的铁器太少了。”

铁匠说：“吴尚贤太祖公教阿佤人为朝廷炼银子，却没有教阿佤百姓炼铁造农具，我们阿佤人弱在钢铁少啊！”

“阿叔，我们不能总用人家的废钢铁来打造长刀呀！”

“姑娘，你说对了。阿佤要进步，要过好日子，就得学汉族种庄稼、冶炼、织布、木匠……自家有本事才强得起来的。”铁匠显然要说的话还很多。

叶娜接过另一个铁匠师傅的大锤来挥打了几下，只得放下；依品也上来拿起大铁锤，“叮叮当当”地挥了两下，也放下了。铁匠们“哈哈哈”地笑开了：“姑娘们的手本来就举不起大铁锤的！”

岩嘎没有笑，他在铁匠师傅的小锤指点下，挥动着大锤朝铁砧上的那块锻烧得红里透青的铁块打下去，细小闪着金色小花般的火星四处飞溅；师傅的小锤、岩嘎的重锤的击打声“叮——当——叮——当”有节奏地交响着，一会儿师傅把锤直的铁板又钳进熊熊的炉火中去炼烧。岩嘎放下手中的大锤，满脸汗珠。叶娜赶忙把一块毛巾递给他擦汗，说：“累了吧？擦把汗，喝口水。”岩嘎笑着说：“我要能长期跟着师傅学打铁，造农具就好了！”依品双手捧着一小竹筒水递给铁匠师傅，对岩嘎说：“你是个会使大锤的笨徒弟，师傅不会收你的！”

“哈哈，这个徒弟聪明得很呢！只是现在不能收他，他有更重要的事要办呢。”铁匠师傅认真地说。

“叮——当——叮——当”的锤打声，不停地响着，大约两袋烟的时间，一把两尺多的长刀毛坯就具备雏形了。

叶娜和依品高兴地拍着手说：“师傅真有本事！”

岩嘎对师傅说：“这个坯子我拿去磨成刀，好吗？”

“好，你拿去磨砺成刀，不过要花的功夫还很多的，你要有耐心啊！”

“是，师傅！”岩嘎看着淬长的刀坯爽声答应师傅。

几位长者正指导着几个妇女烧炭黑、磨硝石、碎硫黄。这是项危险、细致的活。做这项活的都是很细心又大胆的妇女，她们在有技术、有经验的年长者指导下，已经把做好的一箩筐一箩筐火药抬去收藏起来。

叶娜和依品在这里认真地听长者讲，认真地看，她俩不敢随意地动手做活，在几个技术娴熟的妇女指导下，小心翼翼地参加每道工序的劳作。依品学得很快，她很好奇地问：“阿叔，把硝石多放一点，火药枪的力量就会增大对吧？”

“是的，多点硝石威力会大一点儿，可是我们的火药枪的枪管是质量很差的铁管子，火药爆炸力增大了，反而会炸坏枪管的。”阿叔告诉她。

从远处，岩嘎走过来，明知故问地说：“这回知道火药是咋样做了吧？”

叶娜高兴地说：“知道了。能不能搞点威力大的？”

岩嘎说：“有啊。快枪，包括你的小手枪威力就大。外面还有大炮，还有从天上飞机扔下来的炸弹，都是了不起的东西。”

叶娜惊奇了：“飞机？”

依品问：“什么是飞机？”

岩嘎老实地说：“我也是听杨叔讲的，他说是一种比班洪最大的房子还大的，像飞鸟一样的钢铁做的汽车一样的机器，可以像鸟一样自由自在地在天上飞来飞去。我真想跑到外面去看看。”

依品对叶娜说：“我还是没有听懂。我们真该到大山外去看看。”

岩嘎对她们说："你们俩赶紧回去，昆鄂正等着你们吃饭呢！"

叶娜说："你一有空就跟着我们，吃饭也要跟我们一起吃才行！"

岩嘎笑了："我才不是跟着你们呢，我有我的责任嘛！"

班老老王昆鄂领着六七个年轻人，把一门清朝留下来的铁炮，擦洗干净，昆鄂教他们使用方法，每炮装填一斤火药，用碎锅铁片做弹片，卷起一人长的布条做点火引子。年近七旬的昆鄂让每个人都练习装填的过程，他说："这是老祖宗留下的厉害家伙，你们学会用它，说不定有事时就会用上它。它个头大、笨重，以后就靠你们几个搬动它、使用它。"

一群年龄大的妇女们，领着一大群光屁股的娃娃，他们也拿着各种短刀，刷刷地削着竹条。老头人普达岩来来回回地指点着，检查着削好的一根根竹条弩箭，每个人脚边都堆起了一大堆竹箭。

山地上

夕阳落到山那边去了，暮色中人们从各个劳动的山地返回寨子。炊烟从一座座茅屋、竹楼升起。

岩嘎今天和依品、叶娜在山地上种苞谷，岩嘎用长刀砍地，叶娜用木梭镖在砍松的地上戳眼洞，依品把苞谷种子丢进土洞眼里，再用脚扒土盖严实。他们三个人配合，比别人家种得快，很快就把甘木浩家的几块山地种完了。

岩嘎也累了，喊道："叶娜，收工了吧，人们都回去了。"

叶娜答应："是喽，还有两趟就种完了。依品，你先背着我们拾的那捆柴回去。"

依品听话地背起柴走了。

岩嘎一手用长刀砍地，一手持木梭镖戳洞眼，叶娜在洞眼里撒下种子，赤脚扒土盖实。种完苞谷后，天已经黑下来了。岩嘎叫叶娜赶紧走，快些回寨子。

叶娜却拄着梭镖，缓缓地走着。看着着急的岩嘎，递给他一块毛巾揩汗。叶娜说："岩嘎，将来我们种地不能还用这种方法啊！我们一定要用汉族的铁农具和耕种办法，不能老守着刀耕火种的规矩了。"

"对，要用汉族的铁农具和种地方法来种庄稼。"岩嘎应了句后，突然觉得不妥，慌忙问道："什么？我们种地？我们指谁呀？"

叶娜大大方方地说："当然是指我们俩呀！"

"哎呀，公主，你千万不要讲这种话，你是公主，我是穷佧佤。"岩嘎本能地诚实对她说，"叶娜，你今后不要再讲这种话啦！"

叶娜用梭镖"嗵、嗵"地敲着地面说："我们就是你和我，为什么我和你不可能成为一家人呢？我就是喜欢你，回去我就对我阿爸……"

岩嘎表示服她了："叶娜，别说了。我也是非常喜欢你的。我非常感谢你！只是我是个一无所有的穷苦人，你是公主，你……"

叶娜："公主也是我爹给的，我自己也是一无所有。我们俩可以辛辛苦苦地去种地，去做工，有我们两个一心一意过好日子就比什么都强！你是个有作为的诚实人，你和我真心相爱一辈子比什么都强，什么都会有！"

"叶娜，我真的很穷呀！"岩嘎又重复老话。

"我们俩会有想要的一切的。莫忘了，我们最应该到外面去走走看看！"

在叶娜强烈的爱情表白面前，岩嘎被她的真诚感动了。

在寨子大门前的大青树下，这一对有情人的谈话，被一个人听到了，这个人就是艾西瓦。艾西瓦按照习惯在每天收工后，天黑前都会在寨子附近走走看看，甚至想想夜里安排岗哨的事。今天他远远看到叶娜和岩嘎说着话走了过来，特别是叶娜激动的大嗓门，引起了他的好奇，他没有走上前去打扰他们热烈的谈话，而是敏捷地爬上大青树，像往常站岗放哨时那样，很快就隐没在大青树茂密的枝叶中了。

"叶娜和岩嘎是最好的一对！"他想起了阿爹昆鄂说过的一句话。看着从大青树下走过，进了寨门的叶娜和岩嘎，艾西瓦爬下树来。望着他们的身影，他心里默默地祝福他们，不由自主地说出一句话："岩嘎这小子真有福气啊！"

寨门前

岩嘎要回班洪了，他要及时把班老面对的严峻情况和班老急需的支援及时报告给班洪王，这是一刻也耽误不得的事，叶娜和依品却要留下来。班老老王说服岩嘎把她俩带回班洪。

昆鄂说："她们不回到班洪王身边，我是放心不下的，你一定要把她们带回去交给班洪王。"

艾西瓦派了四个壮实的班老汉子护送，希望他们回来时，能驮回来两驮班老急需的硫黄、铅巴、铜炮枪子弹等。叶娜说："这件事交给我办。"

岩嘎身上的麻线挎包不见了，被一个彩色线织的挎包代替了，叶娜大方地说："这是我特地为你织的。"岩嘎低下头不吭声，叶娜那双眼睛亮汪汪地流露着幸福、自豪的目光。

依品也托艾西瓦把一个红、白、黑、绿彩线织的挎包，转交给甘木浩。

甘木浩没有来送他们。自和尚帕温张不辞而别后，甘木浩也有两天没有露面了，大家都很着急。

岩嘎似乎猜到了点什么，他说："甘木浩和和尚结成了生死之交，和尚一走，甘木浩最有可能知道和尚的去处，他一定是去找和尚了。"

叶娜也留了一个彩色线挎包给艾西瓦。临告别了，叶娜把自己戴在手上的一对银手箍取下来请艾西瓦交给甘木浩，说："甘木浩一定会回来的，请把这对手箍代我这个姑姑转给他。我和依品都希望他坚强起来！"

叶娜对艾西瓦说："拜托你一定要派人找到甘木浩，一定要照顾好他母亲、妹妹。"

第六章

英人收买部落王订卖国密约屯兵班弄
甘木浩巧遇宋哥再救帕温奔班洪报讯

莫贡老爹家

化了装的帕温张蓝布包头、佤族汉子的宽大衣裤，整个身子裹在一条毡毯里，避开大路走小路。到了班弄，他白天待在树林里，天黑了才去找莫贡老爹。

"哎呀呀！你咋个回来了？马成君让人四处找你，放出话来说，找到你也要像长老一样烧死哩！"莫贡老爹恐慌地告诉他说。

帕温张让莫贡老爹不要怕，问："长老的后事谁给办啦？我的那几个师兄师弟他们怎么样了？"

"唉，别提了。听人说长老的遗骸被烧得都找不到了，那些英国兵把竹楼的灰烬统统铲到一个大坑里去了。其他和尚早就逃得不知去向。"莫贡老爹把土锅里熬着的苞谷粥倒在碗里给帕温张，让他趁热吃。他又说："你还是赶紧到河那边去，在这边你是待不下去的。"

帕温张掉泪了。他说："老爹你不知道，我是一个孤儿，傣族的母亲生下我，汉族的父亲抛下我们母子走了。母亲在寨子里受人欺负，在我三岁时，她把我托付给长老就不知道去向了。我是长老养大的，长老是我唯一的亲人。现在英国人逼死了他，我一定要为长老报仇的。"

莫贡老爹叹息说："这世间好人就是受气受难呀！孩子，报仇不在一时，只要你记住这个仇今后会有机会的。我劝你明早还是先回河那边去。"

英国兵营外

第二天，清早。一个年轻的佧佤汉子在原来佛寺的地方转来转去。这个地方已经是英军的兵营，英国兵开始在拉隔离铁丝网、挖战壕了。哨兵对这个转悠的人已经注意多时了。

帕温张在寻找那个埋有长老遗骸的大坑，他想祭奠一下，给长老行个礼。

英国兵营内

几百名英国兵集合完毕。乌波朗骑着高头大马，统领着这支长途行军后到达班弄没两天的军队。在他眼里,这是一群将要扑向猎物的狼,在这个时候,要把他们的凶狠劲激发出来。

一个军官向他走来,他跳下马迎向军官。“尊敬的乌波朗爵士,卓温·朗纳上校命令我向您报告:军队集合完毕,欢迎您光临军营。”

乌波朗走上前去,和少校热烈地握手:“谢谢,谢谢!”

然后他转过身去,向着排列整齐的队伍发表演说:

“亲爱的大英帝国女王陛下的军官士兵们,看到你们经过几天的行军,仍然是精神焕发,队列整齐,我由衷地钦佩你们,感谢你们!

“英勇的军官和士兵们,你们来到这里,代表伟大的大英帝国站在这里,你们是为了大英帝国的利益,到这里来执行一项神圣的使命。

“英勇的军官和士兵们,你们是大英帝国的优秀队伍,你们争取和维护着帝国的利益。你们将要进入世界上最野蛮、最荒凉的地区,那个地区有着最丰富的资源,有我们英国缺乏的矿产。军官和士兵们,你们的任务就是去占领,去控制!

“现在你们休息几天,补充物资到达后,你们就要出发去控制那个叫炉房、金厂的地区,你们的任务就是把那片土地控制在我们手里。你们是大英帝国强大的军事机器的一部分,相信你们一定能完成好这个任务!”

乌波朗手里没有一兵一卒,此刻他却像大元帅一样神气十足地展现自己。

队伍刚解散,几个士兵就拥着一个当地人过来,向乌波朗和上校报告:“爵士、上校,这个人在兵营外窥视很长时间了,问他什么都不说,我们怀疑他是一名奸细。”

乌波朗看着这个佤族汉子,迎头就是一鞭子,他恨恨地说:“奸细?你打探军情干什么?把他交给马成君,让他开口。先把他捆起来,让马成君来领人,要杀也是他们自己去杀。”说完就走了。几个士兵把帕温张牢牢地捆在一棵大树上。说来也巧,这棵树刚好就是上次被英国兵抓住捆他的那棵树。

马成君王府

乌波朗召集土王在马成君王府的议事厅开会。他要马成君把散杂人员和卫兵都放到远离议事厅的地方,会议十分机密。乌波朗又是利诱又是威胁地讲了一大堆话:“大王们、先生们,第一,大英帝国的军队已经来到,最迟十天就要渡过河去,控制炉房、金厂一带,并且在那里开采矿石。第二,凡是中国方面的抵抗力量,不论是官方的还是地方的都将被摧毁。军队跨过南依河后将向南滚河前进,要把阿佤山十七葫芦王地这一片土地并入英属缅甸的版图。第三,参加英军行动的土王都要参与在炉房开矿办厂,都将获得最大利益。

“诸位王爷,这将是一次历史性的进军。你们都将在这次进军行动中,获得意想不到的收获,地方权力、土地、银子……”

马成君、麻哈王、宋忠福这三个投靠了英国人的土王,受宠若惊。但现在要占据中国土地来开矿办厂，就是个大问题了。他们低声议论起来，乌波朗的女秘书玉波低声地把这几个人的议论翻译给他听。

“好吧，你们把要说的话，大声地讲给我听！”乌波朗命令说。

马成君向乌波朗行礼后说：“爵士，帮你们做事，我会尽力的。你们要把军队开过去，占领炉房开矿办厂，我不反对。但是，这件事关系重大，跟我们几个商量，我们做不了主，要与中国政府商量，得到中国政府的允许，不然，你们也是立不住脚的。”听了翻译后，乌波朗皱着眉头说：“密斯特马，你一向很大胆，很干脆，现在怎么心虚，怕惹事吗？”

“中国政府会管这么个荒芜和野蛮的地方吗？他们不会！日本人占领了东北三个省和华北的大片土地，中国政府不敢反抗；日本人正想方设法扩大侵占中国的土地，蒋介石无可奈何。蒋先生现在汇集几十万大军，剿灭江西的共产党，他要用全中国的人力、物力、财力打内战，他不会要这个阿佤山的！他也没有力量来干涉这里的事。”乌波朗毫不掩饰英国政府正是“趁此良机”采取“东进计划”的，他情绪激昂地站起来，离开座位，挥舞着双手得意地像救世主般演说起来：“中国政府内外交困，内战愈演愈烈，日本的军队步步进逼，中国政府哪有力量来管这里的鸡毛蒜皮小事。趁这个大好机会，这里，阿佤山地区的事，谁来管？我们和你们来管，我们帮助你们发展，帮助你们获得利益，帮助你们摆脱那个欺压你们的政府！你们可以得到大批的财富、土地和人口以及地方的权力。这可是千载难逢的机会啊！”

马成君、麻哈王、宋忠福三人平时在乌波朗面前唯命是从，现在听了乌波朗这番话，面面相觑，各人的脑袋都在翻腾着：到底值不值得去冒这个险呀？这时一个叫扎朵的家奴捧着盘水果走了进来，乌波朗顿生凶意，他要检验一下这几个奴才的忠诚度。

“啪啦”一掌，乌波朗把一盘水果打翻了：“谁叫你进来的？这是最最机密的会议，没有我的召唤谁也不许走近这里！”不等女翻译开口，他气呼呼地一屁股重重地坐到虎皮太师椅上。“密斯特马，这个小孩一定是受人指使来偷听会议的奸细，你必须把他抓起来审问！”

这一下，马成君吓坏了。开会前才捆来个奸细，还来不及审问，现在又出来个奸细，这不让他马成君难堪吗？马成君管不得那么多了，主子发怒他不敢不听从。他跑到门口，大声呵斥起来：“来人，把这个小杂种给我抓起来！”几个卫兵进来，把扎朵按住，押了出去。可怜的扎朵完全不明白怎么回事，嘴里不停地喊着：“老爷，是太太叫我给你们送水果的呀！”

乌波朗看看这三个不敢正眼看他的奴才，严厉地说：“今天我们说过的事情，是大英帝国最最重要的机密大事，绝对不允许向任何人说出一个字。谁对外讲一句，就要谁的脑袋！懂吗？”

“是！”三个人异口同声地应答着。

乌波朗露出了一丝笑意："你们几位是这个地区最有权威的部落王，你们说的话、做的事，是不许老百姓不听从的，是吗？我今天把大英帝国的最高机密告诉给你们，就是对你们最大的信任！现在，我们的东进行动计划已经开始，为了你们的利益得到保证，有一件事你们必须做，那就是签订一项合作协议，懂吗？在炉房合作开发，开办矿山，我们出资，你们出矿山，利益均分。"

宋忠福对麻哈王说："永班王，按理说炉房那一片是你们班洪、班老、永邦三王共管之地，你签协议就行了吧！"这话也是说给乌波朗听的。

麻哈王慌了："不，不。怎么我一个人说了就算数呢？……"

乌波朗不容他说完，马上说："你们还怕什么？我们大英帝国的军队要进驻到那里，给你们撑腰，保证开矿办厂的安全。"说着他用手示意女秘书把文件夹递过来。"这是一份给你们每个人的礼单：银元一千、纯英国毛呢衣服一套、印染花布若干、英格兰毛毯两床、瑞士手表一只，大挂钟一架、高级罐头若干。东西不少，你们明早到军营去驮吧。喏，每人带上这张清单。"乌波朗接着又说，"这儿还有一份合作协议，也要请你们签字，由密斯玉波念给你们听。"

娇美的玉波是乌波朗随行秘书，虽然已年过三十，但美丽、楚楚动人，身材苗条似傣家姑娘，发髻是孔雀髻，插着艳丽的红花，上身穿粉红色纱衫，外罩金黄色背心，下身是淡青色长筒裙。她声音甜美地用佤语读起来：

"一、佤山方出土地、资源、人力（永班、班弄、户班共同负责）；

二、英方出资金和机器设备（英缅公司为代表）；

三、开办矿山所得利益双方均分（英方还可得矿石优先购买权）；

四、开办矿山所需一切人工、运输牲畜以及生活所需粮菜柴草由佤方负责代购；

五、英方提供安全保障、技术设备以及统筹指挥；

六、协议各方竭力合作，共享利益。"

"听明白了吗？"乌波朗问。三个人完全被玉波的美色和声音迷住了，他们忙回答："听明白了，听明白了。"

"好，那签字吧！"

马成君、麻哈王、宋忠福相互对视着，谁也不想先签字。乌波朗似乎明白了什么，他哈哈笑起来说："你们要考虑一下，很好。明早你们去军营把礼品驮上，然后再到这里来签字。我还可以补充一点，今后我可以给你们提供一些合适的武器，好吗？"

不等这三个人明白过来，他已带着女秘书走出去了。

麻哈王沙姆从进入会议厅时起，就处于一种惊愕而又无法用语言表达的状态。乌波朗的女秘书玉波让他吃惊得嘴巴合不拢！这不是那个十七年前被他抛弃的玉波吗？他心里不停地在问这是玉波吗？可是面对乌波朗，面对眼前这个形态高贵优雅的女人，他只有惊讶，却不敢问，甚至他连看都不敢多看几眼。

麻哈王既惊讶又害怕。惊讶的是天下竟有这么巧的事:这个玉波不仅名字相同,相貌更是与当年的玉波太像太像了！可是除了相貌外,举止言谈都找不到当年玉波的半点痕迹。

令他害怕的是,他当年玩弄了玉波后,把怀孕的玉波一脚踢开,而且最糟糕的是他亲手把玉波推下河的。现在这个玉波要是当年那个玉波的话,只要在乌波朗面前说句话,他麻哈王就会脑袋搬家的。

麻哈王也奇怪,这个玉波第一眼看到时,双方都怔住了,但是玉波两三秒后就恢复了常态,殷勤地和其他人打招呼,目光完全没有在麻哈王身上停留过,而麻哈王则半天都没有回过神,眼睛一直盯在玉波身上。

马成君在他耳旁说道:“别那么不自量力,你癞蛤蟆想吃天鹅肉吗？别痴心妄想了！这里是什么地方,你以为是在你的寨子吗?”

其实,玉波也认出了这个当年的三王子沙姆,勾起她心里的痛苦和仇恨。闪电般的回忆只有两秒钟,她就清醒了。她知道自己现在的身份。这些年苦难的磨炼让她成熟了,非人的耻辱和痛苦使她涅槃成了一只火凤凰。她把一切痛苦、耻辱都深深地埋在了心里,她把痛苦和仇恨化成了一把把利剑、匕首,她的报复是不动声色、不露痕迹的,往往一下就扎中人的心脏。她已经成功地运用过这种报复方式。

今天她的一笑一颦,声音举止,都让这几个部落王神魂颠倒。她知道还不是报复的时候,而她更加知道,沙姆这个十足的土佬原始人丝毫不配成为她的对手。她鄙夷他,她完全把他看作是一匹丑陋无比的牲口。

在小洋楼上,乌波朗关上门后,对玉波说:“这些野蛮人懂什么道理？对牛弹琴！他们要的是实惠,是他们的既得利益。”

玉波给他脱去外衣,他趁势把她紧紧地抱住,边说边吻:“亲爱的,你不觉得今天的会开的太长了吗?”

玉波任由他那充满酒臭气的嘴在自己的脸上、颈部,直到胸部狂吻,她充满仇恨地说:“爵士,我得提醒你,这些原始人的头脑里,只有一样东西驱使他们与你合作:钱！他们太贪婪了,只要给他们钱,他们就会为你去拼命的。”

“是的,我的宝贝,你看得太准了。金钱财富——我得要好好运用手中的这根鞭子来驱使他们。”

“爵士,他们每个人的情况不一样,你要调查掌握他们每个人的各方面情况,分别采取手段才会取得最佳的效果。”玉波诡谲地说道。

“宝贝,你是高级参谋呀！来吧,现在该我们俩谈谈自身情况了!”说着他把玉波按翻在床上。

麻哈王、宋忠福被马成君的仆人领去客房休息,马成君重重地坐到他的太师椅上沉思着。一个仆人进来报告:“老爷,宋大爷的弟弟宋二爷这次也随宋王爷来了，他在到处找青青小姐”。

马成君不耐烦地轰他走：“去，去，去！什么乱七八糟的宋二爷、小姐，别来烦我！”

仆人慌忙退去。这时意外出现了：一个十七八岁的小姑娘从议事厅的东侧房里蹦蹦跳跳地跑出来：“爷爷，我在这里！”

“啊！”

马成君吃惊地望着这个整天蹦蹦跳跳快乐的孙女。

马成君的大儿子马耀祖虽然跟着他东奔西跑，但心没有扑在跑马帮赚钱上，没有读什么书，一门心思用在吃喝嫖赌上，已经娶了三房老婆了，还不满足。二儿子马耀宗也是个花花公子，小小年纪就懂寻花问柳，也没有好好读书。女儿马赛花自幼送到昆明去读书，听说以后又参加了什么青年训练班，待在外面，不太愿意回到这个群山丛中的小地方。马成君希望后代能有几个读书识字的人，大儿子的女儿马青青，聪敏过人，文静好学，马成君很喜欢，把她视为掌上明珠，八九岁专门请了人在家启蒙，十三四岁后就把她送到曼德勒的学校读书，到侨中毕业后，马青青自己选择了医护学校，并参加了进步学生组织青年读书会，通过读书会活动认识了读高中的宋忠良。不仅因为是来自中缅边境的中国一侧的老乡关系，活跃敏捷的马青青和勤学善思的宋忠良，几次见面后，两人都感到共同话题很多，你来我往，相互的了解多起来，彼此都对对方产生了好感。年底，他们回来度假期，相约互相走访，这不，宋忠良真找上门来了。

马成君吃惊的是：这小孙女怎么会在这议事厅里？而且还是他们的整个会议时间里。她听到了什么？

“青青，你咋会躲在议事厅里听我们开会呀？”马成君问道。

“爷爷，我没躲。我刚进议事厅来玩，就听说：‘有重要会议，任何人不得到议事厅去。’我赶忙走进东侧室去，那里堆满了你们从缅甸驮运来的棉纱包，听见有人进议事厅来检查，我觉得蛮好玩的，就钻进了棉纱堆里，他们进来没有看见我。接着你们就进来开会啦，我就更走不脱了，只好在里面睡了一大觉。现在睡醒了，你们也散会了，我什么也没听见，什么也不知道。睡足精神好，我得去找宋忠良了。”说着就要走。

“青青，你真没听到我们说什么吗？”马成君还不放心，又追问了一次。孙女扯着爷爷的袖子，撒娇地说：“爷爷呀，人家钻进又软又暖和的棉纱堆里睡得可香哩！你们开什么会我没听见，就连是哪些人我都不知道呀！我走了。”说完，笑嘻嘻地大步走出去了。

“真没听见？”望着马青青那副大大咧咧的神态，马成君的心还是悬着。

马王府后的小树林

马青青和宋忠良像一对浪漫的情人一样慢慢地走着。

马青青："宋哥，我把听到的一切都告诉你了，你看咋办？这是很重要的大事呀！"

宋忠良冷静地思索着。

马青青着急了："你说话呀！这事可是急得很！"

宋忠良不紧不慢地说："别吵，眼下还有一件事：他们抓了两个'奸细'，我了解到一个是佛寺的和尚，一个是你奶奶叫他去送水果，被他们当作奸细抓起来的家奴。两个青年人都是冤枉的，不能让他们白白送死，我们俩想法救他们，好不好？"宋忠良在曼德勒读书这些年，渐渐地喜欢上了马青青，马青青也是很喜欢宋忠良的是非分明，善于动脑子，敢作敢为的男子汉气质。宋忠良说起这件事，马青青一听就感兴趣地叫起来："对！宋哥，那个小扎朵太可怜了，还有那个和尚，洋嘎拉把人家佛寺烧了，烧死了人家师父，杀了人家的师兄，现在还把人家当作奸细抓起来要杀头，我们要救他们！"

谁知这两个人的一番谈话被人偷听到了。突地从树后跳出来一个人，一把长刀横在胸前，用手指着两人："你们快说，和尚被关在哪里？不说我杀了你们！"

马青青被突然出现的凶悍小伙吓坏了，直往宋忠良身后躲。宋忠良一惊，看着这个阿佤小伙并没有真要杀他俩的意思，但是情况还是紧急的，他瞧着阿佤小伙手中亮晃晃的长刀，又看看四周环境，沉着地说："朋友，你真要救和尚？"

"有什么真救假救！别啰唆，和尚关在哪里？"

"你这么挡在路上，容易被人发现，走，到那片树林里去说话。"宋忠良一说，阿佤小伙看看四周，还真是那么回事，他持刀在路中拦住这两个城里学生模样的人，马家巡逻的佤兵如果望见还会容他走脱？他放下刀，跟着他们往树林深处走去。

"朋友，你为什么要救和尚？"宋忠良看看四周后向拿刀的小伙子问。

"和尚上次是我救的，这次他一个人偷偷跑回来祭奠长老和尚和师兄，被洋嘎拉抓起来，听说马成君讨好洋嘎拉要砍他的头。我是他的生死兄弟，一定要救他。"

"我叫宋忠良，她叫马青青，我们一起从小在曼德勒读书，这次回来是想做些社会调查。你放心，我们也是有正义感的爱国青年，我们一定会帮你的忙救和尚的。"

宋忠良的真诚坦白态度，让这个阿佤小伙相信他了。

"我叫甘木浩，从班老来，就是为了救和尚。"甘木浩看到他俩一身学生打扮，非常友善，他突地想到："你是宋忠福的什么人？"

宋忠良就喜欢这个佤族小伙的率真、勇敢。他怕产生误解，解释说："我是宋忠福的小弟，她是马成君的孙女，我们和他们虽然是亲人，但是我们决不和他们一样当洋嘎拉的走狗，出卖国家、欺凌同胞。朋友，我们一直在缅甸读书，家乡的事也知道一些，但是你相信我们，我们是要做一个真正的、有良心的中国人。"

甘木浩心里犹豫了：要不要相信他们呢？

“你信不过我们?”宋忠良翻起上衣左边口袋盖子,布盖下露出一个椭圆徽章:“侨中。”他让甘木浩看:“认识它吧?以前见过吗?”

以前?甘木浩回忆着。他记起了,有一个姓尹的,人们喊他“尹老师”,说是在缅甸教书的,胸前也是挂着这个圆牌牌,甘木浩不识字,但尹老师在渡口草棚里住过一夜,讲过不少甘木浩和阿爹从来都没有听过的话,那些话里就有刚才眼前这个男学生讲的。甘木浩不完全懂,汉人的道理太多了,但是尹老师说过:“我们是中国人,我们不当洋嘎拉的走狗……”这句话,甘木浩可是记得很牢的,现在又从这个青年学生口里讲出来。甘木浩相信他是和尹老师一样的人。

“你见过这个徽章吗?”宋忠良又追问甘木浩。

“见过。有一位姓尹的老师也戴着这个圆牌牌。”甘木浩回答。

宋忠良对他说:“尹老师是我们的老师,他是侨联的负责人。”

甘木浩心里踏实了一些,问他们:“和尚关在哪里?”

马青青坦白地告诉他:“和尚和扎朵的事今天发生得太突然了,我还来不及去打听。不过以往都是东边最后那座竹楼的下边,用竹篱笆围起来做关押人的地方。”

宋忠良也说:“朋友,你相信我们,回去后很快会弄清楚的。我们一定要救这两个人的。明天他们要和英国人商议事情,来不及处理和尚和扎朵,估计后天他们腾出手就会杀这两个年轻人。我们一定要在明天夜间把他们救出去,不然就晚了。”宋忠良接着问甘木浩:“朋友,你熟悉到班老的路吗?如果能走,明晚夜里救了人我们就走,后天能到班老吗?”

甘木浩也是个直性子的人,凭直觉意识到可以相信他们。他干脆地回答:“连夜走小路,我认识路的。”

宋忠良在学校被称为“智多星”,眼前的事,确实让他动脑筋了。这不是耍小聪明的事,眼前是要用生命做代价的事。他想了一会儿,对马青青说:“英国人的礼物一定会让你们家的人热闹一晚上的,你要和他们在一起,吸引住他们。明天晚上我和甘木浩救走人后,就同他一起到班洪报信。后天,你反过来向你爷爷要人,说怀疑是他把我赶走的。以后我会找人来联络你的。”

宋忠良又对甘木浩说:“明天太阳落山后还在这里见面,到时候再说怎么救人。要记住,一定要太阳落山后再到这里等,千万不要暴露。”

苍茫暮色中,宋忠良和马青青拉着手,走回了班弄王府。

甘木浩也悄悄地摸回莫贡老爹的窝棚。

次日,英军营地

在几十顶帐篷的中央,一座硕大的帐篷。

这是卓温·朗纳上校的指挥部,中央一张临时搭起的长方桌周围放了十几把藤椅子,最里面墙上是一张巨大的英军军用地图,旁边还有一张温萨尔江以东及阿佤山十七葫芦地的特绘地图。

在军官们的会议散了后，乌波朗让女秘书把一直等候着的马成君、麻哈王、宋忠福领进大帐篷。

马成君、宋忠福、麻哈王三个部落王坐在乌波朗的对面，显得没精打采。

望着这三个部落王满脸堆着假笑的神态，乌波朗发出了阵阵大笑："先生们，你们的礼品都拿到了吗？还满意吧？哈哈哈，我们英国人从 1840 年起就是中国最好的朋友。现在，很快也成为阿佤山最好的朋友。"等女秘书翻译完了后，他作了个邀请的姿势："来吧，先生们，我们来说说我们的合作协议！"

女秘书把昨天念过的合作协议在每个人面前放了一份。

乌波朗问他们："考虑好了吗？签字吧！其实，我们英国人从来都是民主的。大英帝国的殖民地遍及全世界每个角落。我们就是为消灭野蛮、落后、愚昧而来，为帮助你们走向文明走向自由而来，大英帝国旗帜飘扬的地方，就是世界上最幸福的地方。中国政府给你们什么好处？给过你们这么漂亮的衣服吗？给过你们这么精美的钟表吗？让你们尝过世界上最美味的食品吗？唉，你们辛苦几十年打拼出来的地盘，他们还要派税官来收税呢！有了这份合作协议，你们大家都可以在大英帝国的旗帜下，由英国军队保护着发大财啦！"

乌波朗得意地演说了一通，他希望按英国人绅士办事的方式，把事情做得圆滑些。这样，即使卖了你，你还会帮着数钱，还说"谢谢"哩！

马成君看都不看麻哈王和宋忠福，接过玉波手里的派克笔，写上自己的名字，还把他的"班弄政府主席"的大印盖上。宋忠福也在自己的一份协议上涂上了自己的名字。麻哈王为难了，他是不会写自己的名字的，他干脆画了个十字按上手印。乌波朗逐一看后，笑笑说："先生们，还得再签一份，应该是你、我双方各人手里有一份的。"

三人苦笑了一下，只好再来一次。

卓温·朗纳的卫兵端了一盘子葡萄酒过来，乌波朗端起一杯，说："在座的女士、先生们，让我们举杯祝贺我们的合作和即将获得的利益，干杯！"

乌波朗叫玉波："玉波小姐，今天是个值得纪念的日子，请你亲自为我们再斟满一杯。"玉波笑盈盈地走到每个人身旁，把酒斟满了他们的杯子。

"玉波小姐，请你也斟满一杯，与我们共饮，"乌波朗走到他们身旁，"三位大王，你们当部落大王多少年了？这些年你们得到的报酬是什么？劳累、厮杀、疾病，各种痛苦和纠纷……总之，你们的这些麻烦将在与我们英国人合作中被抛弃！忠心耿耿地与英国人携手建设你们幸福家园的时代到了，只要你们听我们的，服从我们，你们就将得到金山、银山，得到无比的文明和财富。"善于演说的乌波朗发挥着他的特长，即使面对的是三个听不懂他的话的人。

"来，来，来，我们再次为合作，为财富干杯！"乌波朗又举杯。

三个部落王听了玉波的翻译后，知道自己这一签字，就是和英国人捆到一起了。马成君咬咬牙说:“过河卒子只能往前拱,后退无路了。日你妈,来!干杯!”

玉波把他的话前句翻译了,后句没译,乌波朗高兴地拍着马成君的肩头说:“亲爱的马,你说得对,往前,往前!来!再干一杯!”

刚才在倒酒时,玉波看了麻哈王一眼,恰巧麻哈王也诚惶诚恐地抬头看玉波,两人眼光接触的一刹那,麻哈王被玉波就像闪电般的目光刺得急忙回避了。玉波认清楚了这就是当年那个三王子沙姆,就是那个把她推下山崖跌进河里的凶手!而麻哈王半信半疑,这是当年那个玉波,但是她的外表举止,包括声音都变了,是她吗?麻哈王的心里充满了恐惧。

随即,乌波朗布置任务了:“麻哈王,你和班洪、班老的王,是同宗同门,是父子、兄弟关系,请你再次去说服他们,让他们和我们一道合作,共同开发阿佤山的资源,将是对他们十分有利的事。你一定要想办法说服他们。我给你准备好了两份重礼,就请你再跑一趟吧!”

麻哈王一脸无奈,他嗫嚅着说:“我被他们赶出来两次了,他们是铁了心跟我们作对。”

“不。麻哈王,前两次是礼物轻了,你把我们英国人为他们谋利益的话,说得不够清楚,这次一定要说清楚了。你们是一家人好说话嘛!”乌波朗坚持要他去做说客,转身又对马成君和宋忠福说:“密斯特马,你帮助驻班弄的军队购买粮食,越多越好,这件事你和温卓上校商量着办。而且要继续用你的马帮去运矿石,运得越多你赚的钱就越多;密斯特宋,你的马帮集中做一件事,到孟定或其他地方去购买粮食和马饲料,也是越多越好。你们三位还要准备一批劳工,一旦炉房开采矿石,会需要很多人力的。”

马成君、宋忠福、麻哈王齐声应答:“是。”

这三个人签了字,作了奴才,不得不照主子的安排去办。这时,三个人在乌波朗面前只有服从了。

三个人刚要举步往外走,被乌波朗叫住:“告诉你们,我明天将返回腊戌,十天内就回来,这里由卓温·朗纳上校指挥一切。密斯特马,非常感谢你这几天的款待。我今晚住在军营里,不过去了,谢谢你!”

马成君在回家的路上,很有感慨地对宋忠福和麻哈王说:“英国人做事就是讲究文明,打了你的右脸,还让你心甘情愿地把左脸也送过去!”

想到将要去碰钉子,还担心那个女人会报复,麻哈王愁苦得说不出话来。宋忠福则轻松地说:“只要有钱赚,老子哪里能买到粮草就到哪里去买。英国人的钱,不赚白不赚。”

马成君回到家总算松了口气,他吩咐管家:“除了站大门岗的,这几天加的岗哨都撤了,老爷要好好休养两天。”

太阳偏西了,带着白天的劳累沉落到山的那面去了。太阳的余晖由鲜红色慢慢地变成灰色，尔后灰色渐渐地变成灰黛色，当山的灰黑影子消失时，黑夜开始笼罩大地。夜晚来临，它让一切都变得安静，而它又一步步地去追寻明天的太阳……

甘木浩在昨天约定的时间前，早早地就等在树林里了。白天，他一副猎人模样，又把道路观察了一番。

班弄王府里，小洋楼里传来一阵一阵的笑声。

宋忠良出现在甘木浩面前时已是一身夜行装扮，头上扎了头巾，还用黑布遮了半边脸，腰带上还别了把匕首，昨天见面时的书生斯文没有了。他把计划好的行动方案一一地说给甘木浩听。甘木浩不住地点头，他心里很佩服这个学生想得周到。

宋忠良和甘木浩在树林里守候了两个时辰，甘木浩对此早就习惯了，他和阿爹夜间打猎，有时要一动不动地守候一夜。宋忠良背靠着甘木浩，轻声地给甘木浩讲述着他们在曼德勒读书学习的事。

宋忠良说了马青青躲在棉纱堆里听开会的事后，对甘木浩说：

“其实，马青青不仅听到了会议的全部内容，而且还是原汁原味的：乌波朗那浓重的威尔士口音很像她的英语老师，乌波朗一开始讲话她还以为是她的那位教师。听了几句后，除了语音像，其他语气用词都完全不像。乌波朗一说话，不需翻译她都听懂了。英国人统治的曼德勒，所有学校都把英语作为主课，马青青初中毕业就可以听懂英语了，到医护学校后，那位威尔士口音的英语老师很喜欢马青青，很用心地教她，希望她两年后能到英国去读大学。这次偶然的机会，让马青青对曼德勒那边传说的英国人要占领中国云南得到了证实。英国人的阴谋她知道得更具体：英国人要进占阿佤山霸占银矿资源丰富的炉房、金厂一带。这个消息对曼德勒乃至缅甸爱国华侨协会特别重要，我和马青青正急着要把这个消息送出去。”

“这么说，英国人要开过河去占领阿佤山，占领炉房，要开矿办厂了？”甘木浩听宋忠良讲后，意识到事情确实很紧急了。

宋忠良站起来，看看四周后，又坐到甘木浩身旁，继续悄声讲：

“马成君和我哥对我们这些年来在外读书的情况是完全不了解的。马青青和我一样，对自己的家庭祖父、兄长的所作所为却是很了解的。通过侨联的刊物和活动，我们对爱国主义、民族团结、帝国主义侵略中国的历史已经有了初步认识。我们也了解到不少马成君、宋忠福作威作福、称霸一方、欺压坑害各族边民的事。所以，我们回到家乡从来不讲学校读书的事，更不说侨联活动的事。我们总是听、看，默默地记在心里，我写的《户班调查记》把我兄长在这一带欺压百姓，强夺巧取、鱼肉乡间的种种恶行都做了记录，在曼德勒人们都知道我敢揭露自己家庭。马青青读了我写的文章后很感动、很羡慕，称赞我的勇敢行为，我们的认识也是从谈论阿佤山地区民族的苦难开始的。

“昨天马青青在马王府的大院里见到我，把我领到王府后的一片小树林里，把她听到、见到的都统统告诉了我。我告诉青青：‘这个消息很重要，证实了侨中老师们的情报是准确的。我们现在一方面要向曼德勒侨联方面报告，另一方面要尽快把英国军队打算占领炉房的消息通知佤山班洪、班老，让他们早做准备。’

“我觉得事情来得突然，我们两个小年轻人是需要很谨慎的。我对她说：‘第一，你一定要装作完全不知晓的姿态，千万不能引起他们的怀疑；第二，得赶快把消息从这封闭的大山区送出去；第三，得有人把消息送到班洪。’这就是我急着要和你救出和尚后，急忙赶到班洪的原因了。”

甘木浩：“我能叫你宋哥吗？”

宋忠良：“好啊。”

甘木浩对这个才见过一次面的学生的话完全信服了：“宋哥，我决定要和你做好救人和送信这两件事，我听你的。”

灯光在一座座竹楼熄灭后，宋忠良倏地站起来，谛听着四周的动静，“走！”他拉了一下甘木浩手袖，两个人绕了一个圈，来到东边最末的一座竹楼下，伏在地上，等待着时机。

竹楼一盏小马灯，灯光昏暗。一个人说：“马爷给的英国洋罐头被你俩吃得一干二净，酒也喝光了，老子啥都没有捞着；你们醉死了，老子也干脆找吃的去。”一会儿，一个班弄兵提着竹灯笼下楼来，用竹灯笼照照楼下的锁，然后走开了。

宋忠良暗喜，刚才这个兵照了照门锁，他知道了门的方位，免去自己还得摸索。他拉拉甘木浩，两个人一前一后靠着树木，摸到背面的篱笆。他跟甘木浩耳语几句，甘木浩握着长刀守在屋角，宋忠良用匕首割开捆篱笆的竹片，扒开一个口子，就钻进屋里。趁着楼上马灯漏下来的灯光，他看到了绑在两根柱子上的人。他轻轻地先摸到高个子身边，凑在那人耳旁悄声说：“别出声！我来救你出去。”摸到捆绑的绳索两刀三刀割断了，他又在那人耳旁说：“别弄出声响来，从那个洞爬出去。”然后他又摸过去救矮个子。

等到两个人爬出去后，他爬出来返身把篱笆洞重新安插好。他带着两个人在前边，甘木浩握着长刀在后边跟着，这四个人一刻都不敢停留，跑进山林才坐下来歇口气。

宋忠良问走得气喘吁吁的矮个子：“扎朵，你有没有去处？还是跟我们一齐走？”

扎朵没有看清是谁，但他听见叫自己的名字，心里有数：“你们救了我，我是没爹没妈的人，我跟你们走。”

这时，帕温张已经认出甘木浩，激动地抱住甘木浩说：“甘木浩兄弟，好兄弟！你又一次救了我，我实在感激不尽。”

“你这个和尚，我跑出来找你好几天了，真急死人啦！”甘木浩回答。

甘木浩把事先准备的烤苞谷和水给他们俩人吃着，对宋忠良说：“宋哥，辛苦你了，你早点返回吧，不然会让他们发现的。”

宋忠良这才告诉他：“甘木浩，我和你们一起走，我有非常重要的事去班洪、班老报告，一刻也耽误不得。马家那边，马小姐会帮我说话的，不会引起他们的怀疑。现在我们必须尽快离开这里，走得越远越好。”

“好吧！我们走。”甘木浩带头，和尚、扎朵、宋忠良紧跟着。林中这条猎人走的路，甘木浩已经走过两次了。他带着他们天亮前就可以赶到河边。

第七章

班老王父子严词斥责卖国贼
少年勇士探消息巧退麻哈兵

汽车隆隆地轰鸣，灰尘一阵阵地扬起；从曼德勒方向，运来一车又一车英国士兵。

车上的英国士兵头戴英式钢盔，荷枪实弹，英国步枪齐刷刷地上了刺刀，在阳光下闪闪发亮。

又开过来一辆车，士兵坐了两排，驾驶室顶上架着一挺机关枪。

又过来一辆车，英式迫击炮架在车厢正中，士兵的对面是一排炮弹箱。

用帆布雨篷罩着的军车过了一辆又一辆。

乌波朗望着由曼德勒开来腊戌的军车，笑了，他弹了个响指，兴奋地对身边的玉波说："亲爱的密斯玉波，请你快去吩咐我今天就要去曼德勒，在那里我们等候驻印度总督、驻缅总督和他们的官员们……"

说着他离开阳台，边走边说："另外，你也去准备一下。哦，真的，我现在到哪里都离不开你啦！"

"是。"玉波应答着，给他一个媚笑，走出了屋子。

院子里，一辆老式英国越野车停在那里。

麻哈王站在自己竹楼的阳台上，走来走去，他在想如何去班老送礼并说服父亲和哥哥艾西瓦，他知道他们是绝不会与英国人合作的。但英国人指定要他去，他怎么也得去一趟，即使仍被赶出来，也得去。

看着远方，一桩桩往事涌上嘛哈王的心头。

班老寨

班老老王昆鄂家。

班老老王把沙姆捆绑在竹楼下层平时拴牲口的柱子上。

昆鄂咬着牙，一下又一下地鞭打着沙姆。

昆鄂的老伴娅嫡一边哭一边去拉住昆鄂："得了，孩子的爹，他再打就会要了他的小命，你再饶他一次吧！"

"哼，饶他？饶他，他就会把这个寨子的人都得罪完、伤害完啦！"昆鄂越说越气,“这次偷卖了人家一头牛,还把人家儿媳妇也糟蹋了,你说他是人不是人?是畜生!”

沙姆忍受着一鞭又一鞭抽打,他头也不抬。

娅嫲哭得更凶了:“他爹,这次你要把他咋办?”

昆鄂用鞭指着沙姆跺着脚说:“捆在这里打你十几次了,你偷窃成性,打架寻衅,侮辱了多少姑娘?这个寨子容不得你了,天地容不得你了,乡亲们也容不得你了!”

娅嫲紧紧用身子护住沙姆:“这么说,你不要这个儿子了,你要杀了他?”

“是的!我不要这个儿子了!”昆鄂果断地回答,“等魔巴择好日子,让魔巴卜的卦代替班老的父老乡亲们决定他咋个死去!”

“你不要这个儿子了?”

“我没有这么个专做坏事,专害人的儿子!连自己哥哥的女人都要霸占,这个家容得下他吗?”

“啊,梅依吉啊……”娅嫲痛心地哭喊着。

夜深人静,娅嫲提着包袱拿把长刀,悄无声息地走下楼梯。她蹑手蹑脚地走到沙姆身边,急促地对沙姆说:“儿子,你走吧!赶快跑,跑出去是生,跑不出去是死!”说着她用刀割开了沙姆身上的绳子。

沙姆倒地就拜:“妈,我一辈子都会感激您!”

娅嫲拉他起来:“快跑吧!你今后要学好,走正道妈就满足了。”

接过包袱和刀,沙姆挣扎着就往外走。看着被打伤走路艰难的儿子,娅嫲默默地流泪,沙姆安慰她:“妈,我能跑,我会偷匹马跑的。”

娅嫲听了,气得背过身子去:“你咋还想着偷盗啊!”

竹楼上,偷偷看着这一切的昆鄂无可奈何地摇摇头说:“无可救药!”

麻哈王,他的佤族名字是沙姆,意即老三,人们习惯叫他麻哈王或者三王子。自从班弄合作协议签订后,他就被乌波朗交办的事苦恼着。去说服或者说去劝降,他已经跑了两次了,如果没有他与班洪、班老王的亲属关系,恐怕回不来了。英国军队已经在眼前布阵了,现在还叫他去劝降,劝他们签协议与英国人合作开矿办厂。这是什么事呀?乌波朗到底打的什么主意呀?

麻哈王转来转去,走到竹楼的阳台上对侍卫讲:“快去请扎登、扎尼两位头人来议事。”

扎登、扎尼兄弟是麻哈王的亲信,沙姆代替年幼的侄儿登上永班王的位置之前,这兄弟俩就鞍前马后地跟随他,为他解决了不少难题。这兄弟俩是他最贴心的部下。他把永班辖内两个大寨子交给他们,让他们去做头人,而且把永班的王府卫队也交给他们;兄弟俩感激不尽,更加死心塌地地为他卖命。

扎登、扎尼兄弟俩走上竹楼,行过礼,麻哈王叫他们在火塘边坐下,对他们说了去班弄会见乌波朗的前前后后，说了英国兵集结班弄准备进驻炉房和金厂一带地区。他与马成君、宋忠福和乌波朗签约一事未讲，他心想，这是件天大的事，揭开来就是出卖国家的卖国贼，还是留有点余地。

"这是英国人送的罐头，你们拿点去尝尝。"麻哈王送给他俩四个罐头，接着说："英国人让我去班老、班洪劝说。你们知道，前两次都被人家赶了出来，这次要去，该怎么办？"

"三王子，班洪、班老是绝不会顺从英国人的，"扎登看着罐头盒上英国美女的形象，把心里话说出来，"我们别跟着英国人掺和了，让他们自己去说。"

麻哈王生气了："胡说，跟了人家，拿了人家的手软，吃了人家的嘴短。拿了英国人的钱财不为人家做事，你说得过去吗？"扎登不敢吭气了。

扎尼倒是干脆："三王子，你去，我陪你去。"

"又被赶出来咋办？"麻哈王问。

"照实给英国人讲，他们不信，让他们自己去说好了。"

扎尼实打实地说："我倒是觉得，去班老探探虚实，我们和班老总有一仗要打的。"

一提打仗，扎登就来劲了："对，准备这么长时间了，杀过去把寨子烧了，人杀了，还有什么班老，那还说什么？你下令吧，叫魔巴卜个鸡卦，选好日子杀过去！"

麻哈王搓搓手，心有所思，说："是啊，我最想的就是把班老的地盘夺过来。这些年，我好不容易把班况王原有的地盘巩固了，如果再杀过去夺班老的地盘，我得掂量一下手里的力量。我现在跟英国好，就是想依靠英国人发展我的力量。英国人的军队齐刷刷的全是快火枪，还有机关枪、大炮、手甩的炸雷，嘿，人家那些枪炮吓死人的，拿来对付佤山各王佤兵的大刀、弓弩、火药枪，佤兵还打得过？"

扎尼讨好地说："还要找回你的女儿，还应该叫麻哈公主。"

"三王子，你给英国人说说，多给我们些快枪，增强我们班况的实力，将来我们打败佤山各王，统领整个葫芦王地，你成了葫芦十七地总王。就能更好地和他们英国人合作嘛。"扎尼接着说。

"你们看看这是什么？"麻哈王拿出一支英式毛瑟枪，"这是乌波朗爵士背着马成君、宋忠福私下送给我的。走，试试这家伙去！"

竹楼下，一群鸡在场院里觅食，麻哈王用毛瑟枪瞄了瞄，一扣扳机，"轰"的一声，把扎登、扎尼脸都吓白了。"啊！鸡头呢？"一只没了头的鸡倒在血泊里，其他鸡都飞逃开了。麻哈王觉得手中这家伙太厉害了，他又四处寻找目标想再试一下。他叫上扎登、扎尼走出寨门，看见半山坡上有一个光屁股娃娃在放羊，四只羊低头吃草。麻哈王看看距离大约有一百步远，他举起毛瑟枪瞄了瞄。

"三王子这么远打得到吗？"扎登的弩箭最远也只能射出三十步。"砰"的一声响，半山坡的羊倒下了一只，娃娃呆呆地望着淌着血抽搐死去的羊，吓得哇哇大哭，麻哈王、扎登、扎尼三人哈哈大笑。

“走吧，我们准备一下，明天就上班老去。”麻哈王很得意地握着毛瑟枪，对扎登、扎尼说：“哦，莫忘了，告诉那个娃娃家，羊是王爷我打死的，赔他家点钱，去办吧！”

班老王艾西瓦，心里很讨厌这个无情小人，很不愿意见他，老王昆鄂却叫他按礼仪办。

班老老王昆鄂问：“你来班老有什么事？”其实，从甘木浩和宋忠良的报告里，班老老王和艾西瓦了解得清清楚楚，但他还想劝说麻哈王沙姆一次。

“爹，我来是受英国人之托，他们希望你们能与他们合作，利用英国人的力量，开矿办厂，让佤山富起来，我们大家都得到好处。”麻哈王说完挥挥手，扎登叫进一个捧着礼物的兵丁，把礼物放在桌上。“这是英国人送的银元一百块，毛呢衣服一套，毛毯两条。”麻哈王看班老王、老王都不吭声，便继续说道：“英国人说他们是来开矿办厂的，只要答应跟他们一起开矿，你们要什么英国人就给什么，要多少钱就给多少钱……”

昆鄂打断他的话问：“英国人还说了什么？”听到昆鄂铁着脸的问话，看看艾西瓦威严的神情，麻哈王有点气短了，他开始结巴了：“英……英国人说，中国政府已经卖了……已经把炉房卖给他们了，答应他们来开矿办厂，大……大家有好处，不答……不答应他们……他们就要派兵来打仗……”

艾西瓦实在憋不住了，大声喊起来：“洋嘎拉要打仗，叫他来打好了，我们早就等着他们啦！”昆鄂劝住艾西瓦，平静地说：“布绕克和汉家是一家，阿佤山是中国的地盘，英国洋嘎拉要开矿办厂要找中国政府去谈，我们自古就是保护中国的土地和矿藏不被外国人抢夺。就像有人要抢你们寨子，你们同意吗？别上英国洋嘎拉的当。我们阿佤是一家人，我劝你好好想想，水过石头在，冬去春又来，阿佤团结起来，共同对付洋嘎拉。”

麻哈王说：“英国人是真心帮我们……”

昆鄂脸色一沉：“别说了！你这个说客已经来过两次了，我再告诉你：别跟着英国人的屁股转悠了！你做个堂堂正正的中国人，莫给英国人当走狗，丢祖先的脸！丢我的脸！我们班老九代到今天，一代一代守卫中国土地，我们绝不出卖国家宝藏，绝不当卖国贼！带着你们的东西走吧！”

“赶快走吧！你告诉英国人，要打我们等着他！”艾西瓦再次下逐客令。昆鄂坐在那里“吧嗒，吧嗒”地吸烟袋不再理睬麻哈王。麻哈王向扎登、扎尼使个眼色，两个人赶忙收拾起东西，灰溜溜地走下竹楼。两队十六个彪悍的班老佤兵，一色的蓝布包头、蓝布褂，挎长刀，怒目而视，让人不寒而栗。

出了寨门麻哈王握紧了毛瑟枪，真想带着他二十多个人的队伍冲过去把班老寨杀个干净！扎尼拉了他一下：“三王子，快走吧！”

路上，扎登说：“我想班老寨除了那两队兵外，没有什么动静。”

扎尼说："我留意看了，寨子里尽是晒太阳的老人和光屁股的娃娃。寨子外的山坡上倒是有几个女人在砍地撒种。他们人到哪里去了呢？"

"班老人除了砍地种苞谷就是打猎，男人都去围山打猎，他们还是只想过一成不变的日子。"麻哈王心里有了盘算，他要对班老人老账新账一起算。

其实，从麻哈王带着他的人马出现在班老地界那一刻起，几十双警惕的眼睛就一直注视着他们的举动，利箭枪口也一直瞄着这群人的胸膛，只是他们看不到而已。

甘木浩和宋忠良、和尚、扎朵回到班老后，把马成君、麻哈王、宋忠福三个家伙被英国人收买，和乌波朗签协议、订密约，英军决意要侵占炉房、金厂以及阿佤山，长期驻留在中国境内开矿办厂等情况向班老老王和艾西瓦报告了。老王昆鄂觉得事关重大，连夜派人就护送宋忠良和甘木浩到班洪，和尚和扎朵留在班老疗伤。

班洪王佤名叫昆钟，汉名叫胡玉山。他已经得到了不少英国人要打过来侵占炉房等地的消息，宋忠良提供的消息最详细、最真实。昆钟知道，宋忠良是在曼德勒爱国华侨环境中成长起来的新一代，与宋忠福是截然不同的。宋忠良把马青青听到的乌波朗和马成君、宋忠福、麻哈王开会的内容，和甘木浩亲眼所见的英国军队，详详细细地报告给班洪王。现在摆在班洪王面前的问题是如何应付这些即将来临的危险。

昆钟请师爷刘拥国先生把几个文笔好的属官集中起来，把得到的消息梳理了一下，写成了报告，飞马上报；他让杨叔给佤山各部落王通报消息，要求佤山各部落王整顿自己的武装，加强训练，加强警戒，以备保家卫国之用。

昆钟夸奖宋忠良，说他明大义、懂事理，是个是非分明的好后生，他关心地问宋忠良："忠良贤侄，你今后打算怎么办？是回曼德勒继续读书，还是回到耿马你父亲那里去？"

"昆钟，我想好了。眼下，日本人侵略中国，英国又趁火打劫。国家有难，匹夫有责，我们是中国新一代青年，要为国家做点事。我哪儿也不去，我要跟甘木浩回到班老去，到战斗的第一线去。"宋忠良很严肃地告诉班洪王昆钟他的决定。

昆钟劝他："你父亲是耿马大头人，你到那里去，你哥不会把你怎样的。"

"不，班洪王，我不走他们的路，我要走自己的路。你就让我留在阿佤山，等到阿佤山平静了我就到昆明，到内地去读书，学到本事后，我再回阿佤山为老百姓做事。"在宋忠良身上，班洪王真看到了新青年的理想，他高兴地笑了。

昆钟非常喜欢甘木浩，尤其欣赏甘木浩身上那股少年英豪的气质。昆钟送给宋忠良和甘木浩每人一把镶银把的长刀，岩嘎抓紧时间给甘木浩和宋忠良示范长刀使用的要领。

场地上，岩嘎示范用刀的要领：砍、劈、刺、拨、击……

甘木浩和宋忠良及一队佤兵跟着他一个招式一个招式地练习。

休息时间,甘木浩对改穿佤族服装的宋忠良说:“宋哥,我想早一点返回班老去,回去协助艾西瓦做好寨子的防卫工作。”

宋忠良一边用竹筒喝水一边对甘木浩说:“我和你一起到班老去。我想在年轻人中选出一批很精干的人组成一个分队,比寨子的自卫队更要加强训练。集中这样一支机动的分队,平时吃住、训练跟他们都在一起,一旦有事,能够立即出动。你觉得行不行?”

甘木浩高兴地说:“宋哥,你真聪明,想出的这个办法真好。”

宋忠良告诉他:“不是我聪明,我读过不少关于东北抗日联军的报道,他们就是年轻人组成的一支一支游击队,打击日本侵略者,报效祖国。”

甘木浩拉着他走到训练场上看佤兵训练的班洪王身边,对班洪王说:“昆钟,宋哥提出组织一个小分队,专门训练,成为保卫寨子的队伍。我想回班老去组织,你同意不同意?”

班洪王一听就拒绝了:“不行,你们太年轻。你留在班洪跟着岩嘎,我还是想让你宋哥回缅甸那边继续读书。”

甘木浩有点赌气地说:“我就是要回班老去!那边很快就会与英国人开仗,我不能不投入打英国洋嘎拉的战斗!”

宋忠良也说:“班洪王,我是不会从最需要我的地方走开的!”

岩嘎走过来对班洪王说:“昆钟,你的一片好心是对的。但是,现在面对敌人即将的进攻,他们年轻人怎么会静得下来呢?我看宋哥的提议是很好的,组织一支机动小分队是很必要的。”

杨叔也说:“昆钟,让他们干吧!玉不琢不成器,刀不磨不锋利。让他们在风浪中去经受一番,他们会成长起来的!”

班洪王思忖了一会儿,走过来严肃地对甘木浩和宋忠良说:“我给你们十五个人,可以先从自卫队里挑几个班老来的骨干带过去,杨叔、岩嘎帮助你们。粮食由班洪解决。去吧,你们去商量一下吧!”

得到班洪王的批准,大家都高兴了。岩嘎从他训练的自卫队里挑了几个人,叫过来:“木南、坎布、阿邦、嘎甲、劳布,你们五个人,愿不愿意回到班老,组成一支小分队,面对面地跟洋嘎拉干?”

“愿意!”五个精明能干的小伙子齐声回答。

岩嘎对甘木浩和宋忠良说:“他们五个是到自卫队不久的新队员,训练很努力。他们的父母、家人都在部落争斗中死去了,他们是阿佤人最苦的孤儿,班洪王把他们收容到班洪给了他们一个安定的住所。这五个小伙子就算你们小分队的成员吧!”

劳布说:“我爹是在部落争斗中被砍死的,我妈伤心地病死了。要不是班洪王收留我,我恐怕也早死在大山里了。岩嘎,你说让我干什么,我就跟你去干。”

岩嘎："不是为我干，是我们在班洪王昆钟的带领下保卫我们的阿佤山，保卫我们的家园。"

木南争着说："我们这几个人都是没爹没娘的孩子，班洪王让我们有吃有住，我们的愿望只有一个：为阿佤乡亲做事，为阿佤乡亲活着。"

甘木浩："今后我们在一起都是兄弟了！"

几天后，甘木浩、宋忠良带着木南、坎布等五个队员，回到了班老。

班老老王有点不高兴了，对艾西瓦说："我的原意是让这几个娃娃留在班洪。你看看，这里很快就会跟入侵的英国人打仗了，这里很危险的！甘木浩他爹遭不幸后，我就想过把他送到班洪去；宋忠良在这里说不定会碰上宋忠福，也是不安全的。让他们回班洪去吧！"

艾西瓦："阿爹，这批孩子已经长大了，他们经受些磨炼才会成为我们阿佤人的勇士的！不闯风浪，他们咋会知道我们阿佤人的艰难；不经生死搏斗，他们咋会知道阿佤人活着的意义？阿爹，你不是让我六七岁就跟着你去打猎了吗？这批勇敢的小伙子，现在都是十七八、二十岁的人了，让他们去经历苦难艰险吧，他们会成为阿佤的勇士的。"

甘木浩拉着曾祖枯瘦的手说："阿公，我是吴尚贤老祖的后人，我一定要站到维护祖先基业的最前沿。我决不让英国人把黑手伸过来，再说，我爹的仇我一定要报！"

昆鄂说："你们的道理是对的，可是我更想你们安全……"

宋忠良："老爹，不打掉洋嘎拉伸过来的手，我们在哪里都不安全！"

艾西瓦帮着甘木浩、宋忠良说话："阿爹，年轻人要经历磨炼捶打才会成长起来的，让他们闯闯去，我们时刻都在他们身边的。"

昆鄂一手拉着甘木浩，一手拉着宋忠良，点了点头。

艾西瓦把寨子里的几个孤儿交给甘木浩，加上和尚、扎朵，也有十五个人了。艾西瓦给他们分工：队长甘木浩，军师宋忠良。甘木浩不同意，说："我只是个叫干啥就干啥的人，不会动脑筋，还是让宋哥当头。"宋忠良完全同意艾西瓦的意见："冲杀对阵，我没有经历过，对阿佤山的山势地形我也不熟悉，在这个小分队里甘木浩当队长最合适。动脑筋、出主意、想办法也是大家的事，我多担承一些，一定协助好甘木浩！"他说得诚恳。艾西瓦对甘木浩说："别推来推去的，你们两个好好商量一下，这十五个人咋训练，咋行动。

先给你们盖两间茅屋，加上甘木浩家的竹楼，你们先集中住下，寨子里每家凑两碗米一块干巴，你们先凑合在甘木浩家过着。班洪王差人送来15件短褂、15块银元、五把刀。我们也给你们凑点银元，交给宋哥收着，刀、长矛想办法给你们一人配一件。"

甘木浩向艾西瓦说出了自己的想法：

"昆刚，我们要一人一支快枪，刀、弩箭和匕首每个人都要有。这些，我们自己去想办法，我们要自己武装自己。宋哥已经给我讲了很多故事，我们一定会有的！"

宋忠良："还是从手里先有刀、弩箭开始吧！"

艾西瓦笑而不语。他心里盘算着，如何支持他们，武装他们，训练好他们。

麻哈王沙姆第三次被赶出来后，对扎尼、扎登兄弟说："我爹和大哥都不要我了，我不是过得蛮好的吗？他们不讲亲情了，我还认他们做什么？我心里只盘算一件事：一定要杀进班老寨。"

他听说乌波朗回到腊戍了，赶忙备了上好的鹿茸一架、熊胆一对、白唇鹿一对等礼物，带着扎登、扎尼兄弟去见乌波朗。

乌波朗以急着赶往曼德勒参加紧急军事会议为借口，没有见麻哈王，而是让管事收了麻哈王的礼物，回送了五支英军步枪和一百发子弹和一些杂七杂八的小礼物，并带给麻哈王一句话："你们要坚持按协议办，枪以后还可以给。"

麻哈王欣喜的是他得到了梦寐以求的英军快枪。

扎尼感叹不已地说："腊戍这地方，洋房盖得又高又牢实又漂亮，走路的地方又宽又平坦，还有那种叫汽车的家伙，跑得太快啦，我们山里的日子真赶不上人家。"

扎登则一脸蛮横地说："老子带兵来占下这个地方就好过日子啦。"

麻哈王也感慨地说："你们看，我们只有靠在英国人这边才会有好日子过的。"

虽然没有见到乌波朗的面，但是得到了五支快枪，他们还是满足了。

一回到永班，麻哈王就盘算开了：他要打下班老，让英国人不敢小看他，让班洪王也怕他。他安排扎登和扎尼赶紧准备，特别是学会使用英国步枪，他说近几天有行动。

永班部落各大大小小的寨子，这几天都乱开了，说麻哈王要抽男丁去打班老了。

甘木浩和宋忠良听说麻哈王要来攻打班老。班老大小八九个村寨都有些紧张起来，艾西瓦一面加紧训练班老自卫队，一面加派了探子，加紧监视永班的动向，及时报告。同时，他也到各寨子去安抚乡亲，做打仗的准备工作。

甘木浩要去永班侦查，他对宋忠良说："我带人悄悄地去永班探探虚实。"

宋忠良："这太冒险了，不行。"

甘木浩说："我有把握安全地去，安全地回来。"

宋忠良："那边情况一点也不了解，我们不能去冒险。"

甘木浩："正是这样，我才一定要去，我不会冒险的，也不会打草惊蛇，你放心。先不要告诉艾西瓦，我摸过去，会神不知鬼不觉的。"

甘木浩还是决定带扎朵去一趟永班。

看山不远走山远。甘木浩和扎朵过了南依河后，踏上了大森林的猎人小路。扎朵是个拉祜族少年，爹跟马成君去打仗时被打死了，妈上山挖药时跌崖死了，马成君把他收在身边当家奴使用，在班弄王府已经五年了，经常挨饿挨打。要不是甘木浩和宋哥把他救出来，说不定真被马成君当作探子杀了。他参加了甘木浩小分队成了一名年轻的自卫队战士，这次甘木浩带他去永班探查情况，他十分高兴，一路上处处按甘木浩的要求。甘木浩把他当作弟弟对待。两人到永班寨时已是黄昏时分。

按照麻哈王的命令，永邦和班况的十几个村寨都派出精壮男人到永邦集合。麻哈王对扎巴、扎尼说："我们连夜摸过河去，天亮前趁班老人在熟睡中发起进攻，等他们清醒过来时，我们已经大杀大烧一场返回来了。"

各寨的男人三五成群陆续往永邦大寨子里走，大家都是天黑了才到。甘木浩、扎朵就混在人群里面进了寨子。

麻哈王的竹楼前场地上，已经会聚了二三百人的队伍，有的背弓弩，有的挎长刀，有的扛梭镖长矛，还有的拿根木棍。这些人白天一般只穿一条蓝布裤子，上身赤裸；还有的破裤子也没有，就只有一块遮羞布兜在腰间。由于贫穷，打冤家、攻寨子成了这些人发横财、抢东西的机会。

甘木浩已经知道麻哈王现在集合队伍，就是要连夜出发，攻打班老的。现在他想的是一定赶在这支攻打班老的队伍前面赶回班老报信。他悄声地和扎朵商量着，一是拖延出发时间，二是设法脱身。场子上人声嘈杂，喊的，叫的，吼的，场子中央烧着一堆火，四寨八村的人相识的，不相识的，大家议论纷纷。

甘木浩："扎朵，你看他们要今晚过河打班老了，我们来不及回去报信了。"

扎朵："我们只有快跑，抄小路，赶在他们前回班老去报信。"

麻哈王出现在竹楼的阳台上，十几个头人簇拥着，扎登、扎尼背着英国快枪，炫耀地站在两边。麻哈王挥手让人群静下来，几个头人也举着火把摇晃，叫场地上的人听麻哈王讲话。麻哈王开口就说："我们今晚就要出发，悄悄涉过南依河，杀向班老寨！……"下边人们叫喊起来。麻哈王又叫喊起来："杀过去，胆子大大地杀人、抢东西！你们要什么就抢什么，抢到的东西都归你们自己。"

"勐！勐！勐！"的吼叫声，一阵比一阵强。

这时前寨门走不出去了，甘木浩想起和爹打猎时走过永邦后寨的一条小路，那是一个悬崖，他们当时是顺着悬崖上的藤子下去的，现在只有走这条路了。一离开场地，扎朵对着甘木浩耳朵说："你跟我来。"

各个寨子的木鼓房是最神圣的地方，其中还摆放着砍来的人头，阴森森的十分可怕。召集人员或开拔打仗都得擂木鼓,祈求上天保佑相助。扎朵拉着甘木浩摸进木鼓房,找了一个竹筒,往木鼓里灌进了好几竹筒水,把竹筒往木鼓下一丢,拉起甘木浩就走。

一路上,扎朵向甘木浩讲起一件往事:“几年前,马成君的几个贴心弟兄摸到一个寨子去玩女人,抢东西,被寨子的人堵住拿下了,准备砍头祭神。马成君与这几个人是有生死之交的。他赶忙带上钱财礼物赶到那个寨子,快到寨子时,马成君叫住我说:‘扎朵,你人小个子小,不会引人注意,你单独摸进他们木鼓房,用水灌进木鼓里。记住了,用水灌满木鼓,你就偷偷跑回去。’我说:‘马王爷,被人家发现了咋办?’他要用鞭子抽我,说:‘你给老子一定要做好这件事,不然老子杀了你!’他说:‘他一进寨子,全寨的人都会聚在头人家场子上,木鼓房的魔巴、窝朗这时候一定会跟在头人身边的,你放心去干吧。’我摸到木鼓房,按他说的做了。为这事,马王爷赏了我一件旧褂子。他警告我,说出这件事就杀了我喂他家的狗。

“后来我听人说,那天马成君要用钱赎那几个人,头人不同意,马成君就说按天意吧!梅依吉若说这几个人该死,你们就杀,说不该死你们就放,我给你们钱。魔巴祈祷后就去敲木鼓祈求梅依吉。结果,木鼓不响了,魔巴告诉头人,木鼓不响,梅依吉明显不同意。于是这几个人被救下了。”

甘木浩笑了:“你这个小精灵,还把马成君那套学了过来。”

甘木浩带他摸到寨子后山的密林,这里平时很少有人来。他们从这里的悬崖缒下山去。

麻哈王还在讲话:“今晚攻打班老,个个都要出力,把班老杀个鸡犬不留,茅屋竹楼全部烧光,女人、粮食、猪羊,一切值钱的东西,谁抢到就归谁;砍到人头拿来领赏,一个人头一块银币!如今,有英国人给我们撑腰,英国人给了我们快枪和子弹,我们什么都不怕啦!”他说着从扎登手里拿过英国步枪,随手朝天一枪,响声震撼夜空,人群中“勐,勐”的吼叫声更加响亮。

一些老人在议论:“作孽呀!去打班老,就是去送死呀!”

有老人说:“麻哈王鬼迷心窍了!”

有人叹息:“这个没良心的家伙,他的亲爹、亲兄弟都要去杀,连畜生都不如!”

还有人说:“他不领着永邦人走正路,专搞杀人放火的事,最后会遭报应的!”

还有人说:“麻哈王现在有英国人撑腰,更加猖狂了……”

“扎尼,你去敲响木鼓,我们出发!”麻哈王大声喊道。

扎尼跑到木鼓房,把火把插在木桩上,双手抓起鼓槌用力朝木鼓擂下去:“噗,噗,噗”,扎尼又用尽力气擂下去,还是“噗,噗,噗”的声响,木鼓平日那“咚,咚,咚”铿锵、雄浑,响彻四方的声音没有了。这时恰好一阵风刮过,他的火把也掉进水沟,“哧”地一下子就灭了。他往后退了一步,踩在竹筒上,脚下一滑,跌进水沟里,他慌张站起来,头又撞在木桩上。扎尼惊愕了:梅依吉!

木鼓声嘶哑了,火把无缘无故灭了,他被“推”进了水沟,头上又被敲打了一下。这是神显灵了呀!梅依吉不让我们去打仗呀!扎尼怔了一会儿,突然惊叫着跑进场子,朝着麻哈王大声号叫着:“梅依吉!梅依吉!梅依吉!天意不让我们去打班老!”望着浑身湿淋淋、魂不附体模样的叫嚷着诉说着的扎尼,麻哈王大声问:“咋个回事?”

扎尼把刚才一连串怪事报告了麻哈王。

“木鼓敲不响,火把突然熄灭,人被丢进水里,头还被敲打。麻哈王,这是凶兆呀!今晚出兵大不吉。”大魔巴附在沙姆耳旁悄声说。

“那鸡卦不是说可以吗?”麻哈王发急了。

大魔巴垂下眼皮说:“我们杀了五只鸡才得到一卦说可以,并没有一卦说大吉呀!”

临出发听不到木鼓响,场地上人们乱了起来:

“梅依吉,是梅依吉不让我们去打冤家!”

“得罪神灵啦,打班老去不得啦!”

“梅依吉让木鼓不响了,是告诉我们吴尚贤祖老爷的地方打不得!”

“哪个违背梅依吉的意志,去了必死!”

“去了遭殃,打了必输!”

人群里的议论越发不可收拾,人们把平时对麻哈王的憎恨都在这一刻借神的意志表达出来了。

人群中一阵阵喊声:“回家吧!”

“快散吧,莫违背梅依吉的旨意!”

麻哈王狼狈不堪,他急得叫喊着、骂吼着、威胁着,可是,人们开始往寨门挤过去,麻哈王急了,拔出他的毛瑟枪,朝天空“砰,砰,砰”连放三枪。

惊恐未定的人群怔住了。

麻哈王举着枪说:“你们莫乱!我依照梅依吉的意志就是了,今晚去不成了,你们各自回去吧。明天晌午剽牛,再请梅依吉裁定好了!”

一阵拥挤,不一会儿场地上人就散光了,只有举着火把的扎登和扎尼还站在麻哈王的背后。

麻哈王迭声说:“撞鬼了,撞鬼了!”

第二天晌午时分,永邦的各村寨头人领着出征打班老的男人们又来了,聚集在广场的剽牛场。今天是最后裁定梅依吉旨意的剽牛仪式。拴牛桩由大魔巴带着寨子里几位年长者挖坑栽下的,牛被拴在这根牢牢的木桩上,魔巴绕着牛念咒语,几个剽牛汉子站在一旁,一个拿梭镖,两个提着鬼头大刀,他们光着上身,长年累月被太阳晒得黝黑发亮的皮肤上一阵阵冒汗珠。魔巴撒了一把骨头卦,看看摇摇头,又撒一把,看看,又摇头。麻哈王站在竹楼阳台上看着,怒气冲冲地对人们干吼起来:“大伙儿听着,昨晚梅依吉不让我们出发打班老,那是因为梅依吉肚子饿着,我没有想到,惹梅依吉不高兴。今天剽条牛,让梅依吉饱餐一顿,堵住他的嘴巴,他总不能不让我们去打班老了吧!”

麻哈王见人群中谁也没搭腔理睬他,气呼呼地叫起来:“剽牛祭梅依吉后,大伙儿饱饱吃顿牛肉烂饭,鼓起精神,晚上就跟我去攻打班老!”

剽牛开始,锣鼓响起来,人群吼叫起来,拴在剽牛桩上的牛突然紧张起来,咆哮着,挣扎着。

剽牛手的梭镖枪高高举过头顶,朝着牛冲过去,“啪”的一声,梭镖枪朝牛肋下剽了过去,这时候牛眼睛一白,牛头用劲一甩,后脚一使劲,那剽牛桩“嘭”的一声,被水牛挣得飞起来,梭镖枪在牛身上猛烈地晃了几下便掉到地下,那牛往外飞奔而去。

人们没见过这种剽牛场景,有人喊:“梅依吉生气了!”

“剽不成牛是梅依吉不准出兵打班老!”

“撞着鬼啦!撞着鬼啦!……”

人们东奔西跑,混乱的场面谁也控制不了。

这时,一个持枪的小伙子从寨门那边奔跑过来,边跑边喊:“班老来人啦!班老来人啦!……”这犹如给柴火堆里倒油,人群更加混乱,人们开始奔逃。

麻哈王愣住了:这真是神意呀!

班老老王,一个瘦弱年迈的老人,拄了根拐杖,像神派来的那样,突然出现在这个混乱的场合。他走上麻哈王竹楼的阳台,用尽力气大声喊起来:“永邦部落各村寨的乡亲们,我是班老老王昆鄂,沙姆的爹。大家不要惊慌,我们班老没有一个人来攻打你们,我是一个人来的!就来了我一个人!”

人们逐渐停止奔跑,停下来听他讲话。

完全没有想到昆鄂会孤零零的一个人来永邦寨,麻哈王也惊住了,他大喝一声:“你来干什么?”

昆鄂:“你这个逆子,连爹都不会喊一声了?”

麻哈王低头不语。

昆鄂:“你前几天去班老寨劝说我们投降英国人,我今天来劝说你,不要打冤家,不要相互仇杀了!英国洋嘎拉要打进我们阿佤山,抢我们的矿藏,占我们的土地,奴役我们百姓,我们阿佤山各部落要团结起来,共同对付洋嘎拉,不准英国人打进来!”

人们认为班老老王昆鄂讲的话有理有据有情,都仔细地听着。麻哈王脸红一阵白一阵,他辩解说:“英国人怎么办关我什么事?洋嘎拉跟我有什么关系?”

人群中有人喊:“麻哈王从英国人那里拿到枪了!”

麻哈王说:“我要报仇!要找班老报仇!”

昆鄂问他："你要报什么仇?"

"班老欠永邦部落三颗人头!"麻哈王只好说这个理由。

昆鄂笑着对麻哈王沙姆，也是对永邦的乡亲们说："那是多少年前的事了，我们班老认了错，赔了你们二十头牛；那时候，你沙姆还没有当永邦麻哈王呢！再说，班洪、班老、永邦本来就是一家人，阿佤一家亲，不能总是打打杀杀的吧?"

"是呀，三处本是一家人。"人群中不少人附和班老老王。

"沙姆这个杂种连亲爹的话都不听，这种人信不得!"

麻哈王急了："你胡说！你……扎登，把他给我捆起来!"扎登站着不动，他走过去举起鞭子抽打扎登："你这狗东西，快去给我把老家伙捆起来!"

昆鄂："沙姆，你不认我这个爹也就算了，还要去帮着洋嘎拉做事，当出卖民族、出卖国家的走狗，你还有没有中国人的良心!"

"捆，捆起来……"麻哈王拔出了毛瑟枪，挥舞着要扎登带人去捆昆鄂。

"住手！不得无礼!"一位满头白发银眉银须的老人，拄着拐杖大步走来。他斥退了要捆班老老王的人，上前向班老老王行礼："亲家你受惊了!"

昆鄂与白发老者紧紧握手。白发老人就是永邦老王，他现在完全不管事了，但是人们对他越发敬重。永邦老王转身斥责麻哈王："你这个没有人性的狗东西，连自己的亲爹都不认，你起码要懂得尊重别的阿佤部落王，也应该知道尊重亲人长者啊！你这个狗东西！还配做永邦的部落王吗!"

"走，亲家到家里歇歇去!"永邦老王邀请班老老王。

"谢您啦！我得赶回去，我们要面对英国洋嘎拉的入侵，要面对灾难啦!"昆鄂紧紧地握着永邦老王的手，"老王，世道不太平了，您要多保重呀!"

永邦老王掉泪了。他和昆鄂手拉手走出寨子。

他从身后随从手里拿过一个麻线挎包对昆鄂说："让他们送你一程，包里有水、苞谷粑粑，路上解解饥渴。对不起了，亲家!"

"请回吧!"班老老王昆鄂紧紧握住亲家的手告别。

麻哈王气坏了。但是当着全寨人的面，他不敢发作，他知道老王在人们心目中的地位，特别是老王刚才骂他的那些话，使他不敢正眼看场子上的众人了，他不声不响地带着扎登、扎尼悄悄地离开了场子。

一队兵丁拥护着昆鄂行走在山间小路上。

班老老王昆鄂看看周围，对护送者说："你们回去吧，我谢谢你们!"

护兵头目说："老王，我们要一直送你到班老境内，这是我们老王叮嘱的。"

在远离路边的一片丛林里，麻哈王带着扎登、扎尼和他的几个心腹埋伏着。

护送昆鄂的队伍越来越近了。

扎登、扎尼对麻哈王说："动手吧，我们那几个怂兵，一喊叫他们就会吓跑的，剩下的事，我们会办好的，你不用出头露面!"

麻哈王说:“你们把脸遮上……”

突然,一彪队伍疾跑过来,带头的就是艾西瓦。这支四五十个人的队伍人人大刀在握,梭镖在手,弓弩在肩,精神抖擞,强悍勇敢。

艾西瓦疾步上前,队伍“哗”地一下散布在班老老王周围。

艾西瓦扶住老父亲说:“爹,你没事吧?他们没为难你吧?”

昆鄂叹口气,说:“沙姆这个逆子他是铁了心地跟我们作对了。”

昆鄂看看四周,对着远处的小树林,高声喊:“沙姆!你就在附近,我早就看到你那四五个人了!我再劝你一句,不要做对不起祖先的事了,千万不要跟着英国洋嘎拉跑了,你再执迷不悟,是没有出路的!”

艾西瓦气得跳起来,他想不到麻哈王会来这一手,他厉声大骂:“沙姆,你这个狗东西,你站出来!”

班老来的队伍,一个劲地喊:“沙姆,有胆你站出来!沙姆,你站出来!”

一阵高过一阵的喊叫声,吓得躲在小树林里的麻哈王真怕起来,他哆嗦着对手下的人说:“赶紧悄悄地撤,被他们围上来就走不脱了,赶紧跑。”

昆鄂笑了,对艾西瓦说:“你们还真吓着他了!听,他们在跑呢!”

队伍里一阵哄笑:“哈哈,那是几只兔子在跑!”

昆鄂谢别了永邦老王派的护送队,跟艾西瓦返回班老。

第八章

思春心公主表白爱情
明是非小姐险送情报

从班老回到班洪后，叶娜发生了很大变化。她注重穿着打扮了，暗里喜欢和姑娘们比较，改变了以前那种大大咧咧地学男人的习惯，总想把自己和妙龄红颜联系在一起。

早晨，叶娜起床后，就忙着找她喜欢的牛角梳。

“依品，我那把牛角梳呢？”

“我不知道。你的东西自己用到哪里去了都不知道。”

“好依品，你帮我找一下吧！那是人家送我的，一定不能丢失的。”

“我知道你那个‘人家’！既然人家送你的宝贝，你怎么不在乎地乱放呢？”

一会儿，依品在叶娜枕头下找到了牛角梳。叶娜赶忙拿去梳头，还问依品：“我戴这个银头箍好看吗？”

“好看，再配胸前这串项链，谁都会说你是最漂亮的！”依品看着叶娜高兴地说。

叶娜很少去自卫队参加训练了，经过自卫队训练场地时，只是远远地看着。她把自己的时间都花在捻线织布、浇水种菜上了。

火塘旁，叶娜在纺线，实际是捻线。佤族妇女织布全靠个转动的重锤在手里搓动把棉花捻成线，然后这些手工捻出的线在织布机上织成布。

织布机上叶娜专注地织着布。

菜地里，她在细心地浇水。

在棉花地，叶娜和依品在跟着种棉花的佤族大嫂锄地。叶娜一边认真锄地，一边对依品说：“我们阿佤山真是个好地方，除了种苞谷、旱谷外，还可以种棉花。”

不远处，一个佤族汉子和一个佤族妇女在耕种。汉子在前边用梭镖在地上戳洞，不停地往前走，身后出现一排用梭镖戳出来的小洞眼儿；女人弯着腰，把一粒粒苞谷种子丢进洞眼儿里，然后用赤脚扒上泥土盖平。他们俩就这样到地头那边，又从那边折回地头。

依品：“种棉花和种粮食就是忙不过来。”

叶娜：“主要是我们种庄稼的技术实在太落后了。我们班洪地区大片大片的山坡都可以种棉花。我们种的棉花棵子矮，棉桃小，赶不上人家汉族地区的棉花好。不过我们每家每户大片地种棉花，人们的穿衣问题才会得到解决。可惜阿佤山不平静，都忙着打仗，打冤家争地盘，没有人来管好好种粮食、种棉花的事！”

依品：“那你就多向阿公讲讲。”

叶娜：“我以后还想去汉族地方看看，好好学习人家种庄稼的本事，你跟我去吗？”

依品高兴地叫起来：“太好了，我当然是随时都要跟着你的，你干什么，我就干什么！”

不愁穿衣吃饭的公主把注意力放在种棉花、纺线、织衣上，这个变化班洪王注意到了，他觉得女儿的改变，是因为她看到了百姓的日子过得艰辛。

其实，杨叔比班洪王更看透了叶娜公主的内心。一天，在训练场上，杨叔说：“岩嘎，你这些自卫队拉上去，能够跟洋嘎拉的洋枪队对阵吗？”

岩嘎很有信心地说：“杨叔，你放心，洋人枪炮厉害，他是进到我们中国地方来搞侵占的，他不熟悉阿佤山。我们据地而守，在自己的土地上打仗，地形熟悉，他有他的打法，我们有我们的打法，我们会对付他们，会让侵略者吃苦头的。”

杨叔拍拍他的肩膀说：“我们的铜炮枪、火药枪都不多，要教我们的人学会避其锋芒，扼其要害的打法。昆钟已经派人驮了几驮银子到内地去买武器了，所以你还要教会他们打枪。”随后，杨叔笑着问：“岩嘎，你想过成家没有？”岩嘎有些慌了：“杨叔，你别笑话我，我这个情况成什么家？”

杨叔更笑了：“别瞒我了，你小子自班老回来后，表面上埋头训练自卫队，心里却像南滚河的水，啥时候平静过？看上哪家姑娘？对我说说！”

岩嘎脸红了，分辩似的说：“你莫拿我开心，我穷得一样都没有，哪敢去看上哪家姑娘？哪家会把姑娘嫁给我做婆娘？”

杨叔认真地问：“岩嘎，要不要我给你提亲？”

岩嘎知道杨叔有所指，但仍装傻说：“杨叔，提谁啊？你怎么知道谁看上我啦？”

“知道！知道！”杨叔不想让他再难堪，“好了，只要你不反对，我会找机会为你小子说话的。”

打这以后，岩嘎常常拿出叶娜为他织的彩线挎包看看，又赶忙收起来，怕别人看了笑话他。

叶娜的竹楼

一天，昆钟来到叶娜的竹楼上，竹楼上增加了一架佤族妇女常用的织布机，占了很大空间。叶娜正在织布，边织布边深情地唱：

月亮光光，
星星闪闪，

云彩飘飘，
哎，它们都升在竹梢；
织机嗡嗡，
竹梭飞飞，
彩线长长，
哎，它们织成彩缎；
蝴蝶飞来，
蜜蜂飞来，
花儿开放，
哎，阿哥哟阿妹等你来！
千丝万线，
紧密交织，
深情厚谊，
哎，妹心哥情织成最美的彩缎！

班洪王不声不响地就上了竹楼，叶娜的歌声引起了他的注意，他静静地伫立在楼梯边听女儿那甜美的《织布谣》。等叶娜唱完后，他才朝织布机上的叶娜走去，叶娜欢叫着走下织机，撒娇说："阿爸，你偷偷摸摸上来，吓我一跳啦！"

"你专心织布，又唱着那么好听的歌，当然听不见阿爸上来的声音。女儿呀，别累着，阿爸给你买外边织的好花布做衣服，你现在还是要多走出去玩玩的。"班洪王很疼爱自己的女儿，他不希望女儿整天担惊受怕地过日子。

叶娜一边拉阿爸坐下，一边望着满脸皱纹的阿爸说："买布？阿佤山那么多人没有衣服穿，你能都给他们买布缝衣服吗？阿爸，我们把准备打仗的钱用来种好粮食，种好棉花，我们的日子就好过了。"

"好，我女儿关心老百姓是好事啊！"昆钟拿起叶娜捻的线看看，叹息说："唉，我们佧佤落后中国内地好几代呀！我们阿佤山老百姓的日子确实太苦啦！"

叶娜接过阿爸手里的捻线锤，说："阿爸，我们佧佤女人只会用手捻线来织布，手捻的线粗细不均匀，晚上熬夜才织得这一两棉花的线，织布就更慢了。听说人家汉人用铁机器纺纱织布，又快又好。您帮我们去打听一下，找人帮我们买纺织机来那才好哩。"

"哦，叶娜，你想得太好了！阿爸这辈子就是想让阿佤山能变变样子，百姓们吃饱穿暖，平平安安地过日子。唉！可惜的是，事不随人愿呀！"昆钟说出了心里话，感叹万分。

忽然昆钟发现了叶娜织的布，问："叶娜，你织了这么一大堆布，做什么用？要去做生意还是换彩线？"

"阿爹，秘密被你发现了就告诉你吧！我约了一些姑娘和大嫂，请她们帮我织点布，我自己才学，只织了一小点。”

“女儿真的懂事了。”昆钟高兴了，接着问：“你织那么多布做哪样用？”

性情率真的叶娜心里藏不住话：“是这样的，甘木浩小分队个个是孤儿，以前他们缺吃少穿，没有亲人关心他们，他们不少人只有条破裤子，我准备织点布，给他们每人做件衣服，缝条裤子。阿爹你要保密。”

昆钟不住地夸奖说：“好女儿，好女儿啊！”

昆钟拉个圆藤小凳坐下来，望着叶娜，认真而又亲切地说：“孩子，你今年也十九岁了，别家的女孩早已经是谈婚论嫁的时候了。小伙子们又不敢来我们家‘串姑娘’，你又不去和寨子的年轻人唱歌跳舞，你的婚姻大事咋办哟！”

叶娜不好意思了，娇嗔地说：“阿爹，我要跟你做事，为阿佤山做点事，我不嫁人，我不嫁人。”

“哈，哈，哈！”昆钟乐了，“说傻话，刚才我听你唱的歌里，还有点那个意思的！我想有一个人，应该配得上我女儿的……”

叶娜急了，她真害怕老爸点明：“阿爹，你快去忙你的事吧，别在这里妨碍我织布，快走，快走！”

“哈，哈，哈！”班洪王正要继续说，依品风风火火地跑着上竹楼来，大声说：“叶娜，他在……”一看班洪王在叶娜身边，依品急忙打住不敢往下说了，班洪王笑着摸摸依品的头说：“好了，我不听你们的秘密，我走了。”班洪王满心欢喜地笑着走下竹楼。

大青树下

大青树，枝繁叶茂，四季常青，有人说它近两百年了，那是吴尚贤种下的树。据说，吴大爷在班老各个寨子都种了大青树。大青树不死，汉佤兄弟情缘永在。

叶娜站在大青树下，像是在等什么人。月光似波光，撒在地上白花花一片。晚风轻袭，大青树的枝叶摇曳着，那些从枝叶缝里透下来的月光晃动着，就像平静水面上泛起的微微波浪。

巡查哨位回来的岩嘎眼尖，远远地就看到了叶娜的身影在大青树下缓缓地移动。他赶忙打发走陪他巡哨的两个自卫队佤兵：“你们先回去休息，我在王府附近再转一会儿就回来。”

岩嘎和叶娜站得很近，开始谁都不想先说话。稍停一会儿岩嘎关心地说：“夜深风凉，这个时候你出来要加件衣服，着了风寒不好。”

叶娜迟疑了一下，还是把话说出来了：“我阿爹找你说过什么没有？”

“没有，”岩嘎回答干脆，“倒是杨叔前几天向我提起成家的事……”

“他咋说？”不等岩嘎说完，叶娜就打断他的话急着问。

“他没有挑明，但是好像知道了我俩……”

“知道了更好！我们阿佤人就是敢爱敢恨。如果阿爹再问我，我就直截了当地对他讲我们相爱的事。”叶娜说完，眼睛直瞪着岩嘎，她希望岩嘎也跟她一样。

岩嘎拉起叶娜的手，对她说：“我也希望讲出来。但是，公主，你还是要仔细想明白：我家是很穷很穷的，你跟我过日子会受苦受累的！”叶娜抽回了手说：“我愿意！我不怕吃苦！我现在开始学捻线织布，学种地种菜，还学种棉花，我一定学会做家务活的。”

“叶娜，你真好！”岩嘎把叶娜的手紧紧握住，并放到自己的胸膛上。

叶娜没有抽回手，抬头仰望着天空，柔声说：“星耀，我喜欢你的这个汉名，你是天空闪耀的星星，我是月亮，是吗？”

岩嘎没有立即回答，也仰望着星空，把叶娜搂得更紧了。

大青树下，岩嘎和叶娜轻声对唱。

岩嘎：阿妹是花最鲜艳，花开香飘蜜蜂来；
　　阿哥是蜂嗡嗡飞，飞来采蜜会阿妹。
叶娜：蜜蜂采蜜花丛飞，花香蜜浓蜂来会；
　　山花开放爱人来，盼着春天快快来。
岩嘎：一年四季跟妹转，春夏秋冬围着妹；
　　妹似鲜花哥心里，天天鲜丽天天香。
叶娜：阿哥情深妹意浓，山泉流淌汇成河；
　　两心依依成一家，天长地久伴白发。
岩嘎叶娜：阿哥阿妹情意长，今生今世配成双；
　　年年月月在一起，今生今世不分离。

班老送来了个女学生，她急着要见班洪王。这个女学生就是马青青，她给班洪王送来了很重要的消息：元月二十一日英国军队根据伦敦的指令要占领炉房。

马王府

甘木浩救走了和尚和扎朵后，马成君开始怀疑是宋忠良所为，派人去问宋忠福，宋忠福反问他：“马王爷呀马王爷，那天我把弟弟留在你家，现在却了无影踪，你要给个说法，不然我在父母跟前没法交代呀！”

闹得厉害的是马青青，她整天哭闹着说：“宋忠良是我留在马家的客人，现在既没有回去，又没有消息，是不是出了意外，是不是你和宋忠福有矛盾，就拿他弟弟来出气？”马成君被她一闹，感到确实是个事儿，自己说不清楚了，再也没有心思去追查和尚和扎朵逃跑的事了。

马成君对马青青说：“一个学生娃娃，软弱兮兮的，怕是遇上什么人就结伴回曼德勒去了。你莫急，我派人到曼德勒学校去查问。”

好久了，去查问的人还没有回来。

马青青要自己回曼德勒去找宋忠良。马成君告诉她，这段时间，路上不太平，等英国人的事消停了，他会派人送她回曼德勒读书的。

这天，英国军营里来了两位军官，说要找马大王，马成君急忙请他们进来。

两位军官见到马成君后，向他递交了一封信函。马成君拆开一看，这是乌波朗给他的信：

班弄王马：

有几件事，要求你配合做好：英军于本月二十一日开拔到炉房驻扎；要求你组织好班弄的兵丁一百人参与英军的军事行动，给英军派出向导；那边交通不便，军队的粮草军需后勤要你负责组织马帮驮运并保证供应线安全。

同时，要求你绝对保密，不准对外泄露消息。

马成君看信后，十分恼火："哼，英国人真是鸠占鹊巢了！老子成了他们的使唤下人了！第一条，你他妈英国兵什么时候过河去占领炉房与老子有什么关系？第二条，要一百名兵丁参与军事行动，你去侵占地盘，叫老子的人马当炮灰，你给什么代价？第三条，要我组织粮草供应，你英国大鼻子要把钱拿来才好办，没钱，我凭什么去办呀？"马成君用傣语、佤语大发一通牢骚。

马成君见两个英国军官还直挺挺地站在那儿，忙叫人倒茶看座。英国人摇头摆手，口口声声"喏，喏"。他比划了一下："那你们去吃饭，我叫人给你们准备好吃的，喝酒。"

俩军官还是"喏，喏"地说出了一堆话。马成君听不懂，会几句英国话的管家又外出了。

这时候，马青青来找爷爷，听到英国人用英语讲："这头笨猪啰什么都听不懂，我们回去怎么报告呀？"马青青一听，英国人在骂爷爷是猪，她气急了，不顾曾经在爷爷面前装作不懂英国话，很有礼貌，但是很尖刻地用英语说：

"尊敬的英国军官先生，你们是在我爷爷家里，怎么连起码的礼仪都不顾地辱骂这个家的家长呢？这不会是英国绅士的起码风度吧！先生们，你们有什么事要说，请讲吧！"

这一招，来得太突然了！不但两个英国军官惊讶得张大了嘴巴，就连马成君也惊呆了，他想不到孙女这么叽里呱啦地对英国军官讲了一堆话，两个军官竟然对青青忙点头又哈腰又赔笑。

"可爱的女士，你让我们惊讶得说不出话来。在这个野蛮人居住的地方，居然有你这样一位美丽得让人忘记自己是来干什么的仙女存在，你的一口流利英语，让我们像回到了故乡！啊，上帝，这太意外了！"

“先生们，你们还要说什么？”

“亲爱的小姐，我们希望这位先生把信里的事，写一封回信或口头回答，我们才好回去向长官交差的。”

“原来是这样，这位老人听不懂你们说的英语。请你们原谅。”

“哦，小姐，很抱歉，我们也听不懂中国话，刚才真对不起，我们向他致歉。”

“我是他的孙女，先生们要问他什么问题？”

“这……”迟疑了一下，年长点的军官上前一步，把马成君手中的信接过来就交到马青青手里。

马青青看了乌波朗的信后，对军官说：

“我爷爷知道了，他会照办的。”

“不，希望他能一条一条地答复，写一个回信，或者是口头答复，并给我们指派向导。”

马青青对马成君讲了两个军官的要求。马成君气呼呼地说：“我会考虑的，等我的师爷来了，我会让他写回信送到英国兵营的。这些英国佬，简直把我们当奴才使用起来啦！”

马青青用英语告诉两位军官：“我爷爷说他会让人把回信送到军营的。二十一日，还有五天？对吗？”

军官答应道：“是的，五天以后军队就会相机采取行动了。请马先生一定要把军队和粮草准备好。也请他务必今天复信！”

马青青对马成君说：“爷爷，英国人说，五天以后就要行动了，你的兵马、粮草一定要准备好。还要你今天一定要给他答复。”

马成君对英国人的“命令”反感了：“好了，好了，你告诉他们，我会把要准备的事做好的；信，今晚以前会送到。钱，他们得准备好。”

听完马青青的翻译后，两个军官走过来和马青青握手：“谢谢，你让我们很好地完成了任务。”

马青青送两位军官出来，外面还有两个士兵牵着马在等候着。

两个军官再次和马青青握手，致谢。年长点的说：“尊敬的小姐，在这里我们太难见到你这样说流利英语的中国人，希望你能在我们出征前赏光到我们营地里聚会，给我们讲讲我们将要征服的野蛮之地的情况，好吗？”

年轻一些的军官说：“这个建议真好！刚好明天上午我们放假休息，漂亮的女士，带上你的朋友过来给我们讲讲吧！”

“不入虎穴，焉得虎子。”马青青果断地回答：“谢谢军官先生的邀请，我回去告诉爷爷，我相信他会准许我去拜访你们的。”

年长的军官向马青青介绍说：“我是勃兰克少校，他是尼奥中尉。你到我们那里去，军官们一定会很高兴和你交谈的。我们期待着您的到来！”

望着远去的英国兵的马队，马青青心想这个决定可能太草率了。去英国军营会不会有危险？她想着心事走回院子，马成君早等着她了。

马成君不等马青青开口便问："青青呀，你怎么会说英国话的？"

马青青笑着回答："爷爷，在曼德勒我读的是英国人的学校呀！在学校里，整天都要说英国话，有的人中国话倒说不好！"

马青青走过去扶着马成君："爷爷，英国人约我明天上午去他们军营里玩，看他们操练去，可以去吗？"

"可以，可以！"马成君高兴地说，"你可是让爷爷高兴了！我们家有你这个讲话就可以让英国人服气的小姐，今后和英国人打交道就占便宜啰！"

马成君想到的是今后的利益，他说："连我都不能轻易进去的英国军营，军官们竟然那么热情地邀请你进去参观。青青呀，真是幸运，这就叫一代更比一代强，我马家在这些土王中，可是要跨前一步喽！"

班弄

马青青这次深入英军营地，依仗着她熟练的英语和军官们交谈得很热烈，她弄清了英军准备进军的目标。军官们为了让她懂得他们正在进行的伟大进军甚至用军用地图给她讲解入侵计划。马青青尽管心怀忐忑，但还是以一副小学生的姿态听着英军军官们的介绍。她也把军官感兴趣的民风民俗讲了不少。

马青青想，英国军队四天后就要进占炉房了，怎么把这个消息告诉班老、班洪呢？

在英国军队营里，时间过得很快。尼奥中尉带着两个骑兵，把马青青一直护送到王府。

军官们真大方，把罐头、糖果、饼干、香烟、葡萄酒满满装了两大袋，让马小姐带回去吃。

一路上，尼奥不停地看马青青，最终把心里的话说了出来："东方的姑娘实在太迷人了！"

马青青也注意到尼奥中尉对自己的关注，听到尼奥中尉这么真诚的称赞，忙说："谢谢。英国的姑娘也是很迷人的呀！"

"马小姐，东方的姑娘除了漂亮温柔的外表还有气质，她们勇敢、不怕困难，为别人不怕牺牲自己的品质很了不起！"尼奥中尉坦诚地问马青青："马小姐，我有一段不久前的经历讲给你听，你愿意听吗？"

"愿意！"马青青很愿意结交这位英俊的英国年轻军官，她提议，"我家不远了。我们到那边林子去休息一会儿，我很愿意听你讲有趣的事！"

树荫下，两个英国卫兵牵着马在青草地上溜达，马青青和尼奥坐在两块石头上休息。

尼奥："马小姐，我讲的故事，希望你为我保密。"

马青青："好的，我会按你的要求办的。"

“不久前，我受命和勃兰克少校化装成平民跟随乌波朗爵士的马队到炉房那边去考察了一趟。带队的向导是你的马王爷爷派的，我们一路看了风景，看了地形；我们画图、照相。当然，你知道这是违法的旅游。就在即将返回的头天，我们被一群野蛮人抓住了，啊！请原谅我用了这个词。这个部落的头人抢去了我们的一切东西，而且要砍我们的头去祭什么神。当时，我们害怕极了！

就在这个生死关头，一位非常非常美丽的公主非常勇敢，甚至不惜牺牲自己生命勇敢地保护了我们……”

尼奥连说带比划，绘声绘色地讲述着他和勃兰克在勐尼寨那场生死经历。

马青青打断他的话：“你真见过班洪公主和班洪王？”

“是的，”尼奥肯定地说，“班洪王派人送我们回来的，他是一个非常坚定和有头脑的人。他不愿看到悲剧，不愿造成外交的纠纷。”

马青青下意识地问：“班洪公主漂亮吗？”

尼奥笑了：“我说过班洪公主非常非常美丽，非常漂亮，而且非常勇敢！”

马青青很自信地问：“那我呢？”

尼奥为难了，他看看天，又看看马青青，习惯地摊开双手，很诚恳地对马青青说：“哦，马小姐，我认为你们两个都是非常漂亮的东方姑娘。班洪公主有一种让人不得不信服的力量；而你，马小姐却有着奔放热情而又内在的魅力。你们都是我来到这边以后认识到的最好的姑娘！”

马青青听他说完，哈哈大笑起来。

尼奥突然想起了什么：“马小姐，我这里有照片！”

他跑过去，从挂在马鞍上的一个行囊里拿出一个盒子激动地说：“马小姐，你看看，这是我给他们拍的照片！”

马青青翻看这一沓照片，拿出一张单独的佤族姑娘照片问：“中尉先生，这就是班洪公主吗？”

尼奥忙回答：“是的，这就是班洪公主。”

马青青仔细地端详着照片上的佤族少女。

尼奥中尉陷入了沉思。

马青青：“中尉先生，你应该给班洪公主送照片过去呀！”

尼奥的思绪回到现实中来。他怀着抱歉的语气说：“马小姐，你知道的，我们可能就要和他们作战了。真是遗憾。”

“我就弄不明白了，你们英国人要在全世界霸占那么多殖民地干吗？你们国家本土小不够住，是不是？”马青青愤愤地问尼奥。

尼奥挠头了：“这也是我不明白的问题。可是，我是军人，不是政治家。军人就得服从命令。”

各人都在想心事似的沉默了一会儿，尼奥对马青青说：“马小姐，我希望成为你的朋友，得到你的帮助。这些照片带在我身边不方便，我想请您保管，若有机会，就代替我送到班洪公主那里，并且向她问好，行吗？”

马青青心里想到自己下一步要做的事，就爽快地答应了尼奥：“好嘛，中尉，我替你保管着这些照片。有机会，我就一定会亲自把它交给班洪公主，还告诉她有一个英俊的英国军官朋友十分感谢她的救命之恩，而且这位朋友将要与她进行战斗，将要去公主的部落里占领、杀人……”

尼奥赶忙打断她：“不不不！马小姐不可以说后面的那些话的！”

马青青尖锐地说：“尼奥先生，你们英国人正准备去阿佤山占领、征服，这是为什么呀？我们弱小民族，我们中国，就应该服从英帝国，就应该被英国统治，这就是政治吗？”

无可奈何的尼奥无法回答马青青的质问，他看看远处的卫兵后低声说：“马小姐，我们不谈政治好吗？我们是朋友了，希望你能帮助我把照片交给班洪公主。告诉她，我是不会向她们开枪的。”

马青青瞧着他的眼睛，点头说：“好的，我会尽快完成你的委托的。”

“谢谢。我也希望你赶快走出去，最好到英国去读书，我将乐意为你提供帮助，为你效劳。”

到了王府，尼奥中尉要告别了，马青青却落落大方地邀请：“中尉先生，你难道不想参观一下我爷爷的王宫吗？这可是这里很有名的建筑呀！”

尼奥中尉下马，高兴地说：“能在小姐的引导下，参观这里的王宫，是我的荣幸，这也是难得的认识一个中国部落的好机会。”

马青青带着尼奥中尉在她爷爷精心建造的“回”字形王宫走了一圈，对傣族、佤族的杆栏式竹楼作了讲解。尼奥中尉高兴又兴奋，他说：“这是我到中国来最愉快的一天，认识马小姐是很幸福的！”

临上马回营了，尼奥中尉告别时说：“希望不要去打仗，留在这里是很好的。”

马青青笑着与他告别：“欢迎你再来我家做客。”

马成君对年纪小小的马青青完全另眼相看了，他训斥他的两个儿子说：“你们自己的女儿都能给马家挣得大面子，可是你们自己呢？整天游手好闲！吸大烟、玩女人；你们也算个男子汉吗？我决定了，要让青青到英国读书，将来做大事，要靠她的！”

马青青从英国人送来的两大袋食品中，挑了一盒最好的巧克力，两瓶上等葡萄酒送给马成君，她甜甜地说：“爷爷，你都快花甲之年了，外面的事少去理睬，自己多在家保养身体，爷爷长命百岁是我们晚辈的幸福啊！”

马青青把英国人给的糖果、饼干、罐头，送给了长辈亲人，赢得了他们的夸赞。

晚饭后，马青青找到马成君，轻轻地给马成君捶打着肩头：“爷爷，和您商量个事，我想明天就回曼德勒……”

“啊!”马成君吸着水烟筒,一听孙女的话,一口气喷出去,把烟丝都吹掉了,“明天?回曼德勒?”

“是的,”马青青似乎很急的样子,继续说道,“我听英国军官们说,还有几天就要打仗了,留在这里很危险,他们都劝我尽早离开这里,越快越好,还给我写了到腊戍去找他们兵营指挥官的信,让我从那里搭他们的汽车到曼德勒去。”

马成君一听说是英国人要马青青离开的,心想:“既然英国人都说青青留在这里很危险,那下边的局势肯定是不好猜想的。也罢,这个孩子很有才能,让她去好好读书吧!只是走得太急,来不及准备。”他沉吟了一阵,很留恋地说:“孩子,爷爷舍不得你走!不过,局势不稳,你回到曼德勒更好一些,只是家里来不及给你准备……”

“爷爷,准备什么呀?到曼德勒什么都有,缺什么东西,我会上你的铺子去要钱买的。”

“那从家里多带些钱去,另外找几个人护送你去。”

“身上多带钱不安全的,人也不要,我去腊戍坐英国人的车更安全。这里英国人还要你多带兵过去和他们行动的。”马青青有自己的打算,所以不要人护送,而且她还担心马成君:“对了,爷爷你一定不要自己带兵去,让别人带兵去,行吗?”

马成君已经是和英国人拴在一根绳上的蚂蚱,他咋能不去?他对孙女说:“别担心,爷爷自会处理的。我让马辛护送你,这个小子路熟。”

自然,马青青和全家人的一番告别是少不了的。她爹马耀祖,终日混在新娶的一房傣族老婆房里,身边又有两个小儿子,对马青青这个一直在外读书的女儿也没有什么感情,也就满不在乎她的去留了。

马青青来到她爹房里,对着正在抽大烟的马耀祖说:“阿爹,我要回曼德勒读书去了……”

不等马青青说完,马耀祖拿着烟枪,眼睛不抬一下,说:“去吧,去吧,你爷爷叫你去英国读书,都去吧!”

马辛是在王府长大的孤儿,在回家过年这段时间,马辛在侍奉马青青。马辛爹在跟着马成君打冤家时被打死了;他妈被马成君卖到离班弄很远的大山寨子,听说不久也病死在那里。马成君把这个孤儿养在身边使唤。一晃十几年过去了,他长成了壮实小伙子,没有亲人,只好在马成君的王府里混下去。他伺候马青青的这两个月倒是很开心,马青青没有把他当作下人看待,还说她自己大一岁,就一直喊他小弟,不仅没有以往的挨打受骂,还常得到些照顾,这阵子他认为马家王府里只有马青青是好人。马青青讲外边的事情更是吸引了他。他叹息自己生来苦命。

第二天天一亮,马辛已经准备好马,在楼下等着马青青了。

马青青也起了个大早,她不愿意家里的人起来送她,那将耽搁一上午,影响她的“大计划”了。她带着马辛,悄悄地走了。

马成君起床时，一问才知道马青青已经走了有一阵子了，马成君只好“唉”地叹息一声。

走出一段路后，马青青勒住马，问马辛：“小弟，你在王府当差苦不苦？”

“苦呀！动不动就会被捆起来鞭打，不给饭吃，我们是下人，命苦，而且有人来找马王爷买祭谷神的人头时，马王爷还会把我们这些孤儿卖去砍头祭谷。这种事，每年都会有，已经有好几个小伙伴被卖出去了。”

马青青惊讶地说：“还有这种事？把孤儿养起来到一定的时候卖去砍头祭谷神。天哪，这多残酷呀！”

“前不久逃跑的扎朵，幸好他逃走了，不然会被卖出去砍头祭谷神的，马王爷都收了人家的钱了。”马青青不敢相信自己的爷爷会干这种事！

平时，马青青很关心马辛，马辛现在穿的这一身新衣服就是马青青出钱让人给他缝制的。在马青青面前他敢讲自己要说的话。马青青很信任地对他说：“小弟，我现在放你走，给你点钱，你到曼德勒或仰光去谋自己的路吧，要跑得远远的。”马辛虽然平时觉得青青小姐好，但想不到她会这样放自己走。他说：“我不走，我要跟着你。我走了，你一个人咋走？”

“咋走？哎呀呀，我继续走路嘛！”

“那我就一直跟着你，你是个好姐姐，我要跟着你走，你到哪里，我都跟着你，保护你。”

马青青对他摊牌说：“小弟，我不去缅甸了，我现在有很重要的事情，你能送我去班洪吗？”

“班洪！”马辛紧张了，“他们会杀了我的！”

“不会，绝对不会！再说有我呢！谁都不敢对你怎么样！”马青青想好了，她现在只有直奔班洪，才能在英国军队发动进攻前把消息送到。她从小在曼德勒读书，身份是华侨，这个“华”是什么？就是中华民族、中华民国。她身边的老师、同学，对自己身份的认识是很清楚的。马青青勤奋好学，不仅英语水平超人，而且中文水平也让同学们羡慕，认识宋忠良后，宋忠良带她参加华侨的各种活动，马青青的思想也成熟起来。1931 年九一八事变，日本侵占中国东北，缅甸华侨的爱国热潮有增无减。这时，他们碰到了尹涛，也是云南人，他引导宋忠良和马青青及一班华侨青少年，组成青年读书会，读历史、讲历史，读古今爱国诗词，讲古今的爱国抗敌英雄故事，戚继光、林则徐、东北抗日义勇军……马青青已经不是那个马成君心目中的娇小听话的女孩子了。她已经完成了从部落王的后代向中华民族新一代的转变。

宋忠良走前就告诉过她，一定要了解英国军队的动向，要揭露英国政府企图利用“待划界”的借口强占中国的几千平方公里土地；我们是中国人，一定要维护祖国的主权和安全。

“小弟,我们是中国人,现在英国人要打仗,要侵占中国的土地,抢中国的宝藏,你说我们能不管吗?我现在要赶到班洪给他们报信:英国人要去霸占炉房了。”马青青说出了着急的原因。

“我跟你一起去!我一定要保护你!”马辛坚持说。

“好吧,谢谢你!我们快走!”

以前,马辛跟着马成君去过班洪。现在,眼前的这位比他大不了多少,但是已经懂得外面世界,懂得是非的马小姐,他不能再惧怕马成君的凶暴了,他抱定跟着马青青走的决心,领着马青青直奔渡口而去。

第九章

修路架桥筑兵营英军侵入中国境内
三部落王甘受驱使卖身求荣当走狗

马青青的到来,让班洪王感到了局势的严峻。

班洪王:“马小姐,你不顾个人的安危,赶来班洪报信,我们十分感谢你!你确定他们入侵时间是二十一日?”

马青青:“乌波朗写给我爷爷的信上明确写的是二十一日;我在军营里听到军官们谈论的也是这个时间。他们用英语交谈,我听得懂。”

班洪王说:“马小姐的爱国之心值得我们敬佩。你小住几日,我们派人送你到曼德勒去。”

马青青:“宋忠良在这里吗?我想见他。”

杨叔:“宋忠良不在这里,他在班老。”

班洪王:“立即派人把马小姐报告的情况通知给班老王,并请艾西瓦和宋忠良马上赶来。”

班洪王和属官们商谈了大半夜,不能坐以待毙的结论让他从各方面考虑问题。

他派班洪自卫队的佤兵将大小渡口一律封住,船只全部拖上岸。

班洪师爷刘拥国,把英军即将在一月二十一日强行占领中国炉房及英军人数、指挥官等消息,整理成报告,抄誊数份,专人火速向云南第一殖边厅腾越督办李曰垓、第二殖边厅缅宁督办杨益谦及施县长等管辖府衙机关报送。

一个佧佤信使,伴随着他的两个穿号衣的佤兵,骑马在山间、森林山道上奔跑。在一条平缓流淌的小河边,信使挥挥手:“歇口气吧,人都快累死了!”两个保护的佤兵停下来,分别坐在信使两旁,警惕地向四周张望。信使从胸前掏出了他要送的信,端详了一下,和信包在一起的辣子、火炭、鸡毛都在。这就是阿佤山十万火急的传信方式,要求是“人可停,信必走”,人睡“信”不睡,一点都耽搁不得。

俄顷,三匹马又在山区道路上奔跑起来。

在下关,第一殖边厅腾越督办专员李曰垓的办公室。

李曰垓神情凝重地看着班洪急报。

他口述电报稿:

龙主席：

据翔实情报，英军将于本月二十一日前后越过中缅边界线中方边界，强占我国领土炉房、金厂一线，强行开矿山。特此报告。

敬请查核。

腾越殖边督办李曰垓

即日

在缅宁殖民督办专员杨益谦办公室。

杨益谦亲拟电报稿：

云南省政府龙云主席：

现接班洪急报，英国军队上千人将于近日侵入我国阿佤山之炉房、金厂一带，企图强行霸占矿山、修筑营地，修公路架桥梁，做长期驻守。

恳请省政府核查以上情况并呈报外交部。

同时，恳请省府采取相应军事行动，并紧急支援班洪防务。

第二殖民厅缅宁专员杨益谦

即日

英国人正在加快修建从腊戌通向外界的公路

数百人的修路队伍，一字排开，十字镐、铁铲、手推车，当时在缅甸能找到的修路器材，英国人都拉到这里来了。水泥和钢筋堆放在帐篷里。英国的工程师五六个人摆弄着各种测量仪器、标杆，在现场拿着图纸指挥。

巨石当道，山岩阻碍，在一阵阵炸药“轰隆”声中就不见了，在刚修完不算平坦的路基上，已经有汽车在行驶了。

一辆黑色英国“老爷车”摇摇晃晃地开到修路工程师们面前。车门打开，卓温上校和英国驻缅高级官员依毕珂走下车来。乌波朗下车后又转身去打开后车门，伸手把秘书玉波扶下车，这位婀娜娇美的傣装女士，很快撑起一把漂亮的花伞，跟在三个男士后面走着。

“你们好！工程师先生们，你们辛苦了！”乌波朗走向前去，同来的官员也走过去，跟工程师们握手，互致问候。

“这是依毕珂先生，这是卓温·纳朗上校。看到你们在烈日下坚持工作，我们很感动，谢谢你们！”乌波朗讲话时总是一副英国绅士的风度。

工程师们放下手头的施工图纸，都围过来了，“你们好！”“你们辛苦”，一阵寒暄后，乌波朗开口便问：

“先生们，到达滚弄渡还需要多少时间？你们还缺什么东西？运送粮食的马帮来过没有？……”

“爵士,我们已经尽了最大努力。估计还得两个月时间才能将毛坯路修完。现在粮食快吃完了,蔬菜水果也供应不上;如果能再增加些人力施工进度会加快的。”

“啊哈!史蒂文先生,大英帝国是有能力和列强比一比在中国的实力的。法国人修了滇越铁路,日本人占了中国东北,我们大英帝国不能眼望着自己的利益被侵占,我们必须扼守长江南岸的利益圈,打通印、缅,滇、川、藏交通网,使大英帝国势力范围从长江以南连接到新加坡、香港、东南亚。”在炙热的阳光下,工程师们耐着性子听乌波朗演讲,他越发讲个没完:“这条公路关系到我们占领班洪、立足滇西、进取整个云南的‘东进计划’,这条公路要尽快修到阿佤山去,这对于大片未定界的领土掌握在我们手中至关重要,修通后向北与西藏连接,向东到长江流域。眼下,要尽快修到滚弄江边,我们的军队已在江那边急切地等待着军火和后勤供应。先生们,我将向女王陛下政府报告你们的功绩,为你们申请勋章。”

“请爵士先生尽快解决粮饷和材料工具的供应吧!”一位戴眼镜的工程师,直截了当地提出了问题,“希望把我们的津贴也快点发给我们。”

乌波朗看看依毕珂和卓温,回答说:“修路的经费是充足的,有保证的。如果能尽早把银矿石运出去,各位先生的津贴,增加两倍是不成问题的。”

依毕珂提出:“先生们,修路时间不能拖延,只能提前,我们架桥的器材都拉来了。加紧修路吧!”乌波朗、依毕珂和卓温上车到公路的各处去视察。

车上,依毕珂对乌波朗说:“请你一定首先要把这里的粮食解决了。”

“是,”乌波朗应答,“现在集中了两百多匹骡马在赶运。准备这几天将集中四百匹骡马来驮运。”

卓温上校理理他那上翘的小胡子,翻着眼睛说:“我的军队已经等得不耐烦了,一匹马一次只能驮两颗炮弹,运输军火的速度太慢。现在两千多人的粮食消耗数量惊人。”

依毕珂:“两位,开始行动吧!女王陛下和殖民大臣已经多次严厉训斥我们行动太缓慢了。我们必须即刻按照‘东进计划’的要求一点一点地向东扩展,不能等到什么都完备时才动手。现在蒋介石的政府处在内外交困之中,我们在他西南边地不动声响的一点小动作,他们是顾及不过来的。目前,是上帝赐给我们的最好时机。”

卓温:“我的军队处于随时可以行动的状态。”

乌波朗:“我们一定按规定的计划加快步伐。”

依毕珂:“好吧,立即行动。我将向伦敦报告你们正按计划行动!”

班洪派出的监视哨,在南依河岸,在炉房矿山、金厂坝一带巡逻着。

一队巡逻的佤兵在河岸边行进。

一队佤兵在道路上行进。

训练场上，一队佤兵在练习大刀挥砍动作，嘴里大声喊叫着有节奏的“杀杀杀”。

一队阿佤山自卫队在训练。

一队持长矛的佤兵在练习刺杀动作，领队吼叫着：“上前一步刺！”众佤兵一步猛刺并吼叫着：杀！

一座座村寨都在挖沟掘壕，做着打仗前的准备。

寨子里，一个传令的小头人，敲着锣走着，他用不紧不慢的声调，边说边敲锣：“各家各户听好了！班洪王的布告已经贴出十天了，为准备打击侵略者的自卫队训练开始了，各家各户应交纳的粮食赶快交啰！”

在“咣，咣”的锣声中，他的喊声逐渐远去：“交粮啦，快去交粮啰！”

他一遍又一遍敲着锣，喊叫着，在班洪各个村寨走着，从一个村寨走到另一个村寨。

经过精心策划，卓温·纳朗上校亲自指挥，英军分两路并进，由班弄出发，在炉房会合。一路顺利，没有碰到麻烦。除了尖兵分队以战斗队列行进外，大部队保持着行军队列前进。英国士兵一队接一队在山间土路上行进，前前后后拉开的距离不下两公里。卓温·纳朗上校感到意外。他骑着马用望远镜四下张望，吩咐：“各分队不得懈怠，不得自行解散，应对局势做最坏打算。”黄昏时分，在炉房、炉房山后和金厂坝，三个营区分别搭起了五十多顶帐篷，围绕营区的铁丝网也由工兵连队加快进行着。

英军士兵感到此次行军、进驻，比较轻松。营区里，围绕着一堆堆篝火，兵士们坐成圈，围在煮着肉块的行军灶旁，晚餐增加了热汤锅，他们没有感觉到这是在别的国家的土地上，仿佛这只是一次野外演习而已。

在炉房卓温·纳朗的指挥部帐篷里，一群指挥官在听他训话：“军官先生们，请你们立即对部队进行战斗动员，保持高度的警觉。金厂、炉房和炉房山后，三点连成犄角，加强信号联系。黑夜即将降临，危险随时会出现。佧佤山是最神秘的地区，也是最野蛮的地区，它的土地和宝藏吸引着人们。但是单个或几个人常常在还没有反应过来就被砍掉脑袋的事，是时常发生的。我命令：除了十人小队巡逻以外，任何人不得离开营房外出。夜间岗哨巡逻加倍。”

卓温·纳朗站在电报员身后，口授着电文：“乌波朗爵士，进军顺利，按计划设立三个驻区，等待你的到来。卓·纳。”

的确，在营房不远的森林里，一双双明亮的眼睛正注视着营房的举动。岩嘎带着六七个佤兵，以及甘木浩和他的小分队，从英军渡江开始就跟踪监视，并派人飞报班洪王：“英国军队约五百人已渡过江强占炉房、金厂坝一带，设立三个营区。”

狂风暴雨袭来了。英国军队强行占领中国领土已成事实，班洪王全身心地投入对付英军的入侵。他整天和刘拥国师爷、杨叔及一伙属官讨论英国人的动向，还要找各部落王商议。

甘木浩分队和岩嘎分队合在一起，在森林深处的一个猎人茅屋里，大家吃了干粮。休息中，岩嘎提出留两至三人继续监视英军动向，其余的人全部返回班洪。甘木浩坚决不同意，说：“岩嘎哥，英国人已经侵占我们的土地，我们趁他们未立稳脚就打他个措手不及，这是个好机会呀！”

岩嘎坚决地说：“不行！绝对不准擅自行动！我们的任务是监视英军的动向，留下两个人，其余人员马上就走。”

甘木浩虽然满心不乐意，但还是领着他的小队跟着岩嘎回班洪。按照班洪王昆钟的安排，甘木浩的小分队到班洪已经二十多天了。每天都参加岩嘎的自卫大队操练。他们接受的是特别训练，除长刀、梭镖和弩箭的练习都有专人来教外，每天还要学习快枪射击，还有杨叔给他们讲课。杨叔讲佧佤人的祖先开发葫芦王地，讲吴尚贤来佤山开矿办厂。几天后，就由宋忠良讲中国历史，讲鸦片战争，讲八国联军占北京，讲孙中山和辛亥革命……宋忠良成了每天晚饭后最受欢迎的人，小伙子们都羡慕他，说他脑袋里装着讲不完的故事。

晚饭后，宋忠良讲一两个小时后，岩嘎就带着小分队在山间小道、深山密林练习夜间行军。

马青青和叶娜、依品已经成为姐妹般的“三位一体”了。叶娜和依品除了去听甘木浩小分队的课，还紧紧地抓住马青青给她俩讲故事。马青青时而是佤族少女装束，时而又一身傣族小卜哨打扮。三个女孩整天乐呵呵地同出同进，一会儿在织布机前，一会儿又到庄稼地、菜地。马青青是学医护的，她给叶娜和依品讲医疗卫生知识。班洪王看在眼里，喜在心里，他说：“从她们仨人身上看到，佤山妇女只有学习才能进步的。”

叶娜给甘木浩小分队送来了衣服，队员们一个个穿得整齐，心里温暖。宋忠良是个没有吃过苦的学生，岩嘎照顾他，叫他夜间不出去了，宋忠良说：“我是小队里最弱的成员，最需要锻炼，跟着你们我一定会练好夜间走路这一关的。”

马青青把尼奥委托她带给叶娜的照片交到了叶娜手里。这些照片成了叶娜最心爱的东西，放在床头，一天要看几次。她总问马青青：“他怎么变成军官啦？”

马青青回答她：“我的公主，等有一天战场相见你亲自问问他！”

叶娜追问：“他是个军人，为什么化装成旅游者越境？”

马青青：“我的公主，等有一天战场相见你亲自问问他！”

她们的问答，让依品笑了：“你们好像和人家约好要在战场上见面似的！”

黄昏时分，晚饭后小分队准备听宋忠良讲故事，叶娜、依品、马青青也来了。叶娜叫住了岩嘎，说有事要和他单独说。

叶娜问岩嘎："你还记得那个在勐尼寨要被砍头的年轻英国人吗？"

岩嘎想都没想就说："记得！中高个、英英俊俊的、白皮肤、黄头发，给我们照相，还送了公主一把银鞘短剑。怎么会想起人家来了？"

叶娜拿出了马青青带来的照片，对岩嘎说："这是个好小伙，可惜他是英国军官，他那次来就是专门来看地形的。你看看，这是他那时给我们照的相片。"

岩嘎看了几张集体照后，把叶娜那张单留下，说："公主，这张给我，好吗？"

叶娜一把抢过来："不行，不行。这是我这辈子第一次照相，是我离不开的宝贝，我不能给任何人。"

岩嘎又挑出一张叶娜和依品两人照的，叶娜说："这也不行，依品早早就说定了，这张她非要不可，不过可以借你看一天。"

岩嘎笑笑说："我要你那张，借给我两天，行吗？"

叶娜不好意思了："不行，我的照片在你手里，别人会咋想的？"

岩嘎装作无可奈何地说："好吧！那就让我天天看见你！"

叶娜嗔了声："你真坏！"转身跑开了。

户班是群山中的一个小平坝，坝子里的道路四通八达。

在英军的营地里。

成堆的军用品和粮食用防雨帆布遮盖着。一队队英军巡逻队在营地里和营地外，不停地巡逻。

乌波朗带着他的翻译玉波小姐和依毕珂已经来到这里，他没有住到宋忠福准备的竹楼里。在英军营地里，他和依毕珂搭了两顶帐篷，门口还派了岗哨。

"乌波朗爵士，军队已经过去了，你的采矿队什么时候可以到达？"

"阁下，驮马队今天就能集中，计划有三百匹骡马，从腊戍邦海银矿厂来的矿工和工程师也将于一两日内到达。"乌波朗很肯定地回答。

"现在两三千人在同一地方，后勤供应是个很突出的问题，往来的交通、通信联系、指挥都是问题，伦敦方面很担心发生差错，那将会在外交方面形成被动的局面。"

乌波朗胸有成竹地说道："军事上由卓温上校负责，采矿和地方事务方面我会努力去做好，我将和采矿人员一起到炉房；在炉房我会和卓温上校共同协商，处理好现场发生的一切问题。请你们放心。"

"是的，把处置权交给你这样一位有二十多年殖民地经验的老前辈，印督、缅督和伦敦方面都是放心的。你就放手去干吧！"依毕珂恭维地说。

就在他们说话的这会儿，外面一阵喧哗，卫兵进来报告："长官，驮马来了。"

黑压压一片驮马，至少也有两三百匹。

乌波朗让翻译兼秘书玉波出去把马成君、宋忠福、麻哈王叫到帐篷里，并让营地指挥官马克少校也进来。

乌波朗望着宋忠福说:“户班王宋,你的驮马有多少?”

“爵士,我的驮马有八十匹,人三十个,都已经驮上粮食,你下令我们就出发。”宋忠福笑着哈腰说。

乌波朗又问麻哈王:“你的马队有多少?”

麻哈王答道:“我的驮马有六十匹,人二十个。”

“很好!你们的每匹马再领两个空袋子,把粮食卸下以后,用空袋子赶快装上那里堆放在露天的矿石。把矿石运到班弄军营,汽车已经可以开到那里了。每匹驮马就可以拿到双倍的运费,双倍,懂了吗?为了褒奖你们的忠诚,决定给麻哈王五支步枪,给宋五支步枪和一支手枪,每支枪配三十发子弹。去吧,先生们,祝你们一路顺利!”

乌波朗陪宋忠福和麻哈王走到帐篷口,让卫兵带两人去领枪支弹药。

没有得到吩咐的马成君,心中忐忑不安,那双细眯眼在他一脸的假笑中,眯得更细了。他恭敬地等着乌波朗。

玉波柔声地对马成君说:“马先生,听说你的孙女在回曼德勒的途中失踪了,我和爵士都十分着急,我们深表同情。已经通知曼德勒方面注意这件事了。”

马成君心中一惊:他们知道这件事了?

乌波朗送人返回来后,拉住马成君的手说:“马大王,我们还记得在那间舒适的小楼里过的夜晚,很感谢你!对你孙女的失踪,我们表示同情!你还在这么悲痛的心情下,努力地工作,我很感谢你!告诉我,你带来了多少人马?”

马成君的担心一下就消除了,对乌波朗刚才的一番语言感动得不知说什么好:“乌先生,不,爵士,欢迎您再住到我家去。我带来了骡马一百五十匹,人五十个,听候您的吩咐。”

“好。你让他们把驮来的粮食都卸下,装上卓温上校要的物品,这由马克少校带你去办理。另外,每匹马要带上两个空袋子,回来时都驮上矿石,这样让每匹马多赚点运费。朋友,我对你是很支持的,送给你一支新式手枪,另外再送给你五支步枪,每支枪三十发子弹。我还要送给你一匹大洋马当坐骑。”乌波朗对马成君的慷慨大方,让马成君受宠若惊,他忙不迭地对乌波朗鞠躬说:“谢谢,谢谢,我一定会尽心尽力的!”

“去吧!”乌波朗拍拍他的肩,并对营地指挥官说道,“马克少校,请你尽快帮助马先生把货物装好,并派二十名士兵和一名军官保护这支马队,一定要保护好!”

人们走了以后,玉波倒了一杯咖啡,递给乌波朗,斜着眼说:“你今天真是大方慷慨啊!”

乌波朗轻轻抚摸着她递咖啡的手说:“美人,中国有个老先生说过一句至理名言:欲取之,必先予之!我们英国人懂得世界上没有不花本钱的买卖的。枪到了他们手上,实际上是在我的掌握中。你知道,佧佤山有多少野蛮人?单靠几百名几千名英国士兵就可以叫他们屈服吗?中国人还教会了我们以夷制夷这个方法,我们不利用这些忠诚的归顺者,就是自己削弱自己!”

突然,外边卫兵叫起来:“你不能进去!”乌波朗马上推开玉波,问:“谁呀?”

“是我,爵士,我有很重要的话要对您说!”外面的马成君在喊叫。

玉波出去,让卫兵放马成君进来。

马成君跑得气喘吁吁的,他的身上已经挂上了一支崭新的英国大十响毛瑟枪。马成君一脸讨好地对乌波朗说:“爵士,你知道中国的‘三国’吗?”

“三角? 喏,那是数学问题!”乌波朗不解。

“不,不,”马成君急了,他不管乌波朗懂不懂,他一口气说了下去,“中国古代三国时期有个最有智慧的丞相,叫诸葛亮,就是孔明;他在刘备还没有立脚点的时候,出了一个点子,叫借荆州,中国戏里有一出就是刘皇叔借荆州,只借不还。懂吗? 借荆州,借了人家的地盘来立足,来发展壮大自己力量,想方设法不把借的地盘还给人家。”

“等等,等等,你说的是借了人家的土地,就不还给人家,能有这样的事吗?”乌波朗慢慢听懂了,“对中国的这部古代著名小说,我在伦敦读书时就听中国留学生讲过这部书里的不少故事。但是,马大王,诸葛亮? 荆州? 这跟我们有什么关系吗?”

马成君道出了他的点子:“爵士,你光有我们那几个人的合作协议还不行;你一定要亲自出马找到班洪王、班老王谈判,要他们合作开矿办厂,要不用借或是租他们的土地炉房,一旦他们签了任何形式的租借协议,整个事情就好办了!”

“这就是你的点子?”

“是的!”

“哈哈……”乌波朗这下明白了,他大声用马成君听不懂的英语对玉波说:“我还要他来教我吗? 香港不就是大英帝国向中国租借的成功例子!”

看到乌波朗哈哈大笑,马成君很得意,以为他的主意让英国人开窍了。

乌波朗和玉波用眼神交流了一下,说:“我们住到他那里去要方便一些,是吗?”

玉波娇嗔说:“随你的便。”接着,她用傣语对马成君说:“马先生,爵士说准备住到你那里去。”

马成君马上说:“欢迎,欢迎,我那里都准备好了,爵士随时过去都会感到舒适的。请你告诉爵士,我先走一步,请他尽快过来。”

班洪

班洪王议事厅。班洪王昆钟正和他的属官们开会。

班洪王:“英国军队已经分两路进入了炉房、金厂地区。他们完全没有把两国条约放在眼里，完全不顾国际法，把军队开进中国领土，这完全是侵略行为。我是政府委派的阿佤山地区行政长官，不能听任这种赤裸裸的侵略行径，除了向省政府及中央政府报告外，我们得采取相应的行动。请大家来一同商议一下。”

师爷刘拥国紧接着说：“我们得给他们点颜色，让这帮英国佬知道中国的边界是有人管的。他们的侵略行为是会受惩罚的。”

“对，我们趁他们立足未稳，打他英国佬一个措手不及。”岩嘎主张打。

班洪王摇着头说：“打，我们不是他们的对手，他们现在已过来五六百人的军队，全部新式武器装备；而我们可以动员两三千人，人数上占优势，可是我们基本是大刀、长矛、弓弩，我们和他们硬拼，完全是他们枪炮的靶子！目前打不是办法。”

刘拥国：“我们的武器无法与人家的机枪大炮对抗，不能轻易地动手。再说他们现在只侵占了矿山，还没有侵犯寨子和百姓。”

杨叔接过话来：“不管他强大不强大，侵犯中国边境就是违反国际法，英国人恃强凌弱，天理不容！我提议，一边加强佤山自卫队的巡逻防卫，一边急报省政府，请求政府交涉，并派兵加强边境防卫，同时请求拨给枪支弹药和粮食及经费。”

班洪王：“对，眼下静观英国军队的动向，他们已经犯境，若再有扰民，我们就要给予打击，以保民安境。对省府、县府要发出告急文书。同时，我们也以班洪土都司名义对入侵英军发出抗议警告，这可谓先礼后兵。”

刘拥国连连点头：“对，对，我们是中国政府任命的班洪土都司衙门，首先以此名义向英军发出抗议警告！”

班洪王：“师爷你就立即着手抗议警告一事，杨叔、岩嘎抓紧班洪自卫队的训练、巡逻事宜。杨叔对粮草筹办一事还要抓紧进行。散会后，各负其责抓紧办事。”

第十章

擒凶手甘木浩替父报仇
谈判会佤王怒斥侵略者

通往炉房的大路

一队佤族武装——班洪自卫队在向炉房行进。

两面金黄大旗在前面引路，旗上大字“班洪土都司”“班洪民族自卫队”。五十名佤兵穿着整齐，腰挎长刀，背上背弓弩，头上缠着蓝布包头；三十来人肩扛汉阳造步枪，杨叔和岩嘎走在最前面，师爷刘拥国骑着马在队伍后面。

队伍威武地朝炉房前进。

快接近炉房，一队英国兵横站在队伍前面挡住去路，英士兵不停地喊着：“Stop（站住）……”

佤兵队伍步伐整齐，威武地走向前去。英国兵慌乱了，把枪栓扳得“咔嗒、咔嗒”直响。

杨叔挥手示意队伍停下，上前对英国兵打着手势说：“这里是我们的土地，你们跑到中国的土地上来驻扎，这是侵犯中国领土的行为！我们要和你们指挥官严正交涉！”

英国兵耸肩又摇头，哇啦哇啦地叫喊着。

刘拥国骑马上前，用他发音不很准确的英语对英国兵说：“去报告你的长官，我们是中国地方官衙代表，要和他交涉。”

不一会儿，英军营地两队士兵列队走出。见到刘拥国及佤兵队伍，中尉翻译军官用生硬的汉语询问：“你们什么人，为什么武装进入英军营地范围？”

能听能说汉语的杨叔和岩嘎，听了英国人的话，怒气冲到头顶，正要发作，刘拥国摇手示意不让他俩讲话。刘拥国对英国军官说：“先生，我正要问你呢！这里是中国的土地，我们正是来质问你们为什么违反国际公约侵入中国领土。现在，我要求你们最高长官出来接受中国阿佤山班洪地区行政长官府的书面抗议！”

中尉军官翻译完后，脸红筋胀的少校军官辩解：“我们是军人，服从我的司令长官。正是你们野蛮人侵占了我们的英属缅甸领土，我们奉命进驻，保卫我们的边界。”

杨叔气愤地指着远山说：“强盗理论！你们的边界在萨尔温江—滚弄江的那边！叫你们的最高长官来见班洪都司衙门的长官！”

刘拥国以严厉的语气说："让你们长官来接受我们中国方面的抗议书！"

"对不起，长官不在军营里，"英军少校不敢正面交锋，"我是营地的指挥官，可以代表长官见你们，但是不接受抗议！"

刘拥国强硬地说："你们必须接受抗议！你们必须立即撤离中国领土！我们已经向我国政府报告了你们的入侵行为，你们要为这次入侵行为负责！"说着刘拥国把一个大信封交给少校，少校无奈地接住了。刘拥国说："少校先生，请你以最快速度将这份抗议书交给你的长官；同时，请你们立即停止对中国领土的侵犯并立即离开中国领土！"

中尉翻译完话后，英军少校行了军礼并答道："是，我会转交的。"

随后，刘拥国骑上马，带领佤兵从容地走了。

少校军官拿着这封烫手的信，望着远远离去的佤兵队伍，用一种不能理解的口气对中尉军官说："我们的长官不是说居住在这里的是野蛮人吗？他们怎么还懂得外交上的抗议呢？真让人琢磨不透。"

炉房军营的指挥部帐篷里，卓温·纳朗上校拿着班洪王送来的抗议书，满不在乎地说："抗议我们入侵？哈，我们是在英国版地图标线范围内的军事行动，不是入侵。日本人武装占领了中国东北和华北的大片领土，中国没有力量把日本人赶出去，要抗议的话他们应该去找日本人抗议！这些中国人简直不知道我们大英帝国正努力帮助他们对抗日本人的入侵，我们是中国的朋友。少校，加强你的巡逻，凡进入警戒线内的野人，可开枪警告！"

少校军官和几个尉官笔直地站在他的面前，"是！"他们大声回答，然后依次退出帐篷。

英军巡逻队在巡逻

军营门口哨兵在交替站岗。

英军营地，带刺铁丝网外，森林的树林中，深深的草丛中，一双双闪亮的眼睛在注视着英军营地……

一小队马帮，六匹驮马，偷偷摸摸地从炉房山的小路走来，他们既要避开英国人的警戒，又不想让当地佤族自卫队发现，赶马的三个人是佤族打扮。他们走到了渡口，把马帮藏在树林里。其中一个人熟悉地从渡口的浅处过河，河水浸过了他的腹部，他走到了对岸；接着他走了回来，向树林里挥挥手，马帮很快从树林里走出来；他们三个人每人牵两匹马，开始过河。

突然，仿佛从天而降的十几个手握长刀的佤族自卫队员，把他们包围起来："站住，不准动！"

明晃晃的长刀指向这三个人，三个人惊呆了，他们每个人腰里的长刀也被缴下。

一个英俊的小伙子问最先试探涉水的佧佤汉子："你怎么知道这里有浅处可以过河？"

"我以前从这里渡过。"他看着问话的孩子般年纪，心里就盘算起来了。

这个英俊小伙子就是甘木浩，他今天带着他的小队埋伏在这一带。他又问马帮汉子："你们从炉房出来给洋嘎拉驮运什么东西，是哪里的马帮？"

马帮汉子眼睛四处张望，看到这群佤兵个个都是娃娃模样，不免心存侥幸，想着对付的法子，他回答说："我们是班弄马大王的马帮，给英国人运东西进炉房，回去驮的是石头。"

"石头？"甘木浩走近摸摸马背上的袋子，心里明白了。不等甘木浩转身，马帮汉子猛地把牵着的两匹马头靠拢，挡住了甘木浩，他弯腰从马肚子下溜出来往河里跑去；两匹马受惊乱跳，把甘木浩撞倒了，甘木浩大声叫喊起来："抓住他们！不要让他们跑掉！"

小分队的小伙子们七手八脚就把另外两个马帮汉子按翻了，捆起来。扎朵拿起弩弓，瞄着跑进河里的马帮汉子，"嗖"的一声响，一支弩箭便飞了过去。

"哎哟……"逃跑的马帮汉子被射中了，跌翻在水里挣扎着，还想冲到对岸去。

甘木浩带着两个人，冲进河里，抓手按头，几下子就把逃跑的马帮汉子逮上岸来，捆绑得紧紧的。受伤汉子被射中肩头，大声叫骂着："你们这群小杂种，快放了老子，不然马大王和英国人饶不了你们的！"

刚才捆绑马帮汉子累得气喘吁吁的宋忠良一身佤装打扮，他警觉地四下望望，告诉甘木浩："赶快离开这里，要快！"甘木浩说："宋哥，听你的！"小队押着三个赶马人，赶着六匹马，很快就向林中小路上走去，隐没在森林中了。

不一会儿，一队英国兵朝渡口这边走来，他们在河边四处张望了一阵，又原路返回去。

在班老大寨，人们都出来看三个偷矿的蟊贼。昆鄂对他们讯问了一阵："你们三个人都是马成君手下的？在炉房装矿石的马帮还有多少？"

赶马人之一回答："我们马家的还有百来匹马，他们还没有出发。我们有急事，就想抄近路早点赶回班弄。"

"什么急事？"

两个赶马人低头不说了。

艾西瓦又追问了一句："什么急事，说！"

两个赶马人相互望了一眼，低声说："纳巴，就是你们捆起来的那个人，他偷了英国人的短枪和子弹，所以想赶快离开。"

"纳巴？就是那个前不久在渡口砍了船夫连达头的纳巴吗？"

"是的，就是他。我们可没有杀人啊！"两个赶马人害怕得直发抖。

艾西瓦一听，暴跳起来，走到另一间屋子，抓起纳巴的衣领就是两巴掌，他气愤地说：“你跟随卖国贼当走狗，心甘情愿地为洋嘎拉侵占中国土地卖力，还凶残地杀害自己同胞，你这个逆贼，该杀！”

在一旁的甘木浩看着这个杀害自己父亲的凶手愤怒得两眼喷出火来！大喝一声，举起长刀冲过去就要砍，宋忠良急忙架住说：“甘木浩！不能轻易杀了他，这是个很重要的活证据，不能杀！”

昆鄂也喊住说：“先留下他的头。甘木浩，你们立即把他押送班洪，由班洪王发落！”

甘木浩被宋忠良劝住，泪如雨下，仰天长叹：“阿爹！儿子一定为你报仇！”

甘木浩小队押着盗运矿石的马帮往班洪走去。昆鄂嘱咐他一定要安全送到。

艾西瓦召集班老佤族自卫队，安排加强巡逻和训练。

昆鄂也在和各村寨的头人们商量遇到紧急情况的对应办法。

昆鄂班老老王预感到犯境的英国军队迟早会进村寨里抢劫杀人的。他召集班老各寨头人说：“我们现在处在抗英保土保矿的最前面，我们将面临空前的大灾难。各部落头人，赶快回去向村民讲明白，我们不怕，也不慌，洋嘎拉逼着我们打仗，我们就和他拼命，一定要维护我们的家园、我们的土地！”

班洪，王府大院

在班洪王昆钟的议事厅的竹楼上，正进行着一场名传青史的正义与邪恶的较量。

议事桌的两旁，一旁坐着昆鄂和昆钟，艾西瓦和刘拥国；对面坐的是乌波朗和依毕珂，缅装艳服的玉波坐在他俩中间。双方各有两名兵士站在背后听从使唤。

强壮彪悍的佤兵排列在议事厅外，院子里两人一哨的佤兵延伸到寨门口。寨子里的男女老少拥在王府大院外看热闹。

乌波朗带来的宋忠福、麻哈王和随从则站立在院子的一角。

乌波朗偏转过头，向背后的传令兵讲了几句话，传令兵快步走出议事厅。

不一会儿，宋忠福和麻哈王走进议事厅，两人非常谦卑地向乌波朗行礼。乌波朗示意他们：“说吧！”麻哈王双手捧着一个盒子，里面放着两支手枪，宋忠福手捧着一张礼单。

宋忠福转过身来向班洪王、班老王说：“啊，啊，乌爵士是非常仁慈、非常文明的，他不辞艰辛亲自来到班洪，带来了丰厚的礼物，奉献给两位大王。诺，这是礼单。”他打开手里的礼单念起来：“最新型英国手枪两支，英国花毯五床，英国纯呢制服五套，礼金……”

“够了，你不要再说下去了！”昆钟一拍桌子站了起来：“你们三番两次地替洋嘎拉来送礼，还不知趣吗？还不快滚出去！”

乌波朗仍是一副绅士风度，微笑着说：“尊敬的大王！先别生气。礼物是我们英国方面送的，表示一点小小的敬意和诚意。”

昆钟客气地对乌波朗说：“谢谢你的好意，你们英国人无端侵入我国边境，占我土地、残杀百姓、强霸矿山，这样的情况下，你们送礼是什么意思？要我们阿佤山十几万百姓顺从你们吗？要我们也替你们办事吗？”

不等英国人回答，班洪王把严峻的目光转向端着礼品的宋忠福和麻哈王，厉声对这两个人说：“宋忠福、沙姆(麻哈王佤名)，你们是中国人，你们世世代代都生长生活在中国的土地上，你们好歹也是一个部落的领头人，咋就跑去给英国人办事去了？你们对得起你们的祖先和人民吗？”

当玉波把昆钟的话翻译给乌波朗听后，他还是一脸镇静地说：“大王先生，有话好好说，我们是带着友好的愿望来的，我们英国人向来都是光明磊落地对待朋友的……”

杨叔急匆匆地走进来，向班洪王禀报：“总管，有件紧急事情请你立即处理！”杨叔说完，一挥手，四个佤兵押着一个人进来。班洪王装作不高兴地问：“这是怎么回事？”

杨叔面对会议桌两边的人们大声说：“总管，这个人伙同一些盗贼，多次盗运矿山资源，还残杀渡口的船夫同胞，阿佤山是绝对容不下吃里爬外的蟊贼的。”

“他罪属实吗？”

杨叔答道：“人赃俱获，证人俱在。”

班洪王气愤地说：“这种见小利而不顾国家大利的人，是民族的败类，有一个杀一个！”

一看班洪王的强硬态度，纳巴吓得哭喊起来：“乌爵士，乌大人，救救我呀！我都是为你们出力做事的呀！乌大人，救我……”纳巴声嘶力竭地喊叫着。

乌波朗脸色顿时变得惨白，他把头抬起来看着屋顶，装作根本不把眼前的事看在眼里。

班洪王向杨叔说：“你们立即去处理。”

杨叔一挥手，四个佤兵把纳巴拖了出去。

纳巴挣扎着对乌波朗喊：“乌大人救救我呀，我都是按你的吩咐去做的呀！乌大人我是按你的吩咐去做的呀！乌大人救救我呀！”

喊叫声一直响到楼下。

班洪王对乌波朗说：“对不起了，一件小事打断了你刚才要说的话。请你继续讲吧。”

刚才一幕，双方都是心知肚明的。

班洪王是杀鸡给猴看，有意安排的这一幕。乌波朗也明白这是给他的下马威。他听完玉波翻译纳巴喊叫的内容后，手心都沁出汗了。在场的麻哈王、宋忠福，吓得脸都变了色，呆立在那里不知进退。班老老王昆鄂对他俩说：“这是英国的先生来拜访班洪王，你们待在这里不合适，退下去吧！”麻哈王和宋忠福望了望乌波朗,乌波朗还没有从刚才的惊吓中转过神来,玉波朝他俩挥了挥手,两个人连爬带滚跑下楼去了。

玉波碰了碰乌波朗的肘说:“你讲话吧。”

乌波朗深深地呼了一口气,又恢复了那装出来的微笑:“大王先生,我们希望能和你们合作,共同造福佧佤山的老百姓。我们之间可能有些误会,对,是误会。我们不要土地,我们不要争斗,我们只希望双方合作。懂吗?合作,共同发财。我们合作开矿办厂,冶炼你们那些遍山的石头;你们出石头,我们来冶炼,双方都得利、发财……”

“合作开矿?发财?”昆钟笑了,“就这点小事?”

乌波朗以为班洪王听懂了,动心了,高兴地说:“你们,我们,合作,开矿办厂,大家有利!”

昆钟:“知道,知道,你们不就是要炼银子吗?”

乌波朗:“对!对!对!大王先生是懂道理的!”

昆钟装作满不在乎地说:“拿来,要开矿炼银子,把东西拿来!”

“钱,钱吗?只要答应合作开矿炼银子,你要多少都是可以考虑的!”乌波朗连忙答应,满脸堆起了假笑。

班洪王昆钟:“木刻!”

班老王、艾西瓦和刘拥国听了才松了口气,刚才还以为昆钟糊涂了呢。

昆鄂接着对乌波朗高声说:“对,拿出来,木刻凭记!”

乌波朗听完翻译后,怔住了,急切地问:“木刻?是什么钱?”

艾西瓦一字一顿地说:“吴大爷,吴尚贤大爷手里拿着的准许开矿办厂的木刻凭证!”

“木刻凭证?”乌波朗更不能理解了。

原来一百多年前,吴尚贤吴大爷要赴京朝贡,临别前紧紧拉住第一代蜂筑王——也就是昆鄂的曾祖的手,流泪告别:“就此一别,吉凶未卜。今已剽牛盟誓,共同拥有阿佤山之宝藏,共同维护中国之边境,汉佤及各族同心,兄弟携手共荣。”吴尚贤高举木刻向众人展示:“父老兄弟们,我,吴尚贤虽然是个汉人,到阿佤山来开矿多年,也成了布绕克的姑爷,算得上是半个阿佤人,更重要的是我们汉人、阿佤人,都是中国人。我们都要维护中国的一山一水!”

吴尚贤把木刻分开,一半交给蜂筑王一世,自己拿着另一半、他俩跪下叩拜后说:“苍天作证,山河有眼,众人在旁;作为共同开矿办厂、冶炼银子的凭证,班老王保管一半,我带着一半,我将把它交给中国政府,这就是凭证。倘若我回不来了,你们一定要见到这半片木刻,与你们手中保存的木刻,合二为一,才是真凭实据,才可与持木刻者合作开矿炼银。没有木刻者,任何权贵势力,都不能与之合作,切记,谨记!”

阿佤人和汉人，全部都跪下，泣别吴尚贤。

多少年过去了，蜂筑老王的后代，一代一代班老王等候着吴尚贤带走的半片木刻的出现。

会议大厅

昆鄂："木刻为凭，有了那半片木刻，我们阿佤人就和他同心协力开矿办厂！"

昆钟："一百多年以来，我们阿佤山各部落护矿守土，厂是中国厂，地是中国地，我们保护的是祖先留下来的地方和宝藏！"

乌波朗讷讷地说："英……英国和政府……中国政府签订了协议，这块地方卖给英国来开采和管理了。"

昆鄂一脸正色，对他说："你拿出两国政府的协议来，拿出来我们立马拿木刻来对证，只要凭证对合，我们部落给你合作开矿办厂！否则你什么都不要再说了！"

昆钟："我们守厂守土，有吴尚贤吴大爷的木刻为证。腊家与汉家是一家，九老九代都不会丢伴的！中国的历史比天地还长远，中华民族的情谊比天地还重，人假理不假，说白理不白。你说汉家把这里卖掉了，那么我们等着，你把汉官叫来，同英国、阿佤三方对面来说清楚，对凭证。现在，你口说无凭，我们绝对不会相信你们洋嘎拉说的话。"

两位野人头领一阵比一阵激烈而严正的话语把文明世界的爵士抢白得无话可答，细密的汗珠从乌波朗的额头上往外冒。

长时间坐在那里只能听而没有讲话机会的缅督高级官员依毕珂，这时趁乌波朗无言以对的时机，按捺不住英格兰绅士的风度了，抢着说："你们这些野人！不要以为有中国给你们撑腰，你们就可以不知天高地厚！我们是在拯救你们，给你们生路，我们强大的军队已经开出了大英帝国的边界，不久的将来，整个阿佤山都将成为大英帝国的疆土！"

艾西瓦"嗵"地站起来指着这个狂妄的家伙说："小子，你给我听好了：我们不会向强盗祈求什么的！我们的长刀和弓箭将会向闯进家园的野兽发挥作用的！记住，现在是英国的军队侵入了中国的领土！"

昆钟非常气愤地说："在你们英国文明世界里竟然有这样出言不逊的文明人，我感到很吃惊！是的，我们阿佤山地处偏僻，山高林密，交通十分困难，我们与自己国家的中心地区相比很落后，很贫穷，我这个王子也是粗衣裸足，种地打猎，可是，我和我的百姓，平静而满足地劳动着、生活着，我们在用自己的力量改变着自己的落后。我们不去抢别人的家园，不去霸占别人的土地，不去残杀善良的人们。文明的先生们，这些，你们做得到吗？"

乌波朗掏出手帕一边擦汗，一边笑着说："先生们，首先请原谅我的同事语言不当！我们没有别的意思，就是做朋友、合作……"

刘拥国一直在做着记录，这时，他也忍不住了，放下笔，打断了乌波朗的辩白："你们是客人，可不是我们请你们来的。你们把用现代武器装备的上千人的军队毫无理由地进驻中国的领土，这够朋友吗？滚弄河以东历来都是中国的地界，你们强霸了，这是朋友吗？你们偷窃我们的矿藏，这是合作吗？你们的机枪、铁丝网架到我们的矿山，强行开采，这是合作吗？先生们，你们英国人讲文明，而你们用杀戮、用武力和欺骗，征服印度，强占缅甸，在世界上大英帝国的文明不就是这些吗？算了，先生们，你们要做朋友，我们愿意；你们要合作，我们也愿意。首先，把你们侵入中国的军队撤回去吧！把你们强占的土地归还给我们，然后和中国政府坐下来谈判，那才是做朋友和合作的诚意！你说对吗，爵士先生！"

这一番尖锐而不失礼仪的话语，让乌波朗脸上的假笑变成了凝固的苦笑，他说不出话来。

正在英国人狼狈不堪的时候，甘木浩一手提着个血淋淋的人头，一手握着沾满鲜血的长刀，不顾卫兵的阻挡，冲到议事厅里，"叭"的一声把那还滴着鲜血，大张着嘴巴的人头丢到英国人面前，无比愤怒地说："这是你们走狗的头。你们让他砍了我爹的头，我也砍下他的头！我们班洪、班老的佤族村寨早已不用人头祭谷神了，你们把它带回去祭你们的祖先吧！"这完全意想不到的瞬间，把玉波吓得尖声叫起来，直往乌波朗的怀里钻，依毕珂双手掩住脸，连声叫道："野蛮人！野蛮人！"乌波朗也不由地紧闭起双眼。

班洪王马上反应过来，威严地大声喊："卫兵！卫兵！把这个不懂规矩的家伙给我捆起来，关起来，一定要严惩！"

几个佤兵进来下了甘木浩的刀，把他带了出去。

乌波朗到底是个老练的殖民主义分子，他马上镇静下来，声音有些颤抖："大王先生，今天就说到这里。我们告辞了，改日再谈，改日再谈！"

昆钟明白，一动真格的，英国人就心虚了，今天已经阐明了我们的立场，也给了他们下马威。他强调说："我们可以再谈，但是你们必须从我们中国的土地上撤回去！把你们军队撤回去，并保证今后不再发生类似事件，这是再谈的先决条件！"

乌波朗避而不答问题："大王先生，我们后会有期，后会有期。"

乌波朗临走还假惺惺地要昆钟留下他的礼物，昆钟态度很鲜明地说："带走你的东西吧，我们阿佤人穷，但是我们有骨气，我们不屈服！"

送走乌波朗，回到议事厅，昆钟叫人把甘木浩带上来。宋忠良和小队的人员都跟着拥上了竹楼。

昆钟对甘木浩说："甘木浩，你知错吗？"

甘木浩倔强地把头扭向一边，大声说："我没有错！对洋嘎拉就不能讲情面！"

昆鄂走上前来，一边替甘木浩解开绳子，一边教训："孩子，你差点坏了大事！做事要学会动脑筋，不能光凭感情和冲动。这点你要向宋哥多学学，你们是我们阿佤山的希望啊！”

昆钟过来拍着甘木浩的肩，和蔼地说：“你们抓了偷盗矿石的马帮，特别是抓住了杀你爹的凶手，这是要表扬的地方，可你不能一冲动就把两边的会给搅了。不过也有好的一面，给这些英国人看看佧佤年轻一代的英勇无畏。挨捆一回就会更懂得动脑筋了，你们会成长的！”

甘木浩被说得低下了头。宋忠良和扎朵一伙都跑进来围在甘木浩身边，和尚帕温张说：“佛说，吃一堑长一智！”

个个都高兴地笑了。

昆钟关心地问宋忠良：“没有被你哥发现吧？”他指的是怕宋忠福发现宋忠良在班洪。宋忠良说：“我一直待在后边屋里，没有出来，对外平日大家都叫我宋哥，穿的都是佤装，他们不容易发现我的。”

“今天真痛快！”昆钟吆喝着大家说，“走喽！今天有鸡肉烂饭吃，有水酒喝，大家都赶紧走，慢了吃不着喽！”

艾西瓦和昆鄂在一起

艾西瓦说：“阿爹，今天那个英国人的女翻译，你不觉得面熟吗？她实在太像十七年前失踪的玉波了！”

昆鄂老王：“十七年的光阴过去了，过去的事就让它过去吧！即使她真是那个玉波，也已经不是当年的那个人了。”

艾西瓦陷入了沉思。昆鄂望着远山，沉重地说：“都是那个逆子沙姆啊……”

黄昏近夜晚，河边。

年轻的沙姆和玉波站在河岸边。月光显得很苍白。

玉波揉着哭肿的眼对沙姆说：“三王子，我已经怀孕了，你得给我个说法，要我还是不要我？”

沙姆一脸满不在乎地说：“我已经说过好几次了，我是三王子，不可能要你的！我和你只是玩玩而已，要娶你的是我大哥。”

玉波哭了：“我都这样了，怎么能嫁给艾西瓦呢？我实在对不起他，都怪你这个不是人的东西……”

沙姆笑笑说：“我钻进你被窝里的时候，你不是口口声声喊着艾西瓦吗？你就当是和艾西瓦玩过了。现在，我退出了，你去找他吧，嫁给他。”

玉波止住了哭声，指着沙姆骂：“你不是人！”

沙姆不为所动：“去吧，去吧，今后不要再来烦我，不要再让快乐的三王子为这点小事烦恼。”说着转身就要走开。

玉波气愤地冲上前去抓住他，捶打着他：“你这个家伙，你不是人！你猪狗不如……”

沙姆转过身来，一脸凶气："你这个臭女人，难道还不明白吗？我说不会娶你的，去找艾西瓦吧！"说着他把扑向他厮打的玉波猛地一推，玉波站不稳脚，身子晃了晃就掉进河里。掉到河里的玉波挣扎着，嘴里喊叫着："沙姆救我！三王子救救我！"沙姆面无表情地站着不动。

一阵波涛扑来，把玉波冲向了河心，冲向了远处。她的喊叫声渐渐消失。

沙姆转身要走开，艾西瓦和几个人打着火把赶来。

艾西瓦急问沙姆："玉波呢？你把她咋啦？"

沙姆瞅瞅他说："我哪知道玉波在哪里？"

艾西瓦似乎听到了远远的呼救声，一把抓住沙姆的衣领又一次厉声问："玉波呢？你把她咋啦？"

沙姆掰开艾西瓦的手，冷笑着说："还玉波呢，大男人守不住自己心爱的女人，找我撒什么气。"

艾西瓦"叭"地给了他一巴掌，他捂住脸骂骂咧咧地跑开了。

艾西瓦对着河里高喊："玉波！玉波！"

艾西瓦和几个人打着火把，沿河喊着。

一天后，有人把玉波的小褂子交到班老王昆鄂处。昆鄂叹息地对老婆娅婻说："多好的一个姑娘就这样过去了，多可怜啊！唉，你不该生这个老三呀，他已经糟蹋了几个好姑娘了，你叫我怎么去面对大众呀！"

昆鄂叫人把沙姆捆绑在木柱上，咬着牙用树枝抽打着："你给老子说清楚，你到底是不是把玉波推下河了？……"

艾西瓦垂头丧气地回来了。他一直找到河流分流处，连个人影都没有找到。当他看到玉波的褂子时，他明白了，猛地冲到捆在柱子上的沙姆面前，脚踢手打，声音嘶哑地说："你好狠心呀，你把她推下河的，是你杀了她！"

沙姆任他打骂，冷笑着，不吭声。

昆鄂吩咐："把长老和魔巴以及大小寨子的头人都召集来，让大家议事，这个不是人的东西，祸害四乡八寨的家伙，留不得了！"

夜晚，昆鄂和艾西瓦在木鼓房议事还未回来。

娅婻从竹楼上轻轻地摸下来，偷偷用刀把绳子割开，递给沙姆一个包袱，哭泣着说："走吧，我的三儿，走得远远的，从此不要再回来啦，自己去闯荡吧！"

"娘！"沙姆跪下给她磕头。

"快走吧，趁你爹和你大哥还没有回来，赶紧跑！赶紧跑啊！"

接过母亲的包袱，沙姆又轻声喊了声"娘"，便急速地跑开了。

通往金厂、炉房的道路上，一队又一队的驮马在行进。每一群驮马都有英国军队或前或后保护着。骑在马上的马成君吆喝着："抓紧赶路噢，多跑一趟就多有一趟的钱，回来驮上矿石又有一份钱，赚钱的机会难得呀，抓紧赶路噢！”

骑着马赶来的宋忠福，与马成君并行，大声说：“马兄，你人马众多，这回给英国人运粮运矿石大赚了一把啦！”

马成君看了他一眼说：“宋老弟，有利的事我还会忘了你？咱俩可是患难兄弟呀！这回多抓些人来，好好赚他英国大鼻子的钱。”

宋忠福笑着对他说：“马兄，我也是这么想的。管他中国、英国，你的土地我的界碑，我只认赚钱，有钱就来赚，赚了钱买枪炮，壮大自己的势力，有势力才有地盘嘛，你说对吧？只要英国人给现大洋，我就多赶些人马来。”

远远地，一个人骑马赶来，高喊着：“马王爷、宋王爷等我一步！”等这匹马赶到跟前，马成君、宋忠福看清了是麻哈王。

宋忠福对气喘吁吁的麻哈王说：“麻哈王难得与我们同行啊！”

马成君一向看不起麻哈王，这时也凑上来：“麻哈王有班洪王、班老王为靠山，这阵子也走到我们这边了。”

麻哈王粗声粗气地说：“你们二位不要取笑我啦，我靠得了谁？前些年连丧家犬都不如呀！怎敢与根深蒂固、四方财源旺盛的二位王爷相比。希望两位多多指点！现在英国人急于增兵东进，他们把军队粮草压到我们三个人身上，催得太急了，我是人马有限，真难办。”

马成君：“我看你还是放下其他的事，集中力量帮英国人运粮、运货物，人家可开的现大洋，机不可失，时不再来啊！”

宋忠福也说：“麻哈王，麻哈王，东抢个寨西劫个村，那不都是些穷得只有块遮羞布的穷鬼，你多抓些人和牲口来为洋嘎拉搞运输，那可是白花花的银元，你多少分一点给手下，那人家哪个不拼死为你出力。老弟，牵马要牵住笼头呀！”

麻哈王在马上拱手：“谢二位不嫌弃我麻哈！我一定紧紧跟随你们两位。”

宋忠福笑着指着远处的英军营房说：“跟随我们两个有个屁用！你要紧紧跟随英国人，现时刀把子、钱袋子在他们那里。”

“哈哈，哈哈！”马成君大笑起来，“好了，好了，今后一起想法赚英国人的钱就是了。”

英军军营里，一时间几百匹马来到，热闹起来。军营指挥官马克少校传下一道命令：士兵严守岗位，严防驮粮马帮中有坏人骚扰。

各个路口、各个帐篷都加派了岗哨。

乌波朗和卓温·朗纳上校派传令兵叫马成君、宋忠福、麻哈王三个人到军营指挥部。

乌波朗很客气地请三位部落王坐下：“十分感谢你们三位大王，今天运来不少粮食，你们亲自带队，辛苦了。我们再次感谢你们，请你们喝一杯酒，吃一点饼干，休息一下。今天运输费，待验收登记完后，立即付给你们，可以吗？好，好，你们喝一点，吃一点吧！”

卓温·朗纳开门见山地说:“军营里一下子来了这么多人马,不好管理;请你们将各自带的人马,交验过粮食后马上带走,让他们离开军营,不要留在军营里。”

三人只得站起来,准备离去。

乌波朗赶忙接上话:“交验过粮食的人马离开军营,快去装矿石。运矿石的费用也是交验矿石后结算。你们三位不忙,喝点、吃点再去吧!”

马成君一仰头喝下一杯葡萄酒:“好,告辞了!”宋忠福和麻哈王也学马成君的样子,猛一口喝掉杯里的酒,说声“告辞了”,大步走出去了。

第十一章

马宋麻泄怒立盟拉起铁三角
小分队初露锋芒劫粮获胜利

炉房

英军占领的炉房，没有了往日的安静沉寂环境。几处高坡上，深林道路口，都有了英国入侵军队的帐篷，岗哨密布。原来采矿和冶炼的地方一下子来了上千人：乌波朗从邦海银矿调来两百多采矿工人，又由马成君、麻哈王、宋忠福招募了一大批临时劳工，加上马帮的人马，整个炉房闹腾起来了。乌波朗把露天堆放的高品位矿石让工人们装袋，用马帮驮运走，每天来往的驮马都有两三百头骡马进出。乌波朗是个老谋深算的家伙，采矿工地上他强迫工人从天刚亮干到天黑才歇息。他的原则就是快装快运。

当一些采矿设备运来以后，乌波朗带着几个英国采矿工程师，对尘封了百多年的老矿洞进行了勘探，新安装的小型柴油发电机供电的探照灯把矿洞照得通亮，让英国人吃惊的是当年吴尚贤开采银矿的老矿洞，居然保护得相当完好。

英国工程师甲："爵士，这真是一百多年前挖掘的矿洞吗？我真不敢相信！"

英国工程师乙："中国人当年的采掘技术太高明了！你看，这些矿洞里的岩层，矿脉的走向，采矿位置，都说明那个吴和他的伙伴们有着丰富的采矿知识和本领。"

英国工程师丙："先生们，你们注意到这样一个问题了吗——就是这些矿洞都挖掘得不深，这是中国对付矿洞通风的高招。请问乌总办，像这样的矿洞这一带有多少？"

乌波朗想了一下说："从炉房到金厂坝，到老厂这一个三角地区，我曾经来察看过，有五六十个矿洞。据当地人说，前人挖过的矿洞不下两百个。"

工程师丙："他们当时没有通风设备，矿洞只能打到二三十米深。我看过的资料，现在粗略计算，中国人开采过的矿石大约只是总量的百分之一！这里随便一堆炼过的矿渣都是上百吨的。"

"是的，若从储量上来估计的话，佧佤山从这里到班洪、班老不足一百公里，都有丰富的蕴藏，开采一百年不成问题！"乌波朗接过工程师的话题来说，"除银矿外，这里有一条金河，它两岸的石英岩里含有丰富的金、铅及其他五金矿都有着相当可观的蕴藏,向北宝石、玉石都有相当的蕴藏。为了大英帝国的利益,我们必须把这些资源掌握在手中。我们现在正在建设滚弄江(温萨尔江)两岸的公路、桥梁,除了这些资源的因素外,还有更大的计划。现在世界列强进一步划分在中国的势力范围,明争暗斗十分激烈、残酷。大英帝国在中国长江以南有着巨大的利益,我们不能输给日本、美国、德国、俄国。在印度、缅甸以及东南亚,英国的力量必须更加稳固和发展,这是我们在亚洲的基础。"

英军在班弄至炉房之间,连续修建军事营房、工事,筑碉堡达二三十处。

在连桓群山的关隘要道上,游弋着英军的哨兵、巡逻兵。

英军自腊戍向班弄、向班永等中国边境修筑的公路;英国工程师在现场测量、指挥。

英国人修筑桥梁在进行中。

在一堆一堆的矿渣前,乌波朗领着马成君、麻哈王、宋忠福以及英国工程师。乌波朗大声地训斥这几个部落王,指着矿渣说:"你们的马帮怎么慢吞吞的,这么多天才运走一个小角落!你们给我日夜加紧驮运!不久,采矿的机器设备一到,那运输量更要增加。现在加紧运,加紧运!快去想办法,增加马匹,增加运量!"

吼叫着的乌波朗,用手杖指着马成君的鼻子用英语高声骂:"你们几个该死的野蛮人落到班洪那个光着脚丫的王子手里,把我当面供了出来,真他妈的蠢!"乌波朗叫骂着,并且用手杖又对着麻哈王的肩头敲击了几下,"你呢?是头蠢驴,什么事也办不好,就知道要钱、要枪。"不知是何事让他这样撕破脸皮地发火、骂人。他不停歇地又骂:"你们这些野人,是群蠢货!你们什么都不懂!我要的粮食在哪儿?白花花的大洋你们拿走了,而粮食呢?几天才驮来那么一小点,我这里是上千张嘴呀,每天一睁开眼睛就要食物,要吃东西!你们倒好,罐头吃饱了就躺在那里养膘!先生们、王子们,你们怎么啦?我需要马、需要人,把矿石运出去!把食物驮进来!大王们,你们怎么办!"

三个部落王面面相觑,呆立着。

失去了往日绅士风度的乌波朗,叫骂着,咆哮着。

英国工程师甲:"一匹马跋山涉水,一天运去五十公斤矿石真不容易!可是,这儿,任何一堆矿渣都需要四五个月才运得完呀!靠马驮去供应现代冶炼,别开玩笑了!"

英国工程师乙:"要公路、要汽车;要铁路、要火车。没有这些,采矿设备来了也是用不上的!"

乌波朗发火了:"先生们,你们要的都会有的!我们的铁路已经修到腊戍,滚弄江大铁桥正在加紧修建;公路进展也很快,已经快到班弄了!我要求你们,赶快做好你们各自的事情,把采矿设计赶快拿出来!殖民部整天打电话要我报送,请你们赶快做!”

这时,卓温上校派来的军官,走上前去,敬礼并向乌波朗报告:“爵士!上校请你去参加军事会议,正等着你呢!”

乌波朗叹口气,看看呆站着的这几个人,一言不发地跟着军官走了。

军营内的一个帐篷

马成君、麻哈王、宋忠福三人的帐篷门口是马成君的卫兵。

往低矮和狭窄的行军床上一躺,马成君心里十分不愉快,刚才在矿堆旁被乌波朗用手杖指着骂的情景又出现在他的眼前。

麻哈王和宋忠福坐在自己的行军床上,耷拉着脑袋,谁都不想讲话。刚才乌波朗的吼骂让这几个投靠英国人的“大王”深深地感到了作奴才的羞辱。

沉默了一会,宋忠福第一个开口了,他有气无力地说:“英国人走到哪里都把自己当作了主子,在他们眼里,我们算得了什么?古话说:在人屋檐下,谁敢不低头?我们就是走错了道,也只得走下去。你看看,中国政府那帮老爷不也是这般态度对我们吗?他们不敢管洋嘎拉占地扩张,他们也不愿管我们这些边境上的边民,他们在洋嘎拉面前不也是低三下四的吗?他们不也是把我们当奴才对待吗?嘿,真是气人!”

马成君一下子从行军床上跳起来,气呼呼地说:“老子还是独霸一方的大王呢!给他就那么猪啊,狗啊地骂开了,我们给他们干的还少吗?老子不干了,回班弄去。”

宋忠福对马成君劝了一句:“大哥,不干了?就这么简单?我们不过是说说气话,这不是一走了之就解决得了的事。现今,英国人成了气候,我们还是要考虑考虑的。”

“那你说,咋办?”马成君铁着脸问。

“依小弟之见,我们还是借英国人的势力,发展自己,丰满自己的翅膀,只要我们翅膀硬了,又连成一片,那英国人、汉官们,都会拿我们无可奈何的!”宋忠福老谋深算,他的这些话很中马成君之意。他继续说:“我们三个人是捆在一根绳索上的蚂蚱,只有一条道走下去了。我这是敞开心窝子掏出的真心话。”

马成君一听,心里暗道:“原来这老小子另有一套呀!”他对宋忠福说:“宋兄,你的话在理,在理呀!想当年我们祖上跟着杜文秀老祖宗,打大理,打昆明,一彪人马横冲直闯,怕过谁呀!就是要自己有力量,有兵马,有地盘,老子独占一方天下,就是这个理!”

宋忠福又继续说:“马兄,你的班弄政府,把班弄这一片拾掇好,方圆几百里地归你;麻哈老弟,你把班况、班洪、班老的葫芦王地掌握在手里,上下葫芦地也是两三百里地,势力还不够大?我在二位的支持下,把户班到孟定一片坐稳,这样,我们三个就成了个铁三角,你呼我应,结成联盟。这几千里的中缅边界地不就是我们三个人把定的地盘了吗？管他英国人还是汉官，不都得依靠我们三个？我们把汉人、回族、傣族、佤族、拉祜族、景颇族以及老缅族都团结在一起，力量不是更大了吗？二位大王，看问题，看得这么远吗?”

一直沉默在一旁的麻哈王，听宋忠福的这一番话，倏地站起来，凑到他两人面前，恨恨地说：“老子早就想把佧佤山十七地统成一片，让这几百里阿佤山成为老子的地盘，宋大王说出了我的心里话，我们三个联把手，干起来！将来我会报答二位老兄的……！”

马成君抢过他的话头说：“报答个屁！你我现在说穿了，各人都有一本账，都有自己的打算，还是宋老弟说得好。联起手来了，扩充自己的实力，现在先靠英国人壮大自己，再靠我们三个联合。这是我们三人的心愿，绝对不许对第四个人讲！讲了是会掉脑袋的！”

宋忠福应道：“对，对。只有我们三个人心里明白，绝对不能对任何人讲。”

麻哈王搓搓手：“我走了，我在这里待不住，那几个人几匹马，找个人管着就行。老子回永班去筹划先打班老。”

宋忠福：“是啦，我们回去整自己的事，这边交给手下人去应付英国人，免得被人家当人质一样看起来！”

马成君：“好，我也这就走。宋兄说得很对，今后我们三家互相照应。今天就我们三个先磕个头吧！”

说着马成君先跪下了，宋忠福、麻哈王也赶快跪下。

宋忠福说：“我们三个人，今后互相照应，联手干事业！”

麻哈王应道：“是，请你们多照应我！”

宋忠福：“马兄年长，就是大哥了！”

麻哈王：“今后我听两位兄长的！”

三个人互换了腰刀。

随后，各人随即安排了一下，对手下人说：“若乌波朗问我们哪里去了，你们就说去催人马加紧运粮了。”各人带上两个卫兵，骑上马，出了英军营地，分手朝自己的老巢，策马飞奔而去。

麻哈王的往昔回忆

回到永班的麻哈王，心里老在琢磨着马成君说的，他麻哈王日夜都想着的那件大事：一统阿佤山，做阿佤山佤族的总王。过去他打过班老，打过班洪下边的村寨，一心想扩张自己的势力，逐渐一统阿佤的天下。可惜他势单力薄，没有一次占到便宜。

眼下，有英国人的势力可以依附，加上马成君、宋忠福的支持，麻哈王更加感到自己的脑子里，一阵阵地扩展着一种欲望，火辣辣地燃烧着一种妄想。

麻哈王想起了他逃出班老的那些日子,想起了不堪回首的那些往事:

在森林里,在大山里东躲西藏,晚上爬到高高的大树上露宿,一听到野兽的吼叫声,吓得直哆嗦。他用藤条把自己捆在树干上。

在一个山崖上烧火取暖,他把一只兔子在篝火的木叉上烧烤着。

饥饿的他不停地往火堆里加柴枝。火烟腾起,他不由抬起头警觉地四处观望,突然,他发现了不远处有一个山洞口。

那是一个被树丛和杂草秘密掩盖着的洞口,人不走到面前拨开杂草是完全不容易看到洞口的。遮着洞口的树丛和杂草上,还东一个西一个布满了大蜘蛛网,这是一个长时间没有人进去过的山洞。他扒开草丛钻进去,眼前一片漆黑,一股股冷气袭来,使他害怕,他赶忙钻出洞来。抬头看看天空,蓝天白云,阳光照射在洞壁两边的崖岩上,把那一片长满苔藓和杂草的崖壁照得亮晃晃的。崖岩上,忽大忽小,隐隐约约地出现着一些赤黑色的图画,它们又像符号,又像字。阳光缓缓闪过去,崖上就什么也看不清了。

他这是走到了传说的司岗(石洞)了。老辈传说中,阿佤人是从司岗里出来的!他还想起大魔巴说过的话:"凡是到司岗去的人都是梅依吉引的路,凡是在司岗见过神符的人,都会大富大贵,会成为阿佤人中称王称霸的大英雄,都会有最辉煌的前程。"

他还记起了大魔巴曾经唱吟过:

在远古很久很久的时代,
司岗里走出佤族先祖。
生活在天地的大山深处,
剪裁白云编织朝霞披五彩衣裳。
割茅草编竹排,
搭建栖身的茅屋;
削木箭扯紫藤,
做成防身打猎的弓弩;
采集野果种植稻谷,
火塘边煮烂饭果腹。
司岗里走出来的佤族,
奔跑在山峦之巅,
穿越过森林江湖,
承传着太阳的热烈,
染成一身古铜色肌肤,
经受风雨寒霜的煎熬,
锻炼出铁板的赤足。

红毛树雕成木鼓，
木鼓咚咚震撼天地神人。
司岗里走出来的佤族，
用鲜血汗珠和着红土，
把阿佤人生描绘在悬崖之处，
千百年来留下精神支柱，
千百年来激励后人迈步，
千百年来遵循神符，
千百年不衰的佤族。

他看看司岗，看看那些符号，顿时高兴得抓起火上烤着的兔子，大口大口地撕咬着、吃着，他兴奋极了：他是被梅依吉引领到司岗来的，他见到了神秘的天书，得到了神灵的启示了。

他不恨阿爹，只在意把班老王位子传给大哥艾西瓦的事，现在他明白了："啊！梅依吉神呀，您引领我到司岗的用意，就是要我去苦斗，去奋发起来；我沙姆可以靠自己的本领争取到班洪、班老在内的阿佤山葫芦王地的！"

"天书"有的像人的各种姿势，有的像牛的各种形象。他越想越觉得这是神在引领去创立自己的天地，去成就一番事业。他踩熄火塘，恭恭敬敬地朝司岗和"天书"跪下，磕了头。他忘记了被打的伤痛和劳累，抖擞了精神，看看太阳，头也不回地朝西南方向大步流星地走去。

班弄寨

麻哈王把扎登、扎尼兄弟找来，密谋了一阵。他已经急不可耐，决心要打班老。

"王爷，请你想想，各村寨的男人大部分都被抽给洋嘎拉赶马运货去了，集中不起来几个人啦！"扎尼如实禀报。

扎登接着也说："抽去给洋嘎拉当差的人一时回不来，剩下三五十个人，打不成！再说，班老大寨，加修工事，白天黑夜放哨巡逻，很难偷袭过去的。"

被泼了冷水的麻哈王，心里很不舒服。

他思来想去，还是要在英国人面前作出点事来，让英国人不轻看自己，他说："你们两个给我听好，组织起三十个人也好，五十个人也罢，今晚就摸过去探探情况。你们去把人集中起来。干，今晚就干！"

夜晚，时隐时现的月光，把河水照得不明不暗的，永班的队伍偷偷地渡过河去。麻哈王临到河边，对扎尼、扎登兄弟说："我在这边接应你们，你们过去摸到永山小寨去看看。趁他们不防备就杀进去。注意，今晚只是试试他们的准备情况，多抢东西，多放火，少杀人！”

永山寨，班老寨外的一个小村，只有二十来户人家，紧靠在南依河边。人们在熟睡中，被一场突然袭来的灾难毁灭了。

艾西瓦带着自卫队的人马赶到时，看到的只是一片狼藉，村子被烧光了，粮食、牲畜被抢走了。

永山寨头人脖子上吊着一只被砍伤的手臂，哭诉着：“昆刚啊，是永邦麻哈王的人夜里摸过来，抢东西、烧屋子，杀人，他们说，不归顺英国人，还要来烧、来杀。这可怎么办呀！”

艾西瓦看到寨子损失严重，心里沉甸甸的。

他安慰头人说：“怎么办？站起来跟强盗斗，你软他就欺你。我们阿佤山联合在一起跟英国侵略军斗，跟那些败类斗，我们一定会斗垮他们的！”

艾西瓦当即决定：“我们班老集中力量帮助永山村的几十户人家，重新把寨子建起来！班老上下大寨、班老新寨以及搭田、龙夸的各村寨抽调人，带着工具器具帮助重建永山村。”

一时间，在小小的永山村，汇聚了两三百人，来来往往，早来晚归，砍竹子的，编草排的，挖地清理地基的……不到三天时间，永山村又出现了，新永山村还修了寨门，挖了寨沟。这几天，班老各村寨的乡亲，背来粮食，背来苞谷种子，扛来农具，让永山的乡亲很快就恢复了生产生活。

看着一座崭新村子，艾西瓦心里十分高兴，他告诉大家：“一方受难，八方支援，班老人有这种乡亲互助的精神，今后什么灾难都不怕了。”

艾西瓦专门派了一小队自卫队，加强这里的巡逻，防范再次被永班的麻哈王偷袭。

班老新王艾西瓦和老王昆鄂赶到班洪，向班洪王昆钟禀告了麻哈王偷袭烧毁永山村的情况。

昆钟问艾西瓦：“乡亲们损失有多大？”

艾西瓦：“人被杀了两个，伤了七个，整个永山村全部被烧毁，能抢走的东西都被抢走了。我们组织班老各村寨的乡亲支援，三天就重新盖了全部房屋，还送去了粮食、种子、农具，现在已恢复了正常。在那一片河岸我们派了一队自卫队日夜巡守。”

“沙姆这个叛徒已经多次骚扰、袭击我们班老地区了，”班老老王昆鄂说，“我曾经单身一人去他们部落劝说过，乡亲们和永班老王都反对佧佤人分裂，反对投靠英国人，这个孽种死心塌地地投靠洋嘎拉，残害同胞！我的话他一句也听不进去了，还派人在半道上杀我呢！”

班洪王昆钟气愤地说：“这是我们家族、我们佤族的败类！”

昆鄂还说：“从永班逃到班老的乡亲说，沙姆为了给洋嘎拉驮运军火、粮食，强行把部落里所有的马都拉走了，稍有反抗，不是烧房子，就是抓去吊打罚款，永班的老百姓都恨死这个洋嘎拉的走狗。他从洋嘎拉那里拿到十几条枪，现在耀武扬威，猖狂得很呢！”

“我们一定要惩罚这个跟英国人签密约、当走狗、残害同胞的叛逆！”昆钟坚定地表示，“我最近又派人去炉房跟英国人交涉，英国军队毫无退意，而且宣称，炉房是永班的地盘，麻哈王已将炉房卖给他们了，他们还将增兵炉房。看来我们是非动武不可了！”

岩嘎这时急忙忙地跑了进来：“昆钟，塔田来人报告，英国军队和麻哈王领着他的‘洋枪队’，绕道到永劳寨，把寨子烧了，杀了十几个人，放出话来说要我们尝尝他的英国洋枪队子弹的厉害！”

班洪王再次被激怒了：“麻哈这个民族败类，他真是不怕遭报应了！岩嘎，你去请刘拥国师爷和杨叔来，我们和班老王一起商议一下，召开佤山部落王会议。”

永劳寨一片冲天大火，寨子里人们哭叫声、枪声、牛马嘶叫声响成一片；燃烧着的茅屋旁，尸体横卧，亲属在尸体旁号哭着；麻哈王领着他的兵丁拉牛、扛粮、抢物品。一个头发全白的佤族老人紧紧抓住牵牛的绳子，不让拉走，他哭喊着说：“沙姆，三王子，你不能抢走我这唯一的财产呀！你爹、你哥可不是这样的呀！”

麻哈王骂道：“老不死的东西，你的牛正对英国人的口味。给你两块银元，拿去吧！”

白发老人甩开他的银元，仍旧去拉他的牛：“你会遭报应的，沙姆！”

麻哈王冷笑道：“这样报应吗？”抬手开枪，把老人打翻了。兵丁拉着牛走了。

英国兵哈哈大笑着，伸出了大拇指：“OK！OK！”

麻哈王领着抢劫的队伍，拉着牛、羊、猪，和英国人扬长而去。

在英军营地

乌波朗拍着麻哈王的肩头，大声地说：“麻哈王，你做得很好！既满足了你报仇的愿望，又让你的士兵有了收获，还帮我们弄到了犒劳士兵的美食。我会奖赏你的！”

一个军官从帐篷里出来，对乌波朗说：“爵士，上校请您去有事。”

乌波朗应了一声，转身随军官进帐篷里去了。

跟在乌波朗身边的女翻译玉波，停住了脚步，转过身来盯着麻哈王看了一阵，出人意外地用佤语对麻哈王说：“你，三王子，少做点孽！”说完，大步走进帐篷里。

麻哈王茫然了，大张着嘴，说不出话来。

宋忠良打听到他哥宋忠福为英国人买了一批粮食，让一支马帮把粮食经过湖广寨子运到金厂坝交给英国军营。为了路上安全，有多名快枪手保护马帮。

宋忠良打探消息后，认为这是一个很好的机会，他盘算了又盘算，想出了一个让甘木浩小分队出击夺粮的计划。

这天，甘木浩和宋忠良只带了扎朵，三个人找岩嘎借了三匹马，早早地就出发了。岩嘎向他们打听要去干什么，甘木浩神秘地笑笑说：“嘎哥，我们想练练骑马的本事，将来好用得上。”岩嘎开始不在意，等他们一走，心里突然想到点什么，暗想：甘木浩他们几个小子点子多，要注意点。

傍晚，甘木浩和扎朵来还马时，岩嘎又问：“到哪去啦？”甘木浩仍是淡淡地说：“练了一天骑马，骨头都颠疼了。”

岩嘎透了一点风：“最近可能要有大的行动，你们小队要做好打仗的准备。”

“岩嘎哥，我们就是想出去与洋嘎拉打仗啦，到时候别忘了我们啊！”甘木浩说出了小队大家的愿望，他想起什么事情，很郑重地向岩嘎说：“报告，小队最近要去金厂坝一带练习夜间巡逻，你若有空，是不是来领大家练练夜间的活动。”

岩嘎有事又不便说出来，拍拍甘木浩的肩头说：“甘木浩，打仗是要玩命的，你们都要练扎实些，靠近英军的营地很危险，你们都要特别小心。”

“是，我们一定小心谨慎。”甘木浩笑了。

跟往常一样，甘木浩小队晚饭后听宋忠良讲一会儿故事，然后就出去巡查，练习夜间行动。今天他们的练习似乎比往常更多了上战场的气氛。

借着月光，甘木浩小队的十五名队员，个个像夜间的豹子，无声无息地穿行在大森林中的小道上，忽而爬过山箐，忽而蹚过小河。走了半天多时间了，每个人浑身都冒着汗，他们这样走走歇歇估计也走出了二三十里地。在一个山箐的半坡地，甘木浩让大家停下休息。这些小伙子都是吃苦长大的，一双脚板从未穿过草鞋，练成了比石头还硬的一层老茧，踩在刺黎上、踩在火炭上都毫无伤害，正如人们常说的“铁脚板阿佤”。宋忠良在周围摸索察看了一阵后，回来告诉甘木浩：“找到了，在大树下摆的三块石头都找到了，就是这里！”

听着大家呼呼喘气的声音，甘木浩知道比往日多走了几里路，他自己也感到累了，低声说：“今晚多走路，大家都辛苦了！我们今晚不是练习，是真正地要打一场仗！宋哥傍晚给大家讲了打伏击的要领，以前我们都是书上学的，听有经验的猎人讲的。今晚我们要来实在的，就在这里打个真枪实弹的伏击！你们怕不怕？敢不敢打？”小分队的伙伴们一个个压着嗓音，兴奋地回答他：“不怕！敢打！”

甘木浩说：“我和宋哥来这里已经三次了，我们有个计划，请宋哥给大家说说。扎朵你等会和我在一起，现在你爬上前边那个岩石去放哨。”

宋忠良低沉而激动地说：“大家再聚拢点。我们这里叫乃木大箐，两边都是陡坡，人马不易爬上，在这里我们要伏击一支从孟定给英军运粮的马帮队，是十几二十匹马还是三五十匹马，现在还不肯定。不管它。反正今晚我们是实打实地干一仗了。我们主要对付人，主要是背快枪的人；今晚就是要夺枪，用洋嘎拉的钢枪来武装我们这个长刀队！记住，我们的每张弩都要瞄住一个背枪的人，赶马的只要不反抗，就不动他。我和甘木浩这几天看地形后，想这样安排……”

宋忠良讲完，甘木浩又说：“记住了，无论如何都要把马帮堵在这段箐沟里解决掉，虽然洋嘎拉兵到不了这里，我们要解决的是为英军送粮的马帮，也要以防万一，每个人都要准备随时打仗！到时候按分工做的事一定要干净利索地做好。听指挥，扎好白头巾，现在各人检查一下要带的东西后，原地休息，不要弄出声响来！”

这次神秘的伏击战，突然出现在这帮都不到二十岁的佤山伙子面前，每个人都不免激动而紧张，就是见过世面、读过洋书的宋忠良，也显得有些紧张。甘木浩经历过一些生死场面，现在自己领着一帮兄弟单独干一仗，也是头一回。

甘木浩对宋忠良说：“我们莫慌，大家都看着我们两个哩。”宋忠良靠着甘木浩的背脊坐着，说：“不紧张才怪呢！只是要把持得住自己，头脑要清楚。”

宋忠良得到的情报是准确的。果然一队马帮从孟定方向走来了，他们打着火把，提着灯笼，一条火龙朝乃木箐走来。按马帮的规矩，马帮一般是不兴赶夜路的，英国人催逼得紧，马帮都破例赶夜路了。这支马帮人困马乏，要再赶几个时辰才能到金厂坝英军营地。

甘木浩和宋忠良数数灯笼火把，十二三个赶马人，有三十五匹马。他俩细声商量了一下，让大家都裹起白布包头，宋忠良、和尚带三个人阻断马帮来路箐口，扎朵、布训带三个人居中，甘木浩带布章、木南、阿邦、嘎甲从正面堵住马帮。三个小组悄悄地分开摸到指定的位置。

马帮慢腾腾地走过来了，一个马帮伙计牵着头马，提着灯笼慢腾腾地走着，头马挂着铃铛，“叮当、叮当、叮当”孤独的铃声在山箐里，传得很远很远。

“站住，不准动！谁动脑袋就开花！”突然一排黑影挡在头马前面路上，一个声音吼叫着，这群马帮慌乱了。紧接着，马帮后尾、中间的坡地上也站起了一个个黑影，一声声“不准动，谁动就杀谁！”“原地不准动，谁动打谁！”马帮知道遭劫了，都站着不动，他们知道敢劫马帮的人是敢杀人的，只要不反抗就可以保命。

马帮中一个声音传来：“你们是哪家的？我们驮的货可是户班王宋大爷的货，是往英国营房里送的货呀！你们不要不知好歹！”接着一支火把被丢在地上，很快就听见拉枪栓的“咔咔”声，就在拉枪栓声的同时，“嗖、嗖、嗖”声响起，几支弩箭同时射向一个目标。马锅头老大在原地大声叫起来：“乡亲们谁都莫动，牵住马，等我出来说话。”

“有话你说，站在原地，不准玩花招！”

“是，是，是，”马锅头老大站在第三匹马的位置，“好汉们饶命！我们是为糊口才被逼着给英国人驮运货物的，请你们手下留情，手下留情呀！”

“我们不伤害任何人，你们原地站着牵好马，我们检查一下，谁想反抗就是找死！”甘木浩再次警告被吓住了的马帮。随后，甘木浩吹了一声口哨，前、中、后都来了三个人，三下五除二，就把马帮的六条枪都拿到手里来了，还下了七把长刀。

这支小马帮驮的都是粮食，属于宋忠福的手下的一支驮马队。

刚才想动枪反抗的是宋忠福派来押队的六个佤兵中的一个，中了四支弩箭，已经送命了。嘎甲过去取了枪、子弹和长刀，把尸体拉到路旁。甘木浩大声命令：“马帮的乡亲们，只要你们听话，我们不会杀你们的；现在继续往前走，牵好马，跟着往前走，哪个想打怪主意，就砍哪个的头。”这支马队的头马铃声一响，举着火把的人就跟着继续往前走。

走出乃木箐，马队不是向西行，而是被引向南方走。马锅头这时凭他的经验，知道了是向班洪方向走去，他问一直执刀在手，跟在他背后的押送人问：“这是去班洪的路吗？”

“你少吭气，不然对你不客气了。”甘木浩警告他。

“大爷呀，你把我们押到班洪，就是要我们的命了呀！你饶了我们，洋嘎拉和户班王不会饶我们的，你干脆把我给杀了吧！”马锅头哀求他。

马锅头开始盘算起来，腿也慢慢地不想动了，其他马帮汉子也叽叽喳喳地议论起来。

甘木浩小队顺利地劫下了运粮马帮，还夺得六支步枪，怀着胜利心情的甘木浩带着十多个人和二十五匹马的队伍，缓缓地行进，他怕这些赶马人真的反抗起来，也担心英国军队追赶来。他让阿邦和嘎甲催他们快走，自己则向后对被俘的赶马人逐个查看了一下，等到最后，他看到了和尚，但不见了宋忠良，甘木浩低声问帕温张：“宋哥呢？”

“他和热尼就跟在后边。”和尚帕温张对他说。甘木浩见到宋忠良警觉地看看四周，跟上队伍。他轻声问宋忠良：“天也快亮了，这些人有些不好对付了，你看咋办？”

宋忠良也说：“带着这些赶马人，马匹驮得也重，奔走了一夜都累了，但是不能停，万一洋嘎拉发觉追上来就糟了。甘木浩，万一发生意外，不得不杀人，也要少杀人啊！”

“我也是这样想，尽量不发生意外到达班洪最好。”甘木浩刚回答完宋忠良，马队前边传来了嘎甲大声的叫喊声：“你起来不起来？不起来我一刀砍了你！”

甘木浩对宋忠良说：“不论发生什么事，你要稳住后边，我去前边了！”说完就跑向前去，只见马锅头蹲在地上，抱着肚子一声一声地喊“疼”。看来这家伙是在寻找机会想制造乱子。甘木浩叫嘎甲和阿邦把马锅头扶架起来，让两个壮实的马帮伙计架着马锅头往前走。

就在这时候，前边路上，“哒、哒、哒”一阵马蹄声响，一群马飞奔而来。甘木浩对小队喊了声：“准备战斗！”他带的十五个人都紧握长刀，摆开了厮杀姿态，其他人则喊住赶马人，加强了戒备。

一匹熟悉的大青马带头的马队冲到甘木浩面前，马上跳下来的熟悉身影和熟悉的声音喊道：“甘木浩，甘木浩！”甘木浩两眼一热，喊出声来：“嘎哥！”

岩嘎来得多及时啊!

原来,他夜里查哨时,发现甘木浩小队的竹楼没有人站岗,上去一看没有一个人,就感觉有点不对,心想:按往日他们早就该回来睡下了,今晚……联系起这几日甘木浩、宋哥的行踪和今晚他们出发时甘木浩说的话,他急忙跑上竹楼:空无一人,而且刀弩皆无。他赶快向各寨门哨位的兵丁询问:“看到甘木浩小队的人没有?”各处哨兵都说没有见到他们出入。只有西北方向哨位的哨兵报告说:“甘木浩小队傍晚时外出做夜间训练,一直没有回来。”岩嘎心想:不好! 出事了!

岩嘎赶快跑到班洪王那里,叫醒了班洪王,说出了他的想法:“甘木浩他们要真去金厂坝偷袭洋嘎拉,他们会吃亏的,这些年轻人还没有经历过实际作战,怕会有闪失。昆钟,我带一队人马赶去迎他们,对他们也是个策应。”

“好! 我和你去!”昆钟冷静地想了一下,决定地说,说着抓起长刀和马鞭就要走。岩嘎挡住他:“昆钟,你不能去,你要在这里坐镇指挥、调度的。你不能去,你放心吧,有情况我会及时派人向你报告,我也会相机处理的!”

“行,你要把他们安全地找回来!”

“是!”岩嘎急急告别班洪王后,迅速集合了卫队中的一队人马,向金厂坝方向追赶过来。

正是甘木浩小队急难时刻,岩嘎迎头赶来了! 看到援兵到,甘木浩小队的每个人都高兴极了。宋忠良握着岩嘎的手说:“岩嘎哥,你这实在是雪中送炭之举呀!”

“好了,其他话回去再说,一路走过,后边有什么情况?”岩嘎是一向佩服宋忠良的精细和周密的。宋忠良告诉他:“半个钟点前,我听到我们撤出的乃木箐方向有过杂乱声响,现在倒是平静的。”

“甘木浩、宋哥你们小队押着马帮队继续走,估计天亮会回到班洪,我派四个人给你们,加强一下。我带其余的十多人断后,若有追兵我们负责解决。你们就快走吧!”岩嘎果断作出了决定,他嘱咐了一句:“回去后立即向昆钟报告,他可是在等着你们呢!”看着缓缓走去的人马队伍,岩嘎心里很高兴,他想这批小伙子敢想敢干在斗争中会很快成长起来的。

晨曦,朝阳的金色光芒把阿佤山的山峦辉映得金灿灿的。

在一队马队的护卫下,一群驮载粮食的马帮,缓缓地走进了班洪大寨。

班洪王拉着甘木浩和宋忠良的手,久久地说出了一句话:“孩子们,你们让我们大家担忧了!”

第十二章

剽牛盟誓部落王一致抗英
以恶报恩传教士杀人灭口

班洪王昆钟吩咐："甘木浩小分队吃饱了饭后，全队痛痛快快地睡上一整天，任何人不要去打扰他们。"昆钟对岩嘎说："以后要多给他们讲讲，没有纪律就没有队伍，擅自行动会惹出大乱子，甚至会有灭顶之灾的。先要把甘木浩和宋忠良说通。这次缴获的六支英式步枪和子弹全部都给他们小分队，让他们自己去分配使用。"

大院里的马帮，昆钟和刘拥国、杨叔商量后也决定放他们回自己村寨去，昆钟说："他们都是贫苦百姓，是被宋忠福逼出来为洋嘎拉驮粮食的，我们放他们和他们的马都回去，每人发给他们一个银元。洋嘎拉的粮食留下。"

昆钟考虑到免得宋忠福找这些赶马人的麻烦，让刘拥国师爷写了一封信，给他们带回去：

户班王宋：

英人来犯，不顾国际公理，侵入我境，占我土地，逐杀黎民，霸我矿山，掠我资源；强盗行径，国人共愤！帝国主义侵略之举，必遭严惩。

你与马成君、麻哈王甘为英人所驱使，进而不顾祖宗遗训，卖身投靠，私订密约，出卖我民族利益和国家主权，残害无辜百姓，人神之所共愤！

悬崖勒马，迷途知返，是不沦为民族败类之径，万盼三思。

马帮驮运之粮食枪支，暂为收下，充作自卫队之用。

赶马诸人，无辜百姓，为英人所迫所役，赶马运粮为我所取，并无过错，切望网开一面，不予究问为是。他们若有不测，我等定向你辈追究严惩。

专致此函

阿佤山班洪总都司胡玉山

即年即月

每个赶马人领了一块银币，牵上自己的马，千谢万谢，转回他们的村寨去了。其中有六匹马是宋忠福王府的，留下来。班洪王说："这些粮食和马匹正好赶上自卫队用，洋嘎拉抢夺我们的矿山，我们用他们这点粮食是应该的。"

班洪王询问了筹办各部落王开会的情况后，对杨叔和刘拥国师爷说："两位，我想把叶娜和岩嘎的婚事办了，当前这种状况，大操大办不妥，赶过天各部落王都来开会的日子,开完会大家喝顿水酒。不知你们意见如何。”

“昆钟,你的家事,你定了就成。岩嘎整天都在忙于班洪的防务大事,你这样为他着想,是很好的,他会一辈子感激你的。”师爷首先说。

“昆钟,这件事已经议了好长时间了,瓜熟蒂落,应该办!你想的这种方式的确两全其美,我赞同,明天就为他们先庆贺一番!我去做准备。”

“唉,我对岩嘎,对你们都有很多照顾不周的地方,也无法完全弥补了。让岩嘎有个家,有叶娜照顾他,他们互相有个照应,我也放心。”班洪王这位赤脚王子,一步一踱地把竹楼踩得“嘎,嘎”直响。他真诚地对两个属官说:“要当好被人们称为原始社会的阿佤山十几万人的大当家,多难啊!要是没有英国人插这一杆子,我的赤脚就要走遍葫芦十七王地,和部落头人谈心交心、消除成见,帮助他们逐步放弃部落的陈旧陋习,接受新生活、新生产的理念。我想把阿佤山各部落百姓团结在一起,大家互相支持,放弃仇杀,放弃偏见,放弃守旧,阿佤百姓要过上汉族兄弟那边的日子,盖大瓦房,种水田,修路,跑马车,还要办学校,还要和外地做好生意……我想的很多,要做的更多。”班洪王说话的语气也沉重起来:“这狗日的洋嘎拉,先是传教士,后来是什么测绘队,又是什么旅游探险团……现在干脆把军队驻到阿佤山地区了!阿佤山要不平静了,保土卫国的责任来了!唉,唉。现在只有一条:绝不能让阿佤山落在洋嘎拉手里,不管是英国人还是其他什么人,他们都要清楚,阿佤山是中国的领土,阿佤人是中国人!这是谁也不能改变的。”

“昆钟,人都放走了,事情处理完了。”岩嘎走进来向他报告,打断了他的话。“你也去休息吧。我把你和叶娜的婚事,告诉了你杨叔和师爷,他们也觉得这样从简办好,就是委屈你们啦!你去和叶娜准备一下,晚上家里的人在一起喝喝水酒、吃顿饭。”

“我总觉得眼下大敌当前,我们办婚事,有点不合适。”岩嘎坦诚地说。

“正常的日子我们还是要过的。大家喝杯酒,你们年轻人唱唱歌,跳跳舞,简单地热闹一下吧!”班洪王坚定地说。

昆钟心里对这个姑爷是很满意的。

一封火炭鸡毛信交到了班洪王昆钟手里。原来麻哈王领着英国兵洗劫了营盘寨附近的一个村寨金河,并正进攻营盘寨,营盘寨正在拼死抵抗待援。班洪王一看信,气得跳起来,大骂:“麻哈真是个民族叛逆,竟然这样毫无惧惮地领着英国兵烧杀抢掠,我一定要惩罚这个走狗!”他立即调动班洪自卫队要亲自去救援营盘寨。

岩嘎说:“昆钟,我带一队马队驰援营盘。你不必亲自去,阿佤山各部落王盟会你还要做准备。”杨叔、师爷都竭力劝阻班洪王,杨叔说:“昆钟,这明显是英国人利用麻哈故意报复、挑衅!我们得给他点厉害看看。”

岩嘎带领马队援助营盘。这支新组建的,只有三十多人的马队是班洪自卫队最精干的队伍,在岩嘎的带领下呼啸奔驰而去。

燃烧的山寨

一兵丁跑到麻哈王面前，报告："三王子，英国兵已经撤走了，我们怎么办？"

"让弟兄们自由地找点有用的东西。管他英国兵走不走的。"麻哈王看着在抢东西的兵丁高兴地说。他看到来报告的兵站着不动，就用手中的鞭子敲了敲他的头说："你也去找点财物，别他妈的呆站着。"

麻哈王的兵丁，放肆地抢着东西，把拉扯的寨民打翻，牵牛拉羊拎鸡……

一兵丁飞快地跑向麻哈王："报告，班洪方向来了一队人马。"

麻哈王站在高处看了看，急声喝令："弟兄们立即撤退！快跑！"麻哈王骑上马就跑。

远远地岩嘎和骑兵队伍奔驰过来。

班洪王的议事厅——班洪王府大院里的一座竹楼

院子里，各部落王带来的卫兵们相互打招呼，相互谈论着。

议事厅的长桌两边坐满了班洪各部落王——大头人们及相关的人员。公鸡、塔田、官中、芒国、龙垮、嘎细、班老各部落的头领们，知道今天要商议重大事宜，大家天不亮（路远的头天就出发了）就赶来了。严峻的局势摆在大家面前，谁都知道自己这个部落王肩上的担子非同寻常了。

班洪王首先说了话："各位王子、大头人，两年前，九一八事件，日本侵略军陆续侵占我国东三省，英法列强趁火打劫，相继出兵侵占我国边境地界。英国人这些年先后在我们云南的江心坡、片马，挑起事端，现在又派军队占了我们班洪的炉房、金厂坝、垭口一带，这片上千平方公里的土地，不论是清朝还是民国，与英国人谈判议划边境线，都是在中国境内的。英国人凭着手里有快枪、大炮，已有两千多士兵进入中国国境，在这一带抢修公路，强挖矿产，在滚弄江两岸已经建起了二十多座营地。看来这些洋嘎拉是想在阿佤山生根了！阿佤山上千平方公里的土地让他们睡不安稳了！

"部落王们，最可怕的是我们民族内部的一些见利忘义的势利小人，他们是我们民族的败类、卖国贼，他们得到英国人的利益，就不惜出卖祖宗、出卖国家，成了英国人的走狗！"

说到这里，几个部落王已经耐不住性子了，吼叫道："班洪都司，我们已经知道是咋回事了，现在一边要赶走英国入侵军队，另一边还要严惩我们民族的叛贼，严惩引狼入室的魔鬼！"

班洪王说："由师爷刘拥国、杨叔把一系列洋嘎拉入侵活动，麻哈王、马成君、宋忠福的叛逆卖国行径向部落王们讲一讲。"

"杀洋嘎拉！"

“杀麻哈！杀马成君！杀宋忠福！”

“杀叛卖国家利益的走狗！”

这些部落王个个摩拳擦掌。

部落王们都争先恐后地表明自己的态度：“我们谁都不愿让英国洋嘎拉占领自己的寨子，谁都不愿做英国人统治下的亡国奴。现在是我们站出来卫国保家的时候了。”

一位年岁大的头领在大家的激昂后，说出了自己的担忧：“我们谁都不想把自己的家园变成洋嘎拉的占领地，可是英国人强啊，机枪、大炮，什么现代武器都有，我们这点火药枪、大刀、弓弩，咋能对付得了人家呀！再说，老辈时，永班、班洪、班老都是布绕克，一家人！现在永班、户班、班弄都投靠英国人去了，我们要打他们，不是又成了自己兄弟自相残杀，让洋嘎拉得利了？唉，想个办法才好啊！”

话音才落，班老老王昆鄂对他说：“是的，我们原来都是阿佤一家人，沙姆（麻哈）是我的三儿子，可是现在他去帮助英国洋嘎拉强占中国土地，残杀同胞，烧毁村寨，抢掠财产，他还算是我的儿吗？他和那几个败类去抱英国人的大腿，刀枪杀向阿佤山同胞，他们早就背叛了祖先、背叛了父母、兄弟。杀，要杀这些叛逆，也要赶走英国人！”

部落王们你一言我一语地说开了，都愤怒起来：“永班、班弄、户班勾结英国人，出卖民族利益，违背祖先保边保厂的意旨，是卖国行为；他们为英军进攻占领炉房，进而企图占领整个阿佤山作了开端，作了前导，洋嘎拉正是利用这几个逆贼攻占边境的，对这几个人必须严惩。”

“对英国人的占领，我们只有反抗才有生路，不反抗就只有死路，”班洪王挥手让大家安静，斩钉截铁地说：“永班麻哈王勾引洋嘎拉进入阿佤山，心已经变了，变黑了，和我们对立了，不打不行了！”他接着拔出了闪亮的长腰刀，当众举刀发誓说：“我们一定要把英国军队赶出阿佤山，追过滚弄江，到江边去洗刀！”

部落王们也都拔刀起誓：“不把英国军队赶出阿佤山，赶过滚弄江，决不罢休！”

班洪王昆钟把大家的意见集中起来，拟定了当前必须做的几件事，他对大家讲：

“一、班洪范围的村村寨寨各户有两个男丁的出一男丁，其余男丁凡本人自愿的也可报名参加，组成班洪地区抗英保土自卫总队，由班洪王昆钟任总指挥，各村寨部落王担任本村寨指挥，刘拥国组成总指挥下的作战参谋处，并任参谋长。

二、首先严惩麻哈王等投英分子，清除家贼；同时，一致对付洋嘎拉，要把英国军队侵占的地方夺回来，把英国侵略军队赶出中国国境。

三、守土卫厂，保卫家园，人人有责，有钱出钱，有粮出粮，有力出力，齐心合力驱逐侵略者。

四、加紧刀枪、矛矢、火药的制造。

五、对老弱妇孺要做妥善安排，能走的，加快安排。

六、由自卫总队参谋处进一步做好各村寨战备安排及相互支援事宜。”

部落王们请师爷刘拥国把每寨每户的具体要求作出安排，一定要做到抗英保境，保卫阿佤山，人人参与，户户参与，把整个阿佤山都动员起来。刘拥国参谋长说：“我会很快写出详细的要求来，好让部落王们在回去前拿到单子，知道自己部落要出的人数、钱数、粮数，知道要做哪些准备安排。你们看了有意见的可以来商量。”

部落王们眼前是阿佤山村村寨寨都参加抗击洋嘎拉、保土卫厂的前景。年长的班老老王昆鄂感慨地说：“阿佤山这次将面临一场大灾难，也将是阿佤人从未有过的大团结，在战火面前，我们这个民族会经得住种种磨难的。”

班洪王信心百倍地说：“今天的阿佤山，将会在战火中走向团结和进步；明天的阿佤山会更好，更进步。”

英军占领地炉房营地

指挥部大帐篷里，各个营地指挥官端坐在会议桌两边。卓温·朗纳上校对众军官说：“刚才布置的各营地任务务必完成。一个营地就是一颗钉子，一定要牢牢地钉下去！中国在这一片地区没有军队，这是我们最好的机会，是推进大英帝国宏伟‘东进计划’最好的机会！”

说完他转身对坐在桌端的乌波朗平静地说：“爵士先生，队伍的粮食问题，拜托啦！”

乌波朗站起来，对朗纳上校，也是对众军官说：“上校，诸位军官先生，我正在竭尽全力组织粮食的筹集和运输，现在全靠驮马运输，有一定困难，我紧紧抓住了当地的土王在加紧运输粮食。同时，我们也正加紧赶建公路，只要公路通车，军需后勤保障便可以解决。我要强调的是，军官们碰到任何野人的捣乱，一定要毫不犹豫地打击，消灭！”

班洪

这是阿佤山初春的一个好晴天，天边刚刚出现一缕晨曦的灰白光，一只只大公鸡引颈啼唱。阿佤大山丛中班洪大寨最有意义的一天开始了。

班洪王府前大青树广场，人们忙碌地打扫着，广场四周特地插上了一面面金黄色的旗帜，广场中央高高的旗杆上飘扬着一面大黄旗，旗上八个大字“抗英保家，卫国卫厂”格外醒目。旗下设立了一排主席台，一溜青竹打造的长桌和竹椅子，面对长桌三十米外，树了四根剽牛桩。不远处垒起了六七座灶台，支上了硕大的铁锅，一伙人已经开始忙碌了，挑水，劈柴，准备碗筷佐料……

太阳一跃一跃地升起，它好像知道今天是好日子，放出的千万道金光特别明亮，耀人眼目。

四乡八寨的男女老少，从四面八方走来，朝班洪大寨的大青树广场走来了。阿佤山的早晨，特别是阳光明媚的日子，群山云遮雾绕，那一片云雾从山脚绕到山顶，从这座山弥漫到山谷，再到另一座山，远远望去那一座座巍峨的高山，真成了茫茫云海中的一个个岛屿。四方八面的云雾之中，这边是嘹亮的歌声，那边是高亢的呼喊声；歌声、叫喊声，响彻阿佤山。人们一群又一群地朝班洪大寨广场涌来。

太阳升起有两竹竿高了，广场上人声沸腾，歌声此起彼伏，你呼我应。

（一）

美丽的家园是阿佤山，
勤劳的腊家是兄弟。
地里长出了粮食，
森林让我们狩猎。

美丽的家园是阿佤山，
布绕克人人辛勤劳动。
村村寨寨和平吉祥，
家家户户和睦平安。

（二）

美丽的家园是阿佤山，
阿佤山的土地宽广。
阿佤山的汉子勇敢，
阿佤山的姑娘美丽。

强盗来抢地盘，
洋嘎拉军队霸矿山。
杀人放火烧村寨，
阿佤百姓遭祸殃。

（三）

美丽的家园是阿佤山，
祖祖辈辈生活的好地方。
它是华夏大家庭最远的地方，
山山水水连着内地和边疆。

家园闯进来了野兽豺狼，
阿佤山闯来了强盗坏蛋。
兄弟姐妹们拿起长刀和弩箭，
兄弟姐妹们举刀杀坏蛋。

（四）

美丽的家园是阿佤山，
阿佤兄弟团结力量强。
葫芦王地齐心协力，
阿佤人向往富饶幸福平安。

只有赶走蟊贼豺狼，
只有打退洋嘎拉强盗。
阿佤山天空才会晴朗，
阿佤山土地才会兴旺。

班洪大寨广场

广场上，数百名彪悍的佤族勇士排列在人群前面，长刀队昂首挺胸，弓弩队神采飞扬，快枪队整齐排列，火药枪、铜炮枪排成一队。最威风的是马队，三十四高头大马，额头上火红缨子团簇，马背上的战士，按捺不住内心的骄傲，个个眼睛炯炯发亮，斜背快枪，右手紧握腰中的长刀。佤山抗英保家自卫队威风凛凛地站在人们面前，阿佤山的百姓眼前一亮，看到了自己民族的力量！

在“抗英保家，卫国卫厂”大旗下，一长溜竹桌后面，依次坐上了勐角、耿马、岩帅、澜沧等地的代表，班洪各部落王和大头人们。

班洪王大步流星走来，一身衣着和平时一样：红包头，蓝色无领对襟衣，大摆裆宽脚裤，仍是赤脚，只是今天腰间也挎了把长刀，一副普通阿佤汉子的模样。他笑着和簇拥在广场上的百姓挥手，来到竹桌边，对宾客和头人一一点头打招呼。

班洪王昆钟来到座位旁，向整个广场的百姓们挥挥手，人们的吼叫声稍为平静下来。刘拥国参谋长大声喊道：“安静，大家安静了！班洪抗英保土剽牛盟誓大会开始，请班洪王讲话！”

班洪王提高嗓门大声说：

“各位来宾！各位头人！乡亲们！

“阿佤山遭难了，阿佤人遭难了，我们平静的日子被破坏了！英国不遵守国际公法，不遵守两国条约，不讲公理，侵入中国的国界。英国的军队已经霸占了我们的炉房、金厂坝、垭口等地方。英国军队开进来，就是要强占中国的土地，掠夺我们的宝藏，杀害我们的人民，烧毁我们的家园。乡亲们，我们不能再忍受下去了！我们只有抗英保国，抗英保厂，抗英保家！英国人要霸占阿佤山，把阿佤山变成他们的领土。我们如果不抵抗英国人的入侵，就对不起阿祖、阿公！阿佤山在我们手里丧失，我们就对不起子孙后代！

“乡亲们，我们只有抗英自卫了！只有把英国人赶回去！赶出中国领土！

“今天是阿佤山从未有过的重要日子，从未有过这么多人参加集会，我们剽牛盟誓、祭神结盟,表明我们要团结一致,决心赶走英国侵略者!"

班洪王话语一结,他双手向上抬起,弯腰向神祈祷。

"咚咚咚……"一阵阵震撼人心的木鼓声响起来了!

"呜呜呜……"响彻天空的牛角号响起来了!

四个剽牛手各执牛绳牵一头肥壮的大黄牯牛入场,把牛栓到剽牛桩后,四名剽牛手持梭镖等候号令。

大魔巴吟诵咒语后,手捧一大碗酒,祭天祭地祭梅依吉神,一倾泼地,然后挥手示意,四个剽牛手,各举一支约两米长的尖锐闪亮的梭镖,绕着牛手舞足蹈地边唱边跳,一圈一圈地蹦跳着寻找下手的机会。剽牛手们瞅准了机会,猛力一梭镖向牛的心脏部位刺去;被梭镖刺中的大牯牛痛苦地瞪着乌黑的大眼睛,绕着剽牛桩蹦跳着挣扎着,鲜红的血水从伤口处迸射出来。两头牛竟然挣脱桩绳想与其他受伤的牛聚在一起。"吧嗒"一声,一头牛跌倒,接着三头牛血尽力竭跌倒。奇妙的是四头牛倒下的方向都是相同向内的方向!而且是首尾相连,没有人为地摆放,牛倒地而亡时自然组成圈。魔巴吃惊得张大了嘴巴说不出话来,他张口结舌地说:"大、大、大王,了、了不得了!旷古未有呀!从未见过呀!"顷刻,大魔巴镇定了一下,恭敬地向班洪王高声报告:"昆钟,四牛倒地同向连成同心,大吉大利!这是难得的吉象!战必胜,事必成!大吉大利呀!"

班洪王向来宾、头人们欢喜地说:"今天是阿佤山有史以来最大规模的剽牛盟誓,卦象大吉大利,方向一致,适于用兵讨伐,预言节节胜利!"

"勐,勐,勐……"顿时,佤语的叫好声、木鼓的轰鸣声,铓锣、象脚鼓有节奏的"咣咚、咣咚"连续响声,震天撼地,一片欢腾!

"勐,勐,勐!"头人们也都从未见过剽牛剽出这种景象,一个个高举双手,不停地叫好,向上天祈祷着。

作为十七个部落的盟主,昆钟此刻满脸欢笑,频频向欢呼的人们招手、点头。他声音高亢地对人们说:"乡亲们,我们手持大刀、长矛的部落队伍要向用现代火器武装的老牌英国军队开仗,这是难以想象的事!人家已经用机枪、大炮、手榴弹了,而我们部落手里拿着一两百年前祖先传下来的火药枪!"班洪王心里深深地感到了战争的沉重压力。虽然今天万众欢呼的剽牛盟誓场面是阿佤山有史以来从未有过的,他激动不已地发出誓言:"百姓的爱国、爱部落、爱家的真情,让我更感到了肩上的责任,我一定要竭尽全力,在劣势中保护好阿佤山的百姓,即使牺牲我自己也必须要保护好阿佤百姓!"

班洪王下令"砍牛尾",忽地一下,四个剽牛手和早已等候的十几个剽牛手,扑向地上的四条壮牯牛,兴奋的喊叫声中,刀光闪闪,刀起刀落,牛被肢解分割。然后按照佤族盟誓习俗,把除牛头外的牛肉分成了十七份,分别捧送到佤山十七王面前的竹桌上,各部落王亲手把四头牛的牛肉放进几口大锅熬煮以款待宾客和各部落参加剽牛盟誓的人员。

剽牛结束，班洪王请各地来宾另房休息。

阿佤山十七部落王则到议事厅继续盟誓抗英大事。

议事开始，班洪王长子江宗捧出一个大银碗，置于竹桌上，魔巴手提一只金红色大公鸡进来，诵念咒语数遍后，割开公鸡喉管将鸡血尽滴于银碗之中，然后提着已死公鸡退出。江宗将酒倒满银碗，双手捧给父亲，班洪王昆钟接过银碗，饮下一口鸡血酒，然后双手捧递给班老王昆鄂，班老王昆鄂饮一口后又捧递给下一位部落王。银碗依次传递，十七位部落王轮番饮银碗里的鸡血盟誓酒。一遍又一遍，部落王们传递饮酒，直到魔巴把煮过的牛肠子分成十七截端送上来，每人抓起一截大嚼起来。刚才喝鸡血酒宰杀的大公鸡也煮熟端送上来，魔巴当众取出两根鸡股骨刮净鸡肉，用线捆住下端，使之成为一个“V”形，然后用削得很细的竹签，顺着股骨上自然生成的小孔插进去。这是扣人心弦的时刻，十七部落王的眼睛都瞪得大大的，看着魔巴的手在鸡股骨上摸来摸去，细细的竹签在找小孔插进去；魔巴每插进细细的一根竹签，部落王们就“吁”地吐一口气；魔巴口中不停地念叨“梅依吉……”手中的鸡股骨接二连三地刺进了三四根细竹签。魔巴突地一声叫起来：“天神相助，人心所向，结盟问卦，卦象大大吉！”

“卦象大大吉！”部落王们传递着两根鸡股骨，鸡股骨传回魔巴手中，他用一方红布细心地包起卦骨，双手捧送给班洪王：“请班洪王保存好盟誓吉卦。”昆钟接过红布包，环视各位部落王，问道：“诸位王子、大头人，你们还有什么高见？剽牛和打鸡卦都显示神灵相助，人心所向！”

众人齐声回答：“神灵相助，人心所向！勐！勐！勐！”

班洪王立即厉声发话：“众王听着，结盟同心，抗击英人入侵，保我中国领土，保家卫厂。我们只可奋力向前，勇敢杀敌，绝不能畏缩后退！”

众王齐应：“奋力向前，勇敢杀敌，绝不畏缩！”

班洪王叫江宗和杨叔抬上来一口大锅，支放在众王面前，江宗和杨叔又抬出了一个又一个瓦罐。当着众王的面，昆钟和江宗把一罐一罐白花花的银元倒进大锅里，罐空锅满。

班洪王指着这些银元说：“众王，这是先祖与吴尚贤吴祖爷在炉房采矿炼出来的银子，按份额分给先祖的，蜂筑列位先祖都视为珍宝，后辈更是崇敬，将其视为祖先留下的吉祥幸福。今天，我把它捐出来作为抗英的一点小贡献。请刘师爷，哦！不，班洪抗英指挥部参谋长刘拥国按各部落出兵人数，发给银元以购买火药等急需物品。”

各位部落王和大头人被班洪王如此举动深深感动了，都纷纷效仿班洪王自报捐钱财物品。

少顷，班洪王向大家报告作战安排：“此次与英军交手，英军主力驻守炉房和金厂坝，我们不能硬碰。要发挥我方之长处，分为三路行动，使英军不能首尾相呼应。各路人马务须攻克指定目标，要多有斩获。第一路由江宗（胡忠汉）率队攻打垭口，第二路由杨叔直奔户班，第三路由岩嘎领队打永班。三路兵马出动，各部落人马相应配合，详细的情况由三路指挥与参谋长和大家共同商定。请各位部落王多多支持、配合。”

众王子、头人齐声应答：“听从班洪王调遣。”

刘拥国参谋长宣布了分别配给各路人马的村寨名单。

班洪王满脸微笑地对众部落王说：“各位，抗英盟誓大会至此就结束了。”大家一阵阵地鼓起掌来。

紧接着班洪王又笑着对大家说：“各位兄弟，小女叶娜与岩嘎成亲，基于现在形势，我们既无往常婚庆的打算之举，更因眼下时局艰辛，我们决定向大家宣布一下，只请大家喝碗水酒，来个简单婚庆。”

“哈……我们可是来不及送礼了！”大家都纷纷向班洪王庆贺。

在岩嘎和叶娜的竹楼上，年轻人喝够了，乐够了，水酒把每张青春的脸庞烧得红彤彤的。

杨叔赶来“救驾”了，他说：“小伙子们，姑娘们，今天大家祝贺新郎新娘，岩嘎和叶娜是一对很般配的好夫妻，我们等他们的第一个孩子出生时，再来热闹一场，好吗？”

“勐！勐！勐！”

“现在英国洋嘎拉前来捣乱，我们还得集中精力对付洋嘎拉，我们还得保持警惕，提防敌人的进攻。今天就散了吧！”

有一个姑娘叫起来：“最后一个项目！”

随着喊叫声、欢笑声，女伴们一窝蜂地把叶娜拥到婚床前，让叶娜坐在床头，把岩嘎推到叶娜身旁坐下。平时勇敢威猛的岩嘎，这时变得笨手笨脚，屁股刚一坐在床旁，一个姑娘喊了声：“开始！”说时迟那时快，依品很快从桌子上端了一碗水酒，递给叶娜，对叶娜说：“快！”

叶娜接过碗来“咕、咕”地喝了一大口水酒，转身朝岩嘎脸上“噗”地喷了过去！岩嘎满脸酒流，还没有弄清是咋回事，一只手揩着脸，一只手去抢叶娜手中的碗。一屋子年轻人欢笑不已，齐声喊：“迟了！”

杨叔也笑弯了腰，说：“你这个岩嘎，出手慢了！今后一辈子都得服从老婆了！”

叶娜笑着喝干了碗里的水酒，欢乐极了，她大声问：

“他要是不听话，咋办？”

姑娘小伙子们齐声答：“下跪！用水酒喷他！”

“哈哈……”

杨叔向还在弄不明白这阵势的岩嘎说：“夫妻入洞房，谁抢得头位，谁先用水酒喷了对方，谁就在今后的家庭中当家做老大！你忘了阿佤的洞房规矩了！”

岩嘎看看大家，又看看叶娜，一把将叶娜搂过来紧紧地抱住，说："我被你们这伙姑娘算计了！"

杨叔吆喝着大家："走喽，走喽，让他们自己说说谁算计谁喽！"

"哈……"一屋子的客人在欢笑声中走空了。

英军营房地

在指挥部的大帐篷里，卓温·朗纳上校带领着各营地指挥官们围坐在长方桌旁，桌面上铺开一幅巨大的人工绘制的地图。

卓温上校："刚才营地的位置由勃兰克少校给大家介绍清楚了，谁还有问题？"

"军官先生们，"乌波朗插话了。有的军官一听他要讲话，就耸了耸肩头低声说道："这老头又要唠叨不休啦！"

"军官先生们，"乌波朗知道军官们怕听他训话，可他仍然自顾自地说，"你们知道，你们已经迈出了新的、坚实的一步，这是为大英帝国，为女王陛下迈出的大不列颠正步！眼下你们已经为女王陛下开辟了近千平方公里的新殖民地。你们是勇敢的，是应该受赞扬的，是应该被授予女王勋章的！我已经向女王陛下政府报告了你们的伟大功绩，请求授给你们帝国勇士奖章。摄影侦察的勃兰克少校、奥尼中尉及其他几位，行动前进行了勘探、绘图，将得到更多的奖励。军官先生们，给你们新的任务，上校已经布置了。我强调几点：第一，你们必须掌握现在驻地周围的情况，把你们的一颗颗钉子扎下去，扎实了；第二，把你们的营地、阵地，都设置好，进可攻，退可守，要让它们成为攻不破的堡垒；第三，清除你们驻防区域内的一切带有中国标识性的东西，并且把我们的界碑等标识物树立在指定地方；第四，消灭一切反抗力量。"

马克少校问道："爵士，如果老人、儿童和妇女向我们投掷石块和射箭，是不是也视为反抗，给予消灭呢？"

乌波朗："是的。这些野人是没有价值的。如果反抗，就给予无情的打击。我们对野人的任何仁慈，将会带来难以挽回的损失！"

卓温上校很有礼貌地向乌波朗说："尊敬的爵士，军队占领以外各项任务，待上面有明确指示后，我们会努力去完成的。各位军官，请你们立即回到驻地，我们所处的环境随时都有可能投入战斗，而且要消灭敌人，保存自己，要保护好你们的士兵！会议结束。"

马王府小洋楼

乌波朗和卓温告别后，回到了班弄，住进了马成君为他准备的小洋楼。

马成君领着王府的管家一伙人，百般殷勤地侍候着。

一直在班弄马成君王府的小洋楼等候的玉波迎了上来，一点不忌讳地当着众人的面，娇嗔地用英语对乌波朗说：“唉，亲爱的爵士，你让我等得好苦啊！”

乌波朗更是一副饥渴难耐的神情：“亲爱的，我真是想你呀！”

当乌波朗和玉波走进小洋楼后，马成君吩咐卫队长：“你要亲自负责英国人的安全，这里不许任何人员进入，白天、黑夜都要守卫好。吃饭我会亲自来请的。管家，你去检查晚宴的准备情况。”

玉波倒了一杯葡萄酒递给乌波朗，贴近他说：“亲爱的，你说去三天，结果让我等了整整一周时间，真想你呀！”

乌波朗呷了口酒，说：“我的美人，在一个刚占领的地区，要处理的事情太多了，卓温上校是个纯军事主义者，我要全面地按女王政府的旨意办理各种事务呀！你不是有马王府的太太们陪着吗？说说她们怎么样？”

玉波端起酒杯，喝了一大口，说：“马成君的女人们都是一群蠢婆娘，为了争宠，一个个打扮得花枝招展，穿得花花绿绿，可是一个比一个俗不可耐，让人厌恶。”

乌波朗乐了，把玉波抱住，坐到沙发上，说：“美人，你不是和她们一样的是中国少数民族吗？你懂她们的语言，应该和她们谈得来的。”

玉波生气地推开乌波朗：“哦，你把我看作和她们一样愚蠢的女人吗？”

乌波朗知道失言了，忙哄着说：“美人，你当然和她们不是一类的，我向你表示歉意，我……”

外面有人敲门喊：“乌爵士，洗澡水烧好了，请你过去洗澡。”

玉波赶忙把收拾好的衣物袋子递给乌波朗：“去吧，洗个澡，你的疲劳就消除了。”

乌波朗接过衣物袋时顺手就把玉波抱在怀里，甜甜地吻她。玉波看着乌波朗的眼睛说：“亲爱的爵士，过两天你又要去办公务了，我在这里太寂寞了。我想回到腊戍或者曼德勒去。”

乌波朗紧紧地抱住玉波说：“我的宝贝，我听从你的吩咐。你喜欢到哪里都可以，只有一样：绝对不能回到荣汉斯那个老混蛋那儿去受他的折磨……”

玉波不等他说完，就打住了：“我是死也不会回到他那儿去了！自他把我作为礼物送给你那时起，我就像从地狱里出来一样。我发誓从此走自己的路。”

乌波朗发觉自己又失言了：“抱歉，我不是有意提起让你伤心的事。宝贝，你应该自由自在地生活；而且我的差事告一段落后，我一定把你带到伦敦去，你是一个很有天赋的人，你一定会成为社会关注的人。”

玉波似乎很有感触地说：“我是一个受尽磨难而又无助的女人，我是一个心灵永不安宁的女人。”

乌波朗：“好了，宝贝，别往伤心处想啦，你将会有十分愉快幸福的前景的！我去洗澡了，很快会回来的。”

玉波关上门，眼泪在她的面颊上流淌下来，她忍不住轻声哭泣起来。自从跟随乌波朗来到阿佤山这一片地区，她的记忆之海便波涛滚滚，尘封了十多年的往事，又一件件地涌现在她的脑海。

那年，她清晰地听到艾西瓦的声音，刚要回应时，沙姆却猛地一推，她脚下踩空，随着“啊……”的惊叫声，她掉进了滚滚的南依河。

她醒来时躺在马店的一间房里。这个马店位于南依河下游与南滚河交汇的地方，一对年老的汉族夫妻为来往马帮和赶路人歇脚开的，平时他们种庄稼，有人住宿歇脚，他们就招呼一阵子。

当浑身湿漉漉的传教士荣汉斯和为他赶马的景颇人，用马驮来一个昏迷不醒的浑身湿透了的佤族姑娘时，老夫妇俩忙开了。

玉波醒来时，眼前的人让她惊呆了：一对汉族老夫妇，一个景颇赶马人，特别显眼的是那个穿着黑大袍子的洋嘎拉。

玉波睁开眼睛，就听到老大妈说：“好了，好了！醒过来了！”汉族老爹对老大妈说：“快去把苞谷糊糊盛一碗来，她一定很饿了！”

洋嘎拉说着生硬的汉话，见玉波没反应又改用同样生硬的佤语说：“孩子，你活过来了！上帝把你送到了我的面前，要我救活你，你感谢上帝吧！”

玉波困惑地看着这个“黑袍上帝”。黑袍传教士又说：“孩子，你在河里至少漂流了一天一夜，你的命真大呀。因为上帝选择了你，在他的保护下，你才没有失去生命，你是上帝幸运的孩子，你是上帝的宠儿啊！”

玉波还是不明白，她无力地说：“梅依吉！”

黑袍传教士说：“不，佤族梅依吉神没有救你，是上帝救了你，是上帝，万能的，无所不在的上帝！”景颇人说：“管他上帝下帝的，我们把你从河里捞起来的时候，你确实是活不成了，碰巧这个洋嘎拉来到这里，他急忙给你打针灌药，把你给救过来了。”

老大妈端着苞谷糊糊进来，扶起玉波：“来，姑娘，先吃点苞谷稀饭。好了，你们都出去吧！”

男人们都出去了，老大妈边喂玉波吃，边问她：“姑娘，慢慢吃。你告诉我你叫什么名字？是哪个寨子的？怎么掉进河里了？”

玉波对这位善良的老人说了名字：“我叫玉波。”

几天后，玉波身子恢复了很多。黑袍传教士对汉族老夫妻说：“你们两位是上帝驯顺的羔羊，上帝会指点你们进入天堂的。这些天打扰你们了，非常感谢你们。我们准备明天离开这里返回仰光，这个不幸的姑娘也将随我们走。请你们把这几天的费用结算一下，我会付给你们很多很多钱的。”

第二天，没见老夫妇来送行，黑袍传教士对景颇赶马人说：“我去告别两位老人，你和玉波先走，我一会骑马追上你们。”

过了不久，黑袍传教士骑着马追上来。他来的路那边，远远地冒起了一股浓烟，像是那家小店的方向，而他一副不慌不忙没事的样子。景颇赶马人吃惊地呆看了一会,知道了什么似的问他:“洋老爷,你把他们解决了?他们可是两位善良的老人呀!”

黑袍传教士看都没看他一眼说:“他们到上帝的天堂里去了,那是很好的事。上帝会接收他们的。”

景颇赶马人追问了一句:“你杀了他们,烧了他们的家?”

黑袍传教士没有回答,一脸冷漠和鄙夷。

景颇赶马人似乎哭了:“洋大人,你怎么下得了手呀?这是以恶报恩,这是罪孽!这是你们上帝不允许的呀!”景颇赶马人昨晚和汉族老爹一起吸水烟筒聊天时,知道了这对汉族夫妇是中国内地迁来的,他们的祖先在这片土地上生活了上百年,开辟了这片蛮荒的土地,早就是这片土地的主人。他们两位老人信佛,行善,特地从坝区到这两江口的山区开个歇脚山店,为往来的人们提供食宿方便,他们不仅不收或少收费用,还经常为贫困的过往者送粮、送路费。可现在……

黑袍传教士生气了:“你懂什么呀?他们是到上帝的天堂里去享福。在人间,在这里,他们知道得太多了。”

玉波虽然听不懂他们的对话,但是凭直觉她惊吓得几乎要从马上摔下来,看着身后那股浓烟,她明白了这个黑袍洋嘎拉做了什么。

玉波害怕极了。

还没等玉波定下神来,黑袍传教士快步走上前来,和赶马汉并排走着,接着就听见“嘭”的一声响,景颇汉子一只手捂着胸部,鲜红的血从他的手指间冒了出来,一只手指着黑袍传教士,愤怒地骂:“你这个披着羊皮的狼,你不是人!”

黑袍传教士恶狠狠地说:“你这个野人跟我的时间太长,知道得太多了,你到上帝那里去报告吧。我会为你祈祷的。”

黑袍传教士转过头来对玉波说:“这一切全都是为了你!你是上帝的女儿,不是和他们一样的野人。我已经想好了一个拯救你灵魂的计划。我会精心地改造你,让你脱胎换骨的,要把你改造成我需要的人。”

说着黑袍传教士一把将要倒下的景颇汉子推下山崖,他像把一根木头或是一件物品随手丢弃那样,脸上没有露出一点不安或愧疚,而是心安理得,若无其事的样子。

马背上的玉波,被这个“黑袍上帝”的所作所为吓得昏昏沉沉的,她把身子伏在马背上,任马驮着她走。

十七年时间过去了。

“嘭、嘭、嘭”,一阵敲门声,乌波朗在门外轻声地喊道:“亲爱的,我回来了,把门打开。”

玉波赶忙擦掉脸上的泪珠,走过去开门。

第十三章

宋哥马妹冒险返曼德勒求助侨联
艾西瓦领小分队摸军营获取武器

剽牛盟誓的前两天，宋忠良和马青青悄悄约请班洪王在叶娜公主的竹楼见面。一脸困惑的昆钟以为宋忠良和马青青知道叶娜要成婚，他们两个年轻人是不是也有要求了？他来到叶娜的小竹楼上，进屋就见一对眉清目秀的傣服青年男女上前来迎，班洪王愣了一下，很快他就看清了：马青青穿着一身傣族少女服装，色彩清新，一件粉红色的贴身背心，齐及腰部，水绿色的筒裙罩没双足，长长的黑发，扎成一束马尾，披在肩上，头发上还插了一朵山茶花，让这妙龄姑娘特别的妩媚动人；宋忠良穿一件红黑花边的对襟白布短褂，双手袖口收窄，下身穿一条白色长管裤，裤裆肥大，头缠白布包头，有趣的是宋忠良还披了一床红黑相间的毯子，更显出了这是一对热恋的傣家男女青年。

班洪王刹那间想到：是啊，让这对年轻人也办喜事不是更好吗？

不等班洪王开口，宋忠良便首先说："昆钟，你看我们像不像傣家人？"

"像，像啊。你们的老家地区都是傣族嘛，你们家里也都有一半是傣族，"他意识到不好提他们的家庭，于是转了话题，"你们要我来，不会是看你们的新衣服吧？"

"是的。"马青青这段时间都"躲"在叶娜小楼里，和叶娜、依品三个人住在一起，平日出外都是一身佤族少女装扮。有人问起，叶娜就高兴地告诉人家："这是我表妹，在内地读书。"平日，她们三个年龄相仿的女孩真像姐妹，形影不离。叶娜简直不让马青青歇息片刻，整天要她讲外面的世界；依品则缠着她要学写汉字。三个女孩过得很开心。

叶娜对小她一岁的马青青简直是佩服极了，她说："小青妹妹满脑都是从未听过的新鲜事。"

依品喊马青青"小姑"，她说："小姑是个大学问家，以后，她到哪里我都要跟着她。"

班洪王上楼后，他们请班洪王坐下。马青青看着宋忠良，得到默许后，对班洪王讲："昆钟，马上要面临一场场战斗；一打仗，会有大批伤员，你考虑过这个问题吗？这实在不是一般的问题，而是十分紧迫的大问题！"

宋忠良紧紧接上去说："昆钟，阿佤山特别缺医少药。生病、受伤就靠几个魔巴念咒驱鬼！这不是现代生活，而且马上要打仗了，伤员是不会少的。我们请你来，就是谈这个事。"

班洪王昆钟对现代医疗不甚了解，他只知道有几个老人会用草药治病。医疗，这确实是阿佤山的大事，几个魔巴能对几个十几个甚至更多的受了枪弹刀伤的伤员做什么呢？班洪王心里一沉。这两个娃娃提出的问题实在太重要、太尖锐了！

叶娜看到父亲那副无奈、痛苦的样子，轻声对父亲说：“阿爸，宋哥和小青妹想这个问题好多天了。平时他们还让我找了几个女伴来，教我们包扎伤口、救护伤员呢。”

昆钟真心地喜欢这两个离家出走的孩子了，他说：“你们来班洪后，我对你们的关心太少了，真是对不起你们啦！”

宋忠良说：“昆钟，我们想回曼德勒去。”

“啊！”班洪王心里更觉得不是滋味了。

宋忠良接着说：“马青青是学医护的，她知道救治伤员是个大事，可是这里没有医生，更没有药品、器械，要救治伤员是相当困难的。一点小伤，如果不救治就会要一个人的命。”

这些话，杨叔、刘拥国以及岩嘎平日也曾在他耳旁唠叨过几次，可是他没有认真想过这件事。眼下两个年轻人，想到了，并且着手在做。班洪王对自己的疏忽内疚了。宋忠良对他说出的话，更让他想不到：“我们要回曼德勒去，请那里的爱国华侨协会派医生过来帮助我们！”

“啊，这些孩子，读过书，真是会想问题，”班洪王心里想着，嘴里问道，“回曼德勒？现在路上不太平，咋回去呀？不行，不行。青青不是学过救护吗？有她不就可以了！你们这一路去，我不放心！”

马青青看到昆钟为难了，她说出了整个计划：“昆钟，我和宋哥在曼德勒读书快十年了，知道那边的情况。我们化装成傣族青年，不会引起太大的注意，只要我们到了班弄，碰上开往腊戍的英国兵车，我们的英国话会让他们把我们带到腊戍、曼德勒的。到那里，向侨协报告这边的情况，并请他们马上组织医生，购买要用的医药器械，少则三五天，多则十天半月，我们就赶回来。”

班洪王松了一口气，他真想把这两个“敌人”家的孩子，好好地拥抱一下！一想他们要冒的风险，他就为难了。他说：“你们要经过的是敌人防守严密的地区呀！再想想，再想想！”

他说找杨叔、刘拥国和岩嘎来商量一下，宋忠良对他说：“昆钟，这件事知道的人越少我们越安全。我想好了：让甘木浩送我们到班弄，我们在那里躲藏着，碰上开往腊戍的英国汽车，我们就走了。曼德勒侨联会有办法让我们回来的。”

班洪王在屋子里踱来踱去不停地说：“再想想，再想想。”他让依品去喊甘木浩，他叮嘱说：“莫让人知道是我喊他，让他悄悄地过来！你们两个再把刚才的想法给他说说。”

甘木浩一进到竹楼里，也被两个傣装青年弄糊涂了，他望望班洪王，又看看叶娜姑姑，问：“这是怎么回事？”

“坐下。叶娜你下去叫卫兵看着周围，不要让任何人打搅我们。”班洪王拉着甘木浩坐下，说：“甘木浩，如果让你去趟班弄，不让任何人知道，你能行吗？如果你带上小队也去，不被英国人发觉，行吗？你好好想想再告诉我。”

甘木浩对班洪王的问话，似懂非懂。他奇怪宋哥、马青青怎么穿上傣装。马青青傣家少女样子，他从来没有见过打扮得这么美丽动人的姑娘。宋忠良看他那呆样，喊了他一声：“甘木浩！昆钟问你话呢！”

甘木浩有些尴尬，但他很勇敢地回答：“去那里打仗？我完全可以去。”

“不是去打仗，是要偷偷地过去，悄悄地回来，不要惊动敌人，也不要惊动自己人。安安全全地去，也要安安全全地回来。”昆钟加重了语气。

“那去干什么？”甘木浩傻了。

“送宋公子、马小姐回去。”班洪王对甘木浩的率真感兴趣了，他学着娃娃们的口气说了句笑话。

甘木浩可为难了：“宋哥和青青在这里过得好好的，还回去当少爷小姐呀？再说，我们小队离不开宋哥。”班洪王笑了：“那好啊，你们小队也一齐跟他们去！”甘木浩沉不住气了：“哎呀，祖爷爷，你到底要我干什么呀！我可是除了打洋嘎拉，哪也不去。”

大家看着甘木浩着急的样子都笑了！

依品在旁边偷偷拉了甘木浩的衣角，对他悄声说：“别犯愣了。”

“好吧，都围拢过来，我们好好把这件事再合计合计。”班洪王心里高兴，这班年轻人真是不错！

班洪王想来想去，最后决定：“艾西瓦跟甘木浩小队一起去完成护送任务。艾西瓦不仅熟悉那一片地方的河流、森林、道路，还可以凭他的沉稳、智慧和经验带着甘木浩和小分队这些阿佤山的小将们得到锻炼。甘木浩，一路上要听艾西瓦和宋哥的话啊！”

甘木浩高兴了：“艾西瓦带着我们真是太好了！我一定服从他们！”

剽牛盟誓后，各部落抽调的自卫队员，几天就到齐了。杨叔、岩嘎在刘拥国参谋长的指导下，对这支复杂队伍进行了整顿训练。把近千人员编成小队、中队、大队，选拔队长，调整武器配搭……几个人忙得喘息的时间都没有。幸亏岩嘎曾经组织过几次自卫队训练，他们几个人花了大功夫，使这支庞杂的队伍很快就稳定下来，陆续投入了集训。

在叶娜面前，岩嘎几次提到：“要是甘木浩和他的小队在就好了，他们是精心训练了一个多月，拿来带这些散兵，可就帮上我大忙了！”

叶娜笑笑，不吭声。她可不敢暴露小分队的消息。她叹息：“是啊，他们在就好了。不过，眼前我组织的医护小队的训练你得加紧啊。”

“哎呀，你饶了我吧！”岩嘎对叶娜讨饶，“我每天都累得快散架了，你那几个姑娘大嫂，还是你们自己练习吧，有依品帮着，你自己把学过的那一套教她们练练得啦！”

叶娜求他说：“好岩嘎，你知道我从你那里只学会比划几下，现在开始，我求你每天教我们一个时辰，我们可是要上战场的。我们多练练武，等到有了医生，我们就集中精力学习抢救伤员和治疗伤员。”

“好吧，跟男兵队一起练习一个时辰，以后就由你和依品带她们练习，你们自己灵活练习。”

昔日平静的矿山旁，只有十几户人家的佤族寨子，是个靠种地为生的村落。自从英国军队来了以后，这里一下子就成了英国军营了。

炉房矿山，远山近处都设有英国人的岗哨。英军巡逻队不停地穿梭在各个路口。

一堆堆小山样的矿石，初炼过的矿渣，成百的工人在忙碌着，他们把矿石装进麻袋，扎结实袋口。旁边装满了矿石的袋子成堆码放着。

不远处，一队队马帮在捆驮子，把装矿石的袋子捆在马驮子上，等候命令出发。

乌波朗在几个兵士的护卫下走过来，马成君、麻哈王、宋忠福紧跟在乌波朗身后。

乌波朗用手杖敲打着马驮子，问马成君等人：“这样捆的驮子结实吗？谁半路把袋子搞丢了，我要谁的命！”

乌波朗用手杖数点着马群，转过身来厉声问：“马匹越来越少，马队越来越慢，你们是怎么搞的？慢腾腾地拉到班弄去的矿石还不够装一汽车，你们必须马上给我回答！”

可是马成君、麻哈王、宋忠福都默不作声，偷偷地看着乌波朗，心里想：“你再怎么叫，我也是抓不到人和马了。”

“怎么啦？要钱，要枪，你们都争着来要，要你们加紧驮运矿石就哑巴啦！你们快去，把马匹、赶马人多找——哦，不，多抓些来。人和马不来的烧房子！马匹要增加一倍！”乌波朗吼叫起来了。

一队英国兵在寨子头警戒着。

马成君领着兵在村寨里强拉马和人。

村寨里被马王府佤兵强拉来的男人牵着马，衣衫褴褛，哭丧着脸。马王府佤兵推搡着他们。后边大群妇女、娃娃哭喊着，有的抓着马，有的抓住男人，又哭又吵不让走。马王府佤兵赶过去，把她们推倒在地，用鞭子抽打着……

马王府小洋楼

乌波朗整理行装。他留恋地对玉波说：“亲爱的宝贝，上校派来接我的一队士兵在楼下等候着。我必须立刻出发到营地，到矿山去。”

玉波：“我陪你去！”

乌波朗：“不，不。我不愿你到那闷热、不通风、臭气熏人的帐篷里去生活。”

玉波向乌波朗要求：“爵士，我回腊戌或曼德勒去吧，在这里我实在太孤单了！”

乌波朗想了想，点头说：“好吧，你到腊戌和曼德勒都行，你在这里既孤独又危险。我将在二十天后到曼德勒，然后去仰光见总督，那时候我将整天陪着你。这样行吗？”

玉波高兴地答应：“就这样吧。这几天有拉矿石的汽车我就走，我在曼德勒等你！”

乌波朗拥抱别玉波，玉波轻声问：“你在曼德勒的别墅和汽车我都可以使用吗？”

乌波朗亲吻玉波：“可以，一切都归你使用。祝你愉快！”

班洪王府

班洪王昆钟在口授给县政府、省政府的报告：“……几个月来，英军非法越界，进入并占领了炉房、金厂坝等矿山及中国边境领土上千平方公里，英国军队人数不断增加，英军驱逐村寨居民，烧毁村庄，杀害中国边民，情况紧急……”

杨叔进来向班洪王报告：“昆钟，集训的自卫队员今天总操练，你是不是过去看看？”

昆钟：“走吧，我们一起去看看。自卫队不是打冤家的乌合之众，一定要训练成保家卫边，敢于和洋嘎拉打硬仗的队伍。”

班洪王和参谋部的人员走向训练场。

甘木浩小分队送宋哥和马青青走后，叶娜对依品说：“他们不会三天五天就回来，他们一回来，有了医生，有了药品，大批的伤员送来，那时准会忙得不得了。现在趁这个时候，我们做点什么？”

依品说：“我想以后的事情一定会很多的，我们现在可以做两件事：一件是再找些人来参加我们的救护工作；再就是找些我们阿佤山常用来治伤治病的草药。”

叶娜很高兴依品的动脑筋，说：“你和我想到一起了！我们的一些魔巴治病治伤的草药很有效，我们去找他们，请教他们，然后再找一些人来，把这些草药多采些来准备着用。另外，我想找些勤快肯学的姑娘、小媳妇来参加医疗所的工作，我们也集中在一起，也学习男人们的操练和舞棒弄枪，也组成一支小分队叫‘女子救护队’，你觉得行吗？”

依品拍手说：“太好了，就叫女子救护队。”

叶娜：“我去找阿爸说说。”

到班老的路上

这次到班老,岩嘎选择了从南边通过龙头山再到班老的南路。叶娜从几个魔巴那里知道了龙头山有几种疗伤的草药很有效,而且数量多好采集,她就趁阿爸派岩嘎到班老去传达班洪王统计班老损失情况并检查班老训练、备战的机会,和岩嘎一起到班老。

岩嘎和叶娜约定:“你和依品留在班老采草药,我只有两天时间就要返回班洪。”

经过几次惊险的经历,叶娜觉得自己长大了,岩嘎即使再忙也时时想着叶娜周围的护卫。叶娜很不好意思了:“岩嘎,你忙你的事,我和依品在班老会找昆鄂大爹帮忙的。”

岩嘎叮嘱说:“你们一定要注意安全,外出一定要找一伙人同去,你们两个人千万不要出去。”

“哎呀,岩嘎大叔,你莫老把我当孩子对待呀!”叶娜有点不耐烦岩嘎的婆婆妈妈了,她总在这个时候戏称岩嘎为“大叔”。

依品笑了:“‘大叔’,叶娜烦你啦! 哈……”

艾西瓦领着甘木浩小分队,在一处很隐蔽的地方渡过南依河后,穿密林,过陡崖,出山口,钻丛林,经过一天的行军,终于来到班弄坝西头的密林。

在班弄通往腊戌的路口的森林里,艾西瓦带着甘木浩的小分队和化装成傣族的宋忠良、马青青,在一个人迹罕见的地方歇息,几个哨兵在四个方向警戒着。这里是一个林草茂密的小山岗,从班弄坝子出来的汽车都要爬上这段坡,然后绕着山梁往腊戌驰去。这条路刚刚开辟,路面还没有铺设平整,路面上坑坑洼洼,汽车倒是可以爬上坡开到班弄。在乌波朗的坚决要求下,拉运军事物资的汽车,匆匆忙忙地开来了,返回的汽车把从炉房驮运出来的矿石拉往腊戌班海银厂。

在这个小山岗,可以远远地看到汽车从班弄开上来,在山顶行驶一段路程后又向西顺着山岭、峡谷蜿蜿蜒蜒地驶向远方,隐没在大山群中。甘木浩分队隐蔽在森林里,艾西瓦带着甘木浩、宋忠良和马青青在等候着爬上坡来的车子。

远远地两辆汽车开来了,司机的脸孔都能看清,每辆车都有一个士兵陪着驾驶员。

“走不走? 按时间来说,这是今天开来的最后几辆车了。”宋忠良征询艾西瓦的意见。

艾西瓦看看马青青问:“你们有把握搭得上车吗?”

“应该是可以的。”马青青很有把握地回答。

“好,试一试。”

于是公路上出现了一对傣族青年,女的打了把漂亮的小花伞。当坡下军车开上来时,马青青转过身去,向车子摇着小花手帕,嘴里大声地用英语喊道:“尊敬的士兵先生,停停车,能带我们去腊戍吗?”

这招很灵,汽车停下了,马青青走向驾驶室,用英语向驾驶室的两个英国人说:“先生,您好!我们是在曼德勒英国学校读书的学生;我们现在要回学校去上课,能让我们搭您的车吗?”

驾驶室里的士兵从车门里探出头来说:“小姐,我们是军车,有些不便。”马青青说:“先生,可车上拉的不是军火。你就让我们搭一段路吧!”

开车的士兵开口了:“天啊,我还没见过这里说这么好英语的美丽姑娘呢!我想,搭车是可以的。”

这时,后面一辆车开上来,停下,一个军官走下车来,不高兴地走上前来问:“这是怎么回事?车子有毛病了吗?”当他看到两个傣族青年时,警惕地看了看四周,他边走边问,“你们是干什么的?”当他把目光盯在马青青脸上时,突然叫了起来:“哎呀,这不是可爱的密斯马吗?”

马青青被人认出来了,开始有些紧张。军官继续问马青青:“亲爱的小姐,你怎么跑到这荒芜的大山里来了,有什么需要帮忙的吗?”他作出了一副恭敬的样子。

马青青突然想到了几个月前那次军营聚会,她笑起来了。军官高兴地说:“嘿,真巧呀!又见到你了,我们那次军营聚会,你的口才、学识和美貌以及你带领我们参观你爷爷的王府,都给我们留下很愉快的回忆。”

马青青用流利的英语很快转向了进攻:“想起来了,你是尼奥中尉,对吗?你的朋友们呢?其他几位军官先生好吗?”

这个年轻军官高兴得简直要拥抱马青青了!他高兴得忘了这是“野人”出没的地区:“亲爱的马小姐,你是个上帝的宠儿!上帝让我又见到你了!你关心的几位军官朋友们都到中国那边去打仗了,我是后勤官,到曼德勒去办事,你呢?跑到大山上干什么来啦?”

马青青客气地放开他紧握的手,笑着对他说:“中尉先生,我是曼德勒英国教会学校的学生,现在我们要赶回学校上课。这该死的路让我走得腿都麻木了。”

马青青这身傣族小卜哨打扮让英国军官眼都看花了,她那口甜甜的英国腔,让其他几个英国人都听呆了。尼奥中尉问马青青:“你的爷爷不派人送你去?”

“尼奥先生,跟你说实话吧。爷爷舍不得让我离开他去读书,他还怕我到英国去读书哩,我怕耽误了学习的机会,就和同学一起跑了出来,我自己去曼德勒,谁知才走了这一点点路就……”

“啊哈,我知道了,逃跑!”尼奥中尉感到太有趣了,大笑起来:“别怕,亲爱的马小姐,我的车一定让你逃跑得更快,等他们明白过来时,你已经坐在曼德勒的课堂里了!”

马青青和宋忠良高兴极了,这可是俗话说的“瞌睡来了,碰到枕头”。马青青把宋忠良介绍给尼奥中尉:“尼奥中尉,这是我的同学宋忠良。他是你们长官的朋友宋忠福先生的弟弟。他的未婚妻不让他走,他也是逃跑出来的。”

尼奥听了,笑弯了腰:“哈哈……未婚妻……又一个逃跑!”

“你好！很高兴认识你,尼奥中尉,我是宋忠良。”宋忠良主动和尼奥中尉握手,用英语向他问好。

“宋忠福？宋忠良？真是太巧了,宋先生是我们忠诚的朋友。你也是我们年轻英俊的朋友啊!”尼奥中尉很热情地邀请马青青和宋忠良上车,当看到他俩要爬上车厢时,他说:“喏,喏,喏,你们到驾驶室去,宋先生上这辆车,马小姐不拒绝我邀请你到我的包厢去吧？我会尽快地安全地把你们送到曼德勒的!”

尼奥想起了送照片的事,问:“马小姐,我请你送给叶娜公主的照片送去了吗?”

马青青想了一下说:“照片？很抱歉,我没有机会见到叶娜公主,照片还在我家里放着呢。”

这时第三辆军车出现了,它摇摇晃晃地爬上坡停到了尼奥中尉的车后。

这辆车有点特别。押车的两个士兵坐在车厢的矿石袋子上,驾驶室里坐着一位打扮入时的女人。车停住后,驾驶员把头伸出车窗问:“发生什么事了,为什么要在这里停车。”

尼奥转过身对第三辆车的驾驶员说:“没什么事,只是碰到两个搭车的朋友。我们就要开车了。”

这时,驾驶室里的玉波突然感到事情并不那么简单,因为她看到了一张熟悉的脸孔。

玉波打开车门,跳到地上说:“中尉你好,不认识我了吗？我认识你,你是卓温上校的公子,是吗?”

尼奥上前向她敬礼致意:“你好,翻译官。我早上接到命令说要加派士兵护送一位夫人到曼德勒去,原来是你呀,真巧。”

玉波很亲切地对他说:“尼奥公子,你能到这蛮荒地区来为女王效力,真不容易呀!”说完她转身对着搭车的两位青年,用审视的眼光看了一眼说:“这两位要搭车吗?”

出现这个意外,已经让宋忠良和马青青感到有些紧张。宋忠良不等尼奥中尉回答,主动地走上前去和玉波打招呼:“你好！我们是曼德勒英国教会学校的学生,现在要赶回学校去上课,正请求这位军官让我们搭车呢。”

尼奥知道眼前这位女人在乌波朗面前的地位,他不想惹什么麻烦,忙对玉波说:“这位是我们朋友宋忠福先生的弟弟,那位是……”

玉波打断尼奥的介绍,说:“这位可爱的小姐我认识,虽然我们没有见过面,但是我已经无数次地看过你的照片,特别是班弄王马先生桌上那张放大的照片,所以我一眼就认出这位被称为失踪了很长时间的马青青小姐!”

马青青吃惊了:“你……”

玉波平静地说:“别紧张,你没有失踪,活生生地站在这里,而且还要回学校读书,你爷爷知道了该是多么高兴啊!”

尼奥一头雾水,奇怪地望着她们。

宋忠良紧张得把手伸到腰间,紧紧地握住了叶娜公主临别时送给他的那把银饰匕首,当时叶娜说“把它别在腰间显眼的地方,这是很珍贵的身份标识”。现在将不是用它显示身份,而可能用它来保护他和马青青了。

谁知,尼奥注意到了宋忠良的神情,特别是看到了宋忠良别在腰带上的这把银鞘匕首。

他一把抓住宋忠良的手,惊奇地问:“宋先生,你的这把匕首是哪里来的?你快告诉我!”

尼奥这一打岔,玉波也把目光放到了宋忠良手上的匕首。

尼奥接过宋忠良手中的银把、银鞘匕首,匆匆地对宋忠良说:“宋先生,你看到了吧,这是镌刻着我的名字的宝贝,你看这面刀把上的‘刚毅尼奥’,这另一面是‘爸爸的礼物·卓纳’。我说的不错吧?这宝贝怎么到了你的手里?快告诉我!”

宋忠良愣住了,心里直叫苦:“我怎么没注意到呀!”

他回答尼奥:“原来是你的宝贝,是我家的一个朋友在地摊买到的。”他还是装出一副不在乎的神情。

玉波感到眼前这对年轻的搭车人不简单,她脱口说出:“这对年轻人不简单呀!”

马青青用傣语问宋忠良:“宋哥,怎么办?这个讨厌、该死的女人真够捣乱了!”

宋忠良冷静地说:“没什么,她不让我们搭车,我们就走到前边我姑妈家,另想办法回学校去。再说,住姑妈家几个月了,再住几个月还是蛮好玩的。”

机灵的宋忠良这一招是事先约好的对付可能出现意外的一个方案。

谁也想不到,玉波等他说完后,也用熟练的傣语回答他们:“我不反对你们搭车,我不是该死的、讨厌的女人!我叫玉波,我也要到曼德勒去。”

“玉波?”马青青吃惊得说不出话来!

宋忠良仍是内心紧张,脸上平静,他有礼貌地用英语问道:“你叫玉波,是哪里的玉波?”

尼奥赶忙上前说:“她是玉波小姐,是乌波朗爵士的翻译官。”

玉波却用佤语对宋忠良和马青青说:“我是班老的玉波,死里逃生。现在已经是另外一个人了。你们听说过玉波的故事吗?”

为了不暴露身份,宋忠良示意马青青,而且回答说:“我们从来就没有听说过什么班老玉波的故事。”

马青青接着说:“班老太远了,我爷爷不准我去那儿玩。”

玉波改用英语对尼奥说:“中尉,他们身上有很多故事,我们还有很长的路要走,现在耽误的时间太多了。让我们一路上听他们轮流讲故事吧!”

尼奥赞同地喊:“好的,好的! 我们路上讲吧。马小姐先同我坐一辆车,几小时后宋先生再换过来和我坐一辆。宋先生现在先和玉波小姐坐一起吧。”

宋忠良提醒马青青说:“那我们就走吧,姑妈家也去不成了。”

马青青明白,这是说话口径要放在曾住姑妈家的那套方案上。

尼奥下令:“开车吧!”

躲在远远密林里的艾西瓦,看着公路上情形对甘木浩说:“甘木浩,他们没完没了的扯些什么呀? 会不会出什么岔子? 真让人担心。”

甘木浩不假思索:“别担心,宋哥是个机灵人,这些洋嘎拉他能对付的,何况还有青青姐呢。”

艾西瓦眯着眼看了一会儿说:“那个女的不是洋嘎拉,而且像在哪里见过。”

甘木浩小心地伸头看了一会儿,坐回土坎下边,说:“你的记性真好,那个女的很像那天洋嘎拉来谈判时的女翻译。”

“怪不得眼熟,”其实,艾西瓦想到的是另一个人,那就是他年轻时的初恋情人,他嘴里嘀咕着,“我那天初见时,就觉得她太像年轻时的玉波,可惜十六七年过去了。我的那个玉波是个聪明、能干的好姑娘……”他陷入了沉思。

一会儿,他又悄声地对甘木浩说:“我一直认为她是被沙姆推下河去的,说是她死了,可是第二年有人从腊戍带来一个小婴儿,说是蜂筑家的后代,是沙姆的种,看着忒可怜的孩子,我们收留了,养到五岁,就让班洪王接去和叶娜做伴了。”

甘木浩明白了,他说:“昆刚,你说的是依品,对吗?”

艾西瓦叹息说:“这孩子命苦呀,幸好班洪王疼爱,叶娜和她像姐妹一样。哦,这件事,我今天只对你说起,你知道就行了,就是依品本人,你也不要对她讲。这件事对她伤害很大的,你记住!”

甘木浩:“好,我发誓不对任何人讲! 昆刚,你看,他们都上车了,看来三辆车都要开走了。”

艾西瓦:“但愿他们一切顺利。”

坐在第二辆车里的马青青,和尼奥中尉开始交谈显得有点儿拘束。尼奥则尽量拿出主人的姿态。他对马青青说:“我听说你早就回到曼德勒去读书了,我还打算到那里出差时去学校找你。亲爱的朋友,你太难让人忘怀了,你是我到这遥远的亚洲遇到的第一位中国女性朋友。你的美丽、开朗、健谈都是我无法忘记的。”

马青青拘谨地说:“中尉,刚才玉波说你是司令官的儿子,这是真的吗?”

“真的。我父亲是卓温·朗纳上校。”

“那你怎么不在英国读书、工作,或者在印缅的大学里读书,要跑到这荒蛮的深山区来冒险呢?”

“冒险?”尼奥不愿马青青误解他,“不。小姐,我父亲看我到了服兵役的年龄,就把我送进了英国陆军军官学校,三年毕业了,他又要我到驻印缅的军队中来服役,为女王陛下效忠。在英国青年中,我是很幸运的,我将继承祖父、父亲他们为国家在海外建立功勋的荣誉。算了,别谈我。还是谈谈你的失踪吧。”

马青青奇怪地问尼奥:“失踪?我不是现在坐在你身边吗!允许你漂过地球上的几个大洋,满世界地跑,就不允许我在自己国家的一个角落游览?哈哈,尼奥,你的看法不公平。”

尼奥乐了:“马小姐,你真是个不平常的中国姑娘。我希望你真能漂洋渡海,到英国去读书。”

“是的,我很想到英国去,到欧洲去,到世界各国看看。我太需要学习。我们要学习你们西方,不然我们落后的东方就会更落后,更受你们西方人欺负。

“我说的对吗?你们为什么老是欺负我们东方人?一百年来,你们占领印度,发动鸦片战争。唉,现在又在日本侵略中国东北、华北时,你们把军队开进中国边境。”

马青青试探性地和尼奥谈话。

尼奥很无奈地说:“马小姐,你的问题太有政治性了。我是军人,不关心政治;我只知道服从长官的命令,执行长官的命令。我们换个话题,还是谈谈你的失踪吧。”

“亲爱的洋鬼子,我这样称呼你,不生气吧?”马青青想尽量避开谈“失踪”,就是怕话多有失,无意中暴露出这段时间的真实情况。

“亲爱的洋鬼子,这是个很好的称呼嘛,相当于英语中的亲爱的坏蛋。哈哈,我很乐意当你的坏蛋!”尼奥很开心,“亲爱的小姐,还是谈谈把你爷爷急坏的、我的长官们都关心的你的失踪趣事吧。”

马青青把事先与宋忠良编好的“大理之行”的故事,绘声绘色地讲起来。

坐在第三辆军车驾驶室的宋忠良,面对一个陌生的、深沉不可知的翻译,显得更是拘谨。

坐在宋忠良身旁的玉波,虽然老谋深算,但心里对这两位部落王的“公子”“公主”,颇多怀疑。她看看宋忠良后,问:“宋公子,你和马小姐是同学?”

“是一起在曼德勒读书的老乡,相识很多年了,大约是初中后来往比较多。现在她在教会专科学校读书,我正准备报考英国的大学,想去英国读书。”宋忠良小心地回答。

玉波不放松地问:“你们在曼德勒多年了,英语也学得很好,真是不简单。你哥哥宋忠福在曼德勒、仰光都开着贸易商行,好像马青青家也在这两个地方有商贸行。他们生意做得很大,很不错呀!”

宋忠良笑了:“他们生意上的事,我们完全不过问。我们到一定时间去贸易行取学费，取生活费和零花钱。”

玉波又问：“在曼德勒认识的朋友不少吧？”

宋忠良还是不冷不热地回答：“在学校读书这么多年，认识的同学不少。”

玉波侧过脸，对宋忠良看了看，突然改用傣语和宋忠良说：“宋公子，我不是英国人，我是受英国教会培养、训练了十多年的佤族姑娘，我的一切都被彻底改变了！但是，我还坚定地立足在我是中国人这个基点上，请你理解我。”

玉波的改变，而且满脸诚恳，让宋忠良冷静地思考着，他没有立即回答。

“我的遭遇很悲惨，也让人很难理解。在曼德勒只有一个人，叫尹涛，他是位老师，他知道我的一些经历，很同情我。”

“尹涛？你认识他？”宋忠良惊奇了。他觉得找到谈话的连接点了，也用傣语问。

“是的，认识，”玉波反问，“怎么，你也认识他？”

宋忠良沉不住气了：“他是我们老师！”同时他把自己“中华侨中”的校徽拿出来给玉波看。

玉波高兴地握住宋忠良的手：“宋公子，看来你真是尹老师的学生。”

“怎么还有假的？”宋忠良不好意思，把手抽了回来，“翻译官，你别叫我宋公子，叫我小宋好了。”

玉波说：“好，叫小宋，你也别叫我翻译官，直接叫我玉波好了。在英国人面前我们可以用傣语、佤语、汉语交谈。我真有一肚子的话要和朋友讲。”

宋忠良不吭声，他脑子在飞快地转着；他想：这种信任是不是来得太快、来得太突然了？

玉波似乎有些激动，说：“尹老师说过，有这种圆校徽的人，可以放心地跟他讲话。”

“是的，学校的校徽是三角形的，这种圆形、蓝底白字的极少，极少，是……”宋忠良发觉失口了，急忙打住，改口说：“圆校徽是尹老师的朋友、老师，作纪念用的。”

玉波笑了。

英国驾驶兵对玉波说：“翻译官女士，你们讲的是什么英语呀，我怎么没听明白一句，让我也分享一下你们的高兴，好吗？”

玉波和宋忠良都笑了。

“驾驶员先生，你不是和我们同在一个快乐的空间里吗？谢谢你和我们一起高兴。”玉波很亲切地说：“小宋，你漂亮的女同学也是尹老师的学生吗？我希望到曼德勒后，有时间我们在一起好好谈谈。”

三辆军车一路疾驰。

就在刚才马青青和宋忠良用洋嘎拉话与英国军官和那女人说得高兴时，甘木浩想到了一个大胆的计划。他和艾西瓦悄声地说："班弄英国军营地，我们都来过，和尚帕温张对那片地形也熟悉，我们晚上摸进军营去，搞一批好枪武装自己，怎么样？"艾西瓦说："其实，我早就想搞点英国人的武器了，只是没有机会。"

甘木浩已经想好了："我们趁天黑前先摸到英军营地附近的高地密林处查看营地及周围环境，找好进口和撤退的位置和路线。你看，进出的马帮比较乱，我们几个人趁乱混入马帮中，进军营侦察军营的情况；晚上动手，从英军堆放军火的仓库里偷出一批枪支弹药。关键是如何撤出营地。混在马帮中拿着枪支出去，肯定是不行的。"

艾西瓦心里很矛盾，这是关系到十多个人性命的决定，他得慎重。他仔细想了一会儿，同意了。他和甘木浩小队的青年商量行动的细节。

山间的小路上，一群又一群的驮马，在赶马人的吆喝声中向班弄走去。

这些驮马都驮着从炉房装袋的矿石，驮到班弄，交验了矿石袋子后，赶马人又去领一袋袋的粮食和英军的物资。这里的手续就比较麻烦：登记、验明赶马人身份，交驮的物资……

驮马队在这里排着长长的队伍，牵着马等候着。

最忙碌的是乌波朗带来负责登记的几个翻译，赶马人有傣族、景颇族、佤族、汉族……几个为英军登记和发放物资的翻译，常常搞得口干舌燥，怕这些连自己名字都弄不清的赶马人听不清而弄错、弄丢物资。马成君、宋忠福、麻哈王安排在这里协助的管家，也常常被弄得精疲力竭。

军营里，驮马、赶马人，进进出出，英国士兵只能看样子像不像赶马的，或者看到牵着马、赶着马的就放行。

化装成赶马人模样的艾西瓦、甘木浩和和尚帕温张，分别混在马帮赶马人中间；艾西瓦忙着给马帮伙计们递"老刀牌"香烟，跟赶马人说："我们的马帮在里面，我们三个在外面买点东西，他们不等我们先进去了，现在和你们搭个伙一起进去。"马锅头在与英军门岗交谈时，他们三个就随着马帮混进了英军营地。

和尚帕温张带着艾西瓦和甘木浩在这一片原来是佛寺的地带转悠着，碰上英国兵，双方语言不通，用手势比划着，各说一阵后他们朝英国兵手指的方向走去；在营地里转来转去，三个"有心人"把营地的情况都装在脑子里了。

帕温张悄声对甘木浩说："原来的一条小河沟，一人多宽，没有被填死，只是上面架了道铁丝网，仍有水，人可以从水沟里钻过去。英军堆放枪支的帐篷离小河沟只有十来步。"艾西瓦说："我看到了英军的岗哨主要在大门和指挥部，堆放军火的几个帐篷只有一名流动的哨兵。"

三辆军车在蜿蜒曲折、忽上忽下的路上行驶。

天色已经浓黑。

莫贡老爹的竹棚房里。分散隐蔽了一天的小分队十多个人，汇聚在这里，大家喝着热水，吃着莫贡老爹烤好的苞谷、红薯，听着艾西瓦和甘木浩讲今晚偷袭英军营地的计划。

艾西瓦问大家："怕不怕？我知道你们在乃木山谷干得十分漂亮。今晚是对付英国人，要在人家眼皮下把枪支弄到手、弄出来，是不容易的，很危险，要大家配合好。即使出了意外也一定要勇敢面对，一定要听指挥。"

年轻战士们齐声对艾西瓦说："我们都是不怕死的！"

甘木浩让大家把身上的东西捆扎结实，各人的刀要拿好，既要随时可出击，又千万不能弄出响声来。

从密林摸到英军营地背后的小河沟，比较顺利。十个人隐藏在小河沟两旁的密林里，艾西瓦、甘木浩、和尚帕温张、扎朵和布训，五个人从铁丝网下的河沟涉水钻进营房。布训和扎朵警戒，艾西瓦在最靠边的一座帐篷外，听了一会儿。这是他白天已看好的目标，里面没有声息。他用匕首划开篷布就钻进去，用手一摸，尽是些木箱子，刚要动手撬开，忽然听见帐篷外一阵皮靴声，他忙躲好。一个英国哨兵似乎听到什么响动，提着马灯走到帐篷前，用马灯照了照帐篷布帘门的绳结，结得好好的。刚要走开，似乎又听到里面轻轻的响动，于是他背起枪，双手解开门结，提着马灯走进帐篷，他东照西照走到木箱拐角处，突然一个人影向他扑过来，他还没来得及哼一声，头已经被甘木浩从背后一刀砍下。艾西瓦接过马灯照着看了一下，很快就用刀撬开了长木箱，都是崭新的步枪，艾西瓦一连撬开三四个木箱，都是步枪，他简直高兴得要发昏！甘木浩把外边的三个人叫进来，大家一看，也都高兴得几乎忘了在什么地方。甘木浩让布训赶紧穿上英军哨兵的衣服，戴上头盔，拿了枪在外面放哨，因为布训个子和哨兵差不多高，远处看不会引起怀疑，其余人迅速背上枪，钻出去，爬到小河沟边，很快地把枪递出去，又转回来。

帐篷里艾西瓦又撬开了小方木箱，那是黄澄澄的子弹呀！他赶忙安排赶来的五六个人，每人除背上两支枪外，还要扛一箱子弹。

黑沉沉的夜给这一群勇敢无畏的阿佤人最大的保护！平日骄横得不可一世的英国士兵没有料到这群半身赤裸、头发凌乱披及肩的赤足"野人"们，正在接收他们远涉重洋运来的现代先进武器。

艾西瓦见甘木浩在翻一个皮匣子，悄声说："走吧，时间长了会出事的。"布训进来也说："快走！"他脚踢到地上英国士兵的头，拎起来想带回去祭木鼓，艾西瓦制止说："要他干什么，手里多拿一支枪一箱子弹！"

像进来时一样，他们豹子般敏捷地从小河沟摸出去了。甘木浩停下，把身上的三支枪和皮匣子交给和尚和扎朵，对艾西瓦说："你们快走，快进密林，我会很快追上你们的!”不等艾西瓦应声,他忽地返回去,从小河沟又钻进兵营里。艾西瓦想了一下,悄声吆喝大家背好枪,扛好子弹箱,快速地跑进密林中。

甘木浩又摸回帐篷,见马灯还亮着,他很快抓了两支枪背上,把马灯的玻璃罩挪开,用灯火点燃了那一堆擦枪的油棉纱。很快他又用刀划开旁边一座帐篷,钻进去把马灯油泼在木箱上,点燃后,他又从小河沟钻出去,大步流星地追赶艾西瓦。

艾西瓦正后悔没有留两个人接应甘木浩,甘木浩气喘吁吁地跑着追上来,还没等他问甘木浩话,远处的山下平坝里传来了枪声。枪声一阵比一阵紧,但听得出来,不是在追赶他们,而是军营里传出来的,枪声中突然爆发出“轰隆”“轰隆”的爆炸声。甘木浩笑了,他似乎感觉到后边点燃的一座帐篷是放洋嘎拉的大炮炮弹的。艾西瓦笑了,大家都笑了。谁都明白甘木浩返回去干什么了。

一路小跑,每个人都是大汗淋漓,好在这些从小吃苦耐劳的小伙子们,谁都没有落下。

到了南依河边,天色已经大亮。找了个隐蔽的地方,艾西瓦让大家歇下来。这时扎朵大叫一声:“洋嘎拉!”众人都不约而同地握紧了长刀,四面观望。

还是甘木浩反应快,“哈哈”大笑起来!原来昨晚布训穿着洋嘎拉的衣服、头盔放哨,撤走时行动太快,布训就穿着这身衣服和大家跑了一夜!现在歇下来,布训这身洋嘎拉兵服特别显眼了。

“哈……”大家在紧张地跑了一夜后,现在都开怀大笑起来!

一清点,真叫大家笑得合不拢嘴了。12个人背出了二十二支步枪,八箱子弹,还有一个皮匣子——这时看清了,这是洋嘎拉指挥官手里常拿着的叫“千里眼”的东西。甘木浩更高兴了,说:“我可以把它送给祖爷爷!等过了河,大家再辛苦走一程赶到班洪去。”

艾西瓦挡住了:“不行,已经到班老门口了,大家到班老去,好好休息后再回班洪,我杀两头猪给你们吃!”

不等甘木浩表态,大家都叫起来:“走,到班老大吃一顿!”

艾西瓦高兴地笑起来:“让我们的甘木浩小分队到班老寨子去给乡亲们露露脸,告诉大家,我们给班老人争光了!”

这时,在小分队后面警戒断后的扎朵押着个人走过来,一看衣着这个人明显是永班的兵丁。

扎朵:“昆刚,我和木南断后时,发现这个人悄悄跟在小队后面,我们便把他抓住了,我先押过来。”

甘木浩直接问他:“你是麻哈王的永班兵?”

“是的,我是麻哈王抓去给英国人赶驮马的,现在要打仗了,我老娘没人管。

我被打死的话，老娘就会饿死的。所以我偷偷跑出来，想回到我们小寨去照顾老娘。”

“要打仗了？打什么仗？你说清楚点！”艾西瓦听得仔细，他感到这个人说的话里有重要情况。

永班兵看看这群背枪挎刀的人，老老实实地说：“你们是哪家的兵呀？怎么还不知道明天或者后天，英国军队五六百人加上马家、宋家和我们永班的五百人就要渡河攻打班老寨了。现在人马、渡河的橡皮船，连大炮都运到了河边，马上就要打了！”

艾西瓦：“你说的是真话？”

永班兵：“句句是真话，不信你们等着瞧瞧，明天准打起来，这是麻哈王亲口说的，他还要去寨子抓人来帮英国人打仗。”

艾西瓦很认真地说：“看你是个孝子，你回去照顾你老娘去吧。”并给了他五块银元，告诉他：“你别给任何人说碰上我们‘马王爷’的队伍了。千万别讲！”

永班兵：“我不讲！我回去后，背上老娘就往腊戍那边跑。听说那边有医生，能治我娘的病。”

甘木浩赶他：“走吧，嘴巴严点！千万别让麻哈王抓住你，快走吧！”

看着走开的永班兵背影，艾西瓦对甘木浩和大家说：“弟兄们，看来英国人真要动手打班老了，情况危急，我们得立刻赶过河去。”

和尚帕温张说：“船的影子都没有。我水性好，先游过去找船。”

艾西瓦看着远处的河面上，空荡荡地，没有渡船，他着急了。

“只有让和尚游过去找船了。”艾西瓦同时对甘木浩说：“你再带三个人到周围转转，提高警惕。”

“是。”甘木浩带人走了。

艾西瓦边走边叮嘱和尚帕温张：“注意安全。”

和尚“扑通”跳进了河里。

第十四章

设防自卫班洪王抗击英军犯境
小楼母女见面相认痛述悲惨事

英军炉房营地

司令部大帐篷中，卓温·朗纳上校主持召开军事会议。

卓温上校拿着一叠电报，挥动着向桌子两旁的军官们说："先生们，伦敦对我们的进展很不满意，一个又一个的电话都是催我们要尽快把'东进计划'变成现实，要我们尽快突进到云南的滇西地区。他们说我们像只法国的蜗牛，缓慢地爬行着，他们要我们像非洲狮子那样突飞猛进。先生们，我已经是尽了最大努力了。

请乌波朗爵士把印缅总督的指示传达一下。"

乌波朗毫不推辞地站起来对军官们训话："先生们，我受印度总督和缅甸总督的委托，向各位军官先生致以问候！

"两位总督十分注重我们'东进计划'的进展情况，要求我们在中缅未划界以东牢牢地扎下钉子，为今后划界时向东移，多争得几千平方公里，而且为完成大英帝国长江以南权力范围，打下基础。先生们，你们是女王陛下开拓新殖民地的先锋，应当受到嘉奖。

"总督阁下对我们进展迟缓，又一次提出了要求。请先生们说说各个营地进展的情况。"

没有人讲话，短暂的沉默后，垭口营地指挥官勃兰克少校开口了："尊敬的爵士、上校，我们垭口的营房已初步建成，周围的野人村寨已被我们捣毁，我的士兵把有碍防务的五个寨子都烧了，可是他们在五天后又重建了寨子的全部房子；我们烧了三个寨子，而四天后，三个新寨子又出现在那里了。"

卓温上校站起来，指着地图说："军官先生们，到现在为止，炉房、垭口、金厂坝周围，为满足防务的需要已经烧毁了十四个村寨；而半月时间，这些野蛮人又重新在那里建起了新的村寨。他们那些用竹子、茅草、树枝建起来的东西，我们随时可以烧毁，可是士兵们不能都去放火烧野蛮人的茅房呀！我希望各个营地一定要按照图纸，把营房建设好。壕沟、铁丝网一定要完成。拉马抓夫、杀人放火的事情，就让当地的部落王和头人们去做。以夷制夷是中国人发明的，我们也要学习。这方面，爵士是专家，请你多给我们些指点。"

乌波朗得意地说:“我们要巩固和建立更多的营地,就一定要争取控制更多的部落王和头人。这些人用一点点金钱和物资就可以争取过来。我已经请示总督,将把一批军队换下来的退役的枪支运来分发给马成君、麻哈和宋忠福的队伍。我们要看到这些乌合之众也是要组织和训练的,今后要加大对他们的支持和武装,要让他们替我们顶在第一线,要尽量少牺牲或不牺牲英国士兵的生命。让当地土著士兵去牺牲。”

卓温上校:“爵士的指导方针很明确了,各位军官照此执行。会议结束。”

班洪

在“驱逐英军,严惩叛逆”口号下,班洪王指挥的三路民族武装出动了。

班洪王府议事厅,三路武装指挥都在听班洪王布置各路任务:

一路胡忠汉(江宗)主攻垭口;

二路岩嘎带队主攻户班;

三路班老王昆刚(先由老王昆鄂代理)主攻永班。

十七部落人马分归三路指挥统领,三路人马日内出发,完成各自任务后相互支援,还特地约定了一条:哪一路若完不成既定任务,须罚银子三亢(每亢三十两),牛两头给其他两路。

班洪王坐镇班洪指挥,安营扎寨,刘拥国参谋长,策划、协调、号令各路人马。

阿佤山一时间人来马往,热闹起来,各路人马汇集,指挥部的竹楼也在班洪大寨建盖起来了,顺着山坡,一排排简易窝棚、芭蕉叶窝棚依次搭起。

各路指挥在检查人员的武器,登记人员。人们的衣着凌乱,大多是无袖短褂,宽腰长裤,蓝布或白布包头,赤脚跣足;武器更是五花八门,大刀、长矛、弩箭为主,火药枪、铜炮枪不多,快枪更少。

指挥派出一批人员到邻近各县去购买枪支弹药。参谋长把仅有的二十多支快枪和射手分配到各路。筹粮的,筹款的,征用驮马的各自奔忙……

风雨欲来,山风呼啸。

班洪王站在山头远望着阿佤山,峰峦叠嶂,云蒸雾绕,口中不免说出“唉,多灾多难的阿佤山,为了你美好的明天,我粉身碎骨也在所不辞!”

云低风骤,数只山鹰在天空盘旋。

班老老王昆鄂,此时,已领着班老各寨的人马,悄悄渡过南依河,抄小道把永班寨子包围了。麻哈王近来风闻众王联盟要灭他,吓得魂不附体,不敢回寨子来,躲进英国兵营里去了。

班老老王昆鄂让人进永班寨报信:“只要交出沙姆,不伤害永班寨乡亲们。”

围寨武装用一阵比一阵高的声音呼喊:“交出沙姆,交出沙姆!”

永班寨子里，人们东奔西跑，一片混乱。

在木鼓房，几个皓首老人简单议事后，永班老王拄着拐杖，领着一干人员迎至寨门，皓首老王向班老老王深鞠一躬："亲家率军远来，有失远迎！请进寨内歇息。"

麻哈王的大舅子根宗战战兢兢地跟在皓首老王背后，不停地点头作揖，求昆鄂老王饶命："沙姆引来英国人，他在外面杀人放火，无恶不作，完全不受家族约束，众王说该怎么处置就怎么处置，家里众人请你们饶命！"

班老王艾西瓦说："众王联盟会上作出决定，誓除叛逆，沙姆卖国求荣，罪不可赦，与他人无关。放心，我们不是打冤家。"

班老老王昆鄂也说："只要交出沙姆一人，其他人一律不究。"

永班老王和根宗闻后，立即表示："我们跟他不走一条路！众位远道而来，请入寨稍息，我当杀牛煮酒待客。"

班老王所带队伍中，有的人所在的寨子多次遭受麻哈王带兵侵袭，人被杀寨子被烧，此时很想拿他家族及寨子报仇，愤怒地叫嚷："我们要杀进寨去，报往日之仇！"

老王昆鄂正色道："兄弟们，我们要惩罚的是跟英国入侵者沆瀣一气的卖国贼沙姆，不是我们的佤族乡亲。沙姆既逃往英国兵营，我们一定会穷追不舍的。我们阿佤山，我们阿佤布绕克人，我们的其他民族兄弟，要记住我们的敌人是侵入中国的侵略者，我们要赶走他们！我们兄弟民族之间今后再不要打冤家，相互厮杀了！我们要的是团结和睦，大家出力建设好阿佤山家园。"昆鄂一席话，很有说服力，说得大家都点头称是。老王和根宗听了很感动，根宗诚恳地说："我们永班，今后一定不与众王结仇！今天捐牛一条、米五担慰劳大家。"

未放一枪，未伤一人，永班问题解决。虽然没有抓住麻哈王，却使永班的乡亲们了解了班洪佤族自卫军的目的，同时，永班乡亲也和佤山各部落亲近了一大步。

江宗一彪人马，由班洪本部佤兵和龙夸、嘎细等部落人马组成，虽然岩嘎、杨叔和刘拥国组织训练了一段时间，快枪也多几支，但毕竟是由各寨百姓组成，特别是大多数人手持大刀、长矛，战斗力虽比其他两路稍强一点，但和英军相比真是天壤之别！这点，班洪王心里是很清楚的。

如何才能拿下垭口，驱逐英国入侵军队呢？班洪王一夜未眠，他想了很多方案都被自己推翻了。"唉！弱就弱在我们手里的家伙！人家的钢枪，隔着几百步就把你打翻了；还有那个隔山炮，隔着两架山就轰过来了。我们有两门炮，清朝年间的了，摆出来壮壮军威还可以。儿子，要记住！洋嘎拉欺负我们和欺负中国是一个道理，我们手中的武器比不上人家，从今往后，你要手里有了钱，就置枪买弹。你说保护老百姓，保护阿佤山，手中没有得力家伙，始终是句空话呀！"班洪王语重心长给儿子江宗说出了心里话。他又说："现在我们是占自己的天时、地利、人心齐优势，地熟人众，英国兵进了大山分不清东西南北；千人万众他弄不清哪个会砍他的脑壳！我们就打这个！就凭道理在我们一边，老百姓在我们一边。”

江宗问：“阿爸，垭口一仗你是咋想的？”

班洪王不仅不回答他，还反问道：“江宗，你觉得你有没有把握拿下垭口？那里可是有一百多个洋嘎拉兵。”

“硬攻肯定吃亏，”江宗回答父亲，他又说，“我还记得你给我讲的孔明阿公草船借箭的故事，敌强我弱，我们要用点智慧。”

“智慧？你说说你的智慧。”班洪王感兴趣地问。江宗对父亲说出了自己的想法：“引蛇出洞，零敲碎打，伺机猛扑，杀他个措手不及。”

“好啊，你有想法了，过来详细说说！”班洪王高兴儿子并不依赖他，儿子也成长了。班洪王把刘拥国参谋长叫过来，让江宗指着地图一一说出自己的想法。

听江宗讲完后，刘拥国参谋长与班洪王都会心地笑了。班洪王说：“天时、地利、人和我们都占了，说干就干，立即开拔，按你说的办法布置。”

说着，抓起他的长刀就往外走。刘拥国参谋长把他挡住：“昆钟，你可是要坐镇指挥的哟！”

班洪王推开他的手说：“拥国，你在此学孔明阿公，我站在‘城头观山月’，好不好？江宗的这些主意还得我亲自助他。”

垭口英军营地设在半坡上，再往上走，林密箐深。卓温上校选这个地方，不但可以观察到整个垭口的几条道，而且两挺重机枪一摆，谁也不要想从路上通过。卓温称为扼住咽喉。英军占领垭口一个月来，确实没有发生什么事，卓温上校放心地到炉房坐镇去了。

这天，垭口守备长官勃兰克少校正专注地用望远镜观察他的营房所扼制的几条路，平安无事。该吃早点了，勤务兵还没有把早点端来，他可是英国贵族的一套派头，什么都要守时按程序办的，“勤务兵！”他叫了一声，进来的却是炊事兵。他问：“怎么回事？”

炊事兵：“报告长官，不知咋的，饮用水源没水了，一个炊事兵去查看了，还没有回来，没水做不成饭呀！”

勃兰克少校生气了，叫值班军官来了解情况。值班军官是个年轻的少尉，立正回答：“长官，已经派出两名士兵去检查水源了，还没有回来。”少校似乎想到了什么，他问炊事兵：“以前发生过这样的事吗？”炊事兵立即回答：“报告长官！从未发生过！”

“周围有没有‘野人’的村寨？”勃兰克少校问了一句。其实他心里明白，山脚有个垭口寨，三十多户人家，寨子在建立确定营地前已经烧毁了，寨子里的“野人们”都被驱赶了。记得那天烧毁寨子时，“野人”们挥着长刀呐喊着对抗英国士兵，士兵开了枪，一排排“野人”倒下了。那时起，勃兰克就命令士兵们不准单独行动、外出，他怕“野人”进行报复。

“没有水？难道是‘野人’捣乱？”他马上命令值班少尉，“立即派出一个小队沿水源搜查，凡是有破坏水源的‘野人’，一律枪杀！”

“是！”少尉迅速去安排搜查小队。平日，这一股清泉，潺潺流淌，这股山泉日夜不断，长年径流，穿过密林，穿过山冈，流经寨子后流入南依河。

搜查小队的五个英国兵仍是一去不回。勃兰克少校着急了，一看怀表都快中午了。现在不是没有水吃的问题。更严重的是连续去了八个士兵没有一点消息！勃兰克少校命令集合两个小队逆水源而上，沿水源搜查，并命令整个营房处于警戒状态。

就在这时，在通往金厂坝方向的山谷里，出现了几个手持长矛的“野人”，后边还有一个骑马的佤族头人模样的人，正朝着山坡上的英军营地慢悠悠地走着。少校命令一个中队的士兵把他们捉回来。当看到英国士兵出动，这些“野人”慌慌忙忙地往回跑，不一会儿就没了踪影；当中队士兵回到营房时，这一伙佤族握刀执矛的家伙又出现了，这回还拿了几支火药枪，边走边朝英军营地“嘭”地放一枪，走几步又“嘭”地放一枪。少校感到真好笑，这些野蛮人还能跟大英帝国训练有素的军队斗？他让机枪手准备好，待这帮赤脚的家伙进入有效射程再开枪！

忽地这伙人突然从瞄准器上消失了，英国兵们很奇怪，这是怎么回事？

勃兰克少校观察一下周围，那些人一定是进了路右边的树林，他让机枪手注意路右边的树林。偏偏这时，这伙人挥舞着刀棒又从左边的路上走来，像要来进攻营地的样子。勃兰克少校没有耐心了，下令几挺机枪齐开火，“哒哒哒……”射击声响成一片，可是眼前的道路上，连个人影也没有！

水，没有流下来；搜查的兵，一个也没有回来。勃兰克少校立即命令一个中队前去查看，四十个英国兵，一路走一路放枪，朝树林开枪，朝石头开枪，朝天上开枪，英国兵有的是子弹，拼命朝想象中的敌人开枪，让枪声给自己壮胆！

在五百米外的一处山崖，泉水在这里被截断了，水往崖下流去。

带队的中尉军官命令立即修复，把水接通。

“中尉，快来！”一声凄厉的叫喊传来，“啊，上帝，他们在这里！”

在距泉水五十米外的一块凹地上，八个英国士兵的尸体横三竖四地躺在那儿，尸体是赤裸着的，还有三具尸体是被砍了头的。仔细一看，这些士兵身上都没有很大的伤口，都是被弩箭射中而丧命的。这种场面，让英国兵心惊肉跳。中尉命令抬上尸体，赶快返回营地。

日落黄昏，夜幕降临，水源又断了。炊事兵来报告缺水情况，勃兰克少校为被杀的八名士兵的事正在气头上，冲着炊事兵叫嚷着：“水，水，水！我的士兵被杀了，被砍了头！这帮野蛮人，他们在哪里？”

黑夜里，火药枪声传来，时东时西，时远时近，火把的出现，更令英国兵害怕，四面八方都有火把在晃动。勃兰克少校气急败坏地叫嚷着:“所有人都到工事里去!只要有响动就开枪,有火把就开枪给我打,要让这些野蛮人尝尝厉害!”

这样,此起彼伏,英军士兵被火把搅得在工事里待了一夜,打了一夜的枪。

第二天,疲惫不堪的英国兵,对什么都失去了警戒性。头天出现的骑马人又来了,英国人不理睬了。英国兵被封锁在兵营里。没有水喝,干燥闷热的天气,兵士们拿着饼干、面包,难以下咽。

第三天,派出去的通信兵被挡了回来,再派去,又被打了回来。一个中队的士兵出去查看水源,结果又抬着两具身上带着竹箭的尸体垂头丧气地回到营地。他们一回来,身上的水壶就被一抢而空;流下来的泉水还没等搜寻中队回到营房,就又断了。

勃兰克少校意识到,他们被围住了,被困住了!粮食,没有问题,再吃十天也受得了,弹药也可以再熬几天,没有水,是大问题。派出去保护水源的士兵被打得晕头转向地跑回来。勃兰克少校气昏了,问士兵:“你们为何不开枪?”

“报告少校,我们不知道向哪里开枪,不知道向谁开枪。只听见‘嗖嗖’一阵响声,身上就被射中了。”

看着崇山峻岭,四周一片连一片的大森林,士兵的话让少校明白:这里每棵树、每丛草、每块岩石,随时都会射出沾了毒液的弩箭,可是几天过去了,他连敌人影子都没有看到。勃兰克少校心里只有一个念头:想办法带着自己的部队离开这可怕的蛮荒之地。

进攻户班的自卫队浩浩荡荡地渡过了南依河,虽有小股户班兵放枪骚扰,但被大队班洪兵马驱散了。杨叔、岩嘎打算从前寨门一鼓作气进攻。户班是个傣族、佤族、汉族聚居的小镇,它的平坝和半山区都是比较富裕的村寨。

宋忠福在户班经营多年,修建了不少坚固的房屋。宋忠福的王府就是以土木结构房屋和傣族杆栏式竹楼结合的大杂院,他把孟定老家的建筑格式搬过来不少。他把处于交通要道上的寨子建成了一个繁华的小镇,也成了一个坚固的堡垒。

听说班洪佤族武装要来进攻,宋忠福早已把自己寨子的防务安排妥当了,同时他还请英军来支援。他心里有数,这些年他精心打造了一支王府卫队,百十人的队伍快枪过半,很能打拼。他的这支队伍不仅看家护院,而且是他扩充地盘称霸一方的本钱。现在英国人又不断给他枪支弹药,户班兵也增加到两百多人,他更是有恃无恐。他不像麻哈王那样恃强凌弱,他善于收买人心,户班的大多数人都受过他的恩惠,愿意为他打仗。他是凭实力来巩固地位的,他和马成君一样,发展马帮,扩大生意。他以贩卖大烟土收购宝玉石原料和虫胶发了大财,曼德勒、仰光有他的铺子,内地孟定、缅宁,甚至昆明他都有生意。挣钱买枪弹,扩大卫队,扩大地盘,巩固和发展势力。

杨叔、岩嘎率军来打户班,宋忠福早有准备。鬼精的宋忠福派了一支小队在岩嘎的佤族武装渡河时,就骚扰了一阵,当他得知班洪人马宣称近千人时,就布置了卫队坚守寨子,并飞马驰报英军,报告乌波朗:户班是个交通枢纽,物资矿石中转站,受到班洪攻击,英军若不增援,户班不保,英军的整个后勤供应则中断。

户班

宋忠福火急火燎地去见英军营地指挥官马克少校,他比划着对马克说:"长官,班洪的佤族兵已经把户班包围了,你的士兵只有五十名,是无法抵抗近千人的佤族队伍的。现在只有我们两处士兵合起来,才能抵挡住班洪兵的进攻,才能等到卓温上校的支援。"

马克看看这个户班王朋友,又看看自己偌大的一个营地,每班岗就得用十几个人,能打仗的也就二十多名士兵。他感到班洪兵的进攻是个问题,问宋忠福:"班洪兵能攻下你的寨子吗?"

宋忠福急了:"哎哟,我的洋大人,班洪兵上千人,虽然以刀矛、弓弩为主,可他们人多势众,从四面八方发起进攻,我的寨子、你的营地会保不住的!"

"那你说怎么办?"马克听翻译说完后,心中害怕了。

宋忠福说出了他的主意:"少校,我的兵守住寨子东门,那是班洪兵必然要经过的路。你的营房在西门,我派一百名士兵给你,增强你的守卫力量,你们守住西门;你抽十五名快枪手,我抽二十名,组成机动队,随时可以攻击班洪兵的侧面。另外,你借给我两挺机枪,东门正面和寨门前侧面地势高,可以用机枪夹击进攻的班洪兵。这样就可以用优势火力,打退他们了。"

马克琢磨着:"机枪,两个点,夹击;机动队灵活行动,强劲的火力,……"

马克看着这个小眼睛的东方人,想了想,同意了:"你这个会打仗的东方人,我佩服你,我同意你的安排!你可以从我这里借去三挺机枪,连同机枪射手都过去,子弹可以满足你,多多地使用。我还额外给你两箱步枪子弹,只有一个条件:一定要打退这些'野人'的进攻,而且要消灭他们!"

宋忠福对马克鞠躬又哈腰,连声说:"少校,我有你的支持,一定能打垮班洪兵!"

宋忠福领着师爷和亲随队伍,在寨子里安排守卫兵力。英军长官马克少校的支持,出乎他的意料。他现在枪弹充足,在班洪兵进攻的主要方向上,他安排了正中和左右两旁的机枪。他很得意自己的布置得到英国军官的赞赏。多年的经营,他最在意的就是武装力量的增长。占地盘要队伍,保护马帮生意要队伍,他有钱就买枪支弹药,不愿把钱花在吃喝嫖赌上。户班寨子的防卫工事,每年他都会组织人整修、加固。这些年,东打西杀,户班寨子还没有一次被其他部落和武装攻破过。

这次班洪武装上千人,浩浩荡荡地杀向户班。宋忠福想出了这个联英守卫的办法，而且还传来消息说消灭了班老的英军全部兵力已急速赶来救援。宋忠福心中更有数了，他一定要打个胜仗给洋嘎拉看看。

岩嘎、杨叔围住了户班，仍是先礼后兵。他们派兵送去书信，交出宋忠福便不攻打户班；宋忠福如果出来投降认罪、悔过，并表示打击英国侵略军，佤军就撤回。宋忠福的回答就是：把送信人耳朵割了一只。杨叔和岩嘎气得跳起来！一声攻寨令下，攻寨队伍喊叫着冲向户班寨门。进攻的队伍一拨一拨地涌向寨门，人们雷鸣般的呐喊声、锣鼓牛角号的轰鸣声，火药枪、弓弩不断射向寨子，户班守军心惊胆战。宋忠福到底是见过世面的人，他指挥着英国机枪手，从正面和两侧高地，把机枪打得像泼水一样。班洪兵从未遇到过这么猛烈的火力，冲在前面的兵一排一排地被打倒在地上，喊叫声变成了呻吟声。下一波冲锋离寨子还有一百多米远时，机枪又响起来，进攻的人又倒下一批。

派去进攻后寨门的队伍来人报告：后寨门有英国兵参加守卫，火力太猛，攻不进去。杨叔赶过去指挥，不一会儿他回来对岩嘎说："真没有估计到户班会有这么强的火力，英国人也出面帮宋忠福守卫，火力上占优势，后寨门难攻进去。"

"杨叔，刚才探子来报，英军主力也正向这边赶来，"岩嘎对杨叔说，"我们得考虑，英军增援队到来前怎么办？"

杨叔说："我们不能两头挨打。"岩嘎也冷静地说："宋忠福早有防备，又凭着快枪火力猛烈，我们的弩连他们阵地都射不到；英军赶来，他们火力更猛，我们在他们的夹击下，伤亡会更大，不如先退过河去，以河防守再做打算。"

班洪、班老两支队伍迅速撤过南依河。

垭口英军营房

白天，垭口英军营房的士兵干渴难熬，几次搜索接通泉水，几次被截断。勃兰克少校只好让一个中队守住泉水渠道，英军营房得以通水。

英军的一个骑兵小队，拼死闯过围攻垭口的佤兵，送来了卓温上校的命令："择机撤退增援户班。"

勃兰克少校终于舒了一口气，他把军官们招来，宣布了上校的命令。撤走是肯定的，但是现在已是黄昏时分，黑夜里敌人会偷袭撤退的部队。他决定无论如何要坚守一夜，明早天一亮就撤出垭口营房。

把撤退秩序安排好后，勃兰克望望四周的高山峻岭，又是一番感慨。他心里再次问："到这个荒凉的地方到底为什么呀！"

夜间，又是火把，又是呐喊的人群，又是火药枪的射击，搅得勃兰克无法安宁。他想到明天的撤退，辎重越少越好，于是命令士兵："用你们的子弹狠狠打击那些不怕死的家伙！"

于是，英军士兵像举行射击比赛一样，不停地向四周自己认为的敌人开火，明天要离开这个倒霉的地方，弹药带多了行动不便，把它消耗了，跑起来更轻松一些。

江宗觉得英国兵的情况有点不对头,漫无目标地密集射击,是壮胆吗?江宗把自己的疑问向班洪王报告了。正在密林里和几个年长者摆弄“大炮”的班洪王,也觉得英国兵的盲目射击不止是壮胆……昆钟突然想到英国兵要撤走!这是撤退前的假象。江宗也说,有这层意思。

班洪王和几个年长者正在摆弄的两尊古炮平日放在班洪王府门口,据说是吴尚贤带来的,铁铸的炮身,填满火药、碎铁块、铁砂,一炮就能把一抱粗的大树轰成两截。可惜铁炮太沉重,要十几个人才搬动得了,所以长期放在班洪王府门口“站岗”。这回打洋嘎拉,几位老人提出来让古炮也显显威风。

花了九牛二虎的力气,总算把古炮搬到垭口大山,距离英军营房几百步远的山冈上,炮口对准了英军营房,装填好后,班洪王要人们都躲开,他点燃引信,然后急忙跑到一棵大树后,“轰”的一声,像天雷轰鸣,脚下地都震抖了一下,一团火球飞向英军营地,“哗啦”一声巨响,英国兵的哭喊声就传了出来。

勃兰克少校刚刚看着重机枪手把一箱子弹打光,恨恨地说:“让那些树身上都留下致命的标记!”不知从何而来的惊天巨响,让他惊骇不已:“怎么?野人也有大炮?”他还没有弄明白,“轰”的一声巨响,接着是“刷刷”直响的弹雨般碎片攒飞,吓得他伏在壕沟里不敢伸头看。他不停地大声命令着:“野蛮人要进攻了,快射击!快射击!”

天色微微发白。勃兰克少校命令全体兵士集合,按已规定的秩序,急速撤出营房,向炉房方向退去。

“追!”江宗正待组织人马追击退出垭口营房的英军,班洪王阻止住了:“穷寇莫追!我们的火枪够不到他,他的快枪、机枪很容易地打倒我们。让洋嘎拉滚蛋吧!”

垭口被班洪军收复了。

乌波朗气冲冲地对卓温说:“上校,班洪王的兵马在向我们全面进攻了!我们要组织强有力的反击,把这些乌合之众消灭干净!”

卓温:“先生,你看到的,我只有这点兵力,我的军队要守住炉房,守住金厂坝,守住二十多个营地,还有大桥、公路,还有班弄、班永、户班,还有……天哪,我哪里去找需要的军队呢?伦敦那些贵族老爷想得真简单,占领中国的这几千平方公里土地用两千士兵!他们还说是蛮荒之地,只有几个野人,让老爷们来看看吧,来看看吧!”

卓温上校说个没完,垭口营地他死了近二十个士兵,班弄又被抢了一批枪支。乌波朗却只想到他的银矿。他一想就生气,他把积压在心里的怨气都发泄出来了:“爵士,请你向伦敦报告我们要增援,要军队!不然,你和你的银矿都会又回到中国人手里去的!”

乌波朗本来想催促一下卓温出兵去援助户班,谁知道卓温却先封住了他的口。他只好应道：“是的，上校，我将向伦敦报告我们的艰难处境。”

“报告！”门外勃兰克少校在喊，卓温立即请他进来。

“少校先生，你们是怎么搞的，两百人都守不住一个关隘。”乌波朗不识时务地用他平日总想在下属面前显威风的那一套来问。

卓温感到自己受了伤害，他对乌波朗说：“爵士阁下，我的部下是尽职尽力的，他们是在被包围的危险状况下，好不容易才突围出来的。他们应该受到褒奖，而不是责备！”

勃兰克少校立即接过话来说：“我们没有水吃，我们不能走出营房，我们白天黑夜不能睡觉、休息；我们的敌人在哪里？白天我们找不到他们，夜晚他们成百上千地在营房周围攻击。而我们，始终没有正面见过一个敌人！我带回来二十具尸体，有六具是被砍了头的！”

卓温有点激动地说：“这些优秀的士兵，是在野人山地被杀死的！勃兰克少校，你的部队立即开往户班驻防，如果发生战斗，首先让户班兵去打，你要注意保护自己的士兵。”

“是！”勃兰克少校领命而去。

乌波朗一脸无奈，踱着他的步子。

得到了英国兵的支持，宋忠福觉得腰杆硬起来了，他约集了麻哈王，到南依河西边的村寨到处抓夫派马，壮大为英军运输的马帮，又把一批青壮年男子抓来扩充到户班兵队伍中。

乌波朗带着马成君来到户班，他把宋忠福、麻哈王找来，一副很忧虑的神态说：“先生们，我真为你们担心！班洪众王盟誓要杀掉你们，要你们的脑袋，你们怎么办？束手就擒？我知道你们是不会等死的，你们手中都有很强的力量，我支持你们跟这些吃生牛肉的野人们斗，只有依靠我们的力量，你们才能赢，我说的对吗？先生们！”

谁都没有回应他，他继续说下去：“现在是到了你们生死存亡的关键时候，我需要你们的智慧，需要你们敢于拼杀的勇气，你们都是大王，带领你们的队伍和我们英勇的士兵去战斗，去征服吧！”

“爵士，还要我们怎么做？”麻哈王问道。

“他要你们配合英国军队，渡河去作战，占领班老、班洪，同时需要你们提供意见。”这次跟随乌波朗的翻译是他在邦海银矿的高级职员，名叫吴坎，缅甸人，缅语、英语、佤语、傣语、汉语他都懂，吴坎向三个部落王述说了乌波朗的意见。

“打就打呗，什么都顾不得了，上了英国人的船，不走也不行了。”宋忠福像自言自语，又像对马成君和麻哈王说。

乌波朗鼓励他们三个：“英国军队将不断开来，这一片地方英国是占定了！你们今后会得到更多的好处。这次我带来了一个中队的大炮，渡河的橡皮艇也准备好了,我们准备几天内就开始渡河进攻!”

“先打班老!”麻哈王迫不及待地说,“班老的武装和班洪的在一起,班老寨现在空虚,一打准攻下。”

马成君老谋深算,对乌波朗说:“爵士,我的队伍由段文光带领,完全听从你的调遣,我即刻赶回去扩大运粮食军火的马帮,再说英军的军火库也在班弄,不能再有闪失了。我的责任很大呀!”班弄军火被盗、被炸后,乌波朗几次严厉斥责马成君,马成君有些害怕了。

乌波朗想了想,对他说:“好的,你责任重大,班弄不能再出什么问题了。你把宋忠福和麻哈王的马帮都管理起来!”马成君对宋忠福、麻哈王笑笑,向乌波朗鞠躬,然后带着卫兵走了。

宋忠福在他背后啐了一口:“呸,老狐狸!”

乌波朗明显地感觉到了宋忠福、麻哈王对马成君的不满,他会心地笑了,他需要的就是这种效果。他说:“先生们,三天内英军渡河作战,这次一定要把一切反抗力量消灭掉。你们的队伍随英军一起作战,你们也去准备吧!”宋忠福、麻哈王刚要走,乌波朗又叫住了:“等等,我有一件很重要的事,一直在我心里。班老的那个老头不是说,只要有那个吴留下的木刻盒子,谁开矿他都会服从。有了木刻盒子就有了开矿的保证,对吗?”

宋忠福明白了:“你是说要找到那个木刻盒子?”乌波朗很高兴:“宋,你真聪明!你看有没有这个可能?你能去找吗?”

宋忠福的主意来了:“爵士,有了木刻盒子,任何人对开矿办厂都无可奈何了。这件事只能麻哈王去做!麻哈王与班洪、班老是同宗,他是班老老王的儿子,熟悉班老王的情况,他一定有办法找到那个宝贝木刻盒子。”

乌波朗觉得这话靠谱,他向麻哈王说:“你一定能完成这个重要的任务,你仿佛是回家取东西,对吗?我祝你成功!”

麻哈王还没有完全明白过来就被乌波朗罩住了,他为难地说:“爵士,我怎么回家去拿?那木刻盒子在班老老王手里,放在哪里我是不知道的,我也从来没有见过什么木刻凭证,再说,他们宣布要杀我的呀!”

“我相信你,你一定要做好这件事,把完好的木刻盒子交到我手里!”乌波朗不容他解释推诿,肯定地说,同时从翻译吴坎身上取下了手枪盒子,挎在了麻哈王身上:“去吧,带上你精干的人马,在我们进攻班老的同时,你要特别留意,亲自带着人去寻找那个装木刻的宝贝盒子。”麻哈王只得苦笑着点头哈腰:“是,去找木刻宝盒!”

曼德勒

由尹涛安排的一个隐秘的地点。

一间摆设讲究的书房里,尹涛、宋忠良、马青青和玉波见面了。

尹涛:“玉波,我们三个请你到这里来见个面,大家都认识了,都是朋友了。你在来曼德勒的路上，把你的身世遭遇对忠良和青青说了，他们非常感动，也非常钦佩你的顽强和努力。我也一样，钦佩你不忘自己是中国人，热爱自己的祖国和同胞。”

玉波：“尹先生，你不要一个劲地夸我，没有你们的帮助和影响，我是看不清这些洋鬼子的真实面目的。我得谢谢你和朋友们。以后你们要我做什么，我听你们的！”

尹涛冷静地对她说：“我们做的事，你什么也不要做。做好你的翻译官，你千万不要引起英国人的怀疑，丝毫不能流露出你跟他们不是一条道的。因为只有你才能接触到他们的机密。所以，今后除了我们专人用专门的方法与你联系外，你不要找我们，不要和任何人联系，即使有人用暗语与你联系也不要接头！”

尹涛又叮嘱宋忠良和马青青：“你们俩在任何情况下，哪怕是牺牲自己的情况下，也不要提及玉波。对班洪方面任何人，包括班洪王、班老王等，都不能提及我们和玉波的关系。如果玉波被他们认出了，你们也只当她是英国人的翻译官。”

马青青小声插话：“跟依品也不能讲吗？”

尹涛果断地说：“对，对任何人绝对不能讲。”

尹涛再次严肃地说：“我们四个人，在任何公开场合都是陌生人！你们一定要克制自己的感情，从国家、民族的角度，相信你们会理解的；我们都从不同的岗位，报效祖国，祖国也是不会忘记我们的！”

宋忠良从心里感觉到尹涛老师的高瞻远瞩，他说：“我和青青保证严格遵守组织的纪律，按尹老师的话去做。”

玉波倒有些伤感：“尹老师，我才认识了很好的朋友，可是又不能常见面，叙说衷肠。我一个人在洋鬼子中周旋，孤单得很呀！”

“不，你不孤单。朋友、亲人，我们都在你身边，我们会保护你、支持你！”尹涛诚恳地说，“你不论走在哪里，我们都会在你身边的。只是在公开场合，我们不能和你亲密地交往。我们要尽最大努力保护你。”

玉波：“我能理解，也十分感谢你们。”

有人进来告诉尹涛：“尹老师，车子来了。”

尹涛向玉波告别：“好，我们今天先谈到这里，过几天我们会通知你再见面的。车子是商会的，送你回去。”

玉波依依不舍地和马青青、宋忠良告别：“我们车上还没有讲够，希望有时间再继续讲。”

宋忠良指着马青青说：“她的故事多，以后找机会再讲。”

马青青紧紧和玉波拥抱，玉波热泪盈眶。

尹涛对大家说：“好了，就送到客厅门口。再见！”

汽车远去了。

尹涛让宋忠良、马青青坐回沙发后，问他俩：“你们对玉波讲你们在班洪的经历和这次到曼德勒的任务没有？哪怕只言片语，或是无意说漏嘴？”

宋忠良忙说：“没有，完全没有提及。我们是一对逃离家庭约束到大理去玩，躲在姑妈家几个月，自由自在的学生。我们事先考虑好几套方案，遇到什么情况就相应说什么话。你平时总叫我们要遇事思前想后的嘛。”

尹涛：“组织上研究过，要保护好玉波。不能再给她增添压力，特别是她跟班老的关系，不要再给她背上什么包袱了。她跟班老王家的关系，她跟依品的关系，目前不能再提。大战在即，形势严峻得很！英国人故伎重演，想牢牢强霸阿佤山这一片近两千平方公里的土地，并进一步推进他们的‘东进计划’，我们就是要动员一切力量粉碎英国人的侵略企图。下面，请你俩详细说说这次来曼德勒的任务和你们的打算。”

麻哈王带人埋伏在班老和龙头山已经是第三次了。

前两次他摸进班老找木刻，费了天大的劲也进不了寨子。一到天黑，班老大寨的守卫三岗五哨，麻哈王凭借对寨子的熟悉，还是钻不了空子进寨，更不要说摸回班老老王的屋子去找木刻盒子。

借着班老寨子人马在班老老王昆鄂的带领下，出征永班寨的机会，麻哈王从英国营地悄悄出发，摸到班老寨一看，寨子守卫得更严了。麻哈王领着几个手下转悠了一天，也没能找到混进寨子的机会。

他突然想到阿爹昆鄂在山那边林中开垦的苞谷地，先转到那边的地里守庄稼窝棚去歇息一阵再说。他来到林中苞谷地时，意外地发现了阿妈娅婻正赶回寨子。他叫手下人看看四周，迎着阿妈跑过去。

“啊，沙姆！”娅婻发现了自己的三儿子。

“妈，妈你好吗？”麻哈王赶忙扶住了娅婻。

又惊又喜，娅婻流泪了：“你这个不争气的东西！你爹还带着人到永班去抓你呢，你还敢跑到班老来，你不怕死啦？”

“妈，我爹不喜欢我，我走自己的路，有什么错啦？以后天下都是英国人的，我现在靠他们打自己的天下，我爹、我哥他们就别管我的事！”麻哈王气嘟嘟地在妈妈面前撒娇说，“我爹要抓我，英国人要保护我。我爹年纪也大了，你劝他少费这个劲，多养养神得啦！”

娅婻发现麻哈王还带着几个人，她紧张地说：“沙姆，你跑这么远到班老来干什么？”

麻哈王不在乎地说：“我只想看看我爹是不是真藏有吴尚贤太爷的木刻盒子。”

“啊，沙姆，妈劝你千万不要打那个木刻盒子的主意，那是比你爹命还重要的东西。我这些年看着那个红布包放在祭台上，可就是从未打开看过。沙姆，听妈的话，一定不要想那个木刻盒子，碰不得的！”

机灵的沙姆,把娅嫲说的“红布包放在祭台”的话暗暗记住了。

“妈,儿子送你回寨子去。”沙姆扶住娅楠往前走。

娅楠看看天色,太阳西下,晚风习习。

“沙姆,赶紧带着你的人走吧。你想进寨子是进不去了。哪个不想抓住你呀!走吧,走吧。”娅嫲赶沙姆走:“我还得赶紧回去给叶娜和依品煮饭呢!”

“依品?”麻哈王从妈妈的嘴里听到了意想不到的消息。“妈,我一直都关心着呢。你们把她接回来了?”麻哈王追问。

“走吧,走吧,少管这件事了。”娅嫲只想赶沙姆赶快走开,不觉又失口说:“我们也管不了她。这次是她和叶娜来龙头山采药,过几天就要回去了。”

沙姆从口袋里抓了一把银元塞给娅嫲:“妈,你去买几件衣服吧,我走了。”说着,领着手下人就疾跑不见了影踪。娅嫲摇摇头,叹口气,回寨子了。

麻哈王和他的几个手下,在守庄稼窝棚里躲了一夜,天一亮,每个人扳了几包青苞谷生吃了。麻哈王从妈妈嘴里知道了依品的消息,他决定,这次要亲自动手把依品抢走。上次他派人在渡口森林三岔口没抢成,反倒丢了一人,伤了一人。这次,他一夜翻来覆去想好了,他要在叶娜、依品到龙头山采药的路上动手,这是最好的机会了。

麻哈王带着手下人早早就埋伏在去龙头山的路上。

叶娜、依品带着另外两个姑娘出现了。她们每个人背个大背篓,有说有笑,走过来了。

依品:“我们今天不要几个男的陪着,是不是太大胆了,爷爷知道会骂我们的。”

叶娜:“你太胆小了,怕什么?有坏人来了,我两个不是同样可以收拾他?”

叶娜蹦蹦跳跳快乐的样子,也感染了另外两个姑娘:“依品姐姐,我们四个人都是可以打架的呀!”

突然,麻哈王和他的四个手下,从树丛中猛地窜出来。

五个凶神恶煞的壮汉子,手里挥舞着亮晃晃的长刀,前后把四个姑娘堵住了。

“啊!”两个姑娘被吓住了。叶娜和依品是见过场面的,何况还一直跟着岩嘎练刀枪。

“你们什么人,要干什么?”叶娜镇定地迅速拔出了随身携带的长刀,并威严地问。依品也拔出了刀,警惕地注视着这几个来路不善的家伙。

麻哈王装作一副和气地说:“叶娜公主,早就听说过你的大名。不过今天的事与你无关,我只带走依品。”

“带走谁都不行!”叶娜用刀指着麻哈王,“你是谁?”

麻哈王不想耽搁太长的时间:“我是沙姆,就是你们要抓的麻哈王。我请叶娜公主转告我哥、我爹,叫他们少管我的事!我今天只带走依品。兄弟们上!"

麻哈王觉得这四个女孩子好对付,首先扑向叶娜。依品这时也镇定下来,她挥舞着长刀对付走向她的两个黑汉子。叶娜这时发觉背篓妨碍她挥舞长刀对付麻哈王,急忙甩开了背篓,左一刀、右一刀地挡住杀过来的麻哈王。

袭击依品的两个黑汉子几下就把依品的刀给下了,俩人冲上去按翻依品瘦小的身体,用一只大布袋套住依品,扛在肩上就跑走了。

叶娜看在眼里,急死了,大嚷:"你们这帮强盗,快放下依品,不然我饶不了你们!"叶娜毫不犹豫地伸手去包里掏枪。就在这时,围住她的三个男人中的一个一抖手,把一卷绳子套在了她身上,用力一拉,叶娜被拉翻在地。叶娜气得大叫:"你们这帮狗东西,我一定会收拾你们的。"

麻哈王走到她跟前,用脚踩住她的手说:"对不起了,表妹,大公主!"说着用刀背猛地一击,把叶娜打昏了。

麻哈王对他的人说:"不要管她们,快跑!"

麻哈王昼伏夜行,花了两天时间到了班弄。他求见马成君。马成君到英军营地去了,他的小老婆出来:"哎哟,是麻哈王呀!我们马王爷带着管家正在军营里忙着和英国人议事呢。你有什么事给我说吧。"

麻哈王见到马成君这个妖娆的傣族小老婆就咽口水,他说:"我见马王爷也没什么大事,就是为英国人去找东西跑累了,想在你家府上歇歇脚。"

"好办,好办,麻哈王也是一方大王,在我家歇歇,我们应当好好侍候。"傣族小老婆扭动腰肢,把麻哈王领进王府叫人安排他们歇息。

马成君回来,一听说麻哈王来他家住歇,虽摸不清麻哈王的来意,但还是赶忙到麻哈王的房间来。

"麻哈王,你辛苦了!从何而来呀?"马成君皮笑肉不笑地问。

"马兄,你不是推荐我去给英国人找什么木刻盒子吗?老子拼着命去了三趟,总算摸到了着落。现在我爹领着人去永班抓我,抄我的老窝,我一时不便回永班,就先来投奔你,歇息几天,也好向英国人交差。"

马成君这几天正被英国人逼着忙这忙那的,麻哈王来了,正好让他去顶自己受英国人使唤一阵子。他拍拍麻哈王肩头说:"麻老弟,住我这儿多歇息几日吧,有什么需要你尽管说,我会吩咐下人办的。"

"依品的事咋办?"麻哈王犹豫了一下,看了一眼马成君,吞吞吐吐地说:"马兄,这次舍命去办爵士交代的事,差点儿回不来了,拼了命的!路上顺便捡了个便宜,抓了个小丫头。她很不听话,我想把她放在这里管教些时日,请你给个方便。"

"没事,没事。"马成君满口承允,而他心里想的是麻哈王一贯搞女人,名声极差。这次抓个姑娘,又押到我这里来肯定有名堂。而他口里说:"这是你的私事,我管不着。”

叶娜从昏迷中醒过来时，两个姑娘在身边哭，依品不见了。她闭着眼睛努力想发生的事。

“麻哈王这个坏蛋，把依品抓走了！”叶娜想起了发生的事情，她叫两个姑娘不要哭，“你们哭也没用，我们赶快回去，一定要想办法把依品救回来。”

娅嫡见两个姑娘扶着叶娜回来，心里明白是怎么回事了。她懊悔极了！

“叶娜，是不是沙姆把依品抢走了？这个畜生，他是处心积虑要找依品的呀！”娅嫡哭起来了。

叶娜追问娅嫡：“沙姆为什么要抓走依品？”

娅嫡想起昨天碰到沙姆的情况，对叶娜说：“事情到了这一步，我照实对你说了吧。沙姆一直认为依品是他和玉波生的孩子，所以他三番五次地想法来抢。好在依品在班洪，沙姆没有机会。这次他趁着艾西瓦和他爹都不在班老的机会，摸回来想偷走木刻盒子，碰巧遇上了你们。他当然不肯放过依品，我想他不会对依品怎么样的，只是依品要受苦了。”

“啊，依品是沙姆的女儿？”叶娜吃惊了。

叶娜思前想后，决定立刻回班洪，尽快把麻哈王抢走依品的事告诉班洪王，要阿爹想办法把依品救回来。

叶娜的竹楼

岩嘎小心翼翼地上了竹楼，他想叶娜已经睡下了，轻手轻脚地走进了里间。

叶娜没有睡，坐在火塘边一边用烧火棍拨弄着柴块，一边深思着。从班老回来后，她像变了一个人似的，往常那种欢笑快乐从她身上消失了。她一想起依品被麻哈王抢走，心情就特别不好，哭了一场又一场。

岩嘎悄悄地坐到她身旁，安慰她说：“事情已经发生了，大家现在正想方设法寻找依品的下落。阿爹说了，不惜多大代价都要把依品找回来。”

叶娜一下扑到岩嘎怀里，伤心地哭起来：“都怪我没有听你的话，要是当时多带几个人，沙姆他就不敢下手了。”

岩嘎擦去叶娜脸上的泪水，自责地说：“也怪我没有想到麻哈王会偷偷地摸过来，我太轻敌了。听探子说，麻哈王不敢把依品带回寨子，他现在把依品藏在班弄马王府里。他也不愿报告英国人，现在只想让依品认他这个爹。”

叶娜一听，猛地坐起来，问岩嘎：“这个消息真实吗？”

“真实。据说是莫贡老爹从马王府里可靠的人那里探听到的。”岩嘎一边说，一边又把叶娜拥过来，告诉叶娜：“你莫急，现在派人过去打探了，只要麻哈王一有什么动静，我们都会知道的。阿爹正在筹划两件大事，一个是稳固守住河东岸，短期内英国人忙于巩固炉房、金厂坝一线，估计英国人不会像攻班老那样发动大规模进攻。所以,我们要利用这个时间巩固守卫。再一个就是筹划要到昆明去,组织告急求援团去报告这里的情况。救依品的事,他也正考虑着呢。"

"唉,依品不知怎么样了?"叶娜说着又掉眼泪了。

岩嘎站起来从挎包里拿出一件东西交给叶娜,说:"这是宋哥交给我的,说物归原主。他说这件宝物让他跟那个英国小军官处得很熟了,人家十分佩服你这个公主毫不畏惧挺身而出救他们,夸你夸得不得了!"

原来是尼奥送她的那把银鞘匕首,还有尼奥照的几张照片。叶娜情绪好转一些,对岩嘎说:"要是当时知道他们是英国军官,我是不会救他们的。"

岩嘎说:"这些洋嘎拉就是会耍手段。听马青青说这个年轻军官现在就在班弄军营,还是这次入侵的英军司令官的儿子呢。"

"啊!"岩嘎的话似乎触动了叶娜。叶娜漫不经心地翻看着相片,心里总想着依品。

马王府

玉波来到班弄,她没有到军营去找乌波朗。她知道乌波朗正在和卓温上校指挥攻打班老,他们对这次进攻蓄谋已久。她让搭乘的军车直接送她到马王府。

一听玉波到门口了,马成君慌忙丢下烟枪,简单收拾了一下,带着小老婆就奔出来迎接。

玉波见他慌乱的样子,有点好笑,说:"马王爷呀,我是来借住几天的,惊动了您的大驾,请原谅啊!"

马成君见只玉波一人,仍不敢懈怠,他知道这位翻译官和乌波朗的关系。他嬉笑着说:"翻译官小姐到寒舍来,是我马某的荣幸。您请进,请进!"

玉波边走边对马成君说:"马王爷,爵士先生公务忙,我在您这里借住几天。"

"好,好。说来也巧,爵士让我回来镇守班弄,让我有机会为您效劳了。"马成君干笑着说。

这时,麻哈王也来到马王府,见翻译官小姐和马成君在说话,想避开走掉。玉波眼快,见麻哈王想躲开,就喊住了:"哟,那不是麻哈王吗?急急忙忙到哪里去呀?"

不愿与她打照面的麻哈王被叫住了,只好硬着头皮走过来,他像对乌波朗那样哈着腰说:"您好,翻译官小姐,我没看到您,请原谅!"

艳妆浓抹而且气质高贵的玉波早就认出了这个改变了她命运的恶人——班老三王子沙姆。她没有点破,也没有立即报复,她在等待机会。沙姆则完全不敢认这个翻译官小姐就是当年那个被他玩弄后推进河里的玉波!

玉波爱理不搭地对他说:"麻哈王爷,有急事你去忙吧!"

麻哈王忙回答:"有点急事,我先走了。"

望着远走的麻哈王身影,马成君对玉波说:"小姐,这个麻哈王现在借住在我这里，还带了个姑娘，整天把人家关在屋不许出来。鬼知道他搞什么名堂。”

“哦，有这种事？”玉波以她女人的敏感问，“你们见过这个姑娘吗？”

马成君有意地说：“见过，十六七岁，清秀文静，不像是一般人家的女孩儿。听他手下的人说是从班老抓来的。”

玉波心里“咯噔”一下，她的神经被触动了，但这些年的历练让她变得沉稳了。她不动声色地说：“凭麻哈王的德行，这事他做得出来。不过怪有意思的，你们都知道得多，待会详细给我说说。”

“是。”马成君想了一下，指着他的傣族小老婆说：“你不是打听得蛮多的嘛，待翻译官小姐休息后，你给她说说。”

巴不得有机会接近乌波朗爵士翻译官的傣女，高兴地答应：“是。”

麻哈王转到住处，忙把贴心的护卫扎尼、扎登招来，说：“你们把依品看紧点，我得想办法把她转移。刚才我看到乌波朗的女翻译官到马成君这里来了，我们得提防着点。”

扎尼说：“三王子，我看我们还是把她悄悄地弄回寨子去，找个地方关住看紧了就行。”

麻哈王：“好吧，反正得离开马王府了，走漏了风声可就难办了。对了，你们再去劝劝她，一定要她认下我这个爹。”

关依品的屋里

扎尼、扎登拎了串香蕉放在依品面前。

扎尼：“依品姑娘，我们送你到永班寨去好不好？”

依品不理睬。

扎尼装作一副亲善的姿态，说：“依品姑娘，三王子，就是永班寨的麻哈王，他就是你的亲爹。你到永班后就是我们寨的公主了，多好啊！”

依品依旧不理睬。

扎尼又说：“当年三王子和班老的玉波姑娘好上了，但是三王子那阵子时运不好，顾不上玉波和你。现在好了，接你回去，当公主了，可以去过好日子了。”

扎登猛地叫起来：“依品公主，你认了麻哈王这个爹吧！他可是拼了命才找到你的呀！”

依品抬起头来，满脸愤怒地说：“我从来就没有这个爹！他是个做尽坏事的洋嘎拉的走狗。我的家在班老、班洪，你们送我回班老去！”

扎登恶狠狠地说：“你回不去了！三王子是你爹，你认与不认他都是你爹！明天我们就把你送到永班去。”

门外传来一个女人威严的声音：“哎哟，这是哪儿呀，还有这么凶狠地对一个女孩子要蛮的地方。马太太，这是你们马王府吗？”

一个衣着华贵、英国太太般的女人，在马成君小老婆和一群人的簇拥下，挤进了这间小小的屋子。麻哈王远远地跟在后边。

扎登、扎尼很吃惊。

马成君小老婆谦卑地回答："翻译官小姐，麻哈王借住在这里，这位是他带来的姑娘。"

"叫什么名字？"玉波仔细地盯着依品看。

依品不回答。

扎尼："叫依品。"

"哦，依品！这个名字好熟悉哟！"玉波想了一下，看着依品有意识地说："想起来了，在曼德勒宋忠良和马青青跟我谈起来过，就是那个和叶娜公主救了勃兰克少校和尼奥中尉的依品吗？哎呀，你们怎么把人家关在这里呀？勃兰克少校和尼奥中尉要是知道了的话，还不带兵打上门来。"

扎尼、扎登不敢吭气，麻哈王也一闪就不见了。

玉波："马太太，你让人把依品小姐送去洗洗澡，换点干净的衣服，送到我房里来，让她跟我一起住吧！"

忽地，麻哈王不知从什么地方钻出来，拦住说："翻译官小姐，这不行呀！她是我的女儿！我的女儿呀！"

依品站起来，鄙夷地朝麻哈王啐了一口："呸！你把我从班老抢来，让我做你的女儿，让我叫你爹，做不到！我要回班老去！"

玉波扫了麻哈王一眼，说："你不是说是你女儿吗？人家可不承认呀！"

麻哈王急了："她就是我的女儿嘛！你不能带走！"

依品问："你到班老把我抢来，用麻袋装着扛到这里。你还打伤了叶娜公主，你是强盗！根本不是我爹！"

玉波笑了起来："用麻袋把人家姑娘装了抢来，让人家当你这样的人的女儿，让人家叫你爹。哈哈，还真有故事哟！让我去讲给爵士和上校听听，看他们怎么说。"

马成君赶来，赶忙帮麻哈王求情："翻译官小姐，我照您的吩咐办。这事就千万别惊动爵士大人了吧！"

玉波望望麻哈王，麻哈王一脸颓丧。

玉波临走说："马王爷，住您府上还真会碰上些有趣的事。我在房里等着，你们把这姑娘给我送过来。"

马王府的小洋楼

洗浴换衣后的依品，显得格外端庄、美丽和宁静。玉波一言不发长久地看着她。在玉波心里，这就是当年的自己！

马成君亲自来请玉波吃饭，才打断了玉波的遐想。

玉波问马成君:“你到军营去见到爵士没有?”

“爵士和上校在炉房和金厂坝那边军营。听勃兰克少校说,三五天怕回不来班弄这边。”马成君回答,而他心里想:“这女人还真黏上那老洋嘎拉啦。”

玉波又问:“那个麻哈王还在这里吗?”

马成君忙回答:“他说明天回永班去,他想带这个姑娘回去。”

玉波“嘭”地一下把手里的杯子重重地放到桌子上,厉声说:“马王爷,我请您告诉麻哈王这个家伙,赶快从我面前走开。他再来说要带这个姑娘回永班的话,我就叫他完蛋!你告诉他,我不会轻饶他的!现在让他带上他的人赶快滚!现在就滚,滚得远远的!”

见翻译官真生气了,马成君害怕嘛哈王的事牵涉到自己,连声回答:“是,是,让他马上就滚,马上滚!”

玉波让马成君把饭送上来,她和依品在房间里吃:“马王爷,请您让人把饭送上来,我们在房间里吃。这个姑娘被麻哈王吓坏了,暂时还不愿出去。”

依品一接触这个女翻译官,就对她有种不同的感觉。她说到麻哈王时,总有一股仇恨似的,而对自己又是那么亲切、温柔。

依品心里一直在琢磨:她到底是什么人?

马成君也摸不透这个女翻译、女秘书和情人,对这个班老来的姑娘打什么主意。他小心翼翼地侍候着,特别在小洋楼派了岗哨,不许任何人进楼。

晚饭后,玉波站在窗子边,看着西天边的一片片红霞。她看着一直不吭声的依品,很动感情地讲起来:

“孩子,我给你讲个故事。那是十七年前这样一个黄昏,有一个痴情的姑娘,站在南依河的班老悬崖边。她走错了一步,想挽回这个错误,好好地过自己的日子。姑娘爱的是一个堂堂正正的男子汉,而一个卑鄙小人却趁机霸占了她,伤透心的姑娘本来想既然失了身,怀了孕,就跟这个小人过一辈子就算了。可是,那个丧尽天良的家伙,却把姑娘推下悬崖。姑娘和那未出世的孩子,真可怜啊!”

依品似乎被这个故事打动了,她抬起头来问:“姑娘死了吗?”这是她很关心的事,在班老昆鄂爷爷就给她讲过这样的故事。只是爷爷讲这个姑娘失踪了,也可能掉进河里淹死了。艾西瓦伯伯还沿河找了,最终也没发现。昆鄂把沙姆痛打了一顿,他什么都不承认。现在依品听到这个姑娘失踪的真相,心里更加充满了对沙姆——麻哈王的痛恨。

看到依品开口了,玉波真高兴。她仍然平静地讲下去:

“可能是老天真的可怜这个姑娘,可怜她肚子里未出世的生命,她在河里漂了很长时间,漂了很远、很远,漂出了班老区域,被一个外国传教士救了起来。这个传教士为了不可告人的目的,还残忍地把当时救起这个姑娘的人和知道这件事的人都杀了。

“这个洋嘎拉传教士收养了这个姑娘,让她成为教堂里的清洁工。为了表示他的仁慈,他还让姑娘生下了孩子,并把生下的孩子送走,送到姑娘的家乡。姑娘在这个孩子身上挂了一只缅甸玉雕的吉祥鸟,同时还狠狠地在孩子的左手臂上咬了排牙痕。这是为了有朝一日与孩子相认的凭记。”

依品惊愕了:她脖子上一直挂着只玉吉祥鸟;她的左手臂上确实有一排整齐的牙咬印痕。她很想听玉波把“故事”继续讲下去。

“传教士对姑娘说:‘你还很年轻,是上帝的宠儿。’”玉波慢慢地在屋子里走着,她闭上了眼睛,声音里充满了辛酸和痛苦。“传教士让姑娘读教会学校,到曼德勒读中学,甚至还让姑娘到仰光的大教堂去学习。洋嘎拉传教士发现姑娘在语言方面很有天赋,就专门请人教会她缅语、傣语、佤语、汉语和边境的多种民族语言。姑娘为了报答传教士的恩德,勤勤恳恳地做着传教士交给她的各种事情。

“传教士说要把她培养成一个非盎格鲁-撒克逊血统的典型的高贵英国女人。他安排姑娘到缅甸、印度的一些英国人家里做保姆,做厨娘,做家庭教师。总之,这十多年里传教士花尽心思,要把一个从死神手里夺回来的姑娘培养、改造成一个高贵的英国妇人。他说,他要以此来昭示上帝的伟大,昭示教会传播上帝旨意的忠实和万能,并以此展现他本人的才能。就事论事,这个传教士的确做到了。”

看着依品已经着迷的样子,玉波问:“这个故事好听吗?还要不要我继续讲下去?”

依品已经感觉到这个“故事”的真实了,她想知道更多,请求说:“请您继续讲下去。”

“好。”玉波继续讲:“正当姑娘长得像金凤花,像金缅桂花那样靓丽、秀美,浓香四溢,让看到她的人都忍不住会驻足多看上几眼的时候,传教士占有了她!而且把她作为私有物品一样,粗暴、卑劣、长期地占有着她。传教士说,这也是上帝的旨意,是对他十多年耗尽心血培养她的回报。”

依品从玉波痛苦的声调里听出了愤怒和呐喊。

“这个传教士是个伪君子,是个黑色道袍下的魔鬼!她不仅占有了姑娘,而且当他要达到某个目的时,他让姑娘去做他的工具。他的卑鄙无耻往往被他的伪善遮掩了。传教士四处奔走,到处活动,宣扬他的上帝、他的福音,实际干着种种连土匪、强盗都不如的勾当。后来,他甚至让他的儿子也强暴了姑娘。在传教士父子的蹂躏下,姑娘反抗了,她决心要揭穿黑色威严道袍里的卑鄙和龌龊,这才使这个野兽害怕起来。传教士为了达到他的某种目的,假装表现出慷慨大方的气度,说为了大英帝国的利益,把姑娘送给了一个权力很大的贵族高官。”

依品已经泪流满面了。

玉波强忍着盈眶的泪水。

玉波轻轻地走着,变了一种声调,继续讲道:“幸好,姑娘在一个场合认识了一些很高尚的中国人,其中有一个叫尹涛的年轻教师,很同情姑娘的遭遇,给她讲了不少道理,指导她读了些书,真正让她看到了光明。现在姑娘已经站起来了,她要用自己的方式同邪恶斗争。

“姑娘也醒悟了,她认为自己始终是一个中国人。

“前不久,她听到一个叫宋忠良、一个叫马青青的年轻人,讲了不少班洪、班老的事,使姑娘十分迫切地想起了家乡的亲人。可是她现在还回不去。”

听到一个个熟悉的名字,依品停止了哭泣,她一次次抬头望着玉波,又低头沉思着。

玉波不讲话了,沉默地、轻轻地走着。

两人沉默了好一阵,静得只有俩人轻微而急促的呼吸声。

依品首先打破沉默,她勇气十足地站起来,看着玉波的眼睛问:“你叫玉波,就是你讲的那个姑娘!”

“是的。”玉波毫不回避地回答,并问道:“你叫依品,今年十七岁,是昆鄂的孙女?”

两个人四目相对,心灵的火花撞击了,两双手抬起来了,四只脚相对挪动着,一步一步地接近……

几乎同时,两人扑向了对方,依品和玉波紧紧地抱在一起。

“妈妈!”

“我的孩子。”

玉波哭喊着,依品哭喊着,两个人轻声哭喊着,直到哭喊的声嘶哑。

玉波拉着依品坐在沙发上,看了又看,又紧紧地搂在怀里。

屋里只有两个人的哭泣声、倾诉声。

屋里的烛光整整一夜没有熄灭。

麻哈王赖着住在马王府,他窥视着小洋楼,要找机会把依品抢走。马成君不明白个中原因,但他看出了麻哈王的蛮横最终会吃大亏的,对麻哈王说:“老弟,听我一句劝,走吧!你斗不过爵士的这个女人。你要硬来,不是碰个头破血流,而是脑袋搬家的事。走吧,想法保住自己现有的利益才是最重要的。”

麻哈王气愤地说:“我就这么败了么?”

马成君无可奈何地说:“这么败不是更好收场吗?你没见营地指挥官每天都派人过来问候、送食品,说明什么?老弟就此罢休吧。你送她个使女,说不定以后她还会记得你呢。”

“嘿!”麻哈王使劲用他的长刀敲着地,跟随马成君到英军营地。乌波朗传来命令,要他俩赶快运一批粮食到炉房,并且将要在炉房召集他们商量事情。

第十五章

调虎离山英军攻陷班老
勇闯班弄小分队救依品

南依河东岸

班洪自卫队的营地里。

这天，岩嘎和杨叔巡视了守河哨位后，正商量要派人过河打探消息，几个哨兵揪着一个年轻人进来："报告指挥，我们抓住一个从河对岸摸过来找船的奸细！"

岩嘎一看，很面熟，正待过去询问，那人一声大叫起来："杨叔、岩嘎哥！我是和尚帕温张呀！"

杨叔、岩嘎赶忙过去："是帕温张，是帕温张！"

给帕温张松了绑，岩嘎拉着他的手问："你们小队到哪里去了？连个音信都没有。你从哪里来……"

不等他问完，帕温张喝了口竹筒水后急忙说："我们，艾西瓦和甘木浩，我们小分队都在河对岸林子里等着，我来找船去接他们。艾西瓦说事情很紧急了，所以我们今天要赶回来。杨叔，快派船吧！"

杨叔对岩嘎说："眼下快派船过河接人！"

渡口一时忙碌起来，几十个人把两只船从密林里又抬又拖地弄到河里，岩嘎带上人亲自去河对岸接甘木浩小分队。

英军营地

乌波朗听南依河西的探子来报，说有班洪武装过河来了。他一听，急忙叫卫兵把勃兰克少校和宋忠福找来，问道："是不是渡河计划泄露了？为什么有班洪武装渡过河来，你们的岗哨没发觉吗？"他又问探子："有几个人渡河过来？"

"两只船，四五个人，"探子回答，"我是远远地看见有船过来，就赶快跑来报信了。"

乌波朗一边踱着步子，一边自问自答："是发现我们的渡河意图了吗？不可能，我们的军队还没有在渡河地区集结完毕，这是干什么呢？"他停住了步子，发出了命令："勃兰克少校，你的队伍天黑前必须赶到指定的班老地区，扎营后加强警戒，准备明天进攻。宋，你带上三家联合组建的联队马上出发，封锁我们要渡河的整个地区，凡是有班洪渡河过来的小股人员，一律消灭！我和炮兵分队、舟船分队明天上午赶到，赶快行动！”

同时，乌波朗也命参谋：“立即与卓温上校联系，请他们加快进军速度，一定要明晨准时到达集结地。”

南依河东岸

渡口附近，班洪武装前线指挥部，山坡草地上，甘木浩小分队队员们围在一起吃饭，他们的刀、枪架在一堆，特别显眼。缴获的枪支弹药放在指挥部里，二十多支新崭崭的英国步枪和八箱子弹，谁都忍不住摸一下。

艾西瓦对杨叔、岩嘎和听到消息后赶来的江宗，说：“我们按约定的时间完成了任务，在返回的路上看见英国人拉了不少橡皮船来，而且已经用马帮驮到南依河的班老一带，他们的军营和马成君、宋忠福及麻哈王的兵都驻扎在班老对面。我们已经注意两天了，估计是英国人要动手了，所以我们急着赶回来报个信。”

杨叔问：“甘木浩，说说你看到的情况。”

“洋嘎拉马上就要渡河打仗了。他们拉来那么多软皮的船，还拉了大炮，人也拉来了不少。”

“你们看嘎拉有多少人？”

“洋嘎拉集中起来至少有五六百人，马家、宋家和麻哈的人马怕也有五六百人，听说还有从垭口撤下来的英国兵。”

艾西瓦说：“我看这次洋嘎拉是要从班老下手了，我得赶快回班老，早做准备。”他又说：“这次是凭了甘木浩这班青年的勇敢，我们搞到了这批枪，我们班老快枪是最弱的。这些枪我们就不交出来了，行吗？”

杨叔说：“这是你们的战利品，只要甘木浩没有意见，我看行。”

甘木浩连声说：“行，行！我们小队现在人手一支枪了，这次弄到的、原来打运粮马帮的那几支枪也交公好了，只是给我们留点子弹。”

岩嘎也笑了：“子弹给你们留一箱，班老王带走两箱，其余五箱分给各路有枪的人，让大家也高兴高兴！”

江宗凑上来说：“我们在垭口也缴了十多支枪，你们分箱子弹给我！”

杨叔提议：“从现在的情报来看，敌人会先从班老下手。我提议，甘木浩小队跟艾西瓦回去，另外再安排人马随时支援班老。”

大家一致同意，艾西瓦更是高兴。他这次完成任务后带回了十几支班老从未有过的快枪，还有甘木浩小队的十几支快枪，班老武装力量得到了加强。

甘木浩跑出去，拿了一个方盒给杨叔说：“杨叔，请你把这个交给班洪王昆钟，是我弄到的，他会喜欢的。”

杨叔一看，高兴得合不拢嘴：“甘木浩呀甘木浩，你把人家司令官的宝贝都捎来给你祖爷爷了，了不起呀！这是千里眼，用它可以看对面山上的人呢！”杨叔把望远镜调好了，让甘木浩看。

“哎呀呀，真个是样样都跑到眼前了！”甘木浩叫起来。

岩嘎、江宗轮流着看。“嘿，真是千里眼呀！几千步以外的东西都看得清清楚楚，甘木浩送我算了，不要送我爹了！”“留在前线用好了！”……

甘木浩急了：“原来是这么好的宝贝，要是会用，我才舍不得送人呢！不过男子汉，说出的话像钉子！我还是要送给祖爷爷的，他就是个大司令官嘛！”

大家大笑起来，争着用这个“千里眼”东瞧瞧，西望望。

甘木浩小队带上枪支弹药，跟着艾西瓦回班老寨了。

“甘木浩，我回去就挑一批人，你要抓紧时间，教会他们使用快枪。我们杀头猪，让小队的年轻人好好吃一顿。”艾西瓦看着这批身扛快枪斗志昂扬的年轻人，高兴地说。

在曼德勒的一隅，一家华商公司从大门开始就有人站岗，进出公司的人都要被盘问。

会议室里，二十来个与会者紧紧围着会议桌坐着，一位年近五十岁的主持者对他身边的一个二十七八岁的年轻人说：“小尹，我们就开始吧！”继而，他向大家讲：“各位侨领，各位同胞，昨天尹涛先生向我们介绍了我国班洪地区受英国侵占，班洪佤族和各族民众起来英勇抵抗，打击入侵英军的情况。他的报告一夜之间传遍了曼德勒的侨界。今天我们换个地方，到敝公司来和大家商议一下，如何支援班洪地区人民的抗英斗争。这里，虽然是英国人的天下，但是我相信有良知的中国人走到哪里都是热爱祖国，热爱中华民族的。我们的心是和祖国四万万七千五百万人的心连在一起的。请各位，各抒己见！”

尹涛向大家讲道：“各位前辈，两位在班洪地区和佤族人民一起战斗的年轻人，冒着生命危险回到曼德勒，一是向同胞们报告那里事态的发展情况，二是反映那里无医无药的困难。为了祖国的尊严，为了领土不被侵占，以佤族为首的班洪、班老百姓上下一致，抗击英帝国主义的侵略。这是我们云南人的光荣！云南人不管家乡的事，谁管？我提议尽快组织慰问团，带上一支医务队前往阿佤山慰问，去救治伤员。”

与会者争相发言，表示支持这个提议。

尹涛向大家明白表示：“千难万险我无所畏惧，一定上阿佤山去慰问！”

与会者热烈议论之后，形成三条决议，由会议主持人向大家宣读：

“一、组织慰问团和自愿医疗队前往阿佤山慰问，尹涛带队；所需经费和医疗药品，与会者人人捐助，并在日内筹备完毕。

二、医护人员，自愿报名参加，以五六人为限。鉴于曼德勒局势，本侨联所组织的支援活动一律不予公开进行，并须保密以保护参与者人身安全。

三、利用各方面有利机会，进行舆论宣传，揭露英国军队入侵中国的行径，号召在缅侨胞声援班洪地区人民的反抗侵略斗争。”

尹涛提议：“由于抗英斗争的急需，先组织医护人员带少量药物尽快出发，抗英慰问团随后筹备够物资尽快前往班洪地区。”

这个两步走的办法，得到与会者的赞同。会后尹涛与侨联诸委员商量具体办法。

会后，尹涛直接找宋忠良和马青青，想说服他们留下继续读书，支援慰问的事由他去办理。马青青一句话就问得他张口结舌：“尹老师，您告诉我们祖国有难，热血青年要挺身而出。现在正是英国人在对我们祖国发难的时候，您要我们潜身而退吗？”

宋忠良也说：“尹老师，我们还是研究一下尽快带着医药用品返回阿佤山的问题。从这几天英缅报纸提供的消息来看，英国人已经大打出手了，抗英的人们等待着医药用品啊！”

马青青自豪地说：“再说，我俩已经是阿佤山抗英队伍的战士了！”

尹涛想了想：“好吧，先拿出个安全、可靠的方案来。你们带上三位医生，两天内就出发。”

马青青蛮有把握地说：“我们会有办法的，明早给你方案。”

班老大寨

天刚亮，抽派来学习使用英国步枪的十五个人就已经在班老大寨的剽牛场上开始练习了，甘木浩认为使用步枪跟火药枪差不多，就是瞄准的问题，可是几个猎手用尽力气扳不开枪栓，甘木浩又耐着性子教他们。甘木浩想了个好办法，他派小分队的队员，一人去教一个新射手，这一下很快就让一双双从未摸过钢枪的手，学会装子弹，瞄准射击了。两个人一组，你教我学，进步很快。

艾西瓦看了，说甘木浩就是有股鬼精灵性。

这些领到钢枪的青年和猎手，更是欢喜百倍，背上枪在寨子里走来走去，一会儿用自己的包头巾擦枪擦子弹，一会儿又用枪练习射击。甘木浩一再告诫大家，节省子弹，多用弓弩和大刀。子弹太金贵了，打一颗就少一颗。要求大家，一枪打翻一个洋嘎拉。

“要枪，要子弹，战场上找洋嘎拉要！”甘木浩给大伙提出了明确的口号，大家回应“勐，勐，勐！”

接连两天英国军队没有渡河的迹象。

这天，寨子里吃过早饭的人家准备带上中午饭到远离寨子的田地里做农活，守卫在河边的岗哨来报告：“洋嘎拉要渡河了！”

艾西瓦一听，丢下饭碗，背上刀枪就赶紧跑到寨子的高岗上，这里可以看到河对岸。他看了一会儿，对跟着他的自卫队员说：“洋嘎拉要渡河了，快发出通知，吹响牛角号！”

“呜，呜，呜。”短促的牛角号声，一串一串地发出去了。

于是，班老各寨里，“嗵、嗵、嗵”木鼓发出厉严的战斗号召；“呜……”牛角号划破天空嘶鸣，号召队伍奔向战斗前沿；“咣、咣、咣”一声比一声紧的锃锣声组织队伍调动。

“洋嘎拉渡河了！”

“英国兵打过来了！”

战斗的警报在班老各村寨里迅速传递着，男人们挎上刀，背上弓弩，握紧长矛赶往集合地；女人们紧张而迅速地收拾东西准备躲进山林。

很快河东岸的树林里，草丛里，岩石堆里，都站满了战斗的人们，一双双警惕的眼睛注视对岸和河里的动静。豺狼来了，迎接它的有猎枪、弩箭、大刀和长矛！

河西岸，英国兵已经展开了进攻的队列，在河滩上给橡皮艇充气，放下水；河边高地上几挺机枪在对东岸射击“哒、哒、哒、哒……”子弹打得河面上水花乱飞，天空中受惊吓的鸟儿在四下飞逃。紧靠河岸的树林，枝叶被打得“噼噼啪啪”阵阵响。数百支步枪射击，飞蝗般的子弹在空中“吱、吱”地叫着。英国人的火力大占优势。几个班老自卫兵气得牙齿都咬碎了，他们冲出去站在河滩用火药枪和弩箭朝对岸射去，弩箭也好，火药枪的铁砂丸也好，连河的中间都射不到，引得英国兵在对岸拍手嘲笑。接着“哒、哒、哒”一阵机枪声，在河滩上的几个人非死即伤，哀叫声从河滩上传来。

甘木浩几次提起手中崭新的英国步枪，准备还击，艾西瓦制止了他。班老王昆刚把大小头人召集在河边密林里，对大家说：“大家回去一定要叫我们的人沉住气，洋嘎拉火力太猛，不准再暴露目标！大家准备好，等他们船靠岸，人刚着地时，所有快枪一起瞄准射击，然后弩箭齐发，紧接着全体猛冲出去，杀他个片甲不留！听好，一定要听指挥！我们的优势是近战，勇猛地突然冲击，发挥我们大砍刀的优势！”

甘木浩很佩服艾西瓦的指挥本事：“按宋哥的说法，这叫避短扬长，英国人刚刚上岸，我们就冲出去发挥大刀的威力。”

河东岸在一阵又一阵狂风暴雨般的射击中，悄无声响，连个人影子都见不着。亲自上阵指挥的乌波朗站在勃兰克少校身边，用望远镜查看河东岸，刚才有几个长髯赤身的“野人”出来射弩，被机枪全都打翻后，对面的人都不见了。他问宋忠福：“你们说，有五六百野人部队，在哪里？在哪里！”

宋忠福欲言又止，他心想：这老洋嘎拉还不知道佧佤的厉害，让他尝尝才行。要让我的人马最后过河，让马家和麻哈王的人先去送死！

乌波朗用手杖指着宋忠福：“你快指挥渡河，快渡河！”

英国兵上了三只橡皮艇，其余七只橡皮艇上是麻哈王和马成君的佤兵。宋忠福挥舞着手枪大叫大喊："快渡河，快渡河！"

宋忠福见佤兵一个个畏缩不前，上前去拳打脚踢了一阵，骂道："狗日的，洋嘎拉出钱叫你们冲，你们就去冲，冲上去的转回来领大洋！哪个再缩在后边，老子的枪子就干翻哪个！"

十只橡皮艇急速地离开河西岸向对面冲去。

勃兰克少校指挥着机枪向东岸扫射。步枪也一阵一阵地倾泻着子弹。

"射击效果很好，哈哈，佧佤人吓得影子都不见了！"乌波朗好不得意。橡皮艇过了河中心，对面还是没有动静。

麻哈王和马家佤兵的橡皮艇，刚过河中心就像失去方向似的在河里忽东忽西地悠晃着兜圈子；宋忠福心里清楚这些佤兵知道岸上等候他们的是什么，所以他们故意在河上打转转，他们想让英国兵先登岸，观望后他们再冲上去。

宋忠福也佯装佤兵不会用橡皮艇，在岸上大声地喊叫着："往前划呀！往岸边划过去呀！"

英军的橡皮艇靠岸了！英国兵争先恐后地从橡皮艇上跳下来，叫喊着，凌乱地放着枪，一窝蜂似的朝岸上冲去；乌波朗的手杖重重地敲在身边的树上："哈哈，成功了，成……"不等他高兴，对面传来一排又一排齐射声，他赶忙用望远镜一瞧：上岸的士兵已经倒了一片，"啊……"接着他望见密密麻麻的弩箭从四面八方飞向上了岸的士兵，一批人又倒下了；其他士兵惊魂未定，还没有反应过来，"杀、杀、杀洋嘎拉……"，震天动地的呐喊声，犹如炸雷，几百名匍匐在草丛树林中的班老佤族战士，挥舞着亮闪闪的大刀、长矛，疾风般冲向河滩上的那一小撮英国兵。

乌波朗的眼睛一直没有离开望远镜。剩下的士兵来不及开枪，来不及逃跑，长矛从前胸刺进去，人没有倒下，脑袋就被另一把大刀砍掉了；涌来的人实在太多了，挥舞的大刀没人可砍了，倒下的尸体也被补上几刀！几十个上了河岸的洋嘎拉和佤兵，不一会儿便尸横河滩，血流沙砾了。

"天哪，太可怕了！上帝呀，太可怕了！"乌波朗全身颤抖，几乎要昏过去，旁边的勃兰克少校，手抖得简直拿不住望远镜，他叫着："这是大屠杀！大屠杀呀！"

只有宋忠福假惺惺地扶住快要昏倒的乌波朗，心里却说："妈的，尝到佧佤人的厉害了吧！谁叫你们不待在英国好好过日子，偏要来别人的土地上送死！"

乌波朗突然叫起来："船，船！"他发抖的手指着河面。

翻译吴坎指给他看："其余的橡皮艇都很快往回划了，快到河中间了。"

乌波朗又大叫起来："射击！所有机枪、步枪赶快向这些野蛮人射击！赶快射击！"

当枪声猛烈响起时，对面河滩上除了一堆堆残缺的尸身，已没有一个走动的人了！异常平静。

勃兰克少校简直不相信自己的眼睛了:“刚才的几百个野蛮人到哪里去了?他们到哪里去了!”

宋忠福知道他不懂傣语,就用傣语随口说了句:“他们回家喝酒去了。”翻译吴坎望望宋忠福,笑了笑,翻译给勃兰克:“他们跑了!”

回到河岸的十只橡皮艇已经靠岸了,船手还在拼命地划,从橡皮艇上下来的佤兵被刚才那场不对等的厮杀吓昏了!个个满脸惊愕,一时还转不过来。宋忠福过去叫人把他们拉下来,另外换了一批人上去。

宋忠福又在催促人们上橡皮艇。刚才上去活生生的五六十个人,现在已经悄无声息地躺在那边,脑袋大多被砍走了。再冲过去,不就是那么个下场吗?被宋忠福用枪赶着的人,缩着脖子往后退,宋忠福拳打脚踢也不起作用。

宋忠福看到马王府和麻哈王的佤兵都远远地躲着,他对乌波朗说:“爵士,马家、麻家的兵指挥不动呀!”

乌波朗看到宋忠福指挥不了麻哈王和马成君的兵,他叫了两挺机枪跟他一起过去,抡起手杖赶这些兵上橡皮艇,咆哮着:“不服从指挥的就地枪决!”在他的威逼下,又有四五十个马家、麻家兵上了橡皮艇,英军也上了另外几条橡皮艇。

勃兰克对着进攻的橡皮艇喊了一堆话。翻译吴坎向艇上喊道:“少校要你们分散进攻,一字排开,拉开距离!”

河里的橡皮艇平行推进,谁也不愿先行登上河滩,河滩上一堆尸体还触目惊心地丢在那里,橡皮艇里的人不愿上岸,于是十只橡皮艇在河里划来荡去,每条橡皮艇上的枪不停地向东岸射击。有几条橡皮艇刚停在浅水里,士兵们脚一踏上地,树林里枪声就响起来了,丢上一两具尸体,其余人拼命扑向要往回划的橡皮艇。班老武装冲出来时,橡皮艇已划回去了。

相持了几个小时,杨叔、岩嘎带着一支队伍赶到了。艾西瓦把班老武装消灭渡河登陆敌人五十多人的经过报告了他们,杨叔称赞说:“昆刚,你成了个大军事家了!军事上利用敌人弱势,发挥自己强势,克敌制胜这一套,你领会了并运用到实际中,真了不起,无师自通呀!”

岩嘎说:“今后我们的防卫都应当采用这种办法,千万不要和洋嘎拉硬拼,要用我们的长处去对付他的短处。”

班洪部队各自砍树枝搭窝棚,就地宿营歇息。班老寨杀了两头牛三头猪,送来五担白米,犒劳打了胜仗的班老抗英自卫队和赶来支援的班洪部队。

这晚,星稀无月,夜黑风紧,不熟悉当地地形的英国兵不敢黑夜渡河。

河西岸,乌波朗和刚从炉房带了两百英军赶来的卓温上校、马克少校及其他军官商谈渡河攻下班老,而后进攻班洪的“大计划”。

卓温上校强调:“对面的敌人是狡猾的,力量强大的。你们不要只看到他们是一群皮肤黝黑、赤裸上身、蓬头垢面，只有大刀长矛的野蛮人，这是一群和你们拼命的疯子！不能轻敌，小心翼翼地完成好每次战斗任务，否则，就回不了英国！”

乌波朗立即反对：“不，不，不！上校，别那么悲观，我们面对的是原始、落后，连王子都赤裸着双脚的部落，他们没有我们手中的现代化武器，他们的长矛不过是削尖了的木棒而已。这是一群应该被征服、被奴役的野蛮人！他们愚昧无知，仇杀嗜血，放开你们的手脚很好地使用手中的枪炮吧，你们一定会胜利的！”

勃兰克少校插话：“我们不可轻视敌人力量，今天渡河失败，正是说明他们很会打仗！”

乌波朗的脑子里总是产生那么多的阴谋：“先生们，我们不能这样在河边和他们对峙下去。你们的勇敢我不怀疑，但是还要加上智慧。”

卓温上校：“那就说说你的计划吧！”

乌波朗走到地图面前，又比又划，把军官们说得一个个“OK”，卓温上校也勉强地点点头。

第二天，英国军队撤走了。他们不是悄悄撤走的，而是弄得人喊马叫，声响大，动作大。他们把橡皮艇拖上岸，放了气，用骡马驮走了，军队也一队队开拔了。

站在河东的高地上，杨叔、岩嘎、艾西瓦轮流用“千里眼”——望远镜观看对面英国兵的动静，发现英国人的确是在撤退。杨叔派出去七个探子，要他们想方设法了解英国兵的动向。

几个从永朵、永桑到河东这边走亲戚的老乡都说：“洋嘎拉都撤了。洋嘎拉说，在这边打不过班老，他们要改变方向，要从新寨、炉房那边，水陆进攻，从上往下打。”老乡说是住在他们家的那些户班兵说的，他们也都走了。

打探消息的人陆续回来说：“洋嘎拉真是被班老打痛了，他们想从新寨那边往下打。”

“有这种可能吗？”杨叔问。

“洋嘎拉临走前还不准人来回走动，如果有人敢泄露他们行动和北上去的，就杀死！”

岩嘎一声叫起来：“糟了，洋嘎拉知道我们到班老来，他们要北上从新寨向下打，要趁我们空虚攻打新寨营盘了。”

“是有这种可能，”杨叔也想到了，“艾西瓦你咋看？”

“来了我们就打，走了我们追着打！这里我们坚持得住。”

于是班洪的部队连夜集中返回和江宗负责守河的人马集合在一起，做了对付洋嘎拉从炉房向下攻打新寨的防备。

洋嘎拉的小股侦察分队也不断在通往新寨的各个路口出现。

甘木浩的小队也被调到新寨方向。班洪自卫队的主要力量放在了对付英国军队从北向下的进攻上,各路人马都提高了警惕。

班老上下寨整天显得平平静静。艾西瓦派人把河滩上的敌人尸体挖坑深埋了。

在新寨一线的河西岸,洋嘎拉的机枪扫射一阵,几个步枪手到河边大摇大摆地走着,一发现河东岸有人影,他们就"噼啪、噼……"地打起枪来。战斗似乎随时可能打响。

河东岸班洪的武装也在时时警惕着英军的动向。

一天过去了,又一天过去了,南依河两岸似乎都处在平静的相持状态。

几天后的一天。

拂晓,在班老上下寨地区的南依河河面上,突然出现了英国兵的橡皮艇。清晨的薄雾还未散尽,在大青树上守了一夜的哨兵从瞌睡中醒来,站在树丫上撒尿,河面上出现了洋嘎拉的船。他以为花了眼,用手掌揉揉眼睛,顾不得撒尿了:洋嘎拉的软皮团团船!已经划到河中间了,一只,两只,……哎呀,满河都是呀!他顾不得系好搭裆的遮羞布,抓起他宝贝的新步枪就朝船开枪,"呯——",不知打到哪里了,他退了弹壳,又开了两枪。这时,他听到旁边的哨位上也响起了火药枪声,同时,一阵急速的铓锣声响起来,"咣!咣!咣咣!……"

霎时,河东岸火药枪声,铓锣声,还有刺破树林的牛角号声"呜——",发现洋嘎拉渡河人们的喊叫声,木鼓庄重的"嗵,嗵,嗵"声,震撼每个村民的心。

河面上的橡皮艇发现已经被察觉,于是开起枪来,河西岸的机枪也猛烈地扫射过来,橡皮艇划得更快了。艾西瓦一听到枪声和牛角号声,就立即挎上大刀,背上步枪,急促地对昆鄂老王说:"阿爸,情况可能很紧急,你赶快组织寨子百姓准备撤进老林,我组织抵抗。"

艾西瓦向河岸奔跑,一个佤族小伙子拿着一只大牛角号,跟着昆刚,跑一段停下,鼓足力气吹号"呜——"吹几分钟后,追上艾西瓦,又吹牛角号。人们听到这浑厚的牛角号声,从四面八方赶过来。

洋嘎拉的橡皮艇快靠岸边了。艾西瓦摘下自己的快枪,边射击边对号手说:"通知大家赶快射击,派人向寨子报信:洋嘎拉上岸了;再派人向班洪自卫队去报信,要快!"

"呜啊,呜啊,呜啊,……"号手吹出短促的声响,逐渐地河东岸的抵抗一阵阵强起来。

艾西瓦花了两个月时间组建起来的武装组织这下管用了。他规定了各种信号,安排了战斗步骤,一旦发生紧急情况,依照规定,各人都会找到自己的战斗位置。

十几支快枪排在艾西瓦周围,他下令:"集中瞄准最前边那只船——射击!"一阵枪声后,那只船果然只能在河面上打转转了。艾西瓦一面组织抵抗,一面观察整个局势。他冷静地想了一下:洋嘎拉这次声东击西搞突然袭击,英国兵的橡皮艇比上次增加了几倍,估计河面上的英国兵不下一百人,火力也更强了。主力转移到新寨方向上了敌人的当。光靠班老剩下的这些人是阻挡不了英国兵登岸的。现在只有利用地势,节节抵抗,消耗敌人了。同时,争取时间让寨子里的老少乡亲撤退。

艾西瓦下令,快枪队掩护撤退,班老主力撤到已经修筑好的第二道防线。于是,号手的牛角号声深沉了,拉长了"呜——",同时,铓锣也急速地敲响了"哨、哨、哨……"

洋嘎拉兵上岸了,可是他们不敢从河滩上前进,匍匐在河岸上掩护后边的一只只橡皮艇靠岸。

与此同时,新寨方向也发生了战事。英国兵两只橡皮艇划过来,被班洪兵一阵排枪打了回去,两只橡皮艇过一会儿又朝东岸划来,一打枪又退回去。

新寨方向的路上也出现了小队英国兵,他们远远地朝班洪队伍打一阵枪,退回去;过一会儿又来打几排枪,又退回去。没有一点进攻的样子。

班老报信说数百洋嘎拉兵已经渡过河占领了河滩,正与班老军作战。班老寨情势很紧急。

杨叔接到报信,又想到今早以来,洋嘎拉兵在河面上打转转,在陆地上也是小股士兵进进退退。"糟了!我们中了英国人调虎离山和声东击西的诡计了!我们上当了!这回班老寨吃大亏了!"

岩嘎刚从河边回来,听了情况分析,也有同感:"我们太老实了,敌人说要打新寨,我们就来守新寨。哎呀,真是中了敌人的奸计了。"他俩人你一言我一语,分析来分析去,都怪自己缺心眼。他们一面派人报告班洪王,一面派出一彪人马支援,接应班老王艾西瓦。

英军进攻班老的指挥部帐篷里,乌波朗点起了雪茄,他为自己的这一阴招很是得意。他踱着步子,口里吐着雪茄烟圈圈,激动地说:"让橡皮艇赶快转过来,把第二批人和武器运过去,对这些野蛮人要穷追猛打,今天一定要占领班老大寨。"

看着马克少校,他掩饰不住内心胜利的骄傲,对马克少校说:"少校,我们总算踏上班老的土地了!"

宋忠良、马青青和侨联批准的两位医生先行前往阿佤山。

马青青原来坚持要利用尼奥的军车把物资运到班弄,她认为有把握让尼奥为她服务。尹涛和宋忠良都不同意,他们认为尼奥虽是个有正义感的青年,但他是英军司令官的儿子,对他了解不深,作为军人尼奥有他自己不能控制的因素,利用他的军车运物资,危险较大。再说,坐他的车回班弄,马青青和宋忠良也暴露了。

尹涛决定在完全保密的情况下,雇用商用运输车把他们送到腊戍,再由可靠的马帮把人员和物资驮运到孟定。通过孟定土司的关系,绕开英军与班洪自卫队交战的地区,护送他们上阿佤山抵班洪。

宋忠良、马青青和贺医生、徐医生的到来,让班洪王大喜!这简直是雪中送炭呀!

与英军的几次交锋,不少伤员下来了。班洪王把医治伤员的事交给了叶娜。叶娜和依品早就在班洪大寨专门搭建了几排窝棚准备收治伤员,找了几个懂点草药的魔巴和一批能干的小媳妇、大姑娘,为收治伤员打好了基础。

正在为伤员着急的叶娜见到马青青带来了两位医生,高兴得蹦跳起来,整天紧紧地跟着马青青。她铁铁地认定了这个有本事的"妹妹"。

宋忠良向班洪王报告了曼德勒之行的情况,并报告班洪王:尹涛带领慰问团不久就会到来。

班洪王府

班洪王很着急地对杨叔、刘师爷说:"这真怪我喽,两三天没见叶娜,还以为她在医疗所忙着。今天马青青过来说叶娜几天不见了,是不是生病了,她过来看看。我们才知道叶娜是有事了。"

杨叔说:"自班老回来,叶娜情绪不好。亲眼看着麻哈王把依品抢走,她怎么不难过?整天说要去救依品,她十分担心依品。"

刘拥国参谋长踱着步,慢条斯理地说:"叶娜要去救依品,可她一个人是去不了的,那么,谁会和她一起行动呢?这件事大家怎么一点儿都没有察觉呢?要么就是她没有从我们身边带走人。"

杨叔眨着眼,走近他俩身边说:"我想到叶娜会去找谁了——甘木浩!"

刘参谋长想了想:"是啊,叶娜会去找甘木浩!昆钟,我立即派人快马赶到河边指挥部去向岩嘎询问一下。"

班洪王:"行,立即联系。叶娜如果在那里的话,叫他们坚决扣住,别让她乱跑了。"

一骑快马驰进班洪王府,来人急匆匆来到议事厅向班洪王报告:"昆钟,岩嘎派我报告两件事:一是目前英国人集中兵力,有进攻的迹象;二是叶娜公主带走了甘木浩小分队,说是班洪有急事要他们回来。"

班洪王一听,生气了:"这个叶娜,她怎么可以私自调动兵力呢?她要干啥?到哪里去了?"

杨叔:"这不明摆着吗——叶娜要带走甘木浩小分队到永班或者是班弄去救依品!"

班洪王想了一下:"立即派人传达我的命令,坚决不准他们出去。这个叶娜会耍刀弄枪，就不知天高地厚，不听命令了！”

杨叔：“昆钟，你也别着急，我立即赶到岩嘎那里，加强河防；同时，立即派人去探听消息，一有动静及时接应他们。我会及时派人来向你报告情况的。”

刘拥国参谋长：“昆钟，就这样办吧，你的精力还是要集中在组织求援报告团这件大事上。”

杨叔又说：“我带宋哥过去，他现在在医疗所帮忙。”

班洪王点头同意。

杨叔带上宋忠良，立马出发到自卫队河防指挥部去。

原来，岩嘎回家那天晚上安慰叶娜时，无意中提到依品被带到班弄，关在马王府。叶娜就下决心要去救依品，她想到甘木浩几次到班弄，小队里也有熟悉马王府的队员。于是，她第二天就偷偷来到河防指挥部，找到甘木浩，把事情都告诉了甘木浩。

甘木浩听了急得叫起来：“这狗日的麻哈王，太猖狂了，竟敢到班老去抓走人！不行，我无论如何得把依品救回来。”

叶娜说出了自己的打算：“甘木浩，你和你的小队都熟悉班弄马王府，我们就去救依品。你去准备一下，我们就走。我对岩嘎说，班洪有急事要我带你们回去。岩嘎不会不放的。以后我爹怪罪下来，我会承担的。”

甘木浩同意了：“姑姑，我一定要救依品。我们去，你在这里或者回班洪去，等我们的消息。”

“不！”叶娜斩钉截铁地说，“我一定要去！一定要去！”

第十六章

昆鄂托重任普达岩临危受命
沙姆趁战乱祭台抢夺红木盒

英国兵占领了河滩地区，立即在河滩周围的高地上修筑工事，搭建帐篷。

同时，派出几股作战部队，向班老各村寨发动进攻。上下班老各村寨顿时陷入战火之中。英国兵为了消灭抵抗力量，见人就杀，见屋就烧，他们所经过的寨子，哪怕只有三五间茅草屋，也一律烧光。

英军向班老大寨进攻的路上，时而岩石兀立，时而密林深深，远处看到了一座村寨，走近却不知那些茅草房舍何处去了。英军指挥官在这深山密林中，摸不清了东南西北，不知究竟该向谁进攻。正当英军士兵惶恐不前时，密林中一阵铓锣声响，牛角号声四面呜咽，来不及射击的英军士兵和三王联队的佤兵，就遭到了飞蝗般的弩箭的射击。虽然一支支竹箭没有枪弹那样的威力，可杀伤力不亚于那些炸响的子弹——那些竹箭头都是佤族猎手们用“见血封喉”的毒液浸泡过的，中箭的人，往往倒地后慢慢死去。

一阵锣响号鸣后，进攻的佤族弩手，立马就在密林中消失得无影无踪。英军指挥官只看到自己的士兵在地上横七竖八地躺倒了一大片。

班老老王昆鄂巡视了班老下寨的寨门、围绕寨子的沟壕后，回到家里，已是疲惫不堪了。舀碗凉水喝下去后，肚子咕咕直叫，他这才感到了昨天到今天粒米未进的饥饿。他从火塘里扒出几个烧洋芋，拍了拍灰，就大口地吃起来。身旁的老伴娅楠从吊锅里舀了一碗热气腾腾的稀饭递给他，担心地问：“洋嘎拉来了，一寨子老老小小的咋办？”

昆鄂安慰她：“莫怕，阿佤山箐深林密，我们世世代代在这里生活，进来几个小蟊贼成不了气候的。不过，我们男人去打仗，顾不过来家。你们女人们要带好寨子里的娃娃、管好老人，随时准备躲进深箐老林中。告诉大家，一旦寨子里待不下去了，就往龙头山上跑，塔田、龙夸那边有亲戚的，往塔田、龙夸去也行。”

“哪个都不想离开寨子呀！”

“英国人要霸占阿佤山的土地，我们不和他们打都不行！你和寨子里的女人们讲讲，要做好离开寨子进大山的准备。”

昆鄂突然想起一件大事，忙叫娅楠把普达岩头人找来。和昆鄂一起长大的普达岩是班老部落一个寨子里的头人，为人耿直、忠实可靠，打洋嘎拉他是冲在最前面的佤山汉子；管理山寨他是昆鄂的好帮手，多么难的事，他都是一概允承了，就想方设法去做。昆鄂找他来，也是思前想后地想了很长时间。

普达岩跨上班老老王的竹楼，却不见老王。他忙问："嫂子，阿哥喊我来有什么事情？咋他又不在家。"

"在，在！"昆鄂从他身后走进来，"坐下说话。"昆鄂手里提着个蓝布包袱，招呼普达岩坐到火塘边。他打开蓝布包袱，里面是一对弩箭长的红木盒子。昆鄂对普达岩说："艾西瓦在前边指挥打仗，我有件特别要紧的事情托付给你。这两个木盒，有一个装着吴尚贤大爷留下的木刻。这东西千万不能落入洋嘎拉的手中！老一辈传下来，我珍藏几十年了，今天要你替我收藏好。英国人正在想方设法夺抢这个木刻，就是夺抢开矿权，这是我们阿佤人的命根子！再说，战火一起，也要有个安全稳妥的地方保管。我今天就交给你了！等打走洋嘎拉你再交还给我。"

"这么重大的事，你交给我？"普达岩有点吃惊地问。

昆鄂语气坚定地说："你是和我一起长大的兄弟。我咋信不过你呢？"

普达岩问："我咋保护它？"

昆鄂说："我不管你用哪样办法，只要你把它看得比你的命还重要，用心去保护它就行！我想了好久，才决定交给你！你一定要为子孙后代保护好它。就是掉脑壳，也不能让它被洋嘎拉和坏人抢走！"

普达岩跪下给红木盒磕了个头，说："祖传之物，我搭上身家性命，也要保护好！昆鄂，你放心，我晓得要咋做！"

昆鄂打开两个木盒，把放有木刻的一个钉好盖子，仍用蓝布包好，交给普达岩；把另一个放了一段檀香木的木盒也钉好盖子，放到自己家的祭坛上，说："这件事，千万不能让外人晓得！人在木刻在，人亡木刻也要完好地留给子孙！"

"是！"普达岩知道事关重大，把蓝布包紧紧扎在身上，就下竹楼走了。

望着他下楼去的背影，昆鄂自言自语地说："这下我放心了。"

英国兵攻打班老寨一整天了，尸体多了一堆，伤员抬走一批又一批，连寨子门边都没有攻到。乌波朗不相信这些野蛮人这么能打，把勃兰克少校臭骂了一顿："你们是陆军最优秀的海外军团，面对这些大刀长矛就不会厮杀了？你们手里拿的是最新式的武器，还征服不了连衣服都没有穿的野蛮人？先生们，你们没有为大英帝国打仗的勇气和智慧！"

看着这些沮丧的军官，卓温上校下达了命令："凡是战死的官兵的尸体，无论如何，都要抢回来，一定不能落在野蛮人手里！"一想到那些被砍了头的士兵尸体，卓温上校不寒而栗。

英国兵又一次发起了进攻，后续部队也一队一队地攻上去了。卓温上校和乌波朗亲临战场观察。乌波朗声称他要认真研究一下原始的大刀长矛是怎样和新式枪砲对阵的。

班老寨门外一排排举矛持刀的佤族民众，男女老少，分不清哪是兵哪是民。但每个人都是满脸仇恨的勇士！

“上校，你看那棵大青树！”乌波朗发现了什么，“你看，他们那个牛皮碉堡是这样打仗的。防弓箭、防刀砍剑刺是可以的。但是，怎么会挡住子弹呢？”

乌波朗一直盯住那棵大青树下的牛皮碉堡。原来，佤族的战士用几张牛皮缝制成一个圆筒，里面有五个人，两个人站得高一些专门瞄准射击敌人，两个人负责给铜炮枪充填火药、铁砂，一个人负责供火药。牛皮碉堡里至少有四支火药枪。乌波朗数了一下，前边看得到的就有十多座牛皮碉堡。大青树上至少也有一组战士：一人在树下充填火药，一人把枪递上树，一人在树上射击。壕沟里也有一百多人，有的用铜炮枪瞄准射击，有的用弩箭射击。一队队的妇女和孩子，有的背着背篓、有的提着竹篮，弓着腰奔跑着给战士们送弹药、送水、送饭。

卓温上校放下望远镜，伤感地对乌波朗说：“先生，你能说这是在对一个原始部落作战吗？”

乌波朗也直率地说：“是的，上校。我们是在对一个保卫自己家园的民族作战。可是，我们也是在为伟大的大不列颠帝国的利益、在为盎格鲁-撒克逊民族的利益而战！为了大英帝国的利益，牺牲别的民族——特别是这些落后、野蛮的民族的利益，是必须的！”

“算了，我们别议论政治了。我需要对眼下的战斗僵持状态找出解决办法来！”卓温上校说。

“我仔细观察了佧佤山寨的结构，它最怕一个东西。”乌波朗故意停顿了一下，想试探卓温上校的判断力。

两人不约而同地喊出了一个词：“火！”

他们会心地大笑起来。

乌波朗：“大英帝国的殖民主义从来就是在血与火中写成的！”

卓温：“征服印度人，征服非洲人，征服印第安人……任何征服都离不开血与火！”

乌波朗对卓温上校说：“不要再浪费我们士兵的珍贵生命了！把你的野炮、迫击炮都拿出来，使用燃烧弹轰击他们的寨子，让这些野蛮人失去栖身和生活的场所，他们就会屈服的！”

“我会把所有的燃烧弹都用上的，我不会吝惜的。”

卓温上校虽然想到“火攻”，但他有些犹豫。他说：“那样会伤害到很多妇女、儿童和老人的。”

乌波朗生气地对卓温上校说:“尊敬的卓温上校！这些人是不需要你的仁慈的！对他们的仁慈,就是赶快征服他们,让他们在我们的指引下走向文明社会。改变这些愚昧民族是要让他们作出牺牲的!”

坚持了三天艰苦战斗的班老部落十几个寨子的人们,虽然斗志昂扬,但还是疲倦了。从儿童到白发苍苍的阿公、阿婆,都投入到这场保卫家园的殊死斗争中了。

趁着英国兵退下去的间隙,佤族战士赶快吃饭、喝水,有的斜靠着大青树抽烟。寨子里剽牛场上支着八口大锅,几十个妇女和老人忙碌着切菜、切牛肉,和着淘洗好的大米在煮着牛肉烂饭。人们休息了一会儿,听到一声“吃饭了”便围了过来,用芭蕉叶、木碗、竹筒,忙着从大锅里舀饭吃。不大功夫,八口大锅的牛肉烂饭就被吃完了。妇女和老人们又忙碌着煮下一锅。

艾西瓦看着这些又累又饿的战斗者,心里想着下一步该怎么办,援兵什么时候会到,怎么才能把洋嘎拉打跑……他嗑巴着烟锅,想着……

“咣！咣！咣!”
“呜——”
“洋嘎拉上来啦!”
“英国兵又进攻了!”

随着铓锣声、牛角号声,站岗的人连声喊叫着。休息的、吃饭的人们很快又跑回到自己的岗位上,准备战斗。

这次英国兵只前进到半道就开始机枪扫射,步枪也开始射击。他们知道佧佤人的弩箭和火药枪是射不到这么远的,所以,他们一边无所顾忌地乱开枪射击,一边嗷嗷地狂叫着。艾西瓦叫大家不要过早开枪放弩,等英国兵走近些再收拾他们。

行进了一会儿,英国兵停下来了,“米”字旗摇晃着,像是在给后边的部队发信号。

山梁上,普达岩和他的几个老伙计,在摆弄着他们当年打野猪的“过山鸟”。这是由一支精细铸铁管,外面用掏空的红毛树紧紧缠裹起来制成的土炮。普达岩把炮筒擦得锃亮锃亮的,重新缠裹起来。他想看看“过山鸟”还有没有当年的威风！看着英国兵又攻上来了,普达岩告诉艾西瓦想试试土炮的威力。

艾西瓦说:“普达岩大叔,英国兵离我们恐怕还有五六百步吧？太远了,打不着他们。”

“昆刚,我估摸着有四百步,直线距离两百来步,以前我们打野猪时这么远也放倒过那家伙。等他们再走近百十步,干这些洋嘎拉一下。”

“好吧,试一下,让洋嘎拉也尝尝土炮的厉害!”

普达岩左看看右看看,等那些英国兵凶狠狂叫的面孔都看得清楚了,普达岩瞄准了摇旗喊叫的英国兵旗手,点燃了导火绳。这是由上而下射击,周围的人都躲到了树背后,害怕出意外伤了自己人。

“轰隆”一声巨响,一团亮光冲过来。英国兵还没弄清楚是咋回事,“米”字旗就只剩下了几根烧焦的布条条,旗手也躺在地上不动弹了,刚才还狂叫着的几个士兵被打翻在地,脸上、身上流着血,哼哼唧唧地喊着救命;指挥官勃兰克少校身上也挨了几粒铁砂,疼得直骂娘。

听了受伤回来的勃兰克少校的讲述,卓温上校决心按乌波朗的要求去做了:炮击、摧毁班老的村寨!

炮兵分队很快安置好了炮位,做好了发射准备,待命。

乌波朗冷笑着说:“开始吧!”

卓温发出了发射命令:“用燃烧弹射击正面的目标。”

“轰隆、轰隆……”英国兵的炮弹射向班老部落的十几个村寨。

村寨顿时火光冲天,烟雾弥漫。英国人使用燃烧炮弹袭击村寨了!

竹子和茅草建盖的茅草房,一家家,一片片,立马燃起了大火。

一座村庄被炸着火了,又一座寨子被炸着火了。

班老部落的十几座村寨无一幸免!

这突来的灾难,这飞来的火魔,使村寨男女老幼都惊愕了,年老的妇女们声声高念:“梅依吉,梅依吉,梅依吉啊!……”孩子们哭喊着爹娘,寨子里哭声喊声混成一团,人们东奔西跑乱成一团。

艾西瓦立即抽出一半人赶快去救人,他大喊着:“一定要救人,财产能抢救多少就抢救多少。首先要救人!”

老王昆鄂不顾自己年迈多病,在寨子里前前后后呼喊着,指挥着。他们父子从未见过这么猛烈的大火,一座座村寨被大火燃烧,艾西瓦悲愤了,他流着泪对父亲说:“阿爹,你领着乡亲们往深山老林里撤吧!英国人心狠手辣,想毁灭我们班老,想让我们屈服。没有那么容易,班老百姓是不会屈服的,梅依吉也是不会答应的!”

昆鄂老泪横流:“你去吧,不要让英国人乘势攻上来。告诉战斗的阿佤人,只有狠狠地打疼洋嘎拉,他们才会记住,阿佤百姓是不会屈服的!阿佤山永远不会屈服的!”

告别父亲,艾西瓦回归战斗岗位,用百倍千倍的仇恨与洋嘎拉拼杀。

昆鄂、普达岩指挥着惊慌失措的老弱妇幼从后寨进入密林暂避战火。

寨子里大火燃烧着,人们都忙着尽自己的力量抢救财产,牵牛拉猪的,扛粮的,背包袱的。这时,寨子里出现了六七个背枪挎刀的人,他们既不抢救人也不抢救物,用头巾遮着半边脸,直奔班老老王的竹楼而去。昆鄂的几间附楼的茅屋烧起来了。院子中央的竹楼还没有燃起来。这一伙“阿佤人”冲上竹楼后就到处翻腾找东西。这伙人趁混乱冲进寨子时,昆鄂就看出了这伙人不是班老的。他远远地看着这伙人的行动,舒了一口气:“小沙姆,你终于来了!”当普达岩知道了这伙人的来历后,他气愤地拔出长刀要去解决他们。昆鄂提醒说:“有这伙人反而更好地保护了你我的安全。”

这伙人在昆鄂竹楼没有费多少劲,就在祖宗祭台上找到了红布包裹着的一个长木盒。其中矮个子拿过红木盒一看,高兴地叫起来:“就是它!快撤!”他们一个个急速跳下楼悄无声息地朝寨门奔去,很快就钻进密林中消失了。

一个后下楼的偷袭者,顺手牵羊,收拾了昆鄂家的一些衣物,打个包袱,背下楼后找不到同伙,慌慌张张朝寨门跑去。

昆鄂猛地出现在面前,让他大吃一惊。昆鄂问:“找到了?”他慌乱不知如何作答,信口说:“找到了!”

“那个木盒找到了?”昆鄂再追问一句。这小子鬼迷心窍,慌张而如实地回答:“是我在祭台上找到后交给王子的,找到了!”

普达岩从旁边猛力一刀就把这个丧失天良的家伙给砍了!

昆鄂惋惜地对普达岩说:“你忙什么?让他多活一阵,我还要向他问好多话呢。”

阵地上死伤了不少人。寨子被烧毁,班老人人心里都乱了。昆鄂找到艾西瓦,对他说:“寨子里已经没有人了,你组织大家天黑前撤进密林,现在要尽力保护好各寨的老幼家小,走吧!”

艾西瓦答应了一声:“阿爹你先走。我检查一下,让受伤的人先撤。我们会在密林的高地上找你们的!”

班老陷落的消息,让班洪王昆钟焦虑不安。他对刘拥国参谋长说:“赶快派人去把情况弄清楚。班老十几个寨子,几千人现在情况如何?”

班洪王说:“要通知班洪、塔田、龙夸、猛角各寨各村,班老百姓避难到各部落,各村寨的乡亲都要好好接待安抚。同时在班洪准备一批粮食和生活物资,待弄清班老乡亲们躲避的地点后马上驮运过去,救济班老百姓。这件事,请参谋长一定要找专人落实。”

刘拥国回答:“好的,我立即去办。”

英国兵攻进班老大寨了。这座上千人的大寨子,已是一座燃烧着的寨子,已是一座已经被炸毁了的寨子;找不到一个活人,找不到一点粮食;被炸死的人,横七竖八地倒在地上,被炸死的牛羊肢离肚破地倒在路上。三四座没有烧毁的竹楼茅屋,英国士兵们上去也点着了。

司令官命令:占领班老后,把所有东西都毁灭掉,部队即刻返回山下营地。村寨已是一片焦土。周围的密林中隐着无比的仇恨,英国军队恐遭夜间攻击,急忙撤下去。士兵们经历了几天战斗,也想早一天能得到休息,争先恐后地下山了。

杨叔和岩嘎得到班老被英国炮轰烧毁的消息后,非常愤怒。他们立即采取行动,班洪武装直奔户班,准备攻打这个中心寨子,以遏止英国兵,逼迫英国兵退出班老。于是,上千人马浩浩荡荡地杀向户班。果然,围攻户班的班洪佤族武装吓住了卓温上校,因为他知道一旦户班失守,就等于英国军队被拦腰砍了一刀,炉房、金厂坝的英军和采矿队就无法立足了,他的军队就被分割开了。

攻陷班老后,乌波朗和卓温上校都很得意。乌波朗说:“上校,这是一个伟大的胜利呀!我们可以乘胜进军班洪,一鼓作气占领阿佤山,拿下十七葫芦王地。”

卓温上校却说:“爵士,我们得急速撤退了!”

“为什么?”

“爵士先生,班洪王的大部队并没有受到损失,他们现在正在猛烈地进攻户班。我已经接到户班军营的紧急报告了。我们占领了这样几个荒芜的山头,却要失去我们的交通中枢,那绝对不是军事理论的问题了。”

乌波朗着急地说:“班洪军队在攻击户班?”

“是的,爵士。上千的班洪佤兵正在进攻。你想过没有,我们,英国军队不到五百人,缅甸兵、印度兵加上这里土王的兵,不过是两千多人,我们的军事力量是有限的。我们要守住展开的这些军营都困难!我们守住现在的这些据点对将来中缅划界才有实际意义。如果班洪兵占领了户班,就等于我们从腰部被截断了,这是完全不可取的。更不要说乘胜占领班洪了。”

乌波朗捋着他的山羊胡子,踱着步说:“上校,户班不能丢,那可是我们运送矿石的交通中枢呀!”

卓温上校:“我们取得了占领班老的胜利,却招来了丢失户班的可能。对于一个原始落后的民族,我们这次的沉重打击,足以让他们记住一辈子的。所以,我命令部队立即回援户班,保证户班在我们手里!”

乌波朗翻着白眼，耸耸肩说：“好吧，上校，就按你说的办吧！我们立即全力回援户班。”

“班老部落的这些寨子全被烧毁了，他们要恢复过来，半年时间都不可能。我们的军队可以立即出发援救户班。”卓温考虑的是军队的功效。

乌波朗同意他的意见：“上校，立即下令连夜出发，我们可以出其不意地出现在班洪军的背后，狠狠地打他们一下。”

进攻班老的英军气势汹汹地连夜杀向户班，班洪的探子在英军刚有动静时就火速把英军的动向报回指挥部。

指挥部里，杨叔提出了一个方案：“立即对户班展开正面进攻，不论打得下打不下，一个时辰就停止，然后全部撤退，沿途设埋伏歼灭追击的敌军。班洪队伍要尽快撤回河东，以免被英军和户班兵夹击。”

岩嘎不同意：“我最担心的就是被赶来的英国军队和坚守的户班兵夹击，敌强我弱。武器上没有优势，班洪队伍硬打肯定会吃亏的。我们干脆立刻退守河岸。”

杨叔：“好，我们迅速撤退。回到河东再仔细研究加强防线的问题。”

就在班洪自卫队全部退到河东岸，构建好严防英军渡河的工事时，卓温上校率领增援部队赶到了，可是迟了一步，他只能在西岸用望远镜朝东岸瞭望了。

班洪王府

班洪王昆钟召集各路指挥开会研究班老被毁后的战况。

昆钟：“各位，英国入侵者不顾我方严正交涉和警告，抢占中国领土，烧杀抢掠，犹如东北的日本鬼子。英国军队进攻班老，把班老部落的十几座寨子都炸毁烧光了，百姓损失惨重，现在流落在龙头山一带。我们现在守土卫边，保卫家乡，抗英卫国。我已请刘拥国参谋长拟写了《告急求援书》，请你们来一起琢磨一下，以便即时报送。”

刘拥国宣读：

县长，腾越专员李曰垓并请缅宁专员杨益谦转省政府龙主席：

此次英国政府出兵侵入班洪地区，建立营地并强行霸占开采班洪金银矿产。英人霸矿修路，筑碉建营，明示其长期侵占中国领土之野心。

班洪、班老地区自古隶属中国，我辈世居边境，捍卫边防，对英人入侵之强盗行径无不愤恨！我辈与英军交涉无果，遂率班洪、班老两地民众，竭力阻止英人霸地窃矿，以维护我中国主权。英国入侵者自二月八日以来，约会媚外求荣，暗献地图之班弄头目马成君、户班头目宋忠福及永班麻哈王所属土民，连同英兵两千余众，以机枪大炮进攻班老、班洪地区，近日已攻陷班老大寨等十几座村寨。英兵所到之处，烧毁村寨，掳掠良民财物，凶残杀戮我同胞，气焰之嚣张无以复强。

我班洪众头领以及阿佤兵民，虽然坚决抵抗，但枪械缺乏且低劣简陋。现拼死抗击，扼守班洪垭口一线。英军枪炮武器，优势尤显，我班洪军民虽勇猛而无有效器械，势难长久支持。仰恳县长、专员转请政府及有司，火速发兵援助。

班洪王昆钟即年二月

刘拥国念完后班洪王昆钟问："诸位，此文可有不妥之处？"

没有人提出异议。

昆钟："请参谋长誊写后分别派员火速报送。另外，英国人攻打班老后，遭到了阿佤山民众的阻击，他们现在摊子铺开了，兵力严重不足。目前是对峙时期。我准备利用国内外谴责英国人侵入阿佤山地区的机会，组织一个求援报告团，到昆明向省主席龙云报告班洪地区的情况，请求给予援助。同时，我们自己也筹集一笔资金，购买枪支弹药，跟英国侵略者斗争。我们还要做长期准备，争取更多的支持。"

杨叔："我赞成昆钟的考虑。我们阿佤山长期与外界隔绝，被外边误解，被英国人欺负得不到支援。借此机会，昆钟率人向社会寻求理解和支持。这是很重要的一件事。"

昆钟："我和刘参谋长商量过，用个把月的时间，跑趟昆明，顺便联络腾越和缅宁方面。阿佤山方面，我们稳住个把月时间，守住南依河东岸，是不会有问题的。"

岩嘎："我们现在的力量，守住东岸一线不让洋嘎拉东进班洪是有把握的。"

刘拥国："昆钟，两件事我们分头组织，一是筹组上省政府的告急求援团，二是坚守南依河东岸。人员安排，由昆钟提出。"

班弄莫贡茅草房

宋忠良、甘木浩、叶娜带着小分队到达班弄，已经是黄昏时分。甘木浩事先派和尚帕温张直奔莫贡老爹的茅草房。小分队到达后，外边放了两个哨，其余的人都挤进莫贡老爹的茅草屋。

莫贡老爹："马王府现在我每天去一趟。马王府打扫马厩的人被派去赶马运粮了，他们就抓我去当差，打扫马厩，每天给一小筒米。这样我有机会打听马王府消息。"

叶娜抢先问："莫贡老爹，最近麻哈王是不是带来个姑娘？他们把她关在哪里？"

莫贡老爹："麻哈王住在这里有好些天了。开始他们把姑娘单独关着。后来，有一天碰上了洋嘎拉的翻译官小姐，那个女人脾气大着咧，马王爷、麻哈王在她面前都是弯腰说话的。翻译官小姐看上了那个姑娘，就叫去和她同住在小洋楼上，说是侍候她，我看不像，她们吃吃玩玩很亲热的样子。"

甘木浩着急了:"就是说依品现在在洋嘎拉手里了?"

莫贡老爹:"那个翻译官也不去军营,就住在这里,每天带着那个姑娘进进出出。我看麻哈王倒是急得不得了。听说他要把姑娘抢回去,又怕得罪洋嘎拉。这两天马王爷和麻哈王都随运粮马帮到炉房军营去了,听说洋嘎拉叫他们去开会商量事情。按时间算,大约明晚或后天就会回来。"

宋忠良一直在认真听莫贡老爹讲。这时,他才说:"从莫贡老爹提供的情况来看,依品现在跟翻译官小姐住在马王府洋楼的三楼,依品目前看来是没有危险的。再就是马成君、麻哈王明晚或后天就回来。"

甘木浩又问:"莫贡老爹,马王府的小洋楼有没有卫兵守着?"

莫贡老爹回答:"有,马王爷要求白天黑夜都有四个兵丁守在楼下,前几天有两个兵被抽去和马王爷去炉房了,现在只有两个兵把守在一楼。她们吃的饭、水果,多数时间都是送上楼去。哦,对了,晚上还要送一次消夜呢。"

听了莫贡老爹说的情况,宋忠良头脑里已经形成了一个救依品的想法了。

宋忠良:"叶娜、甘木浩,我想今晚是个绝好的机会。"

马王府小洋楼

一个家兵一手拎着个食盒,一手提着马灯,走到小洋楼门口,敲门:"小七,老子回来了,还顺手给你也带来点吃的。"

门"呀"的一声打开了。不等家兵迈步,忽地从黑暗里闪出几个人,一个人紧紧捂住家兵的嘴,另外有人接过马灯和食盒;小七来不及转身就被人捂住嘴,勒着脖子拖进了屋。

两个守卫在屋里才看到进来的六七个蒙着脸的蓝衣人,每个人都背着快枪,手里握着长刀。其中一个用佤语说:"不准喊叫,不然一刀就宰了你们。楼上住着几个人?"

小七战战兢兢地说:"就两个,翻译官和一个小姑娘。"

"老老实实待着,没你们的事。麻哈王只要姑娘回去,不好惊动马王爷,我们几个来带姑娘走。"

"你们是麻哈王的人?"

"叫你不准说话,你想吃一刀吗!"

其余几个人动手把两个兵丁牢牢地绑在椅子上,嘴里紧紧地塞上了屋里找到的毛巾。

"嘭,嘭,嘭!"敲门的声音很轻。

一个女人声音:"谁呀?不是已经告诉你们今晚不要送夜宵来了吗?"

"嘭,嘭,嘭!"声音依然很轻。

玉波扭大了汽灯,屋里顿时明亮起来。她走过去开门。

“啊！”一声惊叫。五个蓝衣蒙面人风一般地闪进来，门被关住了。面对五把亮闪闪的长刀，玉波惊慌地叫了一声，很快她就镇定下来了，问：“你们是什么人？要干什么？”

她知道凭自己的身份，来人是不敢对她怎样的。

“你是翻译官？”来人见她气度不凡，一副处变不惊的神态，不等她回答，又问：“依品在哪里？”

“你们是什么人，找依品干什么？”玉波没有回答他，反问道。

来人中一人突然用英语问：“翻译官小姐，只要你交出依品，我们不会为难你的。”语调很熟悉、很亲切。

玉波奇怪了，但她仍然一副镇定的神情，用英语说：“先生们，你们是什么人？为什么要打扰我平静的休息呢？”不等对方回答，她改用佤语说：“还是用佤语说话吧，大家都听得懂，而且，我自己就是佤族，不是英国人。”

这时，睡在里屋的依品走了出来，见几个气势汹汹的蒙面蓝衣人，用刀指着玉波，她快步冲到玉波面前勇敢地用身体挡住，对来人说：“我就是依品，你们是什么人？不要伤害我妈妈！”

“妈妈？”几个蓝衣人同时惊讶了。

“依品！”来人中的一个突然丢下刀，跑上前来，一把抱住了依品。依品听声音很熟，但眼前这副情景，让她迷茫了。抱住依品的人扯开遮脸的蓝布，又叫了一声：“依品！”

“叶娜！”依品不知所措，高兴得紧紧抱住了叶娜。

“这是怎么回事？”玉波明白了是怎么回事，但她仍然问。

依品简直不敢相信自己的眼睛了。面前的几个人摘掉了蒙面巾，甘木浩、宋忠良、和尚帕温张、扎朵一些些熟悉的面孔出现在她面前。依品惊喜了：“妈妈，这就是叶娜公主，这是甘木浩，这是宋哥……”

“宋哥，我们一起坐车到曼德勒。刚才我就听出了他熟悉的声音。”玉波拉住叶娜说：“叶娜公主，你好啊！”

叶娜反倒不自然了，她问宋忠良：“你认识她？”

宋忠良坦然地笑了：“我们的朋友，玉波小姐。哦，准确地说，是依品的妈妈，……”

叶娜更奇怪了：“她是依品的妈妈？不是说依品的妈妈早死了吗？这太让我糊涂了。”

宋忠良说：“这里不是说话的地方。我们是来救依品的，现在依品在妈妈身边，你们说下步怎么办？时间不能耽误的。”

甘木浩曾经远远地见过玉波，叶娜从未见过玉波。眼前出现的这种状况，让他俩说不上话。

宋忠良对玉波说：“玉波，详细情况我会对他们说的。这里不能久留，你看怎么办?”

玉波虽然浸沉在惊喜欢悦的情绪中,但她是清醒的,她知道应该怎么做。她说:“宋忠良说得对,你们不能久留此地。我原想找到女儿了,要和她在一起生活。乌波朗最近要送一批东西回英国,我想利用这个机会到英国去,然后留在那里和女儿一起读书。”

“依品,你要离开阿佤山?”甘木浩着急地问。

依品平静地说:“我跟妈妈在一起的这几天,把阿佤山的情况都告诉妈妈了。妈妈要我和她一起走,我告诉她现在我不能走,将来我会和她在一起的。我现在就和你们一起走吧!”

叶娜真怕依品离开阿佤山,她拉住依品说:“对,现在就和我们一起回去。”

玉波很有主见地说:“我尊重女儿的意见,她和你们在一起是对的。我会想办法和你们联系的。”

叶娜拉着依品就要走,玉波说:“你们带依品走吧!我早预料到依品现在不会和我在一起的,我已经把她的行装准备好了。宋哥,请你帮依品把那个箱子带上。”

甘木浩赶忙提起玉波指的皮箱。

玉波拥抱叶娜,深情地说:“请你代我向昆鄂、艾西瓦及班洪王问候!我玉波永远是中国的阿佤人!”

“好的,你也要注意保重!”叶娜回答。

宋忠良看了一下屋子,说:“玉波姑姑,为了你的安全,我们冒充麻哈王的人来抢走依品的。现在还要委屈你一下,我们把你捆上,把屋子弄乱。”

玉波称赞说:“宋哥果然足智多谋。”

他们动手把玉波小心地捆绑起来放到床上,并且把屋子也弄乱。

依品跑到床边,紧紧抱住玉波:“妈妈!”

玉波说:“孩子走吧,妈妈将来一定会和你在一起的!你拿块毛巾把我的嘴堵上。走吧!”

攻陷班老部落的胜利,让乌波朗得意起来。他不管卓温上校因为牺牲了数十个英国士兵的埋怨,总觉得自己打了胜仗,是胜利者。

他回到班弄,在马王府小洋楼等待他的玉波却是满脸怒气。

乌波朗进门时,高举双臂,高声喊叫:“亲爱的玉波,快来迎接打了一场大胜仗的指挥官呀!”

玉波坐在沙发上斜看了他一眼,冷冷地说:“吹牛皮的英雄,你难道不知道我在这里经受的极其恐怖的事情吗?我差点儿丢了脑袋,永远见不到你啦!”说着,泪水就落下来了。

乌波朗一头雾水,他只觉得到马王府时,这里的人对他很敬畏,但不是热情,似乎有什么事瞒着他。听玉波说到“极其恐怖的事情”，他以为是马王府的人怠慢了玉波。他快步走到玉波面前，满脸赔笑地问：“亲爱的，是不是这里的人欺负你了？”

他这一问，玉波干脆号啕大哭起来，乌波朗心里很不是滋味。他知道玉波在这里等他有一些日子了，张开双臂拥抱玉波，说：“亲爱的，是我冷落你了，很对不起呀！……”

谁知玉波推开他的双手，哭着跑进里间把门关上。乌波朗从玉波反常的反应中，感到是发生什么了。

乌波朗甩着他的文明棍，走到门口叫卫兵：“赶快去把你们马大王叫来！”

马成君在这段英国兵进攻班老的时间里，一直跟随着乌波朗，十多天没有回过家，这次也是随乌波朗回班弄。他回到家，傣族小老婆就哭着向他讲述了前两天发生的事情。马成君听着听着就叫起来：“坏了，坏了，这个麻哈王可惹了大麻烦了，他怎么敢到我马王府来动武！还敢捆绑爵士的女人，竟然还从我马王府抢走了人！这叫我脸往哪搁呀！”

正在他一筹莫展时，乌波朗让人来喊他过去。精明的马成君连忙叫小老婆把那晚值班守卫的兵丁带上后赶到小洋楼。

乌波朗大发脾气，对着马成君厉声说：“马大王，怎么会在你王府里发生这种事呢？”

马成君低着头，连声说：“是我疏忽了，是我失职了。”

马成君的小老婆断断续续地讲述了那天晚上发生的事情：“那伙人神神秘秘地摸进来，岗哨也被他们捆绑了，屋子里翻腾得乱糟糟的。我们第二天早上发现时，翻译官被捆绑着丢在床上，翻译官要的那个使女也不见了……”

乌波朗气愤地问：“谁干的？谁干的？”

兵丁说：“听把我们捆绑起来的那些人说：‘这回把人抢回去，三王子一定会高兴地奖赏我们的。’”

在马王府的人面前，玉波也证实说：“那几个蒙面人说我抢了麻哈王的人，他们要我还给麻哈王。我让他们找麻哈王来跟我说，他们蛮不讲理把我捆绑起来。我完全被他们吓昏了。他们把那个姑娘也带走了。屋子里还被抢走些东西，我也无法清理了。”

乌波朗气得直拍桌子：“这简直是抢劫，是土匪！麻哈王呀，麻哈王，你的胆子也太大了，抢到我的头上来了！”

第十七章

尹涛带来中外同胞支持班洪信息
施县长返途遭袭甘木浩及时救援

英军指挥部

麻哈王手捧红布包献给乌波朗。

乌波朗兴奋异常，用手捻着他那短短的山羊胡，从麻哈王手里接过红布包，对卓温上校说："上校先生，有了这份宝贝，我们便取得了合理合法开采矿石的权力了，你的军队将名正言顺地为保护英国财产和利益而战了。麻哈王，我将重重地奖赏你。"

麻哈王斜眼看了看马成君和宋忠福，连连向乌波朗哈腰，说："我愿为爵士效劳。"

乌波朗得意洋洋，在众目睽睽之下，把红布包打开，里面还有布包裹着，打开蓝布包便见到一个做得很精致的有人的手肘长的长方形红木匣子。他右看左看，找不到打开的锁扣。他看了麻哈王一眼，麻哈王有点茫然了。乌波朗随即从士兵的腰里抽出一把刺刀，从细细的缝儿里撬进去。撬开盖子后，盒子里是一块长方形的檀木，他拿起来看了又看，看不到木头块上有什么，也没有雕刻过的痕迹。他拿到光亮处又翻着看了看，然后瞟了一眼麻哈王，麻哈王有点心虚了。

乌波朗问麻哈王："你真是从班老老王家里拿到的？"

"是，是，是，真是亲手从班老老王家的祭台上拿到的，同去的几个兄弟都可以作证的。"麻哈王战战兢兢地回答。

"你看过里面的东西没有？"乌波朗追问了一句。

"看过，看过，"麻哈王有点儿惊慌了，"里面装着木刻。"

"看过后，是你把盒子钉上的吗？"乌波朗逼问。

麻哈王开始感到不对头了，他只好照实说："拿到后，我背在身上就走了，没有看过，没有看过。"

乌波朗把匣子和红木块往麻哈王身上丢去，麻哈王吓得不敢说话，拾起木条一看，竟然是一块四面光滑的木头！

"哎呀，怎么变成了木头！"麻哈王大惊失色，他意识到了这件事的严重性。

在众人面前，乌波朗说尽大话，丢尽脸面。他迁怒于麻哈王："你怎么啦？用这种小把戏来骗我？不然就是你已经把木刻换走了！到底是怎么回事！"

不等麻哈王解释什么，乌波朗就命令士兵："把他捆起来！"

几个英国士兵，踢翻麻哈王便捆了个结结实实。

麻哈王的两个随从扎尼、扎巴吓得赶紧跪下，说："乌大人，我们的确是从班老王家的祭台上取下来的！麻哈王一直背在背上，他不可能换掉的！"

乌波朗心里明白，盒子的确是严丝合缝的不可能打开过，他仍板着脸问："你，为什么不说话？为什么要调包？你是个骗子！"

麻哈王哭号着说："爵士大人，我没有调包啊！"

马成君、宋忠福心里明镜似的，英国人收拾了麻哈王实际上也是杀鸡给猴看。再说，他们还有"铁三角"之约，于是他俩都为麻哈王求起情来。

马成君说："爵士，我认为班老王不会这么轻易地把他视为命根子的木刻信物放在可以让人随便拿得到的地方，这里面必有诈。"

宋忠福也说："麻哈王是个粗人，他不可能欺骗您，也不敢欺骗您。您就放了他，让他为您继续寻找。"

卓温上校一直没吭声，这时他开口说："各位，我们都被班老人耍了一把，很明显，这是瞒天过海的代替品、复制品。把麻哈王放了！"

扎尼、扎巴从地上爬起来就奔过去要给麻哈王松绑。

"不行！不能放麻哈王，你今天必须对假木刻盒子的事情作出交代。另外，你派人去马王府抢走人的事，也必须说清楚！"

麻哈王顿时感到绝望了，他在这件事情上是完全说不清的。

扎尼、扎巴慌忙又跪到地上，哀求说："爵士、上校，麻哈王是抢了个班老女孩儿，翻译官小姐要去做使女，他就不敢再说什么了，也根本没有派过任何人去抢那个女孩儿，更不敢捆绑翻译官。这是完全没有的事呀！"两人边说边不停地给英国人磕头。

乌波朗生气地踢了两脚跪在地上哀求的两个人，怒气冲冲地说："那就是我在骗你们了？你们必须把那个女孩儿交出来，把抢劫的人交出来，把抢走的东西交回来！"

卓温奇怪地问："啊，爵士，麻哈王抢了你啦？"

乌波朗冲着麻哈王怒气大发："你，是个不诚实的家伙！你抢劫人家少女，是十足的土匪！你敢对玉波小姐捆绑虐待，是个万恶的流氓！"

"我，……"麻哈王简直有口难辩。

卓温感到了事情不是他想象的那样简单，只得下令："把这说谎的家伙关起来！"

班老大寨

英国人撤走后，班老部落的人们从避难的大森林里，从深深的岩洞里，从各个藏身的地方都陆续回到了村寨。

村寨一片废墟，遍地是灰烬，竹木残余。

班老老王昆鄂、班老王艾西瓦领着抗英自卫队的队员们帮助返回村寨的人们重新建盖新屋。昆鄂到废墟上指导清理，告诉乡亲先建起简易的遮风挡雨的茅屋，把地里的活计做好，多挖地，多播种。

他说："班老人不会屈服于英国入侵者的烧杀抢夺，阿佤人是不会倒下的，我们就是要在英国人的眼皮底下建起我们的新寨子，过我们的新生活。"

艾西瓦领着自卫队，一边警惕着英国人的动向，一边上山砍竹子、割茅草，为村寨民众提供建盖简易茅屋的原料。

班老大寨、班老部落的村寨，几天时间就把一座座茅屋建盖起来了。

班洪王来了，他带着一批救急的粮食、种子、布匹和盐巴来了。班老部落十几个村寨的民众聚集在班老大寨的剽牛场上。场子上一排竹子编造的桌上放着一堆堆布匹、盐巴，甚至还有针线，地上堆着一袋袋粮食和种子。

昆鄂哭了。班洪王昆钟拉着他的手说："阿叔，我们阿佤人本来就是一家人，一方有难，八方支援，更何况你们是因为保卫家园、保卫国家边疆而遭受损失，我们更要支援了！"

班洪王请昆鄂给寨民分配粮食和种子。叶娜和一身佤族少女打扮的马青青在给寨民分发布匹和针线，昆钟自己则用手把雪花般的盐巴一块一块地分给寨民。

普达岩边忙着分种子，边向大家说："班洪王用自家的银子买了粮食、种子、布匹和盐巴来救济我们班老人，这是寒风中送暖温、饥饿中送食物，我们感谢啊！"

班洪王说："这就不对了，说什么感谢？阿佤人兄弟姐妹是一家，今后阿佤人不管哪里遭难，大家都要互相支援的！英国洋嘎拉给我们带来灾难，杀我阿佤人，毁我阿佤家，我们一定要报仇的！"

甘木浩的小分队帮着艾西瓦建房备料，还抽时间把班老自卫队的快枪手队进行了集中训练，给每支枪补充了十发子弹，每个枪手都兴奋得笑了，这是最好的礼物呀！

场子上，甘木浩小分队和班老自卫队的队员在一起练习射击，练习刀劈、射弩。

艾西瓦在甘木浩家的废墟上新建起了一座茅屋，他说："甘木浩，你回来还住这里！"

甘木浩边擦眼泪边说："阿叔，我永远是班老人。现在我要去和英国人拼命，我要为阿爹、阿妈和阿妹报仇！为我们阿佤人报仇！"

原来在英国兵炮轰班老时，炮弹击中了甘木浩家的竹楼。正在收拾物件要离开的甘木浩妈妈和妹妹被炸死了，紧接着的大火把母女俩的尸体烧光了。昆鄂和艾西瓦为她们母女准备了后事,甘木浩现在成了孤儿。昆鄂抚摩着甘木浩的肩说:“孩子,你以后和阿公一起过吧!”叶娜对班洪王说:“阿爹,今后我们家就是甘木浩的家。”

艾西瓦拉着甘木浩说:“你永远都是我们班老的好男儿,班老永远是你的家。班老乡亲永远是你的亲人!”

班洪王很难过:“班老这次在英国兵的进攻中损失太大了,十几座村寨被烧毁,财物粮食被抢掠一空,更伤心的是上百人被英国兵杀死、炸死、烧死。我们要记住他们是在反抗英国军队入侵的斗争中牺牲的,我们要为他们报仇。”

这天晚上,甘木浩和他的小队就住在艾西瓦为他新建盖的茅屋里。甘木浩坐在火塘边,想阿爹带他去打猎,想阿妈默默地种地、织布,担负着一家人的衣食,还想到那个整天陪着阿妈的妹妹,更想到阿爹和阿妈、阿妹的惨死……甘木浩痛苦的心像火塘里的火……

从班老返回班洪的路上,班洪王昆钟一副忧心忡忡的样子,边走边思考着。他勒住了马缰绳对杨叔、刘拥国师爷说:“看到英国侵略军在班老的罪行,我对英国人的阴谋有了清楚的认识了。他们不是简单的强盗土匪,英国人想让他们的军队把中国的土地,把我们阿佤人的家园,永远地霸占下去。日本侵略东北,蒋主席要剿灭红军,英国人要趁这个机会侵占这几千平方公里的中国土地!他们还想进一步控制云南、西南!”

师爷刘拥国很赞同:“班洪王已经看到了事实的本质了,这让我们很高兴。我们的昆钟想的不是阿佤山一块地方,想到的是中国的大事了!”

昆钟:“你莫乱吹我。我哪有想中国大事的本事,我只是把前前后后中国发生的事情和我们眼前发生的事情,连起来想。”

杨叔:“政府到底是咋想的呢?是不是跟我们阿佤人想的一样?”

昆钟点头说道:“是喽,这就是我着急的大事喽!这几个月来,在我们保家卫国的抗击英军的时候,政府在干什么呢?平日里派人来催税催捐,在我们生死存亡的关头,倒没有人来过问一下。”

杨叔进一步说:“是不是中国政府不要我们这片蛮夷之地了?”

“我想,那倒不至于,”昆钟放开缰绳,让马慢慢地走着,他说,“数千平方公里的阿佤山千百年来是中国的土地,十来万阿佤山地区各族儿女是中国的百姓,政府不会不管吧!我想,我们一定要把这边发生的事情和阿佤百姓的呼声传到上边去,传到社会上去,传到全中国去!”

刘拥国:“昆钟,这个想法太好了!我们要派人走出去,大声地向外面讲阿佤山发生的事情!以前,大清、民国与英国人谈判划边界,中国总是吃亏,吃哑巴亏,就因为我们有理讲不出去呀!”

昆钟:“好,我们回去就立即商量组织求援报告团上昆明向省主席龙云、向社会报告阿佤山发生的真实情况。”

昆钟说完,一抖马缰绳,放开马朝前跑去:“快跑呀,我们得抢时间办事呀!”

正在这时,旅缅华侨联合会派出的慰问团,由尹涛带领着,从缅甸经孟定辗转来到了班洪。班洪王领着刘拥国、杨叔一大批人迎接慰问团,班洪大寨一时间热闹起来。

慰问团的团长尹涛,是云南旅缅侨胞,在曼德勒、仰光从事教师工作兼做侨联工作。在中共南方局的领导下秘密地进行着缅甸的地下组织工作。

班洪王拉着尹涛的手,感激地说:“你们派宋忠良、马青青带来两位医生,真是救死扶伤的及时雨,挽救了不少受伤的性命。现在尹先生又亲自带队来支援阿佤山,谢谢你们啊!”

尹涛说:“总算见到你了。在缅华侨都称赞你是敢于抵抗英国入侵的部落大首领,是阿佤人的大英雄,大家都赞扬阿佤民众不畏强暴敢于斗争的精神!侨胞们派我们来慰问你们!”

“谢谢你们,谢谢侨胞的支持!我们派人连夜通知阿佤山葫芦王地各部落,明天召开欢迎大会。”

“好,开大会,应该叫慰问大会,我们代表在缅侨胞前来慰问英勇抗击英军侵略的阿佤山各族同胞。我们有好消息要报告阿佤山人民。”

班洪

班洪王府前,抗英指挥部的竹楼,张灯结彩,彩旗飘飘。竹楼朝剽牛场方向的阳台上扯着两条红布标,上面写着大字:“在缅侨胞向英勇无畏的阿佤山人民致敬!”“全中国人民支持佤山各族民众抗英斗争!”

竹楼的阳台下面,堆放着各种物资:银元、布匹、衣服、食品、罐头。

广场上聚集着从各个部落赶来的人们。

班洪王府卫队整齐地站了一排,各部落的人三路纵队排列在广场上,队列前一面面缀有标记的旗帜迎风飘扬。

尹涛领着慰问团的成员,班洪王领着各部落王都站到了阳台上面。

看着广场上情绪高昂的人群,班洪王昆钟双手挥舞,向大家致意。杨叔亮开嗓门喊:“大家静一静,静一静!昆钟讲话!”

班洪王昆钟:“慰问团的先生、朋友们,阿佤山的各族同胞们,乡亲们!英国军队强行侵入中国领土,霸占我们的家园,掠夺我们的矿产资源,进而烧毁我村寨,杀害我同胞,掠夺我财物,使我阿佤山经受无可比喻的战火苦难。英国军队的侵略行为已受世人关注,我阿佤及各族兄弟奋起抵抗英军侵略之英勇精神受到全国乃至世界正义人们的称赞。旅居缅甸的中国侨胞,在侨联的组织下,派来了以老朋友尹涛为团长的抗英慰问团，带来了侨胞们的关怀、支持和慰问，我代表阿佤山各族人民感谢他们！现在请尹涛先生讲话。”

顿时，锣鼓喧天，鞭炮齐鸣，呼声此起彼伏。场面热闹欢腾。

二十七八岁，中等个子，一身中山装的尹涛站到了阳台中央，举起手中的报纸，朝人群大声讲话：“阿佤山的各族同胞们！你们用最原始的武器和最顽强的战斗精神，震动了中国大地，震动了华夏人心，也震撼了世界正义的人们！你们顽强英勇地抵抗了英国侵略者，打击了用现代枪炮向你们进攻的英国侵略军，这是很了不起，非常了不起的大事啊！我们侨胞敬佩你们，中国人民敬佩你们，世界正义的人民敬佩你们！”

尹涛拿出了几张报纸，说：“这是上海五十万人大游行，支持你们，感谢你们保家卫国英勇抗英的斗争。”

尹涛又翻出几张举着说：“这是南京、北平、广州、武汉各处群众游行支持你们的报道。全国人民都在支持阿佤人民！”

尹涛又举着一叠报纸告诉人们：“云南各地、昆明各界都行动起来，大游行、大示威，支持班洪人民的战斗。”

尹涛：“全省全国人民，团结一致支援班洪抗英斗争！”

人群欢呼：“勐、勐、勐……”

尹涛又讲：“乡亲们，全世界的华侨、华人都支持你们！看，这是缅甸华侨，这是泰国华侨，这是马来西亚华侨，这是日本华侨，这是美国华侨，这是英国的华侨，全世界的华侨、华人都纷纷谴责英国人的野蛮侵略，支持你们的爱国行动，赞扬你们英勇反抗侵略保卫国土的精神！”

不论是阳台上的阿佤山各部落王还是广场上的佤兵和百姓，大家都兴奋得相互握手、欢呼。

一个持枪的佤兵气喘吁吁地跑到竹楼下向班洪王报告：“昆钟，来了！来了！……”

班洪王镇定地说：“不要慌，说清楚，什么来了？”班洪王对岩嘎悄声说了几句，岩嘎领着一队卫兵飞快跑了出去。

佤兵稍定了一下神说：“山，山那边来了一队人马，都带枪，还有一队马帮……”

昆钟又问：“多少人？”

佤兵：“二十来个，五六十匹马。”

班洪王沉思了一下，笑着请尹涛继续讲。

这时，一个骑着马穿中山装的中年人和几匹马“笃……”地跑进了会场，冲到竹楼下，岩嘎也骑着马跟着跑了过来。

“班洪王啊，老朋友，你这里真是热闹非凡，气势宏伟啊！我总算赶上了这个场合了！”中年人跳下马，向班洪王打着招呼就走上会台，班洪王赶忙迎上去：“哎呀，施县长，怎么不打声招呼就来了，看把你累得一头大汗，快坐下休息！”

施县长一面擦汗，一面大声对班洪王，也是对人群说：“我是镇康县县长，受缅宁、镇康老百姓的委托，前来慰问班洪、班老的乡亲们！”

大家一阵鼓掌，一阵欢呼。

施县长：“阿佤山的同胞们，你们英勇抗击英国军队的消息传遍了云南三迤大地，你们是我们云南人的英雄！我们是你们的后盾，坚决支持你们！”

班洪王把尹涛介绍给施县长：“这是缅甸华侨慰问团的尹涛团长。”

施县长与尹涛握手问好。

班洪王向大众说：“现在请施县长讲话！”

施县长：“同胞们，乡亲们！在我们来班洪的一路上，听到了班洪、班老跟英国入侵者打仗的事，你们打得好哇！你们为守国门而牺牲生命财产，你们不畏强暴，反击英军入侵，捍卫国土，现在全国都知道了云南有个阿佤山，有个班洪、班老，都知道了勇敢彪悍、不怕死、爱国的阿佤民族！”

正在施县长讲话时，一队五十多匹马的马帮队伍，响着“叮咚、叮咚”的马铃，走进了广场，杨叔、岩嘎组织班洪自卫队帮着他们卸马驮子，招呼马帮休息、喝水。

施县长继续说：“阿佤山英勇的民众们，缅宁各县百万百姓感谢你们保家卫国的牺牲，颂扬你们的战斗精神！我们带来一点粮食、布匹、衣服、棉毡、盐巴和火药、铅巴、银元，表示对你们的支持，我们是你们抗英的后方！”

人们欢呼着：“勐、勐、勐……”

施县长：“我还要告诉你们一个好消息，缅宁地区各县，汉、傣、拉祜各族百姓在地方爱国士绅黎希明先生的组织下，成立了一支上千人的保卫边疆民族义勇军。他们自己出枪、出钱，组建队伍，已经向班洪开来了，他们要支援你们，与你们并肩作战，下决心要把英国入侵者赶出中国去！”

杨叔领着阿佤山的群众喊着口号。

整个广场上，更热烈、更响亮的欢呼声经久不息。

三天来，班洪王领着施县长、尹涛和慰问团的客人，到班老进行了慰问，到南依河的几个主要守卫阵地及与炉房一山相隔的新寨，看望了坚守在阵地上的佤族自卫队和百姓。所到之处，慰问团的各位成员深受感动，百姓深受鼓舞。

班老老王昆鄂介绍了英国军队炮轰烧毁十几座村寨的悲惨情况。

艾西瓦讲述了班老兵民抗击英军英勇作战的过程。

班老老王昆鄂拉着施县长和尹涛，老泪横流，十分激动地说：“谢谢你们没有忘记我们，全国的老百姓和我们一条心，我们更有信心和英国入侵者斗争下去了！”

尹涛说：“昆鄂老王，我们要感谢你们，是班老人民用生命和鲜血捍卫了祖国领土和家园，是你们的流血牺牲让人民动员起来、团结起来。”

施县长闪着感动的泪花说：“我深受教育，有两个想不到：一是被认为原始贫穷落后的阿佤山民众用大刀和矛弩教训了现代武器装备的英国佬，阿佤民众的英勇顽强斗争精神，就在眼前，我看到了；二是英国号称文明国家和中国的朋友，竟然这般无耻、野蛮地杀戮我中国和平民众，而且，不顾国际公法，把兵营建到了中国境内方圆上百公里的土地上来了，公然毫不顾忌地在中国领土上抢掠资源，英国人的侵略行径，我看到了。我回去后，一定要照实上书，照实向外界讲述我的所见所闻！尽我所能，支援班洪的这场斗争。”

尹涛对班洪王说：“这些天，你的卫队护送我们在最前线巡看，我总感到好像还有一支队伍总在我们周围游弋，真得感谢他们的护卫啊！”

班洪王说：“是啰，从你们和施县长来到那天起，他们都在你们周围一直担任外围警卫，白天黑夜很辛苦的。好，让他们来见见你们！岩嘎，你找人替换他们，让他们都回来和客人见见面。”

岩嘎应声而去。

十五个小伙子站在慰问团面前，尹涛、施县长一一和他们握手。这些年轻人腰挎长刀，手握清一色的英国步枪，背上还背着弩箭，一式的蓝布包头巾，粗白布衬衫外罩红布镶边的布面短褂，下身蓝布宽腰宽腿裤。一个个精神抖擞，目光炯炯，脸上还留着幼嫩稚气。看到这群“少年兵”，施县长不停地说：“英俊少年，英俊少年！”

班洪王让客人坐下，他介绍说：“这是小分队的队长甘木浩，这是小分队的军师宋忠良，这是和尚帕温张、扎朵、布训、木南……让岩嘎把这个小分队向诸位介绍一下吧，他们个个都是了不起的小英雄！”

岩嘎把甘木浩小队一件件英雄事迹讲述给慰问团听。

施县长转身看到一队女兵，她们一个个飒爽英姿，红布头箍，身上罩一件白布衫。每个人手持一支长矛，腰间挎着一个红十字的救护箱。这十五人的女子小队很特别，她们是和甘木浩小分队一起进场的。“啊！女兵！”人们眼前一亮，“啊！班洪王还招了女兵！”

杨叔向尹涛、施县长及大家介绍说：“这是我们叶娜公主组织的女子抗英医疗队，她们担任伤病员的救治工作，现在来了医生，以后就跟着医生学习。眼下嘛，她们还和自卫队的男兵一起练习使用长刀和长矛，在必要时，她们还会和男兵一起上阵打仗杀洋嘎拉呢!”

“好,好!”尹涛对女子救护队员说,“我们有两个医生留下来教你们这些学生!”

尹涛站在叶娜面前问:“叶娜公主,你曾经不顾危险救过英国人,现在又参加打英国人,为什么?”

叶娜笑了:“尹先生,任何朋友来到我们家园,我们都欢迎。而当英国人打着朋友的幌子,带着杀人的刀枪,强行进入中国的边境,霸占我们矿山,杀害我的乡亲,烧毁村寨的时候,他们已经不是朋友,而是敌人了。你说对吗?”

尹涛对班洪王说:“你有个好闺女,有个明是非、敢作敢为的好闺女! 也谢谢你,叶娜公主!”

尹涛走到马青青面前:“你也是女子救护队的一员了,一定要和贺医生、徐医生一起把这班女兵教好。”

末了,他看了一眼马青青问:“怎么不见宋忠良?”

马青青“噗嗤”一笑:“你自己找找嘛,尹先生! 他现在就在这里。”

“哦”,尹涛四面望了望,“他在这里?”

甘木浩小分队的十五个小伙子,雄赳赳地挺胸昂首,尹涛想了一下,低头看队员的脚——

十五个人中十四双赤足,只有一双布鞋。他跑过去一把抱住宋忠良,连声说:“我的好兄弟!”

“这是怎么回事?”施县长不解地问。

尹涛紧紧拉着宋忠良的手,左看看、右看看:“不简单,一个青年学生锻炼成抗英勇士,打仗不怕牺牲,不怕吃苦,我要向你学习啊!”

“别、别学我,真正的英雄是甘木浩,是和尚,是扎朵,他们那才叫勇士、英雄啊!”宋忠良忙说。

施县长:“真让我开了眼界了! 你们在英国兵营里,在英国兵的眼皮底下,拿出了那么多的枪支弹药,还烧了军火库,真是了不得! 自己武装自己,有志气!”

尹涛:“班洪王,我今天想把宋忠良借过去,行吗?”

昆钟:“可以,还有小青,都让他们去你那里。为了保护他们俩,现在都这样叫他们。我还想让他们跟你们慰问团一起回曼德勒去。”

宋忠良一听急了:“不,我要参加战斗把英国入侵者赶出去,现在我不离开阿佤山,这里是我的战斗岗位。”

尹涛:“他和小青为阿佤民众抗英做了不少事,值得我们学习,他们的去留由他们自己决定吧。”

昆钟:“你们去商量一下吧。明天一早施县长要返回镇康,甘木浩小队护送他们到安全地区,现在你们就回去准备。”

甘木浩："是，我们一定会做好的。"

尹涛拉着宋忠良朝他住的竹楼去了。

班弄英军营房

在班弄军营里，依毕珂代表英缅总督前来传达英国总督和英国政府殖民事务部的指示。

依毕珂："卓温上校，乌波朗爵士，刚才我传达的是英国殖民大臣代表政府的指示，具体地说，第一，你们的进展太慢，慢得像蜗牛在爬，已经影响到大英帝国在亚洲，在中国的总部署了；第二，你们造成的影响太大，现在全世界都知道大英帝国在一个小小山区的举动，英国陷入了一场外交被动。先生们，驻缅总督希望你们能正视眼前的被动局面，很快扭转局面。"

卓温上校和乌波朗对视一眼，各自低下头，谁也不愿意先开口讲话。

依毕珂接着说："特别要提醒的是，我们要的不仅那么一点矿石，不仅阿佤山地区。大英帝国政府的曼昆铁路和藏蜀铁路要在金沙江会合，囊括了整个长江流域，整个南中国的大计划，请你们不要忘记！"

卓温上校和乌波朗仍是苦着脸沉思着，依毕珂直接向他们提问："两位先生，我将如何向伦敦和仰光禀报你们的情况？"

乌波朗委屈地说："请向专员报告说，我们立即采取行动。"

卓温上校也以军人的干脆回答："立即行动。"

这时，卫兵报告："麻哈王求见。"

乌波朗挥手示意让他进来。

麻哈王见到三个英国"大官"，忙哈腰行礼说："爵士，上校，万分感激你们宽宥了我，我做牛做马都万死不辞地为你们效劳！我的人刚弄到了一个消息，镇康县的施县长来班洪鼓吹抗英后，将于明天返回；他带来的马帮已于三天前就走了，明天只有他和两个随从，我们打算在他们往回走的路上下手。"

乌波朗问他："你的情报准确？"

麻哈王："千真万确，是从跟随他的卫兵那里得到的。"

"好吧，你去安排，不要失手，一定要抓活的。"乌波朗同意了。

等麻哈王走出去后，卓温说："这个人被你捆怕了。"

乌波朗轻蔑地说："一条狗嘛。"

清晨，阿佤山的云雾缭绕在山间。

班洪王和尹涛带着指挥部的人员，送别施县长。班洪王："施县长，很感激你到阿佤山来指导，很感谢你给困难中的阿佤人的帮助，还望今后多给予支持和援助。"

施县长拱手道："班洪王，就此别过，多保重。望你的求援报告团尽早成行，到时偏道到敝县一叙。"

“当然，当然，今后还有很多方面要您指导的。”班洪王说。尹涛上前一步，把施县长拉到旁边树下，很感慨地说：“施兄，恕我直言，你回去上峰会怪你多事的。像你这样敢做自己想做的事的县官，不多呀！蒋介石政府打内战搞内讧是行家，抗敌御外是熊包。日本人在东北蓄谋已久，占地掠城已危及华北了。云南过去有江心坡事件，马嘉里事件，今有班洪事件，本质上都是英国人的侵略行径。还望施兄游说同僚，并向新闻界介绍，让更多的人知道真相，认识到支持、支援班洪抗英的意义啊！”

施县长似有苦衷地说：“尹老弟，我将尽力！”

看着牵马走远的施县长，尹涛对班洪王说：“中国多一些这样的县长，老百姓就有幸了。”

山路弯弯曲曲，云雾飘飘重重。

走过这座山崖，就将进入耿马境了。骑在马上的施县长对两个随从说：“听，似乎有人跟着我们，是班洪王派的人吧？”谁知两个随从一左一右把施县长夹在中间，一个抓过了马缰绳，一个阴阳怪气地说：“下马吧，施县长，我们已把你卖给了英国人！”

“什么？你们是什么人，竟敢如此放肆！”施县长被两个随从夹在中间，前后进退不得。施县长掏出枪，不等上膛，一个随从就用刀逼住了他：“县长，别费事了。如果不是英国人要活的，我们俩早就砍下你的头了。一千大洋对我们两个来说，比你的命重要！”施县长想跳崖，另一个随从一把将他从马上拉下来，按在地上捆了个结实，对他说：“你跳不得呀，你跳下去我们的一千大洋就飞了，老老实实跟我们去见英国人吧！”

施县长拼命挣扎着，叫骂道：“我瞎了眼，养了你们两个白眼狼！吃里爬外的东西！”

“说什么也没有用了。一个月一两块大洋的日子我们也过够了，我们也要到那边去过几天舒心的日子啊！别怪我们，英国人出的价钱太让人心动了。”

远处，四个黑衣蒙面人骑马疾驰而来，到施县长跟前，问两人：“货是真品吗？”

被捆得手脚动弹不了的施县长躺在地上气得发抖，他痛骂两个护卫兵：“你这两个卖主求荣的狗东西，天理不容！老天啊，你可要严惩这两个猪狗不如的东西呀！”

一个随从得意地说：“县长，别费劲喊了。你也是做了好事的呀！用你可以换一千大洋；我们哥俩不论到哪里，都不会忘记你的！”

另一个在翻施县长公文包的随从也笑着说：“施县长你是有本事的人，你到英国人那里跟着英国人混，一定比我们混得好！”

“呸！畜生！天网恢恢，疏而不漏，你们会遭报应的。”

一个高大的佤族装束汉子，跳下马，扯开面巾，问："凭什么证明他是施县长？"

一个随从把施县长马背上的皮包打开，掏出一个印章说："这就是施县长的印信。"

"哈哈哈哈！扎巴，这回宝贝是真的啰！"

"扎尼，把它放回去收好，千万别出岔子。"

扎巴说着，走到两个随从兵跟前说："你们每人赏五百大洋，还有一个美女。到缅甸那边去享福吧！"两个随从"嘿嘿"地笑起来，等待着他的赏金。

说时迟，那时快，扎巴"嗖"地拔出长刀，"嗤啦"一声，一个随从已经身首异处了；又一声"嚓啦"，另一个随从的脑袋就飞到了悬崖下。这突然的一幕，把捆绑躺在地上的施县长惊吓出了一身冷汗！

"扎尼，把这个宝贝县长扶到马上绑结实了，别让他掉下来。"扎巴边说边指挥两个黑衣人把两具尸体丢到了悬崖下。

"呼！呼！"一阵枪响，一个黑衣人跟着那两具尸体，一起掉下悬崖去了！

"杀！杀！"一阵喊声，从前后杀过来一批班洪兵。他们是甘木浩小队。

甘木浩小队根据岩嘎和宋忠良的分析，分两批埋伏在这一段最险要的山崖路上。果然，施县长在这里遭了暗算。

几个黑衣人骑在马上拔刀拼命相搏，左突右冲，作困兽斗。甘木浩现在关心的不是剩下的黑衣人，而是救施县长。甘木浩呼叫五六个人救下施县长，领着其余人挡住几个垂死挣扎的蟊贼。

这几个黑衣人想杀开一条血路逃命，他们狠命砍杀。甘木浩见施县长没有受伤，便对黑衣人说："饶你们不死，赶快回去报告你们的主人，在阿佤山撒野，就是找死。"三个黑衣人狠命地夺路逃跑而去。甘木浩喊住队员，不要去追击。让和尚帕温张放出哨岗警戒。

甘木浩上前拱手行礼，宋忠良也边行礼边说："施县长，你受惊了！"

施县长紧紧拉着甘木浩和宋忠良的手，感激不尽："贤侄啊，你们的救命之恩我无法用语言来表达！谢谢两个字是从心里喊出来的！"

宋忠良扶着施县长走了一圈，说："还算幸运，施县长没有受伤。我奇怪英国人和麻哈王怎么知道行程的。"

施县长仰天长叹："唉！是我的两个随从被英国人收买了，他们出卖了我，可他们也被杀了。"

宋忠良："施县长是不是转回班洪休息几天？"

惊魂未定的施县长只想早点离开这个险恶之地："快到耿马城了，我看还是继续前行吧。"

甘木浩问："施县长你能坚持吗？"施县长连连说："能，能行。"甘木浩派两人回去向班洪报告情况。他和宋忠良坚持护送施县长继续前行。他们要把施县长安全送到镇康县去。

第十八章

论历史说教训班洪再发《告祖国同胞书》
委重任乌波朗交财宝由玉波护送返英

在班洪王的议事大厅里座无虚席。听说召开特别重要的会议，各部落王和头人们都早早赶来了。

班洪王昆钟首先站起来说："请大家安静下来。会议正式开始前，我们请刘拥国师爷讲故事。"

在座的人哗然了："讲故事？"

刘拥国站起来，声音洪亮，一开口就把议论纷纷的会场镇住了，大家安静下来。"历史的教训会让我们聪明起来。我今天要给诸位讲的是历史故事——马嘉理事件和片马事件。

"自从1840年鸦片战争后，列强欺负清王朝的软弱，纷纷用各种手段侵入中国。英帝国侵略势力从未间断过对中国的侵入，英国殖民主义者从清政府手里抢夺过去对缅甸的宗主管辖权后，他们要修筑从印度、缅甸深入西藏、云南、四川商路和铁路，把中国西藏划入英国殖民地范围。在这个背景下，英国人利用种种手段借口不断对藏、滇、川进行侦察、绘图、探路活动。

"六十多年前，英国军官柏郎、英国驻北京公使馆翻译马嘉理率军队在滇西探路并一路杀害我国边民。腾越各族军民奋起抵抗……"

有部落王打断刘师爷，问："你说这英国人也怪了，眼睛咋就盯着我们中国不放呢？"

班洪王反问："咋人家的名号就叫英帝国殖民主义呢？"

全场人都笑起来了。

有人说："印度、缅甸都被他们霸占了，他们还不满足呀！"

"那叫侵略！"

刘拥国师爷叫大家静下去，他继续讲："三十多年前，就是推翻清政府的前一年，英国人在保山县的登埂土司辖区的高黎贡山西侧，武装侵占了片马地区的茨竹、派赖等村寨；当地土守备左孝臣带领傈僳、景颇、白、汉等各民族武装，坚决抵抗英国军队的入侵。英国人又改为收买示好，假装谈判，派奸细来劝降、收买，然后突然发动夜间袭击，用洋炮轰炸中国境内村寨，杀害中国边民，霸占了中国的片马、古浪、岗房，一直到今天。英国人的手段就是派兵占领，占了就不走，收买当地的民族败类，蚕食中国边境。"

班洪王："英国人玩两面派，派军队强行霸占中国领土，他们总认为我们中国人好欺负。我们阿佤山地区也是英国人垂涎已久的地方。前不久他们派人来探路，被勐尼寨拿住了。我们知道他们是过来干什么的，放他们走了，告诉他们：朋友来了，有好酒；盗贼来了，大刀弓弩等着他！"

班老老王昆鄂站起来，激昂地说："我们世代生活的家园。英国洋嘎拉来了，想侵占哪块就霸占哪块，想占多久就占多久，人世间哪有这种道理？不让他霸占，他就杀人，炮轰寨子，这不是强盗是什么！中国土地不能由他霸占，我们阿佤人不能任由他宰杀，我们只有一个决心，学习前辈的反抗精神，跟英国洋嘎拉斗，不投降！"

班洪王紧接着说："刚才讲的是历史上的事，今天我们阿佤山也面临着这样的事！各位，英国军队霸占我阿佤山炉房、金厂坝和垭口寨以来，我们阿佤和各族百姓进行了坚决抵抗。前些日子，英国军队攻占了班老各寨，烧毁了茅屋竹楼，杀人、抢粮，使班老百姓遭受了巨大损失。

"我们是不会屈服的，我们要跟英国洋嘎拉斗。我们也要争取各方面的支持、援助，我们的力量远远敌不过英国人的洋枪大炮。经过一段时间的筹划，我决定刻日赴省城，向省府龙云主席报告班洪—阿佤山地区几个月来发生的英军入侵事件。此次到昆明，路程遥远，费时月余。恳请各部落王头领，据守村寨，坚持斗争。我们得到省主席指示，便即时返回。"

尹涛插话说："各位部落王，目前情势紧急，英人强霸我领土毫无退意，且不断增加兵力，做继续扩张之准备。我们一定要迅速将班洪—阿佤山事件，如实地报告给省主席，让全省、全国、全世界都知道英国人侵略的真相，英国军队的罪恶。同时，这也是争取政府各方面支持和援助的机会！"

班洪王："尹先生高瞻远瞩，他与刘参谋长已拟写了阿佤山十七部落联名的《告祖国同胞书》，报告省主席并将在全省及全国发布。请他给大家读读。"

尹涛："我们已用汉文和傣文拟写了多份，以供各部落王审阅，现在我边读边解说，使大家都容易了解，我现在把它分部分读讲。

"第一部分说阿佤山—十七葫芦王地自古就是中国历史上不可分割的一部分。窃我阿佤山十七王地……自昔远祖，世受中国抚绥、固守边疆，迄今数百年，世及弗替；不但载诸史册，即现尚存历朝颁给印信，可资凭证。

"第二部分说我们佧佤人是中华民族大家庭中的成员。唯我阿佤民智粗率，处云南极也，未得深受中国文化教育之熏陶，致语言文字，与中土殊异。但男勤耕耘，女善纺织，日夜作息，自食其力，生活质朴，与内地大同小异。

"第三部分说英帝国主义使用各种手腕侵占阿佤山。溯自滇缅丧失，我祖国复历年多故，英帝国遂以经营缅甸之余暇，进而南北夷山，更进而引兵东渡潞江，劲军千余，新式武器均备，明则探矿调查，遮盖我祖国人之耳目，淆乱世界之公论；暗则占领我班洪炉房等处银矿，以逞其野心。步步压迫，种种手段，无所不用其极，必得我全阿佤山地，奴我阿佤山民而后已。

“第四部分说我阿佤百姓已面临生死存亡的危急时刻。阿佤碌碌谋生，素无筹划，岂足以御英帝国之整个计划；弓弩火绳，又岂足以御新式武器，束手无策，合眼待毙，失土灭种，迫在眉睫也……覆亡之祸日迫，绝种之恨将成。”

十七王中有人叫起来了：“尹先生，我们不是文化人，请你再简单一点，用平常的话讲讲。”

“哈哈……”大家一阵欢笑。班洪王说“你稳下性子听，这就是我们学习的机会呀！”

尹涛也笑了：“是啰，我再简要一些。”

“第五部分是我们向祖国和人民发誓衷心。敝王等，处此时遇，朝夕思筹，废寝忘食，已集众剽牛，拭目商议，断指发誓，曰：吾阿佤山，地瘠民贫，亦有数千里之地，数十万之民，据天然之险，持果敢之勇，宁血流成河，断不做英帝国之奴隶，即剩一枪一弩，一妇一孺，头颅可碎，此心不渝；而今而后，本自决自卫精神，置之死地以求生，持强野横，毫不畏惧——热血盟誓。

“听懂了吧，为保护百姓，保卫家园，捍卫国土，决心前仆后继，头颅可碎，此心不渝，誓与英国侵略者血战到底！”

众王点头：“听懂了！听懂了！就是不怕流血不怕死，跟狗日的洋嘎拉干，把英国人赶出去！”

尹涛：“对，就是这个理！

“第六部分就是告诉全国的同胞，阿佤山与中国国防安全有着密不可分的关系，如果阿佤山落在英国人的手里，西南的大门就被打开了，后果严重。

“第七部分告知同胞，英国殖民者侵略阿佤山这块宝地蓄谋已久，再次重申葫芦王地，自古以来就是中国领土，世代相传根深蒂固，没有丝毫理由向英人低头。

“英帝觊觎已久，趁我国家多故，竟悍然引兵越境，筑营房修马路，以便交通，其为永远占踞之野心，已大白于世矣。自古我阿祖阿公相传，世代守之，而我阿佤山为中国领土，则与缅以潞江（怒江）为天然之界线，更何疑意。

“第八部分再申边疆处于危机，民族危急之时，期望全国同胞，团结起来，促成外交上的胜利。

“我阿佤山民众，发誓团结，告之天地鬼神，宁断头颅，不愿为英帝国牛马，此志此情坚持到底，爰为是书，敬告我祖国政府，各省当道，各法团及同胞之前，请悯我边疆弱小民族之痛苦，又念唇亡齿寒之惧，舐糖及米之危，直接间接，予以实力之援助，或为书之广为宣传。幸甚至哉。”

班洪王感慨地说：“现在流传的一首歌说，‘中华民族到了最危险的时候，每个人都被迫发出最后的吼声’。这份《告祖国同胞书》，就是我们佧佤同胞在最危险的时刻发出的最后的吼声！”

众王异口同声道：“勐！勐！勐！说得好！”

班洪王："各位！经过与各方面协商讨论，本着急事急办，班洪求援报告团的成员确定为七人：

总代表：昆钟；

副代表：艾西瓦；

代表团成员：班洪自卫总队参谋长刘拥国；

甘别王鲍进福；

土司赵华相；

班洪王助理岩嘎；

班洪王顾问尹涛。其他随行人员 10 人。"

刘拥国："由于英军不断骚扰我阿佤山各部落，这次去向省府龙主席报告求援须快去快回，请各位部落王掌握好自己的自卫力量，保土安民。班洪自卫总队由杨叔主持，提高警惕，把守好各个渡口。这一个月，尽量不要发生大的冲突，同时，各部落王自卫队都得听从杨叔调遣。"

两位部落王还说："班洪王，我们阿佤山与内地久不往来，亲戚也陌生了；你这次向龙主席报告一声，等打跑了英国军队，政府多派点人来帮助我们阿佤山，我们十七王也出去到昆明看看，去各地走走。"

大家都赞成这个意见，班洪王许下诺言："赶走英国军队后一定让阿佤山的部落王、头人都出去看看外面的世界，还要让一批年轻人也出去看看学学。"

散会后，班洪王留住班老老王昆鄂说："阿叔，让艾西瓦跟我到昆明向省府报告英国人越境、占领中国领土，并且杀害班老百姓的情况，家里就由你多操心了。请你务必要组织好班老各寨百姓疏散事宜，以防万一，英国人现在什么都干得出来的。"

"好，我回去一定办好这件事。"

第二天，班洪求援报告团出发了。

英国伦敦

殖民事务部大臣办公室。

殖民大臣在对几个下属官员发脾气。

殖民大臣："我完全不能理解，我们投入了巨大的人力、物力，连一个小小的班洪都解决不了。你们没有看到伟大的大不列颠帝国的利益在遭受损害吗？"

一官员："阁下，我们的军队已经在南依河东岸建立了基地，整个'东进计划'在有效的实施中。"

殖民大臣取下雪茄，对着几个官员说："有效？有效？你们看看，世界各地，中国各地，都在抗议，把我们比作日本人了。我要求你们立即让缅督及我们的司令官，把反抗平息下来，要把对以后划界，对我们有利的事情办好！"

"是，阁下，我们立刻执行您的指示！"

英国人没有给阿佤山一个月的休养生息时间，英国军队又开始了向阿佤山的大进攻。

在乌波朗的坚决要求下，卓温上校决定仍从班老进攻，除了在班老渡河建立这个据点外，占领班老后从西向东，从南向北两方面对班洪发动攻击。

站在一个半月前的观测点，乌波朗和卓温上校都在用望远镜观看班老各个村寨。

“上校，这是上次进攻班老寨的地点吗?”乌波朗有些惊讶地问。

“爵士，一点不错，是上次攻击的方向，不过怎么不见上次被烧的村寨的痕迹了?”卓温对照着地图，说:“位置没有弄错呀！不到两个月时间，他们就重建了自己的村寨。这真是奇迹，奇迹!”

“他们的生存能力让人难以置信，这是一个不可征服的民族!”

卓温也点头同意，他提出:“这次一定要彻底消灭他们的抵抗力量，不能再让我的士兵作出大的牺牲了。”

“那你想怎么办?”

“首先我将充分发挥武器的威力，用炮轰击一切可疑的抵抗点，然后再由士兵渡河作战，在班老建立坚固的据点。”

“上校，我补充一点，用燃烧弹从轰击村寨开始，大火会让他们惊慌失措，也会使他们的抵抗力量忙着救护，从心理摧垮他们。行吗?”乌波朗出了狠招，上次渡河作战的惨状，仍然让他心有余悸。

“可以，爵士先生，我想按你的打法会更好一些。”卓温上校立刻叫来各路指挥官布置作战计划。

“一个小时后，炮兵按规定目标进行轰击，注意打击一切可疑目标。步兵在炮击开始后渡河。凡是抵抗者，坚决消灭。”卓温发出了攻击令。

班老老王昆鄂几天来不断接到英国人调动军队的报告，早已召集各村头人和自卫队长，对英国人可能的进攻做了安排。

“英国军队的现代武器比我们想象中的还要厉害，我们不能硬拼，如果他们来攻打班老，自卫队掩护乡亲们撤退到龙头山和密林深处，保护乡亲们。我们把洋嘎拉放进来，分散他们的力量，再慢慢收拾他们，记住，千万不要硬拼。”

昆鄂让快枪队日夜守在河东岸，警惕英国兵突然渡河袭击，他则随时准备组织乡亲们撤退。

河西岸英军的炮兵阵地上，指挥员一声令下，山炮、迫击炮轰鸣声响起。

村庄的茅屋很快就被大火烧成一片。大火越烧越猛。幸好事先乡亲们在自卫队的指挥掩护下，转移到大森林里。

班老大寨中弹起火，山坡上一座又一座村寨熊熊燃烧。

乌波朗和卓温放下望远镜相视，发出“哈哈哈……”的狂笑声。

卓温对夏洛克少校命令道:“轻重机枪射击，掩护各路进攻部队渡河!”

顿时，轻重机枪向对岸猛烈射击，橡皮艇一下子在河面上展开，英国兵奋力划向对岸。

河东岸没有响动；一只橡皮艇靠岸，又一只橡皮艇靠岸了，英国兵纷纷向岸上冲来，不停地射击。河岸的草丛中，树林里，岩石后异乎寻常的平静，上岸的士兵在指挥官的吆喝中，时而匍匐射击，时而冲锋前进，还不时投掷手榴弹。

东岸没有人抵抗！

英军旗语信号兵，站在高地上，用旗语发出了“没有遇到抵抗，前进顺利”的信号。

卓温上校命令身边的信号兵，发出命令：“搜索前进，消灭所有敌人！”

班老各村寨的百姓逃进了大森林。昆鄂和普达岩带着自卫队在帮助乡亲搭建茅棚。昆鄂安慰大家说：“我们暂时避一下，洋嘎拉是水，我们是石头，水过石头在，洋嘎拉总是要滚出中国的，洋嘎拉一走，我们就回去盖新竹楼！”

甘木浩小队留在河防自卫队指挥部，每天进行严格的训练，同时也帮助训练其他的自卫队。岩嘎、杨叔三天两头让宋忠良和甘木浩到指挥部，参加各队指挥员出席的碰头会，随时掌握英国人的情况。

班老再度落入英国军队之手的消息传来，杨叔想带一队人马去帮助班老。宋忠良提出了意见，说：“现在班老各村寨被英国人炸毁烧光了，百姓都躲进了深山老林，我们的人去了也无法和英国人对阵。我提议，坚守好目前的阵地，同时，派出小分队打炉房，扰金厂坝，甚至奔袭户班、永班或者班弄。这样才能发挥我们的优势，才能牵制住英国兵。”

“这个小军师，真是头脑灵活！”杨叔很同意宋忠良的打法。甘木浩也拍手说：“杨叔，我们小队出击，你稳住大部队。我们先去洋嘎拉眼下最想不到的地方——炉房。”

“胆子大，偷袭炉房！”杨叔明白，宋忠良和甘木浩已经想出了偷袭炉房的方案，“好，来合计下你们的计划。”

杨叔领着甘木浩、宋忠良和小队已经连续两天在炉房周围山地一带转悠，甘木浩小队熟悉了炉房的地势及防守情况。第三天，杨叔带了一队佤兵埋伏在炉房后山的路上，准备做接应。

炉房是个很杂乱的地方，挖矿的人、驮矿的马帮，负责守卫的宋忠福、马成君、麻哈王的队伍现在又来了不少新人，来来往往，进进出出。

一小队马帮来到炉房岗哨，英军哨兵挡下盘问。马锅头主动与站岗的佤兵打招呼：“哥们，你们是马爷家的还是麻爷家的？”

佤兵看着马帮驮的袋子上有宋家的记号，便回答：“啊，哥们，我们是麻爷的兵，你们是宋爷的马帮？”

“是啊，是宋爷的，”杨叔机智地笑答，“我们那溜子的马队，今天不是还来了两拨了？”

“没有注意到，倒是出去了两帮人。这位爷怎么有点眼生。”佤兵答话。

“眼生？我以前都是跑曼德勒，今朝是来看看热闹的。”说着掏出一包难得见的“老刀牌”烟卷，给两个佤兵和两个英国兵。

佤兵猛吸一口烟，叫声：“真爽！”并热情地说：“这位差哥，你初来，要不我给你们领个路。”

杨叔把一包烟塞在他手里，说：“别耽误你站岗，麻烦老哥给指指道就行，我们进去找到我们的人就好办了。”

接过一包烟，心里乐滋滋的，佤兵便把马帮领进营房，指点着这是什么，那是什么，一一介绍清楚。

甘木浩、和尚、扎朵、布川、布伦全是赶马人装束，每个人都披着毡毯，赶着马跟着杨叔在炉房各处转了一圈，把英军在炉房的各个哨岗都记在心里。找个僻静的山坳，杨叔指挥着，三下五除二，稀里哗啦地把一袋袋泥巴全倒了把马赶到一处堆满矿石口袋的地方，大家快手快脚地把矿石口袋上了马驮子，捆牢后就赶着马，朝营房门走去。

杨叔对甘木浩说：“上次截粮食的口袋，这次还帮了大忙。”

甘木浩：“都是宋哥的主意。”

通过大门哨岗时，那个佤兵还招呼：“哥们，不在里面吃顿饭就走？”

杨叔又往他手里塞了一包“老刀牌”，对他说：“赶前边寨子杀鸡喝酒去；早点赶回户班，又要往曼德勒跑喽！”

佤兵羡慕地说：“还是跟着你们宋爷有盼头，嘿嘿。”

午夜已过，人困马乏。炉房矿山的军营经过一天的喧闹后平静下来，只有几处哨岗的哨兵在哨位上来回游动。

远处和近处的树林、草丛里，不时传出“嘎嘎”“呜呜”“笃笃”鸟兽的鸣叫声。

靠近营房的树林里，出现了一条又一条黑影，一忽一闪。这里是厨房倒弃垃圾的角落，没有固定哨岗，即使游动哨兵也懒得过来。一个黑影跃起，把一块木板搭在铁丝网上，又一个黑影紧接着也把木板搭上去了。接着一个黑影两步三步就从搭在铁丝网上的木板上跳了进去，稍停了一会儿，黑影一个接一个地从木板上跨进了铁丝网围住的军营内。

一排接一排的木板房，一阵接一阵的鼾声。这次夜袭，事先已明确分工，三个人一组，消灭英国兵，尽量收集武器，并破坏英国兵营的设备设施。

和尚和阿邦、坎布一组摸进一个帐篷，竟然是厨房，赶快退了出来，朝木板房摸去。

宋忠良和扎朵、木南钻进一座帐篷，里面堆的全是装矿石的口袋和挖矿工具，他们也退了出来。

甘木浩带着布训和布伦摸进一排木板房，趁着窗户里进来的月光，看到这里睡的是英国兵，甘木浩摸到枪架，轻手轻脚地背了三支枪，就赶快退出，恰好碰到和尚组的三人,他赶快地将枪交给了坎布,并让坎布把刚才进来时的木板拖拽过来,从里向外搭在铁丝网上,好让大家出去。其余人都进到木板房内,拿枪拿子弹。一个英国兵被惊醒了,问:“谁? 干什么?”不等他反应过来,布伦的长刀一挥就砍了过去。甘木浩一看这响动太大,忙喊:“杀嘎拉!”于是,五个人挥刀向着床上的英国兵“咔嚓”“咔嚓”砍去,顿时,哭喊声,尖叫声大起。

外面也有了响动,原来宋忠良和扎朵、木南摸进去的是一间住了几十个矿工的屋子,宋忠良忙叫他俩退出,不让杀矿工。他们退出来时,踩到一柄铁铲子上,惊醒了几个矿工,矿工一看拿刀握枪的人,吓得哇哇直叫。宋忠良退出来后把门反锁上了,整个屋子一下子就乱开了。宋忠良赶忙领扎朵和木南冲进一个帐篷,发现里面是英国人新运来的发电机设备和发电用的柴油机,他们把柴油桶撬开,把油泼在这些设备上,用火柴点着了火,叫声:“撤!”

这时,几个英国兵发现了异常情况,几声枪响使英军营地大乱,一队队英国士兵从各个营房里冲出来,进入战斗工事,守住了各个路口,枪声四面响起。

宋忠良、扎朵和木南三个人赶快向撤退口跑去。大火中,宋忠良发现马厩就在旁边,他就叫:“扎朵,木南,快去把马放开!”三个人跑到马厩用长刀把拴马的绳子砍断,于是几十匹受惊的马狂奔出来,马群四散冲撞让已经乱了的军营更乱了。

这时,担任掩护的杨叔带领一支队伍在军营正门方向的树林里埋伏着,几个弩箭手,悄悄摸到营房门哨岗不远的地方,不等四个哨兵反应过来,嗖、嗖、嗖……一排利箭就射到哨兵的胸上,哨兵哼都来不及就倒下了。岗哨上,其他哨兵开枪,而暗处树丛中发出一阵枪响后哨兵便栽倒了;迅速赶来的英军士兵在掩体里用机枪对着树林猛烈扫射。

甘木浩小队从进来的地方很快撤退出去,不巧宋忠良把木板踩翻了,跌到地上,脚跌崴了。英军已经发现这边的动静,机枪“哒哒哒”地扫射过来,不少英军士兵朝这边冲过来。甘木浩把宋忠良往背上一背,扎朵和木南两边扶住,硬是跨到木板上,跳了出去,和尚和阿邦在外面接住,背起宋忠良就往树林里跑。

一阵射击把冲在前边的英国士兵放倒了三四个,甘木浩叫还在铁丝网内的布伦、布训赶快从木板上跳出来。布伦跳过来和甘木浩开枪掩护布训。

一个英国兵冲到面前,手中的枪不停朝甘木浩的方向射击,布训一看甘木浩危险,把枪一丢,挥起长刀朝机枪手摸去。机枪手刚打完一夹子弹,正换弹夹时,耳旁一阵风响,脑袋就被布训砍飞了。布训捡起轻机枪正要跨过木板,但来不及了,英国士兵已经从四面向这边围过来,他干脆用力举起木板丢出铁丝网外,然后匍匐在地上,用刚夺来的机枪朝围过来的英国兵射击,几个英国兵被打倒。他边射击边喊:“甘木浩快走! 快走! 不要管我!”英国兵远远卧倒在地上,有两个跳起来冲过来,布训的机枪把他们打翻了,英国兵不敢贸然冲过来。布训又大叫:“好兄弟,甘木浩,你们快走,不要管我!”

英国兵朝布训射击,同时又扔手榴弹。布训的机枪不停地朝冲过来的英国兵猛射，子弹打完了，布训猛地把机枪朝铁丝网外用劲甩了出去，他想甘木浩会得到的。就在这一刹那，几颗子弹打中了他，血流不止。甘木浩小队在铁丝网外眼望着布训跳起来，握紧长刀，朝冲到最前边的英军砍去，七八个英军的枪托把他砸倒了。英军指挥官要捉个活口好向上边交代。扎朵冒死爬过去把那挺机枪拖着爬回来了，甘木浩抹了一把眼泪，叫声“撤”，小分队撤进密林里。大家轮流背着宋忠良，扛着机枪和夺来的十几支步枪，赶去约定地点与杨叔的部队会合。一路上没有了往日的活跃气氛，小分队每个人的心里都挂记着布训。

天亮了，炉房军营里一片狼藉。

大火烧毁了仓库里的最新式发电机和设备，粮食被烧了不少，马匹也跑散了。被惊吓的矿工们吵嚷着要回腊戌，这里太恐怖、太危险。木板房里被砍杀的二十来个英国士兵的尸体让这座军营里的每个人心惊胆战。

广场上栽了棵木桩，布训被紧紧地捆绑在木桩上。所有采矿工和运矿的民工都被赶到广场上，来看满脸满身都是血迹的袭营者。布训此时已经奄奄一息了，英国军官一次又一次拷问他：“你叫什么名字？谁派你来的？”不管英国军官怎么拷问，布训什么也不说，气急败坏的英国军官已失去了耐性，气急败坏地对布训说：“回答问你的问题，不然就要把你烧成灰！”

布训知道自己活不成了，他振作精神昂起头对着人群大声说：“英国人入侵中国，烧毁我们的家园，杀害我们的父母、妻儿和乡亲，我来杀嘎拉为他们报仇。英国人滚出中国领土！杀嘎拉为亲人们报仇！”

几个士兵把柴火堆在布训身边。布训被英国兵浇了煤油，挣扎着喊叫：“英国人滚出中国领土！滚出去！”指挥官划了一根火柴丢过去。“嘭”的一声，烈火吞噬了布训……

回来后，杨叔要把宋忠良送去班洪医疗队治疗，宋忠良坚持不去，他认为队里刚牺牲了布训，大家情绪会受到影响，他不能离开，和大家一起度过这段时间。杨叔很赞同宋忠良的要求，请医疗队的医生过来为他治疗。马青青更是着急，坚持要过来陪宋忠良。

小分队的竹楼上很热闹，不是宋忠良讲故事就是马青青唱歌。马青青和宋忠良的《松花江上》唱得大家掉眼泪。讲故事、唱歌、学文化每天都在进行，宋忠良和马青青为这批佤族青年开启着智慧和文化之光，他俩也在战斗中建立了深厚的感情。

班弄马王府小洋楼

乌波朗拿着一份清单，轻声地念着，用笔在上面写写画画。这是他这些年来收集到的“宝贝”。

玉波站在窗前，惆怅地望着外面。她现在最关心的是女儿依品：她回到班洪了吗？

玉波眼前又出现了那短暂，然而是最幸福的情景，母女俩依偎在一起，畅叙着、欢笑着……

“亲爱的，这些单子我核对完了。”乌波朗对玉波说。沉醉在回忆中的玉波没有理他。乌波朗走过去，抱住玉波说：“宝贝，是我不好，使你在这里受了惊吓，受了痛苦，我会很快弥补的。”

“唉，”玉波叹了口气，对乌波朗说，“爵士，抓到那些该死的暴徒没有？”

乌波朗挠挠头说：“这个可恶的麻哈王，死不承认是他指使干的。我让几个英国军官拷问了他手下的人，也问不出个什么来。马大王、宋大王用脑袋担保麻哈王不会干这种事，我只好把麻哈王放了。现在正是需要他们效力的时候，麻哈王以后会更听话了。”

玉波独自走到沙发上坐下，说：“被他们捆绑起来时，我恐惧极了，我想，再也见不到你了！”说着哭了起来：“麻哈王从班老抢来的那个姑娘，不知道是不是被他们杀害了，多可怜呀！这件事就这样算了？”

乌波朗拉起玉波的手亲吻着说：“宝贝，我会一直追查的。来，你看看马大王和他太太给你送来的礼品。”

“我没有心思看。我希望早点把你交给我的事办好。”玉波说。

乌波朗一听，情绪来了：“对，这件大事，一定要尽快办好。大英帝国威震四海，可是漏洞百出啊！亲爱的，我相信你一定会完成使命的。”

玉波扳着指头，说：“第一，我到腊戌和曼德勒，拿着你的手令把各个存放点上的物品汇集、包扎、装箱；要求包装严实，不会被碰撞损坏，不会产生霉烂。第二，按你的规定时间订好最保险、最安全的返英轮船。到时候，你会送我上船。是吗？”

乌波朗赞叹说：“亲爱的，没有谁比你更合适去办这件极重要的事了！”

玉波又说：“最关键的是这一切必须在只有你我两个人的严格保密下进行。不能有第三人知道爵士的这个大秘密。”

“不，亲爱的，是你我之间的大秘密。我会严格要求护送你的人一切服从你，而且不许打听一点消息，他们安全地把你送到伦敦安全的地点后去休假。搬运货物你另外在伦敦雇人。整个处置方案我会详细写好交给你的。”

玉波看着乌波朗的物品清单，感慨地说：“你用什么方法收集到这一大批印度、缅甸、中国的稀世珍宝呀？你真是个了不起的人啊！”

乌波朗听了，望着玉波“嘿嘿”地笑，不作回答。

玉波问：“我停留在伦敦的时间，会长吗？”

乌波朗说：“处理整个物品的时间可能会很长。我会尽快赶回英国的，不过，半年还是一年，现在说不准。”

玉波又问：“我能在那里学习、读书吗？”

“可以！你可以做你想做的一切事情。我给你的钱够你花五年的了。宝贝，我的事,你一定要放在心上。”

听到炉房被袭击的消息后,乌波朗急急忙忙赶去。整个炉房除了军队的活动外,采矿和运矿都停下来了。乌波朗检查了一下损失,气得暴跳:“一伙野蛮的佧佤人,竟敢跑到有机枪大炮保护的炉房来撒野!”

指挥官夏洛克少校向他报告了损失情况:“爵士阁下,在这场夜袭中,我军损失了少尉军官一名,士兵十二名,受伤十二人,跑失战马七匹,被烧毁发电机设备一套、粮食……”

乌波朗:“够了,兵士们是怎么死的?”

“有些士兵是在睡眠中被砍死的,还有些是在交火中被打死的。”夏洛克少校如实禀告。

“我们的士兵被野蛮人杀死在床上,这真是一种耻辱!”乌波朗终于爆发了!

他直截了当命令夏洛克:“立即命令各小队加强巡逻,加强岗哨;命令矿工立即复工采矿,马帮坚持运矿!”

乌波朗由夏洛克少校陪着对军营、矿山周边的铁丝网作了一次巡查,提出了把铁丝网加高,增加岗哨等措施。乌波朗对夏洛克强调说:“少校,不论采取什么措施,都要保证采矿、运矿安全进行,不允许停顿!”

“是。”夏洛克少校领命而去。

乌波朗想到他的运送“物品”回国的计划,他很庆幸已经把一切都安排给了玉波,否则他这些年的心血不都白费了吗?他把想到的每个过程,每个细节都向玉波讲清楚了。本来,他想写成详尽的文字交给玉波,又害怕泄露机密,于是他让玉波一遍又一遍地背诵整个计划,并且特别要求人名、地址要牢记脑中。他把整个计划的文字形式用邮件寄到伦敦,让玉波到伦敦去取;而且他还用了只有他和玉波才看懂的暗语,他认为,这件事他办得很周密了。

来到炉房,他完全投入到纷繁的事务中。

他的那些物品可是十多年积累下来的、价值相当可观的财富啊。他决心立即执行计划。他写了两份文件:

玉波:

请你立即按我们约定的去做。返回曼德勒的车,我已嘱他们安排。

乌波朗

即日

我要求看到这个委托文件的人必须无条件地、立即按玉波小姐的要求去完成她所要求你做的事。

我全权委托玉波小姐行使我所应有的一切权力。玉波小姐有权支配我名下的任何财产。这个授权直至我收回本文件时停止。

约翰·乌波朗于缅甸

乌波朗派两名骑兵通信兵,立即出发赶往班弄交给玉波本人,并要有玉波的收条。

攻占了班老各寨的英国兵,按照指令,把各寨的房屋,不论是窝棚还是竹楼一律烧毁,班老各寨又经历了一场血与火的大劫难。幸好,班老老王昆鄂带领民众走向了大森林,走向了远处的寨子。

卓温上校小心翼翼地带着卫队进了班老大寨。观察了班老部落各寨的地形情况后,卓温上校作出了要在班老寨的龙头山建立军营的决定。

龙头山,位于班老大寨的南面南依河与南滚河交汇处,龙头山北面是班老大寨,南面是塔田大寨。英军的炮火可以完全控制这两个方向。卓温决定在这里建立军营,扼守这个各部落的交通要道。

卓温上校决定杰克少校驻守龙头山,他对杰克说:"你看,这座半圆形的险要山头,三面是陡峭的山崖,崖下地势较平,只有这一条蜿蜒曲折的山路通往山下,整座山最可怕的还是这密不透风的原始森林。"

杰克少校也发表了见解:"上校,这座山不是去班洪的必经之路,它却是堵截、攻打班洪的立足点。要向班洪进军,不论从哪条路上去,都可以从这里派出堵截部队,也就是说,要攻打班洪,必须有龙头山作为前进的跳板,所以占领龙头山是用兵者的高招!"

"OK,"卓温很高兴能得到部下的理解,"好样的杰克,从现在开始,你就是龙头山军营的指挥官,你要把它建成一座坚固的堡垒。"

"是。"杰克看着无边无际的森林,心里充满畏惧,特别是想到任何时候、任何地点密林中都会突然射来的弩箭或是防不胜防的长刀,杰克不由打了个寒噤。

英国军队在龙头山靠北的边缘地带赶修工事,筑起了一座军营。

乌波朗赶来龙头山军营,他很兴奋。他指着麻哈王,对卓温上校、杰克少校说:"少校,我把这位忠诚的朋友麻哈王留给你,他可以帮助你,对班老部落,他很有些办法。他本来就是班老王的儿子,很熟悉这里的情况。"乌波朗对麻哈王说:"我对你和你的部落很信任,希望你在这里能更好地施展本领,把班老部落的人找回来,更希望你能找到那神秘的木刻盒子。局势平稳后,班老这一带的村寨都可以归你管辖。"

麻哈王连连哈腰答道:"是,是。"

乌波朗:"我建议你们现在对班老百姓采取适当的安抚措施,对那些回到自己灰烬面前的野人们,要给他们一些好处,要说服他们,让他们做我们的顺民。这是个很重要的事,你们商量着办吧!"

第十九章

黎希明倾家产组建驱英义勇军
聚勇士订盟约共担反侵略重担

县城

县城的广场上，一幅横标“西南边防民众义勇军报名处”下摆着三张桌子，几名工作人员正在忙碌着，周围已经围了上百人，远处有人不停地朝这里走来。

一位地方士绅模样的人，看到人越来越多，人们七嘴八舌地询问着，他干脆跳上了桌子，大声地宣讲：“乡亲们，父老兄弟姐妹们！大家知道，几年前日本帝国主义在我国东北发动九一八事变，强占了我国东北三省，所到之处烧杀、奸淫、抢掠，无恶不作。日本要灭绝我中华民族，要把中国变成日本的殖民地。近些年来，英国帝国主义眼红了，他们的帝国主义本性发作了，乘此机会，不断在我们云南推行它的侵略政策，想把大片中国领土变成英国殖民地。早些年，英国人强迫清政府把缅甸交给他们托管，以后又策划了滇西北的江心坡事件、马嘉理事件，眼下他们又挑起了班洪事件，数千英国军队已经侵入我国边境，强占了阿佤山班洪一线的班老、金厂坝、炉房等地，掠夺我国资源，炮轰寨子，杀戮佤族同胞。英国帝国主义目的是占领云南。班洪佧佤民众奋勇反抗英国的入侵，他们已经英勇战斗几个月了，他们非常需要乡亲们的支援！如果我们坐视不管，任英国兵在我们身边横行霸道，他们就会得寸进尺，推行他们的侵略计划，景谷、澜沧、缅宁，整个云南，就会成为他们的下个目标！乡亲们，我们不能听任英帝国主义的横行霸道。国家兴亡，匹夫有责。我们要尽我们的力量阻止英国军队的侵略。我们决定组成一支自卫军，就是去同班洪佤族兄弟共同抗御英帝国主义的侵略，打击英国帝国主义的侵略，保卫我们自己的家园。”

有人回应：“讲得好，唇亡齿寒；国家有难，匹夫有责！”

有人喊：“不能让英国人侵略中国的领土！”

不少人认出了讲话人就是本县的头号富豪黎希明。有个人问：“黎先生，你家财万贯，让人羡慕，怎么会去和英国人打仗？”

“问得好，这位乡亲，倾巢之下安有完卵乎？八国联军攻占北京，皇帝被赶跑了，皇家宫殿和百姓被洗劫一空。现在英国人又来霸占中国领土班洪一线，烧杀抢掠，我们还有安生日子过吗？不把侵略者赶走，我们不论贫富，谁都没有好日子过！”

一个白发老头上前问道:“我记得你是四县剿匪总指挥官,现在是不是政府又委任你当更大的官啦?”

“大爷,当官发财,我黎希明不稀罕。我只想要做点有益的事。现在国家有难,同胞惨死,我岂能袖手旁观?我出来组织义勇军去和佧佤同胞并肩作战就有一个目标:赶走英国侵略军,卫国保家!强盗打来了,哪里还要等政府下令才能驱逐强盗?我自愿拿出我的全部家财,全部三百多支枪,带着我的弟兄们,组织起来去支援班洪百姓。我欢迎乡亲们跟我一起去赶跑侵略者!”

一伙年轻人拥上前去,争先恐后报名:“黎团总,我们跟你去。”“算我一个。”……

黎希明又大声向众人说:“我们去支援受难的佧佤同胞,共同抗击英国侵略者。自愿参加的人一定要想好,此去一定吃苦受累,还有流血死人的危险;更要严格服从命令,遵守纪律,违犯军规一律军法从事!”

更多的人拥上来,有扛枪的、有挎刀的,把报名的桌子围了一层又一层。

一个穿着破烂的中年人跑到他面前说:“黎大人,我没有枪支,也没有行李,但是我有一身力气,有一颗心,你能不能收我?”

黎希明问:“你家中还有什么人?”

“家?我父母去世了,就我一个人给人做工过日子。”

“好,我接收你,衣服、毯子、枪我发给你。但有一条:要听从命令,严守纪律,勇敢打仗。”

“我保证做到!不会给乡亲们丢脸的!”

“你去登记吧。”

远远的茶楼上,临窗一张桌子旁坐着几位一直观看的人,云南第二殖民督办专员杨益谦和县长施德荣,从滇军回乡奔丧的参谋军官李秉厚及另外两位乡绅。看到踊跃报名的情景,杨益谦很感慨:“希明出面,民间一呼百应,更难得他这样舍家破产的报国之心啊!”

施德荣:“有您这位辛亥老将鼎力支持,希明一定会成功的。秉厚参谋长,你是带兵出身的,一定要帮助希明把这支队伍组织好、训练好,把仗打好。滇西南人民期待着你们的捷报哩!”

李秉厚:“这支西南各族民众自卫义勇军,是临时召集的武装,中央省府没有表态,也没有政府军费,参加者要自己出枪支、装备,拿自己的命去为国家效力,真不容易呀!”

施德荣:“有杨老出面斡旋,我们这几个县县长竭力支持,粮草、枪支我们会帮助筹办,李老弟你当放心。”

杨益谦:“将来上峰追查,我承担这个责任。时下,因为关系到国家的战与和及外交,各族民众自愿组织武装抗击英帝国主义的侵略,效法东北抗日联军是最好的办法。"

施德荣："希明他很感慨地说，东北有马占山、冯占海抗击日本鬼子侵略，难道西南就不能有个黎希明来抵抗英帝国主义的侵略？东北抗日，西南抗英，遥遥相对，事同一体。他说得好啊！他已经倾尽家财，筹款十万，破釜沉舟了。他这种气概我很敬佩，我们会尽力支持他的。"

杨益谦："这就是我们的民族精神啊！"

缅宁县城

缅宁县城广场上排起了长队，队伍中人们带着各种武器：火药枪、大刀、长矛。登记报名的先生笑着对杨春珊——"西南边防民众义勇军"五大队的大队长说："杨团总，我们这个大队真开了兵器博物馆了，你看看什么家伙都带来了！"

杨春珊说："民众的心是最根本的，有这几百弟兄的抗英决心和勇气，就有了胜利保证。我家的枪支全部拿出来了，县上的公枪也拿来了，李总指挥拿来五十支，我们大队三百多人也人手一支枪。我家里拿出三千元，按人发给五到十元；到上允集中这几天，伙食全由我家包了。只要能把英国侵略者赶出中国，我一家算尽了点义务了。"

"何时出发？"

"后天上午，除四大队大队长彭四全带领他的人马直接到班洪外，其余四个大队都到上允集中，统一向班洪进发。"

"杨团总，报名的人还不断地来，咋办？"

"自愿报名，肯为国家出力、牺牲的人，精神可嘉，来了就收。为国效力，人多为好！已报名的检查行装、武器，没有的都补齐，每个人都要编入中队、小队。"

"是喽，照办。"

澜沧，上允

西南边防民众义勇军各路人马自五月上旬开始，陆续向上允进发。二十二日黎希明决定在上允举行授旗誓师大会。

上允广场的台子上挂起了大幅横标"西南边防民众义勇军授旗誓师大会"。横标下一排桌子后坐着缅宁地区显要人物。

义勇军一、二、三、五大队在广场排列整齐，前来欢送、看热闹的民众挤得水泄不通。

执勤官、一大队队长李国英把队伍集合完毕，正步来到主席台前，高声报告："报告李总指挥，西南边防民众义勇军，除四大队奉命已前往班洪外，其余四个大队集合完毕，请您训示！"

黎希明高大结实的身材，今天一身戎装，腰间挂了一支手枪，脚蹬高筒皮靴,显得十分威武、矫健。他没有上过军校,这些年担任四县剿匪大队长的经历把他也磨炼得有点儿军人味儿了。他上前两步高声喊道:“西南边防民众义勇军誓师大会开始。首先请辛亥元老杨竹君先生为民众义勇军授旗!”

缅宁思第二殖边督办杨益谦(杨竹君)接过随从手中一面绣着“西南边防民众义勇军”黄字的大红旗,大步走到黎希明面前,声音洪亮地说:“我代表西南民众给你们这支民众抗英卫国的队伍授旗!”

黎希明敬礼后,接过旗帜,转身递给站在身旁的义勇军参谋长李秉厚,李秉厚将旗帜“哗”地甩开,然后走到队伍前面,把旗帜交给旗手,四个枪手正步走到旗手身后,护旗。李秉厚转身,大踏步走上主席台。

旗手在四个护旗手的护卫下,举着“西南边防民众义勇军”大旗,在队伍的面前走了一个来回,雄赳赳地站立着。

全场掌声雷动。

黎希明高举双手,让大家静下来,他喊道:“肃静!请杨老前辈训示!”

杨益谦向台下注视一圈后,说:“义勇军的将士们!你们是在国家处于多事之际,在西南边疆国土被侵占、百姓被杀戮、家园被烧毁的危急时刻,自愿挺身而出的滇西各族勇士!你们将进入阿佤山地区,与阿佤百姓一道并肩作战,将入侵中国,强占中国土地的英帝国主义侵略军赶出去,你们代表着我们老百姓的意志,代表着全中国民众反侵略的意志!相信你们一定旗开得胜!”

黎希明知道,政府对义勇军没有表态,杨益谦只能以地方士绅的名义讲话。

广场上的掌声稍一停息,黎希明开始讲话:

“兄弟们,阿佤山的佤族兄弟在经受英帝国主义侵略军战火的煎熬,他们已经与入侵者战斗了一百天了,我们要赶去和他们并肩抵抗英国入侵军队。英国军队,那是一支现代化武装起来的训练有素养的军队,我们这支老百姓自己组织起来的军队要去打垮他们!

“我看了一下,我们两千人的队伍,什么武器都有,还有不少猎枪、老火枪,古式的大刀、长矛、弩箭。我们来自民间,无法统一发军装,各人都穿着自己的衣服当义勇军;大家每个人出发点也不同,想混饭吃的,想谋个出路的,想发财的,想什么的都有。绝大多数是抱着保家卫国,驱逐侵略者的信念和决心来的!从今天开始,站在义勇军旗下,就是义勇军战士了!我们没有统一的服装,但是有统一的名字:保卫国家的战士!我们没有统一的现代化武器,但是有一致的爱国主义思想!大家统一的思想是把英国侵略军赶出中国国土去!大家统一的目标是保卫国土,保卫百姓!我们时刻记住:我们是为保家卫国去战斗的!”

黎希明看着两千勇士,提高了语调说:“兄弟们,你们一腔热血,报效国家;你们离乡离家,丢下妻儿,告别父母,去面对英国侵略者,要去和洋鬼子厮杀,你们是最光荣的,你们的生命是最有意义的!所以我问你们:打胜仗,消灭敌人,要不要服从指挥、遵守军纪?”

“要！要！要！”人群回答。

黎希明：“兄弟们，我们是战士，保护老百姓是我们的责任，所以我们要有严肃的军纪，绝对不允许侵犯老百姓的利益。我们队伍里，任何人奸淫妇女、抢掠、偷盗、谋财害命，或是仗势欺民，以及不服从长官、不执行命令、临阵逃跑、贻误战机，等等，都是绝对不允许的！”

队伍中立刻雷鸣般地吼着：“不允许！不允许！”

“兄弟们，我们行军途中，再三强调军纪，可是有几个人在缅宁城抢了一家金铺，还杀死了老板；在双江，有人轮奸了傣族妇女，还把一个不顺从的姑娘杀死。弟兄们，我们不是英国士兵，我们不是土匪强盗，我们是抗英战士，这几个败类与我们身份不符，大家说怎么办？”

“杀！杀！杀！”队伍中吼起来。

黎希明说：“大家都说败坏军纪该杀，今天我们就用这三个败类的头祭旗！拉出来！”

执勤官李国英带着一班人把三个败类押到队伍前面走了一圈，三个坏蛋这时大叫大喊：“黎总指挥饶命啊，我们决心去打鬼子的！弟兄们饶命啊，我们会改的！”

人们愤怒地吼着：“杀！杀！杀！”朝三个败类“呸！呸！呸！”地吐着口水。

三声枪响，三个败类被打翻到挖好的土坑里，一班士兵很快就把尸体掩埋了。

黎希明站在台上，高声讲话：“义勇军的官兵们，兄弟们，我们会生活得很苦很艰难，我们打仗随时有可能负伤，牺牲生命，但是我们做的事很光荣！全云南、全中国老百姓都会支持我们的！告别父老兄弟、姐妹妻儿，告别乡亲们，我们出发！”

一杆杆大旗，一支支队伍，向着班洪前进了。

班洪，班洪王府

回到阿佤山的“班洪求援报告团”，没有歇息，紧接着就召开了十七王联合会。

班洪王：“刚才，我已经把向龙云主席报告的情况，向昆明的市民、学生、机关职员和各家报纸报告的情况，向各位讲了，外边对我们行动反响很大，各界民众的捐赠也很多，省府将陆续给我们运过来。现在我们不是孤军作战了，全云南，全中国的民众都和我们站在一起，我们一定能赶走英国侵略者。”

刘拥国：“开了一天会，班洪王讲了去昆明的情况，还有些详细的问题，以后慢慢说。眼下最主要的就是要村村寨寨搞好联防，做好防止英国兵突然袭击的战斗准备，修好防御工事，做好民众撤退的准备工作。英国兵来了，我们打；英国兵不来，我们种好地，还要多种地，多打粮食。”

“嘿，这个提法好，洋嘎拉来了我们打，洋嘎拉不来我们种好地，不能让土地荒废了。我们要组织好自卫队，除种好自家的地外，还要帮助那些死难受伤的人家。”班洪王说。

尹涛：“大家回去要多向民众宣传，全省全国民众都支持我们，站在我们一边，鼓起民众信心，抵抗英国人侵略。我们的侨胞医疗队会坚持和佤族同胞战斗下去的。”

刘拥国：“我们这次带回来的省府给大家的礼品，大家都有份，散会后按清单分给各位，以后来的捐助物资优先发给损失大的村寨和损失大的人家。班洪王的礼品全部拿出来分给大家了。”

班洪王赶忙纠正说：“没有，没有，龙主席送我的两支手枪，我舍不得拿出来分掉，其他的你们去分！”

大家都笑了，争着看龙主席送的手枪。

刘拥国：“大家静一下，我报告一个好消息。龙主席签署了任命书，颁发印鉴，现政府正式任命昆钟为班洪地区总管，统率十七葫芦王地的所有事务。也就是说，班洪王就是政府在这一地区的官员、总管家了，我们应该向他祝贺呀！”

大家都热烈地鼓起掌来，有人说：“要喝一碗呀！”

“对，要喝酒！”

这时一个佤兵跑进来，气喘吁吁地说：“报告，来了一队武装人马。”

不等班洪王发话，岩嘎已经领着一群人上竹楼，进了议事厅。一个高个子军人快步走近班洪王：“好啊，玉山兄，别来无恙！”

班洪王也快步迎上：“哎呀，希明老弟一身戎装，威风凛凛，我都认不出来了！欢迎，欢迎！”

两人紧紧握手，班洪王把各部落王和班洪自卫队的各位队员向黎希明一一做了介绍。

黎希明和班洪十七王的首领们握手问好。班洪王问黎希明：“你奉何人命令而来？”

黎希明恭敬地说：“没有人命令我，是我的良心命令我来的，是云南边疆几百万百姓的意志让我来的！我们西南边防民众义勇军，近两千人马，众人抱定为国而战，为国而牺牲的决心和勇气，前来班洪和佧佤族兄弟并肩作战，打击英国侵略者，保国为民！我们的队伍随后就到，我先行向班洪王报到。我们得到缅宁、思普地区民众的支持，得到杨督办的支持，施德荣县长帮助解决了这一段时间的粮食。义勇军是来赶走入侵的英国人的，我们有严明的军纪。我们不打扰班洪百姓，不派粮派款，请班洪各王支持我们。同时，英国侵略军被赶出中国了，我们也就完成使命了，义勇军全部人员也就回家种地过日子了。”

班洪王大喜：“希明老弟，见外了！你们来帮助我们收复领土，保民保家，我们万分感激，万分感激！”

黎希明：“义勇军驻扎之处，由班洪王指定，这里天气炎热，士兵们可露宿野外；就是这粮食，今后得请老兄帮助筹办，款我们照付。”

班洪王果断地说：“义勇军驻地由刘拥国参谋长和你们划定；粮食有困难也要解决。我先拿出一万元立刻派人到孟定、勐角去购买，几天就可以返回，眼下各部落回去凑点。”

“不，不要给各部落百姓派粮！英国人的战火已把班洪的百姓害苦了，尤其是班老各寨，我们还要支援他们。我们后勤也已派出人员到周围购买了。”

各部落王、头人都拥上前去向他说：“欢迎你的队伍到我们寨子来！”“我们那里地广人少，你的部队驻我们那里去！”……

黎希明队伍的到来，让各部落王受到了鼓舞。班洪王让属官们赶快安排义勇军后勤保障，他说：“各部落王先回去，告诉乡亲们，民众义勇军是老百姓组织起来的队伍，是和我们共同对付英国侵略者的队伍。我们要支持他们，关心他们。明天安顿下来后，后天举行剽牛欢迎仪式。”

“昆钟大哥，班洪地区民众已经负担过重了，我们开个联欢会，各族兄弟见见面可以，剽牛坚决不搞了！”黎希明不容班洪王解释，“我知道你们的风俗，非常时期就从简了吧！剽牛坚决不搞了！等到庆祝赶走侵略者的时候再补上。”

班洪王让了一步：“好吧，那就开个欢迎会。杨叔你们准备一下，义勇军五个大队，每个大队犒劳牛一头、猪两头、稻米一千斤，由我来出这份钱。”

“昆钟大哥，不能让你破费，这个钱我们出。”黎希明不同意，接着他小声对班洪王说：“老哥，我黎希明破釜沉舟，把家都掏空了，筹集了十万元军费，还可以花一阵子的。你别担心。”

班洪王感动了：“希明老弟啊，你为我们阿佤山的义举，我们会世代记住的！明天你们先分散住在班洪至勐角奎一带寨子，后天我们还要开个会。刚才说的牛、猪、米，算是我对客人的心意，这是不容推辞的。艾西瓦，你和几位路远的回不去的部落王立刻出发去迎接义勇军大队。”

“好呀，客随主便，昆钟老哥还是那副豪爽干练，我们联合把英国人赶出去是有希望的！我们明天下午就召开联合军事会议，请刘参谋长给中队长以上的指挥人员讲讲眼下敌我势态。”

“刘拥国参谋长，你立即安排各路探子，注意英军情况；同时，加强自卫队备战和巡逻，这个时候马虎不得。”班洪王作出布置后，就拉着黎希明出去找歇息住房。

班老寨

班老部落各寨子，在龙头山英军的鼻子底下，不声不响又把寨子重新建盖起来了。茅草房一排排，简易竹楼一座座，寨子的规模仍旧，围绕寨子的战壕，掩体也陆续恢复了。

班老老王昆鄂拖着生病的身子，一家一家地去看望乡亲，听到班洪王的求援报告团已经回来的消息，他找普达岩商量：“寨子已经盖起来，木鼓房也有了，要赶紧拉木鼓，不然梅依吉会怪罪的。”

“昆鄂，前不久我们砍好了老红毛树做木鼓，现在安排几个人把树拉回来，我找几个老木匠抓紧做，等凿好木鼓后再举行仪式。现在只有从简了，梅依吉是不会生气的。”

班老老王也同意他的意见：“是啰，木鼓是布绕克联络梅依吉的神器，是阿佤的精神，我们得尽快祭鼓拜神，你抓紧操办吧。”

“是。”普达岩是个实在的人，昆鄂总是把重要的事托付给他去办。

班洪大寨，一片欢欣鼓舞的气氛。义勇军到处参观，都是以小队集体外出。很久以来闭塞的阿佤山在外面传闻很多，近两千义勇军的到来，在阿佤山是从未有过的事情，阿佤百姓的生活习俗，服饰，一下子就展现在好奇的汉族和其他民族同胞的面前。

义勇军的士兵们议论纷纷，有人说：“过去只听说阿佤山是瘴疠之地，现在来到这里，觉得这里青山碧水，是个好地方嘛，就是山梁子大，森林密。”

另一个说：“阿佤人野蛮，砍人头祭谷神，凡事都要求鬼，这些旧的观念让阿佤山神秘得很。其实，我今天看到的阿佤人实在太苦了。他们住在窝棚一样的房子里，种地还是刀耕火种的方式，赶走英国人后要好好帮他们种庄稼。”

又一个说：“阿佤姑娘打扮一下还看得过去，小伙子看上去一个个凶巴巴的。”

还有人说：“我们云南的民族多，各族有自己的生活习惯，所以外边的人说我们云南是蛮夷之邦。天下的百姓都一样，譬如兄弟姐妹，哪个占着的地方好，哪个会种庄稼做手艺，哪个日子就好过。我们云南兄弟自己不帮自己就说不过去了。”

还有人说：“正是这片蛮夷之地地下宝贝多，地上气候好，英国佬才会看上的，所以他们不顾一切地想霸占这里。”

议论传到班洪王耳朵里，他心里很不好受，对杨叔说：“还是你们说得对，阿佤山一定要打破封闭的状况，要把汉族和其他民族的兄弟请进来，今后凡是来阿佤山的外边人，都要保护人家的安全，帮助人家盖房，欢迎外边兄弟来做生意；我们也要多派人出去走走看看。唉，英国洋嘎拉不来该多好呀！”

杨叔对他说：“洋嘎拉来了是坏事，但这件事使我们看清了自己的落后和贫穷，使我们有了学习外边兄弟的强烈愿望呀！”

佧佤同胞对义勇军也有了了解，住在安姆家高个子中队长罗正明头包一块白毛巾，领着他的中队饭前集合唱歌：

好铁用来打钢钉，
好男都当义勇军。
边关将士驱豺狼，
卫国保家享太平。

上午，一大铁锅饭，糊辣椒蘸水，酸腌菜，罗正明领着战士们吃得香。

下午，犒劳的牛肉、猪肉分下来了，伙夫头又买来些竹笋、干菌，熬了一大锅扒烂肉，士兵们闻见肉香，唱歌的声音吼得大了。开饭时，罗正明第一个盛了一碗肉，热腾腾，香喷喷，抓一把糊辣椒撒上去，兵士们笑着喊："队长，让我尝一口嘛！"谁知罗正明端过去，放到房东安姆和她的小儿子面前，说："安姆，我们住在你这里，打扰你啦。你们今晚也和我们一起吃饭！平时哪个兵私下拿了你的苞谷吃，你告诉我，我一定打他的屁股！"

兵士们都笑了，大家按着班序排队盛肉，到罗正明时，锅底仅剩下一点汤了，罗正明盛了汤泡着饭吃得津津有味。伙夫已经打了一碗汤肉留给他，罗正明高兴了："老伙头，你还打埋伏呀！"他用筷子夹了一块肉吃起来，趁老伙夫高兴的笑时，罗正明"叭"地一下把一碗肉倒进老伙头的碗里去了。兵士们都笑了，这个把碗伸过来，那个夹块肉递过来："队长，吃我的！""队长，尝尝我的。"

罗正明吆喝着大家："别闹了，赶快吃饭，等我们干翻英国鬼子，要尝尝他们的洋罐头、洋面包哩！"

英军司令部

义勇军的到来震惊了英军司令部，卓温问乌波朗："爵士，你的那些土王带来新情报了吗？我的军队面对的到底是中国的什么军队呀？请你督促他们赶快把准确的消息送来！"

乌波朗似乎很不以为然："中国的政府哪里会顾得上派军队来与我们对着干？上校，你放心吧，那不过是支乌合之众。"

卓温生气了："乌合之众？不，不，那是支换了便装的中国军队。我的士兵说，他们走路、操练、队列都是正规军队的典式。"

乌波朗安慰道："上校，咱们可是英国皇家陆军的典范啊！有着最新式的山地作战武器装备，后勤供应也是一流的，大英帝国皇家陆军是没有对手的！"

"你算了吧！别瞎吹牛皮了，请你赶快给我搞来情报，我要中国军队的情报！"卓温仍然生气地说。

"好吧，我亲自去找那些家伙说，要他们尽快搞来尽量详细的情报。"乌波朗走出指挥部。

面对麻哈王、宋忠福、马成君，乌波朗变成了一只恶狼，他咆哮着："先生们，王爷们，你们的探子怎么就这么无能！中国军队到班洪这么多天了，你们的人就没有一个说得清这是支什么部队，指挥官是谁，有多少人，他们要到哪里去，他们要做什么。哎呀呀，先生们！我可是依赖你们的呀，要是英国军队一撤走，你们的损失可就严重了！"

马成君报告说："我的人才过去就被抓起来了。"

麻哈王报告说："我的人问了几个寨子的人都说不知道，有两个还被寨子里的人打伤了。”

“我……”不等宋忠福说话,乌波朗摇了摇手,他瞧了瞧三个人垂头丧气的样子,叫嚷起来说:“你们,把你们机灵的人赶紧派出去,一定要在二十四小时内给我一些有用的情报! 去吧!”

英军指挥部,卓温上校在新安装的电报机前口述:“大英帝国女王陛下政府外交部、殖民地事务部:在班洪地区出现一支不明番号的中国军队,他们已经越过了司格德线,尚未与我军接触,但造成了对我军的压力。请求从外交上对中国政府施加压力,迫使他们撤走这支部队。卓温·朗纳上校。”

班洪王府

王府的议事楼上大厅里,今天与会人员比往常多,除班洪葫芦王的各部落王及班洪王府的相关人员外,还有民众义勇军几个大队的正副大队长、部分中队长和指挥部人员。班洪王和黎希明手牵着手走进来,坐到主持席位后,大家都坐下了。

班洪王:“诸位,民众义勇军在黎总指挥的率领下,前来班洪与我们佤族自卫总队抵抗英帝国主义的侵略,保卫边疆领土,我等葫芦王地各部落诸王、头人和全体百姓万分感激!

“今天是义勇军和班洪自卫总队的联席会议。会议两个议题,一是我们成立联军指挥部,订立联合抗英盟约,我们各族同胞并肩作战,抗击英人的入侵;二是统一指挥,首先要打个胜仗以壮我军威、国威。大家可以议一议打哪里,怎么打。

“黎总指挥,我不讲什么客套话了,请你讲讲。”

黎希明站起来,声音洪亮:“各位弟兄,我们是来驱逐侵略者,保卫祖国疆土的,一定要保持旺盛的战斗力,保持严明的纪律性,才能开得动,打得胜。我要求各大队一定要时刻严守军纪,不许惊扰百姓。从我开始,我们都和其他人员一样,一起吃饭,不准哪个队长搞特殊,这是我们立足的基础!

“我完全同意班洪总管提出的议题。”

“请刘拥国参谋长讲第一件事,订立盟约。”

刘拥国参谋长:“是! 我跟李秉厚参谋长也就不讲谦让了,我现在宣读:班洪葫芦王地十七王与西南边防民众义勇军联合抗英盟约。

班洪王胡玉山总管率各王与黎希明总指挥所率西南边防民众义勇军订立抗英盟约,双方共守:

一、我们的目的就是驱逐侵入中国领土的英国侵略军队,坚持抗英、卫国保民;日后任何一王投降英国或不服从联军命令者,即由各王共同诛灭之。

二、义勇军不得侵占各王土地及侵犯其权力。

三、阿佤山地区永远是中国的领土。各王永远服从中国政府，无论何时不得投降英国。

四、实施汉佤及各民族大联合、大团结，共同扶携，以固中国领土，不受侵犯。

五、义勇军及班洪自卫队队员，由联合指挥部调配使用，任何一方不得拒绝调动。

六、炉房、金厂坝等地为中国疆土，他人不得以任何借口侵犯或占领，违者，联军有权采取任何行动，包括武力驱赶。

七、义勇军将士有保卫阿佤人民的责任和义务，尊重和保护阿佤百姓的权利。

八、本盟约经双方各责任人共同议定并以押手印或图章为凭。

此约用汉文傣文各写一份，均有效。由班洪总管、义勇军总指挥黎希明各执一张。

刘拥国参谋长读完，问大家："以上联军盟约有什么不妥之处，请大家提出！"

众人齐声："没有，没有！"

随即，班洪大魔巴献上现场做的鸡血酒，轮流喝一巡。众人落座，听刘拥国介绍炉房、金厂坝、垭口、南达以及永班、户班、班弄和班况的情况。

刘拥国："据收集的情报，眼下英军驻扎的军营主阵地在炉房，兵力约八百人，配有轻重机枪和大炮，营地还安有柴油发电机、抽水机，采矿工人也有三四百人，是英军防守的重点；垭口寨为其前哨阵地，有两百多兵力，南达、户班一线驻有兵力五百多，龙头山驻有两百多兵力，金厂坝也驻有一百多兵力，英军总兵力应在两千以上。英军修筑的工事都很坚固，如果强攻我们没有重武器，是要吃亏的。"

李秉厚："我认为，敌强我弱，人数上，我们两家兵力加起来比他们多，武器上我们不如英国兵，人家有轻重机枪、大炮；我们没有炮、机枪，步枪也比不上人家，我们的武器陈旧，还有相当多战士使用大刀、长矛、弓弩。我们有利的条件是士气旺盛，全体战士都知道英国军队是侵略者，他们霸占我国领土、杀戮佧佤和各族同胞、烧房子、抢东西、抢资源；我们官兵一致，人人义愤填膺，摩拳擦掌，求战求胜心切，巴不得赶快就决一死战。"

黎希明接过话题："我接着说，我们的兵有山地丛林实战经验。班洪兵不用说，已经和英国兵打过几战了，义勇军有一部分经历过战火的不怕死的勇士，这些久经沙场的老兵能临战不乱，善于各自为战的。班洪兵更是最能吃苦耐劳，弓弩射得准，大刀舞得叫人害怕；乱石刺蓬中飞奔前进，让英国兵胆战心惊。密林作战，山地山箐地形有利于发挥本土作战优势，不利于英国人的正规战术，他们的炮和重机枪效力也不能充分发挥。他们在明处，我们封住一个山箐口，士兵分散在密林中隐蔽,打他个出奇制胜!”

班洪王:“天时、地利、人和我们都占着,发挥我们的长处跟英国兵打我们已经有经验了。眼下不要让敌人知道我们的底细,对往来的人员严格盘问,特别要抓住敌人派过来的探子。你们说说我们先打哪儿?”

黎希明指着地图说:“先打垭口这个英军前哨!”刘拥国参谋长详细介绍垭口的敌我势态,并决定先去察看地势。

“好。岩嘎明早带卫队先行做好警戒,其余的人早饭后即出发。”班洪王下达了命令。

依品回到班洪后,人像长大了一样,懂事多了。她整天埋头做事,在自卫队的医疗所里,抢着做又脏又累的活;跟着医生学习时,听得很认真,一心想多学点本事。一有空,她就要马青青教她认汉字,在小本子上一笔一画地认真写着汉字。

每次甘木浩来找依品都是依品说得多,甘木浩静静地听着。她深情地望着甘木浩说:“阿哥,谢谢你来看我。我蛮好的,就是嫌自己太笨了,我要多跟青青和医生们学习,将来我也想当个医生。你要跟宋哥多学习点东西,人家宋哥脑袋里的东西像南依河的水,流不断。你要留心学。”

甘木浩说:“我学着呢。宋哥也教我认汉字,还读些文章给我们听。”

依品叹息:“越听他们讲,我越觉得我们阿佤人确实落后。医生把那些魔巴认为治不好的人,一个个都医治好了,他们太有本事啰!”

甘木浩郑重地说:“依品,你相信我,我一定要学本事。要做尹先生和宋哥那样的人。”

第二十章

抢木刻沙姆再度进班老被砍一只手
袭军车拦劫医药甘木浩队又立大功

黎希明带领几个大队长和参谋长去垭口一带看地形。当下班洪王利用这个时间过问尹涛缅侨慰问团的工作。

班洪王:“杨叔,去请尹先生来,有事商谈。”

“是。”杨叔刚出议事厅,尹涛却风风火火地走来。杨叔迎上去:“尹先生,真是巧了,总管正要找你。”

班洪王一见尹涛就急着问:“尹先生,你的那几篇英军侵犯班洪,炮毁班老各寨的文章,近来写得怎么样了?”

尹涛接过卫兵递过来的茶水,喝了一口,对班洪王说:“总管,稿子已写好,准备听听你的意见。”

“我不必看了,尹先生,你写好就送出去。”但他马上又改变了主意:“不,尹先生,你给我讲个大概,让我也学学你们大文人分析问题的本事。”

尹涛:“我要听听你的意见才对的。另外,我们医疗队的药品快用完了。大战在即,伤员会大量增加,我们纱布也没有了,外伤药品消耗已尽。我从昆明回来后发现这个十分急迫的问题。纱布可以找白布煮过后撕开来代替,药品这几个月都用于治疗伤员和受伤老百姓了,没有补充。我们急需药品。”

“那怎么办?赶快派人去买!”

尹涛对班洪王说:“派人去内地买,来回要十天半月时间。到缅甸去办,根据当前形势,绕道来回也不会少于这个时间。可是,不能等,需要大量药品。”

“事急了!尹先生,你挑两三个医生,杨叔你再挑八个护卫,让他们分两组,一组到缅宁和思普,一组到昆明,写信给杨专员和省府请他们帮助购买。准备一下,后天清早就出发,带多少钱你们商定吧!”班洪王着急地说,“假若三五天后战斗一打响,就容不得你了,受伤流血的人等着抢救。这是事关稳定军心的大事,必须立刻办。”

尹涛见班洪王处理事情这么果断,很高兴:“班洪王这事就这么定了,我们去办。稿子我拿来读给你听。”尹涛和杨叔下去商量具体买药品的事。

随着“嗵嗵”的脚步声,一个人走近班洪王面前说:“祖爷爷,我找你有事。”

班洪王一看是甘木浩,扶住他的肩头说:“这小伙子,越长越壮实,看你这样子真能把牛给扳翻的。有事说吧,祖爷爷听着呢!”

甘木浩靠近班洪王神秘地说:“我们分队,整天操练巡逻,把人都养烦了,大伙让我来请求点什么任务去活动一下！我刚在门口听你们说什么买药的事。我倒有个主意。”班洪王拿了桌子上的两个芭蕉递给甘木浩。甘木浩停住了,剥开芭蕉吃起来。“咳,边吃边说呀！你的主意不会是让你到昆明去买药吧?”班洪王问道。

甘木浩撒娇了:“我这阵子离不开,我才不会去昆明呢！我的主意你要先答应我才肯说,不然我白说了!”

“吃了我的芭蕉怎么是白说?说吧,要点子弹?我会答应的。”班洪王不是整天板着脸的人,他逗着甘木浩说话。

甘木浩更逗他了:“祖爷爷,子弹我看不上,英国快枪全队都有了,而且子弹每支枪多得让人眼红。再说我们还会找英国人要,看不上你的铜炮枪子。我们只要你答应一件事:你让我们去找英国人要药品!”

“啊!”班洪王瞪大眼睛看着甘木浩,“你说什么?”

甘木浩看看左右,一字一顿地说:“我们去找英国人要药品!”

“你,你莫发昏!”班洪王熊了他一句,随后冷静下来,对甘木浩说,“你说出这个主意,一定是和宋忠良想好了的,你说说!”

甘木浩低声给他嘀咕了一阵,班洪王的一脸疑云放开了。甘木浩放大了声音继续说:“我都跑那边两趟了,别让宋忠良帮尹先生写什么文章了,我们一起去,那边他熟得很。”

“我考虑一下,这可是个危险的事!”班洪王沉吟一下。甘木浩紧逼:“药品可是个火烧眉毛的事。你派两组去,十天半月还不一定回来。你只要给我五天时间。还有,你不放心,让岩嘎哥——不,应该是岩嘎姑爹了,让他跟我们一起去。”

“我再想想,等岩嘎回来我和他商量一下,再说也要和总部的参谋长们合计合计,毕竟这也是一次军事行动嘛。”班洪王想听听别人的意见,他办事总是稳妥了才定下的。

甘木浩不同意了:“祖爷爷,跟岩嘎商量可以,但别把这件事传开了,我们是悄悄去,悄悄回来,一定把事办好！同时,派出去买药的两组人对我们也是个掩护。”

班洪王踱着步子,心里琢磨着。甘木浩拉着他的手臂说:“别想来想去的。我回去让分队整装待命,岩嘎回来,你如果同意他跟我们行动就让他过来,我们随时都可以行动!”看看班洪王笑眯眯的样子,甘木浩笑着跑出去了。

班老大寨

在班老,一伙黑衣人悄悄地摸到普达岩头人的竹楼。他们早已经盯上这座简易竹楼了。竹楼上,火塘边,吸着旱烟杆的普达岩听到一阵声响,问:“是哪位?请上来喝茶。”没有回答,而且脚步声喘息声不同寻常,他一转身就把长刀握到手里,又问:“是谁?”

火塘的火光映出了对面把门的四个黑衣人，他一下子明白了：是麻哈王带人摸进寨了。不等他吹响牛角号，一个硬邦邦的东西从后面抵住了他："别吹了，不等你吹响脑袋就飞了！"他感到这个声音有点熟。

"普达岩头人，别来无恙！我亲自登门不至于不欢迎嘛！刀放下，坐下来，喝杯茶，我们好好说说。"麻哈王沙哑的声音他听出来了，普达岩顺手把刀往竹楼板一插，坐下来烤茶罐。

"这就对了。我毕竟还是从班老走出去的人嘛，老朋友了，我还得喊你声老叔哩！今天偷偷来看我妈，顺便向你要样东西。"听得出麻哈王已站到自己背后了。

"王子，你还知道自己是阿佤人，还知道班老是你的家？你领着英国人来杀你的同胞，你领着英国兵把寨子炸光烧光了。你是蜂筑第六代王昆鄂的王子啊！你到底要干什么？"

"普达岩头人，别叫嚷。是我爹把我赶到永班的，是你们逼我投靠英国人的！你们现在只要接受英国人的条件交出木刻，不和英国人打仗，和英国合伙办矿山，英国人照样会帮你们过上好日子的。"

"呸！你这个不要脸的东西，你是甘心做走狗了？你找你爹昆鄂老王说去！"普达岩气愤地骂。麻哈王一副阴险样说："好头人，你把我爹交给你的东西交给我，我保你荣华富贵。"

两个黑衣人提着刀逼近普达岩，麻哈王朝他俩挥挥手："怎么样，你要钱也可以，我可以给你们三千银元。只要你交给我东西，你要什么尽管说！"

麻哈王把脸凑近普达岩，普达岩看清了那张丑陋的长脸，他故作不解地说："你要我交什么？你摸进我家，要什么东西随便拿。你从小就偷、抢、盗，真是恶性不改！"

麻哈王："是你们纵容我，变成今天这个恶魔沙姆的。"

普达岩冷笑着问："嘿，我们纵容你？你摸回来偷木刻盒子，还摸过来打伤了叶娜公主，抢走依品姑娘，也是我们纵容你干的吗？我问你，依品姑娘现在在哪里？你把她怎样了？……"

麻哈王一听这些，就咆哮起来："你莫问那么多！我今天冲着你来，就是弄清了木刻盒子在你家！你赶紧交出来！"

普达岩铁着脸说："我不知道什么木刻盒子！"

麻哈王咬着牙问："你交不交？那是我爹的东西，交给我！"

普达岩笑了："你爹的东西找你爹去要，关我什么事？"

麻哈王无可奈何，他坦白说："我找了我娘，我娘告诉我，她亲眼看见我爹把木刻盒子交给你了！"

"你别胡说来诈我。再说，木刻盒子不是被你偷出去卖给英国人了？"

"那是假的！"提起这件事麻哈王来气了。

"真的假的都是你偷去卖给英国人的，关我什么事？"

“别不识好歹！木刻你交不交?”麻哈王翻脸了。这时外边有响动,像是有人跳下去,又像是有人跌倒的响声,普达岩用尽全身力气大声喊:“尼门,快跑!”同时他飞起一脚,把火塘里的炭灰柴渣踢向麻哈王,就在麻哈王退避之时,他猛地抓起长刀,逼得麻哈王退到两个黑衣人身后。

这时,竹楼下响起了一个洪亮的声音:“普达岩大叔,巡逻的时间到了,你在屋里吗?”

麻哈王听声音怔住了。

“大王子,我家里来贼了!”普达岩边喊边用刀劈开篱笆接缝处,猛地钻了出去。

寨子里牛角号声四处响起,人们持枪握刀奔向自己的岗位,霎时间,火把在寨子四处晃动着,到处是人们的喊叫声:“贼进寨子啦!”“抓贼呀!”

尼门听到黑衣人逼他爹交出木刻盒子,就明白他们是干什么的了。他悄悄地把木刻盒子用包袱在身上捆结实了,从他的房间往外跳。他估计他爹斗不过麻哈王这几匹饿狼,自己先带着木刻盒子逃出去。他爬出窗户,发觉楼下有两个人守着,他从竹楼上朝一个人猛扑下去,那人被撞倒在地;另一个黑衣人冲过来被他绊倒了。尼门爬起来就跑。从竹楼上奔下来的麻哈王低声喊:“快追,快追呀!”

尼门站住了,前面没路了。麻哈王追上来气喘如牛,对尼门说:“你逃不掉了,赶快把身上的东西交出来,我不杀你,再给你一百银元,好不好?”

尼门看看前后左右,已无路可退,不等麻哈王的长刀劈过来,果断地从山崖上跳进河里。麻哈王狠狠地说:“淹死这个小杂种!”

麻哈王和他的人返身要走时,艾西瓦和普达岩赶到了。艾西瓦威严地说:“沙姆,放下刀!”

普达岩也指着他们说:“三王子,投降吧！你们没有退路了!”七八个自卫队员挡住了这些黑衣强盗。

沙姆哈哈大笑:“老大,今天栽在你手里,不冤!”

四个黑衣人跨前一步横刀站在麻哈王身前,一个说:“三王子,你快跑,我和兄弟们死也要把你救出去。三王子,往右跑就是龙头山的军营,你快跑,我们挡住他们。”

“不,扎巴你带兄弟们杀出去!”

天空,一轮明月。月光照在麻哈王那张丑陋的脸上,脸色惨白,汗如雨下。

艾西瓦转过头去对枪手说:“不要开枪,抓活的!”正当这时,麻哈王飞快地朝艾西瓦扣动扳机,普达岩猛地推开艾西瓦。

枪响了,普达岩捂着胸口倒下了,艾西瓦急忙伸手抱住他。普达岩脸色蜡黄,痛苦地对艾西瓦说:“昆刚,一定要找到尼门。”

麻哈王的两个亲随和扎巴大叫一声,举着刀砍杀过来。班老自卫队的几个枪手冲上去和几个恶狼般的家伙厮杀在一起。几个随后赶来的自卫队员蹲下去从艾西瓦手里接过了昏迷的普达岩。

艾西瓦大叫一声,挥起长刀朝四个黑衣人砍杀过来。扎巴猛一刀砍倒一个自卫队队员,包围的圈子被撕开了一个口子。扎巴架住砍来的刀,喊声:“三王子,你快走!”麻哈王抽身蹭地蹦了出去。见麻哈王跳出了包围圈,扎巴虚晃两刀跟在麻哈王身后掩护着。

“哪里跑!”艾西瓦急步追过去。扎巴举刀挡过来被艾西瓦一脚踢倒在地。艾西瓦直逼麻哈王,麻哈王心慌意乱,连开两枪。艾西瓦两刀砍倒一个黑衣人,麻哈王丧胆失魂,他想今天肯定要死在大哥手里了。被艾西瓦踢倒的扎巴挣扎站立起来,见麻哈王被艾西瓦打得只有招架之功,毫无还手之力,“嗷”地吼叫一声,举刀朝艾西瓦砍去。艾西瓦听到背后风声,身子往旁一偏扎巴扑了个空,艾西瓦连续几刀向麻哈王砍去,慌乱的麻哈王惊呆了,已无招架之力,扎巴急忙用刀去迎,麻哈王手臂还是中了一刀,“啊呀”一声惨叫。扎巴顾不上与艾西瓦拼杀,急忙喊了一个黑衣人架住麻哈王向外冲。扎巴一身是血,见麻哈王受伤很重,朝仅剩的一个黑衣人大叫着:“你背上王子快走,这儿我挡着!”

魁梧勇猛的扎巴硬是挡住了艾西瓦,和赶过来的自卫队队员相持,麻哈王已经消失在密林中了。艾西瓦吩咐自卫队队员:“捉活的!”几只弩箭“嗖嗖”地朝扎巴射去,扎巴连中几箭,疼得“哎哟”直叫唤。看到扎巴中箭,艾西瓦吼了一声:“上!”七八个人猛扑上去,将扎巴五花大绑绑了个结实。艾西瓦背着昏迷的普达岩,返回寨子。

班弄

岩嘎带领着甘木浩小分队,经过一天半的山路、密林行军,来到了班弄。在离班弄坝子不远的密林里,他们找了隐蔽的地点把武器藏好,队员分组藏在附近林子里休息。岩嘎、甘木浩和扎朵化装成猎人和讨饭的,摸到班弄大寨子,约好在莫贡老爹的草棚会合。

班弄坝子是交通要道,来往的人马比较多,现在英国人赶修了公路,汽车也能开进来了。汽车吼叫着开过去,旋起地上一片黄土,行人用头巾捂住口鼻。街上摆摊开铺的多了,马帮来来往往吆喝着,铜铃“叮当叮当”地响个不停。三三两两的英国兵在街上买水果、逗乐子,马成君的佤兵,隔一阵子出来巡查一趟。

悄悄钻进莫贡老爹草棚子的岩嘎、甘木浩和扎朵听着莫贡老爹讲英国兵营现在的情况:“你们上次偷袭军营后,英国人把整个军营防守重新修整了一遍,想从周围摸进去是不可能了。军营重新挖了壕沟,宽得梯子都搭不上去,有一人多深,人掉下去就上不来。”

岩嘎问:“莫贡老爹,从大门装成马帮拉粮的行不行?”

莫贡摇头说:“不行了,每个进去和出来的赶马人都要在门口被英国兵检查腰牌,没有那个纸牌牌的一律不准进出,稍有不服从英国兵不是打骂就是抓起来关几天。这些都是马王爷给英国人出的主意。”

岩嘎、甘木浩和扎朵远远地围绕军营转了一圈。军营比过去扩大了几倍,岗楼耸立在军营四角,岗楼上的哨兵时刻不停地监视着军营及外围,巡逻哨兵差不多半小时巡逻一次。他们三个伏在草丛里观察人员、车辆和马帮出入情况。

“军营进不去咋办?扮成马帮混进去,来不及准备,想办法弄腰牌就得花时间。”

岩嘎三人回到密林的隐蔽地向大家讲述了情况,让大家想办法出主意。

宋忠良知道大家希望他出点子,他一言不发听着大伙议论。岩嘎提出:“现在没有时间多说什么了,宋哥你就说说你的想法。”

宋忠良坦率地把自己的想法摊在大伙面前:“这次的任务是搞医疗药品。我有几种想法:一是偷偷进军营仓库把要的东西弄出来;二是化装成马帮混进去找到仓库;三是半路伏击运药品的马帮;四是伏击运药品的军车。刚才岩嘎已经讲了侦察的状况,打军营仓库的主意是行不通了。在半路上伏击运药品的马帮是做得到的,可是不知道哪个马帮哪天运送药品,再说我们只有五天的时间。最后一个主意就是伏击军车。我和和尚守了一天公路。这条公路虽然没有完全修好,只是毛路,一天还是过了五趟车。我们想办法弄准这几天什么时候有运药的车,找到打伏击的地点把车截下来就可以获得所要的东西。”

“宋哥不愧是个小军师,一口气说出这些道道来,真是个动脑筋的人。”岩嘎听了宋忠良的话,不由钦佩起这个读书人来。

和尚也发言说:“我和宋哥看了一天军车,军车上只有一个司机和两个押运兵,车上都是大木箱,看不出里面装的什么。要动手最好在前面大山弯,坡长又陡,两边是树林。我觉得伏击军车是比较好的主意。”

甘木浩问:“怎么才能知道军车拉的是医药?再说,我们怎么弄走那些大木箱?”

“只要车停下来,我就认得出箱子上的标记。”宋忠良想了又想说:“只是要把一卡车货物背回去,可不是简单的事啊!”

“我们可以立即联系接应的队伍,在渡口布置等候,或者可以过来接应。这就要定好接应的时间。”岩嘎到小分队前显然已经安排好了接应的队伍。当下派劳布和木南返回渡口找联军联络,嘱咐接应队伍一定要按时到。

宋忠良突然想起来一个人:“我想起了尼奥中尉,他曾经帮助我和马青青乘车到曼德勒。这个英军中尉,是负责押送军用物资的。但是我怎么去找这个中尉呢?我得想一下。”

甘木浩让大伙就地休息。

宋忠良、岩嘎和甘木浩三个人一起商议。

班弄英军营地

第二天，班弄赶街子，摊贩和赶街子的人在太阳升起一竹竿高时已经人来人往，热闹起来。

军营门口四个卫兵荷枪实弹，另外两个在逐一检验进出人员的腰牌。

两个披着毡毯的拉祜族汉子，在和卫兵交涉。英国卫兵："站住，这里是军营不准靠前走。"年轻的披毡人竟然用英语回答哨兵："嗨，我是尼奥中尉的朋友，请转告中尉，我有急事找他！"

"尼奥中尉？"卫兵奇怪了，"朋友？"

宋忠良仍用英语和他交谈："是的，尼奥中尉。请你替我转告他，我有急事。"

"OK！"哨兵走进岗亭，打电话向里面联系。充当随从的岩嘎用心观察着军营的状况。

一会儿尼奥中尉出来了，显然他对有人来访感到十分惊奇，一路小跑到了军营门口。宋忠良首先上前去和他打招呼："OK！尼奥中尉，见到你这么朝气勃勃，很高兴。"

尼奥看着这个裹着毡毯的人，迷惑了，偏着头左看右看，突然高兴地大叫起来："啊哈，密斯特宋！我的朋友，你怎么又变了一个民族？你的到来，我太高兴了！"

他热情地和宋忠良握手，然后拥抱。

不等宋忠良再说话，他用奇怪的语调问："密斯特宋，怎么你一个人来，那位漂亮的密斯马怎么没和你在一起？"

宋忠良："可爱的马小姐受了你的鼓励，还在苦读英语，她准备要去英国读书，正在忙着呢！"

"是吗？太好了，我下次到曼德勒一定去找她！"看得出这是个热情奔放的英国青年。他又问："密斯特宋，你来找我，一定有什么事情，是吗？"

"是的。亲爱的尼奥，我碰到麻烦了。"宋忠良一脸愁苦地说。尼奥把宋忠良和他的伙伴领进岗亭旁的一间值班室。

尼奥同情地问："麻烦？什么麻烦，我能帮助你吗？"

宋忠良："因为我哥哥帮助你们英国人，当地的百姓恨死我们家的人了，我的一个姑妈准备离开她住的寨子到曼德勒找我，结果在离这儿不远的地方，被佤族人打伤了，伤得很严重，当地的人收留了她并给我报信。我赶来了。那个地方糟糕极了，没有医药，所以我来找你，想买一点药品，准备等姑妈伤稳定了就带她去曼德勒。"

"原来是这么一件小事，你要什么药，说吧，我是你的朋友，我会为你弄到的。"尼奥松了一口气。药品正是他的职权范围。他说："宋，你写个单子我去拿。"

宋忠良的英语底子不差，马上用纸笔写了纱布，碘酒，消炎药，还写了注射器和盘尼西林。他诚挚认真地对尼奥说:“你真是我的好朋友!不知怎么感谢你才好!”尼奥也很真诚,他叫来士兵说了几句,然后就走了。很快,士兵找来了几盒罐头、几盒饼干摆在宋忠良面前。宋忠良调皮地说:“好久没有尝过这些好东西了,来,我的跟班,放开肚皮吃吧,不吃白不吃!”

岩嘎笑了:“好,吃!”

过了一会儿,尼奥拿来两个袋子交给宋忠良说:“宋,这是治疗伤用的药,这是奶粉和几个罐头,病人是需要增加营养的。遗憾的是消炎针只有两支了,我们运药的车明天下午就会到,你等到后天再来,我会给你准备好的。”

宋忠良对他的帮助特别感激,再三说:“亲爱的尼奥,你是一个有正义感的好朋友,太谢谢你了!我祝福你早日获得休假,赶快回英国和亲人团聚!”

尼奥告诉他:“我再有两个月就可以回去休假了,你和马小姐能跟我去就太好了。记住,后天你再来拿药。”

第二天下午,太阳已经偏西了。

班弄大山弯的坡头,岩嘎和宋忠良从早上一直埋伏在这里。从早上开始,车子往来过了七八辆,车子在山脚开始爬坡时,他们可以看出车上装的货物。

甘木浩摸到岩嘎和宋忠良跟前,焦虑地问:“你那个小军官会不会要什么花招?太阳都偏西了,还不见拉箱子的车来?”

宋忠良看着岩嘎说:“我看这个尼奥不像老奸巨猾的那种人。”岩嘎扳着指头算算说:“早上出发,八九个小时的路程,也快到了。”

放哨的阿邦和坎布小声喊:“有车来了!”

大山弯脚,一辆车在路上摇摇晃晃地开来,看样子最快也得半小时才会爬到坡上来。岩嘎发出了等候命令的信号。车子距离他们百多米时,宋忠良看到了这一车装的多是木箱子,有的箱子上还有红“十”字符号。岩嘎立即发出了行动的信号。

卡车刚爬上坡头,驾驶兵换挡加速,发现前面两担柴挡住了去路,一个年轻人扶着一位坐在地上的白须老人。驾驶兵踩住刹车,探出身子,叫两个樵夫快点离开,咿咿呀呀地用英语叫喊着,比划着,这两个人还是毫无反应。驾驶兵只好下车去,走到坐在地上的白须老人面前,用手指指路边,意思是叫他到路边去,让开路。老人和驾驶兵各说各的,谁也听不懂对方在说什么。驾驶室里的押运兵也走出驾驶室高声叫喊着,同时用脚去踢那个年轻人,年轻人伸手抓过他的枪,顺势一脚把押运兵踢倒了。驾驶兵感到不妙,伸手掏枪却被另一个人一脚踢倒在地。两个英国人还没有明白怎么回事,就被黑布罩住了脑袋,手被扭到背后牢牢捆住。他们张口想喊叫,一卷布团塞进嘴里。走了一段路,黑布罩被取下,嘴里的布也被拿掉了。

"车上装的是什么东西?""不知道,我只知道开车。"口又被塞上,黑布罩又罩上了。押送兵感觉被一把锋利的刀尖抵住了咽喉,一个讲英语的人问:"赶快说,车上装的是什么物品? 你们后边还有几辆车?"

押送兵浑身颤抖着回答:"没有了,我们车有点毛病,所以落在了后面。"说完,他的嘴又被堵上。

宋忠良跨进驾驶室发动起车子。甘木浩真佩服宋忠良还能把这巨大的铁家伙开动起来;汽车开进了松树林里,左拐右拐一直被大树挡住才停下。甘木浩好奇地扭动方向盘,可扭不动,问宋忠良:"怎么他就听你的?"宋忠良笑了:"今后,有机会,我也会让它听你的话!"

"宋哥,说话算数啊! 等打跑了英国洋嘎拉,我就跟着你,你到哪里,我就跟你去哪里。我要跟你读书,学本事。"

宋忠良:"太好了。"

宋忠良爬上车厢,指挥队员把木箱卸下,摆开。他和岩嘎用驾驶室里找到的撬棍,把木箱撬开。让他们惊喜的是十几个木箱子装的是药品和医疗用品,另外两个木箱子装的是罐头和饼干。

宋忠良和岩嘎指挥大家小心地把这些珍贵的药品和医疗用品从木箱子里取出来,再把大大小小的盒子按重量捆扎好,准备背走。这时太阳已落山了,岩嘎着急起来,接应的队伍再不赶来会误事的。

莫贡老爹要走了,趁天黑前他要赶回草棚。甘木浩用麻线袋装了一袋罐头给他,他笑着赶紧推开了:"你这个娃娃,要害死我呀?"

岩嘎笑了:"莫好心办坏事!"

甘木浩想了一下说:"老爹,我是好心。那你一定要多保重!"岩嘎掏出三个银元塞在莫贡老爹的衣袋里。送走了莫贡老爹,岩嘎对甘木浩说:"要学会动脑筋,莫贡老爹不等吃上罐头,被敌人发现后追查起来,不就害了他吗?"甘木浩摸摸脑袋说:"是呀,我就没想到老爹还住在人家地盘上呢?"

木南和劳布领着一队人马赶来了。木南领来一个壮实年轻人,给岩嘎和甘木浩、宋忠良介绍说:"这是义勇军一大队三中队的罗正明队长,他们来了三十多个人。"罗正明是个汉族小伙子,个子高高虎气生生,挎着一支二十响的枪,背着个大背篓。他的队员个个都是彪形大汉,有的背着背篓,有的拿着空麻袋。

罗正明说:"你们这个神出鬼没的小分队,让我们长见识了,要向你们学习。"

岩嘎说:"罗队长,我们俩可是见过面的,你打仗的勇敢我早就听说了。"

宋忠良催促:"赶快把药品分配给每个人,大家一定要装扎实,不能摔坏包装盒,这都是很珍贵的救命药品。"

罗正明一声命令,三十几个人很快就把医药用品收拾到自己的肩上了。

罗正明嘱咐说:"大家要捆扎实,我们还要走很长的路!"

宋忠良对岩嘎说了几句，岩嘎对罗队长说："罗队长，还有两箱罐头和饼干，你的兄弟们连夜赶来没有休息好又要出发了，实在太辛苦了，请你招呼大家把这些罐头、饼干也带上，一路做干粮。"

一听说有罐头和饼干，不等罗正明开口，大伙都抢开了，每个人都塞满了口袋。宋忠良对大家说："老哥们，你们吃饱了后，一定不要随手把罐头盒子乱丢，挖个坑埋起来，不然会暴露我们大伙的行踪。"

罗正明补充道："谁都不许边吃边丢，听明白了吗？"

"听明白了！"大伙压低声音回答。

岩嘎对罗正明说："罗队长，你们先走，小分队掩护。木南和劳布带路。"

罗正明拱手对岩嘎、宋忠良告别，甘木浩和小分队的队员行礼送行。

"好，我们先走。大家在班洪见面时，一起喝酒。"

宋忠良："还请你们再帮一个忙，把两个英国佬带上，不要伤害他们，把他们交给班洪王就行。"

罗正明爽朗地说："小兄弟，一定照办！我们走了！"

看着罗正明的队伍走远了，岩嘎对甘木浩说："甘木浩，再检查一下，不要留下我们的痕迹。"汽车上所有的线路都割断了，汽油流淌了一地，轮胎也被割成了条块。大伙砍来树枝把烂汽车遮盖得严严实实。

甘木浩带着小分队又回到班弄坝子的密林里。

班洪寨

艾西瓦安排人去寻找跳下河的尼门，亲自把受伤的普达岩送到班洪。尹涛对医疗队的医生说："请你们费心尽力抢救这个老人，药都用上也要抢救活他！"医疗队的几位医生不愧是曼德勒的"名手"，他们认真检查了普达岩的伤势，枪伤在右肩下靠肺部的地方，只有尽快手术取出子弹头，防止进一步感染和出血，才能保住生命。

手术要输血。尹涛毫不犹豫地对几位医生说："我的血型是经过化验的，O 型血，你们动手吧。"说着就挽起袖子，让医生抽血。

艾西瓦弄明白是怎么一回事后，也抢上来要医生抽血。医生对他说："输血要先验血，血型符合才能输血的。"

艾西瓦求医生抽他的血："医生，他是替我挡子弹才受伤的，应该抽我的血。他是佧佤人，我也是佧佤人，我们的血是一个祖先流下来的，你抽我的血吧！"

医生告诉他不行，要化验才能知道血型是否匹配。

艾西瓦不让医生走，说："怎么办都行，一定要抽我的血。尹先生的血都能救他的命，我的血更能抽。"

叶娜赶来劝住了艾西瓦，并告诉他："表哥，把自己的血抽给别人，我们佧佤人是没有过的，你是第一个，我带你去化验一下。"

艾西瓦也被同意抽血,他高兴了。

医生从普达岩身上取出了子弹头,说这个东西如果再往左边偏一点,就会要了普达岩的命。艾西瓦把这个弹头要去了。

醒来后的普达岩听说身体里流着尹涛的血,还有艾西瓦的血,他流出了眼泪。

依品和叶娜两个人轮流守候在普达岩身边。

从未见过医生将一个没有气息的重伤者医治过来的阿佤人,彻底相信这些穿白大褂的人。“人家命都没有了,他们还拿刀往人家身上割来割去的,死都不得安宁!”佧佤老太婆眼望着普达岩活过来,拎着一只鸡去医疗队送给医生,尹涛说了很久,她也不肯走,叶娜来谢她,她仍坚持要医生收下她的鸡,并说:“白魔巴是梅依吉派来救阿佤人的,我一定要谢他们。”

龙头山英国军营

在龙头山军营医务室里,麻哈王被送来时已昏迷不省人事,杰克少校对军医说:“要救活这个对我们有用的人!”军医对少校说:“这个人手臂已经断了,这里无法为他截肢,要保住他的命只有截去坏死的右臂,否则他性命难保。”

杰克少校呵斥:“怎么做还要我教你吗? 赶快做你应该做的事!”军医连思考都没有思考一下,就按“应该做的”去做了,把麻哈王的右臂截了下来。一天后麻哈王从昏迷中醒过来,发觉右手已经没有了,大哭了一场。军医告诉麻哈王:“你右手已经被人砍断了,我们只有截肢才能保住你的命。这已经是很幸运的了!”

乌波朗来到龙头山军营,看了麻哈王的伤势,对扎登说“你们赶快把他送到曼德勒的医院去,不然他会没命的! 我给你们写封信带去,让医院最好的医生给他治疗。”

乌波朗一面安排人护送麻哈王到班弄乘军车到曼德勒,一面写了一封信,让同去的英国人按地址找玉波。

罗正明中队行进了一整夜,到达渡口时已经累得东倒西歪。罗正明向对岸发了信号,两只船飞快划过来。

回到了班洪的罗正明把药品如数交给医疗队,叶娜、马青青和医生们高兴得跳起来。最高兴的是尹涛,看着这成堆的医药用品,他简直快流下眼泪了,兴奋地对班洪王说:“你现在可以放心地去组织你的大仗了!”

班洪王欣喜不已,说:“岩嘎、甘木浩分队可是立下特等功了,他们回来要重赏,我还要亲自请他们喝酒!”

尹涛补充说:“班洪王,他们是今天的抗英英雄,是阿佤山明天的建设者呀!”

班洪王:“对! 这些年轻人,我们要着力培养。我相信将来一代阿佤人,要比我们这一代进步、能干。”

尹涛又对班洪王说:“昆钟,我还想到一件事。刘师爷、杨叔成了你的得力助手,为什么?他们都走出过阿佤山,接受过不同程度的教育。宋忠良成了个小军师,也是从户班走到外边去受教育十多年的结果。古语说,一年之计莫如树谷,十年之计莫如树木,终身之计莫如树人。"

班洪王叹息说:"我们阿佤山太贫穷了,哪里有钱送人出去读书啊!"

尹涛忙说:"你误解了,我想等赶走英国侵略者后,我们在阿佤山可以因陋就简地办学校呀!"

班洪王:"啊——"

尹涛接着说下去:"我们去内地请几个有志向、有学问的年轻人来阿佤山,让他们在这里教孩子们学文化。孩子们读了书,识了字,那就大不同了。这也可以形成燎原之火,是阿佤山学外边好东西的捷径哟!"

班洪王高兴地说:"尹先生,你真是为阿佤人的进步想了个好主意啊!走出去学,请进来教,这不就是两只脚往前走嘛!"

尹涛告诉班洪王:"一定会有一批爱国进步热血青年愿意来阿佤山和你们一同吃苦,一同发展的。"

"好啊!"班洪王紧紧握住了尹涛的双手。

第二十一章

马成君遭夜袭断手脚
龙头山英军作孽丧命

甘木浩小分队在密林里换了个地方停下来休息，小分队队员轮流站岗放哨。直到快中午了，大家集中起来，吃着罐头、饼干，听岩嘎讲下一步任务：在安全撤回的前提下，寻机惩治甘心为英国侵略军当走狗的马成君。具体行动就是夜间袭击马成君王府，打掉他的卫队，有机会就除掉这个卖国贼。

下午，班弄街上人群熙熙攘攘。宋忠良和扮成随从的岩嘎如约来到英军营房门口，岩嘎拎了野兔、山鸡，还有一只穿山甲，作为礼物送给尼奥。宋忠良请卫兵通报尼奥中尉。不一会儿，尼奥全身武装披戴整齐地跑来，一见宋忠良，急不可待地说："密斯特宋，非常对不起，今天不能接待你，也无法给你药品了。我们的药品补给车出了问题，我得去搜寻。我准备了一点儿礼品给你的姑妈，药品只有过两天你再来……"

"尼奥中尉，非常感谢你！我打了一点野味，送给你。"

"谢谢！"尼奥把岩嘎递过来的野味交给身边的士兵。

宋忠良："我的姑妈打了针后，已经好多了。我准备很快带她到曼德勒去。"

尼奥："什么时候走，你来找我，坐军车去安全……"

话没说完，两辆满载士兵的车开出军营，等尼奥跳上车就开走了。

宋忠良和岩嘎对视了一下，心里明白，英国人开始寻找他们失踪的药品车了。宋忠良望着远去的军车说："他们如果一直开车顺路去寻，一时半会发现不了失踪的军车，等他们折回头来搜寻时已是傍晚了；他们天黑也就不会进林子搜寻了；我们行动今晚一定要结束，避开英国兵的搜寻。"

岩嘎点头同意："不出意外的话，至少明天天亮前他们是不会在这一带山林展开搜索的。好，我们赶紧回去，按计划行动。"

宋忠良和岩嘎刚走到街口，一队马王府的佤兵就围住了他们，其中马府管家上前对宋忠良拱了拱手说："宋三少爷，我们老爷有请！"佤兵们就簇拥上前了。

宋忠良心里一惊，还是平静地说："谁？你们认错人了吧？"

马府管家说："宋三少爷，我没认错，上次你住马王府上，还是我伺候你呢！刚才你在军营门口，我就认出你了。老爷要你一定到府上一趟，有劳你了！"

宋忠良想了一下，对岩嘎说："马老爷要我去，我不能不去。你先回去吧，病人的药照旧吃。”他对管家说：“走吧，我去拜会一下马老爷。”

宋忠良被带进马王府，是凶是吉？岩嘎绕了一段路，确定没有人跟踪后，才返回来，拐进了小分队宿营的密林。

岩嘎召集了甘木浩、和尚、扎朵把宋忠良突然被请到马府去的事向他们讲了。四个人分析了前后情况，岩嘎说：“我觉得小分队没有暴露，宋忠良被认出来是偶然的。为了防止意外，扎朵到马府附近，和尚到军营附近潜伏，观察动静，原计划的行动，继续进行。你们俩天黑后，在岔路口等我们。”

英军龙头山军营

驻龙头山的英军得到了四门新型山炮，把炮阵地修筑好，四门炮安装好后，炮兵就进行了射击练习。龙头山是个极好的火炮控制位置，北面的上、下班老大寨，一览无余；南面的塔田、龙夸，都在射程范围。炮台成了钉在阿佤山要害的钉子。英国炮兵很得意手中掌握的“死亡魔鬼”，向指挥官要求实弹射击来检验炮手们操炮的成绩。

炮兵队长对前来查看练习的指挥官杰克少校敬礼，报告说：“少校，我们的炮手已经熟练地掌握山炮的操作了，请求进行实弹射击，既检验炮兵的操作水平，又可以验证山炮的威力。”

杰克看着四周的群山，茫茫林海，说：“对这浩瀚的林海，几颗炮弹是显示不出大炮的威力，震撼不了大地的。可是，对于以竹楼和茅草房构建成的村村寨寨，威力将是可怕的、致命的！”

炮兵队长说：“少校，我懂你的意思了。没有威慑力量，这里的野蛮人是不会屈服的。让他们尝尝炮弹的威力，他们就会不寒而栗了！让我们进行实弹演习吧！”

“好吧，让‘死亡魔鬼’到野蛮人的村寨里跳舞吧！”杰克少校也想让阿佤山的反抗力量认识一下龙头山英军的存在和力量，同意了炮兵阵地向四周佤族寨子进行射击练习。

“轰隆隆！”一道闪光从天而降，寨子里的一排茅草屋不见了，浓浓的烟雾过后便是燃烧的废墟。幸好这些天寨子的乡亲们都去砍地播种，散在大大小小的山中、河谷空地上了。听见这震天的响声，大家都以为是梅依吉震怒的吼声，赶忙跪下磕头祈祷。

龙头山英军炮兵阵地上，炮兵在实弹射击，步兵在围观助阵。寨子升腾一阵阵浓烟，接着火光四起，几发炮弹发射之后，英军士兵们一阵拍手呼叫：“OK！”

几天的炮击之下，龙头山四周的寨子大部分被炸毁了！陆续回来的乡亲们流着泪，号哭着，清理亲人遗体，把他们掩埋了。昆鄂、艾西瓦分别到各寨子安慰乡亲。他们组织人搭起窝棚先避避夜间的风寒。

昆鄂说：“这里是我们祖先开垦出来的土地。我们只要活着就要在这里继续盖房子，就要在这里继续种地。我们要在英国洋嘎拉的眼皮子底下，把一个个寨子重新盖起来！洋嘎拉炸一次，我们盖一次，就是要生生地在洋嘎拉面前坚强地活下去！”

艾西瓦把自卫队散布在十多个村寨里，组织、帮助乡亲们搭建新的茅草房。

几天里，一排排小竹楼，一间间茅草屋奇迹般地冒出来了。

阿佤山的奇迹让杰克和他的兵士们目瞪口呆。杰克惊叹说：“这真是个顽强的民族啊！”

班弄马王府

白天被“请”进马府的宋忠良，一直在客厅里坐着，马成君没有见他。管家谦卑地笑着说：“请宋三少爷稍等一会儿，马老爷的公务没有完。”

天快黑了，马成君匆匆忙忙赶到客厅，一再道歉：“宋少爷，久等了，在英国人那里办事耽搁了，请原谅！一听管家说在军营门口见到你，我就叫他守着，无论如何要请你到家里来歇歇。”

宋忠良一副很不高兴的样子说：“马王爷叫我来，又把我晾半天，不知何故？是不是跟我哥有什么矛盾了，那你直接找他说去呀！”

马成君一脸尴尬：“宋少爷，你误会了！就想请你来歇歇脚嘛！没有他意，没有他意！我们吃着饭，慢慢聊。”

此时宋忠良心里有数了，小分队的行动没有被发现。他认为马成君挽留自己，一是想拉近和宋家的关系，二是有事要宋忠福去办。

饭菜很丰富，马成君十分殷勤，给宋忠良又是倒酒，又是夹菜，这时宋忠良倒有了为小分队做内应的想法。他装出一副很敬重马成君的样子，很谦逊地给马成君敬酒，说：“马王爷实在太客气了。要不是有要事找尼奥中尉的话，我到班弄来怎么会不来拜会马老爷！”

“噢，你和军营的军官很熟？”马成君问。

宋忠良漫不经意地说：“好朋友，他在曼德勒时，我们就常在一起喝酒、喝咖啡，还玩英式扑克牌呢。”

马成君倒急不可待了：“宋少爷，我有事相求，我的两个儿子很不成器，现在让他们去赶马帮，跑生意去了，家中事务就让我很操心啦。我的孙女青青和你是同学，上次回来你们见面后，她说回曼德勒，以后就一直没有消息了。我四处打听都没有她的信息，真急死我了！”

宋忠良一副很关心的样子，说：“青青不是去读书了吗？”

马成君：“曼德勒找不到她！谁知道她在哪里呀！”

宋忠良想了一下，随口说：“我听说她认识一些英国军官，他们都劝她到英国去读书，是不是她到英国去了？”

“啊！青青会跑到英国读书？这怎么得了呀！她怎么不给家里打个招呼呢，

孤零零的一个人去什么英国呀!”

“马王爷,我也只是猜想,那些英国朋友对青青很好的,他们都热心地帮青青的忙。”宋忠良撒这个谎,也是想为青青遮掩一下,“我回曼德勒后一定找那几个英国朋友打听一下。不过青青也是不懂事,总要给家里打个招呼嘛!”

马成君如释重负,松了一口气:“那就请宋少爷一定帮忙,有什么消息还要请你来个信。来,喝酒!”

一杯酒下肚,马成君感激地说:“宋少爷,请你过来,耽误了你的时间,今晚在敝舍小住,明天我派人护送你回去。”

这正是宋忠良巴不得的。

宋忠良和马成君对饮了几杯酒后,他要退席了:“马王爷,我不胜酒力,实在对不起,就此告退。”

马成君吩咐管家:“你伺候宋少爷去休息,让他住在我隔壁。”

管家应声:“是!”并对宋忠良说:“这间房是专门接待英国人用的,屋里的摆设十分讲究、洋派,平时不准任何人进去,只有乌波朗那些洋老爷,才能住进去的。”

夜深人静,屋里的洋挂钟敲了十二下。宋忠良估计岩嘎和甘木浩小队一定会按原计划袭击马成君。他撩了撩马灯的芯子,走到面临密林的窗子旁,用马灯闪了三下;过了一会儿,又闪了三下。不一会儿,听见两只“猫”在打闹的声音,他知道战友们已经来到密林,心里一阵阵发热,轻轻地从房里往外走去。

月亮像漂浮在波峰浪尖的船儿,时现时隐。

甘木浩小分队悄无声息地摸到了马成君王府背后的一片密林里。这里甘木浩已经来过三次了,宋忠良、马青青和他第一次见面也是在这里。马成君的这个“回”字形王府早已被小分队弄清了进出道路,各个住房及卫队宿舍。时过午夜,巡逻值班的王府卫队已经开始懈怠了。

几个黑影闪进值班房,房里发出轻微的响动,一会儿又平静如初。几个黑影出来,把门扣上了。正在旮旯里歇脚的两个巡逻兵被人捆了起来,还没有完全清醒,嘴就被塞住了。

宋忠良在小洋楼门口迎住小分队,拎着马灯把岩嘎、甘木浩等人带上三楼。

岩嘎和甘木浩,把灯点亮了。甘木浩用长刀把搂着女人酣睡的马成君拍醒了。“谁?”马成君看到几个蒙住脸的蓝衣人,瘫软了,蓝衣人命令他不准出声。马成君浑身抖得像筛糠一样,陪他睡的女人也被一把把亮晃晃的长刀吓得昏了过去。岩嘎和甘木浩把马成君和女人捆了个结实,女人仍然留在屋里,堵住嘴,绑在椅子上。

马成君被扛到一楼。甘木浩对岩嘎说:“砍掉算了!”岩嘎摇头不同意,让布章守着。这时又押进一个捆绑着的人,马成君一看,竟是留宿的宋忠良,心想:“今天栽了,还拖累了宋三少爷。”

当听到那个指挥的蓝衣人说“把这个小卖国贼拉出去砍了”时，马成君感觉脑袋“轰”地一下就昏了过去。

小分队悄然无声地把卫队宿舍包围起来，撬开门栓冲进屋里的队员首先把枪架上的十二支枪全部收起来。被惊醒的卫队队员听到严厉喝声：“不准动，好好躺着别动！”两个家伙跳起来去摘墙上的长刀，“扑哧”“扑哧”两刀就被砍翻了，小分队队员把十个人一个个捆起来，嘴里塞了布条。

枪弹武器被收了后，小分队撤出卫队宿舍，并且把门反锁了。小洋楼门口，布章远远地在对面路口守着，大家进楼一看，马灯还亮着，马成君不在了。甘木浩赶快告诉宋忠良，宋忠良进去用马灯照着搜索了个遍，没有找到人；布章说他一直守卫在门口，门也是反锁着的。宋忠良感到很奇怪，又搜查了一遍，拉过甘木浩到壁炉前，说：“我们没想到这里有个暗道口，他从这里钻洞跑了！赶快集中人员撤，快撤！”

岩嘎对大伙说：“快带上枪支弹药撤！”

一行人很快钻进密林，消失了。

原来，清醒过来的马成君，看到屋里没有人，就悄悄地挪动身子，慢慢地朝壁炉爬过去。这个壁炉是他最大的秘密，是逃命的地道口。当年修盖小洋楼时，他命两个心腹秘密地挖了这条地道，出口处修了个假井，万一有事，这也是条退路。地道修好后，两个心腹被他秘密杀了。在地道里，他摸到一把刀，割开了捆绑的绳子，慌慌张张地提着刀从地道里钻出去了。

这时候，只有找到英国兵营，才能活命，于是，他朝英国兵营奔跑。

为了一辆失踪的运输车，英国兵营里发出通知，加强警戒，特别严防袭击。明岗暗哨都被值班军官训斥了，不得走神。

远远一个人影奔跑过来，来人还提着把刀，哨兵急忙扳动枪栓，发出命令：“站住！不准靠近兵营！”

跑来的人不知是听不懂英国话，还是风大没有听到士兵的喊叫声，仍不停地挥舞着长刀朝这边奔过来，哨兵开枪警告，可是那人还在跑，还呼喊着什么，越来越近了。两个哨兵同时开了枪，跑着的人栽倒在地。

枪声惊动了值班军官和巡逻队。

赶来的营地指挥官杰克少校看清了这个人，大声喊叫：“这是班弄王马！怎么搞的？赶快抬进去抢救！快叫军医！”

第二天，指挥官派尼奥中尉到马成君王府。

尼奥中尉对管家说：“长官要你们派人去陪同你们的王爷，现在要把密斯特马送到曼德勒去抢救，他受了伤昏迷不醒，情况不太好，要做手术；他的腿和手臂被我们的哨兵开枪打断了。你们要赶快，车子就要开了！”马府一直哭哭啼啼的几个妇人，一听说马成君没有死，在英国兵营里，马上停住了哭声，吵吵嚷嚷着要去军营看望。

管家气得直跺脚：“少爷、太太、小姐们，英国军官说要送受伤的老爷去曼德勒做手术，他还没有死！赶快准备一下，去两个人陪老爷！”

昨夜被袭击后的马王府，狼藉不堪，一片混乱。

班洪

义勇军和班洪自卫总队指挥部，领导人会议。

黎希明提出：“我们要发动一次全面进攻，把我们的力量集中在几个方面突破英军防线，力争把英军赶过滚弄江，恢复原来的历史边界状况，这对将来划定边界线才有好处。同时，也可以显示中国人有力量、有决心保卫自己的领土。”

班洪王：“黎总指挥的提议酝酿已久，现在条件成熟了，我们决心打！一定要打出中国人的威风来！”

黎希明：“请两位参谋长把整个作战计划给大家讲讲。”

李秉厚联军参谋长向大家说：“这次大队长以上军事指挥员会议确定了‘三路齐攻，驱敌过江’的总目标，各大队都明确了任务，自卫队分配到相应的大队参与作战。这是义勇军驻援阿佤山以来大规模全面进攻的战斗，全体战斗人员要用最大的热情投入战斗！从大队到小队，每个战士都要擦枪磨刀，做好战斗准备。这是保卫国家，建功立业的好机会！”

接着李参谋长宣布了义勇军和班洪自卫队作战计划。

义勇军参谋长，班洪自卫总队参谋长带领参谋人员，在各个作战地点进行侦察。

在垭口，

在炉房，

在龙头，

……

班老大寨

班老老王昆鄂家。昆鄂年过六旬，加上半年来的劳碌奔波，病倒在床。

几个魔巴围绕着他，有的在打鸡卦，有的在念经作法打鬼。昆鄂闭着眼睛。娅楠在床边照顾着，给火塘里添柴……

艾西瓦领着一群人进来，让魔巴们停止诵经打鬼。

艾西瓦：“阿爹，你看谁来了！”

叶娜走上前去:“阿伯,我是叶娜,我阿爸叫我们来看你,医生也来为你治病。”

依品靠近老爹的床边,眼里噙满泪水,不停地喊:“爷爷,我来看你了,我要在这里守候着你!”

昆鄂抬起枯瘦如柴的手,抚摸着依品的头,轻声说:“孩子,爷爷没有照顾好你,今后你要自立啊!”

马青青和宋忠良走上前去问候:“阿伯,我们听说你病了,来看看你,还请来医生给你治病。”

从缅甸回国的陈医生上前问:“阿伯,你好！我是专门来为你治病的。”

昆鄂抬起身子,依品和娅楠赶忙去扶他坐起来。

昆鄂:“哎呀,我这点小病,老毛病,还让你们大老远跑来,我歇几天就会好的!哎,真谢谢你们!”

叶娜:“阿伯,你生病大家都挂念嘛,阿爸这阵子最忙,和义勇军商讨大事,他要我和依品留在班老照顾你。”

昆鄂:“不行,不行！现在不要为了我耽搁了大事。你们赶紧回去,班洪那边还有多少伤员要你们操心。回去对昆钟说,我是老毛病,躺几天就好了。”

宋忠良:“好了,抓紧时间请陈医生给阿伯看病。”

陈医生坐到床边,为昆鄂进行细致的诊断,量体温,摸脉搏。

马青青也按陈医生的操作进行了一遍。

陈医生:“阿伯,你一定要吃药打针,病情才会好起来。不要搞什么打鬼看卦了,那会把人耽搁了的。”

陈医生对艾西瓦说:“老人家得的是急性肺炎,来不及送到班洪了。我事先听说了老人家的情况,估计是肺炎之类的病,所以带了盘尼西林这种特效药,打针吃药不用多久就会好起来的。”

娅楠把打针吃药听成了“打鬼驱魔”,她说:“你们也打鬼？魔巴打了好几天了。”大家都笑起来,马青青笑着对她说:“大妈,是打针,不是打鬼。”说着就拿出注射器进行消毒,准备给昆鄂打针。

依品拉着娅楠说:“奶奶,你放心,医生给爷爷吃药打针就能治好病,你看普达岩爷爷不就是医生救治的吗？爷爷会好的。”

娅嫡看着依品,心里涌起一阵酸楚,亲切地对依品说:“孩子啊,这些年奶奶没有照顾你,可心里每天都挂念着你。现在好了,你和叶娜在一起生活,我们放心,我们高兴呀!”

依品:“奶奶,我很好的。昆钟爷爷比关心叶娜还要关心我呢!”

“这就好,这就好,”娅嫡不停地说,“真要好好感谢班洪王呀!”

突然,“轰隆,轰隆”的炮声响起来,英国军队的炮兵又向寨子打炮了。

艾西瓦对大家说:“有劳各位了,你们隐蔽一下。我去看看,龙头山英国兵不是打炮就是抓人给他们修工事,把老百姓搞得不得安生。"

"我跟你去,看看情况,好收拾他们。"宋忠良也是有侦察任务的,他跟艾西瓦走了。

陈医生打开药箱给昆鄂配药,并且对马青青和叶娜说:"前不久治过病的普大叔,我们去看看他康复得怎么样了。"

依品告诉说:"我问过了,普达岩老爹在家里。"

叶娜说:"好,一会儿我们去看看普达岩大叔。"

宋忠良对艾西瓦说:"昆刚,龙头山军营,我看我们眼下还啃不动,我们可以利用我们的有利条件,零敲碎打地对付他们。"

"怎么零敲碎打?"艾西瓦感兴趣了。

"我们选择有利地形,把英兵巡逻队收拾了。现在班洪自卫队有多少人?多少枪?"宋忠良问道。

艾西瓦说:"自卫队倒有上百人,枪也有二十多支,平均每支枪只有十来发子弹。"

宋忠良又说:"昆刚,我再看看,想想。我们收拾十来个人的巡逻队还是有把握的,这也要寨子做好人员疏散的工作以防英军报复。另外,我们利用英国兵允许老人、小孩和妇女去军营卖水果、蔬菜的机会,把龙头山军营的情况摸清楚,为以后打掉英国军营做些准备。这个事我们专门和马青青、叶娜、依品商量一下。"

"那我到普达岩家去接她们回来。"艾西瓦走了。

宋忠良和昆鄂拉起家常,昆鄂十分惦记甘木浩。

昆鄂:"甘木浩这孩子怪可怜的,爹、妈、妹妹一下子就没有了。宋哥,你是见过世面的读书人,今后要请你多多教教我这个曾孙。靠你们喽!"

宋忠良:"您老放心,我和他像亲兄弟一样。今后我还想带他去读书。甘木浩的天分很高,一学就会。"

昆鄂:"宋哥,你发现甘木浩和哪个姑娘相好吗?"

宋忠良:"叶娜身边的那个叫依品的姑娘,我看他俩倒还说得来,听说也是从班老过去的。依品这姑娘美得像透明的水晶,配得上甘木浩的!"

昆鄂高兴了:"这就对了。我早就留意依品对甘木浩有意,只是发生了这么多事情,把他俩给耽搁了。"

昆鄂老伴娅楠担心地说:"就是依品的身世太苦了,不知甘木浩晓得不晓得。"

这一说,昆鄂倒伤心了:"唉,都是我那个该死的老三作的孽呀。"

宋忠良对老两口的话一点儿都不感到奇怪。他静静地,听着他们说话。

果然,昆鄂在叹息中,讲述了依品的身世:"依品的妈妈是我们班老寨数一数二的漂亮女孩,我最希望她嫁给我的艾西瓦,她和艾西瓦也相互爱慕。可是我那个不要脸的老三沙姆,硬是不听招呼,强行霸占了那个可怜的姑娘。当姑娘怀孕后,他又不要人家了,还不承认他作了孽,害得人家姑娘无法在班老生活下去,就跑到缅甸那边去了。后来生下了个女孩，她回到班老，希望沙姆能娶她，可是这个不要脸的沙姆，就是现在的麻哈王，说什么也不要人家，女孩绝望了，把一岁多的依品交给我们，自己就走了。这一走，是死是活，到现在一点消息都没有。”

娅嫡接着说：“我们把依品带在身边，一直把她抚养到四五岁。后来昆钟来班老，说七岁的叶娜正好要个伙伴，就把依品从我们这里带到班洪，成了叶娜的小伙伴了。他爹呀，要不是你把沙姆又打又骂地赶出去，他也不会成现在这个样子，他上了永班麻哈王的门，成了入赘女婿，以后又继承了麻哈王位，从此他就与班老结了冤家，不仅不认自己的父兄，还带人来打班老寨，过来就是抢偷，杀人放火，唉，这个逆子。”

宋忠良问道：“班老王，这些事甘木浩知道吗？”

昆鄂坦诚地说：“我们在甘木浩面前从未提及依品的身世，依品打小就在班洪王府长大，很少来班老，班老年轻的一代都不知道她是班老人。我估摸她自己也不会知道自己的身世。”

娅楠：“就是辈分有点不合……”

昆鄂：“宋哥按你们汉族的风俗，这合不合规矩？”

宋忠良为难了：“我也不太懂这个规矩，只是我觉得他俩年龄上差不多，两人又很般配，我倒是支持他们成一对！”

昆鄂脸上露出了笑容：“宋哥，这个事就交给你了！你们年轻人谈得拢，有机会你给甘木浩点破一下。我们佤族人十七八岁就可以提亲了。”

娅楠：“甘木浩和依品的事办成了，也算我们对他们尽到心了，对得起甘木浩死去的爹妈了。”

昆鄂说：“我还希望宋哥有空多教教依品，学习点你们汉人的文化。”

宋忠良：“你放心，马青青已经是依品的老师了，她们处得可好了。”

两位老人这么一说，宋忠良倒觉得自己多了一份责任。

眼前这位尊敬的长者——昆鄂，病情十分不稳定。宋忠良反复想了想，把依品近来的事情，如实地告诉了班老老王昆鄂：“阿伯，依品的身世情况，我们都知道了，大家更加疼爱她、关心她。前不久，麻哈王打伤叶娜，把依品抢走，我们还追到班弄去救她。依品真是个有福的人，在被麻哈王关起来时，她找到了妈妈，就是玉波，她们母女相认了。玉波现在很好，只是她的处境很特殊，不便露面，她还托甘木浩和我们向两位老人问候，将来有机会她会来看望你们的。玉波和依品将来也会在一起的。依品很勇敢，麻哈王把刀架在她脖子上，要她认爹，依品宁死也不认。再说，玉波是被沙姆推下南依河的。他坏得很！”

“什么？你见到玉波了？玉波和依品母女相认了？”昆鄂简直不敢相信自己的耳朵了，他高兴极了：“唉，梅依吉还是保佑好人的！”

宋忠良又说：“娅嫡大妈，你以后不要再和沙姆讲什么事了，沙姆干的几件坏事都是从你这里打听到消息的。”

娅嫡愧疚得低下了头。

昆鄂气呼呼地指着娅嫡说:“你,你呀！叫我说你什么好呢？你那个沙姆现在不仅是我们的坏儿子,更是卖国贼、民族的罪人呀!”

宋忠良劝住昆鄂:“阿伯,你现在主要是治好病。你病好了,才能领着大伙跟洋嘎拉斗。你一定要好好治病,听医生的话。”

昆鄂想着宋忠良告诉他的这些事,自言自语地说:“真是要赶紧治病!”

龙头山麓的一处河湾

这一段时间,龙头山英军的电话线经常被割断。有时线路刚修复电话又不通了,巡逻小队一查,发现线被割走了很长一段。杰克少校命令立即更换电线,更换完毕电线的小队刚回到军营,杰克少校拿起电话向卓温上校报告,一句话没说完,电话又不通了,杰克气得暴跳,把电话机给摔了。他命令:“要不停地巡逻,一定要保护好电话线。”于是,军营的士兵们不停息地小分队巡逻开始了。

一队由英国兵和几个佤兵组成的巡逻队,从午饭后就出来巡逻,已经疲惫不堪,懒懒散散地走着,日上中天骄阳似火,全副武装的大兵们汗流浃背,军服敞开了,枪也横挎在脖子上。

巡逻队经过一个只有三户人家的村子。这里仿佛世外桃源一样:依山傍水的茅屋,几户人家门前一片果林,黄澄澄的果子香气四溢,一串串金色的芭蕉香气浓郁。果树下,一群群鸡悠闲地觅食。

英军巡逻队每次都从距茅屋百米外的土路上走过。今天,巡逻小队经过时,路上的几只鸡引起了他们的注意,士兵们嘀嘀咕咕地说:“队长抓鸡吧,这是山里的野鸡。”说着几个人朝鸡群围了过去。鸡群被惊吓得四散飞逃。巡逻小分队跟随鸡群追过去。

宁静的茅草房,结满硕果的树林吸引了巡逻队的士兵们。不等队长开口,士兵们一哄而上,跑进果林各取所需,摘香橙、摘梨子、砍芭蕉,每个人边吃边往背袋里塞。

一间茅屋里走出一位皓发长须的佧佤长者,他朝着这些英国兵喊叫着,摇首顿足,巡逻兵毫不理会。

老人走到摘了一些水果丢到地上又重新去摘的士兵身旁,拉住士兵的手,甚至用身体挡住这个士兵。

正在兴头上的英国兵使劲推开老者,老者毫不示弱地抓住了英国兵的手。英国兵丢开水果,噼里啪啦地对这个老人一阵耳光,又用那结实的大兵靴猛踢几脚。猛地从几间茅草屋里冲出四个人,举着木棍朝英国兵打去,巡逻队长一看,大叫:“野蛮人！野蛮人!”枪声响起,四个佧佤人怔住了。英国兵看清了这些“野人”赤裸着上身,腰里仅有一块遮羞布,头发胡子乱蓬蓬地连成一片。

几个“野人”拼命地冲向英国兵,英国兵开枪了,几个“野人”挥舞着手中的木棍倒下了。巡逻队长命令:“把尸体拖到屋里去,把这些草屋全烧了!”

“轰!轰!轰!”爆炸声后,茅草屋燃起了熊熊烈火。

第二天,巡逻队路过小村口,谁也没有讲话,只有军靴踏在地上的“叭嗒、叭嗒”声回响在林间。那依河两岸平平静静,林子里的各种鸟儿“叽叽喳喳”地叫着,跳跃着,知了则在树上此起彼伏地鸣叫。

巡逻队长看看周围后,下令:“这儿水很清,歇口气吧。”

一个英国兵走到河边,喘着粗气,盯着清澈见底的河水,蹲了下来。“天啊!简直凉快透了!”他欢快地叫着,然后大声请求队长,“长官,让我们下去洗个澡吧!”

另几个英国兵用手搅搅河水后也叫嚷开了:“队长,让我们洗洗吧,好几天都没有洗澡了。”

“是啊,队长,烧房子弄得一身烟尘。”

“我好长时间没有洗澡,身上的臭味都熏得别人不和我说话了。”

巡逻队员叫嚷开了。

巡逻队长看了看四周,用机枪朝附近的林子“哒哒、哒哒哒”地扫射了一阵,除了枪声的回音,树林和周围一片寂静。

“好吧,你们赶快洗,我给你们放哨!”队长同意了。其实,队长也是汗水湿透了衣服,也想痛痛快快地洗一场。

“噗通!”“噗通!”……河面上掀起了一阵一阵浪花,“嘻嘻”“哈哈”……士兵们在水中又笑又闹,高兴极了。

士兵们看着队长那副难过的样子,都喊叫起来:“队长下来吧!”“队长,透透地洗干净,多舒服呀!”“下来吧!……”

一阵又一阵的叫喊声,士兵们的凉爽劲儿,巡逻队长实在忍不住了,也跳进了河里。他一边痛快地洗着,一边兴奋地叫起来:“上帝啊,这简直是天国里的沐浴!”

“姑娘,看啊,那里有漂亮的姑娘!”英国士兵伸长脖子四下张望。河那边确实有三四个穿着艳丽筒裙的年轻女子,正蹲在河边用竹筒装水。姑娘们被河对岸的士兵吓着了,站起身来不知怎么办。河中的士兵,又喊又叫,朝对岸游过去,一群赤裸裸的汉子把姑娘们吓得“哇哇”大叫,丢掉竹筒朝着树林里拼命跑去;十几个赤裸的人在后边狂追疯叫。

树林边,姑娘们消失了。士兵喊:“姑娘们别怕,我们是大英帝国的文明士兵,出来吧!姑娘们,出来吧……”

喊声未止,四周“哗”地跳出一群“野人”,队长立刻感到中计了!他大喊起来:“快跑,快跑回去!”

四面八方飞蝗般的弩箭朝这群“靶子”飞来。

紧接着一声声惨叫,一声声呻吟。

霎时间,一切平静下来了。

河那边,一队佤族自卫队在收拾枪支弹药等战利品。

龙头山英军营地

在一座帐篷里,毛毯上躺着十二个赤裸裸的尸体,每个尸体身上,至少插着七八支甚至十二三支竹箭。

杰克少校面对这些死亡士兵的尸体,发狂地叫喊着:“这些训练有素的士兵是在全身赤裸没有防备的情况下被射杀的!”他想着一个一个无解的问题,继而对着莽莽大山、密林,顿足狂呼:“来吧,野人!来吧,野人!让我们面对面地文明决斗吧!”在狂呼乱叫中,他作出了两个决定:“第一,立即炮轰射程内的所有村寨;第二,明早开始对龙头山进行搜山扫荡,打死碰到的所有人,不管他抵抗不抵抗。”

佤族村寨

在“轰隆”“轰隆”的炮声中,龙头山周围的十多座寨子腾起了烟柱。

英国军队,在密林的边沿搜索着,走一阵,射击一阵,呐喊一阵……

英军冲进一座燃烧未尽的寨子,寨子里空无一人。

士兵向指挥报告:“报告长官,没有人!”

杰克少校挥挥手。他疲乏了,气馁了。

第二十二章

周至贤南达起义未成惨遭杀
黎希明亲率义勇军攻陷边城

小城南达

南达是滚弄江(萨尔温江)畔依山傍水的小城。这是一座典型的中国式城堡,高高的城墙四角建有飞檐建瓴的城门楼。南达是一座美丽的平坝小城,一条小河,由北向南从城中穿过;东面是一望无际的原始大森林,坝子里稻田连成片,甘蔗林层层伸延向天边。南达是个富饶的地方,居住着以傣族为主的各民族百姓。据传说,这座古城是大清王朝时一位将军镇守南疆建的。古城建成后,将军被调回京,不舍这座花了半生心血的古典城堡,临走时给它取名南达,以示纪念。

英国兵占领后的南达,城里城外戒备森严。英国兵在城门上架了几挺机枪,城门口用沙袋堆成的防御工事上也架起两挺机枪。进城的百姓都得接受盘问检查,稍有不配合便遭拳打脚踢。配合英国军队守卫的是英属缅甸政府军队的一个团,这些缅兵完全服从英国兵。

南达东城门口

大雾弥漫的早晨,进出城门的人寥寥无几。中午,太阳火辣辣的,站岗的英国兵、缅兵变得烦躁起来。

城外,远远地来了五匹马,马锅头四十多岁,汉装打扮,边走嘴里边“吧嗒吧嗒”地抽着旱烟杆。小伙计哈尼族人服饰,大包头又像景颇人,一床毡毯裹到下巴。他俩牵马走到城门岗哨,英国兵挡住了:“站住!干什么的?”缅兵赶忙翻译:“站住!干什么的?”

马锅头收起烟杆,恭敬地说:“运盐卖的!”

英兵:“哪里来!要到哪里去?”

听了缅兵的翻译后,马锅头笑嘻嘻地说:“从景谷盐场来,准备到班弄去卖,可我的伙伴得了风寒,只好到南达来,正好佛寺还订了两驮盐,本来要下趟再送的,这趟先送过来了。”

看着马锅头“哇啦哇啦”地说了一大堆,英国兵举枪就要刺向马驮子,马锅头急忙拉住他的手说:“军爷,不能戳啊,袋子戳破了盐巴就撒了。来!你尝尝这是最上等的景谷香井盐啊!”他说着,解开驮子上面一个小袋,拿了一小块洁白的盐巴，递到英国兵嘴边。英国兵推开了他的手，缅兵接过来，用舌头舔了一下，叫起来："这是正宗的景谷盐！走吧！"说着就把一块盐巴塞进了口袋；英国兵瞪大了眼，吼道："不行！全部打开检查！"

马锅头赶忙哀求："军爷，这盐巴不好打开呀！"

这时，两个小和尚从河里爬上岸来，一身水淋淋的，袈裟勒腰间，一个手提捕鱼用的竹罩子，一个背着鱼篓，手里还提着两条大鱼。两个小和尚笑嘻嘻地笑着闹着，一下子就冲到城门口。英国兵大喝一声："站住！"吓得两个小和尚不敢动了。

两个英国兵用枪逼住小和尚："跑什么？干什么的？"

两个小和尚举起手中的鱼："这个！"

英国兵不解地问："你们和尚吃鱼？"

两个和尚同声说："吃！酸辣的好吃啦！"

英国兵又问："哪个佛寺的？"

缅兵眼睛紧紧盯住和尚手里的鱼。

年龄大的和尚说："北门佛寺的，沙桑长老的那个佛寺。"指着运盐马锅头说："这位老大去年还给我们运过盐巴。怎么，这趟是给我们佛寺运的吧？我们盐巴快吃完了。"

缅兵趁和尚说话，顺手夺过大和尚手中的鱼说："狗日的红毛鬼子，天天有肉罐头吃，我们吃酸笋汤，老子今天也要吃鱼汤。"

马锅头递给他一个银元说："老哥，有鱼无酒吃不香啊！"缅兵把银元抓在手里，对马锅头和和尚说："你们都认识，还愣着干什么？沙桑长老还等着你们的盐巴呐！"缅兵说着用身子挡开了英国兵，叫马锅头和和尚快走！

马锅头笑了，牵着马和和尚说着走进城去，回过头来对缅兵说："老弟，我们住南门小客店，晚上过来喝酒啊！"

在北门佛寺，甘木浩小分队的人员都汇齐了。

马锅头就是刘拥国，这次侦察联络小分队都称呼他刘叔。他的小伙计就是甘木浩。刘拥国和老朋友沙桑长老商量后，把甘木浩分队的七八个小伙子安置好，分配了各人的侦察任务。

刘拥国和甘木浩直奔城中心的缅兵南达驻军司令部。

缅兵南达驻军司令部门口。

刘拥国对哨兵说："军爷，请你通报，我有要事向周司令禀报！"并递过去一封信："请直接交给周司令。"

刘拥国和甘木浩注意观察着司令部周围情况。

不到一袋烟功夫，周至贤风风火火地从里面走出来，见了刘拥国，拉住双手，高兴地说："刘老板，好久不见，你还是那样精神焕发呀！"

"好久不见了,周司令也更加发福了!"

"今日来访,不知方便不方便?"

"刘老板见外了。方便,方便!"

周至贤办公室

周至贤把刘拥国、甘木浩请到小会议室坐下,卫兵送来茶水。周至贤对刘叔说:"对不起,还有一点急事,几分钟处理完,你们先喝茶休息一会儿,我很快办好。"

周至贤坐到办公桌后。原来,桌子前边还跪着一个军官,垂着头,眼泪流了一脸。

周至贤一看到桌子前跪着的军官,十分生气地说:"王麻子,你跟着我这些年,哪样亏你了?一直把你提到营长,可以了吧!你怎么偏偏喜欢那些偷鸡摸狗的勾当呢?上回你抢的两家老板,要不是人家有求于我,你早被送上军事法庭了。降到连长,该安生过日子了吧?狗日的这回又去欺男霸女,这次我保不了你了;卓温上校要亲自处理这件事,你等着吧!"

王麻子哭着说:"大哥,你救救我!我可是跟你十多年的铁哥们呀!你千万不能把我交给英国人啊!在英国人手里,我是死定了!"

周至贤站起身来,对他说:"你把那女的放了吗?放了,好。我一会儿叫人去查实,如果说假话,我立刻把你抓起来。现在我先把你的连长撤了,你到司令部警卫班待着,不要再给我惹事了。英国人那头,等这阵风过了,我再替你说情。去吧!我这儿有客人。"

王麻子站起来,抹着眼泪鼻涕对周至贤说:"谢了,大哥。我会一辈子感激你的!"他边说边瞟了一眼桌子上的两个信封。周至贤拿着信在看。

一封是班老老王托人写的:

至贤吾侄婿:

我和你婶十分想念你们!莲娜身体好吗?今派我的曾孙甘木浩来看望你们。情况由他和你说。

蜂筑(四代)昆鄂

即日

另一封信封正中:"周司令亲启"

寄信地址:内详。

看完两封信,周至贤手抖起来。他看了看四周,神情紧张起来。他刚拿出火柴准备将其烧毁,发现王麻子还没有出去。他盯了王麻子一眼,命令:"你现在就去交差事给副连长,然后来司令部警卫班报到,快去吧!”

王麻子这时已看见坐在椅子上的刘师爷和甘木浩。他脑子一转:年轻的不认识,这中年人可是见过的呀!

“你听见没有!”周至贤看他心不在焉的样子,把桌子一拍。王麻子慌忙应道:“是,司令!”

走出去的王麻子,边走边想:“这个人在哪里见过?……”突然,他脑子里闪现一个情景:那是他还在警卫排当排长,跟着周至贤到过班洪,并且在班洪王府的竹楼上拜会了班洪王,此人正在班洪王身旁。他们这次是来干什么?目前正当两军交锋,酣战之际,他出现在周至贤司令部,是怎么回事?

王麻子边走边思索,一个卖主求荣的卑鄙想法在他脑子里逐渐冒出来。

周至贤内室

一座外形完全傣式的木板杆栏式小楼比周围其他的楼都高且宽,室内虽依旧傣家布局,但是摆设很洋派,十分豪华、讲究。

在室内,一个四十岁左右的傣装妇人,身材中等,苗条飘逸,容貌端庄,肤色白皙,仍风姿绰约,说话细声柔气,一脸甜蜜的笑容。

周至贤对刘拥国和甘木浩说:“这就是内人。论起辈分来,她应该是甘木浩的亲姑奶呢!”

甘木浩来南达之前,昆鄂早已把甘木浩和周司令夫人的关系讲清了:眼前的这位妇人正是甘木浩的亲姑奶!

妇人自我介绍:“我叫莲娜,你就是甘木浩?”

“是,姑奶!”甘木浩怎么也想不到他的姑奶竟然是位傣族妇人,他有点困惑,但还是亲切地喊了。

莲娜激动不已,泪流满面,上前一把将甘木浩搂抱过来,哭着不停地喊:“我的亲人呀!亲人,亲人呀!……”

看着莲娜哭得泪人似的,周至贤和刘拥国也泪光闪闪。甘木浩自父亲被杀害,母亲、妹妹被炸死后,没有哪个亲人这样热情地拥抱过他,面对自己的亲姑奶,他情不自禁哭起来,连声喊着:“姑奶,姑奶,我们见面了!”

周至贤看着亲人相聚,激动洒泪的场景,讲述了事情的原委。

那是几代人前的事了。在一个大雾弥漫的早上,枪声、喊声越来越近,越来越激烈,人们在奔跑,在喊叫:“清兵来啦!鞑子来杀人啦,快跑呀……”矿山一片混乱,人在跑,马在跑,到处是逃跑避难的人群。骑在高头大马上的清兵将领大声地宣布:“吴尚贤聚众谋反,已被拿下。我等奉旨捉拿他的家属和主要参与者!”人们轰然奔跑着。吴尚贤的妻子巴琳娜拉着儿子在奔逃的人群中,一边跑一边大声叫喊:“吴娜!吴娜!你在哪儿呀!”一位老人拉了巴琳娜一把:“巴琳娜,别喊了,鞑子兵正是要抓你们哩,快带着儿子逃命要紧!”十二岁的吴娜,被奔逃的人群裹挟着逃命，与母亲、哥哥跑散了。

周至贤继续讲述："吴娜与矿山的一部分人逃了出来，后来与一个逃出来的班老寨小伙子结了婚，在缅甸生活下来。莲娜就是吴娜的孙女，一直怕暴露身份，改了傣装。她秉承祖母、母亲的遗愿，一直在寻找自己的亲人。"

甘木浩和莲娜相拥得更紧了。甘木浩声音有些嘶哑："姑奶，我父亲生前也一直提要找到你们，蜂筑祖爷爷也说一定会找到你们！"

莲娜说："我要甘木浩领我去见亲人！"

周至贤："好了，大家都到一起了，今后有的是见面的机会。你们都不要哭了，我们赶紧商量一下最重要的事。"

甘木浩追问："周爷爷，你的事呢？"

"我？我的什么事？"周至贤奇怪地问。

莲娜替丈夫回答："你听蜂筑祖爷爷说过李定国——李将军的事了吧？他就是李定国将军的后代，原本姓李，为了躲避追捕，他的先人改姓周了。"

甘木浩紧紧拉住周至贤和姑奶的手。

周至贤办公室

王麻子又鬼鬼祟祟地回到周至贤的办公室，偷偷摸摸地到周司令桌子上。这个无耻之徒要弄清周司令两封信的内容。这次他强霸人妻，还打死了女人的丈夫，英国人为了威慑缅兵，决意要枪毙他的。周至贤一时心软没把他抓起来。王麻子为了活命，反过来想找周至贤"通敌"的证据，以此换回他的狗命。

当想起刘拥国是班洪王的人时，他就肯定了周至贤有"通敌"嫌疑，只有拿到证据，才能表示效忠英国人而换回一条命。

周至贤一时疏忽，当时拿着信领着甘木浩去见莲娜。两封信的信封落在了桌上。王麻子只拿到了信封。

北门佛寺

刘拥国汇集了侦察到的情况，布置了行动计划，然后带着和周至贤的约定，离开南达。

甘木浩和队员们商量着各个队员的具体任务。南达之战将在后天黎明打响，小分队必须做好里应外合的战斗准备。同时，小分队负责把周至贤家属安全转移到班洪。

南达城郊的一处高地

义勇军总指挥黎希明和李参谋长率领着几个大队长，匍匐着，分别用望远镜观察着南达。

黎希明："战斗打响后，突破点是北门，由第二、第四两个大队和班洪自卫队负责，务必一鼓作气拿下南达。其余三个门由两个大队进行佯攻和伏击逃跑英军。一大队重点突击东门，城门打开后，就直扑北门。这次里应外合，只要外面进攻枪声响起，里面有部队响应并打进城门，第二、第四大队进城后，一定要勇猛扑向英军营地和其余三个门。记住手臂匝白毛巾者都是自己人和起义的缅军，千万不可误伤！"

刘拥国："各大队回去后，立即进行战斗动员，后天黎明以北门枪声为总进攻信号。"

进行战场侦察的义勇军指挥员们，低声议论一阵后悄然离去。

炉房后山英军营地

炉房后山的英军营地森严壁垒。这里是英军的主营地，营地下面就是炉房采矿场。

义勇军的第三大队和第五大队及班洪自卫队一部分在这里与英军对阵。紧靠英军阵地的山地上，整个炉房似乎处于义勇军和班洪佤兵的包围中。

突然，英军阵地上，一面白旗在招摇，一个手拿喇叭筒的军官在喊话：

"喂，请不要开枪！对面的中国军队听着，要你们的指挥官，要你们的指挥官来和我们指挥官讲话！……"

义勇军阵地上出现了班洪王昆钟和参谋长刘拥国及第三大队大队长。

刘拥国："英国军队指挥官，你们有话就说；是不是举白旗投降啦？我们会让你们安全回到滚弄江西岸的！"

乌波朗出现在英军阵地，接过喇叭筒喊话："中国军队的指挥官们，你们向大英帝国的军队挑衅是错误的！你们怎么把军队开到我们大不列颠帝国的边境里来了？你们是侵略者，按照国际法，你们必须立即退回去，立即退回到中国去！"一个翻译把他的话译成汉语给义勇军阵地上的人。

义勇军阵地上战士们愤怒地吼叫起来："狗日的洋嘎拉，大白天说瞎话，你的大不列颠离这里几万里路。跑到这里，你们是侵略者！"

"你洋鬼子放屁！你们把军队开到中国境内，你们才是侵略者！"

"洋鬼子滚出中国！"

……

刘拥国制止了大家。班洪王昆钟站出来："乌波朗先生，我们又见面了！上次谈判时清楚地告诉过你，英国军队必须无条件地撤回去。你们英国军队侵入中国领土，强占中国矿山，烧毁我中国百姓家园，杀戮无辜中国百姓，事实面前你还有脸谈什么国际法。我再次严正警告你，立即撤出中国领土，回到滚弄江西边去，否则，一切后果由你们英国人负责！"

乌波朗一听是老对手,心慌了。他说:“我要找你们中国政府军队的指挥官说话,我要你们中国军队的番号和指挥官姓名!”

昆钟:“这里没有中国政府军队,我们是佤族人民自卫队!”

刘拥国:“乌爵士,你是个中国通了,你脚下是中国土地,你抢夺的是中国矿产,你杀的是中国百姓。你心里最清楚,现在中国老百姓放你一条生路:立即滚回滚弄江那边去吧!举着白旗走,我们不开枪!”

乌波朗气急败坏地说:“我抗议中国军队……你们不懂地图……”

一个战士跳起来喊:“洋鬼子,赶紧滚蛋吧!我吃奶的儿子都比你强,他撒尿在床上画的地图也比你们洋鬼子的强!”

“哈哈……”阵地的战士们都乐开了。

“滚蛋吧!洋鬼子滚蛋吧!”喊声一片。

乌波朗挣扎着:“你们中国军队指挥官的名字叫什么?我要向你们的政府交涉!……”

这时,和班洪王商议军机的黎希明赶来了,听说班洪王在阵地上和英国人对话便匆匆赶来。他一下跳起来站到班洪王身边,和班洪王打了招呼后,回身向阵地上的士兵们挥挥手:“大家安静,我和洋鬼子讲几句话!”

黎希明身着戎装,皮带上斜挂着一支手枪,一双高筒皮靴锃亮,威风凛凛地站在那里,左手叉在腰间,右手指着乌波朗,义正词严地厉声说道:“你就是乌波朗,幸会!我叫黎希明,民族边防义勇军总指挥。我不是军人,是生产和贩卖盐巴的商人,搞运输的马帮商人,我们平平静静地种庄稼搞生产,做生意过日子,碍你们英国人什么事了?……”

不等黎希明说下去,乌波朗急忙打断他的话问:“你是边防义勇军的总指挥?啊……请问你属于中国的什么部队编制?你的军衔?你的部队番号?你……”

黎希明也不客气地打断他:“你得了吧!我没有什么军衔。我的部队也没有什么编制,我们是中国西南边境的平民老百姓,自愿组织起来驱逐入侵中国领土的英国侵略者的队伍。乌波朗先生,你怎么连普通常识都没有。英国在欧洲,这里是亚洲;你们英国人在全世界到处欺凌弱小国家,霸占别的国家的土地。在非洲、美洲,你们到处建立殖民地;在亚洲你们霸占了印度、缅甸等国家,现在又趁日本侵略中国的东北、华北,想趁机在中国西南捞一把,对吧?”

乌波朗被这针刺的语言,激怒得满脸通红,说不出话来。

黎希明继续说:“乌波朗先生,在还能跟我对话的时候,你赶快考虑从中国领土上撤走你们军队,回到被你们统治的缅甸境内吧!如果你硬要试试中国人的力量,恐怕那时,我找不到站着说话的乌波朗先生了!”

“哈哈……”阵地上一片笑声。

乌波朗好不容易憋出一句话来:“将军,你等着,英国政府将向中国政府提出最严重的抗议!”

黎希明笑了,幽默了一句:“错了,我黎希明不是将军,我是马锅头,是中国西南民众边防义勇军的总指挥,也就是抵抗英国侵略军的老百姓的马锅头!”

昆钟大声喊:“去抗议吧! 老子叫班洪总管王!”

阵地上哄笑。

乌波朗叫着“野蛮,野蛮!”随后,连滚带爬地跑开了。

阵地上的各种旗帜,随风舞动。

南达城,周至贤司令家

甘木浩和和尚帕温张牵着四匹马到周司令家。把马拴定后,甘木浩与帕温张走上竹楼,甘木浩边走边叫:“姑奶,我回来了。”

莲娜从室内走出来,高兴地迎着甘木浩。甘木浩向莲娜介绍说:“姑奶,这是我的战友和尚帕温张。”和尚双手合十行了个佛礼说:“姑奶好!”莲娜招呼他俩:“坐下说”,并低声问,“你姑爷爷呢?”

甘木浩知道她担心什么,回答她:“姑爷爷有事召集会议,开完会他就回来。”

“你们吃饭了吗? 我还一直等着呢。”

“我们都吃了,你赶快去吃饭,我们把马喂一下。”

莲娜说:“马饲料我也准备好了,你们来扛下去”说着,领甘木浩、和尚去外阳台拉饲料。

莲娜问:“几匹马?”

“四匹马。”甘木浩和帕温张拎起三袋黄豆。

“那我还得去再装一袋。”

甘木浩低声对莲娜说:“姑奶,我向姑爷爷请求他派人去接表叔,一定要让表叔和我们一同回祖国去。”

莲娜感动地说:“你们想得周到。你姑爷爷已经派了个可靠的人到曼德勒安排慧儿的事了。”

甘木浩放心地说:“好,我们也会通过侨联的人在那边照顾和保护表叔的。现在我们快把马喂饱。”

莲娜问甘木浩:“你们怎么安排?”

甘木浩看看四周,低声地对莲娜说:“姑爷爷说,黎明时分,枪声响起,我和帕温张就保护着姑奶从东门冲出去。留一匹马。”

莲娜一脸坚定说:“你们去喂马,我去吃饭并做些准备。”

远处,黄昏的晚霞,把天际映得红彤彤的。

周至贤司令部办公室

周至贤和三个军官站在南达城防地图前面。周至贤转身对副官说:“你再去检查一下司令部,加强戒备,门口加派双岗。有人要到办公室,提前报告。”

副官走后,周至贤问三个军官:“你们掌握部队的情况怎么样?”

军官甲:“我们都准备好了,我那里大部分人是跟我们走的。”

军官乙:“一声令下,士兵们会跟我们干的。我们具体布置是否再研究一下?我建议今晚设法先干掉卓温上校,让他们指挥失灵。”

军官丙:“乌波朗爵士才是实际掌控者,要把他干掉才有价值。”

周至贤:“三位,我们的目的是用我们的兵力控制南达城。义勇军将从北门发起攻击,英军一旦发现北门是攻击重点,必然会调集人马集中于北门。我们的重点也放在北门,要狠狠打击汇集到北门的英军,并且打开城门迎接义勇军。一听见北门枪响,你们就打开城门带领义勇军直扑北门,配合消灭英军……”

周至贤话未说完,卫兵急匆匆地冲进来大声报告:“报告司令,乌波朗爵士和卓温上校带着一队英国兵来到。”

军官们大吃一惊,不知所措地望着周至贤。周至贤沉着、镇静地说:“大家要沉着,我会应付的。”边说边走到城防地图前,从容地指着地图大声说:“刚才向各位介绍了南达面临的形势,我们当下必须冷静思考,准确判断中国军队的动向,如果他们把北门作为主攻方向,那这几天会有一些迹象的。我们北门的守卫必须不惜一切守住城门,等候其他部队的增援……”

几个军官方定下神来,听周至贤讲解。

乌波朗和卓温带着他们的贴身人员已经走进周至贤的办公室。乌波朗走到周至贤身边,看看周至贤,又看看南达城防图,不冷不热地问:“周司令官,听说你们正在研究城防,你们准备有新的行动?”

周至贤仍是不紧不慢的语调,沉着地回答乌波朗:“是的,爵士、上校。我们的侦察人员发现中国军队在南达城外活动频繁,我正和几位营长针对中国军队可能的进攻研究防卫措施。”

乌波朗:“你们辛苦了,有什么新的考虑吗?”

周至贤仍然一副坦然的样子,说:“我们有了一些新的想法,正准备讨论后形成共同的意见,向两位大人报告哩。”

“那就给我们讲讲你们的新防御计划吧!”乌波朗坐到沙发上,并示意卓温上校也坐下。

几位军官内心很紧张,见这样的场面,就主动提出:“周司令,你和上校、爵士要研究问题,我们就先行告退了。”

乌波朗阴险一笑,说:“别走,你们一个都不要走。这里的事,关系到我们大家,都坐下吧!”

军官们坐下。看着乌波朗和卓温上校的神态,周至贤心底一沉,感到事情不妙。

半夜了,整个南达坝子黑沉沉的。

莲娜焦急不安。她总有一种不祥的预感。她对甘木浩说:“你姑爷爷怎么一点消息都没有?平时他有事或临时任务回不了家,都一定会让卫兵来告诉我的。今天怎么一句话都没有传回来呀!”

甘木浩安慰说:“姑奶,大战在即,各方面的事都得姑爷爷去指挥,他一定是忙得顾不过来让人带信回家了。好在我们的安排他事先都同意了。”

和尚帕温张双手合十,不停地念叨:“菩萨保佑!佛祖保佑!”

周至贤的副官气喘吁吁,慌慌张张地跑来了,他连上楼梯的气力都没有了。帕温张听到有人跑来,下楼把他又拉又扶地拉上楼来。副官是周至贤的一个亲随,喝了杯水后才说:“夫人,周司令让我告诉你一句话:立即按他说的去做!还把这个交给你。”他把一个菩萨玉佩交给莲娜。

这个翡翠菩萨玉佩和她佩戴的是一双,他们夫妇已经佩戴二十多年了。今天怎么他把佩戴的交给她呢?莲娜知道丈夫一定遇到危险了,她急忙问副官:“周司令现在在哪里?遇到什么危险了吗?”

副官:“夫人,司令还在办公室里,眼下还没有什么事。只是卓温上校和乌波朗大人带领很多英国兵来了,正和周司令讨论什么事,英国兵一直不让任何人离开司令部。司令还是偷空避开英国人让我来给你报信的。夫人,我得偷偷回去了。我们会保护好司令的,你放心。”

听了副官的讲述,莲娜更加担心丈夫的处境了。

周至贤办公室

一直喝着咖啡的乌波朗看看手表对卓温说:“上校,已经是下半夜了。”

“是下半夜了。刚才副官向我报告,调动的部队已经都到了,而且按部署已经接管了城门的指挥权。现在该我们这里了。”卓温说话间看看周司令诡谲地一笑:“周司令,你这里有个士兵抢夺人家妻子并且把女人的丈夫也杀了,是吗?”

周至贤回答:“是的,这个人我已经撤职看管起来了。卫兵,去把王麻子押来!”

乌波朗忙说:“不用了,他在我们手里。这个恶棍很糟糕,他供出了不少事,你打算怎么处置他?”

周至贤一听乌波朗的口气,心里一惊,真后悔自己放了这个恶棍一马,现在倒成祸害了。他还是很恭敬地说:“上校已经命令枪毙,我准备明天将他公开枪毙。”

两个英国兵把王麻子押了上来,乌波朗一脸杀气地说:“你这个人很坏,什么坏事都干;你的亲爹娘都会出卖的,是吗?这种恶棍一定不能让他逍遥法外!立即枪毙了吧!”

卓温点头示意。两个英国兵押王麻子下去,王麻子挣扎着大喊:“狗日的洋鬼子,你们说话不算数!你们说我说了一切,就放我一条生路,怎么不算数?狗日的洋鬼子!……”

英国兵把王麻子押下去了，院子里传来两声枪响。

卓温对周至贤和其他三个军官宣布："从现在开始，司令部由我接管，你们的一切职务被解除了！"

周至贤明白，自己被王麻子出卖了。但他坦然笑笑，坐到沙发上。

枪声刚过，四周炒豆似的枪声响起来。

南达城北门

在夜幕的遮掩下，北门外许许多多黑影在晃动，在奔跑。

城门楼上发出了英语、缅语和汉语的喊叫声："中国军队渡河啦！中国人过河了！"

随着城内两声枪响，城内枪声四起。北门外枪声响起来，子弹像飞蝗般地射向北门城楼。

越来越多的义勇军渡过了北门小河。攻城开始了，喊声震天动地："冲呀！""杀呀！"

旗帜招展，人影晃动，枪声紧密。

南达城内

无数支战斗突击队对英军营房，对东、南、西、北四道城门发动了攻击。

整个南达城内一片混乱。人喊、马嘶、狗叫，逃难的人群涌向北门，向东门，向西门，人们无目的地奔逃着。

在混乱中，三个人骑马飞快地向东门奔驰而去。东城门是打开的，于是，四匹马飞快地出了城。城门楼上有人喊："快去看看，城门怎么打开了？""快去关城门呀！"城楼上机枪一阵射击，子弹远远落在奔马的后面。

南达城外

朝阳升起，片片云霞变成了漂浮的雾霭……

在浓雾中，义勇军、班洪佤军的枪声、喊杀声，此起彼伏，千千万万的进攻者把小城南达团团围住了。

英军指挥部，乌波朗和卓温上校感到了灭顶之灾，刚刚枪杀了以周至贤为首的缅军指挥官，缅兵跑散了。这一百多个英国兵守住南达，是完全不可能了。卓温提出："集中士兵分两路从西门和南门突围，到金厂坝会合。""好，你带一路从西门突围，我带一队从南门突围，突围前把缅军司令部和英军营房放火烧了。"乌波朗立刻同意。

南达城大火冲天，烟尘弥漫，借着火势造成的混乱，卓温和乌波朗各带一队兵马，从西门、南门狼狈逃窜。

被英军抛弃的缅兵四散逃奔，慌乱中被义勇军俘获。中午时分，南达城内外枪声渐停。

义勇军从北门进城后，马上命令部队救火，救伤员。

黎希明命令迅速清理战场，说："严令战士抢掠杀人，违反纪律者就地枪决，安抚百姓，抢救伤者。"同时叫来第一大队长罗正明："带你的人搜寻缅军司令部和英军营地，设法找到周至贤司令！"

进了南达城的近千名义勇军和班洪佤兵，按命令守住四门；巡逻小队，在南达街市把散乱的缅兵押送到集中点。

罗正明把黎希明请到了缅军司令部，这里早已被大火烧成一片废墟。十几具烧焦了的尸体无法辨认，罗正明找到了几个原司令部的幸存缅兵。他们讲述了事情的原委："周司令和各营长商量起义安排时，乌波朗和卓温带着大队英军士兵进了南达。卓温命令英军接管了四门的指挥权，又直闯缅军司令部。在司令部，卓温、乌波朗囚禁了周至贤及各营长。听说是王麻子偷窃了义勇军黎希明和班洪王给周至贤的信向英国人告密。撤走前，乌波朗和卓温下令在办公室里枪决了所有参与起义的缅军军官，随后又放火烧了缅军司令部。"

黎希明："告密者王麻子呢？"

缅兵："被英国人枪毙了。"

黎希明感慨不已，命令厚殓周至贤司令和缅军起义军官，并派通信兵迅速将攻克南达的消息报送班洪王。

巡逻小队押着两个义勇军士兵，送到黎希明面前："报告，这两个家伙趁乱抢劫了一家商店，还企图奸辱老板娘，被当场抓住了。"

黎希明："你们真是义勇军战士吗？"

抢劫者："李爷，看在我们在景谷跟你出生入死多年的分上，你饶了我们这次吧！我们一定到战场立功，战死沙场，你饶了我们吧！"

黎希明："义勇军离家背井，风餐露宿，吃野菜喝凉水，为的就是驱逐英国侵略者，保境卫民，你们如果真是义勇军战士就不会干害民欺民的事了！来呀！就地枪决！"

刘拥国急忙制止："李总指挥，看在他们打英国人的分上，饶他们一命吧！店家损失我去赔。"

黎希明厉声说："义勇军的军威谁都赔不起！"

命令立即执行枪决，枪响两声。

黎希明掉头走开。

南达大捷

打死英军二十余人，俘获缅兵一百余名。

缴获机枪十二挺,步枪百余支,子弹四十余箱。

缴获大批军大衣、粮食、罐头食品……

紧接着黎希明发出命令:四大队暂住南达休整待命;所有被俘缅兵教育后发给路费释放;南达大捷消息告知内部,严禁外界宣传。

指挥部人员赶回班洪研究下步计划。

第二十三章

颠倒是非英军反咬中国军队入侵
火烧龙头山英军溃逃高官伤亡重

民族义勇军在三条路线上展开攻击，各大队与班洪自卫队配合，采取积极出击的方针，对英军各处营地能大打就大打，能小打就小打，打完钻进密林深山，有机会又趁夜晚的掩护，向英军阵地攻击；英军集中兵力战斗时，进攻的联军又消失得无影无踪了。

南达一战，取得成功。指挥部本想乘胜拿下户邦。户邦是英军临时军火仓库，储存的战争物资不少。英军从南达撤下来后，加强了防卫，新调来的一个连队也在户邦展开防卫，作为炉房、金厂坝的支援基地。敌人在户邦强大的兵力使义勇军不能轻视。

参谋长刘拥国对岩嘎和刘国英、罗正明等队长说："班洪自卫队的百多人和义勇军一大队经过一天的行军，准备奔袭炉房山英军营地。班老后山到炉房山中间只有一条小河相隔。但是山高林密，走过去，还得用半天。到了炉房河边，我们分几路奔袭英军，快打快退。"一场暴雨袭来，战士们个个像落汤鸡，火药被淋湿了。配合发起攻击的两个大队也没有赶到预定的地点，大雨滂沱中孤军发起攻击是不可能了。刘拥国下令撤退。

自卫队与义勇军撤到班老大寨，英军就开炮了，几发炮弹在寨子里爆炸开来，大雨中黑烟滚滚，刘拥国果断地命令战士们立即退出寨子进入密林。艾西瓦让人给战士们送来了一批蓑衣、斗笠。

刘拥国对岩嘎说："敌人怎么发现我们进寨的？"

岩嘎提醒："英国军官有望远镜，站在龙头山上可以观察到四面八方的寨子和山路，我们这两百多号人，怕是英军观察哨早就盯上了。"

刘拥国："我们的确是忽视了英军龙头山炮兵阵地了！看来要先动龙头山，打掉英军的眼睛和炮兵阵地。"

艾西瓦也补充说："龙头山四周十多个寨子都在英军的监视中，炮兵经常轰击寨子。巡逻队经常骚扰百姓，抓赶年轻人去干活。"

"哦，英军抓人去军营干活？"岩嘎似乎有什么想法。

艾西瓦："英军的巡逻队前不久被我们打掉一个小队，现在三四十个人一起行动。军营里挖沟壕和土木杂活都要人手。英国人现在改变动辄杀人的做法，到寨子强拉男人去干活，也发点工钱；还允许妇女和儿童去军营门口卖水果、蔬菜，他们给钱或者用糖果、饼干、罐头交换。我也打过这方面的主意。”

刘拥国对岩嘎和艾西瓦说：“我们这次奔袭失败，我把一大队和班洪佤兵带回去，向班洪王和李总指挥报告。看来，我们要拟个新的作战方案，先战龙头山，拔掉眼中钉！岩嘎留下，和艾西瓦设法搞清楚龙头山敌人情况，我回去把宋哥找来一起商量。”

艾西瓦：“参谋长，宋哥和马青青、叶娜、依品都在班老，你把甘木浩小分队调来就更好啦。”

刘拥国：“你们尽快搞清英军营地的情况，最好能画出一份地图，十分重要！你们也商量个作战方案。”

大雨滂沱中，刘拥国带领着联军战士们艰难行军，赶回班洪休整。

英军指挥部

卓温上校把电话递给乌波朗，说：“爵士，电话已经接通，请你直接跟驻缅总督讲话。”

乌波朗接过电话：“喂，总督大人吗？阁下您好！对，对，我是约翰·乌波朗。现在向你们报告：中国军队两千余人，并纠集滇西南当地土匪千余众，攻占了南达，英属缅甸贵概厅果敢县，并正在围攻我重要矿产资源地炉房、金厂坝等地。这些土匪每到一地抢掠烧杀，极其残酷，请政府立即向中国政府严重抗议！对，严重抗议中国军队入侵我大英疆土！”

卓温在旁边提醒：“我的部队伤亡很大，请迅速补充人员和枪支弹药。”

“总督阁下，我们的兵员损失很大，粮食、枪支弹药也供应不上了，请您务必给予解决。嗯，好的，谢谢。”

乌波朗编造了中国军队入侵大英疆土的谎言，放下电话后对卓温上校说：“上校，总督答应，加大军用物资供应，要求我们尽快拿下阿佤山，以保证大英帝国东进战略的进一步实施。总督派毕依珂先生前来视察。”

班洪，班洪王府

英军联络官比尔森少校，在两名少尉和翻译的陪同下，恭恭敬敬地向班洪王递交了一份照会。

班洪王：“你们有什么事？”

比尔森少校：“尊敬的阁下，我受长官的指派，将这份佧佤山知府兰纳的照会呈交您。”

“佧佤山知府？大清朝的？这太可笑了！”班洪王哈哈大笑起来。刘拥国接过文书来，班洪王示意他念。刘拥国念：

"班洪土司阁下:关于边界的争执,我方已奉令由两国政府谈判解决。如果贵方官员及中国武装人员越过黄线,我方将予打击,由此而产生的一切损失,将由你方负责。特此照会,大英帝国所属缅甸王国佧佤山知府兰纳。"

班洪听后,立刻严肃地对比尔森说:"我完全不接受你们这份照会!少校,你们的官员根本不懂什么黄线、蓝线之类,到底是谁越过黄线,你们好好去翻翻中英两国关于划界谈判的记录。现在是你们英国人违犯了中缅划界五色线的原则,你们的军队占据了黄线以东属于中国的大片领土,烧杀抢掠中国境内的和平百姓,是你们侵略了中国的边界!你们还真有脸来对我说什么黄线!"

班洪越说越激动。刘拥国接过话来对比尔森说:"你们英国军队是侵略者,不讲道理,不讲国际法。少校,请你明白一点:中国现在已经是中华民国,大清王朝已经灭亡三十多年了。在你面前的不是大清王朝的土都司,而是中华民国云南省政府任命的班洪总管。再者,你们既然知道未划定的中缅边界五色线,就应该清楚地知道,现在由英国军队武装霸占的炉房银厂、金厂坝以及班老龙头山一线,完全在黄线的中国一侧。双方约定任何一方都不越逾黄线。英军越过了黄线,英方的武装侵入破坏了边界的和平。你们反诬中国武装侵略了英国,这是指鹿为马、颠倒黑白,实在荒唐可笑!"

比尔森少校:"尊敬的班洪王,现在中国的军队就驻扎在你们班洪地区,这做何解释?"

班洪王:"不错,眼下有一支民族义勇军驻扎在我阿佤山葫芦王地,这是西南边疆老百姓自发组织起来,抵抗你们英国侵略军的民间队伍。正是你们侵略了阿佤山地区,各族百姓才组织起来抵抗你们的侵略行为!"

黎希明:"联络官先生,我们民族义勇军是老百姓拿着自己的武器,自己带着粮食,到阿佤山来和侵略中国的英国军队作战的。这和东北抗日义勇军抵抗日本侵略军的性质一样!你们英国军队撤退到滚弄江西侧,我们马上就回家种地。你们占领中国领土一天,我们就捍卫中国领土和你们战斗一天,直到你们滚出中国为止!"

比尔森少校满头大汗,诺诺而退。

班老大寨

普达岩领着三四个年长的木匠,正在制作一对木鼓。这是举行过砍伐神树仪式后的红毛大树,木匠们正精心地在抠凿着两只式样相同的木鼓。

宋忠良和马青青、叶娜、依品来到木鼓制作坊。

艾西瓦和甘木浩及小分队的年轻战士们也早在木鼓制作坊了。

普达岩:"今天是怎么啦?你们一起来我们这里做什么?"

艾西瓦指挥大家坐定后,说:"普达岩大叔,我爹一直挂念着重新制作木鼓的大事,他让我们来看看木鼓抠凿过程,听听你们讲讲木鼓对我们佤族的重要意义。”

普达岩：“木鼓也叫格罗，是我们佤族的通天神器，木鼓响，天上的女神梅依吉、女鬼司欧布就会知道我们祈求什么了，她们就会给我们带来丰收和欢乐，免除灾祸与痛苦。木鼓是佤族部落村寨的特有标志。”

艾西瓦：“是啊，木鼓房、寨桩、大青树、寨门就是我们阿佤村寨的外部形象。一年四季，战争报警，喜庆丰收，结盟议事，祈祷祝福，农事天象都离不开。凡寨子里的大事，都离不开木鼓。”

甘木浩也凑上来说：“我自小就知道，木鼓一响，寨子里就不平静了。听着木鼓声，寨里男女老少就热血沸腾，奔跑着集合到木鼓房听候部落王的指挥安排。”

木匠甲：“我讲个木鼓故事给你们听。过去有个叫牙董的人家，遭到猛兽的袭击，牙董的老婆急中生智，用石头敲响了身边的空心树桩，巨大声响吓跑了野兽，驱赶跑了恶蛇。久而久之，牙董就发明了抠空一段树桩来做驱邪镇害的武器。他不辞劳苦找来大树干，日夜抠凿，一连抠凿了好几支像空心树干那样的木鼓，可是没有一只木鼓能敲出响亮又好听的声音。牙董琢磨了好长时间，百思不得其解。她老婆看到他的苦恼，理解他的辛苦，就对他说：你看看我的下身模样，就可以抠凿出成功的木鼓了。牙董很害羞，但还是依照老婆的话去做了，把木鼓扣凿成女性阴器的模样。木鼓做好了，用两个木槌一敲，声音果然洪亮、动听。”

木匠乙：“掌管佤族得以世代繁衍的旱谷神灵是女鬼司欧布，她喜欢人们在喜庆欢乐的时候，在有灾有难的时候，向她祈祷。否则，她就不让旱谷发芽。人们祈求司欧布时要尽量擂响木鼓，要高声歌唱，要高声呼喊她、祈求她、颂扬她，这样她就觉得自己很荣耀，她高兴，就让我们阿佤人的旱谷丰收，我们就有足够的粮食吃。我们阿佤人诉于女神梅依吉，诉于女鬼司欧布，诉于其他各个神灵，把声声祈祷传到她们耳朵里，于是，各个部落就盖建起了木鼓房，有专司木鼓的窝郎。以木鼓为中心，展开了一系列的宗教活动。木鼓一响，人们围绕着木鼓歌唱，或激昂，或低沉，或紧或慢，又唱又跳，踏着有规律的木鼓声，自觉或不自觉地舞蹈跳跃起来。人们对木鼓唱出心中希望，跳出心中的情感，表达内心的喜怒哀乐怨。”

艾西瓦总结说：“阿佤人离不开木鼓！”

宋忠良：“我曾经读到过，英国人千方百计要偷盗走佧佤木鼓的报道，说这是佧佤人的象征，是佧佤文化的标志。”

普达岩：“我们班老的木鼓被英国人的炮火毁掉了。我们几个人拼命赶制出新的木鼓，班老大寨的木鼓不久又会重新响起来的。我知道了你们今天是专门来认识木鼓的，认识佧佤民族精神的，对吧？哈……”

英军龙头山营地

四五个佤族姑娘，背着青菜、水果，提着用茅草编织成串的鸡蛋，在英军军营门口叫卖；同时，三四个胆子大的儿童也在叫卖。她们已经多次到英军军营来卖瓜果蔬菜，士兵最缺乏的就是蔬菜瓜果，姑娘、儿童胆子也大起来，跟英军比划着讨价还价。营房的炊事兵走出来，看到这几个佤族姑娘的背篓，高兴地说："有青菜、萝卜、辣椒……还有一串串的芭蕉、黄果、鸡蛋，真是太好了！"他打手势让姑娘们跟他走。他喊叫着："背好你们的东西，来呀，跟我到伙房去，我会给你们很多钱的！"

几个姑娘顺从地背着背篓跟他进了军营，姑娘们一副怯生生的样子，白布包头下那一双双眼睛东张西望，那一双双赤裸着的双脚移动得很慢。几个英国兵把她们团团围住，嬉笑挑逗一番，她们更显得害怕起来。几个士兵拉住她们的背篓抓起芭蕉或水灵灵的白萝卜、黄澄澄的黄果，说："让炊事班去开钱吧！"

姑娘用佤语说："把东西还给我，要不就付钱来！"说着就走，士兵逗着姑娘们到处跑，炊事兵赶紧去找卖菜的姑娘们。

来到龙头山军营视察的乌波朗和卓温上校见到这个情况，对杰克少校说："少校，你们可以多买新鲜水果蔬菜，但是不要让这些卖菜姑娘在军营里到处乱跑。"

班老大寨的一座竹楼上

宋忠良、马青青、叶娜、依品和几个佤族姑娘。

卖菜姑娘里就有马青青、叶娜和依品。她们按照艾西瓦的要求精心化了装已经到军营去了好几次了。一次，马青青追一个拿了她一大串芭蕉的士兵，进了一顶大帐篷，这里竟然是英军指挥部。那里挂着的大地图，马青青看了几眼就记住了那些英文标识。叶娜和依品则被几个士兵追到了炮兵阵地，英国士兵的无意逗乐，却成就了青青、叶娜、依品及几个佤族姑娘的有意观察，她们一次又一次闯进英军营房，看到了龙头山军营内部的岗哨、机枪、大炮的位置。宋忠良按她们说的情况，绘制了龙头山英军布防图。

班洪民族联军指挥部

放大的英军龙头山布防图摆在会议桌上，班洪王、黎希明、刘拥国、李秉厚、岩嘎以及艾西瓦、宋哥、甘木浩围在大竹桌子周围，宋忠良在讲述着，大家在仔细听。尔后，艾西瓦再讲，刘拥国再讲……

龙头山英军营房周围，一些佤族男人、妇女分别在一人多高的茅草地里割草、晾晒。几个老年人在把干茅草编成草排，堆放在一起。英军巡逻队走过来，围着编草排的老人，又比划又问话，同行的永班佤兵赶忙过来翻译："英国人问你们编这些草排干什么？"老人站起来，指指英军营房，又指着远处的寨子，说："你告诉这些洋嘎拉，他们打炮、放火，烧了我们的寨子，我们现在要准备盖过冬的草房。这碍他狗日的洋嘎拉什么事？"

翻译的佤兵笑了，对英国兵说："他们正准备把战火中烧毁的草房盖起来，这些草是盖过冬的草房用的。"

英国巡逻队走开了。

龙头山有三条路通往山下：一条通往班老；一条通往南滚河，也到塔田；还有一条通往南依河，到芒相。这些天，不少割草人在路边堆起了大堆大堆的茅草和柴火。

甘木浩领着小分队的队员在普达岩老爹的木工房里削着木箭，一口锅里还煮熬着什么。普达岩老爹在锅里翻搅着，几个小伙子过来看看，普达岩老爹立刻把他们撵开："这是特别毒的一箭封喉毒液，等你们的箭削好了，就用得上啦！让沾透毒液的箭头射向英国洋嘎拉，去为我们死去的乡亲报仇！"

一天，英军营房门口，两个人在吵架，后来竟动手打起来了。哨兵听不懂这两个半身赤裸，披着长发，满脸胡子的"野人"在吵闹什么，赶快报告值班军官。值班军官带了一队士兵把两个"野人"捆了起来，拉到营房审问。

乌波朗和卓温上校准备送前来视察的缅督代表毕依珂返回腊戍。一听抓了两个"野人"，三名高级官员都很好奇。通过班永的佤兵，乌波朗知道是班老的两个百姓，他吩咐解开绳索，叫人拿来面包、饼干给他们吃。

看着两个狼吞虎咽的"野人"，乌波朗问他们："你们为什么在英军营房门口吵架？"

"我饿得不行了，不管什么地方，只要有吃的我就去找。今天我找到几窝野山药要挖了回去给老婆、娃娃吃。刚挖到山药他就来阻止我，说这是他前几天就发现的，不准我挖。我们就吵起来，打起来了！"

"寨子里还有饿肚子的人吗？你们的班老老王怎么不管你们吃饭的事？"乌波朗一副关心的样子。

"唉，别提老王啦，他如今已经病得站不起来了。你们烧我们的寨子，杀我们百姓。我们只顾逃命了，山地种不成了，庄稼收不着了，只好找填饱肚子的东西吃。"

乌波朗一副感慨的模样，说："不是我们要这样，是你们的大王不愿与我们合作，我们只想帮助你们进入文明社会。我们开矿，你们赚钱，有了钱你们就可以过比现在好十倍、百倍的生活。懂吗？与我们合作。"

俩人似懂非懂地笑起来："合作合作，吃饭我们就来！"

乌波朗又装出一副慈悲的样子，对两人说："你们回去告诉班老大王，我明天去寨子里看望他。我们别打仗了，我们合作开矿。"

乌波朗叫人送给两人每人一包饼干。

俩人滑稽地学英国士兵敬礼的样子给乌波朗行军礼，惹得英国兵们哈哈大笑。

班老大寨

一个举着白旗的英国兵在翻译官的陪同下向班老大寨走来，在他身后的四个鼓手有精神地打着鼓，“咚、咚、咚、咚……”五十来个英国兵排着整齐的队伍。队伍前头，旗手高举着旗帜，后面骡子驮着两门重迫击炮，队伍最后是骑在马上大腹便便的乌波朗和驮着东西的两匹马。

翻译不停地喊着：“班老的乡亲们，不要开枪！不要开枪！我们是来看望班老王的。”

整个寨子的人集合起来了。

艾西瓦把十几个枪手埋伏在寨门前的树林里，甘木浩小分队迅速从后寨门绕到英军大队人马的侧后翼埋伏起来，听候命令。

英军翻译官走到寨门前，大声喊：“我们是来看望生病的班老王的！”

普达岩：“你们看望班老王为什么带这么多人来？你们明明不怀好意！”

翻译官：“的确是乌波朗先生来看望生病的老王，还带来了药品和礼物。”

普达岩：“你们的队伍停住，我去报告。”

不一会儿，艾西瓦出来对翻译说：“班老老王谢谢乌波朗先生的好意。他生病了，不宜接待你们，请回去吧！”

这时，乌波朗走到前面，马驮子也牵上来了。

乌波朗：“我没有恶意，我的军队也不是来打仗的，只想看望一下生病的班老老王。”

艾西瓦：“你们是举着白旗来的，我们也不会动刀动枪的。班老老王的确不愿见你，他谢谢你的好意。”

乌波朗：“我希望和班老老王见见面。我们之间打了几个月仗了，我希望他重新考虑，我们换个方式合作。只要你们和我们合作，大家就能和平地共处的。”

艾西瓦：“我们没有必要在你们的军队占领中国领土的前提下谈友好、合作和和平！只有你们军队撤出强占的中国领土，我们之间才有谈判的可能性。”

乌波朗露出了真实本意：“我希望你们想想、看看！你们是弱小的，用弩箭和大刀怎么能和拥有最先进武器的军队作战呢？你们没有机枪、没有大炮，没有现代装备，你们是打不赢我们的！我们不要相互残杀，让我们合作吧，我们一起来开发矿产。”

说完，他就把马驮子的缰绳递给艾西瓦。

乌波朗：“请你将这些礼物送交给班老老王，希望他尽快地好起来！”

艾西瓦：“我们不收你的礼物！我们只希望你们赶快撤出中国领土，希望不要再向老百姓和平的村寨开炮！请回去吧。白旗下你们是安全的。”

碰了硬钉子的乌波朗狂躁起来：“你们这样无礼会倒霉的！你看看我们的军

队是很有力量的!”

艾西瓦还是一句话:“请回去吧,白旗下你们是安全的!”

班洪联军指挥部

班洪王主持军事会议。

班洪王:“各方面准备工作已经就绪,将于后天凌晨一点对龙头山发起攻击。这次用火攻,按照往年的经验,再过十来天雨季就要来,那时火攻就不成了。所以一定要按规定的时间进入埋伏地点。”

黎希明:“这次进攻有两点要特别注意,第一,必须准时进入埋伏区,配备给各大队的佤族中队就是最好的向导,要听他们的;若有发生进攻,不能按时到,不论是大队长还是中队长,必将受到责任追究,严惩不贷。第二,保守机密,今天会议内容一律不得外传,各大队到达指定地点后,再简要传达作战任务;出入你们埋伏地点的不论什么人,一律扣留到战斗结束再放人。下面参谋长布置各大队战斗任务。”

班洪王从小红布包里拿出几只金灿灿的怀表,对大家说:“这几只怀表是缅甸侨胞带来的慰问品,原来打算奖给立功的勇士,现在指挥员需要,就先送给各大队长和两位参谋长,让大家有个统一的时间。”

杨叔按顺序给两个参谋长和五个大队长各送一只怀表,最后手里还剩一只。班洪王对杨叔说:“这一只给黎总指挥!”

“不,这只应该班洪王留下!”

“我送给你!好让你天天、时时想着我,想着为我们阿佤人做点事!”

“哈哈……那我就收下,并且代表各位大队长感谢班洪王了!请你相信,我们现在连命都是和阿佤山十万百姓的命相连的!中华各族,相依为命!”

他强调说:“在这次拔掉龙头山英军营房的同时,二、三、四、五各大队都摆在了炉房、金厂坝这一线,你们除了打击出援龙头山的各路英军之外,还要做好进攻这几个地方的准备。龙头山战斗打响后,准备打下英国军队侵占的这几个地方。”

这是一个星光灿烂的夜晚,月亮在天空的流云里时现时隐。

雨季不久将要来临,夹着海味儿的风,从南边吹过来。夜晚,森林里寻食的狼叫声随风传得很远很远。

下半夜,风吹得一阵比一阵紧。英军营地里一片寂静。营房门口的一个岗哨呵欠不断,不停地嘟哝着:“快来换岗吧,快来换岗吧。”他忽然向另一个哨兵说:“你听,好像有什么响动?”

同伴回答说:“风在吼,狼在嚎,虫儿鸣,到处都是响声!”

话语才说完,“嗖!嗖!”一阵响声,两个哨兵连哼都没哼一声,就被几支弩箭射中扑倒在地上。

突然间,“哗啦”一阵响,二三十个人朝着煤油桶奔过去,他们扳倒煤油桶,让煤油流淌到周围的几座帐篷里去。有人划了根火柴丢向煤油里,“嘭”的一声,煤油燃烧起来;与此同时,营房门口堆放着的大堆大堆干草被人们飞快地搬过来,在营房周围点燃,无数支带着火头的弩箭射向英军帐篷,一支支火把也从铁丝网外甩进了英军营地。刹那间,龙头山英军营地成了火海。

英军指挥官们急促的呼唤声使士兵很快进入了阵地。

一声声牛角号声后,成百的纵火者消失在密林中,速度之快,如同一阵风;只有那越来越猛烈的大火在营房四周燃烧着。

“开枪！射击！打!”英军指挥官命令着。士兵们开枪了,可是朝什么地方射击呢？他们看不到进攻者。只能朝森林,朝远处的黑影,朝自己想象中的目标开枪,

“呯呯”“嘭嘭”“哒……”

英军军营完全笼罩在烟火弥漫之中。

英军指挥部的帐篷在营地最中间,滚滚浓烟朝这边涌来。乌波朗咳喘着,卓温上校朝身边的几个军官大声命令着。他们想竭力保持镇定。

乌波朗厉声问卓温:“上校,这到底是怎么回事？怎么一下子就陷入了火海之中?”

卓温不搭理他,仍然在指着地图和军官们讨论着,并且大声命令:“先生们,你们一定尽量保证士兵的安全,士兵必须坚守在工事里,必须在他的岗位上战斗!”一个军官进来报告:“上校,炮兵中队已准备好了,随时可以开炮。但是,但……”

“别吞吞吐吐,但是什么?”卓温上校恼怒地问。

“上校,炮兵找不到射击目标,等候你的指示!”

听了军官的回答,卓温上校感到很为难:“是啊,炮兵向哪里开炮?”

乌波朗咬牙切齿地吼着:“上校,别犹豫了,按测算好的方位,把四周的村庄都给我轰平,毁掉！让这些佧佤野人从地球上消失!”

卓温上校发出了命令:“军官先生们,请你们立刻回到自己的中队,让士兵们坚守在阵地上,向四周一切可疑的目标猛烈射击！炮兵中队要保护好自己,随时听候发射命令。立刻行动!”

在英军猛击火力下,弩箭确实发挥不了更大的作用了。为了安全,他们退到密林里了。

可是,火借风势,风助火威,大火烧得更猛烈了。浓烟滚滚,烈焰熊熊。杰克少校走进指挥部,向卓温行礼,并大声报告:“上校,进攻我们的是周围村寨的佧佤野人,他们主要使用弓箭和大刀。我们的火力已经使他们不能接近军营了。这些野人堆在营房栅栏周围的柴火干草引燃了帐篷,也引燃了营房铁丝栅栏边的一排

排木头。修筑营房时，营区周围要砍伐出三十米以上的空阔地带，所以砍伐树木量很大，堆积如山。乌波朗就让杰克少校把木头顺着营地防卫铁丝网堆放了一圈，他说这是一道‘野人’爬不过的木墙。现在这正好成了一道绕着营房燃烧的火墙。营地四周的大火越烧越大，越烧越猛，附近的树林也燃烧起来。现在最大的问题是无法控制森林大火的蔓延。”

卓温上校：“少校，赶快抽出一部分士兵，使用各种灭火设备和方法，把军营的大火扑灭。否则，我们都会被烤成肉干的！”

“是！”杰克少校立刻走出帐篷组织灭火。

这时候，甘木浩小队和班老自卫队的快枪手们发挥作用了，军营里火光下一有人走动，他们就射击。英军士兵被“钉”在阵地上，伤亡越来越多。英军的十几挺机枪打了一夜，一箱一箱的子弹消耗掉了，民族自卫队枪声却越来越密。

天渐渐亮了，烧了一夜的大火没有一点减弱，反而更大了，烟更浓了，整个龙头山完全被滚滚黑烟和大火包围着。

英军营房中的地下指挥部

熬了一夜的乌波朗已经失去了往日的绅士风度，歇斯底里地号叫着：“快打呀，快杀呀，把这些中国人杀光，把这些野蛮人杀光！”

卓温上校已经和军官们商议了一夜，选择了放弃龙头山营地。

卓温上校看着已经近乎发疯的乌波朗，沉着说：“爵士，你冷静一点，我们已经决定放弃这块营地，向炉房和金厂坝撤退。”

乌波朗摇着双手：“不，不，不！上校，绝不能撤退，我不允许撤退！天快亮了，你应该组织出击，去找那些野蛮人，把他们杀光，把见到的野蛮人都杀光！”

卓温冷静地说：“士兵已经伤亡了五十多人了，趁现在还有力量我们突围出去，否则二三百人全都得死在这个大火塘里！我要对士兵的生命安全负责任，立即突围。整个突围方案已经下达了，正在实施。爵士，走吧！哦，还有毕依珂先生，他代表英缅总督同意我们的撤退计划。我们已经行动起来了，各个中队将按计划冲出这个大火塘，向班弄方向行动。”

乌波朗仍是气急败坏地嚷着：“不，我不同意撤退；这里是大英帝国的土地，不能退出！”

卓温不再理睬乌波朗，指挥他的军官们实施撤退行动。

一直躲在地下掩体指挥部里，吓得说不出话来的驻缅总督代表毕依珂，被浓烟熏得一脸黑灰，浑身酸软，已经魂不附体了，对卓温说：“上校，你是最高军事长官，请你立即实施撤退！立即！乌波朗爵士别嚷了！在这里，你没有军事指挥权。啊，上帝，保佑你忠实的信徒们吧！”

在炮兵中队的阵地上，两门山炮则由炮兵不停地发射，龙头山周围“轰隆”“轰隆”的炮弹爆炸声不绝于耳，炮弹爆炸的闪烁光芒，在拼命地撕开黎明前的沉沉黑幕。卓温上校在炮兵阵地上，给炮兵中队下达命令："发射完所有的炮弹，然后炸毁炮。"

卓温对杰克少校说："我们把营地建在这个孤立的地方，显然是错误的，现在把它炸掉才是正确的选择！"

在晨曦中，龙头山英军按战斗序列开始撤退。每个中队四五挺机枪开路，"哒、哒、哒"子弹打得树叶纷飞，尘土飞扬，士兵马匹慌不择路，在滚滚浓烟、熊熊大火中狼狈奔命。第二批撤出的是辎重中队，大批物资已被就地销毁，马匹只驮了战斗中急需的弹药。第三批是指挥部人员，乌波朗、毕依珂骑着马在一个中队的保护下突围。乌波朗茫然地对依毕珂说："到现在我还是不明白我们到底遇上了多少中国军队，他们在哪里。这仅仅是土匪骚扰而已，仅仅是一场大火的灾难而已！"

毕依珂只顾逃命，对乌波朗的问话不再理会。

最后突围的士兵、炮兵，在卓温上校和杰克少校的指挥下，对营房周边的高地、密林、道路进行最后的疯狂扫射。最后一组士兵走出营房，点燃了所有的导火索。

就在最后一批英军离开龙头山军营四五百米的时候，营地爆炸了，地动山摇的大爆炸把卓温上校从马背上震得跌倒在地上，杰克少校顾不得多想，急忙把卓温上校扶上马，几名士兵簇拥着，把昏迷的上校带走。

大爆炸产生的烟雾久久不散，森林大火却被爆炸的气浪、泥沙逐渐地扑灭了。

就在大爆炸时，到达南依河渡口的第三批英军遭到了埋伏在这里的民族联军一大队的伏击。近百名英军为了逃命，不顾一切地与义勇军战士展开战斗。最后一批英军得到民族联军阻击撤退英军的消息后，杰克命令一半的人马绕到民族联军背后，对民族联军前后夹击，其余人员继续保护卓温上校渡河。

突然，民族联军背后出现一支火力凶猛的英军，在两面夹击下，伏击圈被撕裂了。民族联军开始组织撤出战斗。

甘木浩小分队在英军营房门前阻击了一阵逃跑的英军后，一路尾随追击。大爆炸平静后，甘木浩带着小分队直奔南依河边英军的渡河点。

英军士兵在杰克少校指挥下，两路合围正面阻击他们的民族联军。

一队马队在二十来个英军士兵掩护下正向涉水点走去。甘木浩小分队一排枪击后，七八个英军倒下了，余下的不敢恋战，急忙牵马下河，要涉水逃跑。甘木浩大叫一声："冲下去，用弩箭射死他狗日的！"他把枪背上，取弩搭箭，追到河边。这一队人马急于过河，只顾拼命向河对岸逃去，甘木浩小分队的十几张弩"嗖嗖嗖"一阵响，紧接着第二拨箭又射了出去，河里的逃跑者发出一阵阵"哎哟、哎哟"的喊叫声。

杰克带领大批英军，突破了民族联军的阻击，集中到南依河边，互相掩护过河。

英军逃过了南依河，杰克少校命令清点各中队士兵及损失情况。他特别关心几个受伤的上司，担心的事果然发生了。军医报告：“卓温上校腿摔伤了，现在已清醒，正在为他包扎，可以抬着他行军。乌波朗爵士过河时，身上中了一枪二箭，落入河里，救起时人已昏迷不醒，只能用担架抬着行军；爵士的脚伤需要手术。依毕珂先生中了六支毒箭，生命危险。”

杰克从地图上计算着行军路程，问军医：“我们用四小时赶到班弄，从那里再用汽车把他们往送曼德勒得七八个小时，整个过程至少得十二个小时，他们能坚持得了吗？”

军医犹豫地回答：“长官，我只能尽力而为了。你这个方案是最好的。”

杰克立即命令部队向最近的英军据点急行军，争取三个小时到达；同时，派出联络兵骑马赶到班弄军营，准备为两个伤者进行初步抢救手术。

龙头山大火彻底毁掉了英军插在阿佤山的钉子。英军损失惨重：人员死亡五十多人，伤八十多人，特别是几个高级官员，都受重伤；物资损失难以计数。

民族联军大获全胜，为下一步从炉房、金厂坝一线攻击英军做好了准备。

第二十四章

民族联军全线进攻滚弄江洗涤战刀
班老王临终传开矿木刻呼儿保卫国

班洪民族联军指挥部

刘拥国参谋长向班老王和黎总指挥报告："龙头山英军营地被班老自卫队和义勇军清除了。英军损失惨重，特别重要的是入侵中国的指挥官员们都受到了打击，乌波朗腿被打断，还中了毒箭，正在曼德勒医院抢救；总督代表中了毒箭，到班弄后就死了；司令官卓温上校腿摔断了。侵入中国领土的英军，目前正处于指挥机构瘫痪的状况，是民族联军最好的出击时间。火攻龙头山时，各大队都已进入了指定的攻击位置，是该下总攻令的时刻了！"

班洪王兴奋地搓着手，说："是到把洋嘎拉赶出家门，赶出国门的时间了！"

黎希明："我同意立即从炉房、金厂坝一线发起攻击，我们一定要实现维护祖国尊严把入侵者赶出去的诺言。"

班洪王："我到炉房去！"

黎希明："我到金厂坝去！"

刘拥国："你们二位都不用去，李秉厚参谋长已在第一线指挥，我赶过去协助他就行。"

班洪王抽出了长刀，说："我要去替死去的阿佤乡亲报仇，我要到滚弄江洗涤战刀！"

黎希明："好吧，我们指挥部上去，和一线战士们在一起！"

英军腊戍基地

电话兵："喂，对不起，你要找的长官都不在。他们在哪里？我不知道！长官，你别骂人呀，我是电话兵……"

站在旁边的尼奥中尉想了一下，从电话兵手中接过话筒："长官，我是尼奥中尉，是基地的后勤军官。我们这里，夏洛克少校、勃兰特少校以及其他几位指挥官都在东部占领地营房里。你有什么指示，我将负责到前方营地传达。喂，喂！"

电话挂断了。

由于班弄英军营地的武器被盗、药品被抢事件，乌波朗要找个替罪羊，坚持要追究责任，尼奥中尉被拘押在腊戍基地。卓温上校下令释放了他并留在腊戍基地，仍然担任后勤军官。英军在班老龙头山被打得落花流水，上下都十分震惊。

刚刚挂断的电话又响起来了："喂，什么？好，我立刻给你叫刚才接电话的中尉。"

电话兵把电话交给了尼奥中尉。电话那头传来的声音："你是刚才听电话的尼奥中尉吗？你告诉我，基地指挥官在哪里？"

尼奥："是，长官。腊戌基地的马丁少校奉卓温上校的命令，到班弄营地去召开前线营地指挥官会议了。是的，长官，班弄的电话线被破坏了，现在正在组织抢修。"

尼奥刚想放下电话，可电话里那个声音又响起来："中尉，你在听我的电话吗？"

"在听，请问您是谁呀？"尼奥听到对方语气十分威严，赶忙问了一句。

"我是大英帝国驻缅总督，请你向我报告你的指挥官们的确切情况！乌波朗爵士、毕依珂先生、卓温上校，他们在哪儿，怎么样了？"

"总督阁下，卓温上校在撤退时，从马上摔下来，左腿骨折，现在在曼德勒军医院治疗；乌波朗爵士胸部中了一枪，子弹头已经取出，但是他身中两箭，几天来还处于昏迷状态；总督代表毕依珂先生身中六箭，在从班弄到曼德勒的途中已经死去。"

"怎么会是这样呢？"那个威严的声音又响起来，"中尉，请你记录我的电话，并立即传达给卓温上校：大英帝国政府已经向中国政府提出了严正交涉，抗议中国军队侵入我炉房、垭口及班弄、班老地区，中国军队的入侵已经严重损害了我方利益，特别是造成我方军队的严重伤亡。女王陛下要求中国军队立即撤出并赔偿我方的一切损失。记下了吧？告诉卓温上校，我希望他立即着手新的军事行动计划。"

"是，总督阁下，我立即赶到医院向卓温上校传达您的命令。"尼奥中尉立刻驱车赶往医院。

民族联军的战斗队伍在炉房、金厂坝一线展开。

一支支民族联军的队伍，在山间、在密林纵横驰骋，一面面旗帜招展飞扬，一张张刚毅、勇敢的脸庞出现在各个阵地上。

班洪王骑在马上，眺望远方，他那如炬的目光，扫视着炉房山的英军营房。

班洪王，大红布包头，古式的无领黑土布衣，宽松得体；腰间挎一把黄铜把手的长刀，好似一位英武的勇士，傲立山头，胸前一架望远镜；他的脸上，一副不可战胜的坚定神情。

叶娜公主在他身后，骑着一匹栗色大马，全副武装，握着长刀，背着弓弩，雄赳赳、气宇轩昂地望着远方。

一面“西南边防民族义勇军”的大红旗下，义勇军、民族联军的领导人席地而坐，围绕着铺在土坎上的地图，商讨着作战部署。

匍匐在英军阵地对面的民族联军，佤族、傣族、汉族、拉祜族……身着各族服装的战士一边警惕地注视着英军阵地，一边漫无边际地谈笑着。

佤族战士：“把洋嘎拉赶出去后，我要赶紧把竹楼盖起来，多种几块山地，好好过日子喽。”

傣族战士：“你去我们寨子看看，把竹楼盖成我们那种杆栏式的，整高点、宽大点；你们佤族的孔明帽式竹楼，低矮了一点。”

佤族战士：“我去你们寨子找你，你干脆好事做到底，帮我找个漂亮的小卜哨作老婆，好不好？”

傣族战士：“要得嘛，我们寨子里有的是漂亮又能干的小卜哨，就是人家看得上看不上你这个整天不穿衣服、不洗脚就睡觉的粗鲁汉子？”

“哈，哈……”大家都笑了！

汉族战士：“我们中国人太穷苦，又一直受外国佬的气，打完仗，我请各位兄弟到内地看看，坐坐火车、汽车，学学种庄稼、做生意的本事；我们中国人团结一致，像这回打英国佬一样，建好家园，多盖工厂，多修公路，好日子长着哩！”

……

伦敦，英国政府外交部

大腹便便、口叼雪茄的外交大臣，气使颐指地打着电话：“哈喽，是中国大使阁下吗？我向你的政府提出严正交涉，抗议中国军队在中缅边界未定界地区，毫不讲理地侵入大英帝国领土，致使我官兵伤亡惨重，财产损失严重。我要求中国政府立即停止入侵行为，立即召回入侵我边界的中国军人，并赔偿损失！”

“大臣阁下，我完全不能接受你的抗议！据我所知，第一，英国军队首先侵入中国班洪地区；第二，发生冲突的地区，中国没有一兵一卒在那里。我恳求你把英国军队撤回滚弄河以西吧！”中国大使拒绝了他的抗议。

外交大臣近乎咆哮：“大使先生，我希望中国军队立即停止任何军事行动！”

大使冷静地回答：“中国军队没有一兵一卒在那里，说什么停止军事行动？”

“中国军队烧了英国军队的营房，杀死了上百英国公民！我为此再次要求你转告中国政府停止中国军队军事行动，撤退！否则，大英政府将指令英国军舰进入长江口！”

大使十分坚定：“大臣阁下，我们是否组织外交使团和记者团到现场核实一下，那里是哪个国家的领土，把入侵的事实公之于世呢？”

“你，你……”气急败坏的外交大臣摔下电话，掏出手帕擦着发亮脑门沁出的汗珠。

曼德勒英军指挥部

卓温上校面容憔悴、神色黯淡，坐在轮椅上。尼奥中尉推着他进了会议室。

会议室里，军官们都挺直了腰，肃立着。

上校到会议主持的位置，向军官们敬了军礼，摆摆手，示意大家坐下。

卓温上校："军官先生们，这次死里逃生，实是万幸！今天的会议就一个议题，如何安全地带领你们的士兵撤退到滚弄江以西。

我已向殖民大臣及驻缅总督，详细地说明了我军现在的处境，提议军队立即从炉房、金厂坝一线的阿佤山地区撤退。其他的事，我无权管，也管不了！至于政府如何重开谈判，划定边界，那是他们政治家的事。我现在只要我的士兵安全撤回来！"

军官们面无表情地听着上校讲话。

"军官先生们，说说你们准备的情况。"上校似乎疲倦了，闭上眼睛。

"上校，我的联队已经把采矿工人全部遣散，邦海银矿大部分工人已经回到腊戍，一小部分当地人也回去了。采矿机器设备都撤到了班弄，下一步运到腊戍。士兵们已经做好了最后的战斗和撤退的准备。"夏洛克少校起立报告。

卓温上校："喏，喏，喏。我不需要什么最后的战斗，不需要！请你，少校，明白我的意思：安全地让军官和士兵离开那里！"

卓温上校似乎回想起那个难忘的夜晚：到处是大火和枪炮声，竹箭飞蝗般地飞来，牛角号声、铓锣声、呐喊声从四面八方传来，但是看不见一个敌人，似乎四面八方都是赤裸着上身，手握长刀的"野人"们。

上校心惊肉跳，紧张地握紧了轮椅扶手。

上校提高声音说："执行吧，夏洛克少校、勃兰特少校，我希望每一个士兵活着回来！"

"是！"军官们起立，离开会议桌走了。

卓温上校似乎怒气还未宣泄完似的，对身边的尼奥中尉说："让他们去操心那些讨厌的矿石吧，我只关心我的士兵的生命！"

前线（炉房、金厂坝）

民族联军全线进攻开始了，一队队战士勇敢地冲向前去。英军拼命地射击着、抵抗着，大队英军在紧张地撤退。

英军的营地一个个爆炸，大火冲天。

民族联军的一面面旗帜，飘扬在炉房，飘扬在金厂坝。

民族联军的几个骑兵通信员，奔驰而来。

刘拥国把文件读给班洪王听。

黎希明看完文件："命令各大队，立即停止追击，撤退！"

几个大队长、中队长："黎总指挥，现在乘胜追击可以大获全胜呀！让我们再追击下去！"

黎希明："立即停止追击，部队原地驻扎。违者枪毙！"

英军且战且退，狼狈不堪，民族联军停止了追击。

英军一队队地渡江西去。

班洪

班洪王风尘仆仆地赶回来。

黎希明率领一部分部队赶回来，省政府派来的慰问团倒成了迎接前线归来的勇士们的主人了。

省政府窦专员、赵专员，省党部杨委员及第二殖民督办杨益谦、澜沧县施县长一干官员在班洪王府门口迎住了班洪王、黎希明等人。

班洪王："各位长官远道而来，有失远迎了，请你们不要怪罪！欢迎，欢迎呀！"

杨委员："我等奉省主席命令，带领慰劳团前来慰劳，总管率众保土卫民有功，实应嘉奖！"

班洪王："大家都是急匆匆回来，窦委员各位也是半月有余鞍马劳顿，今天大家都好好休息，明日上午开会，好不好？"

杨委员："对，对，对。将士们杀敌辛苦劳累，明日再开会传达省府命令。"

黎希明要想发问，李秉厚重重地拉了他一把。

不平静的夜晚，民族联军指挥部

尹涛和班洪王、黎希明以及杨叔等人聚在一起。

班洪王："杨叔，慰劳团的各位委员食宿都安排妥当了吗？"

杨叔："昆钟，你放心，这些官老爷们鞍马半月，早就散了架，连酒都喝不下去了。饭后，匆匆忙忙吸阵大烟解乏，早早地睡了，明天早点喊他们。"

黎希明："来者不善，善者不来。这些大员们怕不是单纯来慰劳的吧！"

刘拥国："哪有一到班洪，脚没站稳就发出指示，下令立即停止一切军事行动，违者格杀勿论指令的慰劳团，这太出格了吧？"

正说着，卫兵来报："有两位长官非要见班洪王和黎总指挥不可。"班洪王赶忙走到门口，说："快请他们上来！"

来者是第二殖民督办杨益谦老先生和镇康施县长。

他们的到来让屋里的人们都有些意外。

杨益谦先生："班洪王、黎总指挥，各位都在，我俩相约而来，是要和诸位道个别的！"

黎希明："义勇军就是靠这位辛亥革命的老前辈支持，靠施县长供应粮食的，我们真诚地感谢您二位！"

杨益谦："我是经历过生死摔打的人了，我很清楚班洪抗英这件事情的分量。于国于民，保家卫国，无话可说。可是上层政治的博弈，就不是你我所能说得清的了。国家，不，应该说蒋先生攘外必先安内，连公开武装占领了东三省并已向华北伸出魔爪的日本都放一边了，对外国的欺辱，他受得了，而国内的内乱他受不了。这些情况对你们来说是难以理解的。"

他看看众人不解的眼神，接着说："就说眼前的事吧：民族义勇军拉起两千多人的武装，这对各方长官不会是好事吧？人家怕你拥兵自重，尾大不掉，割据一方，难以控制呀！更怕你们这支队伍里有'红'的成分，再说还有私人恩怨也掺夹在里面。这就是慰劳团来的根本背景，你们明白了吧！"

黎希明点头说："杨老你这一说，我明白了。有的人怕我们义勇军成了气候。所以十二道金牌叫停战，否则格杀勿论。"

尹涛："这的确有点当年岳武穆被十二道金牌召回的情景呀！"

施县长："从大理过来的余建勋一个营已经驻扎在孟定了，你们若继续追击英军，拒不解散义勇军，他们就要以剿匪名义对付你们了，先头部队已经驻在岩帅了。"

李秉厚："妈的，打外国侵略者他们正规军躲得远远的，对付打洋鬼子的老百姓倒是煞费苦心。"

杨益谦接着说："上峰命令立即解散义勇军，我和施县长均因言行不当已被解职，所以借此机会与他们一道来，看望大家一眼，劝说大家就此了结。明早我俩提前走，到省里听候发落。现在赶过来，向兄弟们道别一声！"杨老说着，声音有些哽咽，大家伤感之情油然而生。

黎希明更是感慨万分："杨老，施县长，谢谢你们一直以来的支持！我黎希明举资十余万元组成这支打击侵略者、为中国老百姓出气、保境卫民的队伍，配合班洪王的佤族自卫队伍打了胜仗，已经把英国军队撵出中国的领土了，心愿已了，我值了！虽已倾家荡产，我回去从头挣起。"

杨益谦顿足说："希明贤弟呀，你回不去了！他们说你纠集武装，聚众闹事，很快就会下令通缉你了！你还是避避风头为好！"

班洪王也急了："这，这算哪门子的事呀？保土卫国，杀贼有功，反遭陷害，还有没有公道可言呀！"

刘拥国看着大家义愤填膺，冷静地说："我们再次感激杨老、施县长的关爱之情！今晚之事，各位心知肚明，不可泄露，以免他们两位再遭连累。再者，明日在慰劳团面前，大家还是要沉得住气。昆钟，我去准备一下，明早好送杨老和施县长。"

班洪王、黎希明、李秉厚与杨益谦、施县长依依惜别。刘拥国和尹涛陪他们回住处歇息。

留下的人,个个默默无语,相视摇头。

黎希明把憋在肚子里的话倒出来:“孟定土司跟我家有仇,他杀了我二哥,但是大家都看到了,我并没有搞挟私报复呀!”

尹涛:“上边的政策已定,借口很容易找的。我早就对施县长讲过,上峰不会支持他支援班洪的。”

班洪王:“散了吧,各位早点回去歇息。我们班洪抗英斗争是一件轰动中国、轰动世界的大事,谁都无法否认。我们赶走英国洋嘎拉,子孙都会记住的。”

黎希明:“我相信历史会公正地评价我们的!老百姓会公正地评价我们的!”

曼德勒的英军医院

马成君的傣族小老婆用轮椅推着马成君在花园林荫道上走着。马成君手臂、腿都打着石膏,他一脸的茫然,似乎在想着送他到医院的那场灾难。

“我的家就仅仅丢了十几条枪吗?”

“老爷,您放心,就是丢了那几条枪。真是的,问过多少遍了,你安心养伤得啦,保住命比什么都重要。”

马成君有点火了:“怎么?你烦我了是不是!我偌大的家产丢了还得了吗?我不放心那两个不成器的儿子。我……”

马成君傣族小老婆:“老爷想那么多干吗呀?两个儿子不成器,你赶紧治好伤,养好病,我给你再生一堆出来不就行了吗?嘿,嘿。”

马成君:“呸!”

一位护士带着一个包扎着手臂的粗矮汉子过来,并向他介绍说:“这就是马老爷。”

来人看看马成君,弯下腰凑近了说:“马王爷认不出我了?我是永班的麻哈王呀!听英国人说你在这里,乌波朗爵士也在这里,卓温上校也在这里,我就急着来看你了。”

马成君翻了翻白眼,有气无力地说:“哦,麻哈王,你怎么在这里?”

麻哈王伤心地回答:“唉,在班老被我哥砍掉了一只手。马王爷,你怎么受的伤?”

马成君不吭声,这正刺中了他的痛处。见马成君不回答,傣族小老婆低声说:“英国兵开枪打的!”

“啊,英国人开枪打的?!”

“你少多嘴!”马成君不让别人提这个事,他喝住了傣族小老婆,然后说:“班洪那边来了一支队伍偷袭我家,抓了我和宋三少爷,他们把宋三少爷拉出去砍了,我也差点儿被砍了。关我的地方,恰好修了暗道,我从暗道逃出来后,奔英军营地跑去,结果两个哨兵开枪,差点儿要了我的命。”

麻哈王："听医院的伤兵讲，乌波朗先生胸部中箭已做了手术，由于中了箭毒一直昏昏迷迷，醒来人也是痴痴呆呆的；卓温上校从马上摔下来把腿摔断了，不过捡了条命；那个总督代表依毕珂中了毒箭，一命呜呼了！现在班洪民族联军大举进攻，英军已经全面撤退了。"

"天啊，我们那份投资也泡汤了？"马成君关心自己的钱。

麻哈王倒想得开："算了，算了，捡条命就不错了！"

马成君叹息："我早说过，跟英国人干迟早要赔本的！"

班洪王大议事厅的竹楼上

省慰劳团的几位大员和班洪王、黎希明坐在中间。左边的是带兵打仗的各大队长、参谋长们，右边坐的是阿佤山各部落王。楼下及王府周围警卫林立，戒备森严。

班洪王首先讲话："诸位，今天我们开会欢迎省里的慰劳团，他们不远千里，鞍马劳顿，来到我们阿佤山不毛之地，慰劳抗击英国入侵者奋勇作战的各族联军，我们深为感动。在此，我代表大家热烈欢迎他们！我们开会人员两天才到齐，欢迎会开迟了。欢迎你们啊！"

班洪王带头鼓掌，座间稀稀拉拉地响起了掌声。这个慰劳会显然情绪有点不对，人们并没有热情和善意。

班洪王也有些意外，但还是满脸欢笑地说："下边请慰劳团的窦专员讲话。"

窦专员站起身来，用大拇指、食指和中指三根指头夹住礼帽脱了下来，向周围躬了躬身子，清清嗓子说："英勇无比的抗英将士们，你们辛苦了！我等受龙主席、省政府、国民党省党部的派遣，特来慰劳诸位的。"他停顿了一下，希望能听到热烈的掌声，可是没有人鼓掌！他很尴尬地苦笑了一下，老于世故地讲了下去："国家有难，匹夫有责。你们啊，真是不得了，硬是把英国人给打败了……"

一位大队长有点不耐烦了，叫起来："长官，我们是种田打猎的农民，大道理不懂，可我们舍了性命，自己买枪买粮参加义勇军打击侵犯边疆的外国敌人。你老最好说说，政府给了我们什么支持，我们睡在树林里，吃野菜。粮食是两天的当三天吃。现在你们来慰劳了，准备给每人发多少钱买粮呀！来点实在的吧！"

黎希明站起来："长官训话，你们不得无礼！"

另一大队长："黎总指挥，让我们讲点真话给省府大员听听吧！他们这两天到处打听我们义勇军是不是杀人了，是不是抢人了，是不是奸辱妇女了，还打听什么黎希明为什么要拉队伍啦……干脆你们就在这里听听我们的声音吧！"

义勇军的队长们把慰劳团这两天的实际活动揭开了。"请讲讲政府准备怎样对待义勇军？""政府认为义勇军是否合法？"

一位大队长："窦专员、赵专员、杨委员，外国军队侵占中国领土，抢掠中国资源，残杀无辜百姓，义勇军挺身而出，赴边关，杀贼逐寇，正待追杀侵略者时，你们十二道金牌把我们逼停了。你们来调查义勇军,而且还派国军驻扎在我们身后,准备随时解决义勇军,这到底是为什么呀?”

“帮了英国入侵者的忙,伤了各族热血百姓的心,仇者快,亲者痛!”

黎希明努力控制着自己的怒火,厉声说道:“兄弟们,我们民族义勇军,军纪严明,行为端正,光明磊落,战绩显著,我们是经得起历史考验的。大家不要为难几位专员,他们也是奉命行事。安静,现在请窦专员讲话。”

窦专员:“正如各位兄弟所言,我们的确是受指令而来。诸位有所不知,你们爱国卫边的几次战斗,让英国人吃了苦头。他们向英国政府谎报军情,英国政府便向南京政府施加压力,硬说中国武装人员骚扰英缅边境,颠倒黑白,说是我方入侵英境,要中国政府剿办。中央政府几次令龙云主席查办。当然也有地方官员挟私报复,谎报义勇军操党立派,拥兵为患,不加剪除,将为边地大祸。来到阿佤山两三日,耳闻目睹,亲身经历,我们已成竹于胸。诸位兄弟,请你们相信,我等一定会将义勇军的爱国义举如实禀告上峰的!吾之所言,句句是真话。”

赵专员在窦专员坐下后,站起来讲话:“班洪诸王、诸兄弟,龙主席让我们给班洪诸王带来一点薄礼,班洪王、班老王驳壳十响枪各一对,其余诸部落王各人驳壳十响枪一支,各王锦缎一匹。还有其他一些零星物品。我还告诉大家一个好消息。云南各界支援班洪后援会通过募捐,在昆明收到一批物资和现款,本来与我们同行,但是马帮行动较缓,晚了我们几天,刚才有快马来报,他们今日下午可到达。”

黎希明:“向大家报告一下,到昨日晚上,入侵中国班洪地区的英军在民族联军的坚决有力打击下,已从炉房、金厂坝、新寨、垭口一线,全部退回到滚弄江西岸。这个胜利来之不易啊!”

会议厅里,大家欢庆。

班洪王昆钟和黎希明两人紧紧地握手。

班洪王:“各大队在驻扎的寨子里,杀牛宰猪煮酒,民族义勇军与乡亲们欢庆胜利!”

大锅里煮着牛肉、猪肉。

几个义勇军战士拉着驻地佤族老乡,用一杆大烟锅头,你一口我一口的“吧嗒、吧嗒”地吸着旱烟。

战士甲:“可以回家种地去啦!以后国家有事,我还会出来的。”

战士乙:“你家景谷是个好地方,你可以带着老婆孩子好好种地过日子。我孤身一人,只有四海为家,到处流浪。”

老乡:“留在我们阿佤山吧!我们阿佤山有的是土地、山林,你向班洪王报告一声,就可以留下的。我们边疆的佤族、傣族姑娘可喜欢汉族小伙子啦,老祖宗吴老爷当年带来的汉族工人在这一带留下的就成千上万哩。”

战士甲对战士乙:“要得嘛,在这里凭你的木匠手艺,找个老婆,成家过日子,好得很!”

战士乙:“不知道行不行。如果可以留下来,我要到傣族寨子去安家,找个水灵的傣族姑娘做婆娘!”

老乡:“好嘛,傣家寨我熟人多,给你介绍!”

“哈哈……”

在一间小客厅里,窦专员等几位专员和班洪王、黎希明、刘拥国、李秉厚、杨叔、尹涛等人散坐在竹凳子上。

窦专员:“各位,事已至此,情况大家都明白了。我现在将龙主席的手令交给黎总指挥。”

一页印着“云南省政府专用笺”的纸页上,龙云用毛笔写了“立即停战,就地驻扎,勒期遣散,违令严惩”几个字。

黎希明看后把它递给班洪王,其他几位也传看了这一手令。

窦专员说:“龙主席已勒令澜沧筹款五万银元,作为遣散费用,万望黎总指挥立即着手撤军解散事宜。”

黎希明:“我们一定按龙主席的手令办。”

紧接着,窦专员拿出一个红布包袱,他打开包袱,拿出印盒里的大印交给班洪王。

大印上的字是“云南省政府班洪地区总管”。赵专员说:“有了政府的任命,班洪王就可以放心大胆地行使你对班洪地区的管辖权了。”

窦专员:“祝贺班洪王有了政府官衔!”

班洪王:“我还是那个赤脚王子嘛!”

众人都笑起来了。

尹涛住的竹楼上

尹涛站着说话。

宋忠良、马青青、甘木浩、依品坐在桌子周围。

尹涛:“现在局势明朗了,在民族联军打击下,英国军队已经退回到滚弄江以西去了。民族义勇军面临即将被遣散的命运。阿佤山和班洪经历这次战火也会前进得更快。缅侨慰问团及医疗队也完成了这一阶段的任务,我准备带着医生们先到大理或昆明,然后转道回曼德勒。总之,我们会很快就离开阿佤山的。”

宋忠良看着马青青,问:“你准备怎么办?”

马青青反问:“你呢?你打算回曼德勒继续读书吗?”

宋忠良:“我想好了,我在阿佤山的事,早晚家里会知道,大哥不会放过我的。

我现在就到英国或美国去读书,父亲原来就打算送我出国求学。”

马青青:“我原来想到昆明去找姑姑。现在听宋哥说他要去国外读书,我决定跟他一起去!宋哥到哪里我就去哪里,我们最好去美国,学成后再回阿佤山!”

尹涛:“好!我支持你俩到国外去读书。先跟我们一起回缅甸,一方面那里好办手续,另一方面你们好向家里在缅甸的店铺筹笔钱。”

宋忠良问马青青:“你真跟定我啦?”

马青青:“跟定了!你想不要我都不行!”

“哈哈……”大家笑起来。

甘木浩急了:“宋哥,你答应过我,要教我学本事,教我开汽车的呀!你要走,我也跟着你走,跟你去学习。”

宋忠良为难了:“甘木浩,我很想带你走,可你的事,得班洪王说了算呀!”

甘木浩:“那我去找班洪王。”说着转身就走。

尹涛:“甘木浩,目前你不能走,班洪王身边除了杨叔和刘拥国外,非常需要你和岩嘎这样的年轻人,你们帮助他把阿佤山的事搞好。我打算给班洪王建议,借护送省慰问团回昆明的机会,组织岩嘎和甘木浩一批年轻人出去走一走,看一看,对你们的今后十分有好处。”

依品在旁边也悄声说:“我也想去。叶娜也想去,可是她现在已……”

宋忠良:“我注意到了,现在依品是离不开甘木浩了!”

甘木浩:“宋哥,你!”

依品红了脸,低下了头。

马青青拉起依品的手,说:“依品,你就是跟着甘木浩!”

甘木浩羞红了脸,悄声说:“你真会跟我吗?”

依品这时反大方地说:“会,我就是跟定你了!”

尹涛:“好了,没有不散的宴席。我们在阿佤山共同战斗了一段时间,我们更了解阿佤人民了,我们一定会再回来的。祖国需要我们,阿佤人民需要我们!”

大家依依不舍,都希望多说一会儿话。

尹涛看到桌上的一封信,对依品说:“哎呀,差点儿忘了一件重要事。依品,侨联给我的一封信里,提到了玉波的情况,她押送一批乌波朗搜刮到的财宝到英国。她要在英国读书,准备用三到五年时间专门研究中国的边疆民族问题;她希望你争取机会多读书。她还希望你有机会去英国找她,一起在那边读书。有了乌波朗的授权,她还准备找机会把乌波朗掠夺的中国文物归还给中国政府。唉,玉波非常不容易的,她是个爱国者。我们会设法联系她的。”

依品轻声说:“我也很希望和她在一起,但是我没有条件到那么遥远的地方去。”

马青青安慰她:“将来会有机会的。”

班老大寨

一座新修建的竹楼，这是班老老王的住所。

竹楼上，挤满了人；火塘里，燃烧着柴块，烈焰熊熊；大大的三脚架上，一把有好几个凹痕的大铜壶烧着水。祖宗灵台上一对大蜡烛燃烧着，长长的火焰头一跳一晃亮，一只装满土的大土碗里，插满了香，香烟飘荡，萦绕在灵台上方。屋子里，烧香味、水蒸气味、柴火燃烧的烟气味，还有一股浓浓的草药味。

靠火塘的一边，一张宽大的床，铺了新的毡毯。班老老王昆鄂躺在床上，时而喘息，时而咳嗽，他的老伴用汤匙给他喂着药，莲娜在火塘边忙碌着。

昆鄂已经病情严重。

满屋子人，大家轻声说着话，轻手轻脚地进出着。

外面一阵说笑声，紧接着班洪王和一大帮子人走进了竹楼。来的人有慰劳团的窦专员、赵专员、杨专员，以及义勇军的黎总指挥、参谋长，尹涛、陈医生、马青青和叶娜、依品。

艾西瓦："谢谢大家了！跑这么远的路，辛苦了！"

班洪王："我们特地来看看昆鄂的病情。"

艾西瓦："谢谢各位了！前段时间陈医生从班洪过来给他治疗了段时间，已经好转许多，有精神了；他又忙着策划修建新的班老大寨，组织班老各寨的生产自救，忙了一阵子，又病倒了。"

班洪王对着躺在床上的昆鄂说："老叔，我来看望你。省里的专员也来看望你了！还有这些朋友，大家都惦记着你！"

昆鄂呼吸不畅，断断续续地说："谢谢大家……"

窦专员拿出一对驳壳十响枪给昆鄂看，对他说："老人家，你是佤族的，也是我们云南的老英雄，龙云主席让我们带来这对枪送给你！"

昆鄂点头，说："谢谢……"

这时候，普达岩头人气喘吁吁地赶上前来，手里拿着一个蓝色包袱。他给大家问好后，便蹲下身去，在昆鄂面前打开了蓝布包袱，拿出里面的一个红木长盒，对昆鄂说："老王，你托付我的事我做了，今天我把它拿回来交给你！"

一看见红木盒子，班老老王昆鄂的眼睛亮了起来，他的精神也一下子好起来了。在老伴的搀扶下，他坐了起来，看着一大屋子人，连声说："谢谢你们，谢谢大家，……"

昆鄂看了一遍在场的人，就问："艾西瓦，甘木浩怎么不见呀？"

艾西瓦走前一步对他说："在，甘木浩在门口站岗。"说着他赶紧走出去，把甘木浩叫了进来。

甘木浩走近床前，双腿跪了下去，轻声喊着："曾祖公公，我在这里。"

“好男儿，不要掉眼泪！”昆鄂高兴地拉住甘木浩的手，对大家说：“这是吴尚贤吴老太爷的后代，也是我们布绕克人的好后生。昆钟，这孩子的爹娘都死在了英国洋嘎拉的手里，我把他托付给你，你看行不行？”

“行，行！老叔，我一定会像待自己家的孩子一样待他！”班洪王连声回答，在这位为部落的生存、发展劳碌苦累了一生的老人面前，他忍不住流下了两行热泪。

昆鄂又拉住莲娜的手说：“昆钟，这是吴尚贤的第五代。这次为了南达起义，她丈夫周至贤司令被英国人杀害了。请你也要照顾好她。”

班洪王答应说：“周司令是为我们牺牲的，我们一定要照顾好她和他们的孩子。”

昆鄂让老伴扶住他，吃力地说：“艾西瓦、老二尼西文，还有甘木浩，你们三个听好了，今日当着各位长辈、长官之面，我把蜂筑一世祖上与吴尚贤老太爷立约开矿办厂的传世木刻传给你们，先由艾西瓦保管，共同护卫，之后由甘木浩保管。你们记住，蜂筑家族传到我是第六世了，它是英国人重金收买，杀人放火不惜代价要找的开矿凭证，希望我们的后人代代保管好。”他让艾西瓦用匕首撬开木盒，交给班洪王和各位专员验看。

这是一块紫檀木，宽约四指，长约两掌，刻以古鼎花纹，两头是与另一块相连接的暗符记号。一面刻有阴文：“立约开矿办厂凭证。”另一面是墨书于板的文字。由于年代久远，字迹有的已模糊不清：

> 后开□有□□□□□□□事□□
> 有主母王令设□□□□，恐有不遵，任凭厂主设官开采示众。
>
> 乾隆八年六月十二日

昆鄂：“我佤名锡龙散勐，是蜂筑王的第六代孙。诸位长官见证，我没有辱没祖宗的名声，没有辜负中国的信任。多少年来，我们阿佤人蜂筑氏族为保护矿山、保护开矿凭证木刻，牺牲了不少人的性命，这块地方是我阿佤山九公九老留下的命根子，是我大中华的疆土，我们要世世代代保卫下去！”

看着昆鄂激动难抑，班洪王怕有不测，急忙过去扶住他，说：“阿叔，你放心，有我阿佤和边疆各族兄弟，祖宗的疆土一寸也不会丢失的！你身体不好，多歇息，一切事情我们去办。”

远处突然传来阵阵铿锵有力的木鼓声，普达岩对昆鄂说：“老哥，一寨子的人由魔巴领着咒鬼诵经，为你祈祷，新的木鼓也开始通天达神，为你祈祷！”

昆鄂听着新木鼓声，欣慰地笑了。他清晰地说：“如今洋嘎拉已被赶出去了，保不准什么时候他们又会卷土重来，保卫中华疆土是我们世世代代的责任。艾西瓦、尼西文、甘木浩，你们的汉姓为保，艾西瓦的汉名就叫保卫国，尼西文的汉名叫保卫厂，甘木浩是汉人之子的佤语说法，你不要忘记！”

昆鄂说完就躺下，大声地喘息着，继而轻声对艾西瓦——保卫国说：“还有沙姆那个逆子，你找到他，告诉他改邪归正。他若改邪归正了就让他叫保卫民，如果他一直跟英国人当走狗，半点不思悔改，你就灭了他！灭了他！”

班洪王带领众人退出，保卫国领大家去新建的寨子里看看。

晨曦来临，天边一缕缕霞光在撕裂着夜幕，一阵激昂一阵深沉的木鼓声，和着一阵阵低沉凝重的牛角号声响彻大地。

咚咚、咚咚咚……

呜呜，呜呜呜……

呜呜，呜呜呜……

蜂筑第六世、蜂筑氏族的昆鄂闭上了他那疲惫的眼睛，停止了他的呼吸。

木鼓声中，甘木浩带着他的小分队，骑着马，背枪挎刀，巡逻在阿佤山。这一队勇士沐浴着朝阳走向新的希望。

二零一三年终稿

二零一六年三月定稿

主要参考资料

[1]《班洪抗英纪实》,段世琳主编,云南人民出版 1998 年版。

[2]《滇西边区考察记》,方国瑜著,云南人民出版社 2008 年版。

[3]《世纪木鼓》,黄尧著,云南人民出版社 1998 年版。

[4]《司岗里传说》,王学兵著、杨国元主编、魏诚副主编,远方出版社 2004 年版。

[5]《追赶太阳的阿佤山》,陈荣华主编、中共沧源县委党史研究室编,云南民族出版社 2004 年版。

[6]《佤山泉》,陈荣华著,云南民族出版社 2001 年版。

[7]《佤山魂:肖哥长传奇》,陈荣华著,民族出版社 2004 年版。

[8]《云南档案史料》,云南省档案馆编。

[9]《佧佤山区部落概况》,中缅未定界勘查委员会研究室编印。

[10]《滇缅南段未定界调查报告》,周光倬著,成文出版社 1967 年版。

[11]《中华民国史料长编》,万仁元、方庆秋主编,南京大学出版社 1993 年版。

[12]《中华民国史档案资料汇编》(第五辑第二编外交),中国第二历史档案馆编,江苏古籍出版社 1997 年版。

跋

从2012年开始创作，经过了五年的努力，《佤山1934》终于出版了。十分感谢北京中国民主法制出版社的领导和陈棣芳等各位编辑，感谢为出版本书作了努力的梁慧星先生、矛院生先生和梁婷女士！

这里，我特别要强调，我是在老一辈革命者、老作家王松同志的引导下完成这部书的。2012年，九十岁高龄的云南省作协原副主席王松老找我说，他有一个愿望，就是想写一部反映英勇无畏、勤劳朴实的佤族人民的作品。佤族是个很值得歌颂的民族。他说自己年事已高，眼睛已看不清东西了，只能说说而已了。从对我的了解，他希望我能来写这本书。

经过两次交谈后，我欣然接受了这个“任务”。但是我们两人在创作思想和具体内容上分歧较大，我坦率地向王松老提出了自己的写作提纲。王松老果断并以极大的热情支持我，他说：“我同意你的创作提纲和想法，你放开思路大胆地创作，不要受我的想法束缚。我相信你一定能完成这部作品的。”尔后，王松老多次在电话中了解我的写作情况，鼓励我。正当我开始第二章的写作时，突然传来了王松老辞世的消息，我悲痛万分。王松老谆谆教导、循循善诱的音容神态，深深留在我心里，王松老一生为革命出生入死、坚强奋进的精神激励着我，王松老对边疆民族热爱的思想指引着我。我决心写好这部书。

现在这部书呈现在大家面前了，遗憾的是王松老听不到我给他读这部书了。当然，也算遂了王松老的愿望。

二〇一六年九月　作者于滇池畔